BIBLIOTECA ÁUREA HISPÁNICA

Universidad de Navarra

Editorial Iberoamericana

Dirección de Ignacio Arellano,
con la colaboración de Christoph Strosetzki y Marc Vitse

Biblioteca Áurea Hispánica, 31

ENSUEÑOS DE RAZÓN

El cuento inserto en tratados de magia (siglos XVI y XVII)

MARÍA JESÚS ZAMORA CALVO

Universidad de Navarra • Iberoamericana • Vervuert • 2005

Bibliographic information published by Die Deutsche Bibliothek
Die Deutsche Bibliothek lists this publication in the Deutsche Nationalbibliografie;
detailed bibliographic data are available on the Internet at http://dnb.ddb.de.

Agradecemos a la Fundación Universitaria de Navarra su ayuda en los proyectos
de investigación del GRISO a los cuales pertenece esta publicación.

Agradecemos al Banco Santander Central Hispano la colaboración para la edición
de este libro.

© Iberoamericana, 2005
Amor de Dios, 1 – E-28014 Madrid
Tel.: +34 91 429 35 22
Fax: +34 91 429 53 97
info@iberoamericanalibros.com
www.ibero-americana.net

© Vervuert, 2005
Wielandstr. 40 – D-60318 Frankfurt am Main
Tel.: +49 69 597 46 17
Fax: +49 69 597 87 43
info@iberoamericanalibros.com
www.ibero-americana.net

ISBN 84-8489-131-3 (Iberoamericana)
ISBN 3-89354-641-3 (Vervuert)

Depósito Legal: M. 5.794-2005

Cubierta: Cruz Larrañeta

Impreso en España por Fareso, S.A.

Este libro está impreso íntegramente en papel ecológico sin cloro.

Para mi hermana Alicia

ÍNDICE

CAPÍTULO 2
CUENTOS INSERTOS EN TRATADOS DE MAGIA

PRÓLOGO

El pensamiento mágico es un modo de encarar la comprensión de la realidad que en el Renacimiento (a partir del neoplatonismo florentino) tiene un momento de esplendor, antes de ser barrido por el racionalismo. De este pensamiento surge una cosmovisión que es la que domina casi todas las facetas de la vida hasta que, en el momento de que se ocupa el libro de María Jesús Zamora, empieza a resquebrajarse, abriendo grietas en todos los niveles de la vieja enciclopedia, por los que la razón costosa y lentamente va abriéndose camino, en un proceso de «desencantamiento» de la realidad que es largo y que no deja de encontrar obstáculos, incluso en los mejores momentos del positivismo decimonónico.

Durante el Renacimiento, a la sombra del neoplatonismo, alcanzan vigencia considerable toda una serie de saberes de raíz hermética (cábala, astrología, alquimia, etc.) que, frente al racionalismo aristotélico-tomista, comportan una compleja lectura mágico-espiritual del universo, como «organismo vivo», en el que todo está conectado (lo material, con lo espiritual; lo inferior, con lo superior; lo visible, con lo invisible) en activa interrelación. A partir de esta lectura, se tiene la convicción de que, aprendiendo determinadas técnicas para actuar sobre el segundo miembro de cada una de las parejas que se acaban de citar (lo espiritual, lo superior, lo invisible), es posible manipular la realidad (lo material, lo inferior, lo visible). «Lo que existe en los efectos y en el todo —había sentenciado Campanella en su *De sensu rerum*— debe existir también en las causas y en las partes».

Una red de analogías y correspondencias ata por dentro microcosmos y macrocosmos. Las cosas, además de cosas, son signos de un lenguaje simbólico a través del cual, convirtiendo la naturaleza toda en libro, se expresa el misterio. Conocer el lenguaje en el que está escrito el gran libro de la naturaleza convierte al hombre en mago, dueño de una sabiduría que es también susceptible de transformarse en poder, en capacidad de obrar más allá de las leyes de lo natural. Las mentalidades ocultas, las marcadas por el pensamiento mágico, desarrollan la creencia irracionalista de que, más allá de cualquier ley racional de causalidad, existe la posibilidad de actuar sobre una parte de la realidad, conociendo los resortes secretos a los que dicha realidad apunta. Todo se interpreta en esta clave. En efecto, los sueños son, en realidad, una forma de profecía y sirven para anunciar el futuro; los astros rigen el carácter y, en cierto modo, el destino de la totalidad de los seres vivos; todos los seres tienen unas propiedades ocultas que pueden ser aprovechadas cuando se las conecta con aquellas otras —del macrocosmos— con las que están secretamente interrelacionadas; las cosas, en fin, además de hablarnos y anunciarnos lo que va a pasar, se pueden manipular e instrumentalizar, actuando sobre ellas. La magia —como sabiduría esotérica que pretende descubrir esas ocultas relaciones que conectan la totalidad de lo real— responde a un deseo de dominar la naturaleza, de actuar sobre ella, sometiéndola a la voluntad del mago. Dado que el universo, en su conjunto, es un libro en el que la totalidad de la historia está ya escrita, el hombre que conozca las claves de ese «libro» —el mago— podrá prevenir los acontecimientos, minimizar sus consecuencias e, incluso, intervenir en la cadena de la causalidad, alterándola o interrumpiéndola.

Hoy, sobre la base de cierto irracionalismo de carácter supersticioso, el pensamiento mágico sigue teniendo una cierta presencia en la modernidad posmoderna, pero, en honor a la verdad, hay que admitir que dicha presencia se le concede, solo, un valor marginal y residual. La autoridad —y la credibilidad— de este pensamiento queda bajo mínimos y, a partir de tal constatación, el pensamiento posmoderno, tan permeable a todo tipo de materiales, prolonga en nuestro presente el desprecio con el que la modernidad signó la totalidad de las formas de manifestarse el pensamiento mágico. No seré yo quien reivindique ahora la necesidad de recuperar ninguna de las formas de lo esotérico o de lo hermético. Sin embargo, sí que reivindico, por fidelidad a un pasado en el que lo «mágico» tuvo otras formas de vigencias, la necesidad de depurar nuestra mirada de muchos prejuicios que pesan sobre todo lo relacionado con el tema. Libros como el de María Jesús Zamora no demandan el reconocimiento, ni siquiera de modo parcial o selectivo, de los materiales generados por las mentalidades ocultas. Sí que reivindican, en aras a una mejor comprensión de un pasado histórico, la necesidad de incluir el análisis de tales materiales a la hora de revisar, histórica, positiva y desencantadamente, ese pasado. Y, en este sentido hay que ser conscientes de que, como Vickers ha explicado muy bien, en el cerebro del hombre barroco conviven, en difícil equilibrio, dos «mentalidades»: la «oculta» (en evidente retroceso) y la «científica» (en agónica y lenta emergencia). Renunciar, en nuestro análisis, a una de estas mentalidades es falsear el tiempo de la Historia.

Al hallar la «causa» por la que se explican muchos de los fenómenos que, con anterioridad, resultaban herméticos, las mentalidades científicas, según avanzaba la modernidad, no cesarán de ganar nuevos territorios. Pero, en cualquier caso, la episteme mágica, antes de caer en un total descrédito, desarrolla una compleja «enciclopedia», deja sentir su huella en todas las manifestaciones de la cultura y genera muchos materiales, para cuyo estudio no podemos renunciar a las claves desde las que se engendraron. Es verdad que a finales del siglo XVI la mentalidad oculta inicia una evidente decadencia. La ciencia oficialista recurre, para frenarla, a Aristóteles postulando la necesidad de revitalizar la autoridad de la razón (y de la experiencia) en cualquier proceso de acercamiento gnoseológico a la naturaleza. Sin embargo, en paralelo al aristotelismo racionalista que se hace evidente en todas las disciplinas (desde la poética a la medicina, pasando por la economía), el encastillamiento teológico de la Iglesia postridentina, hace imposible que la mirada del hombre barroco sobre la realidad sea una mirada plenamente «desencantada». Muy al contrario, la confirmación teológica del diablo abre una brecha en la concepción mecanicista del universo y, al margen de cualquier forma de racionalismo, para todo aquello para lo que no se sabe encontrar una causa natural se sigue recurriendo a una explicación en la que resulta muy cómoda la apelación a la intervención de fuerzas ocultas. Los libros de los herederos de Pedro Ciruelo, que son objeto del estudio de María Jesús Zamora, constituyen un excelente ejemplo de lo que digo (Castañega, Vitoria, Martín del Río, etc.)

La enciclopedia generada desde la episteme mágica (en clave hermética o en clave teológica) nutre a la literatura de materiales y de casos maravillosos (alquimistas, hechiceros, magos, brujas, astrólogos, adivinos, etc.), que, tanto en el Renacimiento como en el Barroco, constituyen para el escritor un fondo de motivos muy sugerentes, dado que, respaldados por las teorías literarias del momento, casi todos los escritores persiguen como ideal estético el logro de la admiración, la suspensión o la maravilla. Las silvas constituyeron un verdadero museo de «maravillas» antropológicas, sociológicas y culturales, en las que con frecuencia la literatura del momento encontró un nutriente muy atractivo. La funcionalidad de este tipo de materiales en el plano de los contenidos literarios ha sido con frecuencia comentada por la crítica literaria. La Iglesia, con el rejuvenecimiento teológico de la figura del diablo, revitaliza un trasfondo supersticioso y mágico que da lugar a cientos de relatos, con frecuencia muy breves, que han quedado prácticamente olvidados en el seno de farragosos tratados de demonología (teológicos, legales, pretendidamente científicos, etc.) y que constituyen, en sí mismos, un «corpus» de enorme interés cuando se lo examina como complemento a repertorios como los que ocupan los estudios de Máxime Chevalier sobre el cuento folklórico y tradicional.

Algún día estos materiales deberán ver la luz, porque constituyen un conjunto realmente valioso, susceptible de ser analizado desde varios puntos de vista. Entre tanto, era necesario un libro como el presente, desde el que abordar las líneas de pensamiento y los conceptos básicos que hacen posible el contexto en el que los mismos se generan. Ello resulta imprescindible para poner en evidencia que lo «mágico», lejos de poder reducirse a una especie de galería o museo de curiosidades literarias, impregna —y no solo en la superficie— la totalidad del pensamiento de una época. Conviene recordar, en este sentido que, como ha expuesto Michel Foucault (*Las palabras y las cosas*), el conocimiento mágico-simbólico tiende a ver analogías allá donde la causalidad científica moderna solo percibe diferencias, líneas divergentes en la motivación. La analogía (en sus distintas formas: emulación, simpatía, conveniencia) constituye todavía, en el momento de que se ocupa el libro de María Jesús Zamora, el pilar fundamental sobre el que se constituye toda forma de saber. Y la analogía, estructura básica del pensamiento oculto, es también la que da sentido a la red de correspondencias que, para esta forma de afrontar el conocimiento del mundo, ata el microcosmos y el macrocosmos; es la que permite el salto de lo visible a lo invisible; la que preside la interpretación de los textos; la que domina el principio de la «imitación» sobre el que se organiza el arte de la representación del mundo real.

Con tino, desde una detenida lectura de aquellos autores que con mayor seriedad se han ocupado de entender esta forma de pensamiento (en sí mismo y en cuanto productor de materiales de cultura), María Jesús Zamora, en la primera parte de su libro, tras precisar el contexto y la mentalidad en que se inscriben los textos objeto de su estudio, lleva a cabo una estricta y rigurosa clasificación de los mismos, según la óptica desde la que los mismos se ocupan de la magia (textos legales para uso de inquisidores, tratados de magia natural, manuales de exorcistas, etc.); luego pone el foco de su atención en el análisis de los breves (casi siempre) relatos a los que, con mucha frecuencia, estos manuales recurren para ilustrar los argumentos que desarrollan, para autorizarlos o, simplemente, para justificar las conclusiones y la postura intelectual desde la que el cuerpo de doctrina se emite.

Fruto de un encomiable trabajo sobre textos realmente raros, muy alejados de nuestra sensibilidad y de no fácil acceso, el libro de María Jesús Zamora pone al lector sobre la pista de unos materiales de los que merece la pena que el lector tome buena nota, pues en su seno esconden, a modo de pequeñas perlas, un «corpus» narrativo en el que toda una época se retrata en sus prejuicios, en sus supersticiones, en sus temores, en su fanatismo; una época en la que son muchos ya los que están empezando a ver el mundo en claves racionales, pero en la que también son muchos los que sienten que, para garantizar la pervivencia de ciertos privilegios, necesitan reencantar un pensamiento en el que la lógica de la causalidad está arruinando la lógica de la analogía, en que se sustentaba la lectura irracionalista y mítica del universo (que es la del mago y la de la bruja, pero también la de una forma de entender la religión).

Javier Blasco
Universidad de Valladolid

INTRODUCCIÓN

Una eclosión de inquietudes y descubrimientos, de confusiones y decadencias, de represiones y miedos, confluye en una época en la que el Renacimiento se va haciendo Barroco, sin obviar su herencia escolástica y en proyección hacia un futuro que aspira a ser ilustrado. Nunca hasta entonces la magia había cohabitado tan armoniosamente con la razón, pretendiendo explicar la existencia humana desde dos enfoques, en apariencia, contrapuestos. Solo en este contexto se puede entender el surgimiento de una cultura que exterioriza estos cambios a través de una imaginación única.

Especialistas de varias disciplinas se han sentido fascinados por este periodo, al que han dedicado sus esfuerzos, reflexiones y estudios, con la intención de llegar a comprender la esencia misma que lo caracteriza. En el caso concreto de su literatura, admiran aquellas obras tocadas por la genialidad de una palabra impresa para regalo del espíritu humano. De entre todas ellas hemos preferido centrarnos en las que, hasta ahora, habían permanecido en el olvido al que solo la marginación puede relegar. De empolvadas estanterías hemos entresacado una biblioteca de libros antiguos, raros y curiosos donde queda reflejada la magia desde los más diversos espejos. Estos libros, al menos los que atañen a nuestro estudio, aparecen editados en la Europa de los siglos XVI y XVII.

A través de ellos indagaremos, tratando de buscar la causa que provoca el surgimiento de una literatura escrita en torno a la magia justo en este momento histórico. Intentaremos buscar las interpretaciones que esta ha ido recibiendo a lo largo de los años en los que se enmarca este trabajo. Con ello aspiramos a revisar un pensamiento ensombrecido por el racionalismo que ya se comienza a atisbar. Estudiando el contenido, la estructura y el estilo de estos libros, aspiramos a determinar sus características comunes, así como también las diferencias que los separan dependiendo del país donde aparece publicado el volumen, del autor, de su formación cultural, del rango social que ocupa, etc.

Gracias al examen realizado a estos tratados, descubrimos que en ellos se hallan insertos cuentos de un interés sorprendente. Por ello nos proponemos extraer un *corpus* de narraciones cuya existencia hasta ahora se desconocía. A partir de aquí, analizaremos estos relatos con la intención de esbozar una definición de los mismos, delimitar las fuentes recibidas, concretar los temas básicos, apuntar los personajes más arquetípicos y precisar los rasgos fundamentales que los especifican.

En torno a la influencia que ejerce la magia sobre la literatura de esta época existen destacados estudios como los llevados a cabo por Yates, Culianu, David-Peyre, Rochon, Lafont, Redondo, Waxman, Walker o Pavia, por mencionar solo algunos. Pero dedicados exclusivamente a los tratados de magia desafortunadamente no conocemos ningún trabajo al respecto. Desde un enfoque antropológico, filosófico e histórico surgen algunas investigaciones centradas en las obras que mayor repercusión tienen en dicha época, como por ejemplo el *Malleus maleficarum*, el *Disquisitionum magicarum libri VI*, o el *Cautio criminalis*, que cuentan con ediciones, completas o parciales, realizadas en la actualidad. Sin embargo, hasta ahora no se había descubierto el enorme interés filológico y literario que encierran en sí mismas.

Sobre el cuento tradicional y folklórico contamos con aportaciones importantes llevadas a cabo por Olrik, Propp, Aarne, Thompson y sus seguidores. En el caso concreto de los siglos XVI y XVII, Krömer, Pabst, Place, Chevalier, Lacarra, Cuartero, entre otros muchos, elaboran estudios que contribuyen decisivamente a la revalorización de este género literario que, hasta entonces, se consideraba menor o inferior a otros como el de la novela. Pero ninguno de ellos se ha percatado de la veta tan interesante que se descubre en este tipo de obras.

Para poder llevar a cabo este estudio hemos comenzado recopilando el mayor número de tratados que sobre la magia se publican por la Europa de los siglos XVI y XVII. Hemos examinado los fondos de bibliotecas universitarias, nacionales, públicas y privadas, tanto de España como de Italia, Francia, Portugal, Alemania e Inglaterra, pudiendo consultar directamente decenas de manuales, donde hemos extraído los cuentos a los que dedicamos esta investigación.

Ellos son los que nos plantean una serie de interrogantes sobre esta época en la que teóricamente triunfa el Humanismo, pero que también genera este fenómeno literario. Con la intención de llegar a entender lo mejor posible el cruce de mentalidades, reflexionamos sobre las ideas vertidas tanto en estos tratados como en la bibliografía de referencia. Creemos que son los autores renacentistas y barrocos los que nos han de abrir nuevos caminos para interpretar correctamente su tiempo y con ello entender cuestiones como: por qué se publican tantos libros sobre magia en este momento, sobre qué temas se van especializando a lo largo de estos años, por qué aumenta su extensión, bajo qué estructura son escritos y por qué sus autores insertan cada vez más cuentos en un discurso tan grave como este.

Con respecto a los relatos, intuimos que puedan recibir influencias de la tradición tanto oral como escrita. De ahí que para comprender la variedad de significaciones de las que se hacen eco, partamos de un conocimiento del mundo mágico. También es posible que en ellos haya determinadas características que los individualicen del resto de narraciones breves, ya que nos encontramos ante unos textos que adquieren un valor cotidiano y accesible, que contribuye a facilitar la comprensión del discurso donde aparecen intercalados. A la hora de transcribirlos, hemos optado por reproducirlos tal y como aparecen en los tratados de donde han sido extraídos, es decir, hemos respetado totalmente las grafías y, en la mayoría de los casos, también la puntuación; seguimos por lo tanto una transcripción paleográfica.

Antes de concluir esta introducción queremos dedicar nuestro agradecimiento al Dr. D. Javier Blasco Pascual, por enseñarnos a andar en el complejo mundo de la investigación, por su severidad y rigor profesional, por sus consejos, sugerencias y críticas. También deseamos destacar la ayuda ofrecida por parte de: Dr. D. Ermanno Caldera, al permitirnos consultar su biblioteca personal; D. Federico Pastore, al prestarnos su material de estudio y descubrirnos nuevos fondos bibliográficos; D. José Luis del Valle, al ofrecernos su apoyo desde la dirección de la Real Biblioteca de El Escorial Víctor Gutiérrez Martín, al ser cómplice de esta *insania*; Alfonso Coco y su soporte informático; Paola Gorla y su acogida personal e intelectual; y Enrique Cirules, al regalarnos sus palabras deliciosamente cubanas.

De manera especial mencionamos a todos aquellos demonios que pululan tras los espejos de una realidad encantada. Desde allí nos han ido susurrando pícaramente estas deducciones mágicas, estos ensueños racionales.

A todos ellos, muchas gracias.

Palencia, 10 de agosto de 2003

CAPÍTULO 1

TRATADOS DE MAGIA

El hombre se ha sentido fascinado por lo oculto prácticamente desde el mismo momento en que tuvo conciencia de su limitación y su imperfección[1]. El conocimiento y la experiencia proporcionados a través de la práctica de estos fenómenos quedan reflejados en tratados como el *Pimander*, el *Asclepio* o el *Corpus Hermeticum*, cuya datación se remonta a la Antigüedad[2]. Durante la Edad Media esta mentalidad sigue muy presente en personas de la talla intelectual de Jaquer[3], Eymeric[4], Alfonso de Espina, Gonzalo de Villadiego[5], «el Tostado», etc. Pero es sobre todo durante el Renacimiento y el Barroco cuando tanto el filósofo como el teólogo, el filólogo y el inquisidor, se fijan de manera especial en la magia, no solo por el auge que experimenta en esta época, sino también por la atracción que ejercen lo arcano, lo misterioso y lo demoniaco.

Aspiran a conocer los secretos que gobiernan la naturaleza, con el objeto de dominar sus fuerzas y minimizar los efectos nefastos o mortales que ocasionan en el hombre; conciben un universo de esferas donde cualquier elemento se encuentra interrelacionado a través de unos vínculos basados en la simpatía o en la antipatía entre sus partes; se preocupan por descifrar los nombres ocultos de Dios y con ello llegar a la correcta interpretación de la Biblia con las revelaciones que ello conlleva; se esfuerzan por desvelar el futuro del individuo en las

---

[1] *Cfr.* Frazer, 1997.
[2] *Corpus Hermeticum*; *Asclepio*; y Yates, 1994.
[3] Jaquer, *Flagellum haereticorum fascinatiorum*.
[4] Eymeric, *Directorium inquisitorum*.
[5] *Cfr.* Pérez Villanueva, 1980, pp. 513-536.

constelaciones, en los rasgos de la cara, en las líneas de la mano, en las señales del aire, del fuego, de la tierra o del agua; en definitiva, aspiran en su interior a rozar la divinidad y, en última instancia, la perfección de la que siempre han carecido.

Por todo ello, durante la Edad Moderna se produce un aumento tanto en la redacción, como en la edición y difusión de tratados mágicos. Gracias a ellos podemos comprender mejor las mentalidades que confluyen en los Siglos de Oro; pero lo más importante para el caso que nos ocupa es que constituyen una parte importante de la literatura de la época, a cuyo estudio apenas se ha dedicado tiempo y lugar hasta ahora. Su riqueza lingüística y literaria es de una versatilidad tal que dentro de un mismo libro podemos encontrar diversos estilos, registros léxicos, géneros literarios, etc., salpicados por constantes cuentos que vienen a confirmar una afirmación o refutarla, presentar una *quaestio* o concluirla, ilustrar un raciocinio o evadir la atención del lector, persuadir o conmover, etc. Además, el contenido de estas narraciones tiene un reflejo directo en las obras de los grandes autores renacentistas y barrocos, no solo españoles, sino también italianos, franceses, alemanes, ingleses, belgas, holandeses, portugueses, etc. Toman estos relatos como fuentes que de una forma magistral vierten luego en sus composiciones. En la literatura de estos siglos, como en el universo áureo, todo se halla enlazado, siendo el hilo de intersección el genio creador de un Cervantes, de un Shakespeare o de un Molière, por ejemplo.

La existencia de tratados mágicos en la literatura de los siglos XVI y XVII es un hecho que ha permanecido oculto demasiado tiempo, obviando con ello influencias, fuentes, lecturas, etc., que sin duda alguna aportan un punto de vista inédito a poemas, ensayos, novelas, relatos, dramas y comedias, admirados por su calidad literaria, estudiados reiteradamente por generaciones de investigadores, plagiados por individuos con ínfulas de literatos. Se abre con ellos una nueva veta en la interpretación de una literatura brillante, genial y, por encima de todo, única en occidente.

1.1. Las circunstancias en las que surgen: confusión, decadencia y locura en un *mundus inversus*

Los siglos XVI y XVII son cruciales a la hora de entender al hombre moderno tal y como hoy lo concebimos[6]. Y ello se debe a que durante este periodo se produce una eclosión de acontecimientos que marcan un antes y un después en la Historia occidental, sobre todo en los años comprendidos entre 1570 y 1630. Médicos, teólogos, filósofos, magos e inquisidores toman conciencia del lastre medieval que aún domina la sociedad de su tiempo, todo unido al desconcertante proceso de decadencia en el que se hallan inmersos[7]. De ahí que sus textos se conviertan en espejos donde se reflejan las transformaciones estructurales y mentales propias de un momento, en el que domina un cambio rápido promovido por determinadas crisis.

Ante sus ojos se suceden como en procesión macabra diversas catástrofes: pestes, hambrunas (1596-1602)[8], oleadas de campesinos famélicos que se agolpan en las ciudades (1583, 1597, 1618), aumento en el número de vagabundos y un cambio demográfico agudizado a partir de 1594[9]; en definitiva, los tres rasgos dominantes son la cares-

---

[6] *Cfr.* González Palencia, 1940; Pfandl, 1994; Piñera, 1970; Valbuena Prat, 1943; Ladero Quesada, 1999; y Buckhardt, 1946.

[7] Se puede considerar al XVII como un siglo depresivo. Este abatimiento es común en el occidente europeo, pero incide de manera especial en el caso de España, que en este momento ejerce de potencia hegemónica. Sin embargo, los españoles de esta época creen que la crisis es muy anterior y que la única Edad de Oro fue el reinado de los Reyes Católicos. La despoblación y el empobrecimiento se aceleran entre 1580 y 1670. España no logra desarrollarse con la plata americana y se convierte en un país imperialista en lo político, pero colonizado y dependiente en lo económico. A todo ello se une la corrupción, la incapacidad administrativa y el excesivo coste de las guerras mantenidas en Europa. La pérdida definitiva de la supremacía da un desahogo a los españoles que concentran sus esfuerzos en su desarrollo interior. *Cfr.* Castro, 1976; Blanco González, 1962; Domínguez Ortiz, 1974, t. 3; Lynch, 1981; y Davies, 1973.

[8] A partir del primer tercio del siglo XVI se produce un crecimiento en la población, dicho aumento coincide con sucesivas malas cosechas lo que da lugar a un gran número de muertes prematuras. La hambruna va acompañada por epidemias como la peste, el tifus, la viruela, etc., que producen un notable descenso en el número de habitantes, causando a veces la mortandad del tercio de una comarca en un solo año. *Cfr.* Biraben, 1975; Pérez Moreda, 1980; y Fernández Santamaría, 1988.

[9] *Cfr.* Glass, 1978; Nadal, 1966; y Wrigley, 1985.

tía en la vida, el crecimiento de la miseria y la propagación de las enfermedades. La estrepitosa e inesperada derrota de la Invencible (1588) hiere con crueldad el honor de los españoles. La idea de decadencia que surge es producto de la realidad humillante, la impotencia, la amargura y la rabia.

Tampoco debemos olvidar que en el siglo XVI se produce el estallido de la Reforma, rompiéndose con ello la unidad cristiana[10]. Surgen numerosas transformaciones sociales como resultado del avance del capitalismo comercial y financiero[11]. Los descubrimientos geográficos no solo repercuten en la economía de algunos estados, sino que estos se ven obligados a desdoblarse en ultramar. La Iglesia, por su parte, pone en marcha su maquinaria misionera. Ante esta situación, la sociedad demanda un mayor número de letrados, teólogos, científicos, filósofos, etc., que tan solo puede aportar la universidad; de ahí el desarrollo que adquirieron estos centros por toda Europa, yéndose a un tipo de educación lejano del antiguo espíritu ecuménico de la época medieval[12]. En ello se aprecia un proceso de secularización de la cultura y el surgimiento de un espíritu racional, propio de una época ya nueva.

Por otro lado, se percibe una cierta tensión entre el individuo y la sociedad, entre la libertad y el poder. Son justamente los humanistas

[10] Historiadores como Teófanes Egido consideran que tal vez la Reforma es el problema más característico del siglo XVI, ya que este movimiento no se reduce solo al ámbito religioso, sino que también determina divisiones profundas en la sociedad europea de la Edad Moderna. Su iniciador es un monje agustino, Martín Lutero, cuyas doctrinas dan lugar al luteranismo que pronto se difunde por Alemania, Holanda, Dinamarca, Noruega y Suecia; mientras que el calvinismo se extiende por Inglaterra, Escocia y Francia. Al final del proceso asistimos al nacimiento de Iglesias irreconciliables e intolerantes, junto con la formación de mentalidades colectivas muy diversas y, naturalmente, distanciadas y hostiles. La ruptura de la unidad religiosa en Europa da también lugar a una reforma católica o Contrarreforma, materializada en los acuerdos del Concilio de Trento, celebrado entre los años 1545 y 1563, donde se establecen los dogmas y la disciplina de la Iglesia de Roma, la revisión de las órdenes religiosas existentes y la aparición de otras nuevas, entre las que destaca la Compañía de Jesús, fundada por san Ignacio de Loyola en 1534. *Cfr.* Chaunu, 1975; Delumeau, 1985; Léonard, 1967; Egido, 1983, pp. 379-431; y Stauffer, 1974.

[11] *Cfr.* Bennassar y Chaunu, 1980; Braudel, 1980; Sslicher van Bath, 1974; y Weber, 1985.

[12] *Cfr.* Gil Fernández, 1997; Garin, 1987; Kagan, 1981; y Bousoño, 1981.

los que manifiestan la necesidad de trazar nuevos caminos que faciliten la expansión del dinamismo al que las estructuras condenan a decrecer[13]. El final de siglo incita a superar la transición corroborando o redefiniendo la tradición y aportando novedad[14]. En definitiva, nos encontramos en un momento dominado por el misterio, lo milagroso, las visiones, los cónclaves y las brujas, un ambiente coherente con la proliferación de astrólogos y profetas, conquistadores y misioneros, hidalgos y pícaros, beatas y místicos. En este sentido, Carmelo Lisón Tolosana opina que:

> La energía especulativa es siempre irreducible a un único contexto o singular dirección creadora. El cúmulo de condiciones anormales, de cambios y problemas no aceptables, el ocaso del poder local con el consiguiente desenraizamiento y marginación [...], la Reforma y Contrarreforma con sus ideales, dudas, tensiones internas y emociones incomprensibles [...]; y, si continuamos a otro nivel más abstracto, la invasión de lo interior por lo exterior, del campo por la ciudad y de aquel por esta, del orden por el desorden y del bien por el mal habremos puesto las bases para comprender la proliferación de demonios, posesos y exorcistas e interpretar las numerosas dimensiones y representaciones de Satán en la época[15].

El diablo se convierte en la imagen donde materializar los acontecimientos que golpean y desorientan a la sociedad de los Siglos de Oro[16]. Se percibe el mal en todos los niveles de la vida: tanto en el ámbito personal (incertidumbre, pecado, desengaño, sufrimiento, dureza de vida, melancolía, posesión, locura, etc.), como en la esfera socio-política (principio de desmoronamiento de las instituciones básicas) y en su dimensión cultural (la pintura, el teatro y la escultura muestran numerosas imá-

---

[13] Johann Wier, John Klein, Friedrich von Spee y Francesco Maria Guaccio, entre otros muchos, muestran en sus tratados una clara intención por trazar nuevos caminos que faciliten la expansión del individuo, tal y como posteriormente estudiaremos.

[14] *Cfr.* Maravall, 1996; Rodríguez de la Flor, 2002; y Hauser, 1982.

[15] *Cfr.* Lisón Tolosana, 1990a, p. 206.

[16] Durante los Siglos de Oro se considera que parte de la sociedad está endemoniada, que el mal, en sus múltiples manifestaciones (guerras, pestes, hambres, motines, impotencia real, hechizos, desgobierno, etc.), la preside y gobierna. *Cfr.* Nola, 1992; Lisón Tolosana, 1990a; Teyssedre, 1991; Foe, 1978; Dilthey, 1978, pp. 103-124; Moncó Rebollo, 1989; y Levi, 1921.

genes del diablo: unas burlonas, otras irónicas y algunas dramáticas, presentándonoslo como un ser cotidiano y muy cercano)[17].

La maldad, como fruto de la incuestionable existencia del demonio, se erige en pieza clave a la hora de interpretar este periodo histórico marcado por la crisis y la confusión. En los tratados que versan sobre magia se observa cómo el mundo al revés o *mundus inversus* equivale claramente a un mundo loco o *mundus perversus*[18]. El hombre de entre siglos parece ver como *impossibilia* o mundo disparatado sucesos como: las críticas realizadas al cristianismo por parte de Erasmo[19], las reformas de Lutero y de Calvino, las ideas de Copérnico[20], la guerra de los Países Bajos contra la monarquía católica española, el cambio de fortuna de la casa real, etc. De ahí que pensadores, escritores y artistas barrocos subrayen la perversidad, la locura y la miseria que se ha apoderado del universo[21].

[17] En el caso concreto de Calderón de la Barca muestra en su teatro tres tipos diferentes de demonio (independiente, identificado y acompañado) extraídos de la tradición bíblica, patrística y teológica. «Al demonio independiente de otros personajes en su acción sobre el hombre lo define la certeza y acción directa, típicas del demonio de la cristiandad primitiva: un demonio de escasa elaboración teológica y enorme poder sugestivo —Mal Genio, espíritu, serpiente, príncipe y dios de este mundo—, y por esto preferido a otros tipos por la imaginación popular, desde los Padres del desierto. Pero, a juzgar por el escaso lugar que le concede (tres comedias y tres autos), no es el demonio favorito de Calderón, seguramente por su rudeza teológica. En cambio, el demonio identificado con otros caracteres, como la Culpa y similares, satisface al teólogo y al dramaturgo porque combina teología e imaginación popular, dando el grupo de autos más numeroso. Se trata de una identificación dramática del demonio con la Culpa y la Muerte principalmente: Culpa y Muerte incorporan en el orden temporal lo que el demonio es en el orden espiritual. La imagen resultante reúne datos bíblico-patrísticos y especulación teológica. [...] Respecto al demonio del tercer grupo, acompañado de la Culpa, la Muerte, etc..., se halla en veintisiete autos. Descansa en la conclusión teológica tomista de que el demonio precisa de un intermediario para actuar en la mente humana porque su acción directa solo alcanza la sensibilidad. En realidad, este tipo de demonio resulta del desarrollo de una posibilidad teológica implícita en el demonio independiente y todavía más en el identificado: cada vez que estos (de Culpa, Muerte, etc...) actúan directamente en la mente del hombre, infiere el teólogo que el demonio lo hace en forma indirecta por medio de ellos.» Cilveti, 1977, pp. 232-233.

[18] *Cfr.* Lafont et Redondo, 1979.

[19] *Cfr.* Bataillon, 1995; Abellán, 1982; y Huizinga, 1986.

[20] *Cfr.* Copérnico, *Sobre la revolución de las orbes celestes*; y Fernández Álvarez, 1974.

[21] «El *topos* del mundo como teatro, el "mundo inmundo", el "mundo trabucado" y el mal radical de este mundo al revés son conceptos fundamentales en el

En el plano teológico surge la idea de la libre voluntad del hombre y de su capacidad para elegir entre el bien y el mal[22]. Hacia 1582 se inicia la controversia *De auxiliis* en Salamanca, generada por los padres jesuitas Molina, Suárez, Vázquez, Gregorio de Valencia y Juan de Mariana. Son ellos los encargados de objetivar los valores de una cultura marcada por la complejidad. La aventura y el desarrollo, la conquista de nuevas tierras y el conocimiento del cielo, el individualismo y el éxtasis marcan las bases con las que interpretar la Historia Áurea. En *Concordia liberi arbitrio* (1589)[23], desde un prisma puramente humanístico, el padre Molina defiende la libertad del hombre. Considera que el ser humano puede hacer y deshacer según su criterio, siendo el único responsable de sus propios actos, creciendo a nivel personal tanto en la elección como en la acción de sus decisiones[24].

Por su parte, el padre Suárez, en su *Tractatus de legibus* (1612)[25], razona y argumenta la idea de la soberanía popular, de la estructura democrática de la sociedad; sostiene que el pueblo es el sujeto primario de la autoridad. El padre Mariana va más allá al defender el tiranicidio para enmendar la opresión política. Calderón, alumno de los jesuitas, pone de relieve en *La vida es sueño*[26] el valor y la realidad de la libertad para la acción, juntamente con la responsabilidad moral individual[27]. El problema teológico-jurídico del libre albedrío es llevado a los escenarios por Tirso de Molina en *El condenado por desconfiado*[28]. Se confirma en estos escritos que sus autores se sienten responsables del desarrollo de una conciencia positiva para planear acontecimientos y participar activamente en su presente histórico, en un intento por solventar la crisis profunda y la decadencia.

Criticón. Quiñones de Benavente, Tirso de Molina y Lope de Vega se apoyan en esas figuras de inversión radical peyorativa para aprehender situaciones concretas de locura colectiva e injusticia permanente. Quevedo en *La hora de Todos* ve todo al revés, es decir, solo desorden, inestabilidad y pecado o, en otras palabras, describe la inherente maldad humana siempre en operación.» Lisón Tolosana, 1990a, p. 207.

[22] *Cfr.* Andrés Martín, 1976; Monden, 1968; Searle, 2000; y Capitani, 1987.

[23] *Cfr.* Molina, *Liberi arbitrii cum graetiae donis, divina praecentia, providentia, praedestinatione et reprobatione concordia.*

[24] *Cfr.* Queralt, 1977; y Ocaña García, 2000.

[25] Suárez, *Tractatus de legibus ac Deo Legislatore: in decem libros distributus.*

[26] Calderón de la Barca, *La vida es sueño.*

[27] *Cfr.* Frutos, 1952; y García-Bacca, 1964.

[28] Molina, *El condenado por desconfiado.*

La independencia ocupa el primer plano en la concepción jesuí-
tica del ser humano. Pero esta libertad puede estar encaminada no solo
hacia la máxima exaltación del individuo místico, sino también hacia
la desviación marginal del pícaro e, incluso, hacia el error, el desorden
y el pecado. El mal es inherente al libre albedrío, por lo que también
él forma parte activa en la Historia que en esos momentos se vive. El
incremento de posesos a partir de las dos últimas décadas del siglo XVI
es considerado como la prueba material de que Lucifer se manifiesta
en el mundo y en las personas, pudiendo dominar incluso al rey[29].

Durante este periodo estar poseído o creer estarlo conlleva una realidad espantosa: la persona se desdobla entre su propia individualidad y
el diablo. En la frontera limitada por su cuerpo cohabita un espíritu caó-
tico, agresor, destructor, aniquilador de la intimidad, del carácter, de la
misma esencia de ser humano. El demonio se convierte en el componente más odiado y rechazado de la identidad personal en un poseso;
ello da lugar a una gran confusión mental que conduce a la más extrema ambigüedad, duda y depresión, llegando incluso a rozar la autodes-
trucción. El hombre se da cuenta de que es difícil vivir en el equilibrio
y, aun consiguiéndolo, este se puede romper por el mal que forma parte de la propia naturaleza humana[30]. Libertad/represión, bien/mal, cuer-
po/alma, razón/locura son temas que se plantean justamente cuando la
existencia viene definida por la pasividad, la miseria y la angustia.

La locura se encuentra íntimamente relacionada con la posesión.
La demencia es enfocada desde diferentes puntos de vista que van desde la patológica y clínica[31], hasta la universal de Gracián o la colectiva del mundo al revés; junto a la locura a lo divino de misioneros, as-
cetas, santos, beatas y místicos, cohabita la heroica de soldados, capitanes

---

[29] Un claro ejemplo a este respecto lo constituye la figura de Carlos II, fruto de estrechas uniones consanguíneas a lo largo de doscientos años que fueron
las causantes directas de su salud endeble, de su físico débil, de sus depresiones,
histerias y trastornos psicológicos y, posiblemente, de su esterilidad. Por todo ello
y en especial por el hecho de no poder engendrar un descendiente, sus confesores, consejeros, validos y prácticamente todo el pueblo creían que el rey había
sido objeto de múltiples encantamientos —de ahí el sobrenombre de «el
Hechizado»— e incluso se pensaba que estaba endemoniado. *Cfr.* Calvo Poyato,
1996; y Maura Gamazo, 1990.

[30] *Cfr.* Charcot et Richer, 1972; Fiore, 1988; y Walker, 1981.

[31] *Cfr.* González Duro, 1994; y Ristich de Groote, 1973.

y conquistadores. Este fenómeno tan complejo da lugar a una cierta tensión interna y a una exaltación imaginativa que en sus distintas canalizaciones y expresiones llega a convertirse en *topos* literario en los Siglos de Oro[32].

En el caso de la locura de amor melancólico-erótico[33] sus manifestaciones son muy variadas y de la mano de Garcilaso se plasman en el pastor que, desdoblando su *yo*, llega a una confusión mental entre su propio cuerpo y el de su amada. A partir de entonces la novela pastoril fundamenta su temática en la pérdida de la conciencia del *yo*: el loco enamorado vive en el amado; la unión mental y espiritual con la persona deseada disminuye la vivencia de la propia identidad[34], tal y como se demuestra en:

> Escrito está en mi alma vuestro gesto,
> y cuando yo escrebir de vos deseo;
> vos sola lo escrebistes, yo lo leo
> tan solo, que aun de vos me guardo en esto.
>
> En esto estoy y estaré siempre puesto,
> que aunque no cabe en mí cuanto en vos veo,
> de tanto bien lo que no entiendo creo,
> tomando ya la fe por presupuesto.
>
> Yo no nací sino para quereros;
> mi alma os ha cortado a su medida;
> por hábito del alma misma os quiero.
>
> Cuanto tengo confieso yo deberos,
> por vos nací, por vos tengo la vida,
> por vos he de morir y por vos muero[35].

---

[32] *Cfr.* Redondo et Rochon, 1981; Foucault, 1997; Sampayo Rodríguez, 1986; Fritz, 1992; Feder, 1980; y Rotterdam, *Elogio de la locura*.

[33] *Cfr.* Arce de Vázquez, 1969; Klibansky, Panofsky y Saxl, 1991; Babb, 1951; Wittkower, 1988; y Yates, 1992, pp. 90-108.

[34] *Cfr.* Avalle-Arce, 1975.

[35] Vega, *Poesía castellana completa*, pp. 181-182.

En *La Celestina* los galanes a «sus amigas llaman e dizen ser su Dios»[36]. Tirso, Góngora, Lope, Valdivielso y Cervantes vierten en sus obras manifestaciones, atributos e imágenes de complementariedad, dobles y mitades características del amor neoplatónico nacido en el Renacimiento y del que se hacen eco[37]. Sin embargo, tenemos que precisar que desde principios del siglo XVII se nota un cambio en la representación de la locura amorosa; ya no se reflexiona tanto sobre cómo el amor desposee al amante de su propia alma, sino que se subraya cómo el amor es un desatino y un desvarío al no estar sometido a la razón. Quevedo arremete contra las locuras amorosas y las califica como cosas de risa, tonterías grotescas y disparates[38]; «locura sin cura» apostilla despectivamente Gracián. Ambos ven el mundo como una gigantesca casa de locos.

De la mano de Cervantes se impone un tipo de desvarío más racional, como juego intelectual que oscila entre la coherencia y la sinrazón, entre el delirio y el genio. Lo mismo que a finales del medievo los lectores quedaban fascinados por la folía caballeresca y amatoria de los amadises, ahora el gusto estético gira hacia una interpretación de la demencia como forma de razón, de verdad enigmática en labios insensatos. Sorprende cómo la insania habla con la voz de la sabiduría, cómo el loco es cuerdo, cómo el necio descubre demonios y en su franqueza invita a desposeerse de los lastres hipócritas y convencionales que desautentifican la existencia humana, tal y como se pone de manifiesto en el siguiente fragmento de la *Novela del licenciado Vidriera*:

> El caballero gustó de su locura, y dejóle salir por la ciudad, debajo del amparo y guarda de un hombre que tuviese cuenta que los muchachos no le hiciesen mal, de los cuales y de toda la Corte fue conocido en seis días, y a cada paso, en cada calle y en cualquier esquina, respondía a todas las preguntas que le hacían; entre las cuales le preguntó un estudiante si era poeta, porque le parecía que tenía ingenio para todo.
> A lo cual respondió:
> —Hasta ahora no he sido tan necio, ni tan venturoso.
> —No entiendo eso de necio y venturoso —dijo el estudiante.

---

[36] Rojas, *La Celestina*, p. 67.

[37] *Cfr.* Ficino, *De amore. Comentario a «El Banquete» de Platón*; Bruno, *Los heroicos furores*; y Hebreo, *Diálogos de amor*.

[38] *Cfr.* Mas, 1957; Chevalier, 1992; y Egido, 1990, pp. 216-240.

Y respondió Vidriera:

—No he sido tan necio que diese un poeta malo, ni tan venturoso que haya merecido serlo bueno[39].

En este contexto social e ideológico la literatura barroca refleja la apariencia, el engaño, la sombra, el sueño, la evasión, la trascendencia, en definitiva, la irrealidad que caracteriza a este momento. Los escritores se limitan a proyectar lo real en lo imaginario[40], así tenemos el caso de Mateo Alemán, quien en su *Guzmán de Alfarache* afirma que lo que rodea al hombre es puro engaño: «Toda cosa engaña y todos engañamos»[41]. A este respecto Francisco Rico recuerda un largo pasaje del «Elogio» de Alemán a Luis Belmonte Bermúdez: «Ya sea de nuestra mala inclinación la culpa, ya nazca de la corrupción de las cosas, la experiencia nos enseña que todo, del cielo a el suelo, es mentiroso... Últimamente, del Espíritu Santo tenemos y afirma no haber hombre de verdad, que todos mienten, aunque se diferencian en el modo, unos más, otros menos, estos con cuidado y artificio y esotros tan a los anchos y desbocados, y es lo peor que no repara[n] en su infamia ni en ver que son con el dedo notados»[42].

Góngora, por su parte, literaturiza la vida, transfigura lo que toca, elevando, purificando e irrealizando. Las cosas son para él ideas; lo humano lo concibe como una representación estética y trascendental. La realidad gongorina no reside en los objetos sino en el espíritu. A veces tizna sus versos con un pesimismo final que invita a gozar de la vida en plenitud antes de que nos disolvamos[43]:

> [...] goza cuello, cabello, labio y frente
> antes que lo que fue en tu edad dorada
> oro, lilio, clavel, cristal luciente,
> no solo en plata o víola troncada
> se vuelva, mas tú y ello juntamente
> en tierra, en humo, en polvo, en sombra, en nada[44].

---

[39] Cervantes, *Novelas ejemplares*, t. 2, pp. 57-58.
[40] *Cfr.* Villanueva, 1991, pp. 115-130.
[41] Alemán, *Guzmán de Alfarache*, t. 2, p. 72.
[42] Icaza, *Sucesos reales que parecen imaginados de Gutierre de Cetina, Juan de la Cueva y Mateo Alemán*, pp. 380-382.
[43] *Cfr.* Iventosch, 1974, pp. 35-40.
[44] Góngora, *Poesía selecta*, p. 96.

En otras ocasiones avisa del peligro que corremos

en seguir sombras y abrazar engaños[45].

Gracián, por su parte, en su *Criticón* examina detalladamente la vida a partir de un cuestionamiento de la propia existencia humana: «¿Qué es esto, dezía, soy o no soy? Pero, pues vivo, pues conozco y advierto, ser tengo. Mas, si soy ¿quién soy yo?, ¿quién me ha dado este ser y para qué me lo ha dado?; para estar aquí metido, grande infelizidad sería»[46]. A Gracián, que sabe que las cosas no pasan por lo que son sino por lo que parecen, le atrae el símbolo, el emblema, el inacabable juego verbal. Considera que en este mundo todo es engaño, humo, desilusión y vulgaridad, por un lado, o alegoría, imagen y concepto, por otro; empobrece lo temporal y encarece lo eterno. Cree que la vida es un peregrinaje al otro mundo[47].

La visión que en el Barroco se tiene de la realidad es también la que Lope de Vega y Calderón muestran en sus representaciones. Ambos parten de la existencia objetiva para desrealizarla en un juego de caracteres sutil e intelectual. Sus personajes son espejos de la sociedad de su época y, a su vez, esconden bajo sus actos y pensamientos un mundo suprarreal de ideales y sueños. Lope de Vega es tan galante como religioso y pastoril en sus versos y escenas. Su obra *Lo fingido verdadero*[48] es una representación del refinado mundo como un escenario en el que los hombres son actores[49]. Esta idea es desarrollada por Calderón en su teatro, donde nos muestra un mundo de transfiguración y de fantasía. Temas básicos en sus autos son: la vida como sueño, la deficiente interpretación humana de la realidad al enredarse en las apariencias y el *theatrum mundi*. Calderón concibe a sus personajes como títeres simbólicos, idealizados, que con sus hilos escénicos los desliza por secuencias conceptuales que van desde la realidad a la universalidad, haciendo claro hincapié en el tópico de tomar la naturaleza como engaño y lo sobrenatural como real[50].

---

[45] *Ibídem*, p. 331.
[46] Gracián, *El Criticón*, p. 71.
[47] *Cfr.* Egido, 1996.
[48] Vega Carpio, *Lo fingido verdadero*.
[49] *Cfr.* Díez Borque, 1976; Maravall, 1972; y Gómez Moriana, 1968.
[50] *Cfr.* Casalduero, 1972; Durán y González Echevarría, 1976; y Valbuena Prat, 1941.

Quevedo, por su parte, retuerce todo lo que toca, reemplaza los sentidos por una representación deformadora y maligna de la realidad. Pesimista y decadente, degrada lo bello y sublima la grosería, tal y como ocurre en sus obras *El mundo por dentro*[51] y *El alguacil alguacilado*[52]. Busca sentido detrás de la ambigüedad y el equívoco de la vida[53]. Pero el que acaba siempre desmaterializando su inicial y consistente realismo terrenal es, sin lugar a dudas, Cervantes. Solo don Quijote podría explicar, «¡Porque vean vuestras mercedes clara y manifiestamente el error en que está este buen escudero, pues llama bacía a lo que fue, es y será yelmo de Mambrino!»[54].

> Don Quijote esboza lo negativo del mundo renacentista; la escritura ha dejado de ser la prosa del mundo; las semejanzas y los signos han roto su viejo compromiso; ... las cosas permanecen obstinadamente en su identidad irónica: no son más que lo que son; las palabras vagan a la aventura, sin contenido, sin semejanza que las llene; ya no marcan las cosas; duermen entre las hojas de los libros en medio del polvo... La erudición que leía como un texto único la naturaleza y los libros es devuelta a sus quimeras: depositados sobre las páginas amarillentas de los volúmenes, los signos del lenguaje no tienen ya más valor que la mínima ficción de lo que representan. La escritura y las cosas ya no se asemejan. Entre ellas, Don Quijote vaga a la aventura[55].

Lo que hace Cervantes es contrastar el reducido campo de la realidad con el infinito espacio de la metáfora, la alegoría y el mito, y comprueba que en el mundo hay más símbolos que cosas, más imaginación que realidad[56]. A este respecto las palabras de Javier Blasco Pascual resumen el concepto que en el Barroco se tiene sobre esto:

> Hay un cuadro estrictamente contemporáneo de Cervantes que ilustra en una imagen precisa lo que quiero decir. Me refiero a «Las Meninas»,

---

[51] Quevedo, *El mundo por dentro*.
[52] Quevedo, *El alguacil alguacilado*.
[53] R. Fernández de Ribera (1579-1631) crea en los *Anteojos de mejor vista* al licenciado Desengaños quien, desde lo alto de la Giralda, es capaz de ver a los hombres como son en realidad. *Cfr.* Cuevas, 1979, t. 1, pp. 357-376.
[54] Cervantes, *Don Quijote de la Mancha*, t. 1, p. 528.
[55] Foucault, 1968, pp. 54-55.
[56] *Cfr.* Castro, 1972; y Olmeda, 1973.

alegoría extremadamente rica de la problemática relación que existe entre realidad y representación. Atendamos a la «historia» que dicho cuadro nos narra: Velázquez retrata a un pintor en pleno proceso de creación. Fuera del cuadro queda el modelo, la realidad, sobre cuya representación está trabajando el pintor; dentro del lienzo aparecen, sin embargo, dos imágenes diferentes de esa misma realidad que le sirve de modelo al pintor: una artística que el pintor está viendo, pero que nosotros, espectadores, solo podemos «imaginar», plasmada en la parte frontal del lienzo que nosotros vemos por detrás; y otra mecánica, que se ilumina sobre el lejano espejo del fondo de la sala. Hasta aquí la representación de lo que «Las Meninas» nos cuenta. Vayamos ahora a la interpretación: la realidad, el espacio que hace trescientos años ocupaba el modelo, es el espacio que ahora ocupamos nosotros mismos, los espectadores: es mudable e imposible de aprehender. La realidad necesariamente —por definición— queda fuera del cuadro. Este solo puede ofrecernos imágenes de la misma: la histórica del espejo y la misteriosa del arte[57].

Sin embargo, tenemos que precisar que ya desde el mil seiscientos comienza a entreverse una nueva visión más positivista de la realidad que va reduciendo el espacio de la creencia, del milagro y del encantamiento. No debemos olvidar que en 1609 Galileo logra crear la lente astronómica[58] y Kepler escribe *Astronomia nova*; Harvey abre nuevos caminos con su *De motu cordis* (1628)[59], Rembrandt, también en 1632, con *La lección de anatomía*[60] y Descartes con su *Discurso del método* (1637)[61]. El proceso especulativo-experimental así iniciado culmina con la fundación de la Academia de Ciencias de París (1666), con el cálculo de la velocidad de la luz por Rômer (1675) y con la obra *Philosophiae naturalis principia matemática*[62] de Newton. Paulatinamente la mentalidad mágica es sustituida por otra mecanicista, dando paso al raciocinio propio de la Edad Moderna y Contemporánea[63].

[57] Blasco Pascual, 1998, p. 28.

[58] *Cfr.* Crombie, 1979.

[59] Harvey, *Exercitationes anatomicae, de motu cordis et sanguinis circulatione: cum duplici indice capitum et rerum.*

[60] *Cfr.* Münz, 1970.

[61] Descartes, *Discurso del método.* Para conocer más sobre el pensamiento de Descartes se recomienda consultar: Rodis-Lewis, 1971; y Scott, 1976.

[62] Newton, *Principios matemáticos de la filosofía natural.*

[63] *Cfr.* Vickers, 1990; Azuela, 1998; López Campillo, 1998; y Valldepérez Coll, 1995.

Al mismo tiempo, el hombre barroco estudia tanto la naturaleza desde un prisma denotativo, como lo trascendente desde una óptica subjetiva marcada, en el ámbito católico, por la Contrarreforma[64]. Se empieza a hacer un esfuerzo por observar y analizar el entorno físico objetivamente, por sopesar con razón crítica lo irreal. Pero las circunstancias aún no son del todo óptimas y, por encima de esta concepción de la realidad, se impone un mundo de apariencias y de ficciones, una vida terrenal como tránsito a otra duradera y una naturaleza humana inclinada hacia el mal. Todo ello da lugar a que el espíritu humano tienda a la creación alegórica y al gozo simbólico, al soñar despierto en definitiva.

Locura, razón, melancolía; místico, poseso, misionero; pícaro, conquistador, alcahueta; teólogo, astrólogo, exorcista; decadencia, superstición, diablo; son imágenes recurrentes y abstracciones que determinan y caracterizan los Siglos de Oro. No existe una realidad única; para llegar a precisarla dependemos del tiempo, del lugar, en definitiva, de la metáfora. El pensamiento mágico, los manuales exorcistas y los tratados teológico-morales son los que labran y organizan la realidad de ese momento. El sermón, el catecismo, el apotegma, el cuento, la lengua, etc., son reflejos de la existencia renacentista y barroca. La literatura, la diversión y la fiesta estructuran la naturaleza. El compartir presunciones, imágenes, miedos, esperanzas y creencias sobre el mundo, la persona, la vida y el más allá, se constituye como la base y fundamento de una realidad palpable, verdadera y, en definitiva, única.

---

[64] «El esquema contrarreformista, escolástico y trascendente genera pocas fórmulas para observar la naturaleza y la realidad empírica; parece exorcizarla al subrayar su lado impreciso e indeterminado. La presenta incompleta; es necesario por tanto, proyectarla, suplementarla, ir mucho más allá, re-inventarla. La diviniza. Y al contrario, la evocación a través de la incertidumbre y de lo indeterminado es enormemente activa y el vocabulario de la imaginación increíblemente rico. El hombre barroco no ve; cree, sabe, interpreta. En una época, así caracterizada encuentra fácil acomodo todo un cúmulo heterogéneo de creencias, representaciones e ideas fantásticas [...]; todas son reales porque todas son mentales.» Lisón Tolosana, 1990a, p. 218.

1.2. El sentido mágico de una existencia racional

Los siglos XVI y XVII constituyen una época en la que lo extraordinario y lo empírico cohabitan. Pensamientos tan contrapuestos como el hermético y el científico se aúnan con la intención de penetrar en la naturaleza y dominar sus fuerzas. En los albores de la cultura moderna, Dios deja de ser el centro de la creación, lugar que pasa a ser ocupado por el ser humano[65]. Es entonces cuando se comienza a reducir a normas y conceptos lógicos el universo y, al mismo tiempo, cuando adquiere mayor importancia el sentido quimérico de la existencia.

El hombre de los Siglos de Oro muestra una gran ambición en su conocimiento del mundo; pero, a su vez, es muy consciente de que no puede dar respuesta a todas las dudas que le van surgiendo. De ahí que también se centre en el estudio de la magia como complemento a su razón[66]. Esta mentalidad que fusiona dos concepciones en apariencia antagónicas también se halla potenciada por las catástrofes naturales que estos años sufren, de cuyos excesos no se conocen más que sus consecuencias: pestes y ruinas en las cosechas que dan origen al hambre y la enfermedad, acorralando una y otra vez al individuo. Frente a estos males, el pensamiento ocultista cree que puede forzar los poderes sobrenaturales mediante el conjuro. Se toma la adivinación, el maleficio y el sortilegio como algo consentido por Dios, que emana de la fuerza del mismo diablo[67].

Surgen necesidades nuevas que no se pueden satisfacer; de ahí que se perciba una reafirmación de los valores supersticiosos; hecho clave que debemos tener presente para comprender los Siglos de Oro en su

---

[65] *Cfr.* Kristeller, 1993, pp. 227-279; Garin, 1990; Abellán, 1979; y Maravall, 1972.

[66] *Cfr.* Eliade, 1978; Martino, 1973; Adriani, 1980, pp. 65-127; Croce, 1948, t. 1, pp. 69-77; y Trías, 1970.

[67] El diablo, en la civilización cristiana del siglo XVI, viene a ser el puente entre lo religioso y lo mágico. La nobleza, los letrados y el mismo clero, al igual que el pueblo llano creen en el control que dispone Satanás sobre las cosas humanas. Esta intervención del demonio permite justificar las anomalías, lo que sirve para ocultar errores que quedan documentados en los tratados que hemos seleccionado para realizar el presente estudio. *Cfr.* Lisón Tolosana, 1990a.

complejidad[68]. En este contexto tan propicio es, precisamente, cuando la magia emerge de la oscuridad cultural en la que se mueve durante los siglos medievales, para convertirse en cuestión común de los pensadores y científicos de la época[69]. Así, por ejemplo, Marsilio Ficino dedica a este tema parte de sus libros sobre la vida, Giovanni Pico della Mirandola se convierte en su defensor, Giordano Bruno considera al mago como un sabio conocedor del lenguaje del universo, Francis Bacon —a partir de su contacto con el ocultismo— concibe la ciencia como poder, Kepler contempla las esferas celestes como entes que giran animados por los espíritus, Leibniz sigue desde Llull a Bruno la huella de los misterios cabalísticos en busca de la piedra filosofal, Descartes lee y medita la obra de Enrique Cornelio Agrippa, todo ello sin olvidar a hombres como Cardano, Della Porta, Paracelso, etc., que contribuyen decisivamente a dar el paso racional que separa la magia de la ciencia[70]. A este respecto, Tommaso Campanella opina que:

> Todo cuanto hacen los científicos imitando a la naturaleza o ayudándola con arte desconocida, [es considerado] obra de magia, no solo por la baja plebe, sino por el común de los hombres. De modo que no solo las ciencias antes mencionadas, sino cualquier otra sirven a la magia. Gracias a ella fue construida por Arquitas una paloma que volaba como las naturales y también el águila artificiosa o la mosca que volaba por sí misma diseñadas por un alemán en tiempo del emperador Fernando. Mientras no se comprende el arte dícese siempre ser obra de magia; después, se convierte en ciencia vulgar.

[68] Tampoco debemos olvidar que el Renacimiento es una época brillante, pero ceñida casi exclusivamente a una minoría vinculada generalmente al estamento dirigente, donde triunfan la secularización de la cultura y los principios racionalistas que animan al Humanismo. A excepción de ellos, la sociedad es analfabeta. Salvo en algunas zonas privilegiadas de Europa —en el norte de Italia y entre el Sena y el Rhin—, la mayor parte de los europeos viven inmersos en el campo, en proporciones que pueden superar el 80%, lugar donde el analfabetismo es aplastante y en el que no cabe hablar de principios racionalistas ni de avances científicos. Es un mundo en el que la mentalidad mágica adquiere su máxima expansión. *Cfr.* Fernández Álvarez, 1980; Fernández Álvarez, 1989; y Deleito y Piñuela, 1989.

[69] *Cfr.* Bernal, 1979; Butterfield, 1982; Delumeau, 1977; Laín Entralgo, 1973; y Tatón, 1973.

[70] *Cfr.* Walker, 1958; Gandillac, 1987; y Vickers, 1990.

Cosa mágica fue la invención de la pólvora y de la imprenta, así como la de la brújula, pero hoy que todos saben el arte se contempla como cosas vulgares y corrientes. De la misma manera relojes y artes mecánicas pierden su significado reverencial para el vulgo. Con todo, rarísimas veces se divulgan las cosas físicas, astrológicas y religiosas, y fue precisamente en ellas donde los antiguos recluyeron el arte [magiam][71].

Creencias y postulados antaño desechados, condenados y exorcizados como impíos y demoniacos, ahora se retoman con la intención de limpiarlos de las supersticiones con las que han sido lastrados. De ahí el esfuerzo que el pensamiento renacentista realiza a la hora de diferenciar la magia verdadera de la falsa, ya que se piensa que con ello el hombre dispondrá de la llave con la que gobernar la naturaleza. Es ahora cuando se cree en:

> [...] la idea de un universo vivo en todas sus partes, preñado de correspondencias ocultas, de ocultas simpatías, penetrado completamente de espíritus, donde se entrecruzan por todas partes signos de significado oculto; donde cada cosa, cada ente y cada fuerza es como una voz aún no oída, una palabra suspendida en el aire; donde cada palabra posee ecos y resonancias innumerables; donde los astros nos transmiten señales y se las transmiten entre sí, nos miran y se miran, nos escuchan y se escuchan; donde el universo entero es un inmenso, múltiple y variado coloquio, en voz baja o a gritos, ora enunciado en tonos secretos, ora en lenguaje perfectamente claro. Y en medio de todo ello está el hombre, ser admirable y mudable capaz de pronunciar toda palabra, reproducir cualquier cosa, proyectar cualquier alfabeto, responder a cualquier invocación, invocar a cualquier dios[72].

Tratados antiguos como el *Pimander*, el *Asclepio* o el *Corpus Hermeticum*, junto con el pensamiento de Platón, influyen decisivamente en este concepto del cosmos penetrado por la simpatía o la antipatía entre los elementos que constituyen sus siete esferas[73]. En este contexto el hombre se erige como gran milagro, inmortal, situado entre la tierra y el cielo, único entre los seres de este mundo que se alza más allá; es el dueño del orbe, desafía a los elementos, conoce a los demo-

---

[71] Campanella, *Del senso delle cose e della magia*, IV, 5, pp. 241-242.
[72] Garin, 1981a, p. 203.
[73] *Cfr.* Yates, 1994; Zamora Calvo, 2000.

nios y transforma su realidad circundante[74]. Su destino no se limita a
ser el centro del universo, sino que también puede desbordar el mundo de las formas disfrutando y siendo muy consciente de su propia independencia. De este modo, siempre que lo decida, puede sobrepasar
los límites esféricos encontrando: o su degeneración —si opta por la
profundidad de lo demoniaco— o su perfeccionamiento —si se decanta
por la ascensión hacia lo divino supraintelectual.

El ser humano se halla suspendido en el centro de las causas defi-
nidas y limitadas de las cosas que, en esencia, son lo que siempre fueron desde el principio: piedra, animal, planta, astro, etc. «El hombre es
la nada que puede llegar a serlo todo y se proyecta hacia el futuro. Su
humanidad no reside en una naturaleza ya dada, sino en la construcción de la misma, en la elección asumida, en su rebasar los ámbitos
de lo real»[75]. La esfera celeste habitada por espíritus, llena de vida, no
es una naturaleza que oprima al individuo, todo lo contrario, para él
ha de ser un espacio en el que pueda expandir su libertad a partir de
un diálogo con los seres inmortales que animan las estrellas y las cosas celestes. Lo único que precisa es disponer de la capacidad necesaria para saber oír y comprender la voz de las fuerzas cósmicas. Pero
para captar dicha voz ha de acallar la propia, solo así pueden emerger
los movimientos elementales. Su destino no está predeterminado, ha
de construirse a partir de la multitud de divinidades que presiden los
distintos momentos de la existencia[76].

Tal y como Eugenio Garin considera[77], contra una persona que se
mueve en un mundo de represiones y fronteras, surge la exaltación
del ideal hermético en el que prima la voluntad, la obra, el acto, di-
solviendo con ello las formas[78]. Un universo vivo e intensamente interrelacionado muestra la completa emancipación de la existencia humana en un hacer y deshacer cualquier figura, labrándose el camino
del destino elegido. En realidad no existen límites si se sabe descifrar
el lenguaje con el que se comunican las esferas. Todo se encuentra en
vivo movimiento, origen de vibraciones infinitas, que establecen en-

[74] *Asclepio*, pp. 199-230.
[75] Garin, 1981a, p. 205.
[76] Pilar Alonso Palomar realiza un detallado estudio de la magia renacentista
y sus lenguajes, imágenes y símbolos en: Alonso Palomar, 1994.
[77] *Cfr.* Garin, 1981b.
[78] *Cfr.* Eco, 1992, pp. 45-114; y Lisón Tolosana, 1983.

tre sí una amplia gama de correspondencias. Es el hombre el que tiene que aprehender y decodificar hasta comprobar que en el cosmos
no hay frontera posible.

Desde nuestra mentalidad nos sorprende que individuos como
Roger Bacon, Pedro d'Ailly o Tommaso Campanella se fijen en la astrología y crean en ella a la hora de pronosticar cambios en la tierra,
la llegada de nuevos profetas, pestes, cataclismos, imperios nuevos, etc.
Sin embargo hemos de tener en cuenta que, en los Siglos de Oro,
dentro de los estudios de medicina se incluye obligatoriamente la asig-
natura de astrología, ya que se piensa que para curar un cuerpo previamente hay que examinar los astros. De ahí que el galeno en su oficio se haga valer no solo de su conocimiento de anatomía o de
farmacopea, sino también de imágenes y plegarias para ensalzar las
fuerzas profundas y las virtudes escondidas, para estimular los espíritus del enfermo y provocar la curación de los órganos dañados[79].

Además, la magia astrológica y el poder aparecen íntimamente uni-
dos desde el origen del cristianismo: según el Nuevo Testamento el nacimiento de Jesucristo fue anunciado a tres reyes magos a través de una
estrella[80], lo que vincula la existencia de cualquier individuo a su correspondiente astro. Esta creencia tan ancestral se refuerza durante el siglo XVI. Se cree que los reyes disponen de tanta superioridad que incluso llegan a adquirir facultades mágicas. A este respecto James George

---

[79] La creencia en la influencia de los astros sobre la vida humana está tan arrai-
gada que, en España, los procuradores se creen obligados a pedir al rey que se
funden cátedras de astrología en sus universidades, con el fin de que los médicos
acierten mejor en la cura de sus enfermos; lo cual hace pensar también en la poca
confianza que el médico común merece a una sociedad que a tales remedios acude para tratar de mejorar su ciencia. Por ello las Cortes de Castilla de 1571 demandan a Felipe II: «Otrosí, porque a causa de no estudiar los médicos a lo menos aquella astrología que basta a entender los movimientos de los planetas y días
críticos de las enfermedades, yerran muchas curas, y siendo los principales autores de la medicina astrólogos, parece que es justo que lo sean los que la siguen.
Suplicamos a V. M. mande que de aquí en adelante en ninguna Universidad puedan dar grado a ningún médico sin que sea graduado bachiller en Astrología.»
[Cita extraída de: Fernández Álvarez, 1984, pp. 249-250].

[80] «Nacido ya Jesús en Belén de Judá en los días del rey Herodes, llegaron del
oriente a Jerusalén unos magos, preguntando: ¿Dónde está el rey de los judíos
que acaba de nacer? Porque hemos visto su estrella en oriente y venimos a ado-
rarlo.» (Mt. 2, 1-3).

Frazer, en *La rama dorada*, explica el proceso por el cual los brujos y los magos, al encontrarse con cualidades preeminentes con respecto al resto de los seres, buscan y alcanzan el poder convirtiéndose en jefes y reyes[81]. Idéntica aureola mágica la conservan los reyes durante los siglos XVI y XVII; de ahí que los cronistas de la época nos relaten los signos prodigiosos que acompañan su vida[82]. También se cree que esta capacidad trasciende a la hora de guerrear, por lo que es fundamental que el soberano se encargue personalmente de los asuntos relacionados con la batalla[83]. La magia también se convierte en un arma eficaz para desacreditar al adversario. De ahí que se acuse a minorías marginadas —como los judíos, los gitanos o los moros— de realizar prácticas ocultistas[84], o que validos —como el conde duque de Olivares— sean tachados de haber hechizado y anulado la voluntad del rey.

Durante los Siglos de Oro, la magia se hace presente también en el amor con toda su sensualidad y erotismo[85]. En el Antiguo Régimen los matrimonios se conciben como mero contrato socio-económico. Son pactos familiares en los que poco tiene que ver la querencia entre los contrayentes. Estamos ante una sociedad que marca unos criterios muy rígidos en este sentido, castigando duramente a los transgresores. La primera de estas reglas reside en mantener la virginidad de la mujer soltera; en segundo lugar, la fidelidad de la esposa; en tercer lugar, los matrimonios deben ser fraguados por los padres respetando con ello el estamento social[86]. El quebrantamiento de estas normas trae consigo graves consecuencias que afectan no solo a los rebeldes, ya que si se descubre que una mujer ha tenido relaciones sexuales antes del matrimo-

---

[81] *Cfr.* Frazer, 1997, pp. 113-120.

[82] De Fernando «el Católico», Andrés Bernáldez nos dice que, a la hora de su nacimiento, estaba su planeta: «... en muy alto triunfo de bienaventuranza, según dixeron los astrólogos»; y a la muerte de Isabel, tras hacer su elogio, nos comenta que la tierra tembló. *Cfr.* Fernández Álvarez, 1990, t. 6, pp. 358-359.

[83] A este respecto Carlos V siempre considera esta tarea como necesaria dentro de sus funciones como rey, de ahí que encabece toda batalla de importancia relevante que aconteciera en su Imperio. En contraposición se sitúa el modo de proceder de su hijo Felipe II, para quien su visión primordial es la de gobernar, relegando la guerra para sus generales, sentimiento este no compartido por el pueblo. *Cfr.* Fernández Álvarez, 1999; Parker, 2000; Pfandl, 1942; y Walsh, 1976.

[84] *Cfr.* Herrero García, 1966.

[85] *Cfr.* Culianu, 1999; Ronecker, 2000; Koning, 1977; y Lewis, 1969.

[86] *Cfr.* Deleito y Piñuela, 1966.

nio la afrenta es para el padre de la misma. El adulterio atenta directamente contra el concepto que del honor se tiene y tan solo puede ser
limpiado a través de un derramamiento de sangre. El marido burlado
dispone del derecho a aplicarlo; en caso contrario, la infamia recae sobre él y el resto de su familia. Con respecto a los matrimonios constituidos por miembros de diferente *status* son mirados con recelo y tomados incluso como extraños.

En una situación socio-moral como esta se recurre a las prácticas
mágicas: cuando falta la descendencia en el seno del matrimonio, cuando se produce el desvío amoroso de uno de los cónyuges, cuando se
desea materializar la pasión, cuando se pretende cubrir las apariencias
(recuperar la virginidad de la soltera) o cuando se pretende recobrar
el vigor sexual (búsqueda de la eterna juventud). Se cree que las brujas y las hechiceras poseen el conocimiento necesario para lograr estos fines[87]. Se considera que el amor es un hado que no depende del
matrimonio, sino que aparece escrito en las estrellas.

Otra de las realidades vigentes durante los siglos XVI y XVII se mantiene estrechamente unida a las prácticas mágicas. Hablamos de las enfermedades consideradas como fruto de un hechizo. Entre las más ha-
bituales destacan la sífilis y la peste, lujuria y muerte entremezcladas
en la simbología de la época[88]. Para prevenir no solo estas sino otros
muchos males se recurre a amuletos; entre ellos destacan las higas de
azabache que se prenden del cuello para luchar contra el mal de ojo,
tal y como documenta la condesa D'Aulnoy ya entrado el siglo XVIII,
cuando nos refiere su encuentro con una mujer que llevaba a su hijo
lleno de manecillas de azabache para combatir los agüeros perjudicia-
les[89]. Tanta es la superstición que incluso surge la figura de la desao-
jadora, persona a la que se atribuye el poder quitar el mal de ojo. De
igual modo nos encontramos con los saludadores, especializados en
curar las mordeduras de los perros rabiosos, sacar del cuerpo humano
espíritus inmundos y eliminar las plagas de langosta[90].

---

[87] *Cfr.* Caro Baroja, 1995; Cardini, 1982; Maria, 1967; Grillot de Givry, 1988;
y Zambelli, 1991.

[88] *Cfr.* Kristeller, 1987; Panofsky, 1998; Gallego, 1984; Sebastián, 1989; Brown,
2001; y Orozco Díaz, 1989.

[89] D'Aulnoy, *Relación que hizo de su viaje por España*, p. 82.

[90] *Cfr.* Lisón Tolosana, 1990b; Deleito y Piñuela, 1963, pp. 183-326; y Elworthy,
1958.

Como hemos podido comprobar, la magia se encuentra relaciona-da con los principales ámbitos de la vida humana de los Siglos de Oro: el saber, el amor, las adversidades, las aspiraciones y los sueños impo-sibles. La mentalidad mágica aparece también inserta en la cristiana a través de la figura del diablo. Es a él a quien se le atribuyen embro-llos, confusiones, cataclismos, anomalías, etc., considerando incluso que los poderes mágicos de brujas y hechiceros residen en el pacto que estos mantienen con Satanás. Se cree que a través de la religión se puede combatir con eficacia al demonio. Al frente de lo mágico apa-rece siempre el maligno; en consecuencia, solo Dios y sus represen-tantes cualificados en la tierra pueden vencerle, dando lugar a un gran número de tratados en los que se aborda el tema de la magia desde los más diversos prismas, en un intento que aparentemente busca erra-dicar estas vanas supersticiones en el estamento social más bajo, pero que en realidad consiguen subyugar la voluntad, la conciencia y la li-bertad del individuo en aras de una cultura que potencia el miedo, la represión y el castigo con su particular «caza de brujas»[91].

1.3. Los autores y sus mentalidades: magia *versus* razón

En este tipo de tratados se dan cabida diversas ideologías. Tanto es así que hemos querido dedicar una atención especial a sus autores, ya que consideramos que para ahondar en el análisis de estos textos es importante conocer el pensamiento que en sus líneas late. De ahí que tratemos de dar sentido histórico a las teorías de los escritores estu-diados, con lo que intentaremos mostrar a estos intelectuales como testigos y, muchas veces, como actores de una fermentación de don-de surge nuestro mundo actual.

Entre el centenar de filósofos y astrólogos, teólogos e inquisidores que se dedican a escribir manuales sobre magia, brujería y demono-logía, tan solo hemos destacado a los más importantes, es decir, a aque-llos que marcan la mentalidad del Renacimiento y del Barroco euro-peos. Hemos optado por comenzar este apartado con Petrarca, pese a que no escribe ningún libro sobre esta temática, al considerarlo el ini-ciador del Humanismo y porque su obra señala el comienzo del pe-

---

[91] *Cfr.* Bonomo, 1985; Pastore, 1997; Romanello, 1978; Cohn, 1987; y Delumeau, 1989.

riodo cultural en el que hemos enmarcado nuestro estudio. Nos encontramos ante un hombre que prevé con gran claridad el futuro al participar activamente en su elaboración.

Tras ello, nos centraremos en la concepción que sobre la magia tienen Ficino, Pico della Mirandola, Pomponazzi, Agrippa, Paracelso, Cardano, Della Porta, Bruno, Pérez de Moya, etc. Ellos son los que paulatinamente van abriendo la mirada de sus contemporáneos, preparando en la sombra y en el silencio la luz que irá iluminando el mundo de forma gradual. En ellos se percibe una evolución ideológica que tiende puentes hacia un enfoque más empírico del conocimiento, preconizando el mecanicismo que a lo largo de los siguientes siglos se va a consolidar, hasta lograr la casi total extinción de la cognición mágica.

Como contrapunto a estos autores positivos, vitalistas, renovadores y un tanto melancólicos, se localizan los exegetas, polígrafos y teólogos que se dedican a reproducir, glosar y acrecentar la doctrina tradicional sobre los aquelarres, los vuelos nocturnos, los encantamientos, los agüeros, la posesión, etc. Sus escritos van configurando un *corpus* que esencializa, define y fija la naturaleza de la obsesión diabólica. Martín de Castañega, el maestro Ciruelo, Paulo Grillando y Vitoria se preocupan por el tema durante la primera mitad del siglo XVI.

La lectura reposada de varios de estos tratados familiariza pronto con un elenco de escritores que son citados y reproducidos fielmente por los posteriores. Navarro, por ejemplo, menciona a Del Río, Pereyra, Valle de Moura, Torreblanca, Villegas, etc. Excepto en contados casos se limitan a reelaborar la versión eclesiástica oficial. Estos tratados adquieren en seguida rango de clásicos por la competencia de sus autores, desatando con ello uno de los fenómenos más oscuros de la Historia de la humanidad: la caza de brujas. Todos ellos son producto de la curiosidad intelectual aplicada al *pathos* de la época; desean precisar la línea que diferencia la fantasía de la realidad.

Renovación y tradición se funden en el saber erudito de los Siglos de Oro. Hermetismo y reprobación cohabitan en un mismo espacio y tiempo, demostrando que no solo los pasos atrevidos marcan caminos nuevos en el conocimiento humano; sino que, a veces, también es recomendable dar un paso atrás, para reflexionar con mayor ángulo de visión sobre la situación originada. Cuando son superados los miedos del pasado se puede caminar de forma más consciente hacia un futuro consolidado. Los autores que a continuación exponemos nos dan clara muestra de ello. Veamos cómo dirigen su particular andadura.

1.3.1. *Filósofos ocultistas y magos*

Si hay algo que caracteriza al Renacimiento es la vuelta que experimenta hacia la Antigüedad clásica, hecho este que se percibe de forma más patente en el campo del pensamiento, marcando una profunda renovación no solo en la figura del filósofo, sino también en el enfoque que en esta época se da de la filosofía. Es ahora cuando el intelectual retoma cualidades perdidas u olvidadas durante el medievo, ejerciendo como maestro de escuela independiente de cualquier ortodoxia, que no tolera ninguna fatuidad hegemónica, como Cardano; que niega ideas consagradas, como Pomponazzi; que descubre verdades ocultas y revelaciones misteriosas, como Ficino; que critica por vocación, como Pico; es mago, como Cornelio Agrippa; defensor de la paz universal, como Erasmo; médico esotérico, como Paracelso; mártir de la libertad de pensamiento, como Giordano Bruno.

El filósofo renacentista se abre a la vida activa, está muy volcado en el mundo moral y político, en el hombre y en su existencia; es un auténtico maestro de vida, definido por Robert Burton en su *The anatomy of melancholy* (1621) como «un melancólico, nacido bajo el signo de Saturno: moralista y médico, mago y astrólogo, que como los sabios antiguos ríe y llora por las cosas del mundo, y para el que la melancolía asume los caracteres de la divina *manía* de Platón»[92]. Se toma como modelo, por un lado, a Sócrates, el maestro de moralidad; y, por otro, a Demócrito, el examinador de la realidad natural[93]. Ambos intentaban obtener de sus estudios resultados prácticos: desde el presagio del futuro, a la curación de las enfermedades. Se piensa que el filósofo debe ser guía y modelo civil de las ciudades bien administradas.

Todo este cambio en la concepción del sabio comienza a delimitarse a partir de la figura de *Petrarca*, primer humanista que produjo un impacto significativo en el pensamiento de su tiempo[94]. Uno de sus lo-

---

[92] Burton, *Anatomía de la melancolía*, t. 1, pp. 42-43.

[93] En esta época Demócrito encarna el ideal del científico de la naturaleza, extremadamente atento a la hora de captar la estructura profunda de los seres. Robert Burton le considera el filósofo de la ciudad, a quien muchos toman por loco al disponer de una vasta sabiduría, al reírse de las cosas grandes y pequeñas y al tratar de descubrir la verdad oculta. *Cfr.* Burton, *Anatomía de la melancolía*, t. 1, pp. 41-42.

[94] Francesco Petrarca nace en Arezzo, en 1304, en el seno de una familia florentina exiliada. Es llevado a Avignon a la edad de ocho años. Después de estu-

gros consiste en oponer a la ciencia medieval el estudio de la Antigüedad. Es un lector ávido y atento de los antiguos escritores latinos: copia, colecciona y anota sus obras; trata de corregir sus textos y de apropiarse tanto de su estilo, como de sus ideas. De los poetas admira a Virgilio; de los escritores en prosa, a Cicerón y Séneca. Al primero debe la forma de sus diálogos y parte de sus conocimientos de filosofía griega; al segundo, el trasfondo estoico de sus escritos: el conflicto entre virtud y fortuna, el contraste entre la razón y las cuatro pasiones básicas que aparecen en el tratado *De remediis utriusque fortunae*, o el lazo entre virtud y felicidad que establece en *Secretum*.

Si hojeamos la edición de sus obras completas, que en 1554 edita Henrico Petri en Basilea, en el frontispicio de la misma el autor se nos presenta como filósofo, orador y poeta, «defensor y restaurador de la renaciente literatura, y de la lengua latina, contaminada y casi destruida por unos siglos de horrenda barbarie». En sus escritos encontramos aunadas tanto la filosofía natural como la moral, además de ser un compendio de las artes liberales. En la introducción al citado libro, Giovanni Herold defiende que este autor no podría ser el maestro de estilo que es si no fuera filósofo.

Según la opinión de Eugenio Garin, Petrarca concibe la filosofía como una búsqueda racional del hombre sobre el hombre. «A una filosofía que es 'lectura' y 'commento' de una verdad alcanzada en la sustancia, que solamente clarifica y desarrolla sus particularidades, se opone una filosofía que es investigación múltiple, discusión, análisis del método, pluralidad de concepciones del mundo y de la vida, multiplicidad, variación. El retorno al pasado clásico es renunciar, no ya a

diar leyes en Montpellier y Bolonia pasa el periodo comprendido entre 1326 y 1353 en Avignon, que en aquel entonces es sede de la curia papal. En 1353 se asienta definitivamente en Italia, donde reside en Milán, Venecia y Padua. Muere en Arquà en 1374. Goza de algunos beneficios eclesiásticos y del patrocinio de los Colonna y de los Visconti. Petrarca es conocido en la Historia de la literatura por sus poemas italianos; pero es admirado y respetado por sus contemporáneos gracias a sus numerosos escritos en latín. Estos textos incluyen poemas latinos, discursos e inventivas, algunas obras históricas y un gran conjunto de cartas. Un último grupo de obras queda circunscrito en el campo de la filosofía moral, como es el caso del diálogo *De remediis utriusque fortunae* (1366) y de los tratados *De secreto conflictu curarum mearum* (1358), *De vita solitaria* (1356) y *De sui ipsius et multorum ignorantia* (1367). *Cfr.* Bosco, 1968; Wilkins, 1955; Bishop, 1963; y Kristeller, 1996, pp. 12-34.

la religión, a la filosofía cristiana, árabe o judía en cuanto filosofías ligadas a una religión, para la recuperación de la filosofía como interrogación racional del hombre sobre el hombre, sobre el mundo y sobre las cosas; pero antes que nada sobre el hombre, sobre su lugar en el mundo, sobre su destino»[95]. Petrarca perfila un esbozo de la filosofía propia de los Siglos de Oro, donde impera una preocupación por el hombre desde el punto de vista moral, político y estético, una lucha contra el dogmatismo de las escuelas y, en definitiva, un respeto y una libertad de pensamiento[96].

Que durante esta época los ojos se vuelvan hacia el clasicismo griego y romano conlleva importantes cambios en las relaciones interdisciplinares y en las instituciones, dando lugar a un filósofo que no solo se limita a reflexionar críticamente sobre su propia experiencia, sino que además de teorizar, actúa en consecuencia con lo que piensa y con lo que dice, tal y como ocurre en el caso de *Marsilio Ficino*, cuyas ideas tienen una gran influencia en la cultura europea de los siglos XV y XVI[97]. Su pensamiento queda empapado por el hermetismo de *gnosis* no cristiana[98], de magia y de astrología, filtrándose desde la atmósfera neopla-

---

[95] Garin, 1990, p. 171.

[96] La hostilidad al escolasticismo, es decir, a la enseñanza universitaria de la Edad Media tardía constituye un aspecto importante dentro del pensamiento de Petrarca. Con ello se convierte en el precursor del «Humanismo cristiano», ya que en el centro de sus escritos se encuentra la fe y la piedad religiosas. *Cfr.* Nolhac, 1907; y Rozzoli, 1937.

[97] Marsilio Ficino nace en Figline en 1433. Estudia humanidades, filosofía y medicina. En 1462 Cosimo de Medici le da una casa en Careggi donde funda la Academia Platónica. Antes de 1469 termina su traducción de Platón; y entre 1469 y 1474 escribe su principal obra filosófica, *Theologia platonica*. A finales de 1473 se hace sacerdote, por lo que goza de varios beneficios eclesiásticos. En esta época empieza a coleccionar sus cartas que son editadas en 1495. Después de 1484 se ocupa de la traducción y los comentarios de Plotino. Parece ser que se retira al campo tras su expulsión de Florencia en 1494. Muere en 1499. Algunas de sus obras más importantes son: *De vita libri tres, De voluptate* y *De sole et lumine*. *Cfr.* Walker, 1958; Marcel, 1948; Garin, 1981a, pp. 135-157; y Kristeller, 1952.

[98] El hermetismo constituye una visión de la realidad como vida y amor, como luz e inteligibilidad universal. En su libro *De vita libri tres*, Ficino insiste en el tema de la vida del universo, de una vida cósmica que cae del cielo y fecunda la tierra de una luz y un amor universales entendidos como sustancia y fuerza motriz

tónica de la Académica Florentina[99], hasta los círculos parisinos más avanzados de Lefèvre d'Etaples[100]. Los escritos de Ficino, en especial su *Theologia platonica*[101] y sus cartas, presentan un sistema de ideas complejo; sus opiniones filosóficas están plagadas de símiles, alegorías y citas de los autores que admira: Platón, Hermes Trismegisto, Zoroastro, Lucrecio, Dionisio Areopagita, san Agustín, etc. Lo que pretende hacer Ficino es intentar dar una descripción elaborada del universo. Hereda de sus fuentes neoplatónicas y medievales la concepción del mundo como una gran jerarquía, en la que cada ser ocupa un lugar y tiene un grado de perfección. Esta cosmología está dispuesta en un esquema de cinco sustancias básicas: Dios, el espíritu angélico, el alma racional, la cualidad y el cuerpo, donde considera que el alma se encuentra a medio camino entre los seres más altos y los más bajos, siendo el hilo conductor entre todas las cosas. Ficino revive la doctrina neoplatónica del alma del mundo y hace de la astrología una parte del sistema natural de influencias mutuas[102].

Íntimamente relacionadas con esta doctrina están otras tres teorías de Ficino: la de la inmortalidad del alma, la del amor platónico y la de la religión natural. La primera es un complemento y una consecuencia de su interpretación de la existencia humana. Si este autor piensa que la tarea del hombre es ascender a través de una serie de grados, hasta la visión y el goce inmediatos de Dios, tenemos que postular que esta meta será alcanzada no solo por unas cuantas personas y de forma temporal, sino por un gran número de ellas y para siempre[103]. Con respecto a la doctrina de Ficino sobre el amor[104], este insiste en que el afecto y la amistad verdaderos siempre son mutuos.

---

del todo. *Cfr.* Ficino, *De vita libri tres ad Laurentium Medicem*; y Yates, 1994, pp. 81-103.

[99] Ficino quiere que su academia tome la forma de una comunidad espiritual, inspirándose para ello en las asociaciones laicas y religiosas de su tiempo y en el modelo imaginado de la Academia de Platón. Sus actividades se centran en ofrecer discusiones informales entre los miembros mayores del círculo, recitales de discursos, lecturas privadas de autores platónicos y conferencias públicas pronunciadas en una iglesia o auditorio adyacente. *Cfr.* Della Torre, 1902.

[100] *Cfr.* Gandillac, 1987, pp. 168-177.

[101] Ficino, *Theologia platonica*.

[102] *Cfr.* Kristeller, 1952, p. 102.

[103] *Ibídem*, pp. 358-378.

[104] Ficino, *De amore. Comentario a «El Banquete» de Platón*.

Una relación entre dos personas se encuentra asentada en sus propias esencias, constituyéndose este como camino hacia el conocimiento divino[105]. Sobre la religión y su relación con la filosofía, Ficino sostiene que el cristianismo es la más perfecta de las doctrinas. Insiste en que cualquier religión está relacionada con el único Dios verdadero. Es exclusiva para los seres humanos, estableciéndose como una parte de su dignidad y como compensación por los muchos defectos de su naturaleza. Está convencido de que el cristianismo y el platonismo se encuentran en armonía el uno con el otro. «Cree que es la tarea de la razón platónica confirmar y apoyar la fe y la autoridad, asignada a él por la Divina Providencia, revivir la filosofía verdadera para beneficio de la religión verdadera»[106].

A estas tres concepciones de Ficino sobre el alma, el amor y la religión, hemos de añadir su opinión sobre la magia. En este sentido, defiende que el filósofo ejerce como mago en cuanto se ocupa de las ciencias de la naturaleza, apoyando con ello la magia natural. Ficino es extremadamente claro a la hora de justificar el empleo de la astrología en cuanto estudio y utilización de las fuerzas naturales que están en los cuerpos celestes. Como el agricultor —dice— «prepara el campo y las semillas a recibir los dones celestes [...], lo mismo hacen el médico o el cirujano en nuestro cuerpo, sea para reforzar nuestra naturaleza, sea para adaptarla mejor a la naturaleza del universo». Idéntico comportamiento adopta «el filósofo experto de las cosas naturales y de aquellas celestiales, aquel filósofo que nosotros acostumbramos a llamar mago»[107].

La naturaleza y la calidad de estas enseñanzas gozan de una gran repercusión en los años sucesivos. Tanto él como su círculo imprimen su sello a este periodo de la cultura florentina. Uno de sus alumnos, Francesco da Diacceto, introduce su tradición en las primeras décadas del siglo XVI y, más adelante, la filosofía platónica se cultiva en la nue-

---

[105] Esta concepción del amor platónico ejerce una fuerte influencia en la literatura europea del siglo XVI. Pero en ella el concepto de amor está desligado del contexto filosófico en el que se ha originado, siendo cada vez más diluido y trivial. *Cfr.* Festugiere, 1941; Devereux, 1969, pp. 161-170; y Panofsky, 1989, pp. 45-66.

[106] *Cfr.* Kristeller, 1996, p. 72.

[107] Citas extraídas de: Garin, 1990, p. 181.

va Academia Florentina de 1540 y en la Universidad de Pisa[108]. Pero su influencia no se limita a Italia. En vida, sus relaciones personales, así como la difusión de sus escritos, se extienden por la mayoría de los países europeos: España, Francia, los Países Bajos, Inglaterra, Alemania, Hungría, Bohemia, Polonia, etc. Ficino es ampliamente conocido y respetado, destacando entre sus seguidores a Patrizi, Bruno, Reuchlin, Erasmo, Moro, Kepler, Paracelso, Cornelio Agrippa, por mencionar solo algunos. Durante los Siglos de Oro sus escritos son reimpresos, coleccionados, leídos y citados. Sin lugar a dudas, Marsilio Ficino es una de las figuras claves y fundamentales a la hora de interpretar y entender en profundidad una época que marca el inicio de la Modernidad.

Otro filósofo de nuevo cuño, que figura entre las más complejas y significativas personalidades del siglo XV, es *Giovanni Pico della Mirandola*[109], a quien se ha considerado como uno de los principales representantes del platonismo renacentista. A este respecto su pensamiento queda influenciado por Ficino[110], pero a diferencia de este, no pretende revivir la filosofía platónica o darle una posición predominante sobre otras escue-

---

[108] *Cfr.* Robb, 1935.

[109] Giovanni Pico nace en Mirandola en 1463, en el seno de una familia rica y poderosa. Destinado a una carrera eclesiástica, empieza a estudiar derecho canónico en Bolonia en 1477. Dos años después comienza filosofía en la Universidad de Ferrara y de 1480 a 1482 prosigue sus estudios en la de Padua, donde es alumno del judío averroísta Elia del Medigo. Estudia árabe y hebreo guiado por varios maestros judíos, a raíz de lo cual se interesa por la cábala hebrea. En 1486 ya tiene escritas sus famosas novecientas tesis. En Florencia y bajo la protección de Lorenzo de'Medici, escribe sus obras más importantes en contacto estrecho con la Academia Florentina y Savonarola. Muere el 17 de noviembre de 1494. Compone sonetos italianos de amor, poemas latinos y sus obras más destacadas son: *De hominis dignitate, Apologia* (1487), *Heptaplus* (1489), *De ente et uno* (1491) y *Disputationes adversus astrologiam divinatricem* (1495). *Cfr.* Garin, 1981a, pp. 161-196; y Gandillac, 1987, pp. 49-68.

[110] Aunque Pico della Mirandola siempre se considera discípulo de Ficino —treinta años mayor que él— pronto desarrolla varias doctrinas filosóficas independientes y no vacila en discrepar con Ficino en importantes puntos doctrinales, hecho este que no perjudica su amistad. Por ello no podemos considerar a Pico como guía o representante típico de la Academia Florentina, aunque es miembro de ella. Investigadores como Paul Oskar Kristeller creen que su contribución llega a ser incluso superior a la del mismo Ficino. *Cfr.* Kristeller, 1993.

las. Ni siquiera quiere llamarse platónico, siendo su principal meta la de conciliar y armonizar el platonismo y el aristotelismo primero entre sí y luego con otras ideologías[111], es decir, aspira al sincretismo[112]. Con este término Pico hace referencia a que todas las escuelas y pensadores filosóficos y teológicos existentes hasta el momento contienen ciertos conocimientos verdaderos y válidos y que, por tanto, merecen ser reafirmados y defendidos. Sus novecientas tesis están basadas en diversas fuentes que van desde Hermes a Zoroastro, sin olvidar a Orfeo, Pitágoras, Platón y Aristóteles, junto con Avicena, Averroes, santo Tomás de Aquino, Duns Scoto y cabalistas judíos[113]. Con ello, Pico muestra su convicción de que estos pensadores tienen una genuina participación en la verdad filosófica. En lugar de centrarse en una sola escuela, escoge de ellas lo que se acomoda a su pensamiento, ya que cada una tiene algo distinto con lo que contribuir.

Al igual que a Ficino le atrae el hermetismo, al que en seguida vincula con el misticismo de la cábala hebrea. A partir de aquí, trata de demostrar que la tradición cabalística está básicamente de acuerdo con la teología cristiana, por lo que, según su opinión, se puede tomar esta como profecía y confirmación de la doctrina cristiana[114]. Pico asigna al texto de la Escritura un significado múltiple que corresponde a las diferentes partes o secciones del universo, tal y como se puede leer en el *Heptaplus*[115]. Da valores numéricos a las letras hebreas y extrae significados secretos del texto sustituyendo sus palabras por otras con valores numéricos comparables.

Sobre el tema de la dignidad del hombre y su lugar en el mundo, Pico aboga por la plena libertad del individuo. En su discurso *De ho-*

---

[111] Esta actitud es bastante comprensible, porque Pico della Mirandola conoce mucho mejor que Ficino las tradiciones del aristotelismo medieval y adquiere una familiaridad con las fuentes del pensamiento judío y árabe que Ficino nunca llega a poseer.

[112] «Este término está tomado del sincretismo de la Antigüedad tardía, cuando, antes del surgimiento y victoria del Cristianismo, las diversas religiones de los muchos pueblos que formaban parte del Imperio Romano se consideraban compatibles, y sus múltiples divinidades se asimilaban e identificaban con las de los griegos y los romanos.» *Cfr.* Kristeller, 1996, p. 83.

[113] Pico della Mirandola, *Conclusionis*.

[114] *Cfr.* Yates, 1994, pp. 105-141.

[115] Pico della Mirandola, *Heptaplus de septiformi sex dierum Geneseos enarratione ad Laurentium Medicem.*

minis dignitate[116], en lugar de señalar al hombre un lugar fijo en la jerarquía universal, lo sitúa aparte, en un cuarto mundo diferente al angélico, al celestial y al elemental, y afirma que es capaz de ocupar, según su elección, cualquier grado de vida: desde el más bajo hasta el más alto. Al defender los derechos de la razón y de la dignidad del hombre, Pico ataca a la astrología adivinatoria. Esta postura no le impide apoyar la astrología matemática, es decir, el estudio de las leyes que regulan los movimientos celestes. Rechaza la magia nigromántica, pero defiende la magia natural que, según él, es el *modus operandi* de las ciencias naturales. Repudia al hechicero, pero alaba al mago que busca los lazos naturales entre las fuerzas que gobiernan el mundo. Pico se muestra preocupado por definir una línea de separación entre los procesos reales comprobados y los nexos arbitrarios y fantásticos[117].

Estas ideas, pese a ser lo suficientemente importantes e independientes, carecen de una coherencia interna que solo la madurez del pensamiento consigue y que la temprana muerte de Pico impide realizar. Pese a ello, su máximo logro es el de ser el primero en hacer uso de la literatura de la cábala[118], con lo que se da inicio a una corriente que tiene una gran repercusión no solo en el campo de la filosofía, sino también en el de la teología y el de la literatura de los Siglos de Oro, del Romanticismo y hasta la de nuestros días.

Sin embargo, debemos tener en cuenta que no todos los interrogantes que se plantean en esta época adquieren respuestas fundamentadas en el neoplatonismo, ya que de la Edad Media se hereda una fuerte tradición aristotélica que aporta su propio punto de vista sobre las contradicciones que se perciben en la realidad, los enigmas que esconde la naturaleza y los dramas que ofrece la vida. Y es justamente este aristotelismo —que en Italia recibe el nombre de averroísmo de Padua[119]— el que

---

[116] Pico della Mirandola, *De la dignidad del hombre*.

[117] Pico della Mirandola, *La strega overo degli inganni de'demoni*.

[118] *Cfr.* Massetani, 1897; Blau, 1944; Scholem, 1974; y Yates, 1972.

[119] El surgimiento del aristotelismo en los siglos XII y XIII es uno de los principales sucesos en la historia intelectual de la Edad Media. Refleja la expansión de los estudios más allá de los estrechos límites de las siete artes liberales, la introducción de un vasto cuerpo de literatura científica y filosófica, y el surgimiento

inspira los escritos de *Pietro Pomponazzi*[120], filósofo que no tiene reparos ni fingimientos a la hora de exponer su visión desencantada, terrenal y materialista del destino humano. Su tratado *De incantationibus*[121], compuesto entre 1515 y 1520, es un intento por ofrecer explicaciones naturales a múltiples sucesos achacados a la intervención de demonios y espíritus; por la crítica implícita que realiza a los milagros pasa a formar parte del *Índice de libros prohibidos*. En otra de sus obras, *De fato* (1520)[122], este pensador discute sobre los problemas del destino, del libre albedrío y de la predestinación. Considera la doctrina estoica del destino como relativamente exenta de contradicciones; pero, teniendo en cuenta que la sabiduría humana está sujeta a error, termina reconociendo que la doctrina de la Providencia y la predestinación de Dios son compatibles con el libre albedrío del hombre.

De todas sus obras la más conocida, estudiada y difundida durante los siglos XVI, XVII y aún posteriormente es *De immortalitate animae* (1516)[123]; en ella defiende que el hombre es de una naturaleza múltiple y ambigua, ocupando una posición intermedia entre las cosas mortales e inmortales. Siguiendo a Averroes, considera que solo hay un alma inmortal común a todos los seres humanos y, al mismo tiempo, cada hombre dispone de un alma individual que es mortal. En segundo lugar, demuestra que el intelecto no es separable del cuerpo,

---

de universidades —donde las disciplinas avanzadas se enseñan por y para especialistas, sobre la base de los textos adquiridos y con un método recientemente desarrollado—. Las primeras huellas de esta tendencia se documentan en Salerno, Bolonia y Padua, en el siglo XII. La tradición aristotélica italiana continúa floreciendo a través de todo el siglo XV y XVI y dura hasta el XVII. Es una tradición totalmente secular e incluso naturalista, a causa de sus estrechos vínculos con la medicina y su falta de conexión con la teología. *Cfr.* Nardi, 1958; Randall, 1961; y Kristeller, 1962.

[120] Pietro Pomponazzi nace en Mantua en 1462. Estudia filosofía en la Universidad de Padua, donde es profesor. A causa de la guerra de la Liga de Cambrai viaja a Ferrara, donde también trabaja en la universidad, hasta que al final acepta un profesorado en Bolonia, donde imparte sus doctrinas desde 1512 hasta su muerte en 1525. De sus escritos solo unos cuantos se publican durante su vida. El más conocido es *De immortalitate animae*, sin obviar *De incantationibus* y *De fato*. *Cfr.* Morra, 1954, pp. 7-31; Bonomo, 1985, pp. 379-403; y Kristeller, 1996, pp. 99-122.

[121] Pomponazzi, *De incantationibus*.

[122] Pomponazzi, *Libri quinque de fato, De libero arbitrio et De praedestinatione*.

[123] Pomponazzi, *De immortalitate animae*, fols. 41r-52v.

argumentando que la mente humana no puede conocer nada sin las percepciones o las imaginaciones que el cuerpo le ofrece. Por ello no cree que haya ninguna razón natural lo suficientemente fuerte para demostrar la inmortalidad del alma o para refutar su mortalidad[124]; como en este punto la filosofía no puede aportar una solución clara, estima más prudente atenerse a la luz de la religión y que la inmortalidad del alma sea un artículo de fe, demostrable por el mismo Dios.

Si hay razones que parecen probar que el alma es mortal, esas razones son falsas, ya que la luz y la verdad primeras hacen ver lo contrario. Si hay otras que parecen demostrar la inmortalidad del alma, son verdaderas y claras, pero no son ellas mismas la luz de la verdad. Solamente este camino es inquebrantable y estable, los otros son flotantes[125].

Su visión del destino humano seduce no solo a los eruditos libertinos de Francia en el siglo XVII, sino que llega a difundirse mezclada con el pensamiento de Cesare Vanini, hasta llegar a los umbrales del XVIII a través de la *Melancolía* de Burton[126]. Sus contemporáneos y adversarios le tachan de ateo y materialista, intemperado y de malas costumbres, vicioso y desenfrenado, dispuesto a exaltar a los estoicos e imitar a los epicúreos.

Pero si Pomponazzi desata las iras de los clérigos de media Europa imponiendo la pasión de su pensamiento, no menor difusión consigue *Enrique Cornelio Agrippa de Nettesheim*[127], un temperamento in-

---

[124] *Cfr.* Jorio, 1963, pp. 293-311.

[125] Pomponazzi, *Tractatus de immortalitate animae*, p. 234. (Traducción propia).

[126] De su pensamiento se hacen eco, aparte de los autores ya citados, numerosos filósofos de los siglos XVI y XVII, entre los que cabe destacar: Hieronimo Cardano, Julio Castellani, Caesalpino, Javelli, Pendasi, Simon Portius, Jacobo Zabarella, Zymara, etc. *Cfr.* Morra, 1954, p. 21.

[127] Cornelio Agrippa nace en 1486. Empieza sus estudios en París y en 1508 viaja a España, donde sirve al rey de Aragón. Marcha a Italia y posteriormente a Provenza, Aviñón, Lyon y Borgoña. Hasta 1517 reside en Lombardía, siendo secretario del emperador Maximiliano. Al año siguiente estudia oratoria en la ciudad de Metz. Bajo las órdenes de la reina Luisa de Saboya, madre de Francisco I, publica en 1526 su famoso libro *Vanitate scientiarum*. Cuatro años después le localizamos en Amberes trabajando como médico; después sufre graves dificultades, entre ellas las referentes a la publicación de sus obras. Los teólogos de la Universidad de Lovaina levantan severas quejas contra él y se suscita una enorme y controvertida polémi-

quieto, que le lleva a instruirse continuamente y organizar asociaciones más o menos secretas. Al hermetismo de Ficino y a la magia de Pico, une la cábala de Reuchlin, dando lugar a uno de los libros más influyentes en el Renacimiento, *De occulta philosophia*[128], en el que trabaja toda su vida, completando la edición definitiva en 1533. Dos años antes publica su *Declamatio*, es decir, los 103 capítulos del *De incertitudine et vanitate scientiarum atque artium*, donde retoma el tema ya tratado por Pico en el *Examen vanitatis doctrinae gentium*.

En realidad Agrippa opone a la filosofía sobre la naturaleza de Aristóteles su propia interpretación de la magia, en un esfuerzo por realizar una ciencia activa de la naturaleza en aras de descubrir su conocimiento operativo. Al mismo tiempo en *De varietate* divulga principios y métodos de todos los saberes, en un intento por refundar una disciplina auténtica. Agrippa retoma la idea de Pico sobre la astrología, es decir, la de distinguir la ciencia rigurosa que trata sobre el conocimiento del cielo, de una mezcla de supersticiones y embrollos. Intenta extender la discusión crítica a cualquier forma de saber racional para definir sus confines. En definitiva, desea recuperar de Ficino la medicina y de Pico la astronomía.

Con todo ello, lo que pretende Agrippa es combatir a los 'teologastros' y a los 'sofistas', dispuestos a condenar tanto la magia como la cábala: «estos asnos melindrosos se ofenden, no del nombre de la filosofía, sino del de cábala y astrología, que solo con decirlo levanta sospechas». Son palabras de la carta dirigida a los magistrados de Colonia en 1535 contra los 'sumarios' y las 'fieras indomables', siempre dispuestas a acusar y condenar «todo aquello que no comprenden». Esta invectiva va dirigida a golpear una categoría de teólogos oficialmente reconocidos.

> Estos puercos, estos sucios marranos, tienen la costumbre, cuando alguna cosa no les gusta, o no la entienden, de ir gruñendo que es herejía, escándalo, engaño, superstición, maleficio, condenando como perfidia pagana toda la filosofía clásica, hecha la excepción de su pestilencial Aristóteles [...]. Junto a mí pretenden acusar y condenar a Giovanni Pico

---

ca. Finalmente el arzobispo de Colonia le ofrece asilo en 1532. Se suceden tiempos adversos para el escritor y, tras estar en la prisión de Lyon, es acogido en Grenoble, donde muere en 1535. *Cfr.* Nauert, 1965; y Prost, 1965.

[128] Agrippa, *De occulta philosophia libri tres*.

mirandolano, Marsilio Ficino florentino, Giovanni Reuchlin forcense (de Pforzheim), Francesco Zorzi veneciano [...][129].

Aunque es uno de los pensadores más aislados y perseguidos en el Renacimiento, Agrippa es el típico representante del nuevo concepto que del filósofo se comienza a tener: un filósofo-mago que nace a partir de la crisis en la que se sume tanto la escuela como los estudios universitarios en el medievo. Fruto de este periodo de confusión, de cambio, de alteración, surge, y no por casualidad, el inquieto y excéntrico Filippo Aureolo Teofrasto Bombasto Paracelso de Hoehnheim, más conocido bajo la denominación de *Paracelso*[130]. En él confluyen tanto la medicina como la magia, la alquimia y la filosofía. Su obra es extremadamente vasta y compleja, resultado de sus amplios conocimientos. En su pensamiento convergen una concepción de la naturaleza tomada como una fuerza viviente y mágica, con una reinterpretación de la astrología, una noción de la potencia creativa de la imaginación —que ha recuperado gracias a Ficino y a Pomponazzi— y una relación vinculativa entre el cosmos y el microcosmos. Continuamente arremete contra las ideas de Galeno y Avicena, sin obviar las de Aristóteles:

Yo soy Teofrasto [...], príncipe de los médicos [...]. Dios, no el firmamento, es quien me ha consagrado médico [...]. Si vosotros no tuvierais vuestra ropa, ni un perro se fiaría de vosotros. Porque yo no tenga su categoría y no haya sido presentado en las cortes y en las residencias principescas, ¿es necesario que sea menos reconocido? [...] Yo os lo aseguro, un pelo travieso que tengo detrás de la nuca es más sabio que todos vosotros y que todos vuestros autores, y los cordones de mis zapatos saben

---

[129] Cita extraída de: Garin, 1990, p. 189.

[130] Paracelso nace en Einsiedeln, Cantón de Schwys, en 1493 y muere en Salzburgo en 1541. Su padre se convierte en su preceptor y modelo en todos los campos. En 1502 lo encontramos en Villach donde toma contacto con la escuela minera, de donde proviene su afición a la alquimia y su estudio de las enfermedades pulmonares. Practica esoterismo y magia natural. Sus ideas médicas lo sitúan entre los pensadores renacentistas más avanzados: se opone al uso de polifármacos, simplifica la preparación de los medicamentos, etc. Su pensamiento queda contagiado por el neoplatonismo, originando una filosofía un tanto mística, que ve la mano de Dios en toda la naturaleza. *Cfr.* Laín Entralgo, 1951; Laín Entralgo, 1968; y Levi, 1987.

más que vuestro Galeno y vuestro Avicena, y mi barba tiene más experiencia que todas vuestras grandes escuelas[131].

Paracelso considera que la medicina se fundamenta en la filosofía, la astronomía y la alquimia, al encontrarse su origen en la naturaleza[132]. Y todo ello lo expone no en latín, la lengua de la cultura en aquellos momentos, sino en un alemán dialectal[133]. Sobre su doctrina, el historiador Alexandre Koyre la juzga curiosa y confusa, como una mezcla de mística, magia y alquimia, con un gran magnetismo, ya que constituye un esfuerzo sincero de ver el mundo en Dios y Dios en el mundo, donde el hombre participa y comprende a ambos[134]. Es, por lo tanto, una teoría abierta al porvenir, aunque su experiencia y sus experimentos se parecen poco al empirismo de la ciencia moderna y aunque su confianza en la fantasía, en la imaginación e incluso en el sueño y en las visiones, supera su fe en la razón. Por otra parte, tiene

[131] Cita extraída de: Gandillac, 1987, p. 145.

[132] Eugenio Garín reproduce un fragmento de Paracelso muy esclarecedor a la hora de comprobar la relación que tiene la magia con la medicina en la mente de este filósofo: «El médico debe proceder partiendo de la naturaleza; porque ¿qué otra cosa es la naturaleza sino filosofía?; y la filosofía ¿qué otra cosa es si no naturaleza invisible?» Y aún más duramente: «No os fiéis de las estúpidas palabras 'nuestros padres son Galeno y Avicena'. Las piedras las desmenuzarán. El cielo generará otros médicos que conocerán los cuatro elementos. Más allá de estos, también el arte mágico y cabalístico ocuparán su lugar, delante de vuestros ojos, como cataratas. Serán *geománticos*, serán *adeptos*, serán *arcanos*, serán *adivinos*, poseerán el *quintum esse*, poseerán los *arcana*, poseerán los *mysteria*, poseerán la *tinctura*. ¿A dónde irán a parar vuestros vomitivos mejunjes con esta revolución? ¿Quién pintará los labios sutiles de vuestras mujeres y limpiará a pizcas sus naricillas? El diablo con el paño negro de la Cuaresma.» Garin, 1990, p. 190.

[133] La mayor parte de los filósofos renacentistas, entre los que se incluyen Ficino, Pico, Manetti, Pomponazzi, Agrippa y el mismo Paracelso, comienzan a escribir sus tratados en lengua vulgar y no en latín como era la costumbre. Esto se debe a que este nuevo pensamiento filosófico quiere expresarse de forma legible, breve, amena y accesible, no solo a aquellas personas formadas en el sistema escolástico, sino a un público mucho más amplio en el que también se encuentran las mujeres, los hombres de negocios y de gobierno y todos aquellos que no tienen tiempo o no quieren estudiar latín y griego. Así por ejemplo, Pomponazzi reduce la inmortalidad del alma a un perfume, lo cuenta en un librito ágil, y deposita su teoría sobre la relación entre milagros, encantamientos y fantasías en un placentero opúsculo entrelazado con temas ficinianos.

[134] *Cfr.* Koyre, 1981.

un gran mérito y repercusión el hecho de que, en un momento de rechazo a la tradición y la autoridad, Paracelso asuma una actitud no convencional.

La magia y la astrología, la imaginación y los sueños, la inquietud y las limitaciones, los procesos inquisitoriales y la pérdida de la fe religiosa, todo ello se da cabida en la personalidad y el pensamiento de *Gerolamo Cardano*[135]. Su vida profesional se define por ser médico, matemático, filósofo y mago. En su mente resurgen los temas sobre los que se reflexiona durante más de un siglo: la naturaleza, la vida, el ocultismo, la incredulidad, la fuerza del hombre, la magia, etc. Dirá de sí mismo: «magus, incantator, religionis contemptor»[136]; le posee la «cupiditas omnium occultarum artium»[137]. E incluso llega a afirmar, a un año de su muerte, que entre sus descubrimientos se encuentra indeciso sobre a cuál de ellos dar preferencia, ya que: en el campo de las matemáticas, renueva casi toda la aritmética y parte del álgebra, llegando a dar solución a las ecuaciones de tercer grado[138]; en geometría, estudia lo infinito y su relación con lo finito, ampliando con ello

---

[135] Gerolamo Cardano nace en Pavía en 1501. «Se describe seseante, tímido, débil, pero dotado de un gran poder de adivinación. Debido a la acción conjunta, según afirma, de Júpiter y de Venus, padecerá impotencia sexual entre los veintiuno y los treinta y un años. Sonámbulo, pustuloso, sujeto a males de pecho y de vientre, él mismo se curará de sus palpitaciones, de sus hemorroides, incluso de un cáncer en el seno». Estudia medicina y matemáticas en Padua. En 1534 Cardano llega a Milán donde enseña geometría y astronomía, aprende griego y se apasiona por el álgebra. En una especie de alucinación se le presentan impresos los libros que todavía no ha escrito. Así nacen: *De varietate rerum, De suptilitate rerum*, mezclas de confidencias personales, experiencias científicas y maravillas mal criticadas. Escribe mucho sobre matemáticas a las que imprime un fuerte avance; sus textos sobre astronomía unen consideraciones con un simple comentario del sistema de Tolomeo. En su autobiografía se presenta como un autodidacta que ha aprendido la gramática y las lenguas mediante la práctica y la lectura. Niega haber practicado disciplinas como la alquimia y la nigromancia y lamenta haber perdido el tiempo en los horóscopos. Su gran orgullo es haber sobresalido en la magia natural. Entre sus obras destacan: *Proxeneta* (1645), *De consolatione* (1663) y *De inmortalitate animarum* (1545). *Cfr.* Gandillac, 1987, pp. 157-167; Bonomo, 1985, pp. 380-384; y Chinarelli, 1922.

[136] Cardano, *De vita propria.*

[137] *Ibídem.*

[138] Cardano, *Ars magna arithmeticae.*

los estudios realizados en su día por Arquímedes; «en música he descubierto nuevas notas y consonancias, o mejor he vuelto a la vida
aquellas que descubrieron Tolomeo y Aristoseno»[139]. Sobre la magia:

> Il Cardano è un continuatore e un propugnatore delle credenze as-
> trologiche e magiche fiorite nel quattrocento e le mescola farraginasa-
> mente con gli studi scientifici attribuendo agli elementi (gemma, metal-
> li, pietre), proprietà portentose. [...] Il Cardano esaltando le scienze
> occulte come maestre, divinatrici e reggitrici dei popoli rivela una mis-
> tica tendenza a riscontrare per ogni dove l'opera di incognite superiori
> potenze a riporre un certo vincolo come di cause ad effetti tra le dispo-
> sizioni astrologiche e certe egregie ed arcane virtù delle gemme, a cre-
> dere che queste racchiudano dei demoni e abbiano, specie se neglette e
> lavorate sotto certe costellazioni, la potenza di indurre gli uomini alla vir-
> tù. Ammettendo i demoni noi renderemo concordi fra loro i Platonici:
> Giambilico, Plotino, Arriano, Proclo Porfirio; e così pure accorderemo tut-
> ta la scuola platonica con Aristotile e coi suoi seguaci: Teofrasto, Temistio,
> Alessandre e Averrois[140].

Para él, todo tipo de magia, incluida la negra, es 'natural' y considera que gran parte de las maravillas que popularmente se le atribuyen son un fraude. Para demostrarlo de una forma lo más racional posible estudia el arte de los funámbulos y las estratagemas de los
orientales, tratando de eliminar de ellos la brujería y llegando a reconocer el papel fundamental que juega la imaginación en sus trucos.
Siguiendo las doctrinas de los peripatéticos, Cardano no cree en la
existencia de espíritus fuera del nivel de las esferas celestes. Sin embargo, en más de una ocasión hace mención a los genios que acon-
sejan a su padre[141]. No excluye que demonios bienhechores (como el
de Sócrates) ayuden a veces a los hombres y participen en su curación, pero estima que los súcubos e íncubos no son sino imaginaciones de enfermizos.

---

[139] Nota extraída de: Garin, 1990, p. 191.
[140] Chinarelli, 1922, pp. 25-26.
[141] El padre de Gerolamo, Facio, creía en la existencia de espíritus y asegura-
ba haber hablado muchas veces con genios de talla gigantesca, vestidos con trajes de seda, con capas a lo griego, zapatos encarnados y jubón carmesí, capaces
de aterrorizar a los débiles, pero también de ilustrar a los curiosos sobre los misterios de este mundo. Afirma que tendrían unos cuarenta años y le aseguraron

Ricercatore appassionato, è attratto dalla singolarità delle forme della stregoneria. Ci sono persone, quasi unicamente tra le donne —scrive in quella vasta e curiosa enciclopedia che è il *De rerum varietate*—, che venerano la «signora del giuoco», a quel che si racconta, e le offrono sacrifici come si fa con Dio. Dicono di ballare al giuoco, di sedere a splendidi banchetti, e poi di uccidere bambini col tatto o con incantesimi. Ripetono simili affermazioni tra i tormenti, sapendo che le condurranno alla morte. Alcune credono di cuocere bambini e animali, di mangiarli e di raccoglierne le ossa per risuscitarli. Inoltre conoscono le virtù di molte erbe, le cure di malattie difficili, e altre cose non spregevoli. Sanno anche predire il futuro. [...] Sono così ferme nelle loro opinioni, che abadare soltanto ai discorsi che fanno si crederebbero vere le cose che raccontano con tanta convinzione, cose che mai sono accadute né mai accadranno[142].

Sobre el problema de la inmortalidad sus posiciones son ambiguas, aparentemente contradictorias. En el tratado *De rerum varietate*[143] defiende con los averroístas la unidad del entendimiento, pero el libro *De consolatione*[144] afirma la multiplicidad. El tratado *De inmortalitate animarum*[145] intenta conciliar los dos puntos de vista, haciendo depender las almas singulares de una misma sustancia originaria, «no mezclada y perpetua», posiblemente confundida con aquel calor celeste descrito por el *De subtilitate rerum*, fuente de toda generación y de toda corrupción. Finalmente, la presencia de la nada acosa a Cardano continuamente. Considera que la muerte es lo más terrible, ya que en cada instante que pasa, la totalidad de los acontecimientos se destruye para siempre[146]. En definitiva, el pensamiento de Cardano surge, al igual que el de sus contemporáneos, de una oposición entre Hermes y Platón-Aristóteles; a partir de ahí se esfuerza por buscar la naturaleza con la ayuda de los sentidos.

---

que nacían y morían como los terrestres, que vivían trescientos años. *Cfr.* Cardano, *De vita propria*; Gandillac, 1987, p. 158; y Collin de Plancy, 1842, pp. 167-168.
[142] Bonomo, 1985, pp. 380-381.
[143] Cardano, *De rerum varietate libri XVII.*
[144] Cardano, *De consolatione.*
[145] Cardano, *De immortalitate animarum.*
[146] Cardano, *De consolatione*, t. 1, p. 595.

Mientras Cardano se encuentra ocupado en la redacción de *De rerum varietate*, tratado en el que desvela algunos de los ungüentos diabólicos que según su opinión son tan reales como efectivos, *Giovan
Battista della Porta* empieza a interesarse por el mundo de lo oculto[147].
Su inquietud le lleva a recorrer no solo Italia, sino también gran parte de Europa para visitar museos, escudriñar bibliotecas, preguntar tanto a nobles y doctores, como a pobres e incultos, y conocer de primera mano todas las supersticiones y las creencias que rodean a la
brujería. En su contacto con la gente humilde, pide a las mujeres que
tienen fama de hechiceras que le comenten cómo realizan sus encantamientos. Siguiendo el ejemplo de Paracelso, se relaciona con aldea-
nos, viejas, nigromantes, gitanos, etc., para hacerse con sus conocimientos sobre los sortilegios y averiguar la verdad que esconden. De
estos encuentros extrae sus teorías sobre el poder oculto que esconde
la naturaleza, tal y como se documenta en la conclusión a la que llega sobre los ungüentos utilizados por las brujas:

> Dirò quanto ho appreso dalle streghe. Esse prendono da un vaso di
> rame grasso di bambini che dopo essere stato bollito nell'acqua è diven-
> tato più denso e si deposita sul fondo. Poi lo mettono da parte e lo ma-
> nipolano a modo loro: aggiungono, sedano, aconito, foglie di pioppo, fu-
> liggine, o altri ingredienti come cannella, calamo aromatico comune,

---

[147] Giovan Battista della Porta nace en Nápoles, en 1540, y muere en la misma
ciudad el 4 de febrero de 1615. Pertenece a una familia linajuda y, desde su infan-
cia, da muestras de poseer una inteligencia privilegiada. Sus aficiones son las lenguas, la literatura y la filosofía, pero pronto se inclina por la física. Recorre casi toda
Italia visitando las principales ciudades, frecuentando sus bibliotecas y contrayendo
amistad con los hombres más distinguidos; también viaja por Francia y España.
Contribuye a fundar en Nápoles la Academia de los Oriosi y, más tarde, establece
su propia casa, la de los Segreti. Adquiere fama de adivino, por lo que es llamado
a Roma. Aprovechando su estancia en la capital es nombrado socio de la Academia
dei Lincei (1610). Vive apartado de las polémicas científicas de su época, abandona
a sus amigos y discípulos en la defensa de sus propias ideas. En los últimos años de
su vida se dedica a la literatura. Las obras que labraron su fama son: *Magia naturalis sive de miraculis rerum naturalium libri XX,* que apareció fragmentariamente en
Nápoles en 1558 y 1561, y completa en 1589; *Physognomonica* (Napoli, 1583); *Villae
libri XII* (Francfort, 1592); *De refractione, optices parte, libri IX* (Nápoles, 1593);
Pneumaticorum libri III (Napoli, 1601); *De distillationibus libri IX* (Roma, 1608); *De
munitione libri III,* (Napoli, 1608); y *De aeris transmutationibus libri IV* (Nápoles, 1609),
el primer tratado de meteorología con carácter científico. *Cfr.* Shumaker, 1972.

pentaphyllon, sangue di pipistrello, solano sonnifero e olio, o altri ancora, diversi ma simili, e li mescolano. Appena l'unguento è pronto, se ne
spalmando il corpo, strofinando la pelle fino ad arrossarla, richiamando
calore in modo da sciogliere ciò che era irrigidito dal freddo, affinché si
dilatino i pori e l'olio penetri più profondamente nei tessuti provocando
una reazione più rapida e violenta, e non ho alcun dubbio che ciò av-
venga davvero. Dopo credono di essere trasportate per l'aria nelle notti
di luna, di banchettare, di cantare, di festeggiare e di ritrovarsi con giovanni bellissimi, i cui abbracci desiderano ardentemente: così grande è la
forza dell'immaginazione e la potenza della suggestione da riempire tutta quella parte del cervello che è detta *memorativa*. Tanto più che queste
donne sono per natura inclini alla credulità, e non pensano ad altro la
notte o il giorno, aiutate dai cibi che di consueto mangiano: bietole, ca-
stagne, legumi, radici[148].

Esta constatación, que pone de manifiesto la inexistencia del pacto entre el hombre y el diablo, entre la irrealidad y la brujería, aparece en la primera edición de *Magia naturalis sive de miraculis rerum naturalium*, publicada en Nápoles en 1558. Inmediatamente este tratado
es traducido al italiano[149], donde se omiten pasajes de relatos mágicos
y donde se falsean pensamientos para evitar que cayera en el índice
negro de la Inquisición[150]. Pese a ello, es denunciado al mencionado
tribunal, pero Della Porta «seppe così bene difendersi che anzi fu lo-
dato che castigato, essendogli solo stato ordinato che si astenesse da
giudicii astronomici, mentre veniva chiamato 'Indovino dell'età sua»[151].
A partir de ese momento, el tratado pasa a titularse *Magia naturalis*[152].
    La contribución de Della Porta al progreso de las ciencias físicas
es importante, aunque, preocupado todavía por el antiguo ocultismo
(astrología, magia y alquimia), no se puede obviar que, al tratar de ex-

---

[148] Cita extraída de: Pastore, 1997, p. 110.
[149] Porta, *De i miracoli et maravigliosi effetti dalla natura prodotti*.
[150] La edición latina de este tratado es editada sin la aprobación de la autoridad eclesiástica y apenas después de su publicación se comienza a divulgar el ru-
mor de la extraña relación existente entre Della Porta y el diablo. El mismo autor confirma tales voces y explica que, habiendo interpretado algunas cartas
cifradas, cree estar en la posesión del arte de mandar a los espíritus malvados.
Según Giuseppe Bonomo, lo que demuestra con estas palabras es su libertad de
expresión, algo bastante peligroso en esta época. *Cfr.* Bonomo, 1985, p. 395.
[151] Sarnelli, *Vita di Giovan Battista Della Porta*.
[152] Porta, *Magia naturalis libri XX*.

plicar por causas naturales multitud de fenómenos hasta entonces considerados como expresión de fuerzas sobrenaturales y secretas, la ciencia en sus manos empieza a entrar en el buen camino de la experiencia y de la inducción. Sus primeros maestros fueron Cardano y Arnaldo de Vilanova. Se deben a este autor curiosas observaciones sobre historia natural, hidrostática, mecánica, pirotecnia, sobre la brújula, fabricación de lentes, etc., pero en especial fueron notables sus conocimientos de óptica, teoría de la refracción, anatomía del ojo, etc.

En sus tratados Della Porta se esfuerza por llegar racionalmente a la pureza de la ciencia, pero para ello parte de la superstición existente en su época, de ahí que sea tildado por Jean Bodin como «un gran socier napolitain»[153]. Para él, la magia no es otra cosa que el perfecto conocimiento de la filosofía natural, de la virtud intrínseca y oculta que habita en las cosas, que si es aplicada convenientemente puede producir el milagro de la naturaleza; para lo cual el sabio ha de conocer las correlaciones de simpatías y antipatías existentes en el universo. Según Della Porta, la magia natural es un conocimiento que ofrece una rápida realización práctica. Con ello, lo que intenta es dar un paso más en la concepción mecanicista de la realidad y frenar la persecución desatada contra los delitos en los que la imaginación juega un papel importante. Cree que la brujería es un engaño y una ilusión ridícula de la gente ignorante y que las brujas son gente vulgar, que no se ocupan de la ciencia, sino de los placeres más básicos.

De vida intensa y muerte trágica es uno de los pensadores más conocidos del Renacimiento. Hablamos de *Giordano Bruno*[154], cuya visión del mundo resulta ser tan moderna que ejerce una gran influen-

---

[153] Bodin, *De magarum daemonomania libri IV*, fol. 136.
[154] Giordano Bruno nace en Nola, al sur de Italia, en 1548 y entra en la orden dominicana en Nápoles con dieciocho años. A esta edad ya empieza a abrigar serias dudas acerca de algunas de las enseñanzas de la Iglesia Católica, tanto es así que en 1576 se prepara una acusación de herejía contra él, hecho por el cual tiene que huir refugiándose en diversas ciudades de Europa: Lyon, Tolosa, París, Londres, Malburgo, Wittenberg, Praga, Helmstedt, etc. En Ginebra se hace calvinista y conoce a muchos dirigentes reformados. Pronto reniega de dicha ideología para hacerse luterano. Estando en Francfort, acepta una invitación de Giovanni Mocenigo que le traslada a Venecia. Poco después, su anfitrión y tutor lo denuncia a la Inquisición. Bruno quiere retractarse, pero en enero de 1593 es llevado a Roma, puesto en prisión y sujeto a un proceso que dura varios años, hasta que en febre-

cia sobre científicos y filósofos de las centurias subsiguientes[155]. Su pensamiento muestra muchos rasgos originales, pero, al mismo tiempo, debe mucho a su educación humanista, así como a su formación aristotélica y escolástica. Sobre el conocimiento de Dios, Bruno opina que debe ser concebido como sustancia y sus efectos como accidentes. Para llegar a su entendimiento se debe partir de la naturaleza. Bruno aplica al universo las cuatro causas que en Aristóteles y en su escuela habían servido como factores que contribuyen a comprender objetos o fenómenos particulares. Divide las cuatro causas en dos grupos, a uno de los cuales llama causas (causa final y causa eficiente) y al otro principio (forma y materia). Asegura que la forma coincide hasta cierto punto con el alma, en tanto que toda forma es producida por un alma. El mundo es, así, una sustancia espiritual perpetua que aparece en diferentes formas. En Dios coinciden forma y materia, actualidad y potencialidad.

> Por encima de todo, el pensamiento es Dios. Inserto en todas las cosas, el pensamiento es Naturaleza. Penetrando todas las cosas, el pensamiento es Razón. Dios dicta y ordena. La Naturaleza obedece y hace. La Razón contempla y discurre. Dios es unidad, fuente de todos los números. La Naturaleza es número numerable. La Razón es número numerante[156].

ro de 1600 es sentenciado a muerte y quemado vivo en el Campo di Fiori. A partir de entonces se convierte en mártir tanto por sus convicciones como por la libertad filosófica que siempre sostiene. Entre sus obras destacan: *La cena delle ceneri*, *De la causa, principio ed Uno*, *De l'infinito universo e mondi*, *Spaccio della bestia trionfante*, *Cabala del cavallo pegaseo con l'aggiunta dell'asino cillenico*, *Degli eroici furori*, *De minimo*, *De monade*, *De inmenso*, etc. *Cfr.* Yates, 1994; Yates, 1974; Ingegno, 1978; Vedrine, 1967; Kristeller, 1996, pp. 169-190; y Gandillac, 1987, pp. 304-316.

[155] Es difícil de estimar la huella que Giordano Bruno deja en los siglos posteriores a su muerte. Su condenación y fin hacen imposible para todo sabio leerlo y citarlo abiertamente y, aun en países protestantes, su obra parece tener una circulación limitada por mucho tiempo. Sin embargo, es factible que Galileo lo leyera mucho antes de que sea condenado. Paul Kristeller se inclina a vislumbrar una conexión entre Bruno y Spinoza, en la concepción de la relación existente entre Dios y las cosas particulares, preconizando con ello el pensamiento de Descartes. Entre los filósofos del XVIII y XIX que citan a Bruno se encuentran G. J. Hamann, Leibniz, Lessing, Goethe, Herder, Schiller, Schelling, Jacobi, Hegel y Coleridge. *Cfr.* Kristeller, 1996, pp. 183-184; y VV. AA., 1958.

[156] Cita de Giordano Bruno extraída de: Gandillac, 1987, p. 308.

Del universo, Bruno piensa que es uno, infinito y verdadero, mientras que todas las cosas particulares son meros accidentes y están sujetas a la destrucción[157]. También trata de demostrar que las mentes individuales son manifestaciones particulares de la mente universal. En su diálogo *De l'infinito, universo e mondi*[158], restablece el sistema copernicano del universo y le da por primera vez un significado filosófico. Para el nolano existen muchos mundos como el nuestro y el universo fuera de nuestro orbe no es un vacío. Además considera que su infinitud no puede percibirse por los sentidos, sino que se revela por el juicio de la razón. En él los astros no están adheridos a esferas rígidas, sino que se mueven libremente en el espacio infinito. Solo el universo en conjunto está en reposo, mientras que todos los mundos particulares contenidos en él están en movimiento.

La cosmología de Bruno es muy sugestiva y anticipa de muchas maneras la concepción del universo tal y como es desarrollada por la física y astronomía modernas. Él no es el primer filósofo importante que adopta el sistema copernicano, sino también uno de los primeros pensadores que descarta audazmente nociones aceptadas en su época[159]. En definitiva, Bruno es un precursor y uno de los fundadores de la ciencia y la filosofía modernas. Su mérito y su limitación radican en que, gracias a su intuición y visión, anticipa muchas ideas que se asemejan a las que siglos posteriores se han de adoptar y desarrollar. Con ello afirmamos que cuanto más nos inclinemos a exaltar el papel de la imaginación en las ciencias, junto con el de la observación empírica y de la deducción lógica, más deberíamos apreciar la contribución hecha por pensadores como Giordano Bruno.

Con respecto a España, nadie mejor que *Juan Pérez de Moya*[160] para encarnar, de modo paradigmático, el nivel medio del Humanismo re-

---

[157] Kristeller, 1996, pp. 177-180; y Bruno, *Expulsión de la bestia triunfante*.

[158] Bruno, *Mundo, magia, memoria*, pp. 161-193.

[159] Giordano Bruno rechaza la distinción radical entre cosas celestiales y terrestres y la visión jerárquica de la naturaleza, conceptos sólidamente reconocidos y admitidos durante todo el Renacimiento.

[160] Juan Pérez de Moya nace en Santisteban del Puerto (Jaén) hacia 1513 y muere en Granada a finales de 1596. Parece ser que estudia en Salamanca y es posible que también en Alcalá, pero no obtiene más grado que el de bachiller. Los escasos datos biográficos disponibles hablan de una vida tranquila dedicada a la lectura y a la redacción de sus obras. En 1536 consigue una capellanía en su

nacentista en la Península Ibérica, con todos sus logros y, por supuesto, sus limitaciones. Aunque su formación académica solo llegue hasta bachiller, mantiene a lo largo de su vida un interés especial por los más variados temas que van desde la especulación matemática y física hasta las historias edificantes y la ficción literaria. En cuanto a sus lecturas, abarcan desde los autores clásicos latinos hasta los contemporáneos: Erasmo, fray Luis de Granada o Huarte de San Juan. Considera que las llamadas 'letras de humanidad' engloban todo tipo de saber, sin establecer diferencias entre pensamientos humanistas vinculados a las letras y conocimientos científicos. Por otra parte, para él el saber consiste en la acumulación o suma de datos, algo que está muy presente en sus obras. Parece sentirse obligado a incluir la mayor variedad posible de fuentes, tener en cuenta las opiniones precedentes y abarcar cuanto sea posible. Según Consolación Baranda[161], la necesidad de ser exhaustivo tiene como contrapartida el estar reñido con la posibilidad de discriminar, lo que lleva necesariamente a la falta de rigor. La actitud de Pérez de Moya se encuentra más próxima a la del recopilador de saberes que a la del científico en sentido moderno, por lo que no se puede esperar que cuestione el modelo transmitido.

Considerada en su evolución, y no como una suma de obras, la producción de Pérez de Moya tiene una gran coherencia. Empieza a escribir sobre aspectos concretos de la aritmética y tras un proceso de acumulación culmina su trayectoria con la Filosofía secreta, un compendio del saber físico y moral desde la antigüedad hasta su época, pues la in-

pueblo natal y en 1590 una canonjía de la catedral de Granada. Su trayectoria como escritor se puede dividir en dos etapas. En la primera, hasta 1582, se dedica a escribir libros científicos, centrados en las matemáticas y en la filosofía natural, como: el *Libro de cuenta que tracta de las quatro reglas* (1554), *Compendio de la regla de la cosa* (1558), *Arithmética práctica y speculativa* (1562), *Obra intitulada fragmentos mathemáticos* (1568), *Tratado de mathemáticas en que se contienen cosas de arithmética, geometría, cosmographía y philosophía natural* (1573) y *Manual de contadores* (1582). Su segunda etapa discurre entre 1582 y 1585, época en la que publica tres libros de carácter moralizador y de erudición mitológica: *Varia historia de sanctas e illustres mugeres* (1583), *Comparaciones o símiles para los vicios y virtudes* (1584) y *Philosophía secreta* (1585). *Cfr.* Baranda, 1996, pp. IX-XXXVIII; Ynduráin, 1994; Iglesias Montiel y Álvarez Morán, 1990; y Gallego, 1984, pp. 50-79.

[161] Baranda, 1996, pp. XII-XIII.

terpretación mitológica permite aunar erudición, ciencia y moralización, a través de la exposición de los mitos y de sus lecturas físicas y moralizadoras[162].

La última de sus obras escritas, *Philosophia secreta* (1585)[163], es el primer manual renacentista de mitología redactado en castellano, que enlaza con una tradición desarrollada en los países europeos a lo largo del siglo XVI[164]. Supone la culminación de la trayectoria intelectual de Pérez de Moya y es la mejor demostración de su coherencia ideológica, ya que a partir de la erudición mitológica se desarrollan la divulgación científica y ética. Esta obra forma parte de una larga serie de tratados mitológicos en los que el relato de la fábula va acompañado de una o varias interpretaciones[165]. Con el título, lo que pretende su autor es sorprender al lector y ejercer una misión de reclamo, pero, sobre todo, responde a su función de informar acerca del contenido, en el que se anuncian algunas diferencias con respecto a los manuales mitológicos contemporáneos más conocidos: la preferencia por la filosofía escondida en los textos de los poetas. Con ello pretende ofrecer un discurso filosófico y, a la par, erudito y moralizador.

Con *Philosophía secreta*, Pérez de Moya asume la perspectiva del hombre experimentado que ofrece un compendio de sabiduría física y moral, ya que a través de las distintas interpretaciones de los personajes mitológicos y de las fábulas, explica el modo de entender el mundo, pero también cómo debe el hombre vivir en él, de acuerdo con una moral natural que coincide con la revelada. La unión en que se encuentran la poesía, la ciencia y la religión en los tratados mitológicos se va desligando a medida que avanza el siglo XVII. A partir de

---

[162] *Ibídem*, p. XIII.

[163] Pérez de Moya, *Filosofía secreta donde debaxo de historias fabulosas se contiene mucha doctrina provechosa a todos estudios.*

[164] Esta obra no llega a tener el éxito de la *Aritmética práctica y especulativa*, pero dispone de varias ediciones. La primera de ellas es de 1585 y se volvería a publicar en 1599 (Zaragoza), 1611 (Alcalá), 1628 (Madrid) y 1673 (Madrid); es decir, se siguió editando en el siglo XVII, incluso después de la publicación del *Teatro de los dioses de la gentilidad* de Baltasar de Victoria, en 1620. *Cfr.* Iglesias Montiel y Álvarez Morán, 1990, pp. 185-189.

[165] Esta tradición tiene su origen en el mundo clásico y, sin grandes modificaciones conceptuales, se desarrolla hasta el siglo XVIII, después de un especial auge durante el Renacimiento.

entonces las fábulas inician su propio camino liberadas de las interpretaciones a las que estos autores las tienen sometidas.

Durante los siglos XVI y XVII los filósofos ocultistas son todavía una minoría que se encuentra en continua sospecha de herejía y que a menudo son incluso perseguidos por la Inquisición. Como fruto de esta situación empiezan a surgir voces disonantes entre las que destacan las de Pierre de la Ramée y Alessandro Piccolomini, quienes publican sus libros de filosofía en francés y en italiano respectivamente, queriendo llegar con ello a un sector de la población que desconoce el latín. Se comienza a gestar a partir de entonces un tipo de hombre nuevo, interesado en un mundo diferente del que prima en su momento, un mundo sin confines, donde la tierra gira alrededor del sol, donde el hombre busca una medida de certeza no solo mirando dentro de sí, sino también esforzándose por conocer mejor a los habitantes de las tierras que hasta entonces desconocen.

Nace una rebeldía contra la tradición de las escuelas escolásticas. Los ojos se fijan en la Antigüedad clásica y con ello se descubre que no existe un único libro del saber humano, sino que hay muchos y que por encima de ellos se encuentra el gran libro de la naturaleza, un libro que para entenderlo no sirve la autoridad sino la razón. Se busca el conocimiento por medio de la acción y en un intento por dominar las fuerzas de la naturaleza incluso se llega a beber de la magia que, liberada de la superstición, se convierte en el motor impulsor de la ciencia moderna. Los nuevos pensadores atacan a la Iglesia sin excepciones, ya que esta destruye su mundo al condenar la filosofía y la teología de Valla y de Erasmo, tal y como lo hace con la astronomía de Copérnico y de Galileo, la política de Maquiavelo o la psicología de Pomponazzi. Excluidos o mal vistos en las universidades, los nuevos filósofos van construyendo otros lugares de encuentro y de investigación bajo el amparo de mecenas. En academias y sociedades se afanan por fundar la nueva enciclopedia del saber, liberando la astronomía de la astrología adivinatoria, la física de la magia ceremonial.

Es ahora cuando el artista se hace científico, el filólogo teólogo, el historiador moralista, el físico filósofo. Su pensamiento discurre entre sueños y magias, entre utopías y realidades, entre críticas y misticismos, entre matemáticas e intuiciones, en búsqueda de algo que no saben muy bien qué es, pero que lo sienten como propio. Tras dos siglos de polémicas y dudas, aparece Descartes para cerrar este periodo en aras de la razón. Conocedor de los Rosa-Cruz y de los libros sobre ciencias 'raras y curiosas', tras describir minuciosamente tres sueños extraordinarios que tiene, deja de hablar de este mundo tan oculto. Aprende que todas las disciplinas se concatenan en la unidad de la matemática universal. Es a partir de ahora cuando una nueva época comienza a despuntar.

1.3.2. Demonólogos e inquisidores

En la otra cara del pensamiento renacentista y barroco, cualquier actitud de renovación queda eclipsada. Parece como que no importara la nueva concepción que se tiene del mundo. Da la sensación de que ante esta situación nueva, tan solo se percibiera lo negativo que impera en la realidad, desenmascarando con ello un miedo a lo venidero que potencia creencias mágicas y supersticiones heredadas del medievo. En una Europa en crisis religiosa y moral, dominada por la inestabilidad de la vida social y la incertidumbre política, infinidad de teólogos creen que se está consolidando el reino del diablo.

De ahí que ante la necesidad de erradicar toda actividad maligna se origine la denominada «caza de brujas». Demonólogos e inquisidores se dedican a compilar manuales específicos que sirven para dirigir a los jueces en su tarea de condenar las prácticas diabólicas. Los autores del *Malleus maleficarum,* de la *Reprouación de las supersticiones y hechizerias*, del *Directorium inquisitorum*, de la *Daemonomania*, de las *Disquisitiones magicae*, etc., se preocupan de legitimar la implacable persecución de las brujas, al ser consideradas las principales seguidoras de Satanás en la tierra; y también se cuestionan, según la posibilidad crítica del momento, lo que hay de verdad en la existencia de la magia, la brujería, los cónclaves, los encantamientos, los vuelos nocturnos, etc.

A medida que van discurriendo los siglos XVI y XVII se produce una evolución ideológica en torno a este fenómeno. Del radicalismo inicial que genera una gran batida contra lo oculto, mágico y diabólico, que desencadena procesos judiciales engorrosos por las torturas aplicadas y donde las sentencias finales dictan una muerte cruenta; de esta actitud tan extrema con respecto a la brujería, paulatinamente se va a afrontar la situación desde un prisma más racional y también humano. Pensadores como Wier, Guaccio, Klein, entre otros muchos, comienzan a plantearse este fenómeno como una enfermedad mental propia de determinadas personas, que no tienen por qué estar vinculadas con el diablo. Incluso confesores de supuestas brujas, como Von Spee, llegan a afirmar que ninguna de estas mujeres es culpable, criticando duramente los métodos utilizados en los juicios inquisitoriales. Se asiste a un progresivo cambio de mentalidad con respecto a la demonología, que vamos a analizar a partir del pensamiento de los teólogos y de los inquisidores más destacados que se han ocupado de este tema.

En 1484 nadie podría suponer que el nombramiento de *Henrich Kramer*[166] y *Jakob Sprenger*[167] como representantes máximos del Santo Oficio en las regiones de Maguncia, Colonia, Tréveris, Salzburgo y

[166] Heinrich Kramer también es conocido como Institor o Institoris al latinizar su apellido que significa 'comerciante, vendedor'. Nace en Schlettstadt, Strasburgo, en 1430. Ingresa muy joven en el convento de los dominicos. Durante muchos años es lector de teología en la iglesia de Salzburgo. Su vida, llena de episodios poco claros, la dedica a la persecución de la brujería y a la defensa del poder temporal del Papa. A este respecto destaca la polémica que mantiene contra el canónico Antonio Rosselli, autor del tratado *Monarchia*, donde se opone a dicho poder papal. En contra de esta postura, Kramer escribe el *Tractatulus adversus errores A. Rosselli de plenaria potestate pontificis ac monarchiae*, publicado en Venecia en 1499. En 1500 es nombrado por Alejandro VI nuncio e inquisidor de Bohemia y Moravia, donde combate la herejía. Su actividad como 'cazador de brujas' origina una fuerte perplejidad y oposición en el ámbito eclesiástico, hasta el punto de que Kramer solicita a Inocencio VIII, sucesor de Sixto IV, que promulgue la bula *Summis desiderantes affectibus*. Para dar mayor peso al *Malleus maleficarum*, Kramer ordena la falsa aprobación por parte del Colegio de Docentes de la Universidad de Colonia. Muere en Olmütz o en Brünn, en 1505. *Cfr.* Pastore, 1997, pp. 139-210; Thorndike, 1934; y Trevor-Roper, 1978, pp. 157-175.

[167] Jakob Sprenger nace en Rheinfelden en torno a 1436. Su vida es mucho menos intensa que la de su compañero en la Inquisición: estudioso, miembro del Colegio de Docentes de la prestigiosa Universidad de Colonia y devoto de la Virgen María (en honor a la cual funda la primera confraternidad del rosario en Alemania, el 7 de septiembre de 1475). Es prior del convento de Colonia desde 1472 a 1488 y, poco antes de morir, es nombrado padre provincial de Alemania. Su colaboración con Heinrich Kramer aumenta a partir de 1481, año en el que comienzan a recabar información para escribir el *Malleus maleficarum*; con él participa en el proceso celebrado en Constanza del 1481 al 1486 y que concluye con la condena a la hoguera de cuarenta y ocho brujas. Sprenger muere en Colonia en 1495. *Cfr.* Pastore, 1997, pp. 139-210; Thorndike, 1934; y Cardini, 1982.

Brema, pudiera tener una repercusión tan nefasta en la sociedad de los siglos posteriores. Debido a la resistencia que ambos inquisidores encuentran por parte del clero y de las autoridades civiles, a la hora de estudiar el fenómeno de la brujería en la zona designada, elevan sus quejas a Inocencio VIII. Como respuesta, el Papa promulga la bula *Summis desiderantes affectibus*[168], el 5 de diciembre de 1484, documento este que les da la libertad y el poder necesarios para realizar su trabajo, fruto del cual surge el *Malleus maleficarum* (1487)[169]. Este libro no supone un ejemplo aislado de la obsesión que contra el diablo se tiene en la Edad Moderna; está precedido y seguido por una vasta producción de obras que se ocupan de estudiar minuciosamente la existencia de las brujas, la forma de eliminarlas o, al menos, de limitar su influencia. A este respecto el *Malleus maleficarum* es un texto ejemplar. Según Federico Pastore, representa la síntesis más lograda de los tratados que, sobre demonología, se habían escrito anteriormente y de la mitología que en torno a las brujas se había ido gestando desde la Antigüedad hasta dicha época, convirtiéndose por ello en un punto de referencia indispensable para aquellos que a partir de su publicación deseen escribir sobre el tema[170].

En el siglo siguiente a su publicación, cuando la persecución contra las brujas adquiere connotaciones violentas y fanáticas, el *Malleus maleficarum* ejerce una autoridad imprescindible; de ahí se comprende la enorme difusión que adquiere esta obra en toda Europa, lo que queda testimoniado a partir de sus numerosas ediciones[171]. Esto se debe a que el clima cultural existente en Europa en este momento es lo suficien-

---

[168] Con esta bula, el papa Inocencio VIII marca explícitamente la zona en la cual Kramer y Sprenger, «nuestros amados hijos... ambos dominicos y profesores de teología», tienen la libertad y el deber de perseguir la herética pravedad, representada en la brujería; y va en contra de la actitud de algunos «clérigos y laicos» que quieren impedir a los dos inquisidores su misión. Pero la importancia de esta bula va más allá, ya que representa el documento que institucionaliza la caza de brujas. *Cfr.* Bonomo, 1985, pp. 165-183; Culianu, 1999, pp. 235-250.

[169] Kramer et Sprenger, *Malleus maleficarum*.

[170] *Cfr.* Pastore, 1997, p. 139.

[171] El *Malleus maleficarum* ejerce una gran influencia en la mentalidad mágica de los siglos XVI y XVII. Hasta 1520 aparecen trece ediciones del libro y en el período de 1574 a 1669, dieciséis publicaciones más. A partir de ahí, cabe suponer que casi todos los inquisidores poseen un ejemplar de la obra y la consideran una norma que casi tiene fuerza de ley. *Cfr.* Koning, 1977, p. 114.

temente maduro para acoger un libro de este género y a que la jerarquía eclesiástica está ahora decidida a dar una solución final al problema de la brujería. Este tratado es un compendio teórico y práctico para
reprimir la hechicería, las supersticiones y los ritos paganos que, según
sus autores, no está siendo perseguida tal y como se merece. Es una continuación del *Directorium inquisitorum* de Nicolás d'Eymeric, manual que
en 1578 será traducido y ampliado por Francisco Peña[172].

Abordemos ahora alguna de las razones por las que el *Malleus maleficarum* ocupa una posición central en el amplio panorama de la literatura demonológica. El primer problema que se afronta en él es el
de la existencia de las brujas y de los encantamientos; punto este que
se logra demostrar como algo real y no fantástico recurriendo a datos proporcionados por la misma tradición, por el *Canon Episcopi*[173],
por san Agustín y por santo Tomás. Kramer y Sprenger son conscientes de que su opinión carecía de una fuerte autoridad, por lo que para
argumentar sus razonamientos recurren constantemente a la cita de
otros autores. A partir de ahí se empieza a ahondar en el desarrollo
de las sucesivas cuestiones. Ambos dominicos diferencian a las mujeres meramente supersticiosas, de aquellas maléficas[174]. Para ellos, estas
últimas mantienen estrechos lazos con el diablo, al que piden su colaboración para provocar daño. Aseguran que sus acciones no son fruto de una fantasía enfermiza o loca, sino que están documentadas.

Otro de los asuntos que preocupan a los dos autores es el de es-
clarecer si existen o no los vuelos nocturnos de las brujas a sus lugares de reunión. Para probar que esto es cierto, recurren a testimonios

---

[172] Eimeric y Peña, *El manual de los inquisidores*.

[173] Desde comienzos del siglo X el *Canon episcopi* había sido considerado como
la doctrina oficial de la Iglesia en lo tocante al tema de la brujería. El *Canon episcopi* se hacía remontar al concilio celebrado en Ancira el año 314, aunque sin duda su
datación debe retrasarse hasta la época carolingia. Aparece citado por primera vez en
el siglo X por el abad Regino de Prum. A comienzos del siglo XI es incorporado
al derecho canónico medieval al ser recogido por Bucardo, obispo de Worms, en el
Colectario de cánones y por Graciano en su obra vulgarmente conocida por *Decreto*.
Dicho *Canon* juzgaba que los poderes que se atribuían a las brujas: su capacidad de
volar y metamorfosearse, las virtudes de sus ungüentos, la celebración de conventículos, etc., no eran más que fruto de la locura y la fantasía, producto onírico y alu-
cinado propio de espíritus paganos o infieles, por lo que creer en ello debía califi-
carse de herejía. *Cfr.* Marcos Casquero y Riesco Álvarez, 1997, p. 20.

[174] *Cfr.* Zilboorg, 1978, pp. 323-343.

extraídos de la Biblia, de los padres de la Iglesia y de autores medievales. Tras esta erudición, concluyen que el diablo puede transportar el cuerpo de sus discípulos excepcionalmente. Reconocen que la metamorfosis de las brujas en animales, especialmente en lobos, gallos y topos, se confirma en algunos procesos y, sobre todo, en la creencia popular[175]. Tal tipo de cambios puede ser sustancial o accidental; en el primero se produce en realidad la transformación, mientras que el segundo consistiría en un mero efecto óptico[176].

En definitiva, tanto el pensamiento de Kramer como el de Sprenger marca el comienzo de una nueva etapa en el fenómeno conocido como «caza de brujas»[177]. Sus ideas rozan incluso el fanatismo, para proteger la pureza de unos cánones marcados por la Iglesia. A la consecución de este fin van dirigidos todos y cada uno de sus argumentos, la mayor parte extraídos de la cultura tradicional, pero llevados a su máximo extremo. Con ello coartan la libertad de pensamiento manipulando la voluntad de los creyentes. Son quienes sientan las bases de un género literario que tiene un amplio desarrollo y seguimiento durante los siglos XVI y XVII: el de los tratados de magia.

Un partidario de las tesis vertidas en el *Malleus maleficarum* es Silvestre Mazzoli, más conocido como *Prieratis*[178]. En su tratado *De strigimagarum, daemonumque mirandis, libri tres* (1521)[179] no se limita a citar la obra de Kramer y Sprenger, sino que también copia literalmente tanto disquisiciones como ejemplos. Al igual que ellos está firmemente convencido de la formación de aquelarres, ya que los secuaces de Satanás nada tienen que ver con las hechiceras[180]. Respaldándose en la

---

[175] *Cfr.* Kramer et Sprenger, *Malleus maleficarum.*

[176] Anglo, 1977, pp. 1-31.

[177] *Cfr.* Ben-Yehuda, 1981, pp. 326-338; Donovan, 1978; Levack, 1995; y Manselli, 1978, pp. 39-62.

[178] A Silvestre Mazzoli se le conoce más como Prierio, Prieratis o incluso Prierias, porque nace en Priero, en el Monferrato, en torno a 1460. Dominico, teólogo y doctor *in utroque* es profesor en Bolonia y Padua. En 1510 es nombrado prior de la Orden de Bolonia; un año después lo llama el papa Julio II para enseñar teología en el *Gymnasium Romanum*. En 1515 es nombrado maestro del Sagrado Palacio Apostólico por León X, puesto en el que se mantiene hasta su muerte, acontecida a finales de 1523. *Cfr.* Echard et Quetif, 1721, t. 2, p. 55.

[179] Prieratis, *De strigimagarum, daemonumque mirandis, libri tres.*

[180] *Ibídem.*

autoridad de Sprenger, afirma que la bruja de su tiempo adora al demonio y repudia a Cristo; se caracteriza por los mismos rasgos que las brujas de la Antigüedad: secuestro de los niños, succión de la sangre, cocción de las vísceras, etc.; e incluso propone para ellas la denominación de *strigimagae*, al compartir la naturaleza tanto malvada como supersticiosa.

En realidad, Prieratis no merece mayor atención en el panorama de la literatura demonológica. Sus argumentos en sí no nos ofrecen novedades interesantes con respecto a lo que ya se conoce de otros tratados, incluso pecan de superficiales y apresurados. En definitiva, tal vez el único motivo por el que este autor despierta nuestro interés es porque considera que el fenómeno de la brujería es esencialmente rural y femenino, donde la sumisión al demonio se debe a la búsqueda del placer o a la mera desesperación[181]. Su única originalidad reside, según Federico Pastore, en que Prieratis intenta analizar sociológicamente a las brujas; afán que olvida para volver al tono grave, impreciso e ideológico que le caracteriza[182].

Bartolomé Spina, sucesor de Prieratis en Roma, comparte con él el interés por la demonología[183], de cuyo estudio surge el tratado *Quaestio de strigibus* (1522)[184]. Esta obra es un continuo raciocinio en torno a la brujería, yendo en contra de las tesis mantenidas en el *Canon Episcopi*, al que considera una invención de Graciano[185]. Spina es también un seguidor enfervorizado de Sprenger, a cuya obra suele remitir en muchos de los pasajes de su tratado[186].

---

[181] «El teólogo Silvester Prierias, maestro de Bartolomé Spina y autor del libro *De Strigimagis* (Sobre los brujos-magos), publicado en 1521 en Roma, y que interrogó a gran número de brujas que tuvieron comercio carnal con íncubos, complicaba aún más la anatomía del miembro de los demonios, afirmando que este era bifurcado como la lengua de la serpiente. Ello le permitía la cópula simultánea normal y por el ano. Y había íncubos —según él—, cuyo miembro era tridente, de forma que podía exigir de una bruja, al mismo tiempo, la *fellatio*». *Cfr.* Koning, 1977, p. 167.

[182] *Cfr.* Pastore, 1997, p. 200.

[183] *Cfr.* Bonomo, 1985, p. 339.

[184] Spina, *Quaestio de strigibus*, fols. 452-619.

[185] Es bastante difícil atribuir la autoría del *Canon Episcopi*. Si se quiere profundizar en el tema, se recomienda consultar: Lazzati, 1991, p. 21; y Parinetto, 1974.

[186] *Cfr.* Bonomo, 1985, pp. 339-341.

Entre ideas escolásticas de regusto medieval y razonamientos con ciertos atisbos científicos discurre el pensamiento de *Martín de Castañega*[187], considerado el primer teólogo en publicar un volumen sobre creencias mágicas en lengua romance, el *Tratado de las supersticiones y hechizerias y de la possibilidad y remedio dellas* (1529)[188]. Castañega deja entrever en sus escritos que es un hombre autocrítico, serio, con un claro concepto de la justicia y bastante misógino[189]. Cuando se decide a escribir el mencionado tratado, se considera a sí mismo un hombre maduro, alejado ya de las seducciones juveniles, humilde y escéptico[190]. Este escepticismo se pone de manifiesto sobre todo a la hora de cuestionarse si son realmente ciertas algunas creencias como: los poderes taumaturgos de los reyes de Francia e Inglaterra[191] o la imparcialidad de los tribunales religiosos.

[187] Sobre la vida de Martín de Castañega existen muchas lagunas. Posiblemente nace entre 1485 y 1490. Es fraile de la provincia de Burgos. Se le conoce por ser el autor del *Tratado de las supersticiones y hechizerias* (1529). Cuando lo está redactando mantiene su labor en la diócesis de Calahorra, a cuyo obispo, Alonso de Castilla, le dedica esta obra. De ahí pasa a Logroño, donde se convierte en predicador para el Santo Oficio. Sus saberes teológicos y filosóficos aluden sin duda a estudios realizados en la Universidad o de Salamanca o de Alcalá. Es factible que también mantenga contactos con la actividad inquisitorial en Navarra. Lo último que se sabe de él es una referencia a su papel preeminente en la comunidad franciscana del Monasterio de Aránzazu en 1551. *Cfr.* Ruiz de Larrínaga, 1952, pp. 97 y ss.; y Martínez Aníbarro, 1993, p. 123.

[188] Catañega, *Tratado de las supersticiones y hechizerias y de la possibilidad y remedio dellas.*

[189] *Ibídem*, fols. 12v-14r, 52v-53r.

[190] *Ibídem*, fols. 3r-4r.

[191] En esta época se cree que los reyes disponen de poderes mágicos para curar enfermedades como los lamparones o las escrófulas con tan solo tocar al afectado. A este respecto la Iglesia Católica no toma como milagros este tipo de curaciones, pero no se pronuncia públicamente al respecto para evitar enfrentamientos innecesarios. «La importancia y trascendencia del dato puede calibrarse al conocer la valoración que Marc Bloch ofrece de la opinión que, en 1535, emite Miguel Servet sobre esta misma cuestión. Bloch ensalza lo que en el texto del español no es sino una morigerada expresión de duda: "Si fueron efectivamente curados, (dice Servet) eso yo no lo vi". Castañega, que no se anda en exceso por las ramas, sanciona nítidamente la imposibilidad de que poder milagroso alguno se transmita genéticamente, es decir, por el mero hecho de ser hijo de rey. Que la cuestión afectara en muy relativa medida a España, no reduce un ápice la importancia intelectual de la opinión de Castañega, así como el valor que rezuma.» Muro Abad, 1994, p. XIX.

Con respecto a la mujer alberga unas ideas muy sujetas a los prejuicios y a los miedos de su época. Según él, el género femenino reúne todas las condiciones para caer en la herética pravedad. Esto se debe a que ya desde un principio Cristo las aparta de la administración de los sacramentos y porque son más fáciles de tentar por el demonio[192]. Considera que «son mas parleras que los hombres», «mas curiosas en saber y escudriñar las cosas ocultas», «mas subjetas a la yra»; sus miradas son muy peligrosas para la salud de los niños; y para terminar afirma que, aunque los hombres se dedicasen a la práctica de la magia, serían nigromantes porque siempre se acompañan de alguna ciencia, sin embargo, las mujeres serían simples brujas «porque no tienen escusa por alguna arte o ciencia». Como solución a este mal, Castañega nos cuenta cómo conoce «a un padre religioso que esta en gloria que con vna solemne disciplina de açotes saco los espiritus a vna semejante muger...»[193]

De todos los filósofos que marcan la mentalidad renacentista, Castañega se declara simpatizante de Erasmo de Rotterdam. Su obra está impregnada de referencias erasmistas, especialmente aquellas vinculadas con la apertura del pensamiento hacia la racionalidad. Y así lo afirma en la dedicatoria inicial de su tratado: «Y quando quise poner mano en ello pense como todos los que escriben en nuestros tiempos aunque sea Erasmo, a los papeleros se pueden comparar, los quales con papeles viejos, molidos y desatados, tornandolos a coger con el marco de su arte, hazen nuevo papel»[194]. A este respecto, Marcel Bataillon cree que son achacables a Erasmo las referencias a la doctrina del cuerpo místico de la Iglesia católica, oponiéndola a la falta de unión existente en la iglesia diabólica[195]. Al igual que Erasmo intenta luchar contra la superstición, ofreciendo al clero instrumentos

---

[192] Sebastián de Covarrubias afirma, casi un siglo después que, «este vicio de hazer hechizos, aunque es común a hombres y mugeres más de ordinario se halla entre las mugeres, porque el demonio las halla más fáciles, o porque ellas de su naturaleza son insidiosamente vengativas y también embidiosas unas de otras». Covarrubias Orozco, *Tesoro de la lengua castellana o española*, p. 624.

[193] Citas pertenecientes a Martín de Castañega, extraídas de: Muro Abad, 1994, pp. XXI-XXIII.

[194] Castañega, *Tratado de las supersticiones y hechizerias y de la posibilidad y remedio dellas*, fol. 2v.

[195] *Cfr.* Bataillon, 1995, p. XV, nota a pie de página.

adecuados para afrontar la oleada de brujería que se percibe en la diócesis de Calahorra[196].

Con respecto a su personalidad intelectual, Castañega amalgama su formación escolástica con el nuevo enfoque racionalista que se comienza a dar en el siglo XVI. Por un lado, cree en el diablo como ser activo, físico, que interviene cotidianamente en el devenir de los humanos. Su credulidad le lleva a aceptar la capacidad del demonio para fingir diversas figuras. Acepta y difunde también otros tópicos como: el de los discípulos que dan el beso negro al demonio o el de los íncubos y súcubos[197]. Cree que tanto las brujas como los brujos pueden volar por los aires. Por el contrario, en numerosos fragmentos a lo largo del tratado, se tiene la sensación de estar ante alguien que no se acaba de creer todo lo que está diciendo. Incluso algunas frases, afirmaciones, reflexiones, etc., nos presentan a un teólogo escéptico, materialista, cargado de un cierto pensamiento lógico y deseoso de reducir lo esotérico a cánones de naturalidad. Es decir, tras un fondo de credulidad, se aprecian puntos de vista basados en la búsqueda de la razón[198].

En definitiva, el pensamiento de este autor se caracteriza por su autonomía, su racionalidad y su escepticismo, tres rasgos que, aunque toman reflejos de la mentalidad bajomedieval dominante, son diferentes a los de otros autores que abordan temas similares y que se encuentran todavía apegados al pasado. Con este autor, la concepción filosófica del siglo XVI comienza a desarrollar nuevos esquemas intelectuales en los que el hombre reclama un papel protagonista, aunque todavía en el caso de Castañega no corte con un pasado del que sin lugar a dudas es deudor.

Por su parte, *Pedro Ciruelo*[199] se muestra ortodoxo y reaccionario, no solo en los conceptos filosóficos y teológicos que vierte en su tra-

---

[196] *Cfr.* Castañega, *Tratado de las supersticiones y hechizerias y de la possibilidad y remedio della*, fol. 2v.

[197] *Cfr.* Darst, 1979, pp. 298-322.

[198] *Cfr.* González Amezúa, 1953, t. 3, pp. 308-317.

[199] Pedro Ciruelo nace en Daroca (Zaragoza) hacia 1475. Se licencia en Salamanca aproximadamente en 1495 y luego va a París para proseguir sus estudios en la Sorbona. Allí vive más de diez años, dando clases de matemáticas. De regreso a España, se hace con la cátedra de filosofía tomista de Alcalá. En esta

tado *Reprouación de las supersticiones y hechizerias* (1530)[200], sino también en las decisiones que toma en su vida[201]. Pese a ello, muestra una clara inclinación hacia el nuevo espíritu científico que brota en su época: es Ciruelo «tal vez el primer cosmógrafo que formuló la idea de que los nuevos descubrimientos arruinaban la antigua ciencia de la esfera»[202]. En este sentido aventaja a los mismos erasmistas, quienes «desconfiados como Sócrates de la especulación pura, no cultivaban las matemáticas ni la física, que el ensanchamiento del mundo situaba en primer plano: la vieja generación les superaba en curiosidad desinteresada»[203]. Su espíritu de investigación objetiva y minuciosa se expresa no solo en sus tratados científicos, sino también en una obra didáctica: *Reprouación*, donde describe al detalle las prácticas supersticiosas más notorias de comienzos del siglo XVI[204]. Esta obra parece que circula ya entre los lectores hacia 1530; es más conocida que la de Martín de Castañega, pese a carecer de espontaneidad[205].

---

universidad permanece alrededor de veinticinco años, antes de volver a la de Salamanca. Se ignora la fecha de su muerte, aunque Alva Ebersole intuye que se produce después de 1554. Su producción literaria es bastante extensa. Escribe diez obras de carácter científico y además varios tomos de contenido teológico y filosófico. Las dos obras más divulgadas en España son las que publica en lengua vulgar: *Arte de bien confessar* (1501) y *Reprouación de las supersticiones y hechizerias* (1530). *Cfr.* Ebersole, 1978, p. 9.

[200] Ciruelo, *Reprovacion de las supersticiones y hechizerias. Libro muy utile y necessario a todos los buenos christianos.*

[201] Cuando se inaugura la Universidad Complutense se anuncia que en ella la juventud española tendrá la oportunidad de estudiar ciertas materias y corrientes que la Universidad de Salamanca, más tradicionalista, no permite exponer en sus aulas. La publicación de la Biblia Políglota sirve de estímulo a quienes profesan las ideas erasmistas en España, ya que parece significar una innovación en el campo teológico. Ciruelo, sin embargo, es ajeno a todo esto y se nos muestra fiel a la tradición escolástica. Cuando forma parte de la asamblea que se reúne en Valladolid para discutir las obras de Erasmo, no se pone del lado de sus colegas complutenses, sino que se suma a la facción salmantina. *Cfr.* Bataillon, 1995, pp. 226-278.

[202] Cita extraída de una apostilla localizada en su obra *Uberrimum sphere mundi commentum*, comentario a la *Sphera* de Sacrobosco. Al final de este tratado critica a quienes menosprecian la verdad nueva y por encima de ella ponen la autoridad de los antiguos. *Cfr.* Asensio, 1952, pp. 86-88.

[203] *Ibídem*, p. 86.

[204] *Cfr.* Cardini, 1982; Sánchez Pérez, 1948; Alonso del Real, 1972; y Blázquez Miguel, 1989.

[205] *Cfr.* Ebersole, 1978, p. 9.

En todo momento Ciruelo se muestra atento a la finalidad instructiva de su libro y al propósito de dialogar con el lector según los preceptos escolásticos que rigen el orden de los razonamientos. Tras el examen metódico siguen las definiciones generales y luego las más concretas. Paso a paso elabora su pensamiento y levanta en sus páginas todo un edificio de supersticiones y artes mágicas. Los cuatro pilares que sustentan la base de sus planteamientos son: la nigromancia, la adivinación, el ensalmo y la hechicería. Tras condenar a quienes quieren adivinar lo que no se debe y tienen que servirse del demonio para conseguir sus deseos, pasa el autor a un análisis de la astrología con el objeto de distinguir la verdadera de la falsa[206]. Lo que tiene que hacer Ciruelo es, por un lado, defender lo que se proclama como ciencia en su época y, por otro, trazar una línea divisoria entre lo mecanicista y lo puramente supersticioso; para realizar esta distinción cita a Aristóteles, quien dice de las cosas del porvenir «que no ay arte ni ciencia verdadera por donde se puedan saber antes que vengan, porque no tienen causas determinadas de donde proceden» y condena a los «supersticiosos adeuinos», que tienen pacto con el diablo y «deben ser castigados como medio nigrománticos»[207].

Ciruelo censura a quienes presumen de poder alcanzar la ciencia «sin la estudiar ni aprenderla de maestro alguno»[208]. Según su opinión, el que aspire de verdad al conocimiento tiene que comprender que el camino es muy arduo, debe disciplinarse mucho, confesarse a menudo, ayu-

---

[206] Después de explicar «la verdadera astrología habla de cosas que se causan por las virtudes de los cielos, que no sus mouimientos y luzes alteran el ayre y la mar y la tierra», concluye Ciruelo que «en estos juyzios no ay vanidad ni supersticion alguna: porque aplica a los efectos sus causas que tienen virtud natural para los azer... y esta astrología es licita y verdadera scencia, como la filosofia natural, o la medicina. Y avnque estos buenos astrologos en sus juyzios no siempre acierten: no es marauilla por dos razones. La vna es por parte de la sciencia en si que trata de cosas muy altas y dificultosas de saber por su mucha diversidad: y todas ellas no se pueden comprender por arte o sciencia humana... [En cambio] la falsa astrologia no es arte ni sciencia verdadera: antes es vna superstición: porque por los cielos y estrellas presumen de juzgar de cosas que no pueden ser effectos dellas: ni las estrellas tienen virtud natural para las hazer.» Ciruelo, *Reprouacion de las supersticiones y hechizerias. Libro muy utile y necessario a todos los buenos christianos*, fol. XXII.
[207] *Ibídem*, fols. XXII-XXIII.
[208] *Ibídem*, fol. XXXII.

nar más de lo que pide la Iglesia y rezar ciertos salmos y otras devociones. Por otro lado, se nos muestra muy crédulo a la hora de hablar de los saludadores, de quienes cree que algunos «toman un carbón o hierro encendido en la mano y lo tienen por un rato, otros se lavan las manos en agua o aceite hirviendo, otros miden a pies descalzos una barra de hierro ardiendo y andan sobre ella, otros...»[209]; aunque después achaque en parte estas capacidades a ciertos «çumos de yerbas y de algunos ungüentos muy fríos, que por algún tiempo resisten a el calor del fuego»[210]. Se muestra particularmente duro con los fenómenos de aojamiento y de salutación. A diferencia de Castañega, empeñado en explicar racionalmente ambos fenómenos, Ciruelo los condena sin paliativos achacándoselos al demonio. Por ejemplo, de los saludadores afirma que «no es verdad que su saliva y su aliento dellos tenga virtud natural ni sobrenatural para sanar las enfermedades que ellos dicen; luego si con ella sanan es por secreta operación del diablo, que les ayuda por el pacto que tienen hecho con él»[211].

Resulta evidente, por lo expuesto hasta aquí, que al reprobar las supersticiones de su tiempo, Pedro Ciruelo no comparte el espíritu crítico que dos siglos más tarde animará a Feijoo[212]. Este denuncia todas las prácticas que le parecen supersticiosas, incluso las de la religión, mientras que Ciruelo se limita a pedir que se guarden los preceptos eclesiásticos para que tales prácticas queden libres de sospecha. Gracias a su interés por investigar y explicar las supersticiones, Ciruelo deja una obra que es valiosa para su época y que sigue siéndolo actualmente. Su disciplina científica, mantenida con cierto rigor, nos permite llegar al conocimiento de un aspecto importante de la vida del siglo XVI[213].

Siguiendo en esta línea de estudio y de raciocinio, caracterizado por su seriedad, austeridad y rigor, se enmarca el perfil ideológico de *Paulo Grillando*, uno de los inquisidores más citados en los procesos que contra la brujería se celebran en la Europa durante esta época. Entre 1525 y 1534 termina de escribir un tratado sobre diferentes ma-

---

[209] *Ibídem*, fol. XLIX.
[210] *Ibídem*, fol. LII-LIII.
[211] *Ibídem*, fol. XLIX.
[212] *Cfr.* Caro Baroja, 1992, t. 2, pp. 325-360.
[213] *Cfr.* Ebersole, 1978, p. 16.

terias penales, distribuidas a lo largo de cinco libros, alguno de los cuales es editado en seguida como tratado independiente[214]. Grillando, que es un jurista sutil, muestra un cierto interés por los sortilegios; partiendo de su indagación objetiva quiere descubrir lo que de verdadero o falso encierran, llegando incluso a mostrar el tipo de torturas a las que ha de someterse a los culpables. Todo ello lo relata en su *Tractatus de haereticis et sortilegiis omnifariam coitu: eorumque poenis* (1536)[215]. Allí discute sobre la invocación al diablo, las reuniones nocturnas de las brujas, las calaveras parlantes, la piromancia, la geomancia y demás asuntos extraordinarios. Dedica una atención especial a los filtros de amor y a las prácticas amatorias[216]. Un apartado bastante amplio de este libro gira en torno a los embrujos dañinos realizados a partir de huesos, raíces, metales, plumas, etc., elementos estos que luego son depositados en puertas, ventanas, camas o cuchillos pertenecientes a las personas a las que se quiera perjudicar. Grillando cita algunos maleficios hechos con hostias consagradas, con figuras de cera o con pelos de cordero muerto en el parto —estos pelos son llamados por las brujas, según este inquisidor «carta vergine» o «carta non nata»—, con este material realizan pequeños cuadrados en cuyo interior escriben palabras secretas en tinta roja. Así consiguen, en teoría, preservar del peligro a un individuo o conseguir que se enamore de una persona determinada[217].

Entre este elenco de hechizos Grillando no olvida aquellos que atentan contra el matrimonio. En estos casos, la bruja entra en el cuarto donde duerme la pareja y sin despertar al marido, lo marca con un ungüento por el que pierde todo vigor sexual durante un tiempo bastante largo[218]. Según Grillando, los efectos maléficos obtenidos mediante objetos, ingredientes o palabras se deben a la invocación que la bruja hace a Satanás, para que sea él quien ejecute las prácticas má-

---

[214] Los libros llevan por título: *De sortilegiis eorumque poenis, De poenis omnifariam coitus illiciti, De quaestionibus et tortura, De relaxatione carceratorum* y Grillando se los dedica al obispo de Chieti.

[215] Grillando, *Tractatus de haereticis et sortilegiis omnifariam coitu: eorumque poenis.*

[216] *Cfr.* Masters, 1966; y Maria, 1967.

[217] *Cfr.* Bonomo, 1985, pp. 321-330.

[218] Grillando, *Tractatus de haereticis et sortilegiis omnifariam coitu: eorumque poenis,* cap. 3.

gicas[219]. Como remedio a los maleficios, Grillando recomienda rezar y practicar la devoción.

El asunto se le complica cuando afronta la cuestión del vuelo de las brujas y de sus reuniones nocturnas: «quaestio ista —según dice— est multum ardua et famosa». Sobre este punto, Grillando mantiene una opinión idéntica a la del *Canon*, tomándolo como ilusión diabólica; pero su larga experiencia en causas criminales y los hechos constatados por gente digna de fe, le hacen cambiar de parecer[220]. Y al igual que otros tantos demonólogos que le preceden, concluye reconociendo que las brujas del siglo XVI son *maleficae*, no mujeres ilusas, como aquellas que dicen seguir tanto a Diana como a Herodías en su viaje nocturno.

Diferente talante intelectual despliega *Francisco de Vitoria*[221] en su *De arte magica*[222], incluida dentro de las *Relectionum theologicarum* que surgen como resultado de su docencia universitaria en san Esteban hacia 1540, donde se plantea de forma sistemática y magistral la naturaleza del poder mágico[223]. Comienza cuestionándose si realmente existe la magia, es

---

[219] *Ibídem.*

[220] *Ibídem*, cap. 7.

[221] Francisco de Vitoria nace en torno a 1486 en la capital de Álava, de la que toma el sobrenombre. De allí se traslada junto con sus padres a Burgos, donde ingresa en la orden de los dominicos por los años de 1504. Después es enviado a París. Se ordena sacerdote en 1509, siendo ya gramático. Cuatro años después comienza sus estudios teológicos. Durante su estancia en Francia contrae estrecha amistad con los humanistas españoles y flamencos que van al frente del movimiento literario de la época (Vives, Silíceo, Coronel, Harlem, etc). En 1522 es profesor en el Colegio de san Gregorio de Valladolid. Muere en 1546. Dos son las innovaciones principales que implanta Vitoria en la enseñanza de la teología en Salamanca: una, la sustitución de las *Sentencias* por la *Suma teológica* y, otra, la anotación por parte de los estudiantes de las explicaciones del maestro. Su producción literaria es muy exigua, en la que destacan el *Confesionario* —especie de catecismo que sus discípulos sacan a la luz en Salamanca en 1552—, *Instrucción y refugio del ánimo y conciencia escrupulosa y temerosa de Dios* (Salamanca 1562) y sus *Relecciones*, donde condensa lo más destacado de su doctrina y que son publicadas por primera vez en Lyon en 1557. *Cfr.* Gandillac, 1987, pp. 235-247.

[222] Vitoria, *De arte magica.*

[223] En el lenguaje académico de esta época se da el nombre de relecciones o repeticiones a las disertaciones, conferencias o lecciones extraordinarias que pronuncian los graduandos y los catedráticos ante su respectiva facultad o ante toda la

decir, si es cierto que los hombres disponen de un arte o poder —*facultas*— para realizar aquellos prodigios y maravillas que se cuentan de los magos, o si, por el contrario, son vanas, cosas de impostores, solo creídas por la ligereza del vulgo[224]. La respuesta es doble: en la práctica todas son falsas y fingidas, pero, según Vitoria, cabe incluir una excepción, ya que la autoridad de las Sagradas Escrituras nos obliga a creer en los prodigios realizados por los magos ante el Faraón. De ahí que, mientras algunos portentos mágicos son ilusorios y fruto de la ficción de los sentidos, otros existen en la realidad, tal y como lo prueban san Agustín, santo Tomás y la Escritura[225]. Según va indagando sobre el tema, confirma que algún tipo de magia puede llamarse natural y estar libre de sustancia espiritual; pero, al mismo tiempo, considera que las obras que sobrepasan la facultad natural las realizan los magos por virtud, poder y pacto con los demonios, siendo esta la verdadera arte mágica. Cuando se emplean palabras que no tienen relación con los efectos, o cuando se manipulan signos, ritos y ceremonias cuya eficacia depende de singulares combinaciones (horas, posiciones, números, etc.), se procede mágicamente.

Con respecto al conjuro, en *De arte magica*, centra este asunto en la eficacia de la fórmula para exorcizar al demonio. Vitoria, como buen profesor humanista, se atiene a la exégesis en torno al poder de la palabra. En la *Tertia propositio* defiende que «ad coercendum daemones» importa mucho «quibus verbis aut signis homines utantur, etiam si loquamur de verbis sanctis aut sacris signis». Y, lógicamente, las imprecaciones verbales y exorcismos instituidos por la Iglesia son los de ma-

---

universidad. Son en la vida universitaria de los siglos XV y XVI una reminiscencia lejana de las *cuestiones disputadas*, en las cuales, al igual que en las relecciones, suelen cristalizar los puntos principales tratados en las lecciones ordinarias. En Salamanca este género de actos es, en la facultad de teología, tan antiguo como ella, según se infiere de la legislación dada por Pedro de Luna en 1411, que supone la existencia de un derecho consuetudinario referente al mismo. El actuante en la repetición solía escribir previamente su discurso y luego lo pronunciaba ante el auditorio, sin que se acostumbrase a discutir sus afirmaciones. El acto duraba aproximadamente dos horas. Anteriores a las de Vitoria en la facultad de teología se conocen las relecciones de Pedro de Osma, inéditas, y la del padre Matías de Paz. Después las escribieron también Domingo de Soto, Melchor Cano y el padre Báñez, aunque ninguna de ellas llegan a tener el interés que revisten las del maestro Vitoria. *Cfr.* Gil Fernández, 1997.

[224] *Ibídem.*
[225] *Cfr.* Lisón Tolosana, 1979, p. 23.

yor eficacia: «multum interest ad coercendos malignos spiritus uti verbis et exorcismis ab Ecclesia institutis, quae sine dubio maiorem virtutem habent quam quaecumque alia verba et signa». En la proposición cuarta se muestra taxativo: el exorcismo eclesiástico no es varita mágica para arrojar a Satanás del cuerpo humano: «Nulla verba nec exorcismi habent infallibilem efficaciam ad cogendum daemones, et ad arcendum illos, ita ut semper sortiantur effectum suum»; algo que cualquier par de ojos veía cada día[226].

El pensamiento de Vitoria se desliza suave, armónicamente, pero con rigor tomista, en un movimiento linear que no se detiene hasta revelar la esencia lógico-metafísica del problema. El resultado es una brillante construcción mental de aula universitaria del siglo XVI, donde el dominico se inclina por la especulación, la interpretación y el argumento, relegando consecuentemente a segundo plano la evidencia empírica. La lectura e interpretación no metafóricas de la Escritura le obligan a reconocer la existencia real del prodigio mágico; en otras palabras, la premisa inicial del silogismo le fuerza a dejar en su sistema un hueco para el mago[227].

Sin embargo, también existen demonólogos que no creen en la existencia de actividades atribuidas a la brujería. Entre ellos se encuentra *Johann Wier*[228], quien en su tratado *De praestigiis daemonum et incantationibus ac veneficiis* (1563)[229], defiende que no pueden compararse a los hechiceros y las adivinas con los herejes, ya que son personas melancólicas, que no están en su sano juicio y que se imaginan haber firmado un pacto con el diablo, gracias al cual creen hacer cosas imposibles[230]. Por incluirse en este libro razonamientos lo sufi-

---

[226] *Cfr.* Lisón Tolosana, 1990a, p. 105.

[227] Lisón Tolosana, 1979, pp. 23-24.

[228] Johann Wier, o Weyer o Wierus, nace en Grave (Brabante) en 1515 y muere en Tecklemburg (Westfalia) en 1588. Es discípulo de Cornelio Agrippa, médico de la Universidad de París y tutor de los hijos del rey Francisco I de Francia. Más tarde se convierte en médico personal del duque Guillermo de Clèves. Es el primero en distinguir las pseudobrujas de las auténticas demonopatías y en atacar la ignorancia de los jueces y los excesos de sus represiones y torturas. Sus libros más destacados son: *De praestigiis daemonum* (1563), *De lamiis* (1579), *Irae morbo, eiusdem curatione philosophica, medica et theologica* (1580) y *Medicarum observationum hactenus incognitarum* (1581). *Cfr.* Tacus, 1991, pp. 43-48; e Isnardi Parente, 1991, pp. 9-41.

[229] Wier, *De praestigiis daemonum et incantationibus ac veneficiis*.

[230] *Cfr.* Baxter, 1977, pp. 53-75.

cientemente esclarecedores con respecto al fenómeno de la brujería, al poco tiempo de ser publicado es traducido tres veces al francés[231]. Uno de los traductores, Jacques Grévin, no esconde su intención de difundir estas ideas en lengua vulgar:

> De ma part, Monseigneur —escribía la Duquesa d'Anjou, al futuro Enrique III—, ie me tiendray heureux toute ma vie d'avoir eu une si bonne occasion... de servir de truchement non seulement à Wier, homme docte et de saine religion, pour le faire entendre par les François; mais aussi à nostre vulgaire, qui par ce moyen donnera congé aux folles oponions, lesquelles, comme de père en fils, ont pris racines si profondes, que l'accroissement de leurs branches a offusqué une partie des meilleures entes[232].

En *De lamiis* (1579)[233], Wier completa la investigación sobre los errores que se esconden bajo la denominación de brujería y recapitula las conclusiones. Considera que las confesiones arrancadas con las más diversas torturas a las supuestas brujas constituyen una aberración, ya que para él un hombre no puede transformarse en un animal, ni tampoco volar; además cree firmemente que los filtros y las prácticas mágicas conducen a la locura. Por ello, el juicio que se infiere contra «estos pobres locos» es una equivocación por el terrible castigo al que son sometidos[234]. Con respecto al *Malleus maleficarum*, Wier lo desprecia abiertamente afirmando que solo contiene «necedad, estupidez y muchas veces crueldad»[235].

---

[231] El *De praestigiis daemonum* es traducido por primera vez en París, en 1567, por Gervais; en 1569 se vuelve a traducir de nuevo en París, pero esta vez el encargado es Grévin; y la tercera vez se produce en Ginebra, a cargo de Gaubert, en 1579.

[232] Cita extraída de: Bonomo, 1985, p. 245.

[233] Wier, *De lamiis liber*, fols. 669-769.

[234] Las nuevas ideas de Wier son contradichas en 1597 por un demonólogo real, el rey de Inglaterra Jacobo I, en su *Daemonologie in form of a dialogue,* donde se retoma el asunto de la brujería y de la magia. El rey no da opiniones personales sobre la materia, adhiriéndose en todo momento a las opiniones de Sprenger, Kramer y Bodin. Se muestra escéptico en el terreno religioso y no pierde la ocasión para subrayar las supersticiones papales.

[235] Wier, *De lamiis liber*, fols. 669-769.

Por otro lado, *Jerónimo Mengo* sostiene las mismas ideas que Spina, cincuenta años después de su muerte, en su *Compendio dell'arte essorcística* (1576)[236]. En esta obra se recoge el método utilizado en los exorcismos, incluyendo, a veces, algunos casos prácticos. Ofrece pocos puntos interesantes, pero entre ellos cabe destacar, por un lado, el esfuerzo que Mengo realiza por ordenar toda la información que sobre los exorcismos existe y entre la que se incluyen también supersticiones, ceremonias mágicas, charlatanería, etc.; y por otro lado, este autor da el primer paso en diferenciar las posesiones demoniacas de otro tipo de patologías para cuya curación se necesita no un exorcismo precisamente[237].

Puede tomarse más como un texto de divulgación que un estudio teológico, aunque su autor afirme que: «E perché in quest'operetta, oltra alle ragioni, addurremo molti esempi in confirmatione della verità pigliati da questi due autori, cioè Henrico Institore et Iacobo Sprenger nel sopradetto libro [*Martello de i malefici*], però accioché il benigno lettore sia chiaro per l'avvenire, avertirà che ogni volta che io nelli seguenti capitoli dirò gli predetti Autori, gli nostri Autori, etc., sempre si debbe intendere di questi due»[238]. Pero en la práctica considera que los razonamientos más importantes son suyos, cuando en realidad proceden de su especulación erudita.

Opuesto a las ideas de Wier, a medio camino entre el racionalismo y las creencias arcaicas, discurre el pensamiento de un autor para quien la ciencia es incompatible con la credulidad. Se trata de *Jean Bodin*[239], un filósofo que toma la experiencia como «maestra de certeza», no porque destruya creencias falsas, sino porque en algunas ocasiones confirma como verdaderos acontecimientos que supuestamen-

---

[236] Mengo, *Compendio dell'arte essorcística et possibilità delle mirabili, et stupende operationi delli demoni, et de i malefici. Con rimedii opportuni alle infermità maleficiali.*

[237] *Cfr.* Anderson, 1970, pp. 1727-1735; Barnett, 1965, pp. 439-445; y Masters, 1966.

[238] Cita extraída de: Bonomo, 1985, p. 342.

[239] Jean Bodin debe de nacer a finales de 1529 o principios de 1530. Estudiante en Angers, más tarde en Toulouse. Abogado en París en 1561, entra en 1567 al servicio del rey como procurador. Tras mostrar una clara preferencia por defender los intereses del duque de Alençon, es rechazado por Enrique III, quien le niega un cargo de jefe de demandas y, salvo un viaje a Londres, se instala en Lyon

te son fabulosos. Una de sus obras, *De magorum daemonomania libri IV* (1580)[240], tiene una gran repercusión en esta época, ya que contribuye decisivamente a multiplicar los procesos de brujería hasta el edicto de 1682[241].

Este tratado surge a partir de las observaciones y de los consejos contenidos en el *Malleus maleficarum* y promueve la persecución y el aniquilamiento de las brujas. Para él, «I giudici non devono temere di procedere arditamente contro le streghe, si come ve ne sono alcuni che fuggono et tremano di paura, et non ardiscono pur di guardarle»[242]. En esta obra, Bodin ataca directamente las opiniones que Johann Wier vierte en *De praestigiis daemonum* (1563) y también va en contra de aquellos que con sus publicaciones se esfuerzan en defender la brujería[243]. En su prefacio, se queja de los médicos que, basándose en la física, pretenden debatir de cosas sobrenaturales o metafísicas.

A partir de las confesiones que escucha a los condenados repudia cualquier acto relacionado con el diablo. En todo momento sostiene que el número de causas judiciales contra brujas es considerablemente mayor respecto al de los brujos; subraya que este dato también se registra en los tratados demonológicos anteriores al suyo: por un brujo se encuentran cincuenta brujas, «il che avviene non già per la fragilità del sesso, ma per la forza della cupidità bestiale che ha ridotto

donde pasa sus últimos días hasta que en 1596 muere. Sus obras más importantes son: *De magorum daemonomania libri IV*, *La République*, *Colloquiem heptaplomeres de rerum sublimium arcanis abditis*, *Methodus ad facilem historiarum cognitionem* y *Universae naturae theatrum*. *Cfr.* Gandillac, 1987, pp. 275-282; Pastore, 1997; Koning, 1977; Bonomo, 1985, pp. 239-245; y Mesnard, 1962.

[240] Bodin, *De magorum daemonomania libri IV*.

[241] *Cfr.* Yates, 1993, pp. 210-229.

[242] Bodin, *Demonomania de gli stregoni, cioè furori, et malie de' demoni, col mezo de gl'huomini*, t. 3, fol. 4.

[243] Justamente después de haber terminado su *De magorum daemonomania libri IV* cae en las manos de Bodin el tratado *De lamiis* escrito por Wier. A él dedica el apéndice en el que arremete duramente contra las opiniones de su colega a quien califica de «ignorante, pésimo literato, loco e impío, un rufián y un brujo». Asegura que ese libro está lleno de mentiras, que atenta contra leyes divinas y humanas. Cree que Wier es el máximo responsable de los errores de su tiempo, ya que asegura la existencia tanto de espíritus malévolos como del diablo, pero niega cualquier influencia de estos en los delitos perpetrados por las brujas. *Cfr.* Bodin, 1978, p. 387.

la femina alla estremità per godere de' suoi appetiti, o per vendicar-si»[244].

Ideológicamente Bodin es si cabe más radical que los autores del *Malleus maleficarum*[245]. Cree que los aquelarres se celebran cerca de un río o de un lago, ya que los hechiceros necesitan agua para provocar granizo. En caso contrario, hacen un agujero en el suelo, orinan en él y lo agitan para producir el mismo efecto. Sobre el vuelo nocturno de las brujas, Jean Bodin argumenta lo siguiente:

> Se adunque in ventiquattro hore l'ottavo Cielo fa il suo giro in un minuto d'hora, sessanta de' quali minuti vanno all'hora, l'ottavo Cielo fa un milione settecentoseimila cento cinquanta e cinque leghe per il movimento dell'Angelo, a cui Iddio ha data questa possanza, che gli Hebrei chiamano il Cherubino, facendo il giro della spada fiammeggiante di lumi celesti. È egli dunque possibile, che Satanasso, a cui Iddio ha conceduta tanta possanza sopra la terra, trasporti un huomo a cento, o dugento leghe in un'hora? Si vede pertanto chiaramente che tal moto non è già impossibile per natura[246].

Con respecto a las copulaciones con demonios, sostiene que estos no pueden abusar de la inocencia de los niños, ya que, al no tener la 'edad de la razón', no pueden firmar ningún pacto ni vender su alma; es más, prefieren tener contacto sexual con mujeres casadas para que sean adúlteras. Incluso muchas brujas cuentan a Bodin que tanto los íncubos como los súcubos en algunas ocasiones se muestran celosos de sus compañeros humanos, de forma que en los aquelarres llegan a prohibir a sus amantes todo contacto sexual con participantes humanos o con demonios[247].

---

[244] Yendo un paso más allá en su misoginia, afirma que la verdadera razón por la que se produce un porcentaje mucho más alto de hechiceras que de hombres dedicados a las prácticas mágicas, es que «i capi degli homini sono di molto più grossi et per conseguenza hanno più cervello e prudenza delle femine; il che è stato figurato da i poeti, quando hanno detto che Pallade dea della sapientia era nata dal cervello di Giove et che ella non aveva altrimenti madre, per mostrare che la saviezza non viene mai dalle femine, cha s'avvicinano più alla natura delle bestie, giusto ancora che Satanasso si volta prima alla femina, da cui l'huomo fu sedotto». Bodin, *Demonomania de gli stregoni*, p. 371.

[245] *Cfr.* Baxter, 1977, pp. 76-105.

[246] Cita extraída de: Pastore, 1997, p. 80.

[247] *Cfr.* Koning, 1977, p. 207.

Afirma con rotundidad que aunque las brujas se arrepientan y retomen la fe, deben ser igualmente ajusticiadas, sin tener en cuenta cualquier dato que estas pudieran proporcionar para luchar contra el diablo. Para él, desde un principio estas mujeres han renunciado a Dios para siempre y no se les está permitido retornar al catolicismo, lo cual justifica argumentando que en la Biblia está escrito: «Si peccaverit vir in virum, placari ei potest Deus: si autem in Dominum peccaverit vir, quis orabit pro eo?»[248].

Bodin se separa del *Malleus maleficarum* cuando considera la magia y la brujería en función de su incidencia social. Si incluye a lo largo de sus discursos decisiones de los concilios, opiniones de los padres de la Iglesia y de los teólogos es solo porque el Estado, del que forma parte, es una sociedad cristiana; por ello enumera unos argumentos para dictaminar la culpabilidad de las brujas. Los tres primeros, es decir, la apostasía, la blasfemia contra Dios y la adoración al diablo, pertenecen a la tradición. El resto tiene un carácter social: la consagración de los niños a Satanás, equivale a separarlos de la sociedad humana; tanto las conjuraciones como las hechicerías las considera perturbaciones del orden público al provocar la muerte de los animales y destruir el fruto de la tierra; en definitiva, para él la brujería atenta contra la propia naturaleza rompiendo su armonía interna.

Es natural que desde esta posición afirme que, tras conocer la verdad que esconde este tipo de actos, cualquier hombre se puede animar a luchar contra los seguidores de las ciencias ocultas. De ahí que desee constituir su obra como testimonio de dicha misión[249]. Tanto

---

[248] Bodin, *De magarum daemonomania*, t. 2, fol. 25.

[249] Otro seguidor de la autoridad jurídica marcada por Kramer, Sprenger y Bodin sobre la persecución de la brujería es *Pedro Binsfeld* con su obra *De confessionibus maleficorum et sagarum* (1589). Como el título indica, lo que le interesa al autor es el diagnóstico judicial de los fenómenos relacionados con las brujas y el modo de llegar a confirmarlo y probarlo desde un punto de vista procesal. Para él, es preciso dar crédito a las confesiones de los imputados, porque en ellas se pone de manifiesto su dependencia hacia Satanás. Con el objeto de obtenerlas incluso llega recurrir a declaraciones de menores bajo tutela inquisitorial contra sus propios padres y parientes. Aunque personalmente duda de las metamorfosis y de las marcas del diablo —*stigmata* o *sigilum diabolii,* alguna protuberancia en el cuerpo de las brujas a la que los demonios familiares según la tradición popular van a mamar— alienta las denuncias y las torturas a los supuestos brujos y brujas. En el momento en que demuestra la realidad de los hechos que se imputan,

empeño pone para llegar a la consecución de este fin que levanta serias sospechas a la Inquisición, hasta el punto de ser acusado de mantener prácticas demoniacas. E incluso después de su muerte es juzgado como ateo.

Se podría continuar hablando sobre el tema largamente, sin embargo, debemos tener en cuenta que Bodin no es otra cosa sino esclavo de una creencia que no guarda coherencia con respecto al pensamiento que vierte en otros libros suyos[250]. En algunos de sus escritos manifiesta ideas nuevas y originales, pero en el *De magorum daemonomania libri IV* su opinión sobre la brujería continúa la tradición medieval, lo que tal vez le valió para que Tartarotti lo definiera como «uno de los escritores más apasionados por ensalzar la fuerza de la brujería»[251].

En esta situación de finales del siglo XVI, en la que reaparece con encendida virulencia la persecución y el castigo de cualquier manifestación calificada de herética pravedad, la Inquisición necesita disponer de un manual lo suficientemente completo, severo y estricto para sancionar de forma ejemplar dichos desvíos en la conducta cristiana. De ahí que los ojos de la Santa Sede se fijen en el texto, ya un tanto obsoleto, de *Nicolau Eimeric*[252], *Directorium inquisitorum* (1376)[253],

---

si alguno de estos hechiceros los niega, Binsfeld los califica como «abogados del diablo». Hasta veinte indicios de brujería recoge este autor al final de su libro, destacando que entre ellos se registra cierta piedad aparatosa y afición viajera. *Cfr.* Binsfeld, *De confessionibus maleficarum et sagarum.*

[250] Tal es el caso de *La Republica*, donde Bodin aspira a ser más empírico que teórico. En esta obra confiesa que no le interesan ideas sin efecto. Atento a los documentos precisos, gusta de reconstruir presupuestos y de redactar una especie de estadística. Su originalidad no estriba en ligar las diferencias de institución a la doble influencia de la historia y de la geografía, sino más bien en descubrir los elementos de una «ley natural común a todos los pueblos», que no sean fijados abstractamente a partir de una definición del hombre, ni meramente derivados de una práctica de tipo maquiavélico. *Cfr.* Tierno Galván, 1951; y Mesnard, 1977.

[251] Tartarotti, *Del congresso notturno delle lammie libri tre*, fol. 112.

[252] Nicolau Eimeric nace en 1320 en Girona. Con solo catorce años, ingresa en la orden dominica. En 1357 es nombrado Inquisidor General de Cataluña, Aragón, Valencia y Mallorca, cargo que ejerce hasta 1392. En dos ocasiones, de 1377 a 1378 y de 1393 a 1397, se ve obligado a exiliarse del reino de Aragón-Cataluña debido a que su celo inquisitorial y sus posiciones políticas y teológicas se hacen insoportables para la casa real barcelonesa. En 1362 se convierte en

y encarguen a un canonista español, *Francisco Peña*, la reedición de dicho manual, enriqueciéndolo con lo que la historia de la institución había acumulado en textos, leyes, disposiciones, reglamentos, instrucciones, etc., a partir de la muerte de su autor.

Nicolau Eimeric escribe su libro en Aviñón hacia 1376. En esa fecha las disertaciones que sobre la herejía compone Gui Foucoi, *Consultationes ad inquisitories haereticae pravitatis*, están un tanto anticuadas, lo mismo que la obra de Guillaime Raymond, Pierre Durand, Bernard de Caux y Juan de Sain-Pierre, que cuenta ya más de un siglo, al igual que la *Practica officii Inquisitionis* de Bernard Gui, probablemente acabada en 1324. Por ello, la institución de la Inquisición necesita a alguien que ordene, a modo de suma, lo necesario para acometer exitosamente su función; esta responsabilidad la toma Nicolau Eimeric, quien no se limita a presentar una colección de textos jurídicos y relaciones de sentencias, con las consiguientes descripciones sobre la vida, las costumbres y las creencias de los herejes; todo lo contrario, «ofrece un tratado sistemático totalmente elaborado para exclusivo ejercicio de la función»[254], convirtiéndose con ello en el directorio del inquisidor.

Eimeric no se inventa nada; lee, compara, confronta. No hay una sola línea de su manual que no remita a los textos conciliares, bíblicos, imperiales o pontificios. El autor desaparece tras el texto y hace referencia a su propia experiencia como inquisidor con gran parquedad[255]. Sabe que tiene que consultar muchos textos de diversa índole: decretos conciliares, leyes imperiales y reales, constituciones, apara-

---

vicario general de su orden en las tierras de la Corona. En 1371 se le concede el título de capellán del papa en Aviñón y, en ejercicio de sus funciones, sigue a Roma al pontífice Gregorio IX. Regresa en 1397 al convento de santo Domingo en Girona, donde muere en 1399. A parte del *Directorium inquisitorum*, Eimeric es autor de varias obras teológicas (*De duplici natura in Christo* y *Explanatio in Evangelium Johannis*) y de una serie de libros contra las doctrinas de su compatriota Raimundo Llull y sus discípulos, a quienes condena al rigor de la Inquisición. *Cfr.* Sala-Molins, 1983, pp. 9-52.

[253] Eymeric, *Directorium inqvisitorum*.

[254] Cita de A. Dondanine, extraída de: Sala-Molins, 1983, p. 16.

[255] Claro ejemplo es el siguiente fragmento de *El manual de los inquisidores*: «Yo, fray Nicolau Eimeric, dominico, inquisidor de Aragón, que durante años he sufrido mil penurias, gastado mucho dinero, sufrido muchas contrariedades para obtener en la Curia romana condenas de herejes; yo, experto en los métodos de

tos, glosas, encíclicas, bulas e indultos reales, etc.; de ahí que en su manual incluya lo necesario para el ejercicio de la Inquisición: «El manual consta de tres partes. En la primera se trata de la fe católica y su raigambre. En la segunda se habla de la maldad herética que hay que combatir. La tercera está consagrada a la práctica del oficio, que hay que perpetuar»[256].

Un hecho significativo del *Manual* es que entre 1578 y 1607 se reedita cinco veces: tres en Roma y dos en Venecia; de ellas, la realizada en Roma es la que más sorprende, ya que da la sensación como si la curia pusiera de manifiesto que su orientación ideológica es idéntica a la seguida por Eimeric. De ahí que, en un momento en el que empiezan a surgir con mayor fuerza diferentes herejías, se encargue a Francisco Peña[257] que lo reedite y amplíe. Para acometer este trabajo, el canonista español consulta a sus mentores. Divulga el proyecto que le han confiado y, al mismo tiempo, se asesora por teólogos y obispos, a quienes pide que le envíen preguntas, sugerencias, orientaciones, que le expongan sus problemas. Son precisamente las respuestas a las encuestas formuladas por Peña las que enriquecen la nueva edición del manual, ya que en ellas queda reflejada la Inquisición del siglo XVI. Hace también especial hincapié en que, con independencia del lugar en el que se halle, el Santo Oficio de la Inquisición ha de regirse única y exclusivamente por el mismo derecho. De este modo, y siguiendo la opinión de Luis Salas, el *Directorium*,

---

esa Curia, aconsejo a todos los inquisidores que no lleven personalmente los asuntos a la Curia, si no cuentan en ella con relaciones capaces de intervenir para que los asuntos se despachen deprisa». Eimeric y Peña, *El manual de los inquisidores*, p. 176.

[256] *Ibídem*, p. 17.

[257] Francisco de Peña nace en Vallarroya de los Pinares (Teruel) en 1540 y muere en Roma en 1612. Desciende de una ilustre familia y estudia filosofía, teología y jurisprudencia en la Universidad de Valencia, en cuyas facultades se gradúa de doctor. Hombre de costumbres austeras es enviado a Roma por Felipe II como auditor de la Sacra Rota por la Corona de Aragón, cargo para el que es admitido en 1568. Ocupa además otros puestos como el de prior de san Bartolomé de Calasanz, capellán de su Santidad, prelado doméstico, juez apostólico delegado y promotor de varios procesos de canonización, etc. El papa san Pío V le nombra para que forme parte de la comisión de canonistas encargada de la corrección del *Decreto* de Graciano. Entre sus obras destaca: *In Directorium inquisitorum Nicolai Eymerici commentaria* (1578), *In Ambrosii de virginitate tractatum de haeresi commentaria* (Roma, 1581) e *Instructio seu praxis inquisitorum* (Cremona, 1655). *Cfr.* Sala-Molins, 1983, pp. 30-38.

la obra más importante de su género en el siglo XIV, aumentado por las glosas de Peña, constituye el *Manual* imprescindible para cualquier inquisidor de los Siglos de Oro, entre los que se encuentra el controvertido padre Martín del Río[258].

Jesuita e inquisidor, teólogo y humanista, el *padre Martín del Río*[259] nos sorprende por su erudición y su credulidad con respecto a la magia y a sus manifestaciones. En un momento en el que la Inquisición española se muestra más cauta respecto a los asuntos relacionados con la brujería, la adivinación, la hechicería, los maleficios, la nigromancia, es decir, lo que pueda estar vinculado con el diablo, surge su tratado, *Disquisitionum magicarum libri VI* (1599)[260], síntesis y compendio de pensamientos y preocupaciones propios de esta época.

La vida intelectual de Martín del Río se caracteriza por su erudición. A finales del siglo XVI y principios del siguiente, goza de una gran fama y respeto entre los humanistas por sus trabajos filológicos y sus comentarios de textos sagrados, hagiográficos, históricos y jurídicos. Por ello, ocupa un lugar destacado, pero no de primera fila, en

---

[258] *Ibídem*, pp. 22-23.

[259] El padre Martín del Río es un personaje que ha quedado desde hace tiempo sumido en una penumbra misteriosa. Es conocido solamente por un tratado, cuando su producción humanística es enorme. Nace en Amberes en 1551, de padres españoles con ascendentes conversos. Recibe una excelente formación literaria, filosófica y jurídica. Domina ocho idiomas: latín, hebreo, caldeo, francés, flamenco, español, alemán e italiano. Desempeña diversos cargos judiciales hasta que en 1580 ingresa en la Compañía de Jesús. A partir de entonces se dedica al estudio, a la docencia universitaria en Lovaina, Graz y Salamanca, y al comentario de las Sagradas Escrituras, adquiriendo una gran fama como teólogo. Muere en Lovaina en 1608. Sus obras se pueden agrupar en seis apartados: notas, comentarios y ediciones de autores clásicos latinos, comentarios a las Sagradas Escrituras, textos hagiográficos, textos históricos, textos jurídicos y su obra acerca de la magia. Para más información se recomienda consultar: Moya, 1991, pp. 9-45; Caro Baroja, 1996, pp. 171-245; Walker, 1958, pp. 178-185; Lisón Tolosana, 1979, pp. 13-25; Laurenti, 1986-1987, t. 5, pp. 231-249; Simón Díaz, 1975, pp. 332-337; Sommervogel, 1891; Bonomo, 1985, pp. 346-348, 369-372; y Pastore, 1997, pp. 186-189, 240-245.

[260] Río, *Disquisitionum magicarum libri VI*. Nos hemos decantado por citar la edición de 1612, aunque la *princeps* es publicada en 1599, porque este tratado fue ampliado sucesivamente hasta 1612, fecha en la que queda el texto íntegro y ya no vuelve a ser retocado por Martín del Río.

la Historia de las Letras. No se le cita junto a Nebrija, Erasmo, Scaliger, ni al lado de otros grandes editores de textos católicos, protestantes o gnósticos del siglo XVI. Tampoco puede ser presentado como un historiador o teórico importante, ya que, según Julio Caro Baroja, «es la falta de sentido histórico precisamente uno de los rasgos más curiosos de su personalidad»[261].

Del Río es un buen conocedor de la literatura latina, griega y hebrea, pero no distingue entre los elementos fabulosos y los reales que se encuentran en ellas[262]. Así, por ejemplo, puede comenzar un capítulo de su *Disquisitionum magicarum libri VI* citando diferentes testimonios greco-latinos y terminarlo con textos de jueces o magistrados de su época, sin discutir nunca el valor de sus fuentes. Ello demuestra que Del Río es un escritor renacentista clásico, para el que la Historia, en el sentido en el que la consideramos nosotros, no existe[263].

Al ser un hombre de su tiempo, su inquietud e interés intelectual le hacen fijarse en la magia, a cuyo estudio dedica gran parte de su vida, obteniendo conclusiones un tanto contradictorias y polémicas si se comparan con las de otros autores contemporáneos, como Von Spee o Benito Pererio[264]. Para Del Río, hacia finales del XVI la magia se encuentra en un momento de difusión que achaca a la proliferación de herejías, unidas siempre a actividades mágicas. A partir de ahí, redac-

---

[261] Caro Baroja, 1983, p. 184.

[262] *Cfr.* Moya, 1991, pp. 83-89.

[263] «Hebreos o caldeos, griegos o romanos, europeos septentrionales o meridionales, árabes o indios de América no son sino hombres con lenguas distintas sobre los que gravitan problemas similares, amenazas iguales en el fondo. Las fórmulas o técnicas mágicas se transmiten y retransmiten. El orden cronológico, en realidad, poco importa. Del Río es como un artista de aquellos que pintaban a los reyes, patriarcas y personajes famosos de la antigüedad bíblica o clásica con trajes de los siglos XVI o XVII.» Caro Baroja, 1983, p. 185.

[264] El tratado de Benito Pererio, *Adversus fallaces et superstitiosas artes*, es un modelo de discreción y está concebido en términos distintos a los de Del Río. Pererio es uno de los autores que niegan casi todos los actos atribuidos a brujos y brujas, y está en la línea en la que se hallan otros teólogos y juristas jesuitas, que por ello adquieren gran fama poco después, como Von Spee, que en su *Cautio criminalis* (1631) afirma que, tras larga experiencia, no ha hallado entre las brujas que van al suplicio una sola que, en realidad, se pueda llamar tal. Especifica que deseos no les ha faltado para serlo, pero sí actos.

ta un tratado que tiene efectos múltiples, porque si para algunos autores resulta ser la máxima representación de la erudición crédula, para otros constituye un compendio de noticias y hechos que, examinados críticamente, pueden terminar con la misma credulidad.

El *Disquisitionum magicarum libri VI* es un manual completo y docto, pero al mismo tiempo extenso y un tanto confuso. En sus seis libros se recogen documentos antiguos y modernos, junto con textos curiosos e insólitos sobre las brujas, los demonios, los maleficios, la adivinación, los remedios lícitos e ilícitos, los procesos, etc.; las opiniones a favor y en contra de la brujería, los conventículos, los viajes diabólicos, etc. A Martín del Río no se le olvida citar a autor antiguo o moderno, pagano o cristiano, eclesiástico o laico, francés, alemán o italiano, quien «nel suo pio zelo sogna tutta l'Europa cattolica illuminata dai roghi che ardono i seguaci di Satana; finché lui stesso, Belzebù in persona, non si confessi vinto, ed urlando si precipiti nel baratro infernale. Martino allora poggerà il fondo immane del suo colossale lavoro sulla bocca dell'antro, e nessun diavolo potrà più uscirne»[265].

Del Río alaba a aquellos tratadistas que con su doctrina han ayudado a alimentar la «caza de brujas». Entre ellos destaca a Nider[266] y a Sprenger, de cuyos textos se sirve tanto por sus aspectos más teóricos como por los ejemplos prácticos que incluyen, «quia docti theologi fuere, et in his, de quibus agimus, rebus exercitatissimi, et quaecumque tradidere, his similia nostra videt aetas, et recentiores ea

---

[265] Nulli, 1939, p. 145.

[266] En los primeros años del siglo XV toma vigor la creencia en el pacto entre las brujas y el demonio, con el consabido desarrollo de la magia negra. Una de las primeras personas que se encarga de teorizar este fenómeno desde un prisma teológico es Johann Nider en su tratado *Myrmecia bonorum seu formicarium ad exemplum sapientiae de formicis* (1437). Nider es un hombre de vasta cultura, que goza de un gran respeto por el importante papel que juega en el cambio político-religioso de su tiempo, participando en los concilios de Costanza (1414) y de Basilea (1431). El *Formicarium* es una obra bastante curiosa, en la que queda reflejado el movimiento de la vida cristiana del momento. Se desarrolla a partir de un diálogo entre un teólogo (el autor) y un ignorante que tiene múltiples dudas religiosas. En el capítulo octavo del libro quinto Nider recuerda el proceso de condena de Juana de Arco, asunto que trata más detenidamente en su *De maleficiis et eorum praestigiis et deceptionibus*. Junto con Sprenger y Kramer, Nider es uno de los teólogos que más potencian la caza de brujas. *Cfr.* Bonomo, 1985, pp. 144-151.

confirmant omnia»[267]. Entre los franceses admira a Remy y de los italianos estima a Grillando y a Spina. Según Giuseppe Bonomo, habría que buscar en su origen converso la razón de los ataques especialmente virulentos que dirige contra sus adversarios, llamándoles ateos, herejes, ignorantes, presuntuosos, gente digna de ser quemada como las brujas[268]. Del Río cree que el luteranismo triunfa en Alemania al ser este un territorio infectado de brujas y, por lo tanto, preparado para la difusión de la herejía y la pronta venida del Anticristo[269].

Uno de los primeros ataques que recibe la obra de Del Río procede de un español contemporáneo suyo, el padre dominico Tomás Maluenda, quien declara que el *Disquisitionum magicarum libri VI* debería estar prohibido porque con el pretexto de combatir la magia, la enseña[270]. Para Julio Caro Baroja[271], esta opinión puede deberse a que en algunos libros se cita a Del Río junto con Arnaldo de Vilanova, Raimundo Llull, Paracelso, Cardano, etc., como autores conocidos y utilizados en materia de «casos ocultos de naturaleza», según lo hace Francisco de Lugo y Dávila en su *Teatro popular* (1622), donde se menciona también a Antonio de Torquemada y la *Fisionomía* de Della Porta.

Pese a ello, Del Río es leído y admirado durante el siglo XVII. En España tiene como seguidor a Francisco Torreblanca Villalpando, jurista cordobés, quien escribe dos libros acerca de la magia desde un punto de vista estrictamente legal, aprovechando la erudición del jesuita de forma un tanto servil. El primero, *Epitomes delictorum* (1618)[272], incluso es utilizado por los historiadores de la Inquisición al tratar de cuestiones de procedimiento, tal y como lo afirma Henry Charles Lea[273]. También en Portugal se percibe la influencia de la doctrina de Del Río en un libro de Emanuel do Valle de Moura sobre los encantos y ensalmos, *De incantationibus seu ensalmis* (1620)[274].

---

[267] Río, *Disquisitionum magicarum libri VI*, L. III, P. I, Q. 4, S. 5.

[268] *Cfr.* Bonomo, 1985, p. 347.

[269] *Cfr.* Río, *Disquisitionum magicarum libri VI*, L. V, S. 16.

[270] *Cfr.* Antonio, 1788, t. 2, p. 91.

[271] Caro Baroja, 1983, p. 189.

[272] Torreblanca Villalpando, *Epitomes delictorum in quibus aperta, vel occulta inuocatio daemonis interuenit.*

[273] *Cfr.* Lea, 1907, pp. 189-190, 198 y 293.

[274] Valle de Moura, *De incantationibus seu ensalmis.*

Admirado u odiado, lo cierto es que Martín del Río marca un antes y un después en este tema. Su raíz humanista se evidencia en el caudal de conocimientos que sobre la magia discurren por su cabeza; ideas estas que provocan una lucha interna entre la creencia y la razón de un hombre, a medio camino entre el pensamiento renacentista y el barroco. Su propia mente es un compendio de controversias que solo encuentran coherencia en el filo de los dos siglos. A partir del *Disquisitionum magicarum libri VI* los filósofos y teólogos comienzan a plantearse, desde un plano verosímil, el mundo concerniente al demonio con todas sus manifestaciones conocidas. Empieza a producir extrañeza el hecho de que una persona, con tantos estudios como Del Río, pueda creer en opiniones tenidas ya como supersticiones vanas. Nace la necesidad de enfocar e interpretar la realidad a partir de una base más racional y lógica; e involuntariamente el impulso hacia el cambio es dado por el mismo Martín del Río.

A raíz del Auto de Fe celebrado en 1610 en Logroño[275], *Pedro de Valencia* empieza a replantearse las creencias que hasta ese momento circulan en torno a la brujería. Fruto de la reflexión surge el *Discurso acerca de los cuentos de las brujas*. La importancia que tiene este autor, dentro del pensamiento de su época, es la de ser uno de los primeros en corroborar la corriente escéptica y sensata que a principios del XVII

---

[275] «Los días 7 y 8 de noviembre de 1610 se celebró en Logroño un Auto de Fe que tuvo un extraordinario eco en toda España, y cuyas consecuencias, pocos años más tarde, hicieron que la Inquisición española adoptase ante los procesos de brujería una postura muy diferente a la mantenida hasta entonces y desde luego radicalmente distinta de la del resto de Europa. Treinta y una personas —en su mayor parte procedentes de las localidades de Zugarramundi y de Urdax— se vieron en aquel Auto de Fe involucradas en acusaciones de prácticas brujeriles y fueron condenadas a diferentes penas. Once de los acusados acabaron, en persona o en efigie, en la hoguera. Dos meses más tarde, el 7 de enero de 1611, el editor Juan de Mongastón publicaba una *Relación* de lo ocurrido en el Auto de Fe logroñés, en la que se relataban pormenorizadamente los delitos que se imputaban a los acusados y se daba cumplida cuenta del funcionamiento y organización de la secta brujeril. Dada la resonancia que el caso tuvo y las implicaciones doctrinales que comportaba, el Inquisidor General, Bernardo de Sandoval y Rojas, arzobispo de Toledo, pidió informes al Tribunal de Logroño, al tiempo que, deseoso de conocer otras opiniones, solicitaba su parecer a diversas personas, entre las cuales se contaban el obispo de Calahorra, el obispo de Pamplona y Pedro de Valencia.» *Cfr.* Marcos Casquero y Riesco Álvarez, 1997, pp. 17-221.

va ganando terreno ante este problema. Su opinión es compartida por
Salazar y Frías, por el obispo Venegas de Figueroa o por el jesuita
Olarte, entre otros muchos. Y, además, en sus planteamientos sobre la
hechicería, Pedro de Valencia se adelanta en varios siglos a muchas de
las explicaciones modernas[276]. En un primer momento redacta un bo-
rrador que, siguiendo su personal método de trabajo, luego va ampliando y completando.

Valencia parte de los presupuestos teológicos de la época para fun-
damentar la posibilidad y existencia de la magia. Esta palabra puede
entenderse en dos sentidos: «entre los Persas i Babilonios avia magos»,
esto es, «sabios i filósofos»; «la magia se tenía como un gran mysterio
secreta i... se comunicava á mui pocos i essos escogidos i sabios». Los
«magos en significación de encantadores y hechiceros... eran pocos en
muchos siglos» y las maravillas que se dice hacían no pasaban de «consejas de viejas» o «fabulas gentilicas», «i aun se tienen por fingidas con
mentira por sus sequaces». Ahora bien, «magos ó venéficos a avido i
obras estraordinarias hechas por arte i misterio del demonio; las historias sagradas cuentan algunas». Presupone «por cierto i de fe que ai
demonios ó ángeles malos..., de cuyo ministerio, fuerças i mala voluntad usa Dios para castigo de los malos i tentación y probación de
los buenos, como consta... por los magos de Pharaón»[277]. Hasta este
punto, Valencia se limita a repetir la posición intelectual de los tratadistas anteriores; sus razonamientos siguientes aportan ya una novedad
con respecto al tema en cuestión.

Una vez asumida la posibilidad en abstracto de las artes mágicas,
la dificultad radica en encontrar casos individuales y concretos que
demuestren la transformación de la potencia en acto, es decir, el tránsito de lo universal y posible a lo particular y real. A Valencia no le
basta con la opinión de Martín del Río, aunque reconoce que es mucha su autoridad en la materia; tampoco le parece suficiente el con-
senso general, ni siquiera la aseveración de los propios acusados, cuyo

---

[276] Sobre este punto llama la atención Henningsen cuando dice que «las de-
liberaciones de Pedro de Valencia [...] nos anticipan muchas de las opiniones de
las que, en nuestro siglo, han utilizado los científicos para explicar el fenómeno
de la brujería (hecho que casi todos los historiadores han ignorado hasta ahora)».
Henningsen, 1983, p. 219.

[277] Citas pertenecientes a Pedro de Valencia y extraídas de: Lisón Tolosana,
1979, pp. 24-25.

examen va a ser el que dictamine hasta qué grado hay que considerarlos en su sano juicio y, por consiguiente, tratarlos más como a locos que como a herejes. Reconoce que si los aquelarres tienen ciertamente lugar, lo que encontramos en ellos son conciliábulos humanos en los que predomina un desenfreno condenable por su inmoralidad. Además está convencido de que en ellos la intervención del demonio no va más allá de su inclinación habitual a la comisión de pecados. Y afirma tajantemente que siempre se debe contar con el *corpus delictii* para imponer un castigo, no sea que se penalicen delitos no cometidos[278].

Pedro de Valencia se cuestiona la existencia real de hechos relacionados con la brujería; en el caso de que existan pide explicaciones naturales, para evitar que gente inocente sea castigada por delitos nunca cometidos o que sean imposibles de realizar. En definitiva, rechaza la magia, los aquelarres con sus demonios y brujas por increíbles, irracionales y: «no hay cosa que tanto lo desacredite como las monstruosidades increíbles y incompatibles que contienen; que al entendimiento que no le disonaren, no hay para que nadie se canse en persuadirlo»[279]. Pedro de Valencia admite la posibilidad de la magia, pero no cree en su realidad. Y tal y como afirma Henningsen, «*Acerca de los cuentos de las brujas* es simplemente un aleccionador ejemplo de cómo los hombres inteligentes del pasado estuvieron en condiciones de analizar el fenómeno de la brujería con la misma clarividencia que los investigadores modernos»[280].

Un espíritu crítico idéntico al de Pedro de Valencia dispone *Francesco Maria Guaccio* en Milán[281], para quien curiosamente es el *Disquisitionum*

---

[278] *Cfr.* Serrano y Sanz, 1900, pp. 289-303 y 337-347.
[279] Valencia, *Discurso acerca de los cuentos de las brujas.*
[280] Henningsen, 1983, p. 222.
[281] Son escasos los datos biográficos de Francesco Maria Guaccio. Parece ser que nace en Milán en el último cuarto del siglo XVI. Forma parte de la congregación de san Ambrosio. En 1605 se desplaza a Clèves para participar en el proceso contra el duque Juan Guillermo, acusado de brujería. Tres años después publica en Milán la primera edición de su tratado *Compendium maleficarum*. En 1625 da a la imprenta su *Vita del beato Alberto Besozzo* (Mava, Milano), donde hace relación de un milagro acontecido en el Lago Maggiore por el mencionado beato. Su obra *Il delineato prencipe libri tre*, es publicada póstumamente en Venecia en 1643. Muere cerca de 1640, supuestamente en Milán, sin tener a lo largo de su

magicarum libri VI el que le incita a escribir su tratado *Compendium maleficarum* (1624)[282]. En esta obra se reúnen noticias y testimonios antiguos y modernos sobre la magia, el pacto con Satanás, las transformaciones diabólicas, el cambio de sexo, las tempestades y enfermedades de los hombres y los animales ocasionadas por el diablo, remedios contra la brujería, el mal de amores, los espíritus, etc. Además contiene un exorcismo «virtutis eximiae ad solvendum omne opus diabolicum», así como hechizos y encantamientos y una serie de «benedictiones» a la comida, la medicina, el fuego donde se queman los instrumentos de magia, etc. Sigue el esquema marcado por el *Malleus*, reiteradamente citado, ya que Guaccio da importancia al tratamiento que los diversos autores han hecho sobre la relación entre las brujas y el diablo.

El *Compendium maleficarum* es una síntesis del tratado demonológico escrito por Martín del Río. Guaccio no es un experto en el tema ni tampoco es inquisidor. En realidad no le interesan los procedimientos por el delito de brujería y de asociación con el diablo, argumento que Del Río desarrolla ampliamente en su tratado. Los objetivos que persigue el *Compendium* son: ofrecer remedios a las enfermedades cuya causa no es natural y dar a conocer a un público no excesivamente culto las artes que se emplean en la brujería[283]. El libro de Guaccio constituye un resumen muy útil sobre la creencia que el pueblo llano tiene de esta práctica y de su poder en el siglo XVI, pero se debe consultar con suma cautela. Como no siempre cita las fuentes que utiliza, el lector desprevenido puede engañarse al considerar que determinadas ideas son propias de Guaccio[284].

Otra voz que se expresa en el mismo tono de condena que este autor es la de *Johann Klein*, este profesor de derecho en la Universidad

vida grandes sobresaltos y problemas. *Cfr.* Torno, 1988; Abbiati, 1991, p. 368; y Tamburini, 1992, pp. XVII-XXXIV.

[282] Guaccio, *Compendium maleficarum. Ex quo nefandissima in genus humanum opera venefica, ac ad illa vitanda remedia conspiciuntur.*

[283] Tamburini, 1992, pp. XVII-XXXIV.

[284] Para describir el vuelo nocturno hacia el aquelarre, Guaccio se vale de Grillando, Spina y Remy; y a la hora de abordar la actividad maléfica de las brujas copia del *Malleus* los hechos más importantes. *Cfr.* Guaccio, *Compendium maleficarum. Ex quo nefandissima in genus humanum opera venefica, ac ad illa vitanda remedia conspiciuntur*, I, 8; II, 1, 3, 7.

de Rostock, se dedica a revisar los casos difíciles en materia de brujería de los tribunales de Mecklenburgo. Sus tratados *Dissertatio historico-theologica de criminationibus* (1629)[285] y *Meditatio*, ofrecen un análisis de las relaciones sexuales con súcubos e íncubos, que acepta como una realidad, pero niega la descendencia monstruosa de semejantes uniones, los ritos de iniciación y las exigencias de juramento del diablo. Según su opinión, una bruja es bruja por su propia voluntad, la mayor parte de las veces por odio a sus semejantes.

Klein llega incluso a afirmar que una mujer dedicada a las artes ocultas no tiene más que pronunciar en voz alta su deseo de tener relaciones sexuales y, al instante, un íncubo aparece dispuesto a satisfacer su libido, en cualquier momento del día o de la noche, y en cualquier parte: en la cama o en el suelo. Teniendo en cuenta que las brujas pueden volver impotente a un hombre, también se pregunta por qué su animadversión hacia los demás no les impulsa a hacer desaparecer a toda la humanidad. A este respecto, cree que Dios no permitiría una cosa semejante, ya que haría perecer a sus hijos de una manera tan detestable. Al llegar a este punto, debemos reconocer que la sociedad tanto renacentista como barroca aún no está lo suficientemente madura como para escuchar y descubrir lo que de verdadero encierra el pensamiento de Wier, Valencia, Guaccio y Klein.

En la misma línea racional, crítica y de condena contra los procesos de brujería se encuentra *Friedrich von Spee*[286] con su tratado *Cautio criminalis, seu de processibus contra sagas* (1631)[287]. Las dos primeras ediciones de esta obra no llevan el nombre de su autor, al que se hace

---

[285] Klein, *Dissertatio historico-theologica de criminationibus nonnullorum, qui pacem publicam Augustanis in comitiis sancitam ad lutheranas, ut vocantur, ecclesias nihil attinere, aut alioquin non servandam esse, hoc tempore contendunt.*

[286] Friedrich von Spee nace en el seno de una familia noble en Kaiserswert, el 25 de febrero de 1581. Recibe su educación en el colegio de los jesuitas de Colonia. En 1610 entra en la orden y durante varios años es profesor en las escuelas de los jesuitas en Colonia y Treveris. Se ordena sacerdote en 1621. Tres años más tarde ejerce de predicador en Paderborn. En 1627 marcha a Wurzburgo, donde es confesor y acompaña en sus últimos momentos a los supuestos brujos y brujas condenados a muerte. Allí escribe el *Cautio criminalis* (1632). Después de este suceso se centra en la docencia. Muere en Treveris el 7 de agosto de 1610. Cfr. Segatti, 1972, pp. 345-377.

[287] Von Spee, *Cautio criminalis, seu de processibus contra sagas liber.*

alusión como «incertus theologus orthodoxus», en la primera; y como «incertus theologus romanus», en la segunda. Von Spee, tras evangelizar aquellos territorios que en su época se encontraban sometidos al protestantismo y haber recuperado para la religión católica a los habitantes de Peine, es asignado como confesor de los brujos y las brujas condenados en Bamberga y Erbipoli (Würzburg)[288]. A causa de este trabajo, se convierte en adversario convencido de los métodos utilizados en los procesos contra la brujería. Considera que la mayor parte de las personas arrastradas a la hoguera son inocentes; e incluso llega a jurar que ninguna de las mujeres a las que ha socorrido antes del suplicio se las podía considerar culpables.

> Juro solemnemente que entre aquellas que acompañé a la hoguera, no había ni una de la que se pudiera decir, al valorar todos los hechos, que era culpable de los crímenes de brujería por los que era condenada; y otros dos teólogos me han confirmado esta opinión[289].

Es posible que, en conformidad con su amigo el obispo de Erbipoli, Johann Ph. von Schönborn, escribiera el *Cautio criminalis*, un libro pequeño en extensión, pero rico en sabiduría y humanidad, dedicado a los príncipes y magistrados tedescos[290].

Muchas de las páginas de este tratado, según Giuseppe Bonomo, no se pueden leer sin conmocionarse[291]. El autor revela abusos, injusticias y excesos cometidos tanto por príncipes como por inquisidores y jurisconsultos; descubre la miseria y la malicia del pueblo; echa por tierra las argumentaciones de tratados supersticiosos. Con toda su fuerza intenta poner fin a la carnicería de inocentes, condenando el proceso contra la brujería, la falsedad de indicios tomados en consideración, la incertidumbre de falsos supuestos, la impotencia sentida al descubrir la verdad.

---

[288] *Cfr.* Segatti, 1972, pp. 375-443.

[289] Cita extraída de: Koning, 1977, p. 137.

[290] El título completo es: *Cautio criminalis, seu de processibus contra sagas. Liber ad magistratus germaniae hoc tempore necessarius, tum autem consiliariis, et confessionariis principum, inquisitoribus, advocatis, confessariis reorum, concionatoribus, ceterisque lectu utilissimus. Auctore incerto theologo romano.*

[291] *Cfr.* Bonomo, 1985, p. 419.

Sin embargo, no niega la existencia de estas prácticas —al contrario, está convencido de que en Alemania hay más brujas que en otros sitios—, ni de delitos imputados a ellas, ni de las reuniones nocturnas con el diablo; pero recomienda que el proceso judicial se lleve a cabo bajo el derecho, la razón y la caridad. Al final de su tratado presagia que otros pensadores en un futuro ahondarán en la investigación de este asunto tan importante como difícil y controvertido[292]. Ni que decir tiene que esta obra le granjea a Friedrich von Spee la enemistad con gran parte de su orden[293].

A medida que va avanzando el siglo XVII, los demonólogos dejan de cuestionarse tan reiteradamente la existencia de las brujas, de los remedios para combatir sus artes o los consabidos tormentos y castigos. Comienzan a abordar de forma más específica asuntos que anteriormente se trataban de manera superficial o secundaria, tal es el caso de la unión entre hombres y diablos. Este problema es afrontado por *Ludovico Maria Sinistrari*, doctor en derecho canónico y civil, un buen conocedor de la literatura demonológica y que además se muestra muy interesado en todo lo que atañe a la brujería de su tiempo[294]. Desde su punto de vista, los estudiosos no han explicado, con razonamientos convincentes, lo que realmente hay de cierto en la unión entre las brujas y los brujos con los demonios íncubos y súcubos. De ahí que, prescindiendo de las investigaciones precedentes, empiece a indagar siguiendo un camino diferente al de los demonólogos más cualificados, hasta reunir sus deducciones en un tratado específico.

[292] Von Spee, *Cautio criminalis, seu de processibus contra sagas liber*, fol. 51.

[293] *Cfr.* Pastore, 1997, pp. 190-193.

[294] Ludovico Maria Sinistrari nace en Ameno (Piamonte) en 1622. Tras estudiar humanidades entra en la Universidad de Pavía e ingresa en la orden franciscana. En esa esfera religiosa, continúa sus estudios de pedagogía y de práctica de la enseñanza. Adquiere un gran conocimiento de esos temas y es nombrado profesor de filosofía en dicha universidad. Un año más tarde ocupa la cátedra de teología. Su profunda convicción religiosa le lleva a predicar en muchas ciudades y pueblos italianos. Sus dones y su gran erudición llaman la atención de Roma; de ahí que sea nombrado consultor del Tribunal Supremo de la Inquisición. A partir de ese momento se dedica al estudio del diablo, que da como resultado su tratado *De daemonialitate et de animalibus incubis et succubis*. Muere en 1701. *Cfr.* Carena, 1986, pp. 11-20; y Bonomo, 1985, pp. 411-416.

Sinistrari llama al pecado de lujuria con el diablo *demonolità*, de ahí el título de su obra *De daemonialitate et de animalibus incubis et succubis* (1699). Este libro se encuentra totalmente encuadrado en su época, marcada por la fuerte sugestión demoniaca y brujeril, junto a la fantasía barroca y al vínculo con los Textos Sagrados donde se percibe una cierta inclinación racionalista. Su discurso avanza por dos vías: por un lado se centra en el análisis deductivo del propio texto; y por otro, se sumerge en el mundo de oscuridad, neurosis y fábula heredado de la misma tradición cultural. La contradicción y la confusión no solo de su tiempo, sino también de la mente de Sinistrari, repercuten a la hora de tratar el tema de los íncubos y súcubos, su relación con Satanás y con el hombre, su naturaleza, etc. Admite la existencia de criaturas infernales cuyo espíritu es inmaterial, racional e inmortal; y cuyo cuerpo, que puede ser de macho o de hembra, está capacitado para reproducirse y desarrollarse como el del hombre.

El problema teológico, moral o simplemente físico, suscitado por la existencia de dichos seres y de su unión con mujeres y hombres, dificulta el pensamiento de Sinistrari, quien en su tratado no se hace eco de los aspectos jurídicos, éticos y religiosos que surgen de la relación carnal con el demonio. Tampoco tiene en cuenta el punto de vista que sobre el tema adquiere la Contrarreforma. En este sentido, según la opinión de Carlo Carena[295], son páginas ejemplares, que se caracterizan por una cierta naturalidad y argucia típica de un clérigo dotado de una vasta cultura. Se muestra ingenioso para buscar soluciones imposibles, sutil a la hora de citar a autores clásicos como Livio o Gellio, Curzio Rufo u Ovidio al lado de san Juan o san Jerónimo.

Sinistrari enfoca el tema de la sexualidad bajo un planteamiento natural, burlón y sensual. El hecho de que un íncubo o súcubo atente contra la castidad humana tampoco es tan pecaminoso y concluye que el demonio íncubo «in quanto spirito razionale e immortale, è pari all'uomo; in quanto poi al suo corpo, più nobile e sottile, è più perfetto e ragguardevole dell'uomo. Perciò l'essere umano che si congiuge con un incubo non avvilisce la propria natura, ma l'esalta»[296]. Final más digno de un sofista libertino que de un moralista inquisitorial.

---

[295] Carena, 1986, pp. 11-20.

[296] Sinistrari, *Demonialità ossia possibilità, modo e varietà dell'unione carnale dell'uomo col demonio*, p. 94.

Medio siglo después de la muerte de Sinistrari (1701), el abad *Girolamo Tartarotti* afronta de nuevo el problema de la brujería con su tratado *Congresso notturno delle lamie* (1749)[297], en un momento en el que dicho tema tiene poco interés entre las personas cultas —a parte de ser muy escasos los procesos que contra ellas se celebran en el siglo XVIII[298]—. Sin embargo, a nivel popular se mantiene la creencia en torno a las brujas y los espíritus nocturnos, situación esta que Tartarotti pretende erradicar analizando en profundidad el asunto bajo el filtro de la razón ya ilustrada. A finales de 1743 le viene en mente la idea «di stendere una dissertazione sopra il banchetto notturno delle streghe col demonio, che da noi si chiama andar in strozzo, per mostrare come tutta questa faccenda non è che una mera illusione della fantasia»[299]. Tras dos años de trabajo, comienza a desarrollar su tratado. «Sappia V. S. Illma. —escribe a su amigo el conde Ottolino Ottolini, el 23 de septiembre de 1745— ch'io sto lavorando un intero trattato in materia del *Congresso notturno delle streghe*... Per sventare questa popolar chimera, esamino la cosa ab ovo; ma nulla si farebbe, quando non si prendesse per mano Martino Del Rio, ch'è stato, ed è ancora in qualche luogo la pietra dello scandalo presso i giudici»[300].

Siguiendo la opinión de Giuseppe Bonomo, el *Congreso* es un excelente ejemplo de riqueza histórica y bibliográfica. Las noticias más variadas y curiosas sobre la creencia de Europa en la brujería se relatan y documentan detalladamente; y es ahí donde reside la enorme importancia de este tratado. Sin embargo, desde el punto de vista crítico, adolece en algunos momentos de debilidad e ingenuidad[301], sobre todo a la hora de interpretar algunas ideas vertidas en el *Cannon Episcopi*. Para Tartarotti no existe ninguna diferencia entre la brujería de la cual se habla en el *Cannon* y la de su época, para demostrarlo

---

[297] Tartarotti, *Del congresso notturno delle lamie libri tre*.

[398] A este respecto Tartarotti solo recuerda el proceso que se celebra en 1728. Además desde 1730 hasta el final de siglo, los juicios inquisitoriales contra personas de los dos sexos acusados de tener trato con el demonio, de realizar hechizos contra otros individuos y de prácticas supersticiosas, se concluyen perdonando la condena eclesiástica. *Cfr.* Bonomo, 1985, p. 424.

[399] Fragmento extraído de una carta escrita por Tartarotti a su primo F. G. Rosmini el 7 de septiembre de 1743, citada por: Provenzal, 1901, p. 7.

[300] Cita extraída de: Provenzal, 1901, p. 8.

[301] Bonomo, 1985, pp. 427-431.

despliega racionalmente sus conocimientos históricos y judiciales. Según este autor, las secuaces de Diana y de Herodías son idénticas a las «moderne adoratrici del diavolo», es decir, son mujeres ilusas y fuera de juicio que han de recibir tratamiento médico. Sobre el demonio, Tartarotti considera que «ha mutato abito e divisa, ma non uffizio e natura». A su modo de ver, «se ne' tempi addietro fosse stato in uso di metter nelle mani della giustizia le seguaci di Diana, e con tormenti atrocissimi constringerle a palesar tutti i segreti delle loro voglie, come si fa al presente, enormità forse si sarebbero udite niente inferiori a quelle che depongo le nostre streghe»[302].

La sociedad de Diana y la brujería de su tiempo son tratadas por Tartarotti con escaso sentido crítico. Se sumerge en el mar de libros y de autores. Considera que es un error relacionar a esta secta con las descritas en los textos medievales. Opina que tanto los demonólogos como los jueces ignorantes han confundido la brujería con la magia, existiendo una profunda diferencia entre la bruja y el mago:

> Il mago agisce, e coopera, ed è cagione almeno impellente, che' il Demonio produca l'effecto. La strega nulla agisce, ma piuttosto pate, a nulla stimola il Demonio, ma piuttosto in sé riceve l'effetto di quello, o vogliam dire nella sua guasta e sporca immaginazione. Il mago è vero malefico: ma la strega è piuttosto maleficiata, che malefica. Il mago comanda a Satanasso, la strega ubbidisce. E per fine nella magia interviene sempre realmente il Demonio, e i veri patti o espressi o taciti con quello: laddove nella stregheria ideale vano è il commerzio, vani e immaginari i patti. Di qui si vede, che gravissimo è il primo delitto, e perciò i teologi, i giureconsulti, i filosofi, e tutti in consonanza delle leggi e divine, e umane stabiliscono concordemente, che a pena di morte debbano soggiacere i maghi[303].

En cuanto al castigo impuesto por los delitos de magia, según Tartarotti, «tali delitti da Dio, non dagli uomini sogliono castigarsi; poiché questi non al mal morale, cha alla società niun danno apporti, ma al fisico, e altrui pregiudiziale, ed alle cagioni realmente influenti, riguardano»[304]. Por otro lado también afirma que los crímenes de esta índole son muy raros, debido a la dificultad que entraña el aprendi-

---

[302] Tartarotti, *Del congresso notturno delle lammie libri tre.*
[303] *Ibídem.*
[304] *Ibídem*, fol. 161.

zaje de las artes mágicas[305]. Su intento por desacreditar la defensa de la magia a partir de argumentaciones y deducciones tomadas de los más importantes demonólogos —entre los que destaca la autoridad de Martín del Río—, oscurece la lucha racional que Tartarotti mantiene contra las falsas creencias y fatuas supersticiones, tachando todo ello de «popolar chimera».

Al llegar a este punto y haciendo recopilación de lo expuesto, sorprende descubrir por qué en una misma época pueden confluir dos pensamientos tan antitéticos: la nueva concepción racionalista del hombre y del mundo, frente a la persecución desatada contra la brujería. Se hace difícil comprender cómo es posible que mentalidades positivas, renovadoras y críticas como las de Shakespeare y Bruno, Copérnico y Montaigne, Erasmo y Galileo, Cervantes y Kepler, convivan espacial y temporalmente con los planteamientos tan supersticiosos, fanáticos y rancios como los de Sprenger y Kramer, Del Río y Torreblanca, Peña y Bodin. Tampoco se concibe que un papa humanista, protector de las artes, como Inocencio VIII pueda escribir la bula *Summis desiderantes affectibus*, cuyos contenidos respaldan punto por punto a los del *Malleus maleficarum*. Resulta ilógico que uno de los pensadores más importantes del siglo XVI, como Jean Bodin, en 1590 publique *De magorum daemonomania libri IV*, un tratado en el que se justifica la caza de las brujas, y que tres años después su mano no tiemble a la hora de escribir el *Colloquium heptaplomeres*, documento en el que se defiende la tolerancia religiosa. No se entiende que, mientras que la nueva concepción del mundo está ofreciendo al hombre horizontes ilimitados de libertad y de conocimiento, los teólogos se dediquen a demostrar eruditamente la posibilidad del vuelo nocturno de las brujas.

Esto se debe a que la nueva realidad que se alza ante los ojos del hombre renacentista y barroco aún se está definiendo, elaborando, tomando su propio cuerpo y enfoque, por lo que es imposible que sea asimilada y puesta en práctica de forma satisfactoria por la totalidad de los intelectuales. De ahí que se produzcan contradicciones como las de Pico della Mirandola, un humanista culto, que en su tratado *Strix*, a partir de la observación detallada del mundo, cree en la exis-

---

[305] *Cfr.* Nulli, 1939, p. 173.

tencia de las brujas y aboga por su eliminación física. Resulta demasiado simple y fragmentario considerar el Renacimiento como un periodo histórico en el que se producen grandes progresos en casi todos los campos y en el que triunfa la razón sobre la magia. El Humanismo renacentista no solo queda constituido por pensadores tan relevantes para la Edad Moderna como Erasmo de Rotterdam, sino también permite la reimpresión de tratados como el *Malleus maleficarum*, máximo exponente de la intolerancia radical.

Con respecto a la demonología y la consabida «caza de brujas», no se debe pensar que en los siglos XVI y XVII constituyen un mero vestigio del pasado, ni una revalorización de determinadas prácticas medievales; realmente nos encontramos ante el desarrollo de una tradición que siempre ha estado presente, desde su nacimiento, en el seno de la Iglesia. De este modo, si en la segunda mitad del siglo XIV, se tacha como pecado cualquier superstición relacionada con el demonio y sus manifestaciones, a principios del XVI este mismo hecho se considera herejía. No se trata de una evolución coherente y homogénea de una línea de pensamiento, es el resultado de un fenómeno mucho más complejo en el que se ha de tener en cuenta el contexto social, económico y político del momento[306].

En realidad, el Renacimiento, asediado por carestías y epidemias, dominado por el hambre, golpeado por tremendas guerras, marcado por la persecución de herejes, es un periodo profundamente contradictorio y caracterizado por una gran inquietud existencial y cultural, en la que sobre todo domina el miedo: miedo a las invasiones, a la peste, a la muerte, a lo desconocido, a lo oscuro, a todo lo que suene a fin del mundo, etc. Está surgiendo una nueva teoría del conocimiento, para la que la experiencia es la única llave del intelecto. Mientras se está poniendo la base de las nuevas ciencias experimentales y se empiezan a descubrir las leyes que rigen la naturaleza desde un punto de vista racional, se cree que el universo es una entidad animada y que el hombre es prisionero de una finísima tela de araña de influencias invisibles que marcan el destino de su existencia. En definitiva, lo que tenemos son dos caras muy diferentes para la misma moneda con la que se inicia la Modernidad.

---

[306] *Cfr.* Delumeau, 1989.

1.4. Características de estos tratados

Dentro de la denominación común de tratados de magia se da cabida a una serie de libros bastante heterogéneos entre sí. Tal y como hemos visto, surgen como respuesta directa a la nueva mentalidad que se extiende por el occidente europeo durante la Edad Moderna. La actitud positivista con la que se comienza a enfocar la realidad circundante genera interrogantes a los que la razón del momento se ve incapaz de responder. De ahí que todo aquello que no se ajuste a la lógica humana se incluya dentro del 'cajón de sastre' conocido como magia. Los intelectuales de la época se sienten en la obligación de aportar su particular opinión sobre el asunto; por ello se dedican a estudiar la demonología, la brujería y el encantamiento desde los más variados puntos de vista: filosófico, teológico, científico, antropológico, sociológico, político, etc. Tal variedad de caminos origina un tipo de literatura conocida, leída y demandada por la sociedad y que influye en la forma de entender el mundo donde se gesta.

Pese a la gran diversidad de tratados, la mayoría se caracteriza por la aparente objetividad con la que sus autores abordan el tema en cuestión. Independientemente si reprueban o apoyan determinados hechos, creencias y manifestaciones vinculados con la magia, su argumentación ha de ser creíble por el receptor. De ahí que la seriedad y el rigor sean la premisa básica en ellos. Para conseguir esto, se hacen eco de infinidad de citas con las que poder respaldar las afirmaciones realizadas. Del sincretismo teórico que caracteriza a los tratados escritos a principios del siglo XVI, se da paso a obras donde se observa una profusión en el uso de fuentes, influencias, pensamientos, enfoques, temas, utilidades, etc.

Podrán versar sobre la teurgia o la goecia, los aquelarres o los procesos inquisitoriales, las plagas o las pestes, las tormentas o los naufragios, las tentaciones o los pactos, los espectros o los sueños, pero aparte del contenido mágico, estos textos tienen algo muy importante en común y es que en ellos aparecen interpolados cuentos de la más variada procedencia, que aportan una especial luminosidad creativa a una teoría ya de por sí solemne y, a veces, demasiado oscura.

Con respecto a la lengua empleada para redactar estos tratados tenemos: por un lado, la latina y, por otro, las vernáculas, cuyo empleo y desarrollo se afianza durante estos siglos por motivos tanto pedagógicos, como sociales o incluso religiosos[307]. Debido a que el latín es considerado como la lengua culta por excelencia y quien no lo conoce es juzgado como ignorante o carente de educación, la preparación para cualquier actividad humanística o científica se hace de modo preferente a través de la lengua latina oída, hablada, leída y escrita por médicos, teólogos, filósofos, historiadores, juristas, etc. Con el Humanismo nace una nueva postura ante el latín, ya que los intelectuales de esta época gustan y se deleitan con la lectura de los textos antiguos. Una vez que se entrevé el placer del arte por el arte, que se descubre la belleza de la lengua, se preocupan por conseguir su perfección mediante la imitación del clásico.

Al examinar con detenimiento el latín de las curias y de las escuelas, se descubre que es una lengua desvirtuada debido a la cantidad de palabras vulgares que emplea. Para desterrar tanta contaminación lingüística, se determina el empleo de vocablos y giros que aparecen en los textos clásicos escritos por Cicerón. Las palabras que no se encuentran en sus obras se las consideran barbarismos que corrompen la belleza y la pureza de una lengua que ya se tiene como propia. Después se intenta alcanzar la perfección formal de los autores que se imitan, para lo cual se dan normas basadas en las que aquellos formularon. No se inventa nada nuevo, se limitan a seguir los preceptos que dan los retóricos grecolatinos, procurando únicamente coordinarlos y aclararlos.

Sin embargo, en el caso concreto de España, este conocimiento y dominio del latín no se produce como en el resto de Europa; tanto es así que hasta el mismo Huarte de San Juan considera que: «En qué

---

[307] «El caballo de batalla de la Pre-Reforma (Erasmo, Vives, etc.) y de los principios de la Reforma fue el latín. La Iglesia lo había adoptado como lengua oficial; los Papas se rodearon de humanistas y muchos cardenales lo eran. Esto y el intento de igualar a Cicerón con los Santos padres o a Virgilio con los profetas no podía menos que escandalizar a todo el que comparase la vida y escritos de los paganos con la doctrina e ideal del cristianismo. Cuando en la tradición textual de las Sagradas Escrituras se pretende eliminar el puente del latín y fortalecer los pilares extremos [...] el círculo humanístico de Roma reaccionó: rechazó este movimiento sin prever las consecuencias y lo consideró como un intento de frustrar la realización de un segundo Imperio romano. [...] Ante la "paganización" del Papado las posturas se hacen cada vez más extremas. Lutero rompe con Roma y se introduce por la senda de la herejía, preconizando el empleo de las lenguas vulgares.» Rico Verdú, 1973, pp. 57-58.

va a ser la lengua latina tan repugnante al ingenio en los españoles, tan natural a los franceses, italianos, alemanes, ingleses y a los demás que habitan el Septentrión? Como parece por sus obras, que por el buen latín conocemos ya, que es estrangero el autor, y por lo bárbaro y mal rodado, sacamos que es español»[308]. Como oposición al Humanismo surge un rechazo hacia las lenguas clásicas que se traduce en un mayor empleo y desarrollo de las lenguas vernáculas.

Paulatinamente se percibe cómo los tratados que versan sobre la magia comienzan a redactarse en castellano, francés, portugués, italiano, etc.; con ello lo que se pretende es acercar el contenido de dichos libros a un número mucho más amplio de lectores, donde quedan ya incluidos los comerciantes, los banqueros y las mujeres, es decir, estamentos sociales ajenos a la nobleza y al clero, que sienten inquietud cultural. Eso no quita para que se siga escribiendo discursos en latín, en los que se enfoca el tema desde los más variados puntos de vista y donde, paradójicamente, aparecen insertos más cuentos tradicionales, algunos de ellos de contenido bastante erótico.

Resulta una obviedad reconocer que en latín se escriben un gran número de libros importantes y curiosos, que hoy constituyen una parte muy poco conocida de la cultura de la Europa occidental.

Al ocuparnos de la significación de la magia en las sociedades de los siglos XVI y XVII, bueno es consultar a Ciruelo, Fray Martín de Castañega y otros que escribieron en 'roman paladino'. Pero la obra magna sobre el asunto está en latín y está constituida por los seis libros de las *Disquisitiones magicae*, dados a luz por Martín del Río, conocido entre los humanistas por sus trabajos filológicos, también como comentarista de textos sagrados, pero mucho más por esta gigantesca enciclopedia de la credulidad de la que casi siempre se habla de oídas[309].

1.4.1. *Contenido*

Como reiteradamente venimos diciendo, el tema común de los tratados, a cuyo estudio nos estamos dedicando, es la magia. Sin embargo, bajo esta denominación se engloba un amplio abanico de fenó-

---

[308] Huarte de San Juan, *Examen de ingenios para las ciencias*, C. XI.
[309] *Cfr.* Caro Baroja, 1983, p. 173.

menos relacionados con lo oculto, lo misterioso, lo desconocido, en definitiva, lo que no puede ser explicado por medio de la razón. Para poner un poco de orden en este concepto, tan amplio y diverso, como ambiguo y enmarañado, preferimos clasificar los libros que hemos empleado para realizar este estudio en tres grupos: magia, demonología y brujería.

El primer epígrafe comprende aquellos volúmenes donde se trata, de forma general, cuestiones planteadas sobre la magia: se intenta llegar a una definición de la misma, diferenciar la blanca de la negra, explicar de dónde proceden los poderes o capacidades de destrucción que disponen algunos individuos, aportar respuestas sobre los interrogantes que la existencia humana suscita, esbozar los primeros cimientos sobre los que se van a construir las ciencias; en definitiva, se habla de las dudas fundamentales que genera un mundo lleno de complejidad y confusión. Este apartado, a su vez, se subdivide en otros cuatro: magia natural, filosofía oculta, magia adivinatoria y magia amatoria.

Aquellos tratados que versan sobre el mundo de la naturaleza pretenden estudiar los sucesos que tienen lugar en el universo, procurando aprehenderlos para llegar a su conocimiento y su dominio. De ahí que recojan observaciones sobre las estrellas, los minerales, la meteorología, los seres deformes o monstruosos, los sucesos inexplicables, las ninfas, los gnomos, las salamandras, las enfermedades, etc. A partir de aquí dan consejos o doctrinas sobre la manera con la que hay que actuar para conseguir unos efectos idénticos a los proporcionados por la naturaleza, tales como: poder controlar las épocas de sequía o de lluvia, interpretar el destino del hombre en los astros, conseguir oro combinando distintos materiales, curar determinados males, en definitiva, llegar a tener el poder necesario para transformar el mundo.

En cuanto a la filosofía oculta, los textos que aquí aparecen clasificados versan sobre la cábala, es decir, la metodología empleada para descifrar el criptograma con el que se cree que fue escrita la Biblia. En el momento en el que se interpreten correctamente los nombres de Dios, de Cristo, los pasajes evangélicos, los diferentes libros que constituyen el Texto Sagrado, etc., el hombre podrá llegar a descubrir quién es, para qué y por qué se encuentra en este mundo, su lugar en el mismo, su destino, etc.

Con respecto a la magia adivinatoria, las formas de vaticinio se diversifican hasta en los más mínimos detalles. Para averiguar el carácter, la personalidad, la suerte, el pasado o el futuro de un individuo o acción determinada, se recurre a conocimientos, métodos y prácticas, gracias a los cuales se pueden leer adecuadamente las líneas de la mano o de la cara, las señales que se desprenden de una hoguera, de un viento, de un puñado de tierra, del movimiento del agua en un río, etc. Plantas, lámparas, animales, humo, vino, uñas, vuelos, cartas, cristales, bolas, sueños o los mismos muertos, cualquier cosa o elemento se puede prestar como medio para vislumbrar el bien o el mal ocasionado por una acción cuyo momento de ejecución es el idóneo o el equivocado.

Como el universo queda penetrado por la magia en cualquiera de sus niveles, el amor, considerado como la fuerza que mueve al hombre y con él al mundo, no iba a permanecer excluido de su influencia. De ahí que se elaboren pócimas, ungüentos y filtros con los que despertar esta atracción irracional y apasionada en una persona concreta, conseguir los favores sensuales o sexuales de un individuo determinado, remendar virgos, aumentar el apetito carnal, potenciar virilidades marchitas, ligar matrimonios, establecer vínculos entre demonios y hombres, reemplazar amores ausentes, cubrir apariencias sociales, burlar a maridos incautos, etc. Aquí la magia se pone al servicio del hedonismo y del placer en una de sus manifestaciones más deseadas.

La segunda de las partes en las que quedan clasificados estos tratados, es decir, la demonología, gira en torno a la figura central del diablo, rodeado de sus secuaces y de una amplia variedad de acciones cuyo objetivo último es causar algún mal al ser humano. De ahí que los textos organizados en esta sección aborden temas como: la naturaleza de los demonios y los espíritus malignos; el saber, la astucia y el poder de Satanás; los medios para combatir los hechizos, los agüeros, los ensalmos, los 'vanos saludadores', el 'arte notoria', etc. También acogen un gran número de historias prodigiosas, fantásticas, maravillosas y 'espantables', donde se nos relatan las artimañas empleadas por Lucifer y sus demonios para poner a prueba la voluntad y la entereza del hombre.

Dentro de la demonología hemos optado por diferenciar los manuales de exorcistas. En ellos se recogen: casos de posesiones demoniacas; los pasos que el exorcista ha de seguir para expulsar el espíritu maligno del cuerpo poseído; los distintos tipos de ritos, oraciones, gestos, plegarias y actitudes que ha de mantener el sacerdote; las invocaciones contra las tempestades, los duendes, las brujas, las enfermedades contagiosas, las plagas y los endemoniamientos. Todo se explica hasta el más mínimo detalle, proporcionando con ello una información valiosa y privilegiada para realizar un estudio del tema y la incidencia que dichos manuales tienen no solo en la sociedad del momento, sino también en la literatura y en el manejo de una palabra a la que se le confiere un gran poder y autoridad durante estos siglos.

El último de los apartados en el que hemos clasificado estos libros, es decir, la brujería, abarca supersticiones, mitos, creencias y realidades en torno a un fenómeno tan complejo y misterioso como este, que constituye una de las manifestaciones más evidentes de la magia en este periodo áureo. Estos volúmenes, muestran las características físicas y psicológicas de las brujas, la estructura de los aquelarres, el trato que establecen con el macho cabrío, los ungüentos que utilizan en sus vuelos nocturnos, los distintos niveles jerárquicos dentro de esta secta, las prácticas de necrofagia o de vampirismo que mantienen, esto es, un mundo de represiones, frustraciones y miedos se da cabida en infinidad de folios.

Se consigue reavivar el odio ante tanto libertinaje y perversión, desencadenando el acoso, la persecución y la tortura de cualquier persona cuyo comportamiento no se ajuste a las normas marcadas por el poder de la época. Surgen así los manuales de inquisidores donde se establece la actitud que hay que tomar ante la brujería, cómo han de realizarse los interrogatorios, de qué manera se imprimen las torturas, con qué baremo se establecen los castigos, en qué momento y dónde se han de celebrar los Autos de Fe, qué jerarquización se ha de seguir en ellos, etc. Todo un museo del horror minuciosamente descrito en libros que duele leerlos por su crueldad, intolerancia y depravación.

Magia, demonología y brujería, los tres núcleos temáticos fundamentales en los que se clasifican estos tratados, un tanto raros y curiosos, que gozan de una gran repercusión no solo en la sociedad y en el pensamiento de una época llena de contradicciones, sino también en una literatura que se alimenta de ellos —en especial de los relatos que pueblan sus páginas— para recrear realidades donde el ensueño y la razón caminan juntos por unas líneas magistralmente trazadas. Con ello se da lugar a una ordenación realizada con respecto al contenido de dichos libros y que por su riqueza, variedad e importancia bibliográfica, a continuación recogemos.

1.4.1.1. Clasificación

A. Magia

ACHILLINO BONONIENSE, Alexandro, *Opera omnia*, Venezia, Hieronimo Scoto, 1568.

AGRIPPA, Enrique Cornelio, *Della vanità delle scienze*, trad. it. Ludovico Domenichi, Venezia, Giovanni de Farri, 1547.

BIERMANN ASCANIENSI, Martin, *De magicis actionibus disquisitio suxxineta, elegans et nervosa*, Francfort, Typis Casparis Rötelli, 1650.

BODEN, Heinrich von, *De fallacibus indiciis magiae*, Halae Magdeb., Henckel, 1701.

BURTON, Robert, *The anatomy of melancholy*, Oxford, John Lichfield et James Short for Henry Cripps, 1621.

BVLENGERO, Julio Caesar, «De licita, et verita magia», *Opusculorum sistema*, Lyon, Antonio Pillehotte, 1621, t. 1, fols. 437-524.

CAMPAGIO, Thomas, *Opus*, Venezia, Paulo Manutio Aldi, 1555.

Corpus Hermeticum y Asclepio, ed. Brian P. Copenhaver, trad. Jaume Pòrtulas y Cristina Serna, Madrid, Siruela, 2000.

ENGELKE, Heinrich Ascanio, *De dispositionibus ad vaticinandum*, Rostock, Weppling, 1700.

FERNÁNDEZ TRONCOSO, Gonzalo, *Contos e historias de proveito e exemplo*, Lisboa, Antonio Gonçaluez, 1575.

FICINO, Marsilio, *De vita libri tres ad Laurentium Mediceum*, Firenze, Antonio Miscomino, 1489.

FILESAC, Joann, «De idolatria magica dissertatio», *Opera varia*, Paris, Sebastian Cramoisy, 1621, fols. 703-833.

— *Opera varia*, Paris, Sebastian Cramoisy, 1621.

FRENZEL, Simon Friedrich, *De rerum futurarum praesensione naturali*, Witteberge, Henckel, 1673.

GOHORY, Jacques, *De usu et mysteriis notarum liber*, Paris, Vincenzo Satena, 1550.

KIRCHER, Athanasio, *Ars magna sciendi sive combinatoria in XII libri*, Amsterdam, Joann Janssonius a Waesberge, 1669.

LE CONTE, Johann Georgio, *De divinationibus magicis*, Argentorati, Michael Storck, 1694.

LEMNIO, Levinio, *Occulta naturae miracula, ac varia rerum documenta, probabili ratione atque artifici coniectura explicata. Quibus praeter priores fusissime recognitos ac locupletatos, accesserunt libri duo noui, mira rerum ac sententiarum varietate exornati, qui studioso auidoque lectori usui sunt futuri, et oblectamento*, Amberes, Guillermo Somone, 1564.

NOYDENS, Benito Remigio, *Alivio de las almas: remedio contra escrupulos*, Madrid, Andrea Garcia, 1664.

PADILLA MANRIQUE Y ACUÑA, Luysa María de, *Elogios de la verdad e inventiva contra la mentira*, Zaragoza, 1640.

PICCOLOMINI, Alessandro, *La prima parte delle theoriche*, Venezia, G. Varisco y P. Paganini, 1558.

PICO DELLA MIRANDOLA, Giovanni, *Apologia*, Napoli, Francesco del Tuppo, 1487.

— *Omnia opera*, Venezia, Guglilmo di Fontaneto, 1519.

POMPONAZZI, Pietro, *Opera varia*, Venezia, Sertus, 1565.

RUSSILLIANO, Tiberio, *Apologeticus*, Parma, Taddeo Ugoleto, 1519-1520.

SCHELHAMMER, Guenter Christoph, *De morbis magicis*, Kiloni, Reuther, 1704.

SPINA, fray Bartholome de, «Apologiae», *Tractatus aliquot tam veterum, quam recentiorum auctorum*, Francfort, Nicolas Bassileo, 1588, t. 2, fols. 620-704.

THOMASIUS, Christian, *De crimine magiae*, Halae Magdeb., Salfeld, 1701.

VAGET, Augustin, *De quadrato magico impesi*, Wittenberge, Kreusig, 1695.

VELASQUEZ, Andrés de, *Libro de la melancholia, en el qual se trata de la naturaleza desta enfermedad, asi llamada melancholia, y de sus causas y simptomas*, Sevilla, Hernando Díaz, 1585.

VITORIA, Francisco de, «De arte magica. Locus relegendus est, non declinetis ad magos, nec ab ariolis aliquid sciscitemini. Leuit.19.», *Relectionum theologicarum*, Ingolstad, Wolfgang Ederum, 1580, t. 2, fols. 538-590.

VV. AA., *Tractatus aliquot tam veterum, quam recentiorum auctorum: in tomos duos distributi. Quorum primus continet: I. Malleus maleficarum Jacobi Sprengeri, & Henrici Institoris, inquisitorum. II. Ioannis Nideri Theologi Formicarium de maleficis, earumque praestigiis ac deceptionibus. Secundus vero tomus continet tractatus VII, suo loco singulariter enumeratos. Omnes de integro nunc dum in ordinem congestos, notis & explicationibus illustratos, atque ab innumeris, quibus ad nauseam usque scatebant mendis in usum communem vindicatos. Cum gratia et priuilegio Caes. Maiest. ad decennium*, Francfort, Nicolas Bassaeo, 1588.

WESSEL, Johann, *Naturalis morborum incantamentis magicis falso adscriptorum explanatio*, Lugduni Batavorum, Wishoff, 1728.

WIER, Joann, *Opera omnia*, Amsterdam, Petro Vanden Berge, 1660.

ZENTGRAF, Joann Joachim, *De LL. Ebracorum forensium contra magiam ratione et usu politico*, Argentorati, Spoor, 1694.

A.1. Magia natural

ABANO PATAVINO, Pedro, *Conciliator controversiarum, quae inter philosophos et medicos versantur*, Venezia, Iuntas, 1548.

ÁLVAREZ CHANCA, Diego, *Commentum nouum in parabolis diui Arnaldi di Uilla Noua*, Sevilla, Jacobo Cromberger, 1514.

— *Tratado nuevo no menos útil que necesario en que se declara de qué manera se ha de curar el mal de costado*, Sevilla, Jacobo Cromberger, 1506.

— *Tractatus de fascinatione*, Sevilla, Pedro Brun, 1499.

ASHMOLE, Elias, *Theatrum chemicum britannicum. Containing several poetical pieces of our famous English philosophers, who have written the hermetic mysteries in their own ancient language*, London, J. Grimond for Nath Brooke at the Angel in Cornhill, 1652.

BELLANTI, Lucio, *De astrologica veritate et in disputationes J. Pici adversus astrologos responsiones*, Firenze, Gherardo de Haerlem, 1498.

CAESALPINO, Andrés, *Quaestionum peripateticarum libri V*, Venezia, Iuntas, 1593.

CARDANO, Hieronymo, *De rerum varietate libri XVII*, Lyon, Bartholomeo Honorato, 1580.

CASTRILLO, Hernando, *Historia magia natural o ciencia de filosofía oculta, con nuevas noticias de los mas profundos mysterios, y secretos de universo visible, en que se trata de animales, pezes, aves, plantas, flores, yervas, metales, piedras, aguas, semillas, parayso, montes y valles*, Madrid, Juan Garcia Infanzón, 1692.

CHAMPIER, Symphorien, *Liber de quadruplici vita*, Lyon, S. Guernard y J. Hugueta, 1507.

CHARNOCK, Thomas, *The breviary of natural philosophy*, London, 1652.

CHAUCER, Geoffrey, *The tale of the chanon's yeoman*, London, 1652.

CIGOGNA, Strozzio, *Magiae omnifiriae, vel potius universae naturae theatrum: in quo a primis rerum principiis arcessita disputatione, universa spiritum et incantationum natura etc.*, Colonia, Conrado Butgenio, 1606.

CODRONCHI, Giovanni Battista, *De morbis veneficis ac veneficiis*, Venezia, P. Hieronymus Lilius, 1595.

CORDUS, Valerius, *Dispensatorium pharmacorum omnium, tam Galenicorum, quam chymicorum quae hodie in usu potiore sunt*, Nurenberg, 1666.

FERRER DE ESPARÇA, T., *Tratado de la facultad medicamentosa que se halla en el agua de los baños de la ciudad de Teruel en el Reyno de Aragón*, Zaragoza, Pedro Vargas, 1584.

FINE, Oronce, *De mundi sphaera, sive cosmographia*, Paris, Simon Colinaeus, 1542.

GABIR IBN HAYYAN, Abumusa, *De alchimia, libri tres*, Strassburg, Johan Grieninger, 1531.

GAURICO, Luca, *Tractatus astrologicus*, Venezia, Curzio Troiano Navò, 1552.

GIUNTINI, Francesco, *De divinatione quae fit per astra*, Colonia, Ludovico Alectorio y los herederos de Jacobo Soteis, 1580.

— *Speculum astrologiae*, Lyon, Q. Filiberto Tinghi, 1583.

GLAUBERO, Juan Rodolfo, *Miraculum mundi, sive plena perfectaque descriptio admirabilis naturae, ac proprietatis potentissimi subiecti, ab antiquis menstruum universale sive mercurius philosophorum dicti: vegetabilia, animalia et mineralia facillime in saluberrima medicamenta, et imperfecta metalla in permanentia ac perfecta transmutari possunt*, Amsterdam, Joannes Janssonio, 1558.

HOGHELANDE, Theobaldi de, *Alchemiae difficultates*, Colonia Agrippina, Henricum Falchemburg, 1594.

LÁZARO GUTIÉRREZ, J., *De fascino opusculum*, León, 1643.

LEFEVRE, Nicolás, *Traicte de la chymie*, Paris, Thomas Jolly, 1660.

LIBAUIO, Andrea, *Alchemia*, Francfort, Joann Saurio, 1597.

LÓPEZ DE VILLALOBOS, Francisco, *El sumario de la medicina, con un tratado sobre las pestíferas bubas*, ed. María Teresa Herrera, Salamanca, Instituto de Historia de la Medicina Española, 1973.

MERCADO, Luis, *El libro de la peste. 1599*, ed. Nicasio Mariscal, Madrid, Julio Cosano, 1921.

MUÑÓZ, Hieronymo, *Libro del nuevo cometa*, Valencia, Pedro de Huete, 1573.

NIEREMBERG, Juan Eusebio, *Curiosa filosofía y tesoro de maravillas de la naturaleza, examinadas en varias cuestiones naturales*, Madrid, Imprenta del Reino, 1630.

— *Prolusion a la doctrina y historia natural*, Madrid, Andrés de Parra, 1629.

PARACELSO, Teofrasto, «El tratado de los ninfos, siglos, gnomos, salamandras y otros seres», *Tres tratados esotéricos. 1589-1591*, trad. Jesús F. Díaz Prieto, Madrid, Luis Cárcamo, 1977, pp. 78-98.

PASSI, Giuseppe, *Della magia arte auero, della magia naturale discorso*, Venezia, G. Violati, 1614.

PÉREZ DE VARGAS, Bernardo, *La fabrica del universo llamada repertorio perpetuo*, Toledo, Juan de Ayala, 1563.

PETTUS, John, *Fleta minor: the laws of art and nature in knowing, judging, assaying, fining, refining and enlarging the bodies of confined metals*, London, Thomas Daws, 1683.

PHILALETHA, Eirenaeus, *A breviary of alchemy*, London, William Cooper, 1678.

PICO DELLA MIRANDOLA, Giovanni, *Disputationes adversus astrologiam divinatricem*, Bologna, Benedetto di Ettore, 1495.

— *Heptaplus de septiformi sex dierum Geneseos enarratione ad Laurentium Mediceum*, Firenze, Bartolomeo de'Libri, 1490.

PLINIO SEGUNDO, Cayo, *Historia natural de Cayo Plinio Segundo, traducida por el Lizendº Jerónimo de Huerta*, Madrid, 1629.

POMPONAZZI, Pietro, *Tractatus acutissimi utillimi et mere peripatetici*, Venezia, Sertus, 1525.

PORTA, Giovan Battista della, *De i miracoli e maravigliosi effetti dalla natura prodotti*, Venezia, Herederos de Jacomo Simbeni, 1588.

— *Magiae naturalis libri XX*, Napoli, Horacio Salviano, 1589.

POZETTI, Ferdinando, *Tertia pars naturalis philosophiae*, Roma, Jacobo Mazochio, 1515.

RIPLEY, George, *The compound of alchymie*, London, 1652.

Rosarium philosophorum, Francfort, Cyriaco Jacobo, 1550.

SCHOTT, Gaspar, *Magia universalis, naturae et artis*, Vurtzbourg, Herederos de Joann Godefridi Schönweteri, 1657.

ULSTADIO, Filippo, *Coelum philosophorum siue de secretis naturae liber*, Strassburg, Johann Grienynger, 1528.

VILANOVA, Arnaldo de, *Opera medica*, Lugduni, Francisco Fradin, 1509.

VV. AA., *Cuatro tratados médicos renacentistas sobre el mal de ojo*, ed. Jacobo Sanz Hermida, Salamanca, Junta de Castilla y León, 2001.

VV. AA., *Theatrum chemicum praecipuos selectorum auctorem tractatus de chemiae et lapidis philosophici antiquate, veritate, jure, praestantia et operationibus continens...*, Strassburg, 1657-61.

WIER, Johann, «Irae morbo, eiusdem curatione philosophica, medica et theologica, liber», *Opera omnia*, Amsterdam, Petro Vanden Berge, 1660, fols. 773- 875.

— «Medicarum observationum hactenus incognitarum. Libri II», *Opera omnia*, Amsterdam, Petro Vanden Berge, 1660, fols. 883-1002.

ZACCHIA, Paolo, *De'mali hipochondriaci libri tre*, Roma, Vitale Mascardi, 1644.

A.2. Filosofía oculta

AGRIPPA, Enrique Cornelio, *De occulta philosophia libri tres*, Colonia, Joann Soter, 1533.

BOISSARDO, Jan Jacobo, *Theatrum vitae humanae*, Metz, Abraham Fabrio, 1596.

BRUNO, Giordano, *De umbris idearum*, Paris, Aegidio Gorbino, 1582.

CARDANO, Hieronimo, *De immortalitate animarum*, Lyon, Seb. Gryphivm, 1545.

FICINO, Marsilio, *Tomo primo delle divine lettere,* trad. it. Felice Figliucci, Venezia, Giovanni Giolito de Ferrari, 1546.

FIORAVANTI, Leonardo, *Compendio dei segreti razionali libri 5*, Venezia, Giovambattista Sessa, 1581.

GALLICCI, Giovanni Paolo, *Theatrum mundi et temporis*, Venezia, G. Batt. Somasco, 1588.

KHUNRATH, Heinrich, *Amphitheatrum sapientiae aeternae*, Hannover, Guglielmo Antonio, 1609.

PARACELSO, Teofrasto, «La filosofía oculta», *Tres tratados esotéricos. 1589-1591*, trad. Jesús F. Díaz Prieto, Madrid, Luis Carcamo, 1977, pp. 78-98.

PÉREZ DE MOYA, Juan, *Filosofía secreta donde debaxo de historias fabulosas se contiene mucha doctrina provechosa a todos estudios*, Alcalá de Henares, Juan Gracián, 1584.

POMPONAZZI, Pietro, «De immortalitate animae», *Opera varia*, Venezia, Sertus, 1565, fols. 41r-52v.

REISCH, Gregor, *Margarita philosophica*, Strassburg, J. Schottus, 1504.

REUCHLIN, Joann, *De arte cabalistica*, Hagena, Thomas Anshelmus, 1517.

SENDIVOGIUS, Michael, *Novum lumen chymicum et naturae fonte et manuali experientiae depromptum et in duodecim tractatus divisum: cui accessit dialogus mercurii, alchymistae et naturae*, Colonia, Antonio Boetzerum, 1614.

SIRIGATTI, Francesco, *De ortu et occasu signorum libri II*, Napoli, Johann Sultzbach, 1531.

TRITHEMIO, Joann, *Stenographia. Hoc est: ars per occultam scripturam animi sui voluntatem absentibus aperiendi certa*, Francfort, Mattias Becker, 1606.

VV. AA., *Tractatus aureus de lapide philosophico: ab adhuc vivente, minus tamen nominato philosopho, in gratiam, emolumentum atque informationem filiorum doctrinae conscriptus*, Francfort, 1677.

A.3. Magia adivinatoria

ACHILLINO BONONIENSE, Alexandro, «Quaestio de subiecto physionomiae et chiromantiae», *Opera omnia*, Venezia, Hieronimo Scoto, 1568, fols. 256-265.

BARRIENTOS, fray Lope de, *Trattato sulla divinazione e sui diversi tipi d'arte magica*, a cura di Fernando Martínez de Carnero, Torino, Edizioni dell'Orso, 1999.

BELLIERE, M. C. de la, *La physionomie raisonnée ou secret curieux pour connoître les inclinations de châcun par les regles naturales*, Lyon, Mathieu Liberal, 1681.

BOISSARDO, Jan Jacobo, *De divinatione et magicis praestigiis, quarum veritas ac vanitas solide exponitur per descriptionem Deorum fatidicorum qui olim responsa dederunt*, Oppenheim, Hieronymo Gallero, 1601.

BVLENGERO, Julio Caesar, «De oraculis, et vatibus», *Opusculorum sistema*, Lyon, Antonio Pillehotte, 1621, t. 1, fols. 261-436.

CARDANO, Hyeronimo, *La metoposcopie*, Paris, Thomas Iolly, 1658.

— *Somniorum. Synesiorum omnis generis insomnia explicantes, libri IIII*, Basilea, Sebastian Henricpetro, 1585.

CASTELLIONE, Sebastiano, *Sibyllinorum oraculorum libri VIII*, Basilea, Joann Oporinus, 1555.

CITOLINI DA SERRAULE, Alessandro, *La tipocosmia, nella quale si deseriue quanto sia necess°, il sapere. Item. del mondo celeste; et de i misti, pietre gemme, piante, herbe, arbori, et del huomo. Item, dela ragione, et theologia, e delle mathematiche. Vltimo dell'attioni dell'huomo, et arti humane*, Venezia, Vicenzo Valgrisio, 1561.

COLÈS, Barthélemy, *Physiognomonia*, Strasburgo, 1533.

CORTÉS, Jerónimo, *Libro de physionomia y varios secretos de naturaleza*, Madrid, Pedro Madrigal, 1589.

ERASTO, Thomas, *De astrologia diuinatrice epistolae*, Basilea, Pedro Pernam, 1580.

GOGLENIO, Rodolpho, *Memorabilia experimenta, et observationes chiromanticae, cum speciali iudicio, hactenus anemine visae*, Hamburgo, Joann Haumanni, 1651.

— *Physiognomica et chiromantica specialia*, Hamburgo, Joann Haumanni, 1652.

HAGECIUS, Thaddaeus, *Aphorismorum metoposcopicorum libellus unus*, Francfort, Herederos de Andreas Wechel, 1584.

HOROZCO, Juan de, *Tratado de la verdadera y falsa prophecia*, Segovia, Juan de la Cuesta, 1588.

INDAGINE, Joan, *Introductiones apotelesmaticae in physiognomiam, complexiones hominum, astrologiam naturalem, naturas planetarum cum peri axiomatibus de faciebus signorum et canonibus de aegritudinibus hominum: omnia nusquam fere eiusmodi tracta compendio*, Strassburg, Herederos de Lazarizetzneri, 1630.

INGEGNERI, Giovanni, *Fisionomia naturale nella quale con ragioni tolte dalla fisionomia, dalla medicina, e dall'anatomia, si dimostra, come dalle parti del corpo humano, per la sua naturale complessione, si possa ageuolmente conietturare, quali sieno l'inclinationi, e gli affetti dell'animo altrui*, Napoli, Gio. Domenico Roncagliolo, 1612.

LESCOT, Michel, *Physionomie*, Paris, 1540.

PARACELSO, Teofrasto, «Las profecías o pronósticos de Paracelso», *Tres tratados esotéricos. 1589-1591*, trad. Jesús F. Díaz Prieto, Madrid, Luis Cárcamo, 1977, pp. 33-77.

PEVCERO, Gaspar, *Commentarius, de praecipuis divinationum generibus, in quo a prophetiis, authoritate diuina traditis, et a physica coniecturis, discernuntur artes et imposturae diabolicae, atque obseruationes natae ex superstitione, et cum hac coniunctae: et mostrantur fontes aecausae physcarum praedictionum: diabolicae vero ac superstitiosae confutatae damnantur, ea serie, quam tabella profixa ostendit*, Francfort, Claudio Marnio, 1607.

POMPONAZZI, Pietro, *Libri quinque de fato, de libero arbitrio et de praedestinatione*, Basilea, Gulielmi Grataroli, 1567.

PORTA, Giovan Battista della, *Chirofisonomia*, Napoli, Antonio Bulisori, 1677.

— *Della fisonomia dell'huomo libri sei*, Napoli, Giacomo Carlino y Constantino Vitale, 1610.

— *La fisonomia dell'huomo et la celeste*, Venezia, Nicolo Pezzana, 1668.

ROCCA, Bartolomeo della, *Chiromantiae ac physionomiae anastasis*, Bologna, Giovanni Antonio Platonide, 1504.

SAVONAROLA, Gerolamo, *Tractato contra gli astrologi*, Firenze, Bartolomeo de'Libri, 1497.

SIRENIO BRIXIANO, Julio, *De fato libri novem*, Venezia, Jordano Zileti, 1565.

STÖFFER, Johann, *Elucidatio fabricae ususque astrolabii*, Paris, G. Cervellat, 1553.

TIBAULT, Jean, *La physionomie des songes et visions fantastiques des persones*, Lyon, 1530.

VILANOVA, Arnaldo de, «De pronosticatione visionum que fiunt in somnis», *Opera medica*, Lyon, Francisco Fradin, 1509, fols. 290-293.

A.4. Magia amatoria

BRUNO, Giordano, «De vinculis», *Opera*, ed. facsímil, Stutgart-Bad Cannastatt, Friedrich Froman, 1961-1962.

— *Los heroicos furores*, trad. M. Rosario González Prada, Madrid, Tecnos, 1985.

CALCAGNINO, Celio, «Amatoriae magiae compendium», *Catalogum operum post praesationem inuenies, et in calce Elenchum*, Basilea, Hieronimo Benio y Nicolas Episcopio, 1544, fols. 497-503.

— «De mutuo amore», *Catalogum operum post praesationem inuenies, et in calce Elenchum*, Basilea, Hieronimo Benio y Nicolas Episcopio, 1544, fols. 436-442.

— «Quod stoici dicunt magis fabulosa quam poetae, ad imitatione Plutarchi», *Catalogum operum post praesationem inuenies, et in calce Elenchum*, Basilea, Hieronimo Benio y Nicolas Episcopio, 1544, fols. 476-479.

CATTAN DA DIACETO, M. Francesco, *I tre libri d'amore*, Vinegia, Gabriel Giolito de'Ferrari, 1561.

EQUICOLA, Mario, *Libro di natura d'amore*, Vinegia, 1526.

FICINO, Marsilio, *De amore. Comentario a «El Banquete» de Platón*, trad. Rocío de Villa Ardura, Madrid, Tecnos, 1989.

HEBREO, León, *Diálogos de amor*, trad. Carlos Mazo del Castillo, Barcelona, P. P. U., 1993.

B. *Demonología*

A briefe narration of the possession of William Sommers: and of some proceedings against John Dorrell, Amsterdam, Secret press, 1598.

ANANIAS, Juan Lorenzo, *De natura daemonum*, Napoli, Joan Baptista Cappello, 1582.

BAXTER, Richard, *The certainty of the worlds of spirits and, consequently, of the immortality of souls: of the malice and misery of the devils and the damned: and of the blessedness of the justified, fully evinced by the unquestionable histories of apparitions, operations, witchcrafts, voices &c. Written, as an addition to many other treatises for the conviction of sadduces and infidels*, London, T. Parkhurst and J. Salisbury, 1691.

BÉRULLE, Pierre de, *Traité des énergumènes*, Paris, 1599.

BINSFELD, Pedro, *De tentationibus, et earum remediis tractatus*, Avignon, Jacobo Favre, 1614.

BLASCO LANVZA, fray Francisco de, *Patrocinio de ángeles y combate de demonios*, Real Monasterio de San Juan de la Peña, Juan Nogues, 1652.

BODIN, Jean, *De magorum daemonomania libri IV*, Basilea, 1581.

— *Le flevau des demons et sorciers, par I. B. Angevin*, Nyorti, Dauid du Terroir, 1616.

BOUISTAU, Pedro, Claudio TESSERANT y Francisco BELEFOREST, *Historias prodigiosas y maravillosas de diversos sucesos acaescidos en el mundo*, trad. Andrea Rescioni, Medina del Campo, Francisco del Canto, 1586.

BVLENGERO, Julio Caesar, «De prodigiis», *Opusculorum sistema*, Lyon, Antonio Pillehotte, 1621, vol. 1, fols. 372-417.

CAESALPINO, Andrés, *Daemonum investigatio peripatetica*, Firenze, Giunti, 1580.

CIGOGNA, Strozzio, *Del palagio de gl'incanti et delle gran meraviglie de gli spiriti, et di tutta la natura loro*, Vicenza, Roberto Meglietti, 1605.

CRESPET, Pedro, *Deux livres de la haine de Satan et malins esprits contre l'homme*, Paris, 1590.

DARRELL, John, *A true narration of the strange and grevous vexation by the Devil, of seven persons in Lancashire, and William Somers of Nottingham. Wherein the doctrine of possession and dispossession of demoniakes out of the word of God is particularly applyed unto somers, and the rest of the persons controurted: together with the use we are to make of these workes of God*, London, English secret press, 1600.

DEACON, John and John WALKER, *Dialogicall discourses of spirits and divels. Declaring their proper essence, natures, and dispositions: with other the appendantes, peculiarly appertaining to those speciall points. Verie conducent, and pertinent to the timely procuring of some christian conformitie in iudgement: for the peaceable compounding of the late sprong controuersies concerning all such intricate and difficult doubts*, London, Geor. Bishop, 1601.

ELICH, Philippo-Ludwigi, *Daemonomagia*, Francfort, Conrado Nebenii, 1607.

FOERTSCH, Michael, *De pactis hominum cum diabolo*, Jena, Werther, 1716.

GERSONO, Joan de, «Tractatus per utilis de probatione spirituum», *Tractatus aliquot tam veterum, quam recentiorum auctorum*, Francfort, Nicolas Bassaeo, 1588, t. 2, fols. 336-351.

GROSIUS, Heningus, *Magica de spectris et apparitionibus spiritum. De vaticiniis, divinationibus, etc.*, Lyon, Francisco Hackio, 1656.

GUTIÉRREZ DE TORMES, Alvar, *El sumario de las maravillosas y espantables cosas que en el mundo han acontecido*, ed. facsímil, Madrid, Valencia, 1952.

JAMES VI of Scotland and I of England, *Daemonologie, in forme of a dialogue*, Edinburgh, Robert Walde-Graue, 1597.

L'ANCRE, Pierre de, *Tableau de l'inconstance des mavvais anges et demons, ou il est amplement traicte des sorciers et de la sorcelerie*, Paris, Jeau Berjon, 1612.

LAVATER, Ludovico, *Spectris, lemuribus, variisque praesagitionibus, tractatus vere aureus*, Leiden, Henrico Verbiest, 1659.

LELOYER, Pedro, *Discours des spectres ou visions et apparitions d'esprits, comme anges, demons, et ames se monstrant visibles aux hommes*, Paris, Nicolas Boun, 1608.

LODGE, Thomas, *The diuel coniured*, London, Adam Islip for William Mats, 1596.

LYCOSTHENES, Cordano, *Prodigiorum ac ostentorum chronicon*, Basilea, Henrico Petro, 1562.

MAGNO, Alberto, *De mineralibus, et rebus metalicis libri quinque*, Colonia, Joan Birkmano, 1569.

MALDONADO, Juan, *Traicté des anges et démons*, trad. La Borie, Paris, F. Huby, 1605.

MENGO, Hieronymo, *Eversio daemonum e corporibus oppressis, cum diuorum, tum aliorum auctorum potentissimos, et efficaces in malignos spiritus propulsandos, et malefi-*

cia ab energumenis pellenda, contines exorcismos. Ab innumeris mendis, quibus tam temporum iniuriae, quam hominum incuria scatebant, expurgatos, variisque documentis, ac rubricis, cum suis benedictionibus exornatos, Bologna, Joan Rossi, 1638.

MORE, George, *A true discourse concerning the certaine possession and dispossession of 7 persons in one familie in Lancashire, which also may serve as part of an answere to a fayned and false discoverie which speaketh very much evill, as well of this, as of the rest of those great and mightie workes of God which be of the like excellent nature*, Middelburg, R. Schilders, 1600.

NAVARRO, Gaspar, *Tribunal de supersticion ladina, explorador del saber, astucia, y poder del demonio; en que se condena lo que suele correr por bueno en hechizos, agüeros, ensalmos, vanos saludadores, maleficios, conjuros, arte notoria, caualista, y paulina y semejantes acciones vulgares*, Huesca, Pedro Blusón, 1631.

NAXARA, fray Joseph de, *Espejo mystico en que el hombre interior se mira*, Madrid, 1672.

NIFO, Agustin, *De intellectu libri sex, eiusdem de demonibus libri tres*, Modoetiensis, Octaniari Scot, 1527.

PARÉ, Ambroise, «De monstris et prodigiis», *Opera*, Paris, Jacobus Du-Puys, 1582, fols. 731-797.

RINNEBERG, Joann Andrea, *Exercitatio theologica de pactis hominum cum diabolo circa abditos in terra thesauros effodiendos et acquirendos, ad casum illum tragicum, qui anno priori exeunte in vigiliis festi nativitatis christi in agro ienensi contigit...*, Jena, Wertherum, 1616.

RÍO, Martín del, *Disquisitionum magicarum libri VI*, Lyon, Horacio Cardon, 1612.

SINISTRARI, Ludovico Maria, *Demonialità ossia possibilità, modo e varietà dell'unione carnale dell'uomo col demonio. 1699*, Palermo, Sellerio editore, 1986.

THYRAEO, Petro, *Loca infesta, hoc est, de infestis, ob molestantes daemoniorum et defunctorum hominum spiritus, locis, liber unus*, Lyon, Joann Pillehotte, 1599.

TORREBLANCA VILLALPANDO, Francisco, *Epitomes delictorum in quibus aperta, vel occulta inuocatio daemonis interuenit*, Sevilla, Ildeso Rodríguez Gamarra y Francisco de Lira, 1618.

VAIRO, Leonardo, *De fascino libri tres*, Paris, Nicolas Chesneav, 1583.

VERINO SECONDO, Francesco, *Discorso intorno ai dimonii volgarmente chiamati spiriti*, trad. it. Pietro Gambarelli, Firenze, Bartolomeo Sermartelli, 1576.

WESSEL RUMPEAUS, Justus, *Utrum detur aliqua diaboli in hoc mundo operatio?*, Gryphiswaldiae, Adolphus, 1711.

WIER, Johann, *De praestigiis daemonum*, Amsterdam, Petro Vanden Berge, 1660.

B.1. Manual de exorcistas

CESPEDES, fray Diego de, *Libro de coniuros contra tempestades, contra oruga, y arañuela, contra duendes, y bruxas, contra peste, y males contagiosos, contra rabia, y contra endemoniados, etc. Sacados de missales, manuales, y breviarios romanos, y de la Sagrada Escritura*, Pamplona, Heredera de Carlos de Labayen, 1641.

GASCON, Antonio, *Fasciculus exorcismorum, conjuratonium, orationum ac benedictionum contra procellas, ventos, locustas, aliosque vermes et animalia fructuum corrosiva*, Zaragoza, Herederos de Martínez, 1627.

MALLEOLI, Felix, «Tractatus de exorcismis», *Tractatus aliquot tam veterum, quam recentiorum auctorum*, Francfort, Nicolas Bassaeus, 1588, vol. 2, fols. 378-421.

MENGO, Hieronymo, «Flagellum daemonum, seu exorcismi terribiles, potentissimi, et efficaces. Remediaque probatissima ad malignos spiritus expellendos, facturasque, et maleficia affuganda de obsessis corporibus», *Tractatus aliquot tam veterum, quam recentiorum auctorum*, Francfort, Nicolás Bassaeo, 1588, t. 2, fols. 92-335.

NOYDENS, Benito Remigio, *Practica de exorcistas y ministros de la Iglesia*, Barcelona, Antonio la Cavalleria, 1688.

C. Brujería

ARLES Y ANDROSILLA, Martín de, *Tractatus exquisitissimus de superstitionibus*, Lyon, 1510.

BALBURGER, Michael Paris, *Dissertatio juridica de lamiis earumque processu criminali*, Jena, Paulo Ehrichi, 1707.

BAZIN, Bernardo, «Tractatus de artibus magicis ac magorum maleficiis», *Tractatus aliquot tam veterum, quam recentiorum auctorum*, Francfort, Nicolás Bassaeo, 1588, t. 2, fols. 1-33.

BECHMANN, Johann Volkmar, *Discursus iuridicus de crimine maleficii*, Jena, 1717.

BINSFELD, Pedro, *De confessionibus maleficarum et sagarum*, Treveris, H. Bock, 1591.

BOGUET, Henry, *Discours des sociers, avec six advis en facit de sorcellerie et une instruction pour un juge en semblable matière*, Lyon, 1608.

BRANDT, Nikolaus, *De legitima maleficos et sagas investigandi et convincendi ratione*, Giessae Mass., Karger, 1690.

BVLENGERO, Julio Caesar, «Adversos magos», *Opusculorum sistema*, Lyon, Antonio Pillehotte, 1621, t. 1, fols. 524-648.

CASTAÑEGA, Martín de, *Tratado de las supersticiones y hechizerias y de la possibilidad y remedio dellas*, Logroño, Miguel de Eguia, 1529.

CATTAN DA DIACCETO, Francesco, *Discorso sopra la superstizione dell'arte magica*, Firenze, Valente Panizzi y Marco Peri, 1567.

CIRUELO, Pedro, *Reprouacion de las supersticiones y hechizerias. Libro muy utile y necessario a todos los buenos christianos*, Salamanca, Pedro de Castro, 1538.

COOPER, Thomas, *Mystery of witchcraft*, London, 1617.

— *Pleasant treatise of witches*, London, 1673.

COTTA, John, *Trial of witchcraft*, London, 1616.

DAUGIS, Antoine Louis, *Traite sur la magie, le sortilege, les posessions, obsessions et malefices*, Paris, P. Prault, 1732.

EWICH, Joann, *De sagarum (quas vulgo veneficas appellant) natura, arte, viribus et factis: Item de notis indiciisque, quibus agnoscantur: Et poena, qua afficiendae sint*, Breme, Theodoro Glvichstein, 1584.

GAMBILIONI ARETINO, Ángel de, *De maleficiis tractatus cum additionibus optimi practici D. Augustini Bonfrancisci Ariminensis ac D. Hieronymi Cuchalon Hispani*, Colonia Agrippina, Viuda de Henrico Falcken, 1599.

GANDINO, Alberto de, «Tractatus de maleficiis», *Tractatus diversi super maleficiis*, Venezia, P. Hieronymo Lilio, 1560, fols. 3-294.

GELLI, Giovambattista, *La Circe*, Firenze, Lorenzo Torrentino, 1549.

GÖDELMANN, Jorge, *Tractatus de magis, veneficis et lamiis, deque his recte cognoscendi et puniendis*, Noriberga, Juan Daniel Tauberi, 1676.

GRAZZINI, Anton Francesco, *La strega*, Venezia, Bernardo Giunti y hermanos, 1582.

GUACCIO, Francesco Maria, *Compendium maleficarum. Ex quo nefandissima in genus humanum opera venefica, ac ad illa vitanda remedia conspiciuntur*, Milano, Collegio Ambrosiano, 1624.

KLEIN, Joann, *Examen iuridicum iudicialis lamiarum confessionis se ex nefando cum Satana coitu prolem suscepisse humanam*, Vitemberge, Christoph Tzschiedri-chium, 1741.

KRAMER, Heinrich et Jakob SPRENGER, *Malleus maleficarum*, Spira, Peter Drach, 1492.

MAURITIO, Erich, *De denuntiatione sagarum*, Tubinga, Kerner, 1664.

MÜLLER, Johann, *De conventu sagarum in monte Bructerorum, nocte ante calendas maji*, Witteberge, Hakiano, 1675.

MÜLLER, Ulrich, «Tractatus utilis et necessarius, per viam dialogi, de Pythonicis mulieribus», *Tractatus aliquot tam veterum, quam recentiorum auctorum*, Francfort, Nicolas Bassaeo, 1588, t. 2, fols. 34-96.

MURNER, fray Thomas, «Tractatus per utilis de pythonico contractu», *Tractatus aliquot tam veterum, quam recentiorum auctorum*, Francfort, Nicolas Bassaeo, 1588, t. 2, fols. 351-377.

NAUDDE, Pierre, *Déclamations contre l'Erreur exécrable des maleficies, Sorciers (...) à ce que recherche et punition d'iceux soit faicte*, Paris, 1578.

OLMOS, fray Andrés de, *Tratados de hechicerías y sortilegios, 1553*, México, Etudes mésoaméricaines-Serie II, 1979.

PERIGLIS, Baldo de, «De quaestionibus et tormentis tractatus», *Tractatus diversi super maleficiis*, Venezia, P. Hieronymo Lilio, 1560, fols. 649-663.

PERKINS, William, *Discourse of the damned art of withcraft*, Cambridge, 1608.

PICO DELLA MIRANDOLA, Gianfrancesco, *La strega overo degli inganni de'demoni*, trad. it. Turino Turini Pescia, Firenze, Lorenzo Torrentino, 1555.

POMPONAZZI, Pietro, *De incantationibus*, Basilea, G. Grataroli, 1556.

POTT, Johan Henric, *Specimen juridicum de nefando lamiarum cum diabolo coitu, in quo abstrusissima haec materia delucide explicatur, quaestiones inde emergentes curata resolvuntur, variisque non injucundis exemplis,* Jena, Tobias Oehrlingium, 1689.

PRIERATIS, Silvestro, *De strigimagarvm, daemonumque mirandis, libri tres,* Roma, Aedibus Populi Romani, 1575.

RINDER, Johann Christian, *Hexe nac ihrer graesslichen Gestalt und gerechten Strafe, stellte auf das erschollene,* Jena, Bielck, 1748.

SCOT, Reginald, *The discovery of witchcraft,* London, 1584.

SCRIBONIO, Gvlielmo-Adolpho, *Superstitiosam sagarum purgationem per aquam frigidam pertinacissime defendentis,* Herborna, 1591.

SPINA, Bartholome de, «Quaestio de strigibus, per eximium sacrarum literatum», *Tractatus aliquot tam veterum, quam recentiorum auctorum,* Francfort, Nicolas Bassileo, 1588, t. 2, fols. 452-619.

STEARNE, John, *Confirmation and discovery of witchcraft,* London, 1648.

STRIDTBECKH, Christiano, *De sagis, sive foeminis, commercium cum malo spiritu habentibus, christiana pneumatologia desumpta,* Lipsie, Christoph Fleischer, 1690.

STRUVE, Georg Adam, *Disputatio juridica de indiciis cui annectitur quaestio de proba per aquam frigidam sagarum,* Müller, 1687.

TARTAROTTI, Girolamo, *Del congresso notturno delle lammie libri tre,* Vicenza, Rovereto, 1749.

VALLE DE MOURA, Emanuele do, *De incantationiobus seu ensalmis,* Ebora, Laurencio Crasbeech, 1620.

VILANOVA, Arnaldo de, «Remedia contra maleficia», *Opera medica,* Lyon, Francisco Fradin, 1509, fols. 216-217.

VITALINIS, Bonofacio de, «Tractatus de maleficiis, cum additionibus et apostillis D. Hieronymi Chuchalon Hispani», *Tractatus diversi super maleficiis,* Venezia, P. Hieronymo Lilio, 1560, fols. 295-578.

VOIGT, Philipp David, *De conventu sagarum ad sua sabbata,* Wittenberge, Christian Schrödter, 1698.

VV. AA., *Tractatus diversi super maleficiis, nempe D. Alberti de Gandino. D. Bonifacii de Vitalianis. D. Pauli Grillandi. D. Baldi de Periglis. D. Iacobi de Arena,* Venezia, P. Hieronymo Lilio, 1560.

WAGSTAFFE, John, *Question of witchcraft,* London, 1671.

WIER, Iohann, «De lamiis liber», *Opera omnia,* Amsterdam, Petro Vanden Berge, 1660, fols. 669-769.

C.1. Manual de inquisidores

ALMANSA Y MENDOZA, Andrés de, *Relación del auto publico de la fe que se celebró en esta corte domingo 21 de enero de 1624,* Madrid, Diego Flamenco, 1624.

ANGÜELLO, Gaspar Isidro de, *Instrucciones del Santo Oficio de la Inquisicion, sumariamente, antiguas y nueuas, puestas en abecedario,* Madrid, 1586.

Auto publico de fee celebrado en Sevilla domingo 29 de março 1648, Sevilla, Francisco de Lyra, 1648.

CARENA, Cesare, *Tractatus de Officio Sanctissimae Inquisitionis, et modo proceden-ti in causis fidei*, Cremona, 1655.

CASTRO, Alfonso de, *De iusta haereticorum punitione*, Venezia, P. Hieronymo Lilio, 1549.

CONCEPCIÓN, fray Luis de la, *Práctica de conjurar* (*1673*), ed. facsímil, Alexandre Venegas, Barcelona, Editorial Humanitas, 1983.

EIMERIC, Nicolau y Francisco PEÑA, *El manual de los inquisidores por el herma-no Nicolau Eimeric, dominico. Con Comentarios de Francisco Peña doctor en de-recho canónico y en derecho civil. Aviñón, 1376. Roma, 1578*, trad. Luis Sala-Molins, Barcelona, Muchnik Editores, 1983.

EYMERIC, fray Nicolas, *Directorium inquisitorum*, Roma, Aedibus Populi Roman, 1585.

GÓMEZ LODOSA, Diego, *Iugum ferreum Luciferi, seu exorcismi terribiles, contra ma-lignos spiritus possidentes corpora humana, et ad quaevis maleficia depellenda, et ad quascumque infestationes daemonum deprimendas*, Valencia, Heirs of Jerónimo Vilagrasa, 1676.

GRILLANDO, Paulo, *Tractatus de haereticis et sortilegiis omnifariam coitu: eorumque penis*, Lyon, Jacobo Giuncti, 1536.

— «De quaestionibus, et tortura, tractatus», *Tractatus diversi super maleficiis*, Venezia, P. Hieronymo Lilio, 1560, fols. 624-648.

— «De relaxatione carceratorum tractatus», *Tractatus diversi super maleficiis*, Venezia, P. Hieronymo Lilio, 1560, fols. 579-624.

JAQUER, Nicolao, *Flagellum haereticorum fascinatiorum*, Francfort, Nicolás Bassaeo, 1581.

KLEIN, Johann, *Dissertatio historico-theologica de criminationibus nonnullorum, qui pacem publicam augustanis in comitiis sancitam ad lutheranas, ut vocantur, eccle-sias nihil attinere, aut alioquin non servandam esse, hoc tempore contendunt*, Rostochi, Joh. Hallerv. Bibliop, 1629.

MONGASTÓN, Juan de, *Relación de las personas que salieron en el Auto de Fe [...] en la Ciudad de Logroño en 1610*, Logroño, 1611.

OLMO, José del, *Relación histórica del Auto General de Fe que se celebró en Madrid este año de 1680 con asistencia del Rey N. S. Carlos II, y de las magestades de la Reyna N. S., y la augustísima Reyna Madre, siendo inquisidor general el excelentísimo se-ñor D. Diego Sarmiento de Valladares*, Madrid, Roque Rico de Miranda, 1680.

PUERTA CASTELLANOS, Juan, *Descripción del Auto General, que se hizo en esta ciu-dad insigne de Granada el dia 30, de Mayo de 1672*, Granada, 1672.

VALENCIA, Pedro de, *Discurso acerca de los cuentos de las brujas*, ed. Manuel Antonio Marcos Casquero e Hipólito B. Riesco Álvarez, León, Publicaciones de la Universidad de León, 1998.

VON SPEE, Friedich, *Cautio criminalis, seu de processibus contra sagas liber*, Francfort, Joann Gronaleus Austrius, 1632.

1.4.2. *Estructura*

Los autores de estos tratados reciben una sólida formación basada sobre todo en la Antigüedad clásica, de ahí que la estructura de sus libros se ajuste a las normas fijadas por la retórica. Desde el inicio de su educación, sus esfuerzos se han encaminado hacia el aprendizaje y el dominio de esta disciplina. A partir del análisis de los manuales griegos y latinos, del estudio de los mismos y de reiteradas imitaciones intentando captar el método empleado por los grandes maestros, van elaborando y perfeccionando su propio estilo. Desde el nacimiento de la retórica en la Magna Grecia y posterior desarrollo en el Imperio Romano[310], no había experimentado un auge como durante el Renacimiento. Entre diversas razones, este apogeo se debe al incremento de la predicación por parte de dominicos y franciscanos hacia la segunda mitad del siglo XIII[311]. Dichas órdenes fomentan el cambio en las instituciones eclesiásticas y se comprometen a luchar contra los focos heréticos que surgen por Europa. Con respecto a los estudios que reciben, la retórica ocupa un lugar importante, junto con los comentarios a la Escritura y los avisos prácticos a los predicadores[312].

[310] «En la Roma Imperial floreció en gran manera el estudio y aprecio de la retórica. La escuela principal era el foro, donde incluso muchos emperadores iban a aprender la administración de justicia y el conocimiento de las leyes. Los maestros que enseñaban la retórica eran tenidos en gran estima, y lo mejor de la juventud romana frecuentaba sus aulas. Llegar a ser abogado era el deseo del romano que buscaba el honor. Este entusiasmo por el estudio de las artes liberales pasó pronto a los países que eran anejados al Imperio Romano y adoptaban su cultura. En Francia florecieron las escuelas donde se enseñaba retórica; y en España aconteció otro tanto. El estudio de las artes se dividió en el conocido sistema del *trivium* y *quadrivium*. El primero comprendía la gramática, retórica y dialéctica, y el segundo abarcaba la aritmética, geometría, música y astronomía.» Martí, 1972, p. 14. Para un desarrollo más pormenorizado de la retórica desde su surgimiento hasta la época que nos ocupa, preferimos remitir a: Murphy, 1988; Hernández Guerrero y García Tejedo, 1994.

[311] *Cfr.* Fumaroli, 1990; y Alburquerque García, 1995.

[312] Al interés que despierta la retórica durante el medievo también contribuyen las universidades que se empiezan a fundar por esta época (Estudios de Palencia en 1212, Salamanca en 1215) y que se encuentran muy vinculadas con el clero; lo mismo ocurre con la orden de la Merced, creada en 1228 con apoyo del rey Jaime I, que se centra en la oratoria, ya que dentro de sus fines persigue la conversión de los mahometanos. *Cfr.* Ajo y Sainz de Zúñiga, 1957, 2 t.

Sin embargo, a pesar del esfuerzo realizado por hombres como Vicente Ferrer, Juan de Sahagún o Hernando de Talavera, desde la Baja Edad Media las *artes praedicandi* se van disgregando, hasta verse tan debilitadas que casi terminan con la extinción de la retórica[313]. Pese a que sufran desgaste en el tiempo, precipitando un declive rápido y desprestigio absoluto, no se les puede negar la influencia que ejercen en los siglos posteriores; ya que a ellas se debe el método escolástico que aún descubrimos en la composición de tratados como: el *Malleus maleficarum*, el *Flagellum maleficorum*, el *Tractatus utilis et necessarius, per viam dialogi, de pythonicis mulieribus*, entre otros[314].

La retórica es una disciplina que dispone de una presencia continuada a lo largo de la Historia de la literatura; por ello, siglo tras siglo no se puede dejar de sentir la autoridad que ejercen Aristóteles[315], Horacio[316] y Cicerón. Antonio Nebrija y Luis Vives son intelectuales que maduran en el XV y dan sus frutos en la centuria posterior[317]. Junto a ellos, un amplio número de humanistas se esfuerzan por sacarla del estado de postración en el que se halla. Y aunque no todos redactan obras en las que el tema se trate directamente, no cabe duda de que son ellos los que influyen en las ideas expuestas por los autores postridentinos.

El Concilio de Trento deja una huella profunda no solo en el siglo XVI, sino también en los sucesivos por las consecuencias que sus conclusiones desencadenan[318]. En el campo teológico se impone el tomismo. Con ello, indirectamente se está favoreciendo al aristotelismo filosófico, su poética y su retórica. De ellas se vale Trento para comenzar una reforma seria y profunda de la predicación. Consideran que si lo que se pretende es renovar el sermón, hay que empezar por mejorar la preceptiva, modelo y causa formal de toda clase de discurso, es decir, se dan cuenta que necesitan manuales sujetos a los cáno-

---

[313] *Cfr.* Cátedra, 1994; Alberte, 1993, pp. 133-165; Copeland, 1991; Reynolds, 1996; Bataillón, 1993; Deyermond, 1980, pp. 127-145; Delcorno, 1974; y Rico, 1977.

[314] *Cfr.* Bonomo, 1985, p. 196.

[315] Aristóteles, *Poética*.

[316] Horacio, *Epístola a los Pisones*.

[317] *Cfr.* Gil Fernández, 1997; Merino Jerez, 1991; Alburquerque García, 1993; y Reyes Coria, 1995.

[318] *Cfr.* Jedin, 1972.

nes clásicos, pero que a su vez se ajusten a la sociedad del momento. Esta es otra de las causas por las que el Humanismo presta atención al estudio de la retórica, intentando conocer y perfeccionar su metodología[319].

Los textos nuevos con los que cuenta esta disciplina se centran, casi de forma exclusiva, en la oratoria sacra, dejando de lado la forense; tanto es así que no se siente ninguna diferencia entre uno y otro tipo. Es el orador forense quien debe adaptarse a las ideas ofrecidas por los tratados de su tiempo. Por otro lado, no debemos olvidar que, en los colegios regidos por la Iglesia e incluso en las universidades, no se utilizan otras obras que las producidas durante la ebullición generada tras Trento. De esta eclosión de grandes humanistas, cuyos libros perfeccionan las teorías clásicas, desembocamos en un Barroco que orienta el problema de la retórica hacia el conceptismo más puro[320]. Aunque hemos de reconocer que, en general, su estudio y el número de obras que se publican sobre el tema disminuye considerablemente con respecto al siglo anterior.

A mediados del XVII, se perciben los primeros síntomas de decadencia. Por otro lado, en algunos manuales, el foco de atención deja de estar centrado en la predicación, para dirigirse hacia el análisis del fenómeno de la creación literaria. Paulatinamente el texto discursivo se ve salpicado de relatos, cuya función no se ajusta en todos ellos a

---

[319] Sin embargo, según Antonio Martí, «a pesar de la legislación que se había aprobado en Trento, el aspecto técnico de la predicación en cuanto oratoria quedaba sin solucionar. Entre los convocados al concilio había muchos que estaban bien al corriente y a favor del humanismo y sus problemas. Una prueba de ello fue el pronto interés que desplegaron a favor del estudio de la Escritura, pero no se manifestó más allá de un mero intento de que se elaborara un *Methodus*; ninguna atención se prestó al hecho de que se necesitaban una renovación del aspecto técnico de la retórica sacra. Y esta quedó sin atención y sin una verdadera solución. Los padres no captaron la importancia del momento histórico en que se hallaba la retórica. Solamente se hubiera necesitado una adaptación para admitir plenamente la corriente de renovación que habían empezado los renacentistas, [...], y que el Brocense iba a continuar aun después de clausurada la última sesión del concilio. Se quiso solucionar el problema de la predicación, pero se descuidó el principal aspecto del mismo: la renovación y creación de una verdadera retórica que llenara las necesidades de la predicación y que, como consecuencia, se pudiera aplicar a la mejora de las técnicas de la oratoria forense». Martí, 1972, p. 141.

[320] *Cfr.* Martí, 1972, pp. 279-284.

la que desempeñan los *exempla*. De las tres finalidades que persigue la retórica: conmover, persuadir y deleitar, esta última es la que va adquiriendo mayor notoriedad. Es ahora cuando cobran utilidad los textos literarios insertos en tratados que necesitan no solo refutar o apoyar un determinado raciocinio, sino también introducir un tema o concluirlo, relajar la atención del lector, dar autenticidad o verosimilitud a una argumentación, facilitar la comprensión del discurso o provocar un mero placer estético, válido en sí mismo. De este auge que despiertan la observación, el estudio y el análisis de las preceptivas, quedan influenciados ciertos pensadores que, en un momento determinado de su vida intelectual, se plantean el reto de discernir lo que de verdadero y falso se esconde en el controvertido mundo de la magia. Su razonamiento se estructura en consonancia con los cánones marcados por las retóricas de la época.

Según esto, existen dos factores que condicionan la elaboración de cualquier discurso: el tema y el lector. La construcción gramatical debe adaptarse al asunto, por una parte, y a las peculiaridades marcadas por el receptor, por otra. De ahí que no pueda ser igual el léxico empleado para dirigirse a personas poco doctas, que cuando se habla en el claustro de una universidad; como tampoco se ha de tratar del mismo modo una mera sospecha de brujería que un proceso inquisitorial; ni pueden tolerarse en una lección magistral las mismas expresiones que se permiten en un diálogo filosófico que pretende enseñar a partir de la amenidad. Por lo tanto, lo primero que tiene que hacer el tratadista es determinar el tema, reduciéndolo a un simple enunciado en forma interrogativa (*quaestio*) y, en segundo lugar, ver el tono o modo en que lo ha de desarrollar para ganar efectividad en el destinatario.

En cuanto al contenido, el punto de partida de estos tratados es, como ya hemos indicado, la magia, pero cada autor la enfoca desde un prisma particular. Algunos como: Martín Biermann, Julio Cesar Bulengero o Francesco Cattan da Diacceto, prefieren abordar el asunto de una forma general, intentando diferenciar la magia blanca de la negra y dentro de esta última los diversos tipos que de ella existen. Otros, como: Giovanni Battista della Porta, Joan Indagine o Juan Eusebio Nieremberg, optan por centrarse en el estudio de una determinada clase de magia, ya sea adivinatoria o natural. Mientras que Martín del Río, Francesco Maria Guaccio o Joann Ewich se inclinan por la vertiente de la brujería, lo mismo que Jean Bodin, Pierre de L'Ancre y Juan Maldonado se decantan por la demonología.

El volumen de estos libros va en aumento a medida que transcurren los años, de tal manera que existen diferencias entre las obras de Lope de Barrientos o Pedro Ciruelo, Martín de Castañega —que no llegan a superar los ochenta folios— y los volúmenes redactados por Jan Jacobo Boissardo, Francisco Torreblanca o Giovanni Battista della Porta —que constan de varios libros—. Esto se debe al aumento del interés y de la preocupación que despierta este tema dentro de la sociedad barroca; y, como es lógico, a medida que se va escribiendo sobre él, se dispone de más fuentes a las que poder hacer referencia. Pese a la especialización temática, en estos tratados se procede de un modo lógico siguiendo una metodología deductiva: de lo universal que el término 'magia' conlleva intrínsecamente, confluye a lo particular de casos muy puntuales, donde se nos relatan determinados sucesos mágicos.

Una vez que se ha delimitado el *dubium*, es decir, el objeto del discurso[321], en la mayoría de los casos se van organizando de forma tetrapartita las distintas argumentaciones utilizadas para probar una causa concreta. En todos los tratados se distingue entre una parte teórica y otra más anecdótica. A modo de *exordium* se suele comenzar con una serie de definiciones generales en torno a la magia, la brujería, la demonología, la fe católica, la herejía, etc., dependiendo del tema en el que se centre cada tratado. Se cita el mayor número de autores que a lo largo de la historia se hayan pronunciado sobre este asunto. Con ello lo que se pretende es atraer la atención del lector sobre el texto, mostrarle la rigurosidad de la investigación realizada, la erudición con la que cuenta el tratadista y la importancia de la materia que en dicho texto se va a debatir.

A continuación de este prefacio, viene la *narratio* o exposición de los hechos que se van a defender. Aquí se citan las teorías sobre el origen del demonio, la historia de la brujería, la naturaleza jurídica del 'crimen mágico', la legitimidad de la Inquisición, el surgimiento de las herejías, los rasgos característicos del poder diabólico, los modos de hacer sortilegios, etc. Estos textos están respaldados por una autoridad en la materia, que casi siempre se encuentra vinculada con el estamento eclesiástico. Esta exposición se caracteriza por su claridad, concisión y verosimilitud. Y es la que prepara el camino a la *argumentatio*, el apartado más importante dentro del tratado discursivo.

---

[321] Lausberg, 1975, t. 1, p. 119.

Una vez que ya se conocen las diferentes tesis que sobre el asunto en cuestión existen, el autor del tratado constituye y defiende su propia causa. Para lograrlo juega un papel fundamental tanto su habilidad intelectual como sus conocimientos de retórica. Gracias a ellos, es capaz de demostrar: la existencia del pacto demoniaco, los aquelarres, los vuelos por los aires, el poder de los magos, las transexualizaciones, la verdadera causa de los nacimientos de seres monstruosos, la posibilidad de culpar a un inocente, etc. Se incluyen además opiniones que no coinciden con el objetivo inicial que se persigue, pero que le sirven al tratadista para refutarlas y ganarse con ello la admiración del lector.

Tras mostrar un apabullante dominio en la materia, se marcan las pautas que hay que seguir a la hora de descubrir a las hechiceras, los herejes, los brujos, etc., cómo se ha de producir su arresto, los métodos que hay que emplear para hacer confesar al sospechoso, los pasos propios de todo proceso y la condena que se tiene que imponer en cada caso. Para ratificar cada argumentación se insertan *exempla* ilustrativos que provienen: o bien de una fuente erudita, o bien han sido tomados de la tradición oral que impregna la sociedad del momento. Con ello se logra convencer al lector para que la defensa de la teoría que se está realizando no le plantee ningún tipo de dudas, que se la crea y que, tras ello, obre en consecuencia.

Generalmente los tratados terminan enumerando, a través de tablas o sinopsis, los capítulos con sus respectivos argumentos. Este último esfuerzo va dirigido a grabar mejor, en la mente del lector, lo que se ha defendido a lo largo del texto. Sus conocimientos quedan registrados en las obras leídas, estudiadas y utilizadas perspicazmente en sus raciocinios. En definitiva, la columna estructural de los tratados de magia queda marcada a través de las normas dictadas por los preceptistas de la época, para quienes, partiendo de un objetivo definido y tras un examen metódico, sistematizan, justifican y reafirman qué postura les interesa defender y hacer creer al lector.

De este modo, el *Malleus maleficarum* aparece estructurado en cuatro apartados, presentándose los dos primeros subdivididos en dos. En el primero de ellos se argumenta sobre la existencia de la brujería, una realidad cuya negación incurre directamente en herejía, según sus autores; y casi de inmediato se pasa a examinar las teorías sobre los demonios íncubos y súcubos durante las *quaestiones* I-V. En la segunda subdivisión de esta primera parte se defiende la razón por la que las mujeres son más propensas que los hombres a caer en las redes de la hechicería, al mismo tiempo que se analizan varios maleficios de las brujas y el consecuente castigo que merecen (*quaest.* VI-XVIII).

En el segundo apartado, ya se especifica las formas con las que se puede hacer maleficios, así como los diversos poderes que dispone la brujería (*quaest.* I, cap. I-XVI); aborda también los remedios que se pueden emplear contra estas artimañas (*quaest.* II, cap. I-VIII). El tercero de estos libros comporta la práctica, donde se exponen las normas y la cautela que ha de tener el inquisidor tanto con las brujas como con los herejes (*quaest.* I-XXXV). Todo el tratado queda concluido con un índice, a modo de resumen, donde se registra el sumario de las *quaestiones*. Esta misma estructura se ve repetida en el *Eversio daemonum e corporibus oppressis* de Jerónimo Mengo, la *Daemonomanie* de Jean Bodin, el *Disquisitionum magicarum libri VI* de Martín del Río, el *Cautio criminalis* de Friedrich von Spee y un amplio etcétera.

Una variación en la rigidez canónica de estos tratados la imprime Pedro de Valencia en su *Discurso acerca de los cuentos de las brujas*, que surge a raíz del Auto de Fe celebrado en Logroño en 1612. En la introducción, en lugar de definiciones etimológicas y conceptuales de términos vinculados con la magia, aboga por la discreción a la hora de hablar sobre este asunto, recomienda no entrar en detalles escabrosos sobre las condenas por brujería, con el objeto de evitar dañar el nombre de Dios, menoscabar la honra de Navarra y de Vasconia e impedir que cunda el ejemplo. Tras este exordio, se centra en las declaraciones de los réprobos. En un segundo paso, se dedica a explicar desde la lógica determinados relatos sobre: vuelos nocturnos, ungüentos mágicos, raptos, muertes, celebraciones, etc. Refuta con argumentos racionales la credulidad de Martín del Río, para concluir de una forma magistral marcando ya el cambio de mentalidad en esta época.

Esta es la estructura general, pero luego cada libro se encuentra organizado en capítulos y estos a su vez en preguntas, donde realmente se defiende una determinada hipótesis. En el caso concreto del *Disquisitionum magicarum libri VI*, cada uno de estos seis libros se divide en una serie de *quaestiones* donde se analiza un aspecto concreto de la magia. En ellas descubrimos una cierta uniformidad estructural; por ello hemos elegido la número XVI del libro segundo como ejemplo para analizar la técnica narrativa del padre Martín del Río. El tema central sobre el que gira este apartado queda recogido en el título:

«Asambleas nocturnas de las brujas. ¿Es verdad que estas se trasladan de un lugar a otro?». Este se halla dividido en dos partes: en una se nos afirma la existencia de los aquelarres; mientras que, en la segunda, el autor se interroga sobre los viajes aéreos de las lamias. A continuación, Del Río refuta a aquellos autores que niegan la existencia de dichas reuniones, explica algunos textos y añade ejemplos de diversos engaños. En el siguiente paso, defiende a aquellos pensadores que apoyan su punto de vista, mostrando muchos argumentos con los que prueba que las brujas se ven obligadas a acudir a las mencionadas asambleas. Tras esta argumentación describe un aquelarre, utilizando para ello relatos en los que aparecen ritos de adoración, conjuros, danzas, etc.

En la segunda parte de la *quaestio*, Del Río se pregunta sobre la virtud que tiene el ungüento utilizado por el diablo en sus traslaciones. Trata el problema que plantea el verbo *paralambánein* ('trasladar') en algunos pasajes evangélicos. Demuestra que tanto el demonio como el ángel bueno se pueden desplazar por los aires. Y apoya su argumento con una serie de relatos donde se nos narran varias traslaciones como la del doctor Edelino, el caso del niño de Aviñón, Simón «el mago», el conde Maçón, etc. Y para terminar, nuestro autor narra cómo puede cambiar de lugar un objeto. Con todo ello ratifica su idea inicial de la existencia de aquelarres y demuestra la capacidad de volar que tiene Satanás y las brujas gracias a sus ungüentos.

En definitiva, la estructura principal de toda *quaestio* en líneas generales queda reducida al siguiente esquema arquetípico: la *argumentatio* se organiza en torno a una idea relacionada con la magia, que es considerada como la raíz de la *quaestio*. De ahí a modo de ramas parten las subdivisiones, en las que se va examinando paso a paso los razonamientos dados. Cada uno de ellos se encuentra generalmente corroborado por relatos de los que se saca una enseñanza con la que se ratifica la argumentación que defiende.

CAPÍTULO 2

CUENTOS INSERTOS EN TRATADOS DE MAGIA

Independientemente del valor filológico y literario que estos tratados encierran en sí mismos, los cuentos que salpican sus páginas y que constituyen un *corpus* de una riqueza y de una complejidad cultural fascinante despiertan interés especial. Siendo coherentes con la materia de los libros donde aparecen insertos, en ellos se da cabida a un universo mágico, donde lo oculto y lo extraordinario cobran una significación cotidiana y accesible que contribuye a facilitar la comprensión del discurso.

Su utilización por parte de los tratadistas se explica, entre otros motivos, por la vinculación existente entre estos cuentos y la formación retórica recibida en las universidades. En ellas se imparten clases teóricas y prácticas, con las que se procura que el alumno aprenda a expresarse en latín con elegancia y que sea capaz de comprender y captar la belleza estética de las obras clásicas. Para ello cuentan con dos tipos de textos: las *institutiones* y los *progymnasmata*.

En las lecciones prácticas, el alumno debe ejercitar lo que ha aprendido en la teoría mediante la imitación de un modelo. En los primeros niveles, el estudiante empieza elaborando pequeñas fábulas y narraciones[1]. Los *progymnasmata* ejercitan la redacción de las distintas

---

[1] Según José Rico Verdú, «en su comentario sobre la fábula, Francisco Escobar dice que el niño a su llegada a la escuela de Retórica debe empezar por las fábulas y narraciones, en cuyo ejercicio se le desarrolla el ingenio y aprende a escribir. Su paso a otros estudios más serios debe ser paulatino. Son preferibles las fábulas a las narraciones, porque, además del placer que proporcionan, la moralidad que se desprende de ellas va formando su tierna alma. De los tres géneros de fábulas (poema, drama y apólogo) el último es el más apropiado en los comienzos». Rico Verdú, 1973, p. 44, nt. 7.

partes del discurso. Para cada una de ellas (*exordium*, *narratio*, *peroratio*, etc.) o para algún aspecto parcial (exposición y desarrollo de una sentencia, una fábula, una descripción, etc.) existen unas normas concretas a las que el alumno debe adaptarse[2].

Y es justamente en estas clases prácticas donde hay que buscar la influencia que la retórica ejerce sobre la literatura de la época, tanto en lengua latina como en vernácula. Cualquier escritor, teólogo, filósofo, etc., que asista a una escuela, de manera especial si frecuenta la universidad, tiene que realizar *progymnasmata*, los cuales mucho o poco, según la disposición e interés personal, modelan su espíritu y su expresión. Esto hace que los escritores procuren imitar los modelos clásicos, no solo por formar parte del ideal teórico de la época, sino porque desde pequeños lo han aprendido así. De este modo, los relatos tantas veces estudiados e imitados pasan a formar parte de su bagaje cultural, de ahí que no nos tenga por qué extrañar que, casi de forma espontánea e inconsciente, recurran a ellos a la hora de elaborar sus tratados sobre magia. Los van insertando a lo largo del discurso, aportando con ello una creatividad literaria deslumbrante en un texto ya de por sí bastante enmarañado.

2.1. Historia del término *cuento* desde su origen hasta el siglo XVII

El origen del término *cuento* procede, según el *Diccionario etimológico de la lengua castellana* elaborado por Joan Corominas[3], del verbo latino *computare*, con el sentido de 'calcular, computar'. De esta acepción pasa a significar 'relatar historias', al enumerar en lugar de objetos, acontecimientos. Dicha evolución semántica ya queda documentada en la obra de Pedro Alfonso, *Disciplina Clericalis*, donde se incluye un relato en el que, para conciliar el sueño, un rey pide a uno de sus súbditos que le cuente algún suceso ameno y entretenido. Este empieza con la historia de un aldeano que se ve obligado a pasar dos mil ovejas de una a otra orilla del río, utilizando para ello una barca donde

---

[2] Núñez, *Institutiones rhetoricae ex progimnasmatis potissimum Aphtonii atque ex Hermogenis arte dictatae a Petro Joanne Nunnesio Valentino*, p. II.
[3] Corominas, 1954, t. 1, p. 888.

solo caben dos animales. Ante esta situación, el siervo aconseja al rey que se entretenga enumerándolas. Recoge, en definitiva, el conocido tópico de contar ovejas para provocar el sueño[4]. A este respecto, Mariano Baquero Goyanes considera que no existe «en toda la historia del género [...] un ejemplo tan expresivo como este de Pedro Alfonso, tan revelador de cómo un mismo étimo latino se bifurcó en un doblete: *cómputo-cuento* (un cultismo y una voz popular, la primera de las cuales quedó reservada para lo estrictamente numérico, en tanto que la segunda se vinculó al viejísimo quehacer humano de narrar hechos e historias curiosas)»[5].

Durante la Edad Media parece ser que nunca se utiliza el término *cuento* para referirse a una narración breve. Prefieren denominarla como *fábula, fabliella, exiemplo, apólogo, proverbio, castigo,* etc., tal y como queda documentado en el *Calila e Dimna*:

> Et posieron enxenplos et semejanças en la arte que alcançaron et llegaron por alongamiento de nuestras vidas et por largos pensamientos et por largo estudio; et demandaron cosas para sacar de aquí lo que quisieron con palabras apuestas et con razones sanas et firmes; et posieron et conpararon los más destos enxenplos a las bestias salvajes et a las aves[6].

Don Juan Manuel utiliza el término *fabliella* en el *Libro del caballero y del escudero*[7], al mismo tiempo que emplea *exemplo* para designar las narraciones incluidas en *El conde Lucanor*[8]. En el *Libro de buen amor*[9], Juan Ruiz, arcipreste de Hita, se sirve de palabras como: *proverbio, fabla, estoria,* etc., para nombrar a este relato, términos estos que vuelven a ser usados en otras colecciones de cuentos medievales como: el *Libro de los exemplos por a.b.c.*[10] de Clemente Sánchez Vercial, el *Libro de los gatos*[11] (mala lectura de *Libro de los quentos*) o el *Libro contra engaños y peligros del mundo*[12].

---

[4] Huesca, *Disciplina Clericalis.*
[5] Baquero Goyanes, 1993, p. 100.
[6] *Calila e Dimna,* p. 89.
[7] Don Juan Manuel, *Libro del caballero y del escudero,* pp. 7-72.
[8] Don Juan Manuel, *El conde Lucanor.*
[9] Ruiz, *Libro de buen amor.*
[10] Sánchez Vercial, *Libro de los exemplos por a.b.c.*
[11] *Libro de los gatos.*
[12] *Libro contra engaños y peligros del mundo.*

A comienzos del siglo XVI, la incorporación de la palabra italiana *novella* al léxico castellano como *novela* origina una cierta confusión, ya que hace referencia a los mismos relatos breves englobados bajo la etimología de *cuento*. De ahí que Lope de Vega en *La Filomena* aclare que «... en tiempo menos discreto que el de agora, aunque de hombres más sabios, se llamaban a las novelas cuentos. Estos se sabían de memoria y nunca que me acuerdo los vi escritos»[13]. El mismo Mateo Alemán, uno de los precursores de la novela moderna, al describir la vida humilde de los pajes en su *Guzmán de Alfarache*, pone en boca de uno de ellos estas palabras: «Leíamos libros, contábamos novelas»[14]. A su vez, Pedro de Valencia utiliza el término *cuento* como sinónimo de relato verosímil, tanto en el título de su obra más conocida, *Discurso acerca de los cuentos de las brujas*, como para definir gran parte de las narraciones que intercalada en su tratado: «Cuentos semejantes, según refiere Focio en la *Biblioteca*, contenía una historia fabulosa que compuso un Antonio Diógenes»[15], «Bien dijera lo mismo Eusebio de dos cuentos que por certísimos y sin réplica alega últimamente el padre Del Río, como quien arroja el áncora sagrada...»[16], «Dicen en un cuento que por espantar a Martín de Amayur [...] Cuentan más, que una vez entraron los brujos...»[17].

Preceptistas como Juan de Valdés[18] y escritores de la talla de Suárez Figueroa[19] hacen claro manifiesto de su repulsa hacia el neologismo italiano *novella*, propugnando la voz castellana de *cuento* como más apropiada. Incluso Miguel de Cervantes en la «Dedicatoria» a sus

---

[13] Vega Carpio, *La Filomena con otras diuersas rimas, prosas y versos*, fol. 59.
[14] Alemán, *Guzmán de Alfarache*, t. 1, p. 456.
[15] Valencia, *Discurso acerca de los cuentos de las brujas*, p. 303.
[16] *Ibídem*, p. 304.
[17] *Ibídem*, p. 314.
[18] «También cuento es equívoco; porque dezimos cuento de lança y cuento de maravedís y cuento por novela». Valdés, *Diálogo de la lengua*, p. 161.
[19] «¿Acaso gustáis de novelas al uso?», pregunta uno de los interlocutores de *El pasajero*, a lo que contesta don Luis: «No entiendo ese término, si bien a todas tengo poca inclinación, por carecer de versos». Y entonces el mismo Suárez Figueroa declara su juicio adverso a las novelas y el nulo valor literario que se les daba, como tantos otros de su tiempo: «Por novelas al uso entiendo ciertas patrañas y consejas, propias de brasero en tiempo de frío, que en suma viene a ser unas bien compuestas fábulas, unas artificiosas mentiras». Suárez Figueroa, *El pasajero*, p. 56.

Novelas ejemplares, las llama *cuentos*: «Solo suplico que advierta Vuestra Excelencia que le envío, como quien no dice nada, doce cuentos...»[20]. Para Gracián no son más que «cuentos que van heredando los niños de las viejas»[21]. Y todavía a mediados del siglo XVII, cuando Saavedra Fajardo, en su *República literaria*, enumera a poetas, filósofos, historiadores, juristas, matemáticos, médicos, astrólogos, etc., no menciona a los novelistas ni cita una sola novela ni cuento.

Todos estos testimonios nos revelan que durante los Siglos de Oro se conocen los cuentos tradicionales, pero hacia ellos se muestra bastante desprecio. En esta época el término *cuento* se asocia a la narración oral, por lo que queda en un principio vinculado a una determinada persona que no solo ha de recordar el contenido de las historias, sino que también debe tener la gracia y el acierto verbal a la hora de exponerlas en público. Mientras que el vocablo *novela* se reserva a los relatos breves escritos.

Así en el *Quijote* observamos cómo las historias que aparecen narradas por algún personaje —v.gr., la de Grisóstomo y Marcela, contada por el cabrero Pedro— reciben el nombre de 'cuentos': «Donde se da fin al cuento de la pastora Marcela con otros sucesos» (capítulo XIII de la 1 parte). Por el contrario, *El curioso impertinente* es presentada como *novela* por tratarse de una narración escrita. El cura halla unos papeles en la maleta que le enseña Juan Palomeque, el ventero: «Sacóles el huésped, y dándoselos a leer, vio hasta obra de ocho pliegos escritos de mano, y al principio tenían un título grande que decía: *Novela del curioso impertinente*»[22].

Pese a ello, los cuentos tradicionales tienen una gran influencia sobre los escritores de los siglos XVI y XVII. Los genios artísticos que surgen en esta época recrean y transfiguran este material dando lugar a creaciones literarias que llegan incluso a sentar las bases de la narrativa moderna. Un claro ejemplo nos lo muestra de nuevo Miguel de Cervantes, quien toma una variante del cuento tradicional de *La hija del diablo* para documentar la historia del capitán cautivo. Maxime Chevalier se ha encargado de estudiar minuciosamente el trabajo realizado por Cervantes a este respecto.

[20] Cervantes, *Novelas ejemplares*, t. 1, p. 54.
[21] Cita extraída de: Chevalier, 1999, p. 13.
[22] Baquero Goyanes, 1993, p. 103.

Debió Cervantes situar la acción en un espacio concreto, anclar la ficción en el tiempo presente, apartándola de un pasado más o menos borroso, individualizar a los personajes genéricos del cuento, desechando los estereotipos de la tradición oral, hacer que los personajes se configuraran progresivamente según progresara la acción, escribir por fin un texto dándole el toque que únicamente confiere la mano del escritor[23].

Los grandes ingenios renacentistas y barrocos desconocen el valor que esconde este tipo de relatos. No saben lo que es un cuento tradicional. Tampoco perciben las huellas que dejaron en los textos de la Antigüedad clásica. A ninguno se le ocurre sugerir que realmente existe un vínculo muy estrecho entre las consejas y los chistes que cuentan las viejas y las obras tan admiradas, estudiadas y seguidas de autores como Herodoto, Horacio o Tito Livio. En definitiva, ignoran que se trata de una narración cuyas raíces se pierden en la Historia de la humanidad.

Este desconocimiento no impide que consciente e inconscientemente los cuentos tradicionales invadan la literatura europea de los siglos XVI y XVII, ya que es en ese momento cuando son apreciados como relatos de puro entretenimiento, desapareciendo la función didáctica que se impuso durante la Edad Media[24]. En el caso español, autores de diálogos como Luis Milán, Cristóbal de Villalón, Pedro Mexía y el mismo Juan de Valdés, quien había despreciado estas narraciones, las insertan en libros que están dirigidos a la meditación del público culto.

Estos relatos aparecen primero en los refraneros, cuyos autores, entre los que destacamos a Luis Galindo, Hernán Núñez, Juan de Mal Lara, Sebastián de Horozco y Gonzalo Correas, copian gran cantidad de cuentos para aclarar tanto refranes como frases proverbiales. Posteriormente lexicógrafos como Sánchez de la Ballesta y Covarrubias, se hacen eco de estos textos en sus definiciones. Al igual que aparecen en algunos pliegos sueltos del siglo XVI, tal y como ha reproducido Alan C. Soons en su estudio *Haz y envés del cuento risible en el Siglo de Oro*[25].

---

[23] Chevalier, 1999, p. 13.

[24] Esta afirmación es respaldada por las colecciones que surgen durante los siglos XVI y XVII, destacando entre todas ellas la de Juan de Timoneda, Luis de Pinedo, Melchor de Santa Cruz y los recopiladores de los llamados *Cuentos de Juan de Arguijo*.

[25] Soons, 1976.

Los autores de misceláneas —el fraile dominico escritor de *Floreto de anécdotas*, el de *Glosas al sermón del Aljubarrota* o Luis Zapata— también incluyen algún cuento en sus obras. Muy numerosos son los relatos breves recogidos en entremeses, comedias y novelas en esta época[26]. Aunque lo que más nos importa en el presente estudio es recopilar, clasificar y analizar la gran cantidad de cuentos tradicionales insertos en tratados de magia que son escritos por autores tanto renacentistas como barrocos. Este *corpus*, que hasta ahora permanecía oculto, puede arrojar mucha luz a la hora de precisar las fuentes en las que los escritores áureos se basaron para componer sus obras.

2.2. Hacia una definición del cuento inserto en tratados de magia

A la hora de formular una definición lo más clara, exacta y precisa del cuento inserto en tratados de magia, fechados entre los siglos XVI y XVII[27], es conveniente comenzar precisando las diferencias existentes entre el cuento folklórico y el tradicional, para evitar cualquier equívoco con ambas denominaciones y para aportar un poco más de luz a la cuestión que nos ocupa. Del cuento folklórico se destaca su carácter oral. «Es una narración guardada en la memoria del narrador, que cobra vida cuando este la cuenta ante un auditorio; es decir, se realiza solo cuando quien sabe el relato lo dice ante otros»[28]. De él se desconoce su creador inicial. Al vivir en la tradición oral se encuentra sujeto a múltiples variantes[29]. Dispone de una extensión breve. Se

---

[26] *Cfr.* Chevalier, 1978.

[27] No es este el lugar más indicado para explorar la dificultosa caracterización y definición del cuento como género literario en general, de ahí que hayamos optado por delimitar las particularidades más representativas de los relatos que componen el *corpus* objeto del presente trabajo. Para ahondar en el estudio general del cuento remitimos a la bibliografía elaborada al respecto y que incluimos al final de este libro.

[28] Chertudi, 1967, p. 7.

[29] Los cuentos folklóricos son anónimos. Han debido tener un creador primero, pero a partir de la elaboración inicial se suceden las recreaciones del tema. Aunque el narrador popular sepa que él no es quien inventa el relato, a la hora de oralizarlo puede cambiar ciertos rasgos o hechos, ajustándolos tanto a su propio gusto como al del auditorio. De este modo, en distintos tiempos y lugares

ajusta a normas de situación, de carencia o de agresión que suelen desembocar en un final feliz —en cuanto a que los personajes 'buenos' triunfan sobre sus enemigos—. Es decir, se ha demostrado que el cuento folklórico es una narración codificada tanto en la disposición de los motivos[30], como en el sentido en el que se organizan para dar lugar a la composición[31].

Roger Pinon cree que solo se puede considerar a un cuento como folklórico si ha penetrado en el circuito de la tradición. Examina este tipo de narraciones desde un enfoque psicológico, de ahí que le importe la integración del relato en la vida cultural del pueblo iletrado; para él, «es, ante todo, un estado psico-sociológico»[32]. El ser anónimo, su transmisión oral y el estar destinado al estamento llano son las tres características básicas del relato folklórico. Esta opinión es compartida por André Jolles, para quien el cuento es una de las formas sim-

surgen innumerables versiones y variantes de un mismo cuento, términos estos que es necesario precisar para no asignarles significados diferentes. «Llamamos *versión* a cada realización de un cuento, sea ella registrada o no; es decir, cada vez que se narra un relato se produce una versión. [...] Llamamos *variante* a la relación integrada por una secuencia de elementos comunes a una serie de versiones, las cuales se parecen más entre sí que a las de otras series. [...] Las versiones se dan en la realidad, mientras que las variantes son abstracciones producto del análisis comparativo.» Chertudi, 1967, pp. 9-10.

[30] Stith Thompson denomina *motivos* a los elementos más pequeños de un cuento —personajes, objetos, incidentes— capaces de perdurar en la tradición; por otro lado, el *tipo* es un cuento folklórico con una existencia independiente. Aunque un tipo puede estar constituido tanto por un solo motivo como por varios, el cuento comúnmente consiste en un tipo de varios motivos; explica Thompson que «...most animal tales and jokes and anecdotes are types of one motif. The ordinary 'Märchen' (tales like Cinderella or Snow White) are types consisting of many of them». Thompson, 1951, p. 413.

[31] Esta es la hipótesis en la que se sustentan las teorías que sobre el cuento han formulado autores como Vladimir Propp, Algirdas Julien Greimas, Roland Barthes, Claude Bremond, Gérard Genette, etc.

[32] Pinon, 1965, p. 50. La importancia asignada al cuento folklórico como manifestación cultural y su valor como creación literaria ha llevado modernamente a la publicación de amplias colecciones de relatos de diversos países, tal y como documenta: Camarena Laucirica y Chevalier, 1995; Chevalier, 1975; Chevalier, 1983; Childers, 1977; Delarue et Tenèze, 1964, 2 t.; Espinosa, 1946, 3 t.; Aarne y Thompson, 1995; Boggs, 1930; Christensen, 1925; Frenzel, 1980; Keller, 1949; Thompson, 1955-1958; Tubasch, 1969, entre otros muchos.

ples de la cultura; es una creación espontánea, sin preparación, cuya disposición mental es la moral sencilla[33].

Con respecto al cuento tradicional, Maxime Chevalier lo define por su brevedad, el estilo familiar con que es relatado, la finalidad alegre que pretende conseguir, el realismo de las acciones que narra y la forma dialogada de su estructura[34]. Al poseer una localización espaciotemporal concreta y al ser atribuidos a personajes más o menos conocidos, se les considera anécdotas; unas anécdotas a las que se les procura asignar fuentes escritas[35]. Pero si bien es verdad que ciertos cuentos se propagan solo de forma escrita, en otros prima su carácter eminentemente oral, con todas las variaciones que ello conlleva.

Siguiendo la opinión de Carmen Bobes, este tipo de cuentos son generalmente ejemplares, porque:

> [...] los esquemas de valores que defienden y que dan lugar a los desenlaces felices, pueden suscitar esperanzas en los lectores y quizá hacer soportables unas situaciones reales infelices, de injusticia, de agresión, de carencias, etc., confiando en el reconocimiento final de la justicia y el restablecimiento del orden perdido, o en la posible adquisición de los bienes deseados[36].

En el caso particular de los relatos insertos en tratados de magia, fechados tanto en el Renacimiento como en el Barroco europeos, los hemos definido como cuentos tradicionales. Esta decisión se ve respaldada, a parte de todo lo expuesto, porque las fuentes utilizadas por los autores de dichos tratados para documentar estas narraciones son tanto escritas como orales. Además, muchos de estos relatos se desconocen en la época actual, ya que durante el siglo XVIII la concepción mecanicista del mundo desdeña ritos, casos, supersticiones, mitos, etc., que fundamentan gran parte de los textos engarzados en los referidos libros.

---

[33] Jolles, 1972, pp. 173-195.

[34] *Cfr.* Chevalier, 1978, p. 41; Pedrosa, 1999; y Berlioz, Bremond et Veley-Vallantin, 1989.

[35] Investigadores como Menéndez Pelayo y María Rosa Lida de Malkiel dedican parte de su trabajo a este empeño, tal y como lo constatan sus obras: Menéndez Pelayo, 1943; y Lida de Malkiel, 1976.

[36] Bobes Naves, 1998, p. 44.

Con respecto al contenido, en estos cuentos aparecen elementos mágicos como: estatuas que cobran vida, muñecos diabólicos, mujeres que se transportan por los aires, cambios de sexo, monstruos, demonios, duendes impertinentes, etc. Esto se debe a que estas narraciones se encuentran supeditadas a la función que desempeñan dentro del tratado de magia. En ellas el contenido, los personajes, la estructura, la brevedad, la síntesis informativa, la veracidad, el supuesto realismo, es decir, todos sus rasgos constitutivos forman un conjunto unitario que sirve para avalar una determinada argumentación dentro del contexto discursivo en el que se las ubica. El caso raro, la conseja, la anécdota de sobremesa o de tertulia, los milagros, las parábolas, las observaciones de la historia natural, etc., se instrumentalizan para respaldar una determinada argumentación.

Al llegar a este punto, ya podemos esbozar una definición, bastante descriptiva y general, de los cuentos tradicionales que nos ocupan: estos son narraciones, en la mayoría de los casos breves y de desarrollo lineal (progresiva o regresivamente), que relatan una anécdota cuyo final causa sorpresa y, a veces, se encuentra fuera del esquema narrativo que se ha seguido en el discurso; su origen puede ser tanto erudito como oral, su contenido debe provocar la credibilidad en el receptor y persigue una finalidad no solo ejemplar, sino que en muchos casos sirva para: entretener, evadir, introducir un determinado tema, enseñar, respaldar una afirmación concreta, etc.

2.3. Delimitación de las influencias recibidas

Los tratadistas quedan influenciados por dos tipos de corrientes culturales, para exponer el pensamiento, que plasman en sus obras, y para obtener los relatos que avalan cada uno de sus razonamientos. Por una parte, la mayoría de ellos trabajan para el Oficio de la Inquisición. Martín de Castañega, Pedro de Valencia, Paulo Grillando y Friedrich von Spee, por ejemplo, viven muy de cerca procesos contra la brujería, ejerciendo como predicadores, confesores o miembros del Tribunal; de ahí que se hallen en la mejor de las posiciones para hacerse con un *corpus* documental de primera mano. De la práctica inquisitorial se extraen los testimonios de las personas acusadas, sobre los que dan su opinión, intentando discernir lo que de verdadero o falso contienen tales informaciones.

El otro tipo de fuentes que nutre a estos autores es de carácter teórico y doctrinal. Una gran parte de ellos dispone de una sólida formación académica y universitaria, lo que explica el manejo con soltura de las obras que utilizan. Un ejemplo destacado lo constituye el padre Martín del Río quien afirma haber empleado para la redacción de su *Disquisitionum magicarum libri VI* una lista de 1104 escritores y más de veintiséis concilios generales o particulares. Bebe de autores de crónicas como: Olao Magno y Sajón Gramático, los milagreros Gregorio Magno, Cesario de Heisterbach y Helinando de Montefrío; pero también de los compiladores de jardines como: Pedro Mexía o Antonio de Torquemada, sin despreciar a tratadistas de supersticiones como Pedro Ciruelo o Martín de Castañega, y a demonólogos como: «El Tostado», Lorenzo Ananías y el abad Trithemio. Pero quienes más le interesan, para respaldarlos o refutarlos, son los inquisidores o sus seguidores como: Nider, Jacquier, Sprenger, Kramer, Müller, Remigio, Grillando y tantos otros, a los que se propone superar batiéndose con cada uno en su propio terreno.

A parte de esto Del Río sabe manejar con mucha habilidad las alusiones literarias en las *Disquisitiones magicae*. Con ellas no solo avala gran parte de los relatos tradicionales, sino que en un espacio relativamente breve condensa un caudal de información sugerida, en lugar de explicada. El efecto psicológico de tal procedimiento es que el lector, si es docto, entiende los guiños del autor y, si no lo es tanto, se apabulla y suspende su juicio para no ponerse en evidencia. En definitiva, Del Río es consciente en todo momento de lo que cita y lo suele hacer con corrección y fidelidad.

Entre los géneros literarios cuyas características se asemejan a las del cuento, este queda influido por el *exemplum*, la *nova*, el *lai*, el *fabliau*, el mito, el milagro y la novela. Rasgos, enfoques, estilos, temática, etc., de estas narraciones se reflejan nítidamente en muchos de los cuentos que hemos localizado insertos en los tratados de magia estudiados, tal y como a continuación ponemos de manifiesto.

2.3.1. El *exemplum*

De la homilética perteneciente a la Edad Media se ha extraído *exempla* morales que aparecen insertos en sermones con el fin de ilustrar, aligerar y mantener la tensión del discurso. Por lo tanto, estamos ante un género narrativo desarrollado en el marco de la predicación. Su origen se remonta a la Antigüedad[37]. Adquiere su máximo apogeo y difusión en las predicaciones de la Edad Media, sobre todo a partir del siglo XII, extendiéndose su uso hasta prácticamente el siglo XVIII. Según nos revelan las *artes praedicandi*, el sermón en el medievo se organiza en torno a una cita, el *thema*. A continuación el discurso se subdivide y cada una de estas partes se amplía, la *dilatio*. Los recursos utilizados para ello son muy variados, aunque las citas de autoridad, los símiles y los *exempla* son los principales. Estos últimos captan la atención de unos oyentes, en su mayoría iletrados[38].

La procedencia de los materiales utilizados en este género es muy diversa. Una parte proviene de textos religiosos como la Biblia, las anécdotas de los padres de la Iglesia, las vidas de los santos o las colecciones de milagros. Otros son profanos, al ser tomados de textos pertenecientes a la Antigüedad clásica, como los ejemplos históricos, los cuentos orientales o las fábulas animales. Para esta utilidad pedagógica en seguida empiezan a recopilarse en infinidad de ejemplarios.

Los predicadores medievales, deseosos de encontrar rápidamente relatos para preparar sus sermones, recurren en su mayoría a compilaciones organizadas alfabéticamente. Las primeras son de principios del siglo XIII, aunque se multiplican a partir de 1250. Originariamente se escribían en latín, pero a partir del siglo XIV aparecen ya en lengua romance, con lo que se da pie a utilizarlas como meras lecturas edificantes. En esa época, el *exemplum* está bastante difundido, hasta el punto de que el arcipreste de Talavera combina anécdotas oídas, leídas o vividas, sin que sea fácil precisar las fuentes. Algunas de estas compilaciones son: *Diadema monachorum, Collationum libri tres, Disciplina Clericalis* de Pedro Alfonso, *Dilopathos* de Johannes de Alta Silva, *Alphabetum exemplorum* de 'Etienne de Besançon, *Gesta Romanorum*, los sermones de san Vicente Ferrer, *Segundo libro de los evangelios... de los domingos de todo el año, Libro de los evangelios del adviento* de Juan López de Salamanca, *Libro de los gatos, Libro de los exemplos por a.b.c., Espéculo de los legos, Exemplos muy notables, Libro de confesiones, Enxemplos*

---

[37] Aristóteles, *Retórica*.
[38] *Cfr.* Alberte, 1993, pp. 133-165; Bataillon, 1985, pp. 191-205; Battaglia, 1959, pp. 45-83; Bériou, 1987; Bremond, Le Goff y Schmitt, 1982; Coletti, 1983; Delcorno, 1989; Goldberg, 1983, pp. 67-83; La Plana Gil, 1993; Kaufmann, 1996; Lyons, 1989; Scheller, 1995; y Welter, 1927.

que pertenesçen al Viridario, Flor de virtudes, el *Corbacho* y un amplio etcétera.

La función que desempeña el *exemplum* dentro del discurso en el
que se halla inserto nos puede llevar a aclarar los rasgos que caracterizan a estas narraciones. Humberto de Romans, en su *Liber de dono
timoris* considera que tan solo se debe emplear los *exempla* para cate-
quizar a los espíritus sencillos y que han de ser utilizados por buenos
narradores. Estos relatos son presentados como verídicos y están des-
tinados a insertarse en un discurso para que los oyentes encuentren
un reflejo instructivo de su vida cotidiana[39]. Todos ellos han de ser
breves, ya que «... si resulta larga la narración, deben ser recortadas las
partes inútiles o menos útiles, y se debe cuidar de narrar solo lo que
afecte al asunto»[40]. El *exemplum* es considerado una lección del pasado con valor perenne, pero al estar inserto dentro de los instrumentos de convicción, no puede figurar como género narrativo independiente[41].

La mayoría de las definiciones que se han formulado sobre el *exemplum* se ajustan en sus líneas generales y básicas a esta preceptiva medieval. Así por ejemplo, Aldo Borlenghi opina que el *exemplum* propone una ley o imparte una enseñanza, vislumbra un orden en la
historia que sirve de ejemplo para la ley; el momento central dispone de una intensidad y fijeza particulares y es más importante que el

---

[39] «El *corpus* ejemplar se fue incrementando a lo largo del siglo XIII con nues-
tras historias, protagonizadas por anónimos personajes, que mostraban la necesidad de la confesión y la contricción, las penas del 'más allá', los pecados en los
que incurrían los abogados, usureros, comerciantes, etc. Por vez primera asoman
a las páginas escritas niños, ancianos, pobres, etc., personajes alejados de la literatura heroica, pero representantes de la vida cotidiana». Lacarra, 1999, p. 30.

[40] «...et si fit longa narracio rescindenda sint inutilia vel minus utilia et solum
quod facit ad rem est narrandum.» Humberto de Romans, citado por: Welter,
1927, p. 73.

[41] Los tratados latinos posteriores consideran el *exemplum* como una prueba
válida y eficaz en una argumentación discursiva. Según la *Rhetorica ad Herennium*
(IV, 49, 62), «el ejemplo es la expresión de algún hecho o dicho antiguo con el
nombre de un determinado autor». Cicerón, en *De inventione* (I, 49) afirma que
es «lo que confirma o afirma una cosa por la autoridad o el caso de algún hombre o asunto».Y finalmente Quintiliano (*Institutiones oratoriae*,V,VI, 6-7) lo defi-
nirá como «el recuerdo de un suceso o de un hecho útil para demostrar lo que
pretendes». Traducciones pertenecientes a: Lacarra, 1989, p. 26.

origen y encadenamiento de la acción, que se caracteriza por su lógica y su simplicidad. Como complemento a lo expuesto, Neuschäfer cree que lo importante en ellos es la ley, la necesidad de la existencia del suceso, donde los personajes son meros prototipos. Es ahí donde radica su poder de convicción[42].

Estas historias disponen también de un encanto narrativo. Reducen lo general a cada caso concreto y explican la importancia y significado de los principios generales del hombre al compararlos con la conducta ejemplar o censurable de un individuo. Desde nuestro punto de vista, su máximo triunfo radica en el hecho de despertar el sentido y el gusto por la narrativa en forma de cuento desde el mismo púlpito. A partir de aquí, estos ejemplos surgen solo por el placer de contar y así desembocan en las historias relatadas sin otro motivo que ellas mismas, desapareciendo en muchos casos los rasgos característicos de la estructura del ejemplo, tal y como se documenta en:

> Certum enim est, quod postquam illorum monachorum impietas, doli et scelera percrebuerunt, res clericorum labefactari coeperint, et multis piis viris magis magisque suspectae esse: quum dixerunt hanc vel illam animam, opem eorum expetivisse: cereos sua sponte accusos fuisse: hanc vel illam imaginem loquutam, lachrymatam esse, ab uno loco in alterum se movisse: hunc vel illum divum monasterium ornasse pretiosis reliquiis: cruces sanguine Christi conspersas esse: etsi confirmationem Pontificum super is rebus impetrarint, tamen multi deinceps noluerunt credere rem ita habere. Item, quod hic vel ille sanctus Pater in ecta sin incidens, res mirandas viderit: quod Franciscus et Catharina Senensis quinque vulnerum Christi stigmata in suo corpore gesserint[43].

Las dos características claves que lo diferencian del cuento son que el *exemplum* es una narración que forma parte de un discurso, desempeñando una finalidad exclusivamente didáctica. El cuento, por el contrario, es un género autónomo, que puede o no aparecer inserto no solo en sermones, sino también en obras confesionales, tratados morales, catálogos de vicios y virtudes, novelas, etc. Las funciones que cubre son mucho más variadas que las del ejemplo, al servir para in-

---

[42] Krömer, 1973, p. 31.
[43] Lavater, *Spectris, lemuribus, variisque praesagitionibus, tractatus vere aureum*, pars prima, p. 40.

troducir un determinado tema, refutar cualquier afirmación, deleitar, evadir, como juego o diversión, concluir un estudio, etc.

2.3.2. La *nova*

Nos encontramos con una narración menos grave que el *exemplum*, pero que, de manera análoga a este, evidencia una fuerza ejemplar de persuasión. Es una forma muy conocida de la poesía provenzal, cultivada principalmente por Francesco da Barberino (1264-1348), el más destacado transmisor de temas provenzales de novela corta para la Italia de Dante, quien acostumbra a designar como *novas* los ejemplos intercalados en el comentario latino en prosa a sus *Documenti d'amore*. Por medio de estas *novas* pretendía dar mayor soltura a su obra *Reggimento e costumi di donna* —iniciada paralelamente a los *Documenti d'amore*—. Con ellas compuso una colección en lengua vulgar, desgraciadamente perdida, *Flores novellarum* o *Fiore di novelle*. En esta antología es muy probable que aparecieran por primera vez en romance tanto los *exempla* morales como los resúmenes temáticos de las *novas* didácticas de los trovadores.

Francesco da Barberino nos da a conocer a poetas del sur de Francia que como Peire Raimon se dedicaron al cultivo de las *novas*, también denominadas *novelletti*, tal y como se documenta en el siguiente ejemplo de los *Documenti d'amore* con el que se probaba la existencia de dicho género:

> Et dixit in lingua sua Petrus Raymundi quod cum istis brevibus novellettis animum domine sue ad se honeste amandum multum adtraxerat, contra quem est Augustinus scilicet quod numquam cum eis aliter debemus loqui quam aspere [...] securius tamen credo consilium Augustini[44].

Por la preceptiva clásica sabemos que los *exempla* se utilizan para dar al servicio religioso una forma más amena y grata. Pero no siempre ocurre eso, ya que en muchas ocasiones el predicador se entrega a la narración de cosas que no guardan la menor relación con el texto de su homilía, por lo que ya no son auténticamente *exempla*, sino

---

[44] Cita extraída de: Pabst, 1972, p. 26.

nuevas historias. Se gusta ocultar el esparcimiento tras una fachada mo-
ralizante o didáctica, tal y como ocurre con el *corpus* cuentístico objeto de nuestro estudio.

La cristiandad occidental es entretenida y educada desde el púlpito mediante ejemplos; la dama del trovador es adoctrinada asimismo
por medio de historias. Hasta en las *novas* que los provenzales poseen
se vislumbra una enseñanza o encierran una moraleja, mientras que
los poemas expresamente didácticos reciben, la mayoría de las veces,
una introducción o un ropaje exterior novelísticos.

Se puede considerar a las *novas* como un antecedente de la novela corta, que surgen con la intención de mostrar de una forma más
placentera la enseñanza erótica que contienen. Brota en una época
que ya comienza a estar cansada de adoctrinamientos abstractos, de los
viejos temas y de la épica de amplias dimensiones. Lo que consiguen
las *novas* es preparar el camino al nuevo género fijado ya por Cervantes.

2.3.3. El *lai*

Bajo este género literario se encuadran composiciones cortas, muy
hermosas, de la Edad Media, que influyen en épocas posteriores. La
tradición filológica ha considerado a Marie de France como la autora más importante y clásica de los *lais*[45]. La fecha de sus narraciones
se ha fijado entre 1160 y 1185.

Marie de France, según Horst Baader[46], probablemente nunca oyó
a cantantes bretones, sin embargo comienza casi todos sus *lais* allí, has-

---

[45] En las últimas tres décadas diversos investigadores han puesto en tela de juicio a Marie de France como la autora real de los primeros *lais*. Siempre se había
partido de este supuesto, pero Richard Baum juzga que el mero nombre de Marie
no es indicativo de que se trate de la creadora de estas composiciones. Esta autoría nunca antes había sido sólidamente fundamentada ni corroborada, por lo
que no puede considerarse tan segura. Analizando todo el *corpus* descubre que
contiene pasajes muy heterogéneos, de los que se deduce diversos orígenes del
lai: una serie de los mismos dispone de una estructura lineal y otra concéntrica.
Por lo que es posible que esta colección no corresponda a un solo autor. Sin embargo, lo cierto es que la tesis de Richard Baum carece de argumentaciones só-
lidas, por lo que se sigue considerando a Marie de France como la autora de los
lais fundadora del género. *Cfr.* Baum, 1968; Ringger, 1970, pp. 40-48; Hoepffner,
1932, pp. 272-308; Hofer, 1950, pp. 409-421; y Francis, 1951, pp. 78-99.
[46] Baader, 1966.

ta el punto de convertir este enmarque espacial en tópico. Utiliza temas de origen celta, incluyendo elementos prodigiosos que forman parte de la cultura popular, tales como: el hombre lobo, las hadas, la cierva profetisa, la herida mágica, la barca encantada que conduce a un mundo irreal, etc. Se interesa por los temas fantásticos, los bretoniza o arturiza —términos que para ella son sinónimos—. Funde lo prodigioso con lo cristiano. Considera que la aventura no es el medio que lleva a la perfección caballeresca, sino su confirmación.

Todos los *lais* mencionan el nombre de este género literario al final. Siempre las historias aparecen localizadas en el mundo bretón y artúrico, llegando incluso a una ambientación un tanto forzada. El elemento fantástico también adquiere una gran importancia, hasta el punto de que Baarder vio en Marie de France la autora de *Märchen* (cuentos fantásticos) artísticos. Lo esencial en estas composiciones es trascender del mundo ordinario a otro[47]. Normalmente disponen de un final feliz. En los *lais* no episódicos se aspira a un ideal para el cual se establece una escala de valores; con ello se tiende más hacia el cuento-problema. Por eso, se debe clasificar el *lai* entre la poesía narrativa seria, idealizante, del medievo cortesano.

2.3.4. El *fabliau*

Nos encontramos ante un género de la narrativa medieval que relata historias humorísticas, aunque debemos concretar que no todo texto cómico es ya *fabliau*[48]. Su finalidad es la de entretener al público y se le considera una evolución de *lai* paródico. Se encuentra escrito en verso octosílabo con rima en los pares. En su temática siempre predomina el amor y gran parte de los hechos que narra están tomados de la sociedad del momento, centrándose de forma especial en las fuertes diferencias existentes entre los diversos estamentos so-

---

[47] Frappier, 1961, pp. 23 y ss.

[48] Joseph Bédier considera que se escribieron *fabliau* entre 1159 (el *fabliau* de *Richeut*) y 1340 (coincidiendo con la muerte de Jean de Condé, considerado como el último poeta de *fabliau*). En el arranque de esta línea evolutiva del *fabliau* nos encontramos con el poeta Jean Bodel; en la época de mayor florecimiento hay que mencionar a Rutebeuf y Gautier de Leu y, al final, a Juan de Condé. *Cfr.* Bédier, 1925; Nykrog, 1973; y Rychner, 1960, 2 t.

ciales. Tiende hacia lo escabroso, hacia historias eróticas en las que abunda la seducción, los triángulos amorosos, la infidelidad, etc., con ello lo que pretende es hacer reír al público receptor. También parodia temas estilísticos[49]. Pese a ello, su origen no es necesariamente ni cortesano ni plebeyo, ya que en él se unen historias de ambas vertientes.

Generalmente estas narraciones presentan una estructura muy acorde con la comicidad que persiguen. El protagonista (la mayoría de las veces, la mujer infiel) acaba en conflicto con el antagonista (casi siempre el marido), dando lugar a una situación en la que este último se impone; pero gracias a un giro repentino fruto de la astucia, triunfa la esposa[50]. Sin embargo, conviene precisar que este esquema no es exclusivo del *fabliau*, sino que aparece con anterioridad en gran número de *exempla* y más tarde en la *novella*. El *fabliau* juega con la casualidad para dar lugar a situaciones propicias. Carece de fórmulas fijas en su inicio y en su conclusión, pero pese a ello resulta relativamente fácil diferenciarlo de otras historias.

Siguiendo la evolución típica de la literatura narrativa del medievo, paulatinamente el *fabliau* va mostrando una tendencia hacia lo ejemplar. Pero esto no hay que interpretarlo en el sentido estricto de la palabra, es decir, no se deben tomar en serio todas las enseñanzas recogidas en este género literario. Se trata, la mayoría de las veces, de un artificio narrativo para que con la utilización de una moraleja se

---

[49] Este tipo de parodia es la que queda plasmada de forma especial en el *fabliau* que lleva por título: *De la Demoiselle que ne pouvait ouir de foutre*. «Como la historia cuenta, una muchacha no podía oír hablar de 'foutre'. Un hombre juega a hacerse el casto y vergonzoso, y de tal modo la engatusa que termina acostándose con ella. Durante la noche, los dos se explican su anatomía con expresiones de las aventuras bretonas conocidas por los romances caballerescos y 'lais', hablando de la fuente custodiada y del potro con su acompañante. La muchacha lo invita a dar de beber a su potro en la fuente de ella, lo que se realiza con toda satisfacción.» Krömer, 1973, p. 70.

[50] «Un burgués observa que un forastero, amante de su mujer, está en el dormitorio con ella. Le dice a su mujer que lo sujete mientras va a buscar la luz. La mujer le deja escapar. Perseguida por el marido que la descubre, ella consigue que una amiga suya ocupe su sitio en el lecho conyugal. El hombre maltrata a esta amiga y le corta el pelo. La esposa, enseñándole su cabello entero, demuestra a su marido que sin duda ha soñado todo lo que pasó durante la noche.» Krömer, 1973, p. 72.

ponga fin a una narración. El *fabliau* a lo largo de su historia conserva la tendencia hacia lo grosero, habilidoso, erótico, obsceno, llegando incluso hasta la crudeza.

2.3.5. El mito

Carlos García Gual considera por mito un «relato tradicional que cuenta la actuación memorable de unos personajes extraordinarios en un tiempo prestigioso y lejano»[51]. Con ello se pone de manifiesto que nos encontramos ante una secuencia narrativa al referir, más que una sucesión de símbolos, unos hechos situados en un pasado remoto. Además es un género tradicional, es decir, algo que se cuenta y se repite desde antaño, que llega del pasado como una herencia narrativa y es propiedad comunitaria, un recuerdo colectivo y no personal.

El mito tiene la forma interior de una pregunta y de una respuesta; el hombre pregunta y el universo responde. Es decir, trata de temas fundamentales en la concepción de la vida y del mundo, como el de los orígenes del cosmos, el hallazgo de las artes, los cambios de la vegetación, la necesidad de la muerte[52]; por lo que viene a satisfacer, no solo el deseo de conocimiento, sino también potencia la irrealidad. «En cuanto uno se abandona a la fantasía las imágenes se prolongan unas en otras, y acaban por ser racionalizadas en un mito»[53]. Por su parte, los cuentos son en esencia imaginativos, carecen de cualquier contenido ontológico y una de sus finalidades es la de entretener al oyente, sin que reclamen en ningún momento su credulidad.

---

[51] García Gual, 1996, p. 13.

[52] Aunque el mito se cuenta con el propósito de ser creído, conviene señalar que existen claras diferencias entre mito y creencia religiosa. A este respecto Alexander H. Krappe afirma que los mitos y los sistema mitológicos más complejos surgen en religiones o culturas como las de la Grecia antigua o de la Escandinavia pre-cristiana, que carecen de dogmas o de un cuadro rígido de creencias. Es decir, los mitos ilustran la religión sin ocupar un lugar de prominencia en ella. Por lo mismo, en el momento en que se impone otra religión a un pueblo, los mitos originales generalmente no perduran. *Cfr.* Krappe, 1964, p. 318.

[53] Anderson Imbert, 1996, p. 252.

La distinción resulta más clara en la teoría abstracta que en su apli-
cación concreta. Los mitos se refieren a un pasado lejano[54], mientras
que el cuento se fija en un tiempo indeterminado y en un espacio
generalmente sin relación con la geografía real. Los personajes de los
cuentos no tienen una caracterización propia, sino que se ajustan a su
función de protagonistas de la trama, mientras que los héroes de los
mitos tienen nombres y familias definidos y fijos[55].

Otros dos rasgos del mito son su carácter dramático y su valor
ejemplar. Como indica Ernst Cassirer, «el mundo del mito es un mundo dramático, un mundo de acciones, de fuerzas, de poderes en conflicto»[56]. El modo narrativo que caracteriza a este tipo de relatos está
fundamentado en la dramaticidad, es decir, en la acción —dráma, eti-
mológicamente significa eso—. El mito se reconoce por un estilo propio de narración dramática. Sin embargo, el rasgo que más lo diferencia del cuento es su carácter ejemplar; con ello no nos referimos
a una ejemplaridad moral, como en el caso de los *exempla*, sino a algo
más amplio y tal vez poco precisado por este adjetivo. En la narración
mítica la comunidad ve algo que merece ser recordado como ilustra-
ción de sus costumbres, como explicación del mundo, como algo que
da un sentido a ciertas ceremonias. El mito tiene una función social
que no hay que olvidar. En eso aventaja al cuento que, según James
George Frazer[57], sirve solo para entretenimiento de los oyentes[58].

Pese a todo esto, debemos aclarar que muchos de los cuentos que
se incluyen en nuestro *corpus* de estudio originariamente proceden de
mitos que han abandonado su significado ontológico, para transformar sus motivos en elementos meramente formales, perdiendo por lo
tanto su intención edificante, tal y como ocurre en:

> Cambise Re de Persi, come racconta Herodoto, si sogno di uedere
> Smerde suo fratello, che sedeua nel seggio Reale, et che col capo toccaua
> le stelle: perloche essendo posto in dubbio, che il fratello non lo priuas-

[54] *Cfr.* Bascom, 1954, p. 4
[55] *Cfr.* Chase, 1969, pp. 75 y ss.
[56] Cassirer, 1958.
[57] Frazer, 1997.
[58] Esto mismo es lo que quiere destacar W. Burkert cuando afirma que «myth
is a traditional tale with secondary, partial reference to something of collective
importance». Burkert, 1979, p. 23.

se della Corona, mando Pressaspe ad amazzarlo, ma nulla fece, percioche un'altro Smerde Mago, il quale si fingeua figliouolo di Cyro, gl'accupo il Regno, et Cambise nel montar a cauallo ferito da un coltello nel fianco, malamente se ne mori[59].

2.3.6. El milagro

Por su finalidad, el milagro se asemeja mucho al *exemplum* ya que pretende adoctrinar, pero como narración goza de su propia independencia al no aparecer necesariamente inserto dentro de un discurso. Su contenido tiene un alcance reducido: las admirables acciones salvadoras realizadas por un santo. Es una de las manifestaciones literarias más cultivadas durante la Edad Media[60] e influye clara y notoriamente en la literatura posterior[61]. Dispone de una serie de rasgos que lo individualizan y diferencian con respecto al resto de las narraciones cortas: temática específica, determinado desarrollo argumental, presentación muy singular de los personajes, etc.

Las colecciones de cuentos medievales constan de dos elementos complementarios: el contenido doctrinal y los ejemplos narrativos que los ilustran; estos ejemplos se presentan como materia ficticia, incluso tienen como protagonistas a animales parlantes; el receptor medieval está convencido de que es una ficción bajo la que se descubre una enseñanza. Por el contrario, el milagro se muestra como un hecho real pese a los más increíbles elementos sobrenaturales que recoge; tan alejado de lo cotidiano está el animal parlante como las intervenciones

---

[59] Cigogna, *Del palagio de gl'incanti et delle gran meraviglie de gli spiriti, et di tutta la natura loro*, L. II, fol. 117.

[60] «La literatura latina de este género empieza con los milagros en prosa (del siglo XI). Desde comienzos del XI, tenemos milagros en verso latino. Del XIII al XIV, vuelve la redacción en prosa. La literatura del milagro en lengua vulgar irrumpe en la segunda mitad del siglo XII con historias en verso. El primer nombre conocido de un narrador de milagros es el anglonormando Adgar (hacia 1165-1170 y 1175-1180). El punto culminante de este género lo constituyen los milagos en verso de Gautier de Coinci (tercera década del siglo XIII). En España destaca Gonzalo de Berceo (hacia 1195-1264). El primer libro de milagros italianos es, probablemente, el *Libro dei cinquanta miracoli della Vergine*, redactado en prosa». Krömer, 1973, p. 42.

[61] *Cfr.* Menéndez Pelayo, 1961.

sobrenaturales: resurrecciones, apariciones de santos o diablos, calaveras que hablan, tentaciones demoniacas, niños salvados de las llamas, etc., pero la fe cristiana da lugar a que estos relatos se acepten como posibles en la vida cotidiana y a que sus personajes prodigiosos coexistan con los seres humanos. Los protagonistas de los milagros no se sorprenden ante la más insólita aparición, limitándose a dar gracias a Dios por lo sucedido y, por extensión, tampoco deben hacerlo los receptores que viven sumidos en una sociedad bastante crédula.

Esta forma de narración breve presenta una estructura definida. En los milagros nos encontramos con un problema que una persona tiene que resolver y, en sentido más estricto, otras historias con una situación difícil. Generalmente el milagro comienza enmarcando el suceso espacio-temporalmente. Al especificar el lugar y el año concretos, se consigue dar veracidad al relato, fomentando con ello la credulidad de los receptores. Posteriormente se describen las virtudes que caracterizan al protagonista de la narración, haciendo hincapié en la ejemplaridad de las mismas. Al mostrarnos el comportamiento y los rasgos modélicos que definen la personalidad del santo, se justifica el fenómeno prodigioso que luego se nos presenta, ya que en la Edad Media y en los siglos posteriores se cree que una virtud ejemplar, practicada por un hombre o una mujer, es confirmada desde el cielo mediante un milagro.

Tras la caracterización del protagonista, se produce un suceso que rompe la armonía inicial y que es promotor de un acontecimiento extraordinario, tal como ocurre cuando León «el Isáurico», sobrecogido por el esplendor de los milagros realizados por las reliquias de Santa Eufemia, las arroja al mar. Estas son recogidas por unos marineros, a los que se les aparece en sueños la mártir para que entierren sus huesos en dicho lugar:

> Admiratione dignissimum est quod narrat Constantinus Episcopus, oculatus testis, de translatione reliquiarum Sanctae Euphemiae Martyris, praestrictum splendore miraculorum Leonem Isauricum clam sustulisse Martyris reliquias, et, earum loco ossa arida imposuisse; veras autem reliquias cum loculo in maris undas proiecisse. Incidere nautae quidam in loculum rei ignari, et putantes thesaurum aliquem, in eo repositum, suscepere, et aperuere, et mirifice, qui inde exhalabat, odore perfusi, cognovere sacras esse reliquias, cumque haeterent ignari cuiusnam forent, eadem nocte videre lumina et cereos, virosque mire candicantes, Deumque laudantes. Cumque appulissent Leuinum, et somno se dedissent, viderunt

in quiete Glyceriam Martyrem occurrere Euphemiae virgini, amplecti illam, et exosculari, et aduentum gratulari ex eo cognouerunt, cuius essent illae reliquiae. Ter inde soluentes ter ventis reflantibus eodem reiecti sunt. Denique Euphemia adstitit illis in somnis, et quae foret edocuit, ac se ibi velle subsistere edixit, ex quo fuerat ab impio Leone in mare proiecta[62].

La materialización del milagro constituye el clímax o punto álgido en la narración. Supone el triunfo de la fe católica, de Jesucristo, de la Virgen, en definitiva, del bien frente al demonio que tienta siempre hacia un comportamiento erróneo, encauzado a la condenación del alma. Con ello, a parte del fin eminentemente didáctico que pretende, se busca crear un modelo de conducta, una forma de comportamiento entre los cristianos. La fe o el miedo al castigo eterno es lo que hace creíble que la Virgen librara de las llamas a un niño judío que había caído en un horno[63], o que Santiago apóstol se apareciera al rey de España, don Ramiro, para ayudarlo en la lucha contra los sarracenos[64], o que treinta vírgenes superen las tentaciones del diablo gracias a su fe[65].

El argumento de estos relatos se encuentra muy condicionado por el tema, disponiendo por ello de un desarrollo característico. La acción es previsible si se tiene presente su trayectoria dentro del género (así por ejemplo, no es lógico que un difunto resucite a no ser que se produzca una intervención divina). Hay una salvación inesperada que sirve para destacar el poder de los santos por medio de la realización de fenómenos extraordinarios, los milagros.

Estos relatos suelen disponer, como hemos visto, de una estructura tripartita: se detallan las líneas de conducta del protagonista, destacando su piedad; se origina una trasgresión que rompe con la situación inicial, es un hecho que sucede necesariamente para que el milagro tenga su fundamento; y por último, se produce el triunfo del bien representado por la figura del santo, del mismo Jesucristo o de la Virgen, que da lugar a la salvación eterna de algún devoto.

---

[62] Río, *Disquisitionum magicarum libri VI*, L. II, Q. XXVI, p. 120.
[63] *Ibídem*, L. II, Q. XXVI, p. 119.
[64] *Ibídem*, L. II, Q. XXVI, p. 120.
[65] *Ibídem*, L. IV, C. I, Q. III, S. V, p. 230.

En cuanto a la tipología de los personajes está polarizada por el género específico donde aparece: sus rasgos individualizadores están presididos por su devoción o su impiedad, por su conducta en el plano religioso, no en el plano moral. No son personajes libres, sino prototipos constituidos en torno a una sola idea o cualidad, carentes de profundidad psicológica, lo que ocasiona que permanezcan inalterables en la mente del lector.

En definitiva, el milagro queda marcado por su contenido y su finalidad puramente doctrinal, que insta a una enseñanza religiosa. Según Wolfram Krömer, «lo ejemplar no es la conducta del individuo, sino que la conducta es ejemplo que justifica la esperanza cristiana de salvación»[66].

2.3.7. La novela

Bajo el término *novela* se acoge una gran diversidad de obras que pueden reunirse, por el tema o por las formas, en grupos cuyos elementos comunes son escasos, tanto es así que al hacer un examen general de ellos, da la impresión de que el nexo de unión sea la prosa. Estamos por lo tanto ante una de las manifestaciones más complejas y amorfas de la literatura[67], lo que dificulta formular una definición clara y completa de este género. No obstante, si ahondamos en su descripción, descubrimos que cualquier texto clasificado bajo esta denominación se caracteriza por disponer de un discurso en prosa polifónico, por contar con un narrador que organiza no solo la historia en un argumento, sino también sus voces, a la vez que sirve de centro para las relaciones y las referencias textuales. Además, las novelas están construidas a partir del correcto entramado entre: los personajes, las acciones (situaciones humanas) y el cronotopo (tiempo y espacio)[68].

---

[66] Krömer, 1973, p. 44.

[67] *Cfr.* Muir, 1967.

[68] *Cfr.* Baquero Goyanes, 1993; Blasco Pascual, 1998; Bobes Naves, 1998; Bourneuf, 1983; Delgado León, 1973; Durán, 1976, pp. 55-91; Forster, 1983; Fradejas Lebrero, 1985, 2 t.; Hurtado Torres, 1983; Menéndez Pelayo, 1961; Palomo, 1976; Prieto, 1975; y Tacca, 1975.

Sobre su origen, desde un punto de vista etimológico la voz *novela* procede del italiano *novella*[69]. En el caso concreto de España se creía que había sido importada por el traductor del *Decamerón* de Boccaccio, pero hay textos más antiguos donde ya aparece[70]. La utilización que Cervantes hace de este término conviene recordar que no coincide exactamente con lo que en la actualidad designamos como *novela*. Según Javier Blasco Pascual, es un género nuevo nacido para demostrar si son factibles o no las teorías esbozadas por los preceptistas en relación con la narración en prosa.

> Cervantes [...] hace confluir en su discurso todas las propuestas de su época. Las superpone, las somete a crítica, obteniendo como resultado, una narración que puede leerse, a la vez, como cómica epopeya y como parodia del relato histórico. Si esto es así, el *Quijote* surge de los esfuerzos que hace un narrador por dar solución, desde la práctica de la escritura, al dilema teórico (la problemática relación entre la verdad universal

[69] En italiano *novella* es un diminutivo formado a partir del latín *nova* y significa 'novedad', 'pequeña historia', 'noticia de un suceso más o menos reciente'. *Cfr.* Borsellino, 1985, p. 1128.

[70] «El Marqués de Santillana empleó ya [...] la voz *novella* en la estrofa XLIV de su *Comedieta de Ponza*, en un pasaje al que, bien interpretado, cabe dar a esta significación literaria: "Fablavan novellas, e contaban cuentos" (*Obras*, edic. de J. Amador de los Ríos, Madrid, 1852, p. 115). Luego Nebrija en su *Vocabulario español latino... ¿Salamanca, 1495?* (Sign. K-I), registra las voces *Novela o conseja para contar. Novelas, contar (fabulor, aris)*, y *Novelero, contador de novelas, Fabulator*. Viene después otra cita de la voz *novela* en los *Inventarios reales* de 1503 (*vid.* J. Ferrandis: *Datos documentales para la Historia del Arte español, III,* Madrid, 1943, pp. 153 y 158), con la clara acepción moderna literaria: a la que sigue el *Cancionero General de Hernando del Castillo*, Madrid, 1878 (tomo II-18, edic. Bibliófilos Españoles), con el empleo de la voz *novela*, equivalente a *patraña, embuste, cosa dudosa o inverosímil*, acepción que conservará todavía durante bastantes años del siglo XVI, con Fernández de Oviedo en su *Historia general y natural de las Indias...* Sevilla, 1553 (tomo I, p. 13 de la edición académica de Madrid, J. Rodríguez, 1851-1855), Timoneda en su *Patrañuelo...* Valencia, 1566, y Garcilaso en sus *Comentarios reales*, para llegar hasta el XVII con Vicente Espinel en sus *Relaciones del Escudero Marcos de Obregón*, Madrid, 1618, prólogo (fol. VII de sus Preliminares). Cervantes a su vez empleó también la voz *novela* en la acepción de obra de entretenimiento, no breve, sino extensa, como el *roman* francés. [...] Al incorporarse la palabra italiana *novella* a nuestro lenguaje castellano en el siglo XV, tuvo en un principio dos formas morfológicas vacilantes, pues tan pronto se escribía *novella* como *novela*.» Amezúa y Mayo, 1982, t. 1, p. 351.

de la poesía y la verdad concreta de la historia) más grave que la crítica de su tiempo tenía planteado, así como a la necesidad de hallar acomodo, entre una y otra (poesía e historia), a un género más acorde con los gustos y exigencias del lector moderno[71].

Cervantes cae en la cuenta de que la historia enseña sin deleitar, mientras que la ficción plasmada en los libros de caballerías deleita sin enseñar. Reconoce que el discurso que mejor puede suplir las necesidades narrativas de su momento histórico es aquel en el que se enseñe deleitando, es decir, que instruya como la historia y que agrade como la ficción. Este tipo de narración es la que lleva a su consecución en el *Quijote* donde, por un lado, respeta la verosimilitud exigida por la preceptiva aristotélica y, por otro, refleja su experiencia de lector y de escritor. Frente a la teoría verbalizada por los personajes opone la realidad literaria de la época, dando lugar por lo tanto a una metanovela, «la novela que trata de cómo se escribe una novela», pero también, «la novela que trata de cómo se lee una novela»[72].

Históricamente este género se vincula con la epopeya[73]. Autores como Luckács[74], Kristeva[75], Bajtín[76], entre otros, consideran que dicho nexo de unión se produce con respecto a la forma, la novela cambia el verso por la prosa y no introduce en un principio alteraciones en el contenido relatado. Pero destacan cambios sensibles en el tratamiento del tiempo, en la concepción y presentación de los personajes, en la ideología y en la visión del mundo que sirve de marco de referencia

---

[71] Blasco Pascual, 1998, p. 69.

[72] *Ibídem*, p. 85.

[73] «Como precedente de las novelas [...], considera Bajtín que hay ya en la época clásica "embriones" de prosa bivocal y bilingüe que, si bien no pueden considerarse novelas, son el origen de su material y su técnica: sátiras, formas autobiográficas o biográficas, etc., que dieron lugar de inmediato a modelos simplificados de novela como la *Novela del asno*, la del pseudo Luciano y la de Apuleyo, y el *Satiricón*, de Petronio. [...] A una línea estilística diferente pertenecen las llamadas "novelas sofísticas", como la de Aquiles Tacio, *Leucipo y Clitofonte*, que son novelas convencionales detrás de las cuales no hay un sistema ideológico único, importante y sólido, de tipo religioso, político-social, filosófico, ni hay tampoco unidad de estilo.» Bobes Naves, 1998, p. 79.

[74] Lukács, 1963.

[75] Kristeva, 1974.

[76] Bajtín, 1989.

y que explica las formas de narración. Por ello tenemos que los rasgos generales que caracterizan a la novela moderna en oposición a los de la epopeya son: temática reducida a la de un mundo visto de forma parcial, individualizado; la elección de temas de la vida cotidiana; la temporalidad situada en el presente y con ambiente contemporáneo; la presencia de personajes sin grandeza, que viven problemas semejantes a los que pueda tener cualquiera de los lectores y a los que se somete a pruebas necesarias para mostrar el sistema de valores que se constituye como eje de su conducta; la carencia de toda trascendencia religiosa.

Francisco Ayala[77], por su parte, explica estos cambios a partir de la disposición de las categorías narrativas que se dan en el paso de la epopeya a la novela, basándose para ello en una visión diferente del mundo, la medieval y la renacentista, que da sentido a los poemas épicos y a las novelas respectivamente. «La mayor parte de los teóricos e historiadores de la literatura están de acuerdo en que la aparición de la novela se produce en el paso de la Edad Media al Renacimiento, con el florecimiento de las ciudades y con el cambio de vida que supone para el hombre urbano pasar de una sociedad gremial a una sociedad industrial»[78]. Según Ayala, el hombre renacentista necesita contestar a una serie de preguntas sobre su existencia a las que la cultura medieval respondía por medio de la fe. Esas explicaciones nuevas se concretan en modelos de vida y de conducta a través de las historias que presentan las novelas, vividas por unos personajes que también actúan como modelos humanos.

Frente a estas tesis que vinculan la novela con la épica y que explican el cambio a partir de una evolución social o formal, otras teorías relacionan la novela con el cuento. Ambos géneros literarios se diferencian por rasgos que van mucho más allá de la mera extensión textual. El cuento se centra más en la acción, en instantes precisos de vida, mientras que la novela construida por la unión de varios cuentos, utiliza como elemento coordinador la trayectoria del aprendizaje de una persona: el protagonista. De este modo, la narración novelesca no es la suma de distintas cuestiones, sino la articulación de todas en una lectura común encauzada hacia un sentido final. Es cierto que

---

[77] Ayala, 1971.
[78] Bobes Naves, 1998, p. 62.

desde el punto de vista cultural la novela se inicia en España con la *Celestina*[79], pero formalmente nace con el *Lazarillo*, obra que reúne varios cuentos tradicionales mediante la técnica *d'enfilage*: el hilo conductor es la vida de un personaje, Lázaro de Tormes. Esta técnica se toma, según algunos críticos[80], de las formas de otros discursos, de manera especial el judicial, que se adaptan a la expresión literaria.

Se podría hablar en el *Lazarillo* —como en cualquier obra que se proponga demostrar una tesis o enseñar—, de cierto carácter deliberativo: persuadir de la influencia de la fortuna y de la educación en la conducta del individuo, aunque el autor, a diferencia del orador político, no persiga arrancar una decisión concreta y práctica en el lector. Si enfocamos la novela desde el ángulo retórico, esta se convierte en un pliego de descargos, una *narratio* de defensa del caso en la que se observan escrupulosamente los principales preceptos[81].

En el paso del cuento a la novela, la importancia del *Lazarillo* no reside del todo en la estructura de la obra, sino en el fin pragmático que persigue, intentando dar respuesta a las preguntas sobre distintas conductas del hombre, sobre algunas situaciones que pueden parecer extrañas, sobre diversas cuestiones acerca de la naturaleza humana. Lázaro, al final de su vida, es un cínico que enfoca su existencia de acuerdo con lo que ha captado a lo largo de sus fortunas y adversidades, tal como él mismo explica en el prólogo. La novela puede ser ejemplo positivo o negativo de cómo se aprende a vivir mediante la experiencia en fases.

Desde su nacimiento la novela es la depositaria de los conflictos del hombre. La abundancia de códigos, de normas y de esquemas constituye un laberinto de ideas donde el lector del relato está obligado a buscar su norte:

> [...] las preguntas, las dudas, los planteamientos inconclusos abundan y se multiplican en la mente del lector de la obra cervantina, mientras que las preguntas escasean o quedan largo tiempo aplazadas. Bien claro está que el ademán interrogativo del lector refleja el de los personajes de un libro cuya contextura envuelve tanto diálogo, tanto signo enigmático, tanto proceso abierto de conocimiento [...]. El autor sitúa en el centro

---

[79] *Cfr.* Guillén, 1988.
[80] *Cfr.* Rico, 1988b; y Artaza, 1989.
[81] Artaza, 1989, p. 279-281.

de la acción no tanto unas realidades como el esfuerzo de unos hombres para descifrarlas. Lo que sucede es ese intento de averiguación, ese afán de unos hombres por conocerse y aprenderse los unos a los otros[82].

Una perspectiva nueva sobre el origen de la novela nos la da Mijail Bajtín. Para él este género queda definido por su plurilingüismo o dialogismo, rasgo del discurso que quedó perfectamente implantado por Miguel de Cervantes. La novela moderna nace y se desarrolla en un proceso de interacción lingüística libre sobre obras y sobre lenguajes diversos: «la palabra ennoblecida en relación con el plurilingüismo aparece en *Don Quijote* en los diálogos novelescos con Sancho y otros representantes de la realidad plurilingüe y grosera de la vida»[83].

Resulta peculiar que desde cualquier perspectiva se llegue a la conclusión de que es Cervantes el padre de la novela moderna, tanto si se tiene en cuenta las tesis de Ayala y de Guillén, o si se centra en las teorías culturalistas sobre el antropocentrismo renacentista, la relativización de las opiniones, la forma del discurso y su plurilingüismo, etc., siempre Cervantes está en el inicio.

Sin embargo, al llegar a este punto debemos precisar, con la mayor claridad posible, las diferencias existentes entre la novela y el cuento, géneros literarios que, como hemos visto, están muy vinculados tanto histórica como tradicionalmente. En primer lugar, cometeríamos una gran equivocación al considerar el cuento como una novela reducida, o a la novela como un cuento estirado. «Si de una narración breve sacamos la impresión de que allí hay en potencia una gran novela, es muy probable que estemos ante un mal cuento, ante una novela frustrada»[84]. Todo escritor, si es bueno, sabe captar la adecuación entre el tema que se quiere tratar y la forma con la que es mejor expresarlo, de ahí que nunca elegirá un asunto de novela para cuento o viceversa. La emoción estética proporcionada por ambas narraciones es muy diferente. Así, en el cuento, la nota sensible es única y emitida de una sola vez; es por lo tanto indivisible.

De una novela se evocan situaciones, descripciones y ambientes, pero no siempre el argumento. Sin embargo, un cuento se recuerda íntegramente o no se recuerda. En el cuento los tres tiempos —ex-

[82] Guillén, 1988, p. 212.
[83] Bajtín, 1989, p. 199.
[84] Baquero Goyanes, 1993, p. 130.

posición, nudo y desenlace— de las viejas preceptivas están tan juntos que casi son uno solo. Ha de atrapar la atención del lector desde las primeras líneas. Una mejor diferenciación de la novela y del cuento podría hacerse a partir del distinto manejo que en uno y otro género se tiene de elementos aparentemente comunes como: los personajes, los diálogos, las descripciones de paisajes y ambientes, etc. Debemos resaltar el carácter unitario y compacto del cuento, en contraste con el que la novela ofrece, al constar este último de una mayor variedad y matización en los episodios o partes que puedan componerla. La novela se caracteriza por su morosidad, por la relativa independencia de sus partes, dada por la variedad de episodios y de personajes. Siguiendo la opinión de Henry Mérimée:

> [...] la novela persigue la aventura de que se trata desde sus orígenes a sus últimas consecuencias, es, en muchos aspectos, una «crónica», es decir, un relato cronológico cuyo plano se modela sobre el orden mismo de los acontecimientos y cuya exactitud no admite omisiones ni reducciones. El cuento y la novela corta buscan sus temas entre aquellos cuyas crisis, por su rapidez, exigen la brevedad; simplifican, condensan, proceden por omisión más bien que por desarrollo, proyectan su luz sobre algunas circunstancias de una situación, no constituyen ningún gran cuadro, sino una miniatura exactamente dibujada[85].

2.4. TEMÁTICA

Como era de esperar, el contenido de estos cuentos gira en torno a cualquier manifestación relacionada con la magia. En un *corpus* tan amplio como el recopilado para realizar este estudio (más de dos mil quinientos relatos que irán apareciendo catalogados en publicaciones futuras), tiene cabida un universo donde la realidad y el ensueño se entremezclan con la naturalidad, la evidencia y la brillantez que solo una época como esta podría revelar. Los matices temáticos se diversifican hasta llegar a describir el más mínimo detalle; de ahí que los tres núcleos generales en los que hemos clasificado los tratados (magia, demonología y brujería) den lugar a una variedad de materias casi inabarcable. Las supersticiones, los encantamientos, las hechicerías, los

---

[85] *Ibídem*, pp. 131-132.

aquelarres, los oráculos, los sueños premonitorios, las apariciones espec-
trales, los conjuros, los filtros, los milagros, las metamorfosis, el vampirismo, las estatuas mágicas, las calaveras parlantes, los antídotos, los tormentos, los remedios, los poderes demoniacos, la locura, la melancolía,
el amor, la lujuria, la muerte, entre otros, son los temas centrales de muchos de los cuentos que engarzados suponen una explosión de creencias, de mentalidades y de formas de vida que enriquecen unos tratados, ya de por sí bastante densos. De entre tal variedad de temas, hemos
optado por abstraer los cuatro que subyacen en la mayor parte de los
relatos: la misoginia, la herejía, el pacto con el diablo y la sexualidad.

2.4.1. La misoginia

Algunos relatos de fuente medieval reproducen el tema de la misoginia[86] con tópicos que funcionan en detrimento de la mujer[87]. En
un extenso número de ellos se recoge el cambio de sexo que algunas
de ellas experimentan. Esta creencia está basada en la llamada teoría
de los humores, que es muy difundida y conocida desde la baja Edad
Media al Barroco[88]. Según esta creencia,

> [...] se advertía que la mujer era fría y húmeda mientras que el hom-
> bre, caliente y seco. El calor corporal del varón es lo que motiva su co-

---

[86] La misoginia es uno de los contenidos más frecuentes en la literatura medieval. Esto se debe a que a partir del siglo XIII se produce una tendencia general a degradar la imagen de la mujer tras el idealismo del amor cortés. Las compilaciones de la época reiteran argumentos de orden filosófico ('la hembra como
macho estropeado', de origen aristotélico y de gran difusión medieval), naturalista (la composición humoral de la mujer la hace más propensa a la lujuria), eti-
mológicos (para san Isidoro, *mulier* deriva de *mollities*) y, por supuesto, eclesiásticos (como los libros sapienciales, las recreaciones y comentarios del *Génesis*, la
diatriba de san Jerónimo, etc.) que insisten en la debilidad natural de la mujer y
su irrefrenable tendencia hacia el pecado. En síntesis, los libros de cuentos y sentencias no hacen más que ofrecer un correlato analógico a lo que se refleja y trata de razonarse a su modo en otros muchos textos del siglo XIII. *Cfr.* Lacarra,
1986, 1 t., pp. 339-361.
[87] Sobre la mujer en la Edad Media, véase: Anderson y Zinsser, 2000, t. 1;
Dizelbacher et Bauer, 1993; Duby y Perrot, 2000, t. 2; Garrido, 1997; Martino y
Bruzzese, 1996; Porete, 1995; y Power, 1979.
[88] *Cfr.* Paré, *De monstris et prodigiis.*

raje, liberalidad, fuerza moral y honestidad. Por el contrario, en la mujer, la humedad, proveniente del flujo menstrual, la hace frágil e instintiva, ya que su organismo moral es defectuoso. Es un ser mutilado e imperfecto, al que hay que añadir una fragilidad física y una inestabilidad psicológica. Por ello, es una especie de varón monstruoso; de ahí que no nos ha de extrañar que la naturaleza, en su total tendencia a la perfección, permita la masculinización de ciertas mujeres[89].

Médicos tan prestigiosos como Galeno, Avicena y Paré aportan una serie de razonamientos que justifican el trueque de sexo de mujer a hombre. El cambio fundamental se debe a las transformaciones de ciertos humores innatos al cuerpo femenino, ya que ningún hombre, según ellos, puede convertirse en mujer por la tendencia de la naturaleza a la perfección. Al padre Martín del Río estas teorías que acreditan la transmutación femenina le parecen muy poco acertadas. Al igual que don Miguel de Cervantes[90], las niega y las rebate haciendo una magnífica defensa de la mujer.

> Non procul ab vrbe Beneuentana Hispaniae uxorem cuiusdam rustici fortunae mediae, quae, quod sterilis esset, minus a marito benigue habebatur; pertaesam malae tractationis, quadam nocte aufugisse, sumpto vistitu famuli domestici, sic ornata, virumque mentita, variis in locis opera seruili vitam sustentauit, post aliquod tempus, siue quod calor in ea naturalis tam efficax foret, siue quod imaginatio nata, et confirmata continuo habitu, et ministerio virili eam efficacitatem nacta sit, certe ipsa se in virum mutatam deprehendit, scaeuit ergo quae diu fuerat vxor, agere maritum, foeminam sibi matrimonio copulat, diu res latuit, illo non audente cuiquam rem narrare, donec quidam, ei prius optime notus cernes tam similem esse facie vxori profugae rustici illius, interrogauit, num forte frater esset talis mulieris, huic rem omnem vti contigerat narrauit, sic res in lucem venit[91].

En otros relatos se desarrolla el tópico de la mujer como ser débil, cuya voluntad puede ser dominada con facilidad. Nos la muestran tan sugestiva que, cuando se halla embarazada, cualquier actuación in-

[89] Alonso Palomar, 1994, p. 185.
[90] *Cfr.* Chevalier, 1982, pp. 52-96.
[91] Guaccio, *Compendium maleficarum. Ex quo nefandissima in genus humanum opera venefica, ac ad illa vitanda remedia conspiciuntur*, C. XVII, pp. 108 y 109.

oportuna puede marcar el carácter de la nueva criatura, heredando incluso los miedos maternos.

Nicolao III Pontifice Romae quodam in palatio mulier infantem vrso similem peperit, eo quod (medici iudicarunt) ibidem variis in locis vrsi depicti cernebantur[92].

Conoci a un padre religioso que esta en gloria que, con vna solemne disciplina de açotes, saco los espiritus a vna semejante muger, y le hizo conocer la traycion que trabaua y la causa de su malicia; y era vna causa de las sobredichas[93].

Un caso muy curioso al respecto nos lo proporciona Gaspar Navarro, quien pone de manifiesto la ignorancia y endeblez de la mujer, independientemente de que sea campesina, noble o monja.

Hauia en cierta parte vna donzella que viuia recogida, y muy dada a la oracion, y a la frequencia de los Sacramentos; la qual no deuia tener el confessor muy exercitado en cosas de espiritu, y en encaminar las almas, o si lo tenia, no le comunicaua ella las cosas, ni le descubria los secretos de su espiritu y reuelaciones que tenia, o no queria seguir su consejo: todos estos son caminos para ser vno engañado de Satañas, y perderse.

Se le apareció el demonio, transfigurado en ángel de la luz, quien le persuadió para concebir un hijo que nacería para servicio de Dios en la tierra. La incauta creyó ser la Virgen María y accedió a tener relaciones sexuales con el diablo, fruto de las cuales...

[...] empeço a hechar de ver que le crecia la varriga. Estando desta suerte la cuytada, descubriose a vn ciudadano rico, y honrado de aquella ciudad y contole la historia de su milagrosa preñez, y suplicole se siruiesse, que en vn rincon secreto de su casa pudiesse parir. El prudente ciudadano, aunque no creia la ficcion, ni tenia la reuelacion por buena, con todo, porque si la negaua su casa no fuesse disfamada; y porque no cayesse el caso en bocas de hereges, y se burlassen de la muger, y de nuestra Fe, permitio aguardarse el parto en su casa: llego la hora, y empeço la des-

---

[92] Río, *Disquisitionum magicarum libri VI*, L. I, C. III, Q. III, p. 10.
[93] Castañega, *Tratado de las supersticiones y hechizerias y de la possibilidad y remedio dellas*, p. 69.

uenturada a yr con dolores, no de parto, sino de muerte por parir, al fin
pario, en vez de parir criatura humana, pario vn grande monton de gu-
sanos vellosos, de tan horrible figura, que pasmauan a quien los miraua,
y hechauan de si tan terrible hedor, que no lo podian sufrir: de donde
se colige que por su gran soberuia la engaño el padre de los engaños
Satanas[94].

En definitiva, los relatos tradicionales presentan a la mujer como
un ser endeble, ingenuo, asustadizo y sugestionable, que debido a su
imperfección fisiológica, en algunos casos cambia su sexo al masculi-
no. Del Río la defiende, pero este no puede salir de la tradición en
la que se halla inmerso; de ahí, la fuerte misoginia que se respira en
muchos de los cuentos insertos a lo largo de estos tratados.

2.4.2. La herejía

Desde sus orígenes, la herejía siempre se ha mantenido unida a la
magia[95]. Esta vinculación se hace más estrecha durante la Reforma y
posterior Contrarreforma. Es entonces cuando los protestantes y los
católicos reconocen la fragmentación definitiva y sin vuelta atrás del
cristianismo. Y echan las culpas de tal ruptura al demonio, instigador
de una nueva y perniciosa herejía, la de la brujería. Creen incluso que
los poderes de la bestia se desatan para implantar su reino en este mundo. De ahí se comprende la lucha y la persecución que mantienen
contra cualquier comportamiento que se salga mínimamente de la

---

[94] Navarro, *Tribunal de supersticion ladina*, fols. 29v y 30r.

[95] La relación entre la herejía y la magia la formula ya Tertuliano a propósito de Simón «el mago», de los basilidianos, de los carpocracianos y de los mar-
cionitas. Luego se aplica a los montanistas —la secta del propio Tertuliano—, a
los maniqueos y a los priscilianistas. En la crisis milenaria se replantea el significado de la religión, de la revelación y de la Iglesia. Reflorece el dualismo maniqueo y se instaura la selección de los *puros*: el catarismo, que se propaga por los
pueblos románicos con infiltraciones en los germánicos. Con la misma facilidad
se extiende la idea de deshacerse de ellos mediante una cruzada o guerra santa
sin cuartel, pero también por la investigación inquisitorial, pues según se dice,
practican el disimulo religioso a la manera de los judíos y musulmanes y como
a imitación de estos ejercen la magia demoniaca. *Cfr.* Chaunu, 1975; y Delumeau,
1985.

norma general, como el de Scoto, a quien se le acusa de poseer un libro consagrado y un anillo con un diablo para realizar encantamientos:

Refert quendam Dominicum Mirabellium natione Arpinatem cum nouerca sua Margareta Garnier et aliis complicibus Mantae in Francia captos et lutetiam adductos, una cum libris magicis, quos deferebant Sibyllis magiae praesidibus consecrandos. Dominicum hunc in iudicio confessum, quod quidam eius socius nomine Scottus, qui diu in Francia vixisset, famosus necromanticus, et qui coram vatiis principibus artis suae mira experimenta patrarat, et ex iis non paucos discipulos habuerat, quos nihil rei bonae docuisset; hunc inquam Scottum accessisse et conuenisse Sibyllam illam nobilem, quam in specu Nursino Itali ferunt habitare: retulisse hanc exiguae esse staturae, in sella humili sedere, capillitio soluto et in terram dependente, a qua acceperit librum consecratum, et digito adhaerenti annulo daemonem inclusum, cuius libri et daemonis opera posset transferri ad quemcunque vellet locum, dummodo ventus ei ad eum locum profecturo aduersus non flaret. «Ride lector ventus daemone fortior est? Et quae sequuntur ride mendacia magica». Dixit praeterea, custodes a summo Pontifice locatos, qui summa cura specum custodiunt, ne quis eo possit se conferre, adire et consulere Sibyllam : nec vllos ad eam peruenire posse, exceptis magiae mystis, qui se norint invisibiles praestare idque, quia quando quis cum ea loquitur, sive sit magus, sive non sit, per omnia circumquaque vicina loca horrendae tempestates et fulgura excitantur[96].

En algunos relatos se constata que los santos y la Virgen ayudan a mantener y potenciar la fe cristiana. Por medio de apariciones, sueños, visiones y milagros, exhortan a la conversión de los herejes. Tal es el caso de san Procopio Anacoreta, quien valiéndose de un sueño aconseja la retracción de las ideas arrianas[97]; o el de la Virgen, que salva a un niño judío de las llamas para evitar su condenación[98]; o las apariciones de Santiago apóstol, san Andrés, san Pedro, san Juan, etc., en campos de batalla para ayudar a los cristianos en su defensa de la fe[99].

---

[96] Río, *Disquisitionum magicarum libri VI*, L. II, Q. XXVII, pp. 132-133.
[97] *Ibídem*, L. II, Q. XXVI, p. 116.
[98] *Ibídem*, L. II, Q. XXVI, p. 119.
[99] *Ibídem*, L. II, Q. XXVI, p. 121.

Todo hereje descubierto es conducido a la hoguera. En algunos tribunales inquisitoriales ni siquiera se les permite el arrepentimiento. Pero antes de llegar a tan cruenta muerte tienen que pasar una serie de pruebas, también denominadas 'juicios de Dios', mediante las que se demuestra su culpabilidad o inocencia[100]. En una sociedad tan estamentarizada como la de entonces, tan solo los pobres son quemados, a los nobles se les exculpa de la acusación[101]. Siguiendo este punto, algunos relatos le sirven al padre Martín del Río para poner de manifiesto la rivalidad y enemistad que su Compañía mantiene con los dominicos, como se prueba en el ejemplo siguiente:

> Eodem anno 1509 pridie Kalen. Iunii apud Bernam in Helvetia quatuor sancti Dominici conuentus ibidem fratres, prior, lector, subprior, et custos capti, per torturam examinati, degradati, ad ignem condemnati, miserabiliter sunt combusti, propter quasdam dolosas, falsas, impias et diabolicas machinationes, quas in odium immaculatissimae virginis MARIAE conceptionis occasionaliter excogitarunt. Nam quendam simplicem idiotam superstitiosis quibusdam incantaminibus, diaboli arte dementarunt, ac plurima, tam in sacrosanctae Eucharistiae sacramento, quam sculptis imaginibus tentauerunt; quemadmodum facta eorundem in lucem arte chalcographiae sunt impressa, ideo praesentibus eorundem confessata superfluum duxi.

Tras ser reiteradamente tentados por el diablo y caer en renuncias hacia los preceptos de la Iglesia, son excomulgados por el papa Julio.

> Sic Nicolaus Monachus Hirsaigiensis, haereticos vocans, non quia negarant Beatam Virginem sine originali peccato conceptam sed quia contendebant pertinaciter contrarium fide tenendum et quia magicis prastigiis vsi fuerant et multa contra fidei catholicae synceritatem dixerant, fecerantque[102].

En definitiva, bastantes relatos ponen de manifiesto la dura persecución que se ejerce contra la herejía durante la Edad Moderna. No obstante, en algunas ocasiones bajo la acusación inquisitorial se es-

---

[100] *Ibídem*, L. IV, C. IV, S. III, p. 282.
[101] *Ibídem*, L. IV, C. IV, S. III, p. 283.
[102] *Ibídem*, L. IV, C. I, Q. III, S. IV, p. 228.

conde el deseo de venganza hacia un estamento social marginado, como en el caso del morisco aragonés Román Ramírez[103].

2.4.3. El pacto con el diablo

El pacto con el diablo surge de las ansias del hombre por superar sus propias limitaciones, por llegar a la consecución de sus deseos y, en definitiva, por alcanzar un poder semejante al divino. Durante los Siglos de Oro se considera que el orden natural y el orden maravilloso están separados por una leve cortina, que tan solo Dios y Satanás pueden atravesar. Cuando las imploraciones a Dios parecen ser desoídas, el hombre acude al diablo. Se tiene constancia de que el maligno es una sustancia espiritual e inteligente que no ha perdido la virtud natural cognoscitiva[104]. Su poder, aunque limitado, es tan grande que no hay en la tierra ninguna fuerza semejante: puede penetrar en el pensamiento, inclinar la voluntad, fascinar la imaginación, etc. Con él, el orden sobrenatural está al alcance del hombre; para ello es suficiente con que este entre en contacto con el demonio, estableciendo un pacto que generalmente conlleva la venta del alma.

> Girolamo Cardano nel suo libro, dou'egli tratta de i demonii, riferisce, che Facio suo padre grandissimo incantatore trattenne uno spirito legato con congiurationi per lo spacio d'anni trenta, del quale egli si seruiua a suo piacere: et che da quello spirito, et d'altri suoi compagni fù pienamente informato della natura loro, et in particolare, che essi fossero mortali, se ben di uita assai piu lunga, che l'huomo. Dice, che un giorno egli uscito di casa, dopo l'hauer fatto le solite congiurationi, che fù alli 13. de agosto 1491, nell'hora uigasima del giorno, gl'apparsero, secondo che erano soliti, sette huomini uestiti di seta, con cappe alla greca, con calcie rosse, con camiscie, et giupponi, o sagli resplendenti di colore cremisino, et di statura alquanto piu grandi, piu uiuaci, et piu venerandi della commune statura de gl'huomini.

Y que dos de ellos, los que más nobles parecían, iban precedidos por un hombre cuyo rostro aparentaba cuarenta años. Al ser interro-

---

[103] *Cfr.* Caro Baroja, 1992, t. 1, pp. 339-358.
[104] *Cfr.* Aquino, *Summa theologica*, Q. 1963.

gado el mago, este respondió que eran hombres del aire cuya vida es
más larga que la de los terrestres.

> Di piu affermorono, che essi tanto piu erano beati di noi, et piu mise-
> ri, quanto noi siamo piu beati, o meseri de gl'animali brutti: in oltre, che a
> loro cosa alcuna non era occulta, percioche sapeuano doue erano le ric-
> chezze i thesori, i libri, et ogn'altra cosa nascosa, ma che pero non lo po-
> teuano riuelar a gl'huomini per legge inuiolabile, che haueuano fatta tra di
> loro, et che i genii de gl'huomini piu segnati, et piu famosi del mondo era-
> no a loro in guisa delli piu uili seruidi di staldo di corpo sottilissimo, e te-
> nue non poteuano dar ne molto giouamento, ne molto oncommodo alla
> uita humana, eccetto che con uisioni, prestigii, larue, e spauenti, et di piu ne
> poteuano giouare con la scienza, essento essi molto dotti[105].

A cambio de establecer un pacto sanguíneo con Satanás, el hombre es capaz de realizar fenómenos que se escapan de la limitación
que la condición humana dicta. Así, por ejemplo, Magdalena de la
Cruz puede arreglar piezas de cristal rotas, disponer de rosas en in-
vierno y nieve en primavera, abrir puertas, etc.

> Semejantes cosas hazia Magdalena de la Cruz en Cordoua, como las re-
> fiere Torreblanca, lib. 2. de 3 *Mag. operatrice*, cap. 10.num.34. La qual era te-
> nida por santa, y todo lo que hazia era con pacto del demonio; pues los va-
> sos rompidos los restituya en buenos, y sanos; en el aprieto del inuierno tenia
> rosas, y nieue en el gran calor del verano. Y lo que mas admira, que quan-
> do lleuauan el Santissimo Sacramento a algun enfermo, se abrian las puer-
> tas del monasterio en dos partes para verlo, y adorarlo: y luego se boluian a
> vnir en auerlo visto, y adorado, como antes estauan. Las quales cosas no solo
> se pueden hazer por ilusion, y hechizeria, sino por el gran poder que tiene
> el demonio. Y assi con su mouimiento veloz traia de otras partes templadas,
> como las Indias, rosas en inuierno, y el mismo demonio habria las paredes,
> y entre tanto que passaua el SS Sacramento las tenia, y sustentaua, y despues
> con mucha velocidad las bolbuia a vnir con el poder grande que tiene so-
> bre las cosas corporales, como lo enseña Martin del Rio, lib. 2. *Mag.* quaest.
> 17. Y esta desuenturada muy amenudo tenia raptos, y era que el demonio
> se apoderaua de todos sus sentidos, y le hablaua cosas secretas al coraçon.
> Viendo todo esto las gentes la tenian por santa[106].

---

[105] Cigogna, *Del palagio de gl'incanti*, L. II, fols. 107 y 108.
[106] Navarro, *Tribunal de supersticion ladina*, Disp. IV, fols. 12r y v.

El fruto perseguido puede ser la posesión de alguna mujer, como es el caso de Guillermo Edelino, doctor en teología y prior de san Germán de la Haya. Este hombre se pone en manos del demonio, al estar enamorado de una dama ilustre y no poder disfrutar fácilmente de su compañía[107]. Otro tipo de pacto es el que hizo un viajero deseoso de tener noticias de su familia. Para ello invoca a Satanás. Este le arrebata su alma dejando su cuerpo como sin vida. Cuando el viajero vuelve en sí, responde a las preguntas que sobre su casa le hace la gente. Otro de los anhelos más requeridos es el de disponer de la eterna juventud, como en:

> Anno 1531. Tarenti fuisse centenarium senem capularem, qui pilis, cute, vnguibus et situ atque squallore aetatis decidentibus, et in melioris aetatis omnia mutatis, de sene iuuenis prodierit, et quinquaginta post annis superuixerit. In Castellae quoque Rioia alteri cuidam viro similem obigisse sortem, idque vulgi fama notissimum fuisse, et ab Ammira Castellae sedulo exploratum. Monuedrum regni Valentini oppidum est (olim Saguntus) hic se viuo scribit Valescus Tarentasius, fuisse monialium Abbatissam, cui iam silicernio, subito menstruis fluoribus renouatis, dentes renati, comae denigratae, tugae et sulci cutis adaequati, mammae pendulae atque pannosae ad instar virgunculae sororiarunt: sic denique se vultu, facie, totoque corporis habitu iuuenculam exhibuisse, vt rei nouitate percussa, praeverecundia, se cunctorum oculis subtraliere niteretur. Quid multa? Lusitanicae historiae recentiores scriptores, fidei probatissimae, commemorant longa narratione et certa, cuidam Indo nobili, annorum quibus vixit trecentorum et quadraginta spacio, iuuentae florem ter exaruisse, et ter restoruisse. Nec desunt, qui in eodem orbe nouo quandam insulam repertam testeatur, Bonicam nomine, in qua fons scaturiat, cuius aqua, vino preciosior, pota senium cum iuuenta commutet[108].

2.4.4. La sexualidad

No nos debemos sorprender que en tratados dedicados a la magia aparezcan continuas referencias a temas sexuales. En todos los estudios de teología se nos presenta al demonio a través de una tétrica y es-

---

[107] Río, *Disquisitionum magicarum libri VI*, L. II, Q. CVI, p. 79.
[108] *Ibídem*, L. II, Q. XXIII, p. 96.

pectral figura, paradigma del tentador, del libidinoso y del pecamino-so[109]. Él es el promotor de los coitos existentes entre brujas y espíritus íncubos en los *sabbath*. En tales ayuntamientos también se utilizan sustancias alucinógenas, que provocan un aumento de la excitación sexual tanto en el hombre como en la mujer. De ellos nunca puede salir ninguna descendencia ya que los demonios carecen de fertilidad. Este obstáculo es salvado mediante el robo o bien de esperma[110] o bien de recién nacidos, como se ejemplifica en:

> Nec admodum dissimile, quod de nobili Bauaro narrant alii; ei, cum defunctam uxorem ferret impatientius, quadam nocte foeminam rediisse, seque resuscitatam dixisse, et marito conuixisse, et ex eo liberos suscepisse; quodque futurum praedixerat; tandem, conuiciis et blasphemiis non se abstinente marito, subito muliebri veste penes illum derelicta, euanuisse, daemon sic nobili huic imposuit, et aliunde subtractos furto liberos sibi supposuit[111].

> Annus decimus agitur, cum Bebburgi (oppidulum est Vbiorum), supplicio affectus fuit quidam Stumfius Petrus; eo quod cum daemone succuba plus quatuor lustris consuesset; ab hac donatus fuit lata quadam zona, qua cum cingebatur, et sibi et aliis in lupum verti videbatur. Hoc scemate ter quinque pueros iugularat, eorumque comederat cerebellum; duas nurus suas deuorare conatus fuerat: propriam filiam et commatrem suam, uxorum habuerat loco constant haec omnia actis iudiciariis, et iconibus inanes incisis, palamque venalibus[112].

Al diablo también se le acusa de provocar cópulas antinaturales. En uno de los relatos avalados por Pedro Cieza, se nos dice que los indios salvajes de los Andes acostumbraban a aparearse con grandes mo-

---

[109] *Cfr.* Nola, 1992; y Cohn, 1987, pp. 90-109.

[110] «Es de saber que el demonio puede captar semen tomado de otra parte —por ejemplo de la polución que acompaña a un sueño erótico—. Además, dada su agilidad y pericia natural, puede conservar en aquel semen el calor fecundante, por muy aéreo y sutil que sea ese calor y fácilmente disipable. Por último, puede difundirlo en la matriz de la mujer en el momento en que está mejor dispuesta para concebir —cosa que él no desconoce—, o simplemente presentarlo para que absorbido por la fuerza natural, se mezcle al semen femenino.» Río, *Disquisitionum magicarum libri VI*, L. II (traducción de Jesús Moya).

[111] *Ibídem*, L. II, Q. XV, p. 76.

[112] *Ibídem*, L. II, Q. XIX, p. 89.

nos. Fruto de esta unión nacían unos seres con sexo y cabeza humanos, pareciéndose en todo lo demás a los monos. Eran tan fieros como feos, no hablaban y hasta los propios indios los tenían por monstruos[113]. A continuación, Del Río nos narra otro suceso acontecido en Bélgica. Allí un pervertido se ayuntó con una vaca que meses más tarde parió a un varón. El niño creció con normalidad y se le bautizó. También se había difundido la leyenda de que los reyes godos procedían de un oso y de una doncella noble; o que los indios de Perú descendían de un perro que había tenido cópula carnal con una mujer[114]. Hasta tal punto llega el carácter lúbrico atribuido al diablo, que cuando una mujer sentía dolores en el vientre se pensaba en adulterio con el maligno.

Verum ego horum minime sum credulus, cum homo hominem generet, et si quid horum sit verum dicam quod daemon incubus calidum horum animalium semen illis, insuderit, et quod dicitur de Regibus Gothorum, putatim hoc dicendum, quod daemon in ferarum talium effigie faeminas compresserit, quod hoc possit, docebit sequens exemplum, et subsequens postea capitulum[115].

2.5. Personajes

En los cuentos insertos en estos tratados los personajes se ajustan al dualismo maniqueo de malo o bueno, de agresor o agredido, de pecador o santo[116]. Su comportamiento queda sujeto a una serie de rasgos que

---

[113] *Ibídem*, L. II, Q. XIX, p. 74.

[114] En un número considerable de relatos tradicionales se nos cuentan nacimientos de criaturas monstruosas. Esto se debe a que durante la época medieval se desconocen muchas especies del mundo animal que aparecen descritas en crónicas, como las de Indias. Son seres maravillosos, a los que la fantasía humana les atribuye virtudes curativas o destructivas. Pero, de acuerdo con la mentalidad mágica de la época, todo lo que se escape a los esquemas de la comprensión dispone de una interpretación demoniaca. De ahí que se crea que en la naturaleza existen dos clases de animales: los perfectos, creados por Dios, y los imperfectos, fruto del maligno. *Cfr.* Nola, 1992.

[115] Guaccio, *Compendium maleficarum. Ex quo nefandissima in genus humanum opera venefica, ac ad illa vitanda remedia conspiciuntur*, L. I., C. XI, p. 61.

[116] Somos conscientes de que los personajes de estos relatos, por su variedad, riqueza de matices, función dentro de las narraciones, etc., se merecen un estu-

hunden sus raíces en la tradición[117]. Encarnan una determinada cualidad que es utilizada por estos autores para ejemplificar una forma de vida, un desvío en la conducta del hombre, un vicio pernicioso, etc. Actúan en consecuencia sin variar su comportamiento. Están predeterminados a fracasar o triunfar según su papel en el relato. Carecen de libertad de decisión y de profundidad psicológica. Son, en definitiva, personajes muy esquemáticos que se ajustan a la voluntad ilustrativa de cada autor. Dentro de estos relatos se diferencian cinco arquetipos fundamentales: el de la bruja, el mago, el diablo, los demonios y los hombres.

2.5.1. La bruja

La bruja es el personaje femenino más importante y representativo de los cuentos tradicionales. Sus rasgos definitorios responden al estereotipo difundido a través del folklore, donde nos encontramos con una mujer vieja y horrorosa, aunque en otras ocasiones resulta ser joven y seductora. Es una maléfica, discípula, adoradora y amante del diablo, capaz de convertir a los seres humanos en diversos animales y cerrar la matriz de las mujeres:

> Haec superius citata, amatorem suum, quod in aliam temerasset, unico uerbo mutauit in feram castorem, quod ea bestia captiuit mutens, se ab insequentibus praecisione genitalium liberat, ut illi quoque uicinum, atque ob id aemulum deformauit in ranam, et nunc, ait citatus, senex ille dolium innatans uini sui, aduentores prestinos in faece submissus officiosis ronchis, raucus appellat. Alium de foro quendam, quod aduersus eam loquutus esset, in Arietem de foro quendam, quod aduersus eam loquutus esset, in Arietem deformauit. Eadem, amatoris sui vxorem, quod in eam loquaciter probrum dixerat, iam in sarcinam impraegnationis, obscepto vtero, et repigrato foetu perpetua damnauit praegnatione, et vt cuncti numerant, octo annorum misella illa, velut elephantem paritura distenditur[118].

dio profundo y pormenorizado, mucho más extenso que las meras pinceladas que a continuación ofrecemos. Pero no nos hemos podido resistir a tratar, al menos superficialmente, los tipos más importantes. Su análisis más detallado lo dejaremos para posteriores investigaciones.

[117] *Cfr.* Chevalier, 1982; Soons, 1976; Lacarra, 1979; y Nieto, 1993.

[118] Guaccio, *Compendium maleficarum. Ex quo nefandissima in genus humanum opera venefica, ac ad illa vitanda remedia conspiciuntur*, L. I, C. V, p. 31.

Mediante las artes mágicas tiene la cualidad de transformarse en sapos o gatos negros. Este recurso le sirve para huir cuando se siente en peligro o para lograr la consecución de su propósito inicial, que casi siempre consiste en la extorsión de alguna persona, como en:

> Maledetta femina io non uoglio, che tu porti oltre il fiume il fanciullo: ma si come sapesti heri sera insieme con tua madre far quello aggirarsi intorno la catena del fuoco, et solleuarsi in aria senza ch'egli uenisse toccato, cosi uoglio che lo faci passare all'altra riua in quello stesso modo senza che tu, ne altri lo tocchi: altrimenti io risoluto sono d'ucciderti, o anegarti in questo fiume. Di che la figliuola spauentata, negando di poter cio fare, al fine dal timor costretta inuoco gli spiriti, er inuisibilmente di la dal fiume fece trasportare il fanciullo senza ch'egli resatasse in alcuna parte offeso. Battezato il fanciullo, et riportato sano, et saluo a casa, il padre, accusata la moglie, et la figliuola di tal sceleragine, in mano della giustitia le fece ambedue condurre, le quali confessorono il modo della sacrilega oblatione de'poueri fanciullini non battezati, et le uccisioni che d'esse faceuano per cauarne simili unguenti magici, onde per degno castigo furno tutte due uiue abbrusciate[119].

El cuerpo aparece marcado por estigmas demoniacos que le hacen insensible al dolor. Esta señal adopta diferentes figuras; puede ser una huella leporina, una mano de escuerzo o un cachorrillo negro. Según esto, en uno de los relatos incluidos en el *Disquisitionum magicarum libri VI*, el inquisidor Pedro Orano advirtió la marca de un cachorro en la espalda de un brujo. Descubrió que si le clavaba en ella una aguja o un punzón, el reo no percibía sensación dolorosa ni se quejaba, pero la señal del cachorrillo se mostraba atormentada al tiempo que amenazaba al inquisidor estirándole un dedo[120].

Para realizar sus encantamientos maléficos, aumentar su sabiduría, llevar a cabo sus ritos o simplemente alimentarse, la bruja se dedica a robar niños, sobre todo aquellos que no están bautizados o que no van protegidos con la señal de la cruz. Los matan en la cama o cuando duermen junto a sus padres. Los hurtan de sus tumbas para hervirlos en una caldera, hasta que los huesos se desprenden y la carne

---

[119] Cigogna, *Del palagio de gl'incanti et delle gran meraviglie de gli spiriti, et di tutta la natura*, L. IV, fol. 396-397.

[120] Río, *Disquisitionum magicarum libri VI*, L. II, Q. XXI, p. 93.

quede reducida a caldo. De ahí obtienen la untura que les permite transmutarse, volar o cumplir sus deseos. Su perversión llega hasta el extremo de devorar a sus propios hijos:

> Ante Poecilen porticum, isto gemino obtutu circulatorem adspexi equestrem, spatham praeacutam mucrone infesto deuorasse: ac mox eundem invitamento exiguae stipis venatoriam lanceam, qua parte minatur exitium, in ima viscera condidisse: et ecce pone lanceae ferrum, que bacillum inversi ad occipitum per inguen subit, puer in mollitiem decorus insurgit, inque flexibus tortuosis eneruam, et exossam saltationem explicat, cum omnium qui aderamus admiratione[121].

En fechas determinadas la bruja se reúne con otras de su secta en los aquelarres. Para desplazarse utiliza un ungüento que le permite volar por el aire. Una vez que ha llegado al lugar indicado se celebra una enorme fiesta orgiástica, presidida por el diablo, y a la que asisten multitud de demonios y brujas para adorar al maligno. La lujuria y el desenfreno imperan en sus más excéntricas formas. El exceso, la inmoralidad, la depravación y el envilecimiento constituyen la tónica general en este tipo de ambiente.

> Bien dijera lo mismo Eusebio de dos cuentos que por certísimos y sin réplica alega últimamente el Padre del Río, como quien arroja el áncora sagrada; dice que un burgués había salido al campo con una escopeta, vio en un árbol algunas aves inmundas, cuervos, picazas, etta., tiróles y parecióle haber herido una de ellas; llegando a tomarla, no halló sino solamente una llave que había caído del árbol; llevóla, y en el lugar preguntó a un su amigo si conocía aquella llave, y dijo que sí, y que era de la puerta de fulano; fueron a la casa y abrieron y hallaron a la señora de casa herida en un lado de un arcabuzazo[122].

En definitiva, la imagen de la bruja que aparece reflejada en estos relatos tradicionales se ajusta perfectamente al arquetipo originado en la Antigüedad. Es una mujer generalmente añosa, dañina, lujuriosa, dedicada a la realización de encantamientos y hechicerías con los que perjudica a los hombres. Puede metamorfosearse a voluntad y trans-

---

[121] *Ibídem*, L. II, Q. VIII, p. 57.
[122] Valencia, *Discurso acerca de los cuentos de las brujas*, p. 304.

formar a los demás en animales. Está capacitada para realizar vuelos nocturnos y meterse en los sitios más recónditos. Se alimenta de cadáveres y de criaturas mal vigiladas. Adora al diablo y es capaz de someterse a las torturas más vejatorias para defenderlo en los procesos inquisitoriales.

2.5.2. El mago

Dentro de los tratados de magia la figura del mago queda reducida a ser mero vasallo del maligno. «Lejos queda ya la imagen hermética de un mago conocedor de todas las 'ciencias' y de los vínculos de la naturaleza, encargado de descubrir las virtudes del mundo elemental por medio de la Medicina y de la Filosofía natural, sirviéndose de diferentes mezclas de cosas naturales, captando al punto las virtudes celestes mediante los rayos y las influencias del mundo celeste y la disciplina de los Astrólogos y Matemáticos»[123]. En nuestro caso, el mago aún conoce los vínculos naturales, pero sus efectos y sus medios le son proporcionados por el pacto con el diablo, siendo justamente ahí donde reside su fuerza.

Thomas Phazellus a mira refert de quodam Diodoro, quem vulgus Liodorum vocat, hunc magica arte imbutum miranda praestigiorum machinatione Cattanae floruisse. Is potenti carminum suorum vi, homines in bruta animalia conuertere, omniumque fere rerum formas in nouas metamorphoses commutare, longissimisque a se spaciis difuntos, repente ad se trahere videbatur. Cattanenses praeterea adeo crebris lacessebat iniuriis, et contumeliis dehonestabat, vt vanissimae credulitatis circumuenti, ad illum adorandum concitarentur. Hic, cum capitis reus tradendus esset supplicio, eliciorum carminum arte praestantissima, e Cattana Bizantium, cuius imperium eo tempore Sicilia agnoscebat, et rursus e Bizancio Cattanam e lictorum manibus dilapsus, paruo temporum interstitio per aerem deuehi se iussit; quibus veneficiis adeo populo factus est admirabilis, vt in ipso quandam numinis potentiam esse rati, errore sacrilego, cultum sacris ei debitum exhiberent.

Tandem a leone Cattanensi Episcopo diuina virtute ex improuiso captus, in media vrbe coram omni populo in fornacem igneam iniectus, ignis

---

[123] Alonso Palomar, 1994, p. 191.

incendio cosumptus est: sic diuina iustitia praeualuit, vt qui se iudicibus forte minus iusto zelo mortis eripuerat, a Sancti Viri manibus elabi non potuit[124].

El mago es, ante todo, el discípulo del diablo. Por ello, cuando ve peligrar su religión recurre a las artes mágicas para atacar a los cristianos y conseguir sus fines, aunque en la mayoría de los casos es descubierto y torturado, como en:

> Nostris temporibus Caesarium Maltesium Parisiis captum fuisse, sed a carceribus astu elapsum ferebant: idque ei Bazius inquisitor inter caetera in iudicio obiiciebat: sed cum vrgeretur, et damnationem metueret, a gubernatore, qui tunc erat, iudicibus ecclesiasticis supersedere iussis, ereptus, in aulam irrepsit, et ibi multa de nouo caepit edere. Cartas lusorias in alterius eas tenentis manu, ipse distans fic mutabat, vt bis, terque alia in eis figura appareret. In altera mensae parte posita vasa ad se alliciebat, moto vitri tantum frustulo. Cogitationes nonunquam diuinabat alienas vt cum sparsa saccari minutorum granorum in mensam magnae multitudine, quod quis sibi granum mente delegisset indicabat, etiam si quis in deligenda re proposita dubitasset, addebat, haesitationem, et resolutionem. Iactabat quod alter esset electurus, id se diu praenouisse, et alia multa: propter quae tertio in ius ab Illustris. Archiepiscopo Mechliniensi D. Honio Anno 1600. vocatur, cum sistere se pollicitus esset, aufugit ad asylum omnium Anticristi praecursorem. Princeps ille, qui praestigitationem iudicio, authoritate, non iure, eripuerat, vix biennium superuixit, et florente aetate interiit, nec quidquam illi, postquam malae causae defensionem susceperat, postea foeliciter in gubernatione cessit. Ex quo patet, quod nunquam Deus impunitos Principes sinit, hostium suorum defensores, cum nominatim vetuerit a ne praestigiatricem quis viuere patiatur[125].

Dispone de un gran dominio de la palabra, cualidad que le permite amansar a un toro bravo[126] y adormecer a cualquier persona[127]. Puede provocar terremotos agitando con violencia el aire encerrado en las entrañas de la tierra. Dispone de poder sobre los vientos. Predice

---

[124] Guaccio, *Compendium maleficarum. Ex quo nefandissima in genus humanum opera venefica, ac ad illa vitanda remedia conspiciuntur*, L. I, C. II, pp. 14-15.

[125] *Ibídem*, L. I, C. II, p. 15.

[126] Río, *Disquisitionum magicarum libri VI*, L. II, Q. XII, p. 71.

[127] *Ibídem*, L. III, P. I, Q. II, p. 157.

granizadas, aumentando con esto la superstición y las falsas creencias de la gente, como en:

> Quando pluuia indigent, magus quispiam magna vocis contentione et acceleratione clamat, ut omnes ad montem concedant, quo postquam peruenerunt, ut quilibet consueto more a cibis abstineat. Est autem eorum hoc ieiunium, ut a sale, pipere, cibis coctis contineant: quod ubi factum est, voce intensa et clamore summo stellas inuocant, aquamque precantur, et ad terras, castellumque paganum sese vertunt, potionem quandam manibus tenent, quam ubi nobilis alicuius adolescentulae manu porrectam ebiberint, ita a sensibus abducuntur, mentisque impotes fiunt, ut mortui videantur: sed ubi in se redierint, mel aqua et maizo miscent, quibus permixtis nubes aspergunt. Die sequenos nobilem aliquem, aut conspicuum et venerandum quempiam senem in lectum deponunt, subilecto lento igne, atque ubi sudare coeperit, sudorem vase excipit magus anserino sanguini admiscet, atque ex radice expressae aquae rursum in aera iactat, nubes ut tingat; rogat, per sudorem sanguinem et aquam, ut desideratam pluuiam largiantur. Quod si casu eo die, quo sunt superstitiosi, pluat, gratias agunt stellis, magumque multis muneribus ornatum efferunt[128].

Se dedica al estudio de la posición y del movimiento de los astros. Una vez que los ha observado e interpretado, se ve capacitado para predecir que un gran rey morirá entre rejas[129] y que el cadáver del emperador Domiciano será devorado por los perros:

> Obiiciunt ex Historiis, saepe has praedictiones esse veras; ut praeter caeteras fuere quatuor. Vna Theagenis, qui ex stemmate seu genitura addixit Augusto imperium: secunda Thrasylli, qui mortem sibi instare, miranti Tiberio dixit, quam secreto Tiberius ei, re cum nullo communicata, moliebatur: tertio Ascletaronis, de quo ista Suetonius: hunc (Ascletaronem mathematicum) delatum, nec inficiantem iactasse se quae prouidisset ex arte, sciscitatus est (Domitianus) quis ipsum maneret exitus, et affirmantem fore, ut breui laceraretur a canibus, interfici quidem sine mora; sed ad coarguendam temeritatem artis, sepeliri quoque accuratissime imperauit. Quod cum fieret, euenit, ut repentina tempestate deiecto funere, semiustum cadauer discerperent canes[130].

---

[128] *Ibídem*, L. II, Q. XI, pp. 63-64.
[129] *Ibídem*, L. IV, C. II, Q. I, p. 259.
[130] *Ibídem,* L. IV, C. II, Q. I, p. 258.

A su inquietud astrológica se suma su conocimiento de la alquimia. Ayudado por las artes demoniacas, el mago transforma temporalmente el estiércol en escudos[131] o cualquier metal en oro, fomentando la avaricia, la mezquindad, la sordidez y la ambición en la gente.
Con ello prepara el camino para que el demonio se lleve las almas de
quienes crean en tan burdos encantamientos:

> Cuentos semejantes, según refiere Focio en la Biblioteca, contenía una
> historia fabulosa que compuso un Antonio Diógenes en 24 libros *De re-*
> *bus incredibilibus quae ultra Thullem*. Este fue mucho más antiguo que
> Apuleyo y que los demás autores de este género que compusieron fábu-
> las para entretenimiento, como acá nuestros escritores de caballerías.
> Trataba de una doncella de Tiro, llamada Dercilis que estuvo en Tule, don-
> de vio extraños efectos de magia, y que a esta misma la encantó un paa-
> pis, mago, escupiéndole en el rostro, de manera que de día estaba muer-
> ta y de noche viva. Después, desencantada ella y otros compañeros, fueron
> arrebatados y traídos en cuerpo de Tule a Tiro sin sentirlo en un mo-
> mento[132].

En ferias, fiestas y ceremonias se muestra como un gran prestidi-
gitador, capaz de cortar la cabeza de un muchacho y restituírsela sin
ninguna juntura o marca que indique la aparente segmentación[133]. Lo
que no admite es que pongan a prueba sus conocimientos y sus artes mágicas, o que un rival le deje en ridículo. Entonces reacciona con
una violencia extrema, bajo la que subyace su carácter soberbio, arro-
gante y orgulloso. En algunos relatos pasa del humor más divertido al
horror más desmedido en el marco de un simple juego:

> Concurrerant in Aulam Anglicanae Reginae duo magi iucundum ex-
> hibituri spectaculum: paciscuntur una in re sibi inuicem parendi, necessi-
> tatem signularem. Prior iubet alterum perfenestram despicere, quod cum
> facit, natis subito cerumis ex capite cornibus, cunctorum saniis,e t ludi-
> briis diu fuit appetitus, quare quam impotens iniuriae, tam cupiens vin-
> dictae ati ocioris: pingit carbone humanam in pariete affigiem, tum prio-
> ri mago imperat, subire effigiem illam, et parietem cessurum ingredi,
> mortem sibi cernens praesentem, horrere hic, et depraecari capit: vrgebat

---

[131] *Ibídem*, L. II, Q. XII, p. 69.
[132] Valencia, *Discurso acerca de los cuentos de las brujas*, pp. 303-302.
[133] Río, *Disquisitionum magicarum libri VI*, L. II, Q. XXX, S. II, p. 150.

alter canuenta: subit ergo coactus, et visus corpori paries locum dare ingredienti, sed ingressus nusquam postea comparuit, quia videlicet superior daemon illum occiderat, et corpus in desertum, vel speluncam alicubi abdiderat[134].

Resumiendo, el mago en estos relatos tradicionales se nos presenta como un embaucador, creador de acciones ficticias que conducen a engrandecer la superstición de la gente. Continuamente es adoctrinado por el diablo. Domina los elementos, trastorna las mentes humanas y, sin veneno, causa la muerte. Se distinguen los siguientes tipos: nigromante, hidromante, adivino, encantador, aríolo, arúspice, augur, astrólogo y sortílego. Lo que le diferencia de la bruja es que el mago es una persona culta, un investigador sistemático de su arte, mientras que la primera resulta ser la versión vulgar, degradada y supersticiosa de la magia.

2.5.3. El diablo

El diablo es otro de los personajes estereotipados; es el representante por antonomasia del mal y el origen de la magia negra. En él se aúnan todas las cualidades depravadas, perniciosas y perversas. Es la antítesis de Jesucristo, el tentador de la especie humana:

> Item si suadeat aliqua contra canones vel constitutiones, vel regulas, vel alta praecepta maiorum, hoc indicio Beatus Simeon Monachus Treuirensis eum deprehendit narratur historia ab Euervvino Abbate: In verticem montis Sinai iussu superiorum cum missus fuisset, ibi habitaturus: nocturnis horis illi specie angelica daemon apparuit, et ut missam celebret hortatur. Ipse nec plane dormiens, nec perfecte vigilans contradicit, non debere sine presbyterii ordine aliquem hoc ministerium implere: contra inimicus instat, se Dei legatum esse, Christum hoc velle, nec decere sanctum locum ministerio tali diutius priuari. Renitentem ergo et contradicentem, adiuncto sibi consortio alterius daemonis, de lectulo educunt, ante altare iam vigilantem statuunt, alba induunt, de stola utrinque altercantur: hostis more presbyteri, Simeon more diaconi contendebat sibi imponi debere. Tandem Dei fa-

---

[134] Guaccio, *Compendium maleficarum. Ex quo nefandissima in genus humanum opera venefica, ac ad illa vitanda remedia conspiciuntur*, L. I, C. XX, p. 139.

mulus, ad se reuersus, virtute orationis, et signo Crucis inimicum repellit, seque delusum ingemiscit[135].

Su poder es inmenso. Conoce y practica innumerables artes para conseguir su objetivo: hacerse con la mayor cantidad de almas. Con ello aumenta la altanería y el orgullo en su lucha particular contra el Creador. Se erige como ídolo en los *sabbath*, donde brujas y demonios lo adoran como auténtico dios. Se enorgullece con las inmolaciones que le ofrecen, especialmente si se le presentan como víctima el cuerpo aún vivo de un *non nato*:

> Pergamenses etiam olim conati se magicis artibus obsidione liberare irrito conatu operam luserunt, vt narrat Paulus Diaconus. Tempore Leonis Isauri Masalmas Princeps Sarracenorum Pergamum nullo negotio occupauit; quamuis ciues freti mago quodam horrendum diabolo sacrificium immolassent, secta praegnante foemina, et foetu viuo, extracto et in cacabo elixato, et cunctis bellatoribus manus dexterae manicam tam impio sacrificio funestantibus auctor Theophanes[136].

Su presencia física es muy camaleónica, ya que supedita el transformismo a la consecución de sus fines. Puede aparecer: con atuendo de bodas, el cabello rizado, el semblante procaz y haciendo gala de una gran gesticulación, con el cuerpo de un marinero recién arrojado a la playa, un segador, un herbolario, un arriero conduciendo su asno, un mozo guarnicionero, en guisa de mujer hermosa, compuesta y seductora[137]. También toma la figura de ángel, como con el beato Jordán, a quien tentó para que rompiera el voto de obediencia con respecto a su prior[138]. En otras ocasiones se transforma en mujer o en animal para burlar a los hombres:

> [...] acordare por hazer enparte a mi proposito vna historia que Don Lorenço Ramirez de Prado me enseño en el libro manuescrito del Conde Don Pedro hijo del Rey Don Dionis de Portugal, que en su selecta libreria tiene. Dize este Principe, y diligente autor, que los señores de

---

[135] Río, *Disquisitionum magicarum libri VI*, L. IV, C. I, Q. III, S. V, p. 229.
[136] *Ibídem*, L. II, Q. XII, p. 67.
[137] *Ibídem*, L. II, Q. XXIX, S. III, p. 144.
[138] *Ibídem*, L. IV, C. I, Q.III, S.V, p. 232.

Vizcaya vienen de vna muger que tenia el pie de cabra. Si toda la historia que propone passo assi, demonio fue con aquella monstrosidad hallado en los montes por Don Diego Lopez Quarto señor de Vizcaya según
se cuenta, que por hazer caer a este cauallero en pecado, en lo demas se
le mostro de gesto muy agraciado, ni es de inconueniente a este parecer
que tuuiesse hijos. Pudo tambien el demonio fingir los partos. Gaufredo
Antisiodorense discipulo de San Bernardo quenta que en Sicilia en tiempo de Rugero Primero, año de mil y ciento y treinta vn mancebo tuuo
en su casa algunos años a vn demonio en forma de muger con quien
tuuo vn hijo[139].

La ingenuidad y la ignorancia de la gente le atribuyen la fantasía
y la maravilla observada en los espectáculos circenses[140]. No puede re-
sucitar a los hombres, pero sí entrar en los cadáveres, produciendo la
sensación de que se mantienen con vida. Sin embargo, en su rostro
siempre se perciben tintes cadavéricos, así como una tristeza infinita
en la mirada.

> [...] en vna ocasión tomo el demonio vn cuerpo de vn hombre prin-
> cipal luego al punto que fue muerto, y lleuo este cuerpo por espacio de
> vn año y mas, como si fuera viuo, mouiendolo y hablando por su len-
> gua, como si estuuiera informado de alma racional[141].

El diablo contrarresta esta incapacidad creando muñecas diabólicas
de complicados mecanismos internos, pero con apariencia entera-
mente humana —si exceptuamos su característico olor a azufre:

> Gunerchena Brabantiae villa est solemnis et nota: in hac quidam iuue-
> nis puellam virginem adamavit: cumque pro eius nuptiis parentibus eius lo-
> queretur, et illi renuerent; puella medio tempore incidit in febrem acutam,
> qua ingrauescente, omnibus mori visa est. Luctu ergo facto, campanae qua-
> si pro mortua pulsatae sunt. Nec mora iuuenis amator puellae de villa ea-
> dem in crepusculo noctis transibat ad aliam, et cum per dumeta pergeret,
> audiuit vocem quasi foeminae lamentantis: solicite ergo discurrens et quae-
> rens auditam, invenit puellam, quam mortuam aestimabat, cui et dixit:

---

[139] Nieremberg, *Curiosa filosofia y tesoro de maravillas de la naturaleza, examinadas en varias cuestiones naturales*, L. III, C. XV, fol. 114r.
[140] Río, *Disquisitionum magicarum libri VI*, L. II, Q.VIII, 57.
[141] Navarro, *Tribunal de supersticion ladina*, Disp.VIII, fol. 20r.

«Mortuam te plangunt tui, et huc unde venisti?» «Ecce, ait, vir ante me vadit, qui deduxit me».

Ante esta situación el joven se quedó estupefacto, ya que solo veía a la chica. Pero cobrando valor se apoderó de ella y la escondió en una casa fuera de la villa. Luego se presentó delante de los padres de la muchacha, para pedirles la mano de su hija, quienes dieron su aprobación para el matrimonio si la devolvía sana y salva.

Dicitur autem ab his, qui figmenta huiusmodi diabolica inspexerunt, esse interius putrido ligno similia levique exterius pellicula circumdicta. Hinc reducta puella est, et patri reddita: sanaque post dies aliquot dictum iuuenem maritum accepit, et usque ad tempora nostra incolumnis perdurauit. Simili prope modo, cum quidam in confinio Flandrinae sororem languidam et mortuam putatam, sub eadem die, antequam sepeliretur figmentum, inter arundineta iuxta maris litora inuenisset, reduxit eam ad propria, et ingressus domum ubi ab amicis quasi mortua plangebatur, discoopertum figmentum extracto gladio in frusta concidit, horrentibus cunctis et clamantibus. «Cur in funus sororis, tanta crudelitate saeviret». Et mox subrident, Crudelis, inquit, «videor in sororem? Non est illud sororis corpus, sed sigmentum et illusio daemonum». Et haec dicens secum cunctos accepit, et adduxit ad domum propriam, et eis sororem reductam ostendit. Et haec usque ad tempora nostra permansit[142].

El diablo se forja como la encarnación de la arrogancia, del poder maligno, del conocimiento desmedido, de la tentación infinita, de la provocación descarada, del transformismo engañoso, de las ansias de llegar a ser Dios y de la realidad de ángel caído; hasta que en el último relato del libro II del *Disquisitionum magicarum libri VI*, un demonio encerrado en el cuerpo de un recluso, confiese las tres palabras que mantienen atado a Lucifer en el infierno:

Quod apud Caesarium quidam daemon in obsessi corpore inclusus, exorcismo coactus fatotur, tria dicens esse verba in Missae Canone quibus vt vinculis Lucifer in inferno sit religatus, scilicet; PER IPSVM, ET CVM IPSO ET IN IPSO[143].

[142] Río, *Disquisitionum magicarum libri VI*, L. II, Q. XXVIII, p. 143.
[143] *Ibídem*, L. II, Q. XXX, S. III, p. 152.

2.5.4. Los demonios

Los demonios son espíritus malignos, el correlato de los ángeles en el infierno. Su tipología es tan extensa como matizada. Entre ellos, Del Río diferencia a los demonios más truculentos y rabiosos —insaciables de guerras y mortandades—, de los llamados faunos —seductores y juguetones—. Estos últimos se apostan en determinados caminos o fuentes y su deleite consiste en hacer burla a los viandantes, causando más molestia que daño. En ocasiones se acuestan con personas, denominándoseles entonces íncubos o súcubos. Los primeros son diablillos que toman la apariencia de varón para tener comercio carnal con una mujer. Son estériles, llegando a robar el semen de los hombres cuando estos están dormidos o se están masturbando. Los súcubos son aquellos que se transforman en mujeres para así poder abusar de los hombres. Son celosas, posesivas y vengativas; buscan despersonalizar al individuo convirtiéndolo en una mera marioneta en sus manos:

> Il simile si racconta, che sia interuenuto ad un contadino in una Villa del Vicentino. Costui paritosi di casa una notte molto oscura per andar a ritrouar una sua amata, giunto in una campagna fu sincontrato da uno di questi spiriti succubi, che nella effigie di quella giouane si era trasformato. Onde il giouane tutto lieto, hauendo in quella solitudine sfogato seco gl'atti lasciui di lussuria, resto molto spauento, poscia che in un instante la giouane in fuoco disparue, et egli si ritrouo sopra un letamaio corcato pieno di gradissima puzza. Egli dolente andatosi a casas indermo, et in poco spacio di tempo, essendogli marcite tutte le membra della generatione, se ne morí[144].

Otro tipo de demonios está especializado en difamar a los seres humanos[145]. A imitación del diablo puede tomar la forma física de una acémila.

> [...] dize Guill. Parisien. in sum. de Vniuers. p. fin. que vn demonio burlo a vn soldado, el qual pensaua estar abraçado, y gozar de vna don-

---

[144] Cigogna, *Del palagio de gl'incanti et delle gran meraviglie de gli spiriti, et di tutta la natura loro*, L. III, fol. 210.
[145] Río, *Disquisitionum magicarum libri VI*, L. II, Q. XII, p. 66.

zella muy hermosa, pero hallo quando menos pensaua, vn cuerpo de vna
bestia muerta. Esto lo haze lleuando, y mouiendo el cuerpo de vna parte a otra, a imitacion de las acciones humanas, como lo dize el Tost. in
Exod. c.7. q.13.[146]

Es capaz también de entrar en cualquier cuerpo muerto volvién-
dolo aparentemente a la vida[147]. Sus ansias idólatras llegan a tal extremo que incluso toman la figura de viuda añosa y se pasean por los
campos, ya que entre los campesinos se había difundido la superstición de que si no adorabas a aquella mujer, esta te reportaría mil males[148]. Las creencias populares también les hacen responsables de un sin
fin de enfermedades, como el dolor de cabeza o los ataques epilépti-
cos:

> [...] vnum diabolus aurium et linguae vsu priuauit, et simul epilepti-
> cum vocat; non quod daemonicus non esset, sed quod et a daemone ob-
> sideretur, et simul, plenilunii temporibus, per daemonem comitiali mor-
> bo grauissime affligeretur; eo quod tunc cerebrum humoribus plenum
> aptius erat exagitari. Solent quidem alii esse lunatici, non obsessi a dae-
> mone, et hoc sensu de lunaticis locutus Iulius Firmicus[149].

Son los causantes de gran variedad de maleficios y todos huyen
ante la señal de la cruz o al pronunciar cualquier nombre o expresión
cristiana.

> Narrat supra citatus quidam, quod in Francia Triscalinus Circulator
> coram Carolo nono, alias laudato rege, a quodam nobili ab eo remoto pe-
> lliciebat cunctis videntibus torque annellos ad se sigillatim, eosque manu
> recipiebat aduolantes, vt videbatur, nihilominus mox torquis interger, et
> illaesus repertus fuit. Hic conuictus multorum, quae, nec arte, nec artifi-
> cio humano, nec natura fieri poterant, confessus est, opera diabolica cunc-
> ta perfecisse, quod ante obstinatus negauerat[150].

---

[146] Navarro, *Tribunal de supersticion ladina*, Disp. VIII, fol. 20v.
[147] Río, *Disquisitionum magicarum libri VI*, L. II, Disp. XVIII, p. 142.
[148] *Ibídem*, L. II, Q. XXVIII, p. 135.
[149] *Ibídem*, L. III, P. I, Q. IV, S. V, p. 178.
[150] Guaccio, *Compendium maleficarum. Ex quo nefandissima in genus humanum
opera venefica, ac ad illa vitanda remedia conspiciuntur*, C. II, p. 14.

En definitiva, los demonios son los seguidores más inmediatos del diablo, aprendices y realizadores de artes maléficas, transformistas, engañadores y tentadores de la especie humana. Su comportamiento es un remedo del maligno, cuya filosofía de existencia en todo momento intentan imitar.

2.5.5. Los hombres

El sujeto contra el que se dirigen las artes demoniacas, con el que se ensañan tanto el diablo como sus secuaces, es el hombre. En cuanto personaje apenas está caracterizado: su sencillez es extrema, carece de profundidad psicológica y casi nunca se le describe. Se limita a ser un mero representante de una cualidad humana en la que cualquier lector pueda verse identificado. Generalmente sirve para ejemplificar con su conducta un consejo o una reflexión sobre los hombres. En él se encarna una actitud típica de una determinada clase social o profesión. Así, por ejemplo, la avaricia se representa en la figura del escribano, que en medio de su propio funeral se levanta del féretro para pedir unos documentos robados; es consciente de que si no los restituye a su dueño legítimo, su alma se condenará:

> Horrendum plane quod hesterna die legi perscriptum Ticino mense Aprili huius anni 1601 in diocesis Ticinensis oppidulo, quod Corretro vocatur; cum iusta in templo cuidam notario persoluerentur, repente e sandapila se cadauer surrexisse, et conuersum ad quendam cognatum suum, qui funeri intererat, ei dixisse, properaret domum suam, et ibi scripta quaedam instrumenta caperet, eaque loco cuidam pio confestim restituerat, propter quae suppressa ipse defunctus iusta Dei sententia foret inferni suppliciis adiudicatus. Quo dicto iterum caput uti prius reclinauit. Hoc a Deo permissum, ut discerent mortales, quam graues poenae scribas huiusmodi perfidos, et piorum legatorum interceptores, manerent[151].

El valor y la fortaleza se materializan en un caballero a quien se le aparece un alma en pena; esta le ofrece ir a Jerusalén en penitencia por los pecados cometidos.

---

[151] Río, *Disquisitionum magicarum libri VI*, L. II, Q. XXVI, p. 123.

Nominauit nobis quendam Rheni sibi bene notum militem, cuius pro tunc filius viuebat; qui miles super omnes pene inferioris Alemaniae nobiles semper exstiterat nimis in rebus bellicis imperterritus: gerebat autem et patiebatur nonnunquam, propter suam animositatem vel fortitudinem, ab aliis graues guerras, propter quas non semper de die, sed nocturno tempore, ad loca sibi commodosa equitare solebat. Hic igitur quadam nocte coassumptis famulis per syluam circa Rhenum equitare voluit, et principium eiusdem intrauit.

Pero antes de llegar al final del bosque y salir a campo descubierto, envió por delante a un criado para que observara si había alguna tendida. Descubrió que se acercaba un gran ejército. Al salir el caballero del bosque tan solo ve a un jinete en su caballo, a quien reconoce como su cocinero. Este invita a su señor a acompañarlo a Tierra Santa.

Tunc miles ait: «Diebus meis mira attentaui, his hoc addam etiam mirabile». Dissuadentibus igitur illud famulis, de equo proprio miles desiliit, defuncti equum ascendit, et ab oculis famulorum uterque equester subtractus est. Sequenti autem die famulis, iuxta condictum exspectantibus, miles et defunctus redierunt ad locum, ubi primum conuenerant. Tunc defunctus militi ait: «Ne phantasma omnino fictum ista fuisse credatis; duo, quae vobis do rara, reseruate in mei memoriam»; inde protulit mappulam paruam de salamandra, et cultellum in vagina. Primum (inquit) cum immumdum fuerit, igne pugnate: alterum caute tractetis, quia ab eo vulnerat, intoxicatus erit[152].

Por su parte, la soberbia se personifica a través de la nobleza en un bello relato, donde Del Río ridiculiza la importancia que se da en España al linaje del cual se procede para llegar a ser canónigo:

Scribunt ergo eum, licet nothum, eruditionis titulo clarum, ad Halberstadensem Canonicatum euectum, qui non nisi nobilibus concedi solitus commune nobilitatis malum, superbia, faciebat eum contemptum collegis molestum id ei, tandemque mederi malo constituit collegas inuitat ad conuiuium et lautissime excipit inter ceteras conuiuiales festiuitates, inicio mentionem acroamatis magici, et quaerit, num suos singuli parentes aspicere cupiant? Illi ardere studio videndi, tandem elicit iste malo

---

[152] *Ibídem*, L. II, Q. XXVII, p. 138.

carmine vmbras deformes coqui, stabularii, morionis, rustici persona, quorum facies in paternis aedibus illi aliquando vidisse se farebantur suum quoque patrem exhibuit habitu Canonici, pingui aqualiculo. Dimissis vmbris, «Eia (inquit) dicite fide bona, eccuius patrem nobiliorem iudicatis?» metu perterriti, et pudore suffusi, suam quisque, domum repetiere, nec vltra Ioanni vitium sanguinis exprobrauere[153].

Los santos varones son modelos de piedad, de fervor y de religiosidad. Por medio de su fe se muestran inalterables ante las tentaciones diabólicas, estando por ello capacitados para expulsar demonios de cuerpos poseídos, tal y como se nos narra en la vida de san Patricio. No obstante, la seducción lasciva tiene como objeto de escarnio tanto a monjes licenciosos como a obispos libidinosos, como en:

> Narrat haec sequentia Fulgosius. Cum Vdo Magdeburgensis Episcopus, ne signis quidem, ac diuinis vocibus commonitus ab impudicitia se temperaret, viri Religiosi Deum, vt Episcopum aut corrigeret, aut tolleret rogauerunt. Inter eos, cum nocte in Cathedrali Ecclesia Sancti Mauritii Fridericus Canonicus huiusmodi precibus operam daret, vehementioris venti afflatu, omnia, quae in Templo erant lumina extingui perspexit, nec multo post duos Iuuenes venire, duo candelabra accensis cereis ferentes, et Christum cum Matre eius, et Apostolis subsequi, a quibus cum essent vocati Sancti homines, quorum corpora in Templo quiescebant, visus est inter eos Mauritius venire, qui longa, atque graui oratione Vdonem Episcopum accusauit, quem haud multo post Christus nudum adferri a duobus iussit, atque damnauit. Is, cum pupugno ab ipsorum altero, qui cum portauerunt grauiterin mediis, renibus percussus esset, Christianam hostiam, quam in communione eius diei pridie sumpserat, reuomuit in calicem, qui altari impositus fuit, atque securi percusso Vdone, rerum illarum omnium visio cuanuit: quare vehementer territus Fridericus, cum ad altare accessisset, calicemque in eo esse cum Christiana hostia inspexisset, et simul Episcopum mortuum humi iacentem, alios Religiosos viros excitauit, qui ablatum inde Episcopi corpus in agro sepelierunt[154].

El campesino responde al tipo de hombre honrado y muy responsable con los dictados que marca la Iglesia; por ello, cuando descubre

---

[153] *Ibídem*, L. II, Q. XXX, S. II, p. 150.

[154] Guaccio, *Compendium maleficarum. Ex quo nefandissima in genus humanum opera venefica, ac ad illa vitanda remedia conspiciuntur*, L. I, C. XVIII, pp. 118 y 119.

que su mujer y su hija practican ritos satánicos, independientemente del amor que siente hacia ellas, las denuncia a la Inquisición[155]. En otra ocasión cae sobre él un encantamiento que lo mantiene dormido durante setenta y siete años —según referencias de Pausanias— o cuarenta y siete —según Eudemo—:

> Caeterum illis narcoticis pharmacis posset etiam somnus valde diuturnus conciliari: vt fuit fomnus illius rustici qui in Germania totum autumnum et hyemem dormiendo fuit emensus, et qui in Apaturiorum solemnitate ebrii, per multos dies obdormierunt, reste Endaemo: et Epimenidis Cretensis, qui cum quaerens ouem, meridiano aestu speluncam ingressus, sopore graui victus, LXXVII iuxta Pausaniam, vel XLVII iuxta Eudaemum, paulo pauciores, secundum alios, quieuit annos, experrectusque postea, ratus se parum indulsisse somno, pergebat ouiculam quaerere forte horum quietis causae naturales fuere: etsi de Epimenide, potius adscriberem daemoni[156].

A los prestidigitadores se los relaciona con el demonio por los espectáculos ilusionistas que ejecutan en sus representaciones[157]; mientras que los peor parados resultan ser los pobres[158].

Resumiendo, el hombre en estos cuentos es fundamentalmente el objeto de ensañamiento tanto de brujas, como de magos, de demonios y, sobre todo, del mismo diablo. Se presenta definido a partir de una determinada cualidad que marca su comportamiento a lo largo de la narración. Carece de libertad de acción, de profundidad psicológica y de multidimensionalidad. Es la víctima arquetípica de las artes demoniacas.

2.6. CARACTERÍSTICAS

En este tipo de cuentos, lo real y lo mágico se entrecruzan complementándose. Los personajes no temen a lo sobrenatural ni a los seres del más allá en cuanto a tales. El mundo está poblado de espíritus, hechiceras, magos, animales fabulosos, demonios y diablillos, cuyos poderes son enormes. Sin embargo, nunca aparecen descritos como seres fantásticos;

---

[155] Río, *Disquisitionum magicarum libri VI*, L. II, Q. XI, p. 64.
[156] *Ibídem*, L. II, Q. XXI, p. 93.
[157] *Ibídem*, L. II, Q. VIII, p. 57.
[158] *Ibídem*, L. III, P. I, Q. VII, S. I, p. 195.

el narrador se limita a hacerlos actuar: intervienen solos, son capaces de sufrir metamorfosis, adivinan lo que va a ocurrir; son inconcebibles en la realidad, incluso monstruosos como en el caso que sigue:

> Mayolo dize de vn animal de la isla de Yambolo, y le descriue Diodoro Siculo; que tenia quatro cabeças en todo iguales, puestas en partes opuestas del cuerpo mirando a las quatro partes del mundo, andando hazia todas de la misma manera; el que tenia vna cruz formada sobre si: el año de mil y quinientos y sesenta y dos, se vio junto a Nicea vna bestia marina bien estupenda y en parte semejante a la de Diodoro; sustentauase en doze pies, tenia vna cruz atrauesada en las espaldas; de cabo a cabo en las estremidades della parece tenia su cabeça, o parte della, porque se vio en las quatro partes opuestas en cada vna vna oreja y vn ojo, estuuo en tierra tres horas; juntose gente para cogerla, o matarla: mas ella con vna larga cola que tenia, mato a muchos, y no haziendola daño de consideracion las escopetas se restituyo al mar, salua y segura: quisieron llamarla algunos por su figura trochochiron[159].

Como acertadamente dice Max Luthi, en el momento en que se funde lo natural y lo extraordinario, tan solo tiene cabida ya una sola dimensión espacial, en la que «la magia, que desempeña importante papel en el cuento, no necesita explicación artificial, pues el hombre de otros tiempos ha vivido diariamente lo maravilloso»[160].

Una parte de estos cuentos se halla influida por elementos, rasgos, caracteres, etc., procedentes de la realidad cotidiana que les circunda. De este contexto toman conductas y relaciones salpicadas por pequeñas dosis de picardía, erotismo, escatología, etc. En ellos se refleja el reverso de una sociedad en la que los valores positivos suelen ser sustituidos por el ingenio, la astucia, la prudencia, la desconfianza, la insolidaridad, etc., de la que hace gala el protagonista de cada relato para: engañar a sus opresores, salir de situaciones difíciles, eludir persecuciones o castigos —muchas veces injustificados en el mismo texto y que remiten a situaciones paralelas de la vida real, con las que posiblemente se identifiquen los lectores de los mismos[161]—.

---

[159] Nieremberg, *Curiosa filosofia y tesoro de maravillas de la naturaleza*, L. III, C. XVIII, fols. 89v y 90r.

[160] Luthi, 1947, pp. 11-17. (Traducción perteneciente a Susana Chertudi).

[161] El origen de este tipo de relatos humorísticos se encuentra en las fábulas milesias de la época helenística. Disponen también de su correspondiente forma

Este *corpus* cuentístico queda marcado por un carácter tradicional, ya que se ajusta a las normas establecidas por el danés Axel Olrik al respecto[162]. En 1909, él es el que delinea los rasgos estilísticos de este tipo de relatos, destacando en ellos la ley de apertura y cierre, la unidad argumental, el personaje principal, la ley de repetición, la ley de tres, la importancia de la posición inicial y final, la ley de dos en escena y la ley de contraste, junto con la de gemelos.

En consonancia con estas pautas y de acuerdo con la *ley de apertura y cierre*, descubrimos que los relatos insertos en los tratados de magia no comienzan bruscamente ni terminan de modo abrupto, sino que se mueven de la calma a la agitación, para luego retornar a la armonía conclusiva. De este modo constatamos que la mayoría de las narraciones suelen empezar haciendo referencia a la fuente de donde han sido tomadas; de ahí que en algunos casos se mencione al autor y al libro concreto del que proceden. Con ello se consigue que los lectores del tratado no duden de la autenticidad de lo expuesto; ejemplo de ello son los siguientes casos:

> Girolamo Cardano nel suo libro, dou'egli tratta de i demonii, riferisce, che Racio suo padre grandísimo incantatore...[163]

> Nam autores *Mallei maleficarum* duo magni viri, maxime magister Henrr. Insti. qui aduersus impium Antonium Roselli scripsit, eiusque blasphemum opus de monarchia cristiana damnauit, ita referunt se ab incineratis strigimagis et...[164]

---

culta en obras como el *Decamerón*. Pueden explicarse en relación «con el juego, con la comicidad y con gustos que siempre han llevado al hombre a situar en contrapunto lo heroico y lo tosco, la valentía y la cobardía, el sacrificio y el amor a la buena vida, la verdad y la mentira ingeniosa, etc. Tiene también una amplia tradición en la cultura de occidente, tanto en sus versiones populares, como en las colecciones cultas, y alternan con cuentos heroicos y de otros tipos en colecciones de todos los tiempos. Bajtín ha estudiado la risa y la parodia como constantes culturales presentes en las narraciones de todos los pueblos y de todos los tiempos.» Bobes Naves, 1998, pp. 46-47.

[162] Olrik, 1965, pp. 129-141.

[163] Cigogna, *Del palagio de gl'incanti et delle gran meraviglie de gli spiriti, et di tutta la natura loro*, L. II, fol. 107.

[164] Prieriatis, *De strigimagarvm, daemonumque mirandis, libri tres*, L. II, fol. 136.

Petrus martir anglerianus Oceaneae Decadis secundae libro sexto, na-
rrat in Cuba insula apparuisse daemonem...[165]

En otras ocasiones, con el objetivo de dar mayor veracidad al relato, se prefiere precisar tanto el lugar como el tiempo en el que se
produce el hecho:

Tempore Romani Argyropoli Imperatoris, in Tracensi prouincia, apud
radices montis Cuzenae, voz miserabilibus eiulatibus et lamentu...[166]

Accidit circa annum 1545 in urbe Corduba Bethicae Hispaniae pro-
vinciae, res non minus stupore quam admiratione digna[167].

Secundum Templum, quod dimissi ex Babylone Iudaei, postquam sep-
tuaginta annorum captiuitatem sustinuisset, Cyri iussu concessuque se-
cundo a reditu anno absoluerunt, annos quingentos integros stetit[168].

Aquellos otros cuentos cuyo origen pertenece a la cultura oral, disponen de un comienzo impersonal muy semejante en todos ellos:

Dicen en un cuento que por espantar a Martín de Amayur, moline-
ro de Cigarramundi...[169]

Algunos tienen por opinión que Nabucodonosor, no fue verdadera y
realmente transformado...[170]

Es sabido, además, que si alguien está en un lugar oscuro y privado
de toda luz...[171]

---

[165] Filesac, *De idolatria magica dissertatio*, fol. 736.

[166] Thyraeo, *Loca infesta, hoc est, de infestis, ob molestantes daemoniorvm et defunctorum hominum spiritus, locis, liber vnus*, fol. 7.

[167] Wier, *De magorum infamium, lamiarum et veneficorum poenis*, fol. 476.

[168] Peucero, *Commentarius, de praecipuis divinationum generibus, in quo a prophetiis, authoritate diuina traditis, et a physica coniecturis, discernuntur artes et impoturae diabolicae, atque obseruationes natae ex superstitione, et cum hac coniunctae*, fol. 132.

[169] Valencia, *Discurso acerca de los quentos de las brujas*, p. 314.

[170] Navarro, *Tribunal de supersticion ladina*, fol. 15r.

[171] Agrippa, *Filosofía oculta. Magia natural*, p. 59.

En raras ocasiones el autor del tratado suele aludir a un suceso vivido por él mismo, aunque cuando ocurre, el relato se vuelva más persuasivo:

Ego vero et mille alii oculis id vidissent sui...[172]

Cognoui ego virum somiantem ambulare...[173]

Referam autem ego, quod temporibus nostris quibus adhuc iuuenes mutuo in scientiis humanitatis constudentes fuimus...[174]

En cuanto a la conclusión surge como resultado del desarrollo de la acción. Generalmente aparece vinculada con algún fin moralizador o ejemplificante que viene a reforzar la teoría precedente y por norma suele ser bastante escueta:

Tales tentaciones y supersticiones en semejante materia, cada dia acontecen y passan entre mancebos estudiantes[175].

Igitur non nisi pro hominum vtilitate cum timore ac reuerentia Dei sunt talia practicanda[176].

Hinc recuta puella est, redditaque patri sana etiam, post dies aliquot dictum iuuenem maritum accepit, et vsque ad tempora nostra incolumis perdurauit[177].

Otra de las leyes que se constatan en estos cuentos es la de la *unidad argumental*, por medio de la cual se narra un hecho y se omite lo que resulte superfluo. Se sigue una progresión lineal poseyendo una

---

[172] Wier, *De curatio eorum, qui lamiarum maleficio affici, vel daemonis obsidione subigi creduntur*, fol. 388.

[173] Spina, *Quaestio de strigibus, per eximium sacrarum literatum professorem*, t. 2, fol. 511.

[174] Müller, *Tractatus utilis et necessarius, per viam dialogi, de pythonicis mulieribus*, fol. 52.

[175] Castañega, *Tratado de las supersticiones y hechizerias y de la possibilidad y remedio dellas*, p. 29.

[176] Prieriatis, *De strigimagarum, daemonumque mirandis, libri tres*, L. II, fol. 210.

[177] Guaccio, *Compendium maleficarum. Ex quo nefandissima in genus humanum opera venefica, ac ad illa vitanda remedia conspiciuntur*, L. I, p. 137.

lógica no comparable con la del mundo natural. Estos relatos tienden a disponer, en general, de una corta extensión. Son los encargados de persuadir, conmover o deleitar a los lectores sobre la existencia de brujas, aquelarres, maleficios, transexualizaciones, etc. De ahí que se ciñan a la narración de un determinado suceso, renunciando a toda descripción, diálogo, enmarque espacio-temporal, etc., que no contribuya a lograr el fin último que se pretende alcanzar con su utilización. Muchos de ellos son meras pinceladas de un hecho. Esta síntesis argumentativa queda puesta de manifiesto en ejemplos como:

> Legi VVitebergae ciuem cadauerosa facie natum: eo quod mater vterum ferens obuio cadauere subito fuisset pauefacta: Isenaci, pudicam et formosam matronam, scribunt peperisse glirem; quia ex vicinis aliquis gliri nolam appenderat, ad cuius sonitum reliqui fugarentur: is ocurrit mulieri grauidae, quae ignara rei, subito occursu et aspectu gliris, ita est conterrita, ut foetus in utero degeneraret in formam bestiosae[178].

> Nicolao III Pontifice Romae quodam in palatio mulier infantem vrso similem peperit, eo quod (medici iudicarunt) ibidem variis in locis vrsi depicti cernebantur[179].

> Paderbonae mulier haeretica ante annos sexdecim plus minus (res ibi tum nota) peperit filium modo Ecclesiasticorum palliatum et pileatum; quae ex vehementi odio in Papistas, vt vocant, obuiis semper maledicebat. Sed hoc forte diuinae vltionis fuit[180].

Sin embargo, no todos los autores son tan esquemáticos como en este caso. En otras ocasiones consideran que es mejor demorarse en la narración de un relato cuya extensión se asemeja a la de la novela corta. Con ello lo que pretenden es liberar la mente del receptor de la excesiva teoría acumulada en algunos capítulos, tal y como refrenda Martín del Río en este fragmento donde el mismo autor pide disculpas por la extensión del cuento que va a transcribir:

---

[178] Río, *Disquisitionum magicarum libri VI*, L. I, C. III, Q. III, p. 10.
[179] *Ibídem.*
[180] *Ibídem.*

Alteram quoque adscribam historiam spectri (necio an daemonis, an ipsius animae damnatae) qua memoria digniorem me legisse non commemini prolixitatem narrationis ex literis Peruanis anni 1590 collectam, ipsis siue Fran. Bencii, siue Gasp. Spitilli verbis commemoratam, spero lectionis voluptas et vtilitas superabit[181].

Con respecto a la unidad argumental, esta se consigue mediante recursos como el *paralelismo* y la *prefiguración*. En el libro *Curiosa filosofia y tesoro de maravillas de la naturaleza*, Juan Eusebio Nieremberg recoge un caso en el que una mujer embarazada da a luz el día de la Epifanía, alumbrando a tres hijos: dos blancos y uno negro, correspondiéndose con los tres reyes magos:

> En la multiplicacion de los partos menos fuerça tiene la fantasia; no puede hazer de vna criatura dos; porque no tiene fuerça para engendrar, sino solo para alterar y assi solo puede hazer que la muger que ya auia concebido muchos hijos salga alguno inmutado, como aquella que trayendo el vientre muy grande, y haziendo la quenta que venia a parir por la Epiphania, la dixeron por burla que pariria los tres reyes, ella respondio, «ojala»; y pario tres muchachos, moreno el vno. Aqui solo pudo hazer la imaginacion, que el vno mudase el color, no que naciessen tres, si antes no estauan distintamente concebidos[182].

Otras veces, la cohesión paralelística se subraya a través de la repetición constante de una expresión ya enunciada, tal y como ocurre en un relato recogido por Gaspar Navarro donde se nos narra la conversión de san Bruno, acontecida durante el entierro de un célebre letrado. Mientras se está cantando el tercer nocturno por el descanso de su alma, el cuerpo del difunto se levanta anunciando su condenación:

> Tambien vemos que aquella marauillosa conuersion de san Bruno fundador de la Cartuxa, fue por aquella aparicion de aquel tan celebre letrado, que tenia fama de varon muy santo, que estando junta toda la ciudad en su entierro, estando cantando en la iglesia el primer nocturno, de repente se leuanto el cuerpo del difunto, y con vna espantable voz dixo,

---

[181] *Ibídem*, L. II, Q. XXVI, S. V, p. 123.
[182] Nieremberg, *Curiosa filosofia y tesoro de maravillas de la naturaleza, examinadas en varias cuestiones*, L. II, C. XIV, fols. 61v y 62r.

«a juyzio voy», y boluiose a caer en las andas: espantados todos cessaron
de los oficios por aquel dia; otro dia boluieron a tan admirable especta-
culo, y diziendo el segundo nocturno, se boluio el difunto a leuantar, y
dixo, «en juyzio estoy», y al tercero dia en el tercer nocturno, con triste,
y profunda voz, leuantandose dixo, «condenado estoy»; y viendo esto le
echaron de la iglesia, no queriendole dar sepultura en ella. Y Bruno siendo maestro en la Vniuersidad, que presente se hallo, compungido dexo el
siglo, y se retiro a la vida solitaria. Vease esta historia en la vida de san
Bruno, y en la que ha escrito el padre fray Iuan de Madrigal Monge de
la Cartuxa de Porta. Caeli. I. par. c.5. y en el padre Sanchez, en el tratado del Reyno de Dios, lib. I. cap. 6. num. 60.[183]

La *prefiguración* es otro medio de dar unidad al cuento. En unos casos se presenta un bosquejo del argumento, como cuando se tienen sueños premonitorios que al despertar se cumplen. Tal es el caso de un pre-
sentimiento que inquieta al médico del emperador César. Mientras el
galeno duerme, la diosa Minerva le aconseja evitar que el emperador
entre en cualquier batalla, ya que si eso ocurriera este sufriría un gran
infortunio. César no hace caso, obtiene la victoria y a los pocos días es
asesinado por su hijo Bruto[184]. En otra ocasión el espíritu del poeta
Simonide avisa a una nave para impedir su naufragio[185]. También en otro
relato, un hombre llamado Scilla Ditatore siente ser llamado por el demonio en sueños. Esto le alarma hasta el punto de que decide hacer
testamento. Al cabo de dos días muere de fiebres[186].

En otros casos la prefiguración se concentra en la caracterización
de los personajes. Entonces el interés del lector comprueba si se cumplen o se desmienten los rasgos específicos de cada uno de ellos.
Descubrimos que en los tratados de mayor extensión, como pueden
ser *Disquisitionum magicarum libri VI*, *Tribunal de supersticion ladina*, *Del
palagio de gl'incanti*, *Curiosa filosofia y tesoro de maravillas* o *Compendium
maleficarum*, en algunas ocasiones los relatos se hallan agrupados en torno a determinadas cualidades con las que se identifica a un personaje concreto. Al ser examinada desde diferentes puntos de vista, su ima-

[183] Navarro, *Tribunal de supersticion ladina*, fols. 39r y v.
[184] Cigogna, *Del palagio de gl'incanti et delle gran meraviglie de gli spiriti, et di tutta la natura loro*, L. II, fol. 115.
[185] *Ibídem*, L. II, fol. 113.
[186] *Ibídem*, L. II, fol. 114.

gen queda más definida, es más completa. Y no debemos olvidar que las características de estos cuentos se encuentran subordinadas a la tesis que enmarca el capítulo donde se hallan insertos.

Brujas y demonios, santos y magos, espíritus, espectros y espectadores, configuran su propio universo mágico en el que gravita la unidad de cada uno de los cuentos. Ellos son los actantes que constituyen un sistema de fuerzas o funciones que sería interesante estudiar detalladamente, ya que de este modo se aportaría un significado particular a los relatos, contribuyendo así a enriquecer el conocimiento de este género literario al proponer incluso nuevos métodos de clasificación para el cuento.

A su vez, la dualidad maniquea que hemos descubierto en la caracterización de los personajes viene a confirmar otra de las leyes establecidas por Olrik con respecto a este tipo de narraciones: la *ley de contraste*. Por medio de ella se contraponen lo joven con lo viejo, lo bueno con lo malo, lo grande con lo pequeño, lo humano con lo demoniaco, etc. Casi todos los relatos insertos en los tratados de magia recurren a esta polarización. Gaspar Navarro, por ejemplo, se vale de esta regla para poner de manifiesto que es preferible dejarse guiar por la opinión de un clérigo para evitar que el pueblo llano sea engañado. Atemorizando a este estamento y por añadidura al resto de los niveles sociales, se consigue guiar tanto la vida espiritual como la personal de la gente, con todo lo que ello implica:

> [...] refiere el maestro Iustiniano, que vna muger viuia en el reyno de Valencia, y tenia vn niño hijo suyo, a quien ella amaua mucho, y a esta buena muger se le aparecio el demonio vn dia en figura de romero, y llegando a su puerta pidiole vna limosna, y dixola que yua en romeria a Santiago, y la rogaua le diesse aquel niño para lleuarselo consigo, que el lo haria grande hombre, y poderoso en el mundo: la muger dolia darle a su hijo, y respondiole que se lo dexasse pensar, y bolbuiesse por la respuesta. Fuese la buena muger a fray Luys Beltran, que en aquella sazon era prior del conuento de Predicadores, y consultole lo que passaua; y respondiola el santo, «no creays lo que esse romero os dize, porque es el demonio que os quiere engañar»: tomó la muger el consejo del santo, y boluiendo el fingido romero, dixole resueltamente que no queria dar el niño, que la queria engañar; respondiole el romero que no la engañaua: «y porque veas, dize, que trato verdad, vees aquel hombre que viene a cauallo, tenle cuenta, que en llegando aquí se caera muerto»; assi fue, que a los ojos de la muger, y començo a inuocar el nombre de Iesus, y desaparecio el diabolico romero.

El saber el demonio que aquel hombre auia de acabar su vida de aquella manera, es porque conoce y penetra todo lo interior de la naturaleza corporal, y vio que yua acauando[187].

Hernando Castrillo, por su parte, se hace eco de una tradición según la cual Sileno, un demonio súcubo, revela al rey Midas que en una de las partes del mundo existen dos islas antagónicas: una se asemeja al paraíso y otra al infierno[188]. Con ello genera una gran tensión en el lector, ya que según este relato es en este mismo mundo donde se encuentra el premio o la condena por una vida cargada de virtudes y buenas obras, o de actividades licenciosas y reprobables. Por otro lado, también anima a los aventureros renacentistas y barrocos a explorar todos y cada uno de los confines de la tierra, en busca de ese paraíso y en repudio del infierno. Idéntica antítesis se repite en la mayoría de los relatos, intentando mostrar a los lectores el camino más correcto que, según su mentalidad, debe seguir el ser humano de una sociedad tan compleja y desorientada como la de esta época.

Siguiendo con el examen de los personajes, percibimos que la *ley de dos en escena* propuesta por Olrik, es decir, dos constituye el número máximo de actantes que aparecen al mismo tiempo, se cumple en la mayoría de los casos. Ejemplos de ello tenemos incluso abriendo al azar uno de estos tratados de magia. De este modo, en el *Compendium maleficarum* encontramos a dos peregrinos que hacen noche en un lugar. Uno se queda en una pensión y el otro donde unos amigos. Este último se aparece en sueños a su compañero de viaje, advirtiéndole que el posadero le quiere asesinar, pero hace caso omiso de la advertencia. A la mañana siguiente se descubre su cadáver escondido en un carro[189]. Y así sucesivamente en un interminable goteo de narraciones.

---

[187] Navarro, *Tribunal de supersticion ladina*, fol. 27v - 28r.

[188] Castrillo, *Historia magia natural o ciencia de filosofía oculta, con nuevas noticias de los mas profundos mysterios, y secretos de universo visible, en que se trata de animales, pezes, aves, plantas, flores, yervas, metales, piedras, aguas, semillas, parayso, montes y valles*, L. II, pp. 109-110.

[189] Guaccio, *Compendium maleficarum. Ex quo nefandissima in genus humanum opera venefica, ac ad illa vitanda remedia conspiciuntur*, L. I, C. I, pp. 2-3.

Cuando aparezcan varios personajes en una misma escena, un par de ellos se ajustan a la *ley de los gemelos*, según la cual ambos desempeñan la misma función. De este modo localizamos una narración extraída de la Historia de Milán, en la que se relata que a dos comerciantes se les aparece un espectro con la forma de un hombre muy alto en el bosque de Turín, que les entrega una carta para Ludovico Sforza. A la hora de cumplir lo requerido, Ludovico cree que es una broma y encarcela a los dos comerciantes sometiéndoles a tortura. Cuando se abre la misiva, se descubre que recoge la invasión de dicho ducado por una alianza entre venecianos y franceses, poniéndose con ello fin a la estirpe de los Sforza[190]. En este cuento la función de los dos comerciantes queda fundida en un mismo personaje: el de ayudante[191]. Idéntico caso ocurre en:

Martines Delrio, subdit sequentia, his verbis. Versabat ego, anno 1587. Caleti (quando foelicibus auspiciis Serenissus Archiducis Alberti vi expugnatum a Catholici Regis militibus tenebatur) ad pontem Neuleti. Duo signa valonum praesidio posita limitem contra bolonienses, tum hostes tuebantur, sub vesperam sudo coelo, procubitores duo vident nubem subnigram aduolare, et in ea videntur sibi audire confusas voces multorum, quos nulli videbant, tum alter audacior, «quod hoc rei est? sumus ne sat securi? si tibi videtur bonum librabo tormentum manuarium meum in ipsam nubem», assentitur socius: cum tonitru sclopi decidit de nube ante pedes mulier ebria, nuda, bene obeso corpore, et media aetate, femur traicta duplici vulnere: capta, se mentis impotem simulabat, nec fere aliud loquentibus referrebat, «quidnam? hostes ne, an foederati?» Quid ad haec, qui negant transferri? negabunt credere sese, maneant increduli, quia nec oculatis, quos possem plurimos abducere, credent. Cur? Quia, nec viderunt, nec audierunt, et quosdam interrogauerunt, qui si nihil scire responderunt. Haec ille[192].

Dentro de una misma narración, cuando se producen reiteraciones de uno o varios elementos (diálogos, acciones, personajes, etc.) se consigue dar cohesión al cuento, se enfatizan determinados aspectos en los que se desea fijar la atención del receptor, al mismo tiempo que

---

[190] *Ibídem*, L. III, p. 291.

[191] Genette, 1989.

[192] Guaccio, *Compendium maleficarum. Ex quo nefandissima in genus humanum opera venefica, ac ad illa vitanda remedia conspiciuntur*, L. I, C. XIII, p. 93.

se emplea como técnica para memorizar el relato en cuestión. De ahí que se considere esta *ley de repetición* como propia de la literatura oral o de textos vinculados directa o indirectamente con ella. De todas las repeticiones se observa que la triple es la más frecuente: *ley de tres*. Da la casualidad de que el padre de Galeno tuvo tres sueños premonitorios en los que se le recomendaba que su hijo hiciera medicina[193]. Cuando la hija de un sacerdote es exorcizada para que no tenga contacto sexual con un demonio, al cabo de tres días muere súbitamente[194]. También es un espíritu íncubo el que toma la forma de Polícrito, príncipe de Etolia, para seducir a una muchacha con la que yace durante tres noches[195]. En otra ocasión un caballero español, Antonio Costillo, tuvo una aparición en un lugar desértico, donde se le presentaron tres sombras. A raíz de entonces se quedó tan pálido como la muerte[196].

A questo proposito Hettore di Boetia nel libro ottauo delle historie di Scotia racconta un caso molto notabile, che nella Regione Marrea una bellissima, et nobilissima giouane hauendo risiutato molti honorati mariti, fu da uno di questi spiriti incubi in forma di lasciuo giouane stuprata, et ingrauidata, onde fu da parenti con minacie costretta a raccontarli tutto il fatto: a quali ella disse, che un giouanetto di estrema bellezza ogni notte a corcarsi seco nel suo letto andaua, e che poi auanti giorno se ne partiua, et che non sapiua, ne chi fosse, ne d'onde uenisse, ne per qual parte andasse. I parenti ancor che poca fede alle sue parole prestassero, tuttauia bramando essi di saperi chi fosse lo stuprotore, occorse che dopo tre notti (facendo intender la fante, che il giouane nella camara con la figlia ritrouaua) essi entrati con torci accesi, in cambio di ritrouare un giouane uidero nel letto della fanciulla un'horrendo mostro, ilquale con essa era auitichiato: di che spauentati, tutti se ne fuggirono, eccetto, che un sacerdote assai diuoto, il quale sopra quel mostro recitando l'Euangelio di San Giouanni, come giunse a quelle parole, «Et verbum caro factum est», el maledetto spirito con stridore terribile portando seco il tetto della casa, se ne fuggi. La giouane dopo alcuni giorni partori un mostro di

---

[193] Cigogna, *Del palagio de gl'incanti et delle gran meraviglie de gli spiriti, et di tutta la natura loro*, L. II, fols. 112-113.

[194] *Ibídem*, L. III, fols. 207.

[195] *Ibídem*, L. III, fol. 209.

[196] Guaccio, *Compendium maleficarum. Ex quo nefandissima in genus humanum opera venefica, ac ad illa vitanda remedia conspiciuntur*, L. I, C. V, pp. 26-28.

bruttissimo aspetto, ilquale fu incontanente dalle donne alleuatrici am-
mazzato, et poi il suo corpo in uiue fiamme abbrusciato[197].

Según Olrik, de acuerdo con la *ley de la importancia de la posición
inicial y final*, cuando aparecen series de personas o de cosas, la última
es la que despierta simpatía y sobre ella gravita el interés de la narración. El receptor tiende a recordar mejor el último caso expuesto, del
que ha sacado una enseñanza que se ha visto reforzada por los fallos
cometidos previamente. La combinación de la ley del tres con la posición final constituye una característica principal de los relatos tradicionales. Sin embargo, en el caso concreto de los relatos insertos en
estos tratados de magia ocurre todo lo contrario, es decir, que la des-
gracia se ceba generalmente en el último de manera especial.

Un ejemplo al respecto nos lo ofrece Strozzi Cigogna en uno de
sus tratados, en el que recoge una historia acontecida a tres pescadores, el 18 de julio de 1530, en el río Reno. Mientras están durmien-
do, a estos pescadores se les aparece un espectro en forma de monje.
Al primero le pide que le lleve a cierto lugar del río, del que regresa
enfermo. A la noche siguiente, el segundo pescador se encuentra en
sus sueños con doce monjes vestidos de negro a excepción de uno
que va de blanco. Al poco tiempo también cae enfermo. Al tercero le
pasa lo mismo, pero en lugar de retornar al punto de partida, hace escala en Spira, donde muere[198]. Nieremberg también nos relata el nacimiento de trillizos, de los cuales dos viven y el tercero muere por
no cumplirse el antojo de la madre de dar tres mordiscos a los hom-
bros del pastelero[199]. En estos casos, de un resultado contrario se extrae una enseñanza positiva: el no fiarse de los fantasmas que se cue-
lan por los sueños, ya que pueden ser espíritus malignos en busca de
nuestra vida; y el de no coartar los deseos de una mujer embarazada.
Todo un mundo de supersticiones vuelve a imperar en la mente de
los tratadistas, confluyendo junto con atisbos de racionalidad creencias
vanas.

---

[197] Cigogna, *Del palagio de gl'incanti et delle gran meraviglie de gli spiriti, et di tutta la natura loro*, L. III, fol. 215.

[198] *Ibídem*, L. III, fol. 277.

[199] Nieremberg, *Curiosa filosofía y tesoro de maravillas de la naturaleza*, L. II, C.
XIV, fol. 62r.

CONCLUSIÓN

En el universo de ensueños ambiguos, racionalismos despuntados, miedos satánicos y amores prohibidos, en definitiva, en la literaturización de la propia vida que se lleva a cabo durante los Siglos de Oro despierta un interés renovado todo aquello vinculado con la magia. La realidad se impregna de creencias paganas heredadas de antiguos pasados, de inseguridades humanas ante el nuevo mundo que se comienza a vislumbrar, de fantasías creativas con las que se intenta dar respuesta a los interrogantes que el presente no puede solventar. Ante la eclosión de la mentalidad racional el hombre se fija en su interior, recurriendo al mundo mágico para interpretar la existencia que le circunda. Un cúmulo de pócimas, ungüentos, raptos, posesiones, pactos, reuniones, vuelos, demonios, brujas, esferas, magos, etc., se vierte en multitud de libros que se publican y difunden por la Europa occidental, especialmente desde finales del siglo XV hasta principios del XVIII.

Por ello se explica que dentro de la literatura renacentista y barroca se den cabida una serie de obras que versen sobre la magia, constituyendo por sí mismas una nutrida biblioteca de ejemplares raros, curiosos y singulares. Estos tratados intentan hacerse eco de las inquietudes, proyectos e iniciativas de una sociedad que camina con paso firme hacia un futuro prometedor y, sobre todo, nuevo. Pero no se debe olvidar que cualquier cambio también genera temor, inseguridad y frustración, complejos estos que vienen a ser cubiertos con el velo de la magia, reinterpretada para la época precisa que ahora nos ocupa.

De este modo tenemos que lo oculto y lo empírico, dos métodos de conocimiento en principio antitéticos, confluyen en el pensamiento de los Siglos de Oro, dando lugar, por un lado, a un filósofo que también se viste de mago, de astrólogo y de científico, que es consciente del cambio intelectual que se está generando, con la responsabilidad, la satisfacción y también la inseguridad que ello conlleva. Y junto a él, en el reverso de la moneda, se halla un teólogo que vuelve sus ojos, miedosos e inquisidores, hacia cualquier manifestación relacionada con la magia, la demonología o la brujería, desatando supersticiones, creencias y miedos legados de épocas anteriores.

Con ello comprobamos que en la Europa de los Siglos de Oro no solo tienen pleno derecho de ciudadanía hombres como, por ejemplo, Galileo, Leonardo o Erasmo, sino también individuos como Del Río, Guaccio o Noydens. Incluso dentro de una misma persona, como Giordano Bruno, coexiste el filósofo que encarna el ideal moderno del conocimiento, junto al pensador que cree poder llevar a cabo este *modus vivendi* a través de encantamientos.

Descubrimos que las teorías sobre la existencia del diablo y de la brujería constituyen el lado oscuro y más desconocido de este momento. Sin embargo, en este punto también observamos un cambio gradual en el enfoque ofrecido por los teólogos. Mientras que Kramer, Sprenger y Bodin radicalizan la lucha contra lo relacionado con la magia, a medida que van transcurriendo los años, surgen voces disidentes como las de Wier, Klein y Von Spee, en las que se percibe el nuevo modo de reflexionar fundamentado en la razón, la tolerancia, la solidaridad, el principio de igualdad, la presunción de inocencia, etc., con el que dan su particular paso hacia el progreso de la ciencia, eliminando prejuicios y luchando por los derechos humanos de seres tan condenados y repudiados como las brujas.

Todo este cambio se percibe a través de la palabra eternizada en cada tratado que sobre la magia nos hemos dedicado a estudiar. Estos textos incitan a imaginar el pasado al que hacen referencia porque lo encarnan y, en cierto modo, lo objetivan para el futuro; quedan empapados por la cultura, el pensamiento, la formación, las creencias, los mitos, las supersticiones, los *topoi* propios, no solo de cada uno de sus autores, sino de un periodo que busca dar su propia respuesta a interrogantes tan atemporales como el fin último de la vida humana, la naturaleza de la identidad, de la realidad, de la creatividad y de la imaginación, a partir de su específica concepción tanto del demonio, como de la melancolía, la locura, la posesión, el mal, etc.

El tema común de estos manuales es, como venimos reiterando, la magia. Sin embargo, bajo esta denominación se engloba una amplia variedad de fenómenos vinculados con lo oculto, lo fascinante, lo prohibido. Con la intención de organizar el extenso *corpus* de tratados que hemos empleado para realizar el presente estudio, optamos por clasificarlos en tres tipos cuya delimitación queda marcada por su contenido. De esta forma tenemos: los libros que versan exclusivamente sobre la magia, otros donde se trata cualquier asunto relacionado con la demonología y, por último, aquellos que se centran en la brujería y el mundo que gira en torno a ella. Su estructura se ajusta a las normas dictadas por la retórica clásica. Es generalmente tetrapartita y, de ella, lo que más llama la atención es la gran cantidad de cuentos que aparecen interpolados a lo largo del discurso.

Estos relatos disponen de un hondo componente tradicional de transmisión tanto oral como escrita. La fuente de donde son tomados es, en la mayoría de los casos, erudita ya que se acostumbra en esta época a que los autores se citen unos a otros, aunque en otros casos estos se limitan a transcribir narraciones divulgadas oralmente. Poseen una extensión generalmente breve, una interpretación unívoca y una estructura cerrada. Supersticiones, maleficios, apariciones, adivinaciones, etc., organizan el contenido de cada uno de estos tratados. Sin embargo, entre tal variedad de materias destacamos las cuatro que subyacen en la mayoría de estos cuentos: la misoginia, la herejía, el pacto con el diablo y la sexualidad.

En cuanto a los personajes que pueblan estos relatos se presentan esquemáticamente, carecen de profundidad psicológica y se limitan a encarnar una determinada cualidad. Están muy sujetos al dualismo maniqueo de buenos frente a malos. Son, en definitiva, tipos que disponen de unas fuertes raíces culturales. Así, por ejemplo, la bruja se nos muestra bajo la figura de una mujer fea, vieja, dedicada a las artes mágicas, que asiste por la noche a unos conventículos organizados en torno a un 'macho cabrío', es decir, responde a una serie de motivos que han quedado fijados desde la Antigüedad y que se han consolidado durante la Edad Media. Lo mismo ocurre con personajes como el diablo, el mago, los demonios, la Virgen, los santos o los hombres.

Todos estos cuentos quedan determinados por un carácter puramente tradicional que se ajusta a las leyes que Olrik formula al respecto. No comienzan *in medias res* ni concluyen de una forma tajante, carente de sentido. En ellos se omite lo superfluo que no contribuye al desarrollo de una unidad argumental, conseguida gracias al paralelismo y la prefiguración. También se recurre al contraste entre lo bueno o lo malo. En una misma escena nunca aparecen más de dos personajes juntos y, en caso contrario, se recurre a la ley de los gemelos, según la cual, dos de ellos desempeñan una misma función. Para dar cohesión al relato y llamar la atención sobre determinados aspectos, se repite, casi siempre tres veces, personajes, sucesos, actitudes, etc. De entre ellos, el último es el que despierta simpatía y en el que estriba el interés de la narración.

Gracias a este trabajo se ha vuelto a desatar un mundo de mentalidades mágicas, creencias supersticiosas e ideologías demoniacas, encantamientos, maleficios y hechicerías, ungüentos, orgías y transformaciones caprichosas, apariciones divinas, ensoñaciones proféticas e intervenciones fantásticas. Magos, demonios, lamias, duendes, cristianos, beatos, santos, espíritus del bien y del mal, Dios y el diablo, cohabitan en multitud de cuentos. Con ello, la palabra ha cobrado vida, deshaciéndose de la maldición donde el olvido la tenía sumida. A través de cientos y cientos de folios enmohecidos, acartonados y censurados, se descubre cómo paulatinamente la magia se va extinguiendo en la hoguera de la razón.

BIBLIOGRAFÍA

1. Teoría y crítica de la literatura

1.1. El cuento

ANDERSON IMBERT, Enrique, *Teoría y técnica del cuento*, Barcelona, Ariel, 1996.

AVALLE-ARCE, Juan Bautista, «El cuento de los dos amigos», *Nuevos deslindes cervantinos*, Barcelona, Ariel, 1975, pp. 153-211.

BAQUERO GOYANES, Mariano, *¿Qué es la novela? ¿Qué es el cuento?*, Murcia, Universidad de Murcia, 1993.

BASCOM, William, «The forms of folklore: Prose narratives», *Journal of American Folklore*, 1965, 78, pp. 3-20.

BERLIOZ, Jacques, Claude BRÉMOND et C. VELEY-VALLANTIN (eds.), *Formes médiévales du conte merveilleux*, París, Stock-Moyen Âge, 1989.

BETTELHEIM, Bruno, *The uses of enchantment: the meaning and importance of fairy tales*, New York, Alfred A. Knopf, 1977.

BONHEIM, Helmut, *The narrative modes, techniques of the short story*, Cambridge, Brewer, 1982.

BOURLAND, Carolina B., *The short story in Spain in the seventeenth century*, Northampton, Smith College, 1927.

CACHO BLECUA, Juan Manuel y María Jesús LACARRA, «Introducción», en *Calila e Dimna*, Madrid, Clásicos Castalia, 1984, pp. 9-83.

CARILLA, Emilio, *El cuento fantástico*, Buenos Aires, Editorial Nova, 1968.

CHERTUDI, Susana, *El cuento folklórico*, Buenos Aires, Centro Editor de América Latina, 1967.

CHEVALIER, Maxime, *Folklore y literatura. El cuento oral en el Siglo de Oro*, Barcelona, Crítica, 1978.

— *Tipos cómicos y foklore (Siglos XVI-XVII)*, Madrid, Edi-6, 1982.

— «Ensayo preliminar» en *Cuento y novela corta en España,* ed. María Jesús Lacarra, Barcelona, Crítica, 1999, pp. 9-24.

CUARTERO, Pilar y Maxime CHEVALIER, «Introducción», en Joan Timoneda, *Buen aviso y portacuentos. El Sobremesa. Alivio de caminantes*, Madrid, Espasa-Calpe, 1990, pp. 5-67.

GUILLÉN, Claudio, *El primer Siglo de Oro: estudios sobre géneros y modelos*, Barcelona, Crítica, 1988.

JOLLES, André, *Formes simples*, Paris, Seuil, 1972.

KRAPPE, Alexander H., *The science of folklore*, New York, Norton, 1964.

KRÖMER, Wolfram, *Formas de la narración breve en las literaturas románicas hasta 1700*, trad. Juan Conde, Madrid, Gredos, 1979.

LACARRA, María Jesús, *Cuento y novela corta en España. Edad Media*, Barcelona, Crítica, 1999.

— *Cuentística medieval en España: los orígenes*, Zaragoza, Departamento de Literatura Española, Universidad de Zaragoza, 1979.

LIDA DE MALKIEL, María Rosa, *El cuento popular hispano-americano y la literatura*, Buenos Aires, Facultad de Filosofía y Letras de la Universidad de Buenos Aires-Instituto de Cultura Latino-Americana, 1941.

NIETO, María Dolores, *Estructura y función de los relatos medievales*, Madrid, C.S.I.C., 1993.

OLRIK, Axel, «Epic laws of folk narrative», *The study of folklore*, Englewood Cliffs, Prentiss Hall, 1965, pp. 129-141.

PABST, Walter, *La novela corta en la teoría y en la creación literaria*, trad. Rafael de la Vega, Madrid, Gredos, 1972.

PAREDES, Juan, *Formas narrativas breves en la literatura románica medieval: problemas de terminología*, Granada, Universidad de Granada, 1986.

PARODI, Roberto A., *Los límites del cuento y la novela*, Entre Ríos, Ser, 1971.

PINON, Roger, *El cuento folklórico (como tema de estudio)*, trad. Susana Chertudi, Buenos Aires, Eudeba, 1965.

PLACE, Edwin B., *Manual elemental de novelística española. Bosquejo histórico de la novela corta y el cuento durante el Siglo de Oro*, Madrid, Victoriano Suárez, 1926.

PROPP, Vladimir, *Morfología del cuento*, trad. M.ª Lourdes Ortiz, Madrid, Fundamentos, 1987.

RAMOS, Rosa Alicia, *El cuento folklórico: una aproximación a su estudio*, Madrid, Editorial Pliegos, 1988.

SOONS, Alan C., *Haz y envés del cuento risible en el Siglo de Oro*, London, Tamesis Books Limited, 1976.

THOMPSON, Stith, *El cuento folklórico*, trad. Angelina Lemmo, Caracas, Universidad Central de Venezuela, 1972.

1.2. El exemplum

ALBERTE, Antonio, «Tradición y originalidad en las artes predicatorias medievales», en *Actas del I Congreso Nacional de Latín Medieval*, ed. Mauricio Pérez González, León, 1993, pp. 133-165.

BATAILLON, Louis-Jacques, «*Similitudines* et *exempla* dans les sermons du XIIIe siècle», *The Bible in the Medieval World: essays in memory of Beryl Smalley*, Oxford, Blackwell, 1985, pp. 191-205.

— *La prédication au XIIIe siècle en France et Italie. Études et documents*, Alderschot-Hampshire, Variorum reprints, 1993.

BATTAGLIA, Salvatore, «L'esempio medievale», *Filologia Romanza*, 1959, 6, pp. 45-83.

BÉRIOU, Nicole, *La Prédication de Ranulphe de la Houblonnière. Sermon aux clecs et aux simples gens à Paris au XIIIe siècle*, Paris, Études Augustiniennes, 1987.

BREMOND, Claude, Jacques LE GOFF y Jean-Claude SCHMITT, *L'Exemplum*, Turnhout, Brepols, 1982.

CÁTEDRA GARCÍA, Pedro M., *Sermón, sociedad y literatura en la Edad Media. San Vicente Ferrer en Castilla (1411-1412). Estudio bibliográfico, literario y edición de los textos inéditos*, Salamanca, Junta de Castilla y León - Consejería de Cultura y Turismo, 1994.

COLETTI, Vittorio, *Parole del pulpito. Chiesa e movimenti religiosi tra latino e volgare nell'Italia del Medievo e del Rinascimento*, Casale Monferrato, Marietti, 1983.

DELCORNO, Carlo, *Exemplum e letteratura tra Medievo e Rinascimento*, Bologna, Il Mulino, 1989.

— *La predicazione nell'età comunale*, Firenze, Sansoni, 1974.

DEYERMOND, Alan, «The sermon and its uses in Medieval Castilian Literature», *La Crónica*, 8, 2, 1980, pp. 127-145.

GOLDBERG, Harriet, «Sexual humor in misogynist medieval exempla», *Women in Hispanic Literature. Icons and fallen idols*, ed. Beth Miller, Berkeley-Los Ángeles-Londres: University of California Press, 1983, pp. 67-83.

KAUFMANN, Hanna Wanda, *The «exemplum»: its morphology, function, evolution and transmission*, Arbor, UMI, Dissertation Services, 1996.

LA PLANA GIL, José Enrique, «La oratoria sagrada del seiscientos y el escritor aragonés Ambrosio Bondía», *II Curso sobre Lengua y Literatura en Aragón (Siglos de Oro)*, ed. José María Enguita Utrilla, Zaragoza, Institución Fernando «el Católico», 1993.

LE GOGG, Jacques y Jean Claude SCHMITT, *L'esemplum*, Turnhout, Brepols, 1982.

LYONS, John D., *Exemplum: the rhetoric of example in early modern France and Italy*, Princeton, Princeton University Press, 1989.

SCHELLER, Robert W., *Exemplum: model-book drawings and the practice of artistic transmission in the Middle Ages*, trad. Michael Hoyle, Amsterdam, Amsterdam University Press, 1995.

WELTER, J. Th., *L'exemplum dans la littérature religieuse et didactique du moyen âge*, Paris, Toulouse, 1927.

1.3. *El* lai

BAADER, Horst, *Die Lais. Zur Geschichte einer Gattung der altfranzösischen Kurzerzählungen*, Frankfurt am Main, Analecta Romanica 16, 1966.

BAUM, Richard, *Recherches sur les oeuvres attribuées à Marie de France*, Heidelberg, Annales Universitatis Saraviensis-Reihe Phil. Fak. 9, 1968.

FRANCIA, María de, *Los lais*, ed. A. Mª Valero de Holzbacher, Barcelona, Quaderns Crema, 1993.

FRANCIS, E. A., «Marie de France et son temps», *Romania*, 1951, 72, pp. 78-99.

FRAPPIER, Jean, «Remarques sur la structure du lai. Essai de définition et de classement», *La littérature narrative d'imagination*, ed. Centre de Philologie Romane et de Langue et Littérature Françaises Contemporaines, Paris, Colloque de Strasbourg, 23-25 avril 1959, 1961, pp. 23 y ss.

GONZÁLEZ ALLAZAR, José A., *Contribución al estudio de los lais de María de Francia*, Murcia, Universidad de Murcia, 1978.

HOEPFNER, Ernest, «Maire de France et L'Énéas», *Studi Medievali*, Torino, Nuova Serie, 1932, 5, pp. 272-308.

HOFER, Stefan, «Zur Beurteilung der Lais der Marie de France», *Zeitschrift für Romanische Philologie*, 1950, 66, pp. 409-421.

RINGGER, Kurt, «Marie de France und kein Ende», *Zeitschrift für Romanische Philologie*, 1970, 86, pp. 40-48.

1.4. *El* fabliaux

BÉDIER, Joseph, *Les fabliaux: études de littérature populaire et d'histoire littéraire du moyen âge*, Paris, Champion, 1925.

BEYER, Jügen, «The morality of the amoral», en *The humor of the fabliaux. A collection of critical essays*, Columbia, University of Missouri Press, 1974, pp. 15-42.

NYKROG, Per, *Les fabliaux. Étude d'histoire littéraire et de stylistique médiévale*, Genève, Droz, 1973.

RYCHNER, Jean, *Contribution à l'étude des fabliaux. Variantes, remaniéments, dégradations*, Genève, Neuchâtel, 1960, 2 t.

1.5. *El mito*

BURKERT, Walter, *Structure an history in greek mythology and ritual*, Berkeley, University Press, 1979.

CASSIRER, Ernst, *Antropología filosófica*, trad. Eugenio Imaz, México, Fondo de Cultura Económica, 1958.

CHASE, R., *The quest for myth*, Westpost, Conn, 1969.

ELIADE, Mircea, *Mito y realidad*, trad. Luis Gil, Barcelona, Labor, 1985.

GARCÍA GUAL, Carlos, *Mitos, viajes, héroes*, Madrid, Taurus, 1996.

PEÑUELAS, Marcelino, *Mito, literatura y realidad*, Madrid, Gredos, 1965.

VV. AA., *Mitos, folklore y literatura*, ed. Juan Cueto, Zaragoza, Caja de Ahorros y Monte de Piedad de Zaragoza, Aragón y Rioja, 1987.

1.6. *El milagro*

MONTOYA MARTÍNEZ, Jesús, *Las colecciones de milagros de la Virgen en la Edad Media (El milagro literario)*, Granada, Universidad de Granada, 1981.

1.7. *La novela*

ARISTÓTELES, *Poética*, ed. Valentín García Yebra, Madrid, Gredos, 1974.

AYALA, Francisco, *Teoría y crítica literaria*, Madrid, Aguilar, 1971.

BAJTÍN, Mijail, *Teoría y estética de la novela. Trabajos de investigación*, trad. Helena S. Kriúkova y Vicente Cazcarra, Madrid, Taurus, 1991.

BARTHES, Roland, *Análisis estructural del relato*, Buenos Aires, Tiempo Contemporáneo, 1972.

BOBES NAVES, María del Carmen, *La novela*, Madrid, Síntesis, 1998.

BOURNEUF, Roland y Real OULLET, *La novela,* trad. Enric Sullà, Barcelona, Ariel, 1983.

BREMOND, Claude, *La semiología*, Buenos Aires, Editorial Tiempo Contemporáneo, 1970.

DELGADO LEÓN, Feliciano, *Técnica del relato y modos de novelar*, Sevilla, Universidad de Sevilla, 1973.

DEVOTO, Daniel, *Textos y contextos. Estudios sobre la tradición*, Madrid, Gredos, 1974.

DURÁN, Antonio, «Teoría y práctica de la novela española durante el Siglo de Oro», *Teoría de la novela*, Madrid, SGEL, 1976, pp. 55-91.

ECO, Umberto, *Los límites de la interpretación*, trad. Helena Lozano, Barcelona, Lumen, 1998.

FORSTER, Edward Morgan, *Aspectos de la novela*, trad. Guillermo Lorenzo, Madrid, Debate, 1983.

FOUCAULT, Michel, *Las palabras y las cosas. Una arqueología de las ciencias humanas*, trad. Elsa Cecilia Frost, Madrid, Siglo Veintiuno, 1993.

FRADEJAS LEBRERO, José, *Novela corta del siglo XVI*, Madrid, Plaza y Janés, 1985, 2 t.

GENETTE, Gérad, *Figures I*, Paris, Seuil, 1966.

— *Figuras III*, trad. Carlos Manzano, Barcelona, Lumen, 1989.

— *Figures II*, Paris, Seuil, 1997.

GREIMAS, Algirdas Julien, *Semántica estructural,* trad. Alfredo de la Fuente, Madrid, Gredos, 1971.

HURTADO TORRES, Antonio, *La prosa de ficción en los siglos de oro*, Madrid, Playor, 1983.

KRISTEVA, Julia, *El texto de la novela*, trad. Jordi Llovet, Barcelona, Lumen, 1974.

LOTMAN, Yuri M., *Estructura del texto artístico*, trad. Victoriano Imbert, Madrid, Istmo, 1973.

LUKÁCS, György, *La théorie du roman*, Paris, Médiations, 1963.

MENÉNDEZ PELAYO, Marcelino, *Orígenes de la novela*, Madrid, C. S. I. C., 1961.

MUIR, E., *The structure of the novel*, London, Hogarth Press, 1967.

OLSON, David R. y Nancy TORRANCE, *Cultura escrita y oralidad*, trad. Gloria Vitale, Barcelona, Gedisa, 1995.

PALOMO, María del Pilar, *La novela cortesana. Forma y estructura*, Barcelona, Editorial Planeta, 1976.

PRIETO, Antonio, *Morfología de la novela*, Barcelona, Ensayos/Planeta, 1975.

TACCA, Oscar, *Las voces de la novela*, Madrid, Gredos, 1975.

VALDÉS, Juan de, *Diálogo de la lengua,* ed. Antonio Comas, Barcelona, Bruguera, 1972.

VILLANUEVA, Darío, *El polen de ideas. Teoría, crítica, historia y literatura comparada*, Barcelona, PPU, 1991.

WELLEK, René y Austin WARREN, *Teoría literaria*, trad. José María Gimeno, Madrid, Gredos, 1985.

1.8. Retórica

AJO Y SAINZ DE ZÚÑIGA, C. María, *Historia de las universidades hispánicas. Orígenes y desarrollo desde su aparición hasta nuestros días*, Madrid, La Norma, 1957, 2 t.

ALBURQUERQUE GARCÍA, Luis, *La retórica de la Universidad de Alcalá: contribución al estudio de la teoría literaria hispana del siglo XVI*, Madrid, Universidad Complutense, 1993.

— *El arte de hablar en público: seis retóricas famosas del siglo XVI: (Nebrija, Salinas, G. Matamoros, Suárez, Segura y Guzmán)*, Madrid, Visor, 1995.

ARISTÓTELES, *Retórica*, trad. Quintín Racionero, Madrid, Gredos, 1990.

ARTAZA, Elena, *El «ars narrandi» en el siglo XVI español*, Bilbao, Universidad de Deusto, 1989.

— *Antología de textos retóricos españoles del siglo XVI*, Bilbao, Universidad de Deusto, 1997.

COPELAND, Rita, *Rhetoric, hermeneutics and translation in the Middle Age. Academic traditions and vernacular texts*, Cambridge, Cambridge University Press, 1991.

FUMAROLI, Marc, *Eroi e oratori: retorica e drammaturgia secentesche*, Bologna, Il Mulino, 1990.

HERNÁNDEZ GUERRERO, José Antonio y María del Carmen GARCÍA TEJEDO, *Historia breve de la retórica*, Madrid, Síntesis, 1994.

HORACIO, *Epístola a los Pisones*, trad. Helena Valenti, Barcelona, Bosh, 1981.

LAUSBERG, Heinrich, *Manual de retórica literaria*, trad. José Pérez Riesco, Madrid, Gredos, 1983.

LUTHI, Max, *Das Europäische Volksmärchen. Form und Wesen. Eine literaturwissenschaftliche Darstellung*, Berna, A. Francke, A. G. Verlag, 1947.

MARTÍ, Antonio, *La preceptiva retórica española en el Siglo de Oro*, Madrid, Gredos, 1972.

MERINO JEREZ, Luis, *Los principios pedagógicos del humanismo renacentista (natura, ars y excercitatio) en la retórica del Bocense (memoria, methodus y análisis)*, Cáceres, Universidad de Extremadura, 1991.

MURPHY, James, *Sinopsis histórica de la retórica clásica*, trad. A. R. Bocanegra, Madrid, Gredos, 1988.

NÚÑEZ, Pedro Juan, *Institutiones Rhetoricae ex progimnasmatis potissimum Aphtonii atque ex Hermogenis arte dictatae a Petro Joanne Nunnesio Valentino*, Barcilone, Petro Mali, 1578.

REYES CORIA, Bulmaro, *Límites de la retórica clásica*, México, Universidad Nacional Autónoma de México, 1995.

REYNOLDS, Suzanne, *Medieval reading. Grammar, rhetoric and the classical text*, Cambridge, Cambridge University Press, 1996.

RICO VERDÚ, José, *La retórica española de los siglos XVI y XVII*, Madrid, C. S. I. C., 1973.

SHEPARD, Sanford, *El Pinciano y las teorías literarias del siglo de oro*, Madrid, Gredos, 1970.

VASOLI, Cesare, *La dialettica e la retorica dell'Umanesimo. «Invenxione» e «Metodo» nella cultura del XV e XVI secolo*, Milano, Feltrinelli, 1968.

2. CATÁLOGOS Y COLECCIONES DE CUENTOS

AARNE, Antti y Stith THOMPSON, *Los tipos del cuento folklórico. Una clasificación*, trad. Fernando Peñalosa, Helsinki, Academia Scientiarum Fennica-Folklore Fellows Communications, 184, 1995.

BOGGS, Ralph S., *Index of spanish folktales*, Helsinki, Academia Scientiarum Fennica-Folklore Fellows Communications, 90, 1930.

CAMARENA LAUCIRICA, Julio y Maxime CHEVALIER, *Catálogo tipológico del cuento folklórico español. Cuentos maravillosos*, Madrid, Gredos, 1995.

CHEVALIER, Maxime, *Cuentecillos tradicionales en la España del Siglo de Oro*, Madrid, Gredos, 1975.

— *Cuentos folklóricos españoles del Siglo de Oro*, Barcelona, Crítica, 1983.

CHILDERS, James Wesley, *Tales from spanish picaresque novels*, Albany, State University of New York, 1977.

CHRISTENSEN, Arthur, *Motif et thème; plan d'un dictionnaire de motifs des contes populaires, des légendes et des fables*, Helsinki, Academia Scientiarum Fennica, FFC, nº 59, 1925.

DELARUE, Paul et Marie-Louise TENÈZE, *Le conte populaire français*, París, Erasme, 1957.

ESPINOSA, Antonio, *Cuentos españoles recogidos de la tradición oral de España*, Madrid, C. S. I. C., 1946, 3 t.

FRENZEL, Elisabeth, *Diccionario de motivos de la literatura universal*, trad. Manuel Albella Martín, Madrid, Gredos, 1980.

KELLER, John Esten, *Motif-Index of spanish medieval exempla*, Knoxville, Tennessee University Press, 1949.

LO NIGRO, Sebastiano, *Racconti popolari siciliani. Classificazione e bibliografia*, Fiorenza, Leo S. Olschki, 1957.

THOMPSON, Stith, *Motif-Index of folk literature*, Copenhague y Bloomington, Indiana University Press, 1955-1958.

TUBASCH, Frederic C., *Index exemplorum. A handbook of medieval religious tales*, Helsinki, Academia Scientiarum Fennica, 1969.

3. ESTUDIOS LITERARIOS SOBRE LOS SIGLOS DE ORO

ALONSO PALOMAR, Pilar, *De un universo encantado a un universo reencantado. (Magia y literatura en los Siglos de Oro)*, Valladolid, Grammalea, 1994.

AMEZÚA Y MAYO, Agustín G. de, *Cervantes creador de la novela corta española*, Madrid, C. S. I. C., 1982, 2 t.

ARCE DE VÁZQUEZ, Margot, *Garcilaso de la Vega. Contribución al estudio de la lírica española del siglo XVI*, Barcelona, Universidad de Puerto Rico, 1969.

AVALLE-ARCE, Juan Bautista, *La novela pastoril española*, Madrid, Istmo, 1975.

BIGEARD, Martine, *La folie et les fous littéraires en Espagne, 1500-1650*, Paris, Institut d'études hispaniques, 1972.

BISHOP, Morris Gilbert, *Petrarca and his world*, Bloomington, Indiana University Press, 1963.

BLANCO AGUINAGA, Carlos, «Cervantes y la picaresca. Notas sobre dos tipos de realismo», *NRFH*, 11, pp. 313.

BLASCO PASCUAL, Javier, *Cervantes, raro inventor*, Guanajuato, Universidad, 1998.

BOSCO, Umberto, *Petrarca*, Bari, Laterza, 1968.

BOUSOÑO, Carlos, *Épocas literarias y evolución*, Madrid, Gregos, 1981, 2 t.

CALDERA, Ermanno (coodr.), *Teatro di magia*, Perugia, Bulzoni Editore, 1983.

CASALDUERO, Joaquín, *Estudios sobre el teatro español*, Madrid, Gredos, 1972.

CHEVALIER, Maxime, *Quevedo y su tiempo: la agudeza verbal*, Barcelona, Crítica, 1992.

CILVETI, Ángel L., *El demonio en el teatro de Calderón*, Valencia, Albatros, 1977.

CUEVAS, Cristóbal, «Quevedo entre neoestoicismo y sofística», en *Estudios sobre literatura y arte dedicados al profesor Emilio Orozco Díaz*, ed. Antonio Gallego Morell, Andrés Soria y Nicolás Marín, Granada, Universidad de Granada, 1979, t. 1, pp. 357-376.

DAVID-PEYRE, Yvonne, *Le personnage du médecin et la relation médecin-malade dans la littérature ibérique XVI et XVII siècle*, Paris, Ediciones Hispanoamericanas, 1971.

DÍEZ BORQUE, José María, *Sociología de la comedia española del siglo XVII*, Madrid, Cátedra, 1976.

DILTHEY, Wilhelm, *Literatura y fantasía*, trad. Emilio Uranga y Carlos Gerhard, México, Fondo de Cultura Económica, 1963.

DURÁN, Manuel y Roberto GONZÁLEZ ECHEVARRÍA, *Calderón y la crítica: historia y antología*, Madrid, Gredos, 1976.

EGIDO, Aurora, *Fronteras de la poesía en el barroco*, Barcelona, Crítica, 1990.

— *La rosa del silencio. Estudios sobre Gracián*, Madrid, Alianza Universidad, 1996.

FEDER, Lillian, *Madness in Literature*, Princeton, Princeton University Press, 1980.

FESTUGIERE, André-Jean, *La philosophie de l'amour de Marsile Ficin et son influence sur la littérature française au XVI siècle*, Paris, Vrin, 1941.

FOUCAULT, Michel, *Historia de la locura en la época clásica*, trad. Juan José Utrilla, Madrid, Fondo de Cultura Económica, 1997.

FRITZ, Jean-Marie, *Le discours du fou au Moyen Age: XII-XIII siècles: étude comparée des discours littéraire, médical, théologique de la folie*, Paris, Presses Universitaires de France, 1992.

GALLARDO, Bartolomé José, *Ensayo de una biblioteca española de libros raros y curiosos*, Madrid, M. Rivadeneyra, 1889, 4, cols. 774-775, nº 4068.

GARROSA RESINA, Antonio, *Magia y superstición*, Valladolid, Universidad de Valladolid, 1987.

GÓMEZ MORIANA, Antonio, *Derecho de resistencia y tiranicidio. Estudio de una temática en las «Comedias» de Lope de Vega*, Santiago de Compostela, Porto y Cía, 1968.

IVENTOSCH, Herman, «The Classic and the Baroque: Sonnets of Garcilaso and Góngora», en *Estudios literarios de hispanistas norteamericanos dedicados a Helmuz Hatzfeld con motivo de su 80 aniversario*, Barcelona, Hispam, 1974, pp. 35-40.

LACARRA, María Jesús, «Algunos datos para la historia de la misoginia en la Edad Media», en *Studia in honorem prof. M. de Riquer*, Barcelona, Edicions des Quaderns Crema, 1986, 1 t., pp. 339-361.

LAFONT, Jean y Augustin REDONDO, *L'image du monde renversé et ses représentations littéraires et para-littéraires de la fin du XVI siècle au milieu di XVII*, Paris, J.Vrin, 1979.

LEWIS, C. S., *La alegoría del amor*, trad. Delia Sampietro, Buenos Aires, Editorial Universitaria, 1969.

MARAVALL, José Antonio, *Teatro y literatura en la sociedad barroca*, Madrid, Seminario y Ediciones, 1972.

MARTÍNEZ ANÍBARRO, Manuel, *Intento de un diccionario biográfico y bibliográfico de autores de la provincia de Burgos*, Valladolid, Consejería de Cultura y Turismo, 1993.

MAS, Amédée, *La caricature de la femme, du mariage et de l'amour dans l'oeuvre de Quevedo*, Paris, Editoriales Hispanoamericanas, 1957.

OLMEDA, Mauro, *El ingenio de Cervantes y la locura de Don Quijote*, Madrid, Ayuso, 1973.

OROZCO DÍAZ, Emilio, *Temas del Barroco de poesía y pintura*, Granada, Universidad de Granada, 1989.

PATCH, Howard Rollin, *El otro mundo en la literatura medieval*, trad. Jorge Hernández Campos, México, Fondo de Cultura Económica, 1956.

PAVIA, Mario N., *Drama of the Siglo de Oro. A study of magic, witchcraft and other occult sciences*, New York, Hispanic Institute, 1959.

PEDROSA, José Manuel, *Tradición oral y escrituras poéticas en los siglos de oro*, Oiartzun, Biblioteca Mítica Sendoa, 1999.

REDONDO, Augustine et André ROCHON, *Visages de la folie (1500-1650)*, Paris, La Sorbonne, 1981.

RICO, Francisco, *Predicación y literatura en la España medieval*, Cádiz, UNED, 1977.

— *El pequeño mundo del hombre. Varia fortuna de una idea en las letras españolas*, Madrid, Alianza Editorial, 1988a.

— *Problemas del «Lazarillo»*, Madrid, Cátedra, 1988b.

— *El sueño del humanismo. De Petrarca a Erasmo*, Madrid, Alianza Universidad, 1997.

RODRÍGUEZ DE LA FLOR, Fernando, *Barroco. Representación e ideología en el mundo hispánico (1580-1680)*, Madrid, Cátedra, 2002.

VALBUENA PRAT, Ángel, *Calderón, su personalidad, su arte dramático, su estilo y sus obras*, Barcelona, Juventud, 1941.

WILKINS, Ernest Hatch, *Studies in the life and works of Petrarch*, Cambridge, Mass, 1955.

3.1. *Obras literarias citadas*

ALEMÁN, Mateo, *Guzmán de Alfarache*, ed. José María Micó, Madrid, Cátedra, 1987.

CALDERÓN DE LA BARCA, Pedro, *La vida es sueño*, ed. Ciriaco Morón, Madrid, Cátedra, 1981.

Calila e Dimna, ed. Juan Manuel Cacho Blecua y María Jesús Lacarra, Madrid, Clásicos Castalia, 1984.

CERVANTES, Miguel de, *Don Quijote de la Mancha*, ed. John Jay Allen, Madrid, Cátedra, 1989, 2 t.

— *Novelas ejemplares*, Madrid, ed. Harry Sieber, Cátedra, 1995.

D'AULNOY, Condesa, *Relación que hizo de su viaje por España*, Madrid, Tipografía Franco-Española, 1892.

DON JUAN MANUEL, «Libro del Caballero y del Escudero», *Obras*, ed. Castro y Calvo y Martín de Riquer, Barcelona, C. S. I. C., Clásicos Hispánicos, 1955, pp. 7-72.

— *El conde Lucanor*, ed. María Jesús Zamora Calvo, Madrid, Edaf, 2004.

GÓNGORA, Luis de, *Poesía selecta*, ed. Antonio Pérez Lasheras y José María Micó, Madrid, Taurus, 1991.

GRACIÁN, Baltasar, *El Criticón*, ed. Santos Alonso, Madrid, Cátedra, 1984.

HUESCA, Pedro Alfonso, *Disciplina Clericalis*, ed. María Jesús Lacarra, trad. Esperanza Ducay, Zaragoza, Guara, 1980.

ICAZA, Francisco A. de, *Sucesos reales que parecen imaginados de Gutierre de Cetina, Juan de la Cueva y Mateo Alemán*, Madrid, Fortanet, 1919.

Libro contra engaños y peligros del mundo, Madrid, Cámara Oficial del Libro de Madrid, 1934.

Libro de los gatos, ed. John Keller, Madrid, C. S. I. C., Clásicos Hispánicos, 1950.

MOLINA, Tirso de, *El condenado por desconfiado*, ed. Jacinto Grau, Barcelona, Océano, 2001.

QUEVEDO, Francisco de, *El alguacil alguacilado*, Madrid, La Novela para Todos, 1916.

— *El mundo por dentro*, ed. José Fradejas, Tetuán, Cremados, 1956.

ROJAS, Fernando de, *La Celestina*, ed. Joaquín Benito de Luca, Barcelona, Plaza & Janés, 1984.

RUIZ, Juan, *Libro de buen amor*, ed. José Girón Alconchel, Madrid, Castalia, 1988.

SÁNCHEZ VERCIAL, Clemente, *Libro de los exemplos por a.b.c.*, ed. John Keller, Madrid, C. S. I. C., Clásicos Hispánicos, 1951.

SUÁREZ FIGUEROA, Cristóbal, *El pasajero*, Barcelona, Gerónimo Margarit, 1618.

VEGA CARPIO, Lope de, *La Arcadia*, ed. S. Morby, Madrid, Castalia, 1975.

— *La Filomena con otras diuersas rimas, prosas y versos*, Madrid, Vda. de Alonso Martín, 1621.

— *Lo fingido verdadero*, ed. María Teresa Cattaneo, Roma, Bulzoni, 1992.
VEGA, Garcilaso de la, *Poesía castellana completa*, ed. Consuelo Burell, Madrid, Cátedra, 1984.

4. MAGIA, DEMONOLOGÍA Y BRUJERÍA EN LOS SIGLOS DE ORO

ADRIANI, Mauricio, «Aspetti e forme della magia rinascimentale», *Arti magiche nel rinascimento a Firenze*, Firenze, Casa Editrice Bonechi, 1980, pp. 65-127.
ALONSO DEL REAL, Carlos, *Superstición y supersticiones*, Madrid, Alonso Ediciones, 1972.
ANDERSON, Bonnie y Judith ZINSSER, *Historia de las mujeres: una historia propia*, trad. Teresa Camprodón, Barcelona, Crítica, 2000, 1 t.
ANDERSON, R. D., «The history of witchcraft: a review with psychiatric comments», *American Journal of Psychiatry*, 1970, 126, pp. 1727-1735.
ANGLO, Sydney, «Evident authority and authoritative evidence: The *Malleus maleficarum*», *ANGLO*, 1977, pp. 1-31.
BABB, Lawrence, *The Elizabethian Malady. A study of melancholy in English Literature from 1580 to 1642*, Michigan State, University Press, 1951.
BARNETT, B., «Witchcraft, psychopatology and hallucinations», *British Journal of Psychiatry*, 1965, 111, pp. 439-445.
BAXTER, Chr., «Johann Weyer's *De praestigiis daemonum*: unsystematic psychopathology», *ANGLO*, 1977, pp. 53-75.
BENNASSAR, Bartolomé, *Inquisición española: poder político y control social*, trad. Javier Alfaya, Barcelona, Crítica, 1981.
BEN-YEHUDA, Nachman, «Problems inherent in socio-historical approaches to the European Witch Craze», *Journal for the scientific study of religion*, 1981, 20, pp. 326-338.
BLAU, Josep Leon, *The christian interpretation of the cabala in the Renaissance*, New York, Columbia University, 1944.
BLÁZQUEZ MIGUEL, Juan, *Eros y Tánatos. Brujería, hechicería y superstición en España*, Toledo, Arcano, 1989.
BONOMO, Giuseppe, *Caccia alle Streghe. La credenza nelle streghe dal sec. XIII al XIX con particolare riferimento all'Italia*, Palermo, Palumbo, 1985.
BUTTERFIELD, Herbert, *Los orígenes de la ciencia moderna*, trad. Luis Castro, Madrid, Taurus, 1982.
CARDINI, Franco, *Magia, brujería y superstición en el occidente medieval*, trad. Antonio-Prometeo Moya, Barcelona, Península, 1982.
CARO BAROJA, Julio, *El señor inquisidor y otras vidas por oficio*, Madrid, Alianza, 1983.
— *Vidas mágicas e inquisición*, Madrid, Istmo, 1992, 2 t.

— *Las brujas y su mundo*, Madrid, Alianza Editorial, 1995.

CHARCOT, Jean Martin et Paul RICHER, *Les Démoniaques dans l'art*, Amsterdam, B. M. Israël, 1972.

COHN, Norman, *Los demonios familiares de Europa*, trad. Oscar Cortés Conde, Madrid, Alianza Universidad, 1987.

— *En pos del milenio. Revolucionarios milenaristas y anarquistas místicos de la Edad Media*, trad. Ramón Alaix Busquests, Madrid, Alianza Universidad, 1997.

CROCE, Benedetto, «Intorno al *magismo* come età storica», *Estratto dali «Atti» dell'Accademia Poutaniana*, Napoli, Francesco Giannini & Figli, 1948, 1 t., pp. 69-77.

CULIANU, Ioan Petru, *Eros y magia en el Renacimiento, 1484*, trad. Neus Clavera y Hélène Rufat, Madrid, Siruela, 1999.

DARST, David H., «Witchcraft in Spain: the testimony of Martin de Castañega's treatise on superstitions and witchcraft (1529)», *Proccedings of the American philosophical society*, 1979, 123, pp. 298-322.

DELUMEAU, Jean, *El miedo en occidente*, trad. Mauro Armiño, Madrid, Taurus, 1989.

DILTHEY, Wilhelm, «Satanás en la poesía cristiana», en *Literatura y fantasía*, trad. Emilio Uraga y Carlos Gerhard, México, Fondo de Cultura Económica, 1978.

DONOVAN, Frank, *Historia de la brujería*, trad. Francisco Torres Oliver, Madrid, Alianza Editorial, 1978.

ELIADE, Mircea, *Occultisme, sorcellerie et modes culturelles*, trad. Jean Malaquais, Paris Gallimard, 1978.

ELWORTHY, Frederick Thomas, *The Evil Eye. The origins and practices of superstition*, New York, The Julian Press, 1958.

FIORE, Edith, *La posesión*, trad. Guadalupe Rubio, Madrid, Edaf, 1988.

FOE, Daniel de, *Historia del diablo. Desde su expulsión del cielo hasta la venida del mesías*, trad. José Viano, Madrid, Hiperión, 1978.

FRAZER, James George, *Myth of the origen of the fire*, Cambridge, The Council of Trinity College, 1929.

— *La rama dorada. Magia y religión*, trad. Elizabeth y Tadeo I. Campuzano, Madrid, Fondo de Cultura Económica, 1997.

GARIN, Eugenio, *El zodiaco de la vida. La polémica astrológica del Trescientos al Quinientos*, trad. Antonio-Prometeo Moya, Madrid, Alianza Editorial, 1981b.

GRILLOT DE GIVRY, Emile, *Il tesoro delle scienze occulte. Il mondo della stregoneria, della magia, dell'alchimia*, trad. Luciana Marchi Pugliese, Milano, SugarCo Edizioni, 1988.

HENNINGSEN, Gustav, *El abogado de las brujas. Brujería vasca e Inquisición*, trad. Marisa Rey-Henningsen, Madrid, Alianza Editorial, 1983.

KONING, Frederik, *Íncubos y súcubos. El diablo y el sexo*, trad. R. M. Bassols, Barcelona, Plaza & Janés, 1977.

KOYRE, Alexandre, *Místicos, espirituales y alquimistas del siglo XVI alemán*, trad. Fernando Alonso, Madrid, Akal, 1981.

LAZZATI, Maria Rosario, «Introduzione al *Cannon Episcopi*», en *La stregoneria. Diavoli, streghe, inquisitori dal Trecento al Settecento*, coords. Sergio Abbiati, Aattilio Angoletto e Maria Rosario Lazzati, Milano, Mondadori, 1991, pp. 15-39.

LEA, Henry Charles, *A History of the Inquisition of Spain*, New York, Macmillan, 1907.

LEVACK, Brian P., *La caza de las brujas en la Europa Moderna*, trad. José Luis Gil Aristu, Madrid, Alianza Editorial, 1995.

LEVI, Elifas, *Cristo, la Magìa e il Diavolo*, trad. Giuliano Kremmerz, Napoli, Società Editrice Partenopea, 1921.

— *Curso de filosofía oculta. Sobre la Cábala y la ciencia de los números*, trad. Nolispe, Barcelona, Indigo, 1987.

LISÓN TOLOSANA, Carmelo, *Antropología social y hermenéutica*, Madrid, Fondo de Cultura Económica, 1979.

— *Demonios y exorcismos en los Siglos de Oro. La España mental: I*, Madrid, Akal, 1990a.

— *Endemoniados en Galicia hoy. La España mental: II*, Madrid, Akal, 1990b.

MANSELLI, Raoul, «Le premesse mediovali della caccia alle streghe», *La stregoneria in Europa*, coord. Marina Romanello, Bologna, Il Molino, 1978, pp. 39-62.

MARIA, Costantino di, *Enciclopedia della magia e della stregoneria*, Milano, Giovanni De Vecchi Editore, 1967.

MARTINO, Ernesto de, *Il mondo magico. Prolegomeni a una storia del magismo*, Torino, Paolo Boringhieri, 1973.

MASSETANI, Giacomo, *La filosofía cabalística di G. Pico della Mirandola*, Empoli, Traversari, 1897.

MASTERS, Robert E. L., *Eros and Evil: the sexual psychopathology of witchcratf*, New York, Matrix House, 1966.

MONCÓ REBOLLO, Beatriz, *Mujer y demonio: una pareja barroca (treinta monjas endemoniadas en un convento)*, Madrid, Instituto de sociología aplicada, 1989.

NOLA, Alfonso M. di, *Historia del diablo. Las formas, las vicisitudes de Satanás y su universal y maléfica presencia en los pueblos desde la antigüedad a nuestros días*, trad. M. García Viñó, Madrid, Edaf, 1992.

NULLI, Siro Attilio, *Il processi delle streghe*, Torino, 1939.

PARINETTO, L., *Magia e ragione. Una polemica sulle streghe in Italia intorno al 1750*, Firenze, La Nuova Italia, 1974.

PASTORE, Federico, *La fabbrica delle streghe. Saggio sui fondamenti teorici e ideologici della repressione della stregoneria nei secoli XIII-XVII*, UD, Campanotto Editore, 1997.

PÉREZ VILLANUEVA, Joaquín (dir.), *La Inquisición española. Nueva visión, nuevos horizontes*, Madrid, Siglo XXI, 1980.

PROVENZAL, D., *Una polemica diabolica nel secolo XVIII*, Rocca S. Casciano, 1901.

RONECKER, Jean-Paul, *L'amour magique*, Puiseaux, Éditions Pardès, 2000.

SÁNCHEZ PÉREZ, José Augusto, *Supersticiones españolas*, Madrid, Saeta, 1948.

SANZ HERMIDA, Jacobo, *Cuatro tratados médicos renacentistas sobre el mal de ojo*, Salamanca, Junta de Castilla y León, 2000.

SCHOLEM, Gershom, *Kabbalah*, New York, Dorset Press, 1974.

SHUMAKER, Wayne, *The occult sciences in the Renaissance. A study in intellectual patterns*, Berkeley, University of California, 1972.

TEYSSEDRE, Bernard, *El Diavolo e l'Inferno. Ai tempi di Gesù*, trad. Mauro Castagneto, Genova, Ecig, 1991.

THORNDIKE, Lynn, *A History of magic and experimental science*, New York, Columbia University Press, 1934.

TREVOR-ROPER, Hugh, «Caccia alle streghe in Europa nel '500 en el '600», en *La stregoneria in Europa*, coord. Marina Romanello, Bologna, Il Molino, 1978, pp. 157-175.

VV. AA., *La stregoneria in Europa*, coord. Marina Romanello, Bologna, Il Molino, 1978.

VV. AA., *Cinco tratados españoles de alquimia*, ed. Juan Eslava Galán, Madrid, Tecnos, 1989.

WALKER, Daniel Pickering, *Spiritual and demonic magic from Ficino to Campanella*, London, The Warburg Institute, 1958.

— *Unclean spirits: possession and exorcism in France and England in the late sixteenth and early seventeenth centuries*, London, Scolar Press, 1981.

YATES, Frances A., *El iluminismo Rosacruz*, trad. Roberto Gómez, Madrid, Fondo de Cultura Económica, 1999.

ZAMBELLI, Paola, *L'ambigua natura della magia. Filosofi, streghe, riti nel Renascimento*, Milano, Arnoldo Mondadori, 1991.

ZILBOORG, Gregory, «Aspetti fisiologici e psicologici del *Malleus maleficarum*», en *La stregoneria in Europa*, coord. Marina Romanello, Bologna, Il Molino, 1978, pp. 323-343.

5. PENSAMIENTO FILOSÓFICO DEL RENACIMIENTO Y DEL BARROCO

ABBIATI, Sergio, «Note bio-bibliografiche», en *La stregoneria. Diavoli, strege, inquisizioni dal Trecento al Settecento*, Milano, Mondadori, 1991, pp. 380-386.

ABELLÁN, José Luis, *Historia crítica del pensamiento español. Edad de Oro (siglo XVI)*, Madrid, Espasa-Calpe, 1979.

— *El erasmismo español*, Madrid, Espasa-Calpe, 1982.

ANDRÉS MARTÍN, Melquiades, *La teología española en el siglo XVI*, Madrid, B. A. C., 1976.

ANTONIO, Nicolás, *Bibliotheca Hispana Nova*, Madrid, Joachim de Ibarra, 1783.

ASENSIO, Eugenio, «El erasmismo y las corrientes espirituales afines», *RFE*, 1952, 36, pp. 86-88.

AZUELA, Arturo, *Las armonías del universo: (preámbulos de la ciencia moderna)*, Valencia, Universidad Politécnica de Valencia, 1998.

BARANDA, Consolación, «Introducción», en Juan Pérez de Moya, *Philosophía secreta*, Madrid, Biblioteca Castro, 1996, pp. IX-XXXVIII.

BATAILLON, Marcel, *Erasmo y España. Estudios sobre la historia espiritual del siglo XVI*, trad. Antonio Alatorre, Madrid, Fondo de Cultura Económica, 1995.

BAXTER, Chr., «Jean Bodin's *De la demonomanie des sorciers*: the logic of persecution», *ANGLO*, 1977, pp. 76-105.

CAPITANI, Franco de, *Il «De libero arbitrio» di S. Agostino: studio introduttivo*, Milano, Vita e pensiero, 1987.

CARENA, Carlo, «Introducción», en Ludovico Maria Sinistrari, *Demonialità ossia possibilità, modo e varietà dell'unione carnale dell'uomo col demonio*, Palermo, Sellerio editore, 1986, pp. 11-20

CASTRO, Américo, *El pensamiento de Cervantes*, Barcelona, Noguer, 1972.

CHINARELLI, Athos, *Il cinquecento e il pensiero filosofico e matematico di Gerolamo Cardano*, Ferrara, Industrie Grafiche Italiane, 1922.

CROMBIE, Alistair C., *Augustine to Galileo*, London, Heinemann Educational Books, 1979.

DELLA TORRE, Arnaldo, *Storia della Accademia Platonica*, Firenze, Carnesecchi, 1902.

DEVEREUX, J. A., «The object of love in Ficino's Philosophy», *Journal of the History of Ideas*, 1969, 30, pp. 161-170.

EBERSOLE, Alva V., «Introducción», en Pedro Ciruelo, *Reprouacion de supersticiones y hechizerias, 1530*, Valencia, Albatros Hispanofila, 1978.

FERNÁNDEZ ÁLVAREZ, Manuel, *Copérnico y su huella en la Salamanca del Barroco*, Salamanca, Universidad de Salamanca, 1974.

FRUTOS, Eugenio, *La filosofía de Calderón en sus autos sacramentales*, Zaragoza, Institución Fernando el Católico, C. S. I. C., 1952.

GANDILLAC, Maurice de, *La filosofía en el Renacimiento*, trad. Manuel Pérez Ledesma, Teodoro de Andrés y Joaquín Sanz Guijarro, Madrid, Siglo XXI, 1987.

GARCÍA-BACCA, Juan D., *Introducción literaria a la filosofía*, Caracas, Publicaciones de la Universidad Central de Venezuela, 1964.

GARIN, Eugenio, *Giovanni Pico della Mirandola. Vita e dottrina*, Firenze, Le Monnier, 1937.

— *Filosofi italiani del Quattrocento*, Firenze, Le Monnier, 1942.

GONZÁLEZ AMEZÚA, Antonio, «Fray Martín de Castañega y su 'Tratado de las supersticiones y hechizerías'», *Opúsculos literarios*, Madrid, 1953, t. 3, pp. 308-317.

GONZÁLEZ DURO, Enrique, *Historia de la locura en España*, Madrid, Temas de Hoy, 1994.

HERRERO GARCÍA, Miguel, *Ideas de los españoles del siglo XVII*, Madrid, Gredos, 1966.

HUIZINGA, Johan, *Erasmo*, trad. Cristina Horànyi, Barcelona, Salvat, 1986.

INGEGNO, Alfonso, *Cosmologia e filosofia nel pensiero di G. Bruno*, Firenze, La Nuova Italia Editrice, 1978.

ISNARDI PARENTE, Margherita, «Le *vecchierelle pazze* di Johann Wier», en Johann Wier, *Le strege*, Palermo, Sellerio Editore, 1991, pp. 9-41.

JEDIN, Hubert, *Historia del Concilio de Trento*, trad. Daniel Ruiz Bueno, Pamplona, Universidad de Navarra, 1972.

JORIO, D. A., «The problem of the soul and the unity of man in Pietro Pomponazzi», *The New Scholasticism*, 1963, 37, pp. 293-311.

KLIBANSKY, Raymond, Erwin PANOFSKY y Fritz SAXL, *Saturno y la melancolía. Estudios de historia de la filosofía de la naturaleza, la religión y el arte*, trad. María Luisa Balseiro, Madrid, Alianza Forma, 1991.

KRISTELLER, Paul Oskar, *Il pensiero filosofico di Marsilio Ficino*, Firenze, Sansoni, 1953.

— *La tradizione aristotelica nel Rinascimento*, Padova, Editr. Antenore, 1962.

— *El pensamiento renacentista y las artes*, trad. Bernardo Moreno Carrillo, Madrid, Taurus, 1987.

— *El pensamiento renacentista y sus fuentes*, trad. Federico Patán López, Madrid, Fondo de Cultura Económica, 1993.

— *Ocho filósofos del Renacimiento italiano*, trad. María Martínez Peñaloza, Madrid, Fondo de Cultura Económica, 1996.

LAÍN ENTRALGO, Pedro, «Vida y obra de Paracelso», *Archivo iberoamericano de historia de la medicina*, Madrid, 1951, 3.

— *Noticias sobre Paracelso*, Barcelona, Publicaciones Médicas Biohorn, 1968.

LAURENTI, Joseph L., «Martín del Río, S. J. (1551-1608)», *Anales de Literatura Española*, Alicante, Universidad de Alicante, 1986-1987, 5, pp. 231-249.

LÓPEZ CAMPILLO, Antonio, *La ciencia como herejía*, Madrid, Endymion, 1998.

MARAVALL, José Antonio, *Estado moderno y mentalidad social (siglos XV al XVII)*, Madrid, Revista de Occidente, 1972, 2 t.

MARCEL, Raymond, *L'apologetique de Marsile Ficin*, Paris, S. N., 1948.

MARCOS CASQUERO, Manuel Antonio y Hipólito B. RIESCO ÁLVAREZ, «Introducción», en Pedro Valencia, *Discurso acerca de los quentos de las brujas*, León, Universidad de León, 1997, pp. 15-222.

MARTINO, Giulio de y Marina BRUZZESE, *Las filósofas, las mujeres protagonistas de la historia del pensamiento,* trad. Mónika Poole, Madrid, Cátedra, 1996.

MESNARD, Pierre, *Jean Bodin en la historia del pensamiento*, trad. José Antonio Maravall, Madrid, Instituto de Estudios Políticos, 1962.

— *L'essor de la philosophie politique au XVIe siècle*, Paris, J. Vrin, 1977.

MONDEN, Lodewuijk, *Conciencia, libre albedrío, pecado*, trad. Alejandro Esteban Lator Ros, Barcelona, Herder, 1968.

MORRA, Gianfranco, «Nota biobibliografica», en Petrus Pomponatius, *Tractatus de immortalitate animae*, Bologna, Nanni & Fiammenghi, 1954, pp. 7-31.

MOYA, Jesus, «Estudio preliminar», en Martín del Río, *La magia demoniaca*, Madrid, Hiperión, 1991, pp. 9-94.

MURO ABAD, Juan Robert, «Introducción», en fray Martín de Castañega, *Tratado de las supersticiones y hechizerias y de la possibilidad y remedio dellas (1529)*, Logroño, Instituto de Estudios Riojanos, 1994, pp. XII-LXXX.

NARDI, Bernardo, *Saggi sull'aristotelismo padovano dal secolo XIV al XVI*, Fiorenza, 1958.

NAUERT, Charles G., *Agrippa and the crisis of Renaissance thought*, Illinois, University of Illinois, 1965.

NOLHAC, Pierre de, *Pétrarque et l'humanisme*, Paris, École Pratiche des Hautes Études, 1907.

OCAÑA GARCÍA, Marcelino, *Molinismo y libertad*, Córdoba, Obra Social y Cultural Cajasur, 2000.

PIÑERA, Humberto, *El pensamiento español en los siglos XVI y XVII*, New York, Las Américas Publishing Company, 1970.

PROST, Gabriel Auguste, *Les sciences et les arts occultes au XIVe siècle: Corneille Agrippa, sa vie et ses œuvres*, Nieuwkoop, B. de Graaf, 1965.

QUERALT, Antonio, *Libertad humana de Luis de Molina*, Granada, Facultad de Teología, 1977.

RANDALL, John Herman, *The school of Padua and the emergence of modern science*, Padova, Editrice Antenore, 1961.

RISTICH DE GROOTE, Michèle, *La locura a través de los siglos*, trad. Jaime Piñeiro, Barcelona, Bruguera, 1973.

ROBB, Nesca Adeline, *Neoplatonism of the Italian Renaissance*, London, G. Allen & Unwin, 1935.

RODIS-LEWIS, Geneviève, *Descartes y el racionalismo*, trad. Francesc Domingo, Barcelona, Oikos-Tau, 1971.

ROZZOLI, Elena, *Agostinismo e religiosità del Petrarca*, Milano, 1937.

RUIZ DE LARRÍNAGA, J., «Fray Martín de Castañega y su obra sobre las supersticiones», *Archivo Ibero Americano*, 1952, 12, pp. 97-108.

SALA-MOLINS, Luis, «Introducción», en Nicolau Eimeric y Francisco Peña, *El manual de los inquisidores*, Barcelona, Muchnik Editores, 1983, pp. 9-52.

SAMPAYO RODRÍGUEZ, José Ramón, *Rasgos erasmistas de la locura del «Licenciado Vidriera»*, Kassel, Reichenberger, 1986.

SARNELLI, P., *Vita di Giovan Battista Della Porta*, Napoli, 1677.

SCOTT, Jospeh Frederick, *The scientific work of René Descartes*, London, Taylor & Francisc Ltd, 1976.

SEARLE, John R., *Razones para actuar: una teoría del libre albedrío*, trad. Luis M. Valdés Villanueva, Oviedo, Nobel, 2000.

SEGATTI, Ermis, «La *Cautio criminalis* di Friedrich von Spee fra precedenti e contemporanei», en *Studi di letteratura religiosa tedesca in memoria di Sergio Lupi*, Firenze, L. S. Olschki, 1972, pp. 375-443.

SERRANO Y SANZ, Manuel, «Discurso de Pedro de Valencia acerca de los quentos de las brujas y cosas tocantes a la magia», *Revista de Extremadura*, 1900, 2, pp. 289-303 y 337-347.

SIMÓN DÍAZ, José, *Jesuitas de los siglos XVI y XVII: escritos localizados*, Salamanca, U.P. de Salamanca, 1975, pp. 332-337.

SOMMERVOGEL, Carlos, *Bibliothèque de la Compagnie de Jesus*, Paris, Alphonse Picard, 1891, 2 t.

TACUS, Aurora, «Nota biobibliográfica», en Johann Wier, *Le streghe*, Palermo, Sellerio editore, 1991, pp. 43-48.

TAMBURINI, Luciano, «Astri vaganti, bufere senza fine», en Francesco Maria Guaccio, *Compendium maleficarum, 1626*, Torino, Giulio Einaudi Editore, 1992, pp. 27-34.

TIERNO GALVÁN, Enrique, *Los supuestos escoticistas en la teoría política de J. Bodín*, Murcia, 1951.

TORNO, Armando, «Introduzione», en Francesco Maria Guaccio, *Compendio delle stregonerie*, Milano, Maestri, 1988.

TRÍAS, Eugenio, *Metodología del pensamiento mágico*, Barcelons, Edhasa, 1970.

VALLDEPÉREZ COLL, José María, *De Newton a la ciencia pre-revolucionaria: el marco científico del siglo XVIII y sus antecedentes*, Reus, I. B. Gaudi, 1995.

VEDRINE, Helène, *La concepción de la nature chez G. Bruno*, Paris, Vrin, 1967.

VICKERS, Brian (comp.), *Mentalidades ocultas y científicas en el Renacimiento*, trad. Jorge Vigil Rubio, Madrid, Alianza Universidad, 1990.

VV. AA., *Bibliografía di Giordano Bruno (1582-1950)*, Firenze, Virgilio Salvestrini, 1958.

WITTKOWER, Rudolf y Margot, *Nacidos bajo el signo de Saturno*, trad. Deborah Dietrick, Madrid, Cátedra, 1988.

YATES, Frances A., *El arte de la memoria*, trad. Ignacio Gómez de Liaño, Madrid, Taurus, 1974.

— *La filosofía oculta en la época isabelina*, trad. Roberto Gómez Ciriza, México, Fondo de Cultura Económica, 1992.

— *Ensayos reunidos, III. Ideas e ideales del Renacimiento en el Norte de Europa*, trad. Tomás Segovia, México, Fondo de Cultura Económica, 1993.

— *Giordano Bruno y la tradición hermética*, trad. Domènec Bergadà, Barcelona, Ariel, 1994.

ZAMORA CALVO, José María, *La génesis de lo múltiple. Materia y mundo sensible en Plotino*, Valladolid, Universidad de Valladolid, 2000.

5.1. *Obras del pensamiento citadas*

AQUINO, Santo Tomás de, *Summa Theologica*, Padova, ex typographia Seminarii, 1698.

BACON, Francis, «Nueva Atlántida», *Utopías del Renacimiento*, prol. Fernando Savater, trad. Agustín Mateos, Madrid, Fondo de Cultura Económica, 1996, pp. 233-273.

BODIN, Jean, «Confutazione delle opinioni di Giovanni Wier», *La stregoneria in Europa*, coord. Marina Romanello, Bologna, Il Molino, 1978, pp. 103-117.

BRIGHT, Timothy, *A treatise of melancholy*, London, Thomas Vautrollier, 1586.

BRUNO, Giordano, *Expulsión de la bestia triunfante,* trad. Miguel A. Granada, Madrid, Alianza Editorial, 1989.

— *Los heroicos furores*, trad. María Rosario González Prada, Madrid, Tecnos, 1987a.

— *Mundo, magia, memoria*, trad. Ignacio Gómez de Liaño, Madrid, Taurus, 1987b.

BURTON, Robert, *Anatomía de la melancolía*, trad. Ana Sáez Hidalgo, Madrid, Asociación Española de Neuropsiquiatría, 1997.

CAMPANELLA, Tommaso, *Del senso delle cose e della magia*, ed. Bruers, Bari, 1925, IV, 5, pp. 241-242.

— «La Ciudad del Sol», *Utopías del Renacimiento*, prol. Fernando Savater, trad. Agustín Mateos, Madrid, Fondo de Cultura Económica, 1996, pp. 141-231.

CARDANO, Gerolamo, *Ars magna Arithmeticae*, Nuremberg, 1545.

— *De vita propria*, Paris, Naudé, 1643.

COPÉRNICO, Nicolás, *Sobre la revolución de las orbes celestes,* ed. Carlos Mínguez y Mercedes Testal, Madrid, Ed. Nacional, 1982.

DESCARTES, René, *Discurso del método*, trad. Risieri Frondizi, Madrid, Alianza, 1999.

FICINO, Marsilio, *De amore. Comentario a «El Banquete» de Platón*, trad. Rocío de la Villa Ardura, Madrid, Tecnos, 1989.

— *Theología platonica*, Venezia, Bernardino de Choris & Simone de Luero, 1491.

HARVEY, William, *Exercitationes anatomicae, de motu cordis & sanguinis circulatione: cum duplici indice capitum et rerum*, Roterodami, Anoldo Leers, 1671.

HEBREO, León, *Diálogos de amor*, trad. Carlos Mazo del Castillo, Barcelona, P. P. U., 1986.

LUTHER, Martín, *Oeuvres, IV: Une missive touchant le dur livret contre les paysans*, 1525.

MAQUIAVELO, Nicolás, *El príncipe*, trad. Helena Puigdomenech, Madrid, Tecnos, 1993.

MOLINA, Luis de, *Liberi arbitrii cum graetiae donis, divina praecentia, providentia, praedestinatione et reprobatione concordia,* ed. Johannes Rabeneck, Onniae, Collegium maximum, 1953.

MORO, Tomás, «Utopías», *Utopías del Renacimiento,* prol. Fernando Savater, trad. Agustín Millares Carlo, Madrid: Fondo de Cultura Económica, 1996, pp. 37-140.

NEWTON, Isaac, *Principios matemáticos de la filosofía natural,* trad. Eloy Rada, Madrid, Alianza Editorial, 1998.

PICO DELLA MIRANDOLA, Giovanni, «Conclusionis», *Omnia opera,* Venezia: Guglio di Fontaneto, 1519.

— *De la dignidad del hombre,* trad. Luis López Gómez, Madrid, Editorial Nacional, 1984.

— *Heptaplus de septiformi sex dierum Geneseos enarratione ad Laurentium Medicem,* Firenze, Bartolomeo de'Libri, 1490.

PLOTINO, *Enéadas,* trad. José Antonio Mínguez, Buenos Aires, Aguilar, 1960 - 1966.

ROTTERDAM, Erasmo de, *Elogio de la locura,* trad. Pedro Rodríguez Santidrián, Madrid, Alianza Editorial, 1995.

SUÁREZ, Francisco, *Tractatus de legibus ac Deo Legislatore: in decem libros distributus,* Lugduni, Horace Cardon, 1619.

6. HISTORIA POLÍTICA, ECONÓMICA Y SOCIAL

6.1. *Renacimiento*

ALTAMIRA Y CREVEA, Rafael, *Ensayo sobre Felipe II hombre de Estado. Su psicología general y su individualidad humana,* México, Fondo de Cultura Económica, 1950.

BENNASSAR, Bartolomé y Pierre CHAUNU, *Historia económica y social del mundo. La apertura del mundo, siglos XIV-XVI,* Madrid, Encuentro, 1980.

BERNAL, John D., *Historia social de la ciencia,* trad. Juan Ramón Capella, Barcelona, Península, 1979.

BIRABEN, Jean-Noël, *Les hommes et la peste en France et dans les pays européennes et mediterranées,* Paris, Mouton, 1975.

BRAUDEL, Fernand, *Civilización material y capitalismo. Siglos XV-XVIII. Las estructuras de lo cotidiano,* trad. Isabel Pérez-Villanueva, Madrid, Alianza Editorial, 1980.

BUCKHARDT, Jacob, *La cultura del Renacimiento en Italia,* trad. Jaime Ardal, Barcelona, Iberia-J. Gil, 1946.

CASTRO, Américo, *De la edad conflictiva. Crisis en la cultura española del siglo XVII,* Madrid, Taurus, 1996.

CHAUNU, Pierre, *Le temps des Réformes: Histoire religieuse et système de civilisation. L'éclatement (1250-1550)*, Paris, Fayard, 1975.

DAVIES, Reginald Trevor, *El gran siglo de España 1501-1621*, trad. Manuel de la Escalera, Madrid, Akal, 1973.

DELUMEAU, Jean, *La civilización del Renacimiento*, trad. Dolores Sánchez, Barcelona, Juventud, 1977.

— *La reforma*, trad. José Termes, Barcelona, Labor, 1985.

DOMÍNGUEZ ORTIZ, Antonio, *El Antiguo Régimen: los Reyes Católicos y los Austrias*, Madrid, Alfaguara, 1974.

ECHARD, Jacobus et Jacques QUETIF, *Scriptores Ordinis Praedicatorum: recensiti, notisque historicis et criticis illustrati*, Paris, J. B. Christophorus Ballard et Nicolaus Limart, 1721, 2 t.

EGIDO, Teófanes, «Lutero desde la historia», *Revista de Espiritualidad*, 1983, 42, pp. 379-431.

FERNÁNDEZ ÁLVAREZ, Manuel, *La sociedad española del Renacimiento*, Madrid, Cátedra, 1984.

— *Carlos V, el César y el hombre*, Madrid, Espasa-Calpe, 1999.

FERNÁNDEZ SANTAMARÍA, J. A., *El estado, la guerra y la paz*, trad. Juan Faci Lacasta, Madrid, Akal, 1988.

GARIN, Eugenio, *La revolución cultural del Renacimiento,* trad. Domènec Bergadà, Barcelona, Crítica, 1981a.

— (ed.), *El hombre del Renacimiento*, trad. Manuel Rivero, Juan Pan y Ricardo Artola, Madrid, Alianza Editorial, 1990.

— *La educación en Europa 1400-1600*, trad. M.ª Elena Méndez Lloret, Barcelona, Crítica, 1987.

GIL FERNÁNDEZ, Luis, *Panorama social del humanismo español (1500-1800)*, Madrid, Tecnos, 1997.

GLASS, David Víctor (ed.), *Población y cambio social. Estudios de demografía histórica*, trad. Ana María Kindelan, Madrid, Tecnos, 1978.

GOMBRICH, Ernst H., *Imágenes simbólicas*, trad. Remigio Gómez Díaz, Madrid, Alianza Editorial, 1986.

HUIZINGA, Johan, *El otoño de la Edad Media*, trad. José Gaos, Barcelona, Altaya, 1997.

IGLESIAS MONTIEL, Rosa María y María del Carmen ÁLVAREZ MORÁN, *Los humanistas españoles y el humanismo europeo*, Murcia, Universidad de Murcia, 1990.

KING, Margaret L., *Mujeres renacentistas. La búsqueda de un espacio*, trad. Aurora Lanzardo, Madrid, Alianza Editorial, 1993.

LADERO QUESADA, Miguel Ángel, *La España de los Reyes Católicos*, Madrid, Alianza Editorial, 1999.

LAÍN ENTRALGO, Pedro (ed.), *Historia Universal de la Medicina*, Barcelona, Compañía Internacional Editora, 1973.

LÉONARD, Emilie G., *Historia general del protestantismo*, trad. Salvador Cabré y Héctor Folch y Bosch, Barcelona, Península, 1967.

NADAL, Jordi, *La población española. Siglos XVI-XX*, Barcelona, Ariel, 1966.

PANOFSKY, Erwin, *Idea. Contribución a la historia de la teoría del arte*, trad. María Teresa Pumarega, Madrid, Cátedra, 1989.

PARKER, George, *Felipe II*, trad. Ricardo de la Huerta Ozores, Madrid, Alianza Editorial, 2000.

PÉREZ MOREDA, Vicente, *Las crisis de mortalidad en la España interior*, Madrid, Siglo XXI, 1980.

PFANDL, Ludwig, *Felipe II, bosquejo de una vida y una época,* trad. José Corts Grau, Madrid, Cultura Española, 1942.

— *Cultura y costumbres del pueblo español de los siglos XVI y XVII. Introducción al Siglo de Oro*, trad. P. F. G., Madrid, Visor Libros, 1994.

PORETE, Margarita, *El espejo de las almas simples*, trad. Blanca Garí, Barcelona, Icaria, 1995.

POWER, Eileen, *Mujeres medievales*, trad. Carlos Graves, Madrid, Encuentro, 1991.

SSLICHER VAN BATH, B. H., *Historia económica de la Europa Occidental (1500-1850)*, trad. F. M. Lorda Alaiz, Barcelona, Península, 1974.

STAUFFER, Richard, *La reforma (1517-1564)*, trad. Alexandre Ferrer, Barcelona, Oikos-Tau, 1974.

TATÓN, René, *Historia general de la ciencia,* trad. Manuel Sacristán, Barcelona, Destino, 1973.

VV. AA., *Renacimiento y Humanismo*, coord. Manuel Fernández Álvarez, Madrid, Nájera, 1990, 6 t.

WALSH, William Thomas, *Felipe II*, trad. Belén Marañón Moya, Madrid, Espasa-Calpe, 1976.

WEBER, Max, *La ética protestante y el espíritu del capitalismo*, trad. Luis Legaz Lacambra, Barcelona, Orbis, 1985.

WRIGLEY, Edward Anthony, *Historia y población: introducción a la demografía histórica*, trad. José Juan Toharia, Barcelona, Crítica, 1985.

YNDURÁIN, Domingo, *Humanismo y Renacimiento en España*, Madrid, Cátedra, 1994.

6.2. Barroco

BENNASSAR, Bartolomé, *La España del Siglo de Oro*, Madrid, Crítica, 1983.

BLANCO GONZÁLEZ, Bernardo, *Del Cortesano al Discreto. Examen de una «decadencia»*, Madrid, Gredos, 1962.

BROWN, Ron M., *El arte del suicidio*, trad. Magalí Martínez Solimán y M.ª Isabel Villarino Rodríguez, Madrid, Síntesis, 2001.

CALVO POYATO, José, *Carlos II, el Hechizado*, Barcelona, Planeta, 1996.

CHARTIER, Roger, *Libros, lecturas y lectores en la Edad Moderna*, trad. Mauro Armiño, Madrid, Alianza Editorial, 1993.

CHEVALIER, Maxime, *Lectura y lectores en la España del siglo XVI y XVII*, Madrid, Turner, 1976.

DEFORNEAUX, Marcelin, *La vida cotidiana en España en el Siglo de Oro*, Buenos Aires, 1964.

DELEITO Y PIÑUELA, José, *La mujer, la casa y la moda en la España del Rey Poeta*, Madrid, Espasa-Calpe, 1952.

— *La vida religiosa española bajo el cuarto Felipe*, Madrid, Espasa-Calpe, 1963.

— *...también se divierte el pueblo*, Madrid, Alianza Editorial, 1988a.

— *El Rey se divierte*, Madrid, Alianza Editorial, 1988b.

— *La mala vida en la España de Felipe IV*, Madrid, Alianza Editorial, 1989.

DIZELBACHER, Peter y Dieter R. BAUER (coords.), *Movimiento religioso e mistica femminile nel medievo*, Milano, Edicione Paoline, 1993.

DUBY, George et Michelle PERROT (eds.), *Historia de las mujeres en occidente*, trad. Marco Aurelio Galmarini, Madrid, Taurus, 2000, 2 t.

FERNÁNDEZ ÁLVAREZ, Manuel, *La sociedad española en el Siglo de Oro*, Madrid, Gredos, 1989.

GALLEGO, Julián, *Visión y símbolos de la pintura española del Siglo de Oro*, Madrid, Cátedra, 1984.

GARRIDO, Elisa (ed.), *Historia de las mujeres*, Madrid, Síntesis, 1997.

GONZÁLEZ PALENCIA, Ángel, *La España del Siglo de Oro*, Madrid, Saeta, 1940.

HAUSER, Arnold, *Historia social de la literatura y el arte*, trad. A. Tovar y F. P. Varas-Reyes, Madrid, Guadarrama, 1982.

JUDERÍAS, Julián, *España en tiempos de Carlos II, el Hechizado*, Madrid, Tip. «Revista de Archivos, Bibl. y Museos», 1912.

KAGAN, Richard L., *Universidad y sociedad en la España Moderna*, trad. Luis Toharia, Madrid, Tecnos, 1981.

LUTZ, Heinrich, *Reforma y contrarreforma*, trad. Antonio Sáez Arance, Madrid, Alianza Universidad, 1992.

LYNCH, John, *España bajo los Austrias*, trad. Josep Bernadas, Barcelona, Península, 1981, 2 t.

MARAVALL, José Antonio, *La cultura del Barroco. Análisis de una estructura histórica*, Barcelona, Ariel, 1996.

MAURA GAMAZO, Gabriel, *Vida y reinado de Carlos II*, Madrid, Aguilar, 1990.

MORENO VILLA, José, *Locos, enanos, negros y niños palaciegos. Gente de placer que tuvieron los Austrias en la Corte Española desde 1563-1700*, México, La Casa de España en México, 1939.

MÜNZ, Ludwing, *Rembrandt*, trad. Juan Eduardo Cirlot, Barcelona, Labor, 1970.

PANOFSKY, Erwin, *Estudios sobre iconología*, trad. Bernardo Fernández, Madrid, Alianza Universidad, 1998.

SEBASTIÁN, Santiago, *Contrarreforma y Barroco. Lecturas iconográficas e iconológicas*, Madrid, Alianza Forma, 1989.

VALBUENA PRAT, Ángel, *La vida española en la Edad de Oro, según sus fuentes literarias*, Barcelona, Martín, 1943.

VILCHES ACUÑA, Roberto, *España en la Edad de Oro*, Buenos Aires, El Ateneo, 1946.

VOSSLER, Karl, *Lope de Vega y su tiempo*, trad. Ramón de la Serna, Madrid, Revista de Occidente, 1933.

7. DICCIONARIOS

BECKER, Udo, *Enciclopedia de los símbolos*, trad. J. A. Bravo, Barcelona, Robin Book, 1996.

BIEDERMANN, Hans, *Enciclopedia dei simboli*, trad. Giampiero Moretti, Milano, Le Garzantine, 1999.

BLÁNQUEZ FRAILE, Agustín, *Diccionario latino-español / español-latino*, Barcelona, Ramón Sopena, 1985.

BOLELLI, Tristano, *Dizionario etimologico della lingua italiana*, Milano, TEA, 1989.

BONNEFOY, Ives (ed.), *Diccionario de las mitologías*, trad. Cristina Serna y Maite Solana, Barcelona, Referencias/Destino, 1996-1998, 4 t.

CHEVALIER, Jean et Alain GHEERBRANT, *Dictionnaire des symboles. Mythes, rêves, coutumes, gestes, formes, figures, couleurs, nombres*, Paris, Robert Laffont, 1982.

CIRLOT, Juan Eduardo, *Diccionario de símbolos*, Madrid, Siruela, 1997.

COLLIN DE PLANCY, M., *Diccionario infernal, o sea, cuadro jeneral, de los seres, personajes, libros, hechos y cosas que hacen referencia a las apariciones, a la majia blanca y negra, al comercio del infierno, a las adivinaciones, las ciencias secretas, a los prodijios, a los errores y preocupaciones, a las tradiciones y cuentos populares, a las supersticiones varias, y jeneralmente a todas las ciencias maravillosas, sorprendentes, misteriosas y sobrenaturales*, Barcelona, Hermanos Llorens, 1842.

COLLINS, *Diccionario español-inglés, inglés-español*, Madrid, Grijalbo, 1995.

COROMINAS, Joan, *Diccionario crítico etimológico de la lengua castellana*, Madrid, Gredos, 1974, 4 t.

COVARRUBIAS OROZCO, Sebastián, *Tesoro de la lengua castellana o española*, Madrid, Editorial Castalia, 1995.

DEVOTO, Giacomo, *Avviamento alla etimologia italiana, Dizionario etimologico*, Firenze, Le Monnier, 1968.

GARCÍA-PELAYO Y GROSS, Ramón, *Gran diccionario español-francés, francés-español*, Barcelona, Larousse, 2000.

LÁZARO CARRETER, Fernando, *Diccionario de términos filológicos*, Madrid, Gredos, 1974.

MOLINER, María, *Diccionario de uso del español*, Madrid, Gredos, 1999.

OLIVIERI, Dante, *Dizionario etimologico italiano*, Milano, Ceschina, 1961.

R. A. E., *Diccionario de autoridades*, Madrid, Gredos, 1979, 3 t.

R. A. E., *Diccionario de la lengua española*, Madrid, Espasa-Calpe, 1995, 2 t.

SECO, Manuel, *Diccionario del español actual*, Madrid, Santillana, 1999, 2 t.

SLABY, Rodolfo y Rodolfo GROSSMANN, *Diccionario de las lenguas española y alemana*, Barcelona, Editorial Herder, 1984, 2 t.

Vocabulario degli Accademici della Crusa, Venezia, 1612.

ZINGARELLI, Nicola *Vocabolario della lingua italiana*, Bologna, Zaniche lli, 1973.

ÍNDICE ONOMÁSTICO

ÍNDICE TEMÁTICO

Tomos de la Biblioteca Áurea Hispánica

14 Ignacio Arellano; Juan Manuel Escudero; Abraham Madroñal (eds.): *Luis Quiñones de Benavente, Entremeses Completos I. Jocoseria*. 720 p. ISBN 84-95107-36-8

15 Ignacio Arellano (ed.): *Poesía satírico-burlesca de Quevedo. Estudio y anotación filológica de los sonetos*. 650 p. ISBN 84-95107-35-X

16 *Comedias burlescas del Siglo de Oro. Tomo III: El cerco de Tagarete; Durandarte y Belerma; La renegada de Valladolid; Castigar por defender*. Edición del GRISO, dirigida por Ignacio Arellano. 450 p. ISBN 84-8489-028-7

17 Françoise Cazal; Christophe González; Marc Vitse (eds.): *Homenaje a Frédéric Serrralta. El espacio y sus representaciones en el teatro español del Siglo de Oro. Actas del VII Coloquio del GESTE. (Toulouse, 1-3 de abril de 1998)*. 646 p. 60 ilustraciones aprox., b/n. ISBN 84-8489-029-5

18 Francisco López Estrada; María Soledad Carrasco Urgoiti; Félix Carrasco: *Historia de la novela española en el siglo XVI*. 294 p. ISBN 84-8489-034-1

19 Alberto González Rípodas (ed.): *Comedias burlescas del Siglo de Oro. Tomo IV: Las mocedades del Cid; El castigo en la arrogancia; El desdén con el desdén; El premio de la hermosura*. 398 p. ISBN 84-8489-071-6

26 Ignacio Arellano (ed.): *Loca Ficta. Los espacios de la maravilla en la Edad Media y Siglo de Oro. Actas del coloquio internacional, Pamplona, Universidad de Navarra, abril, 2002*. 460 p. ISBN 84-8489-090-2

27 Elena del Río Parra: *Una era de monstruos. Representaciones de lo deforme en el Siglo de Oro español*. 310 p. ISBN 84-8489-102-X

28 Nicasio Salvador Miguel, Santiago López-Ríos, Esther Borrego Gutiérrez (eds.): *Fantasía y literatura en la Edad Media y los Siglos de Oro*. 360 p. ISBN 84-8489-121-6

29 Rosa Perelmuter: *Los límites de la femineidad en Sor Juana Inés de la Cruz: estrategias retóricas y recepción literaria*. 170 p. ISBN 84-8489-135-6

30 Ignacio Arellano, Marc Vitse (Coords.) *Modelos de vida en la España del Siglo de Oro, Tomo I: el noble y el trabajador*. 396 p. ISBN 84-8489-160-7

33 Enrique García Santo-Tomás *Espacio urbano y creación literaria en el Madrid de Felipe IV*. 222 p. ISBN 84-8489-155-0

Westerns Women

Westerns Women

*Interviews with
50 Leading Ladies of
Movie and Television Westerns
from the 1930s to the 1960s*

by BOYD MAGERS
and MICHAEL G. FITZGERALD

*with forewords by Anne Gwynne, Lois Hall,
Gale Storm and Virginia Vale*

McFarland & Company, Inc., Publishers
Jefferson, North Carolina, and London

Library of Congress Cataloguing-in-Publication Data

Magers, Boyd, 1940–
Westerns women : interviews with 50 leading ladies of movie
and television westerns from the 1930s to the 1960s /
by Boyd Magers and Michael G. Fitzgerald
p.   cm.
Includes filmographies, bibliographical references, and index.
ISBN 0-7864-0672-0 (case binding : 50# alkaline paper) ∞
1. Western films.   2. Western television programs.
3. Actresses — United States — Interviews.
I. Fitzgerald, Michael G., 1950–   .
II. Title.
PN1995.9.W4M25   1999   791.43'6278'082 — dc21
99-25467 CIP

British Library Cataloguing-in-Publication data are available

Manufactured in the United States of America

*McFarland & Company, Inc., Publishers
Box 611, Jefferson, North Carolina 28640
www.mcfarlandpub.com*

To our two favorite leading ladies:
Donna Magers
Tommye Mae Murphy Fitzgerald

CONTENTS

ACKNOWLEDGMENTS

No book of this type could be completed without assistance from a myriad of people. We are especially indebted to David Rothel (author of *Tim Holt, Roy Rogers Book, Gene Autry Book, Those Great Cowboy Sidekicks* and others) and Ray Nielsen (of Arkansas Educational Television Network) for their help with Nan Leslie and Maureen O'Hara.

Our sincere thanks also to Chris Alcaide, Claudia Barrett, Pamela Blake, Bobby Copeland, Edith Correale, Norman Foster, Billy Gray, Gary Gray, Luther Hathcock, Don Key, Joan Leslie, Erik Madden, Donna Magers, Merrill McCord, Janey Miller, Dorothy Morris, David Ragan, Walter Reed, Roy Rogers Jr., Lois Short, and Tom Weaver.

We are quite sure some of these people are unaware they played a part in making this book come together. But, whether their contributions were large or small, they all helped in some way, and for that we are appreciative.

Last but not least — our 50 lovely western lady interviewees. Thanks for your memories.

Abridged versions of the following interviews were originally printed in the publications indicated: Jane Adams, *Western Clippings* 7 (Sept.-Oct. '95); Julie Adams, *Western Ladies* 1 (Nov. '95); Vivian Austin, *Western Clippings* 2 (Nov.-Dec. '94); Patricia Blair, *Western Ladies* 3 (Nov. '97); Pamela Blake, *Western Ladies* 3 (Nov. '97); Adrian Booth, *Western Ladies* 2 (Nov. '96); Genée Boutell, *Western Ladies* 3 (Nov. '97); Lois Collier, *Western Ladies* 1 (Nov. '95); Mara Corday, *Western Clippings* 11 (May-June '96); Gail Davis, *Western Clippings* 17 (May-June '97); Myrna Dell, *Western Ladies* 1 (Nov. '95); Ann Doran, *Western Ladies* 1 (Nov. '95); Faith Domergue, *Western Clippings* 3 (Jan.-Feb. '95); Beatrice Gray, *Western Clippings* 12 (July-Aug. '96); Coleen Gray, *Western Ladies* 2 (Nov. '96); Anne Gwynne, *Western Clippings* 1 (Sept.-Oct. '94); Lois Hall, *Western Ladies* 1 (Nov. '95); Kay Hughes, *Western Ladies* 3 (Nov. '97); Marsha Hunt, *Western Ladies* 1 (Nov. '95); Eilene Janssen, *Western Clippings* 10 (Mar.-Apr. '96); Anna Lee, *Western Clippings* 20 (Nov./Dec. '97); Joan Leslie, *Western Clippings* 22 (Mar.-Apr. '98); Nan Leslie, *Western Ladies* 1 (Nov. '95), *Western Clippings* 5 (May-June '95); Kay Linaker, *Western Ladies* 1 (Nov. '95); Teala Loring, *Western Clippings* 18 (July-Aug. '97); Lucille Lund, *Western Clippings* 4 (Mar.-Apr. '95); Beth Marion, *Western Ladies* 1 (Nov. '95); Donna Martell, *Western Clippings* 15 (Jan.-Feb. '97); Kristine Miller, *Western Clippings* 23 (May-June '98); Peggy Moran, *Western Clippings* 9 (Jan.-Feb.

'96); Maureen O'Hara, *Western Ladies* 1 (Nov. '95); Jean Porter, *Western Clippings* 8 (Nov.-Dec. '95); Paula Raymond, *Western Clippings* 17 (May-June '97); Jan Shepard, *Western Ladies* 3 (Nov. '97); Marion Shilling, *Western Ladies* 2 (Nov. '96); Roberta Shore, *Western Ladies* 3 (Nov. '97); Eleanor Stewart, *Western Ladies* 1 (Nov. '95); Linda Stirling, *Western Ladies* 2 (Nov. '96), *Western Clippings* 19 (Sept.-Oct. '97); Gale Storm, *Western Ladies* 1 (Nov. '95); Audrey Totter, *Western Ladies* 1 (Nov. '95); Virginia Vale, *Western Ladies* 3 (Nov. '97); Elena Verdugo, *Western Ladies* 2 (Nov. '96); Jacqueline White, *Western Clippings* 13 (Sept.-Oct. '96); Gloria Winters, *Western Ladies* 1 (Nov. '95).

Nearly all of these interviews have been revised and updated since their first publication. The Pamela Blake, Lois Collier, Gail Davis, Coleen Gray, Lois Hall, Marsha Hunt, Nan Leslie, Lucille Lund, Beth Marion, Maureen O'Hara, Linda Stirling, Gale Storm, and Audrey Totter chapters have undergone especially heavy revision.

A FOREWORD
by Anne Gwynne

I was assigned to a contract at Universal in June of 1939. Although I had studied under Maude Adams at Stephens College, and had parts in three Los Angeles Little Theater productions, I had absolutely *no* experience in pictures. Even so, I was at the studio only a couple of weeks when I was given a couple of bits, and then the *lead* opposite Johnny Mack Brown in *Oklahoma Frontier* (1939). Imagine, appearing in a motion picture with my childhood idol! It was just great — and a fabulous learning experience from Johnny Mack, who was such a nice guy. I worked with him again, and did a lot of other things, but that B-western, and especially Johnny Mack, will always have a special place in my heart.

A FOREWORD

by Lois Hall

What was it like, in those days, to be a leading lady in B-westerns?

Hard work — long dusty hours — seeing, from the window of the stretch-out, the moon set and the sun start to peek over the hills as you approached the location. And smelling what surely ranks with the best smells in the world — coffee brewing and bacon frying — emanating from the lunch wagon. And hearing the yawning of fellow players and a grumble or two if you were too cheery at that hour. And jokes and laughter.

There was a feeling that you were at home here with your western family. For the western people were a special breed — caring, always ready to help even when they felt that their facade required it to be done gruffly.

Cursing, if any, was low-key, for "there is a lady present" and the unwritten code demanded that there be respect.

Pulling your jacket tightly around you to greet the chilly dawn, it was off to wardrobe and makeup and the beginning of a day that would last until you had to move up the hill to catch the last light before it turned yellow. It was finding a good horse that you could rely on and hitting your marks and remembering your words and acting as coy or as brave or as mean as the script demanded. Occasionally, it was standing on red anthills or being scratched by cactus or stung by bees.

What was it like, in those days, to be a leading lady in B-westerns?

It was *wonderful!*

A FOREWORD
by Gale Storm

It is a great joy to know that I'm fondly remembered not only for my TV series and hit records, but for my work in westerns as leading lady with Roy Rogers, Rod Cameron, Audie Murphy, The 3 Mesquiteers, and others.

Most of these pictures were done quickly and inexpensively, but they were great fun and marvelous training for my TV series, *My Little Margie* (1952–1955) and *Oh, Susanna!* (1956–1960).

I think it's perfectly wonderful that my very talented friends Boyd Magers and Michael Fitzgerald have put this book out for everyone to enjoy!

A FOREWORD
by Virginia Vale

When the motion picture business and I parted company in 1942 after my rather short five-year career, little did I think my interest would be rekindled. In fact, my severance was so complete I even stopped reading the gossip columns in the newspaper. Imagine my surprise when I was approached and asked if I would be interested in appearing at a film festival. (I didn't know such events happened in the United States.) Somehow and by someone I had been "rediscovered"!

My memories were revitalized and I took part in several festivals. What a pleasure it was to talk with fans who remembered my films, either from the big screen or from showings on the small screen. And to discuss my happy days working with George O'Brien on his last series of six pictures at RKO, and to recall the wonderful people who worked in B-westerns both in front of and behind the camera. What a fine community it was then. The leading men were strong, tough, and yet so gentle. While I did only one film with Tim Holt and seven shorts with Ray Whitley, they are remembered with fondness.

How lucky we are to enjoy those days again through playing tapes on our VCRs and meeting people who also love the good old days. I think this collection of interviews by Boyd Magers and Mike Fitzgerald will help to preserve this heritage.

INTRODUCTION

We often overlooked the leading lady in westerns when we were younger as we tended to view films and watch TV for the heroic exploits of Johnny Mack Brown, John Wayne, Allan "Rocky" Lane, Clint Walker and the like.

John Wayne stated, on a 1970s *The Tonight Show Starring Johnny Carson* (1962–1993), that of all the oaters he had done, only two had a good part for the leading lady: *Stagecoach* (with Claire Trevor, 1939) and *Tall in the Saddle* (with Ella Raines, 1944). Usually, a woman was relegated to background dressing — a pretty young thing who is the rancher's daughter, the banker's daughter, or the kind-hearted tart who has employment in the local saloon. But, as we grew older, we realized the ladies were not only pretty — but pretty important. Without their ranch to save or runaway buggy to catch, we had no story!

These interviews are not intended to encompass all the works of each actress' career. We have concentrated on the western films and TV shows made by these 50 leading ladies. That is not to say other aspects of their careers do not come into play during the interviews. They often do, as certain anecdotes and stories lead into memories of other films. Also, many non-western films often play important roles in their careers. But it is the western

stories, remembrances, and vignettes upon which we asked each of the 50 to concentrate.

You may notice some interviews are lengthier than others. Certain actresses simply made more western films. Some have better recall than others. That is true with all of us. Then too, bear in mind, with some of these women, it has been over 60 years since they appeared in a film! Try remembering back 60 years ago to what you did at work in one particular week.

No claim is made that these are the 50 most popular or prolific actresses in westerns (although several belong in both categories). We have tried to present a diverse mixture of better known leading ladies along with several who are not quite as well known but nevertheless have some fascinating stories to relate. We have also mixed it up between actresses who toiled in B-westerns, those who worked in A-westerns and a few who were relegated strictly to television. The variance presents a clearer idea of how western filmmaking and "the business" changed, not only over the years, but depending on the budget.

These 50 actresses who played in westerns have intriguing memories of their days before the camera. We think you will enjoy hearing what they have to say.

1

THE INTERVIEWS

JANE ADAMS

Hunchback and Heroine

A stage-trained model and screen beauty, it is ironic Jane Adams is best remembered for playing a hunchback with a 24 pound plaster of paris hump on her back in the 1945 Universal chiller *House of Dracula.* "I was offered a full scholarship to study violin at Juilliard — but I wanted to be an actress. So, I got my training at the Pasadena Playhouse for

Kirby Grant takes a heroic stance to protect Jane on the *Trail to Vengeance* (1945).

Jane, Jimmy Wakely and Bob Woodward are concerned over Dub "Cannonball" Taylor in *Gun Law Justice* (1949).

four years. I took stage design, stage makeup, French, voice and diction. We performed in everything from Greek tragedy to classic comedies. Victor Jory directed a couple of the plays I did at the Playhouse. He was probably the best director I ever had to work with."

It was at this time the diminutive 5'3" actress landed her first professional acting jobs. "I had small roles on *Lux Radio Theatre*—and on the old *Whistler* radio series. Later, when I was under contract to Universal, I did the commercials on the Lux show, but I wasn't paid for that. It was part of my contract salary with Universal!"

Although born Betty Jane Bierce (in San Antonio, Texas), her first screen name was Poni Adams. She recalls, "I was given that name at the Harry Conover Modeling Agency. Why, I don't know! Of course, that was long before I came to Hollywood. The day after I arrived in New York, I began working for them ... for six months. Because of my experience at the Playhouse, I was among the first to appear on live TV in New York. I modeled for the National Tea Association and was the Dodge Girl for a year."

By chance, it was a picture of Jane in *Esquire* ("I had my clothes on!") that led to a contract with Universal. "Walter Wanger asked me to test for the lead in *Salome, Where She Danced* [1945]. I was not a dancer—and Yvonne De Carlo got the part. I played one of the girls in the picture."

Sometimes billed Jane "Poni" Adams, the actress recalls the following: "There was a publicity buildup at Universal about what

Jane with the leading man she "enjoyed the most," Johnny Mack Brown in *Outlaw Gold* (1950).

my screen name would be. GIs got to select a name as part of a contest in *Stars and Stripes*."

Almost immediately, Jane began appearing in Universal westerns with Kirby Grant and Fuzzy Knight. "Kirby was like all the western stars I worked with—a very nice, outdoorsy, down-to-earth man. Not temperamental at all. I took riding lessons for two or three days of the week. When it came time to shoot the picture I had a double and did not get to use any of my riding experience! On one of the pictures with Kirby, I fell off into the mud—and it held up production. They had to get me—and the costume—clean! I enjoyed the westerns—the California hills locations. I enjoyed seeing the caravans that would be filled with props, extras and all. I enjoyed seeing the sets come alive. Of

course, I had to be there two hours earlier than the men—one hour for hair, one hour for makeup. We were mainly outdoors all day—in the sun and heat. We worked hard. Sometimes we'd have dinner—then go to the studio and work on a soundstage in the evening!"

We asked Jane about Lionel Atwill, who died partway into the shooting of the 1946 Universal serial *Lost City of the Jungle*. "It's very unfortunate when a main character dies suddenly in the middle of production. I never saw the serial—only the rushes. It was filled with a lot of problems, but at least I did more in that than in the *Batman and Robin* serial three years later!"

Jane remembers Russell Hayden, the star of *Lost City of the Jungle*, as "sharp ... he remembered his lines and learned them quickly. He had beautiful piercing dark eyes. I have very fond memories of him."

Meanwhile, Robert Lowery, her costar in her other serial *Batman and Robin*, Jane recalls, "also went to the Pasadena Playhouse, so it was easy for me to work with him. He was one of my friends there. We really didn't have time doing a serial to socialize." Laughing, she adds, "Bob looked good in tights — I remember that!"

Jane Adams appeared in both a Cisco Kid feature (*Girl from San Lorenzo* [1950]) and the ZIV TV pilot. "Duncan Renaldo (who played Cisco) was a lovely man and Leo Carrillo (who was Cisco's sidekick, Pancho) was a clown! So much fun! Duncan was going through some hard times with a very ill wife and she couldn't be with him, but he and Leo managed to stay in great spirits while working."

In the late 1940s Jane was a leading lady in several Monogram oaters. "I do recall Jimmy Wakely as a very good western person. He could pick up any instrument and play it. We worked faster at Monogram. Sometimes at night, I barely had enough time to do my hair and study the script for the next day's work."

Also at Monogram was Johnny Mack Brown. "He was an athlete — All-American at Alabama, played in the Rose Bowl — and a real gentleman from the South with all the charm in the world. He was the one I enjoyed the most."

"I got along well with everybody. I never saw any temperamental stars in action. When I was making *A Night in Paradise* [1946], Turhan Bey was the male lead. Although he was dating Lana Turner, he seemed to be flirting with me on the set every day!"

Asked why her career didn't continue, Jane reveals, "On July 14, 1945, I married Tom Turnage. We recently celebrated our golden wedding anniversary. [A brief marriage to an Annapolis cadet ended tragically as he was killed in action on his first mission during WWII]. I wanted to be with Tom, whose career kept us traveling constantly. It was only when he was sent to Korea that I came back and did those TV shows. I wanted to be a housewife, mother and travel. That's something I couldn't do as an actress. [Turnage eventually became administrator of the Veterans Administration under President Ronald Reagan.] I'm very happy in Palm Springs. I receive about ten fan letters a week. I loved working in serials and westerns — it was very exciting. My life has been a great adventure."

Jane Adams
Western Filmography

Movies: *Salome, Where She Danced* (1945 Universal) — Rod Cameron; *Code of the Lawless* (1945 Universal) — Kirby Grant; *Trail to Vengeance* (1945 Universal) — Kirby Grant; *Gunman's Code* (1946 Universal) — Kirby Grant; *Lawless Breed* (1946 Universal) — Kirby Grant; *Rustlers' Roundup* (1946 Universal) — Kirby Grant; *Gun Law Justice* (1949 Monogram) — Jimmy Wakely; *Western Renegades* (1949 Monogram) — Johnny Mack Brown; *Law of the Panhandle* (1950 Monogram) — Johnny Mack Brown; *Outlaw Gold* (1950 Monogram) — Johnny Mack Brown; *Girl from San Lorenzo* (1950 United Artists) — Duncan Renaldo.

Television: *The Cisco Kid:* "Boomerang" (1951); *Wild Bill Hickok:* "Silver Stage Holdup" (1951); *Kit Carson:* "Law of the Six Guns" (1951); *Kit Carson:* "Range Master" (1952).

JULIE ADAMS

From B's to A's

As a small child in 1954 I saw my very first movie at the theater, *Francis Joins the WACs*. I fell in love with Julie Adams. Contacted at her home, where she is finishing work on a book about Arkansas (where she grew up after being born in Waterloo, Iowa, in 1928) and Malvern (the town where her grandfather had a store), the star recalled many facets of her motion picture career.

She was billed Betty Adams (real name: Betty May Adams) for her first lead in *The Dalton Gang* (1949) with Don "Red" Barry. "I met someone at the Lippert office, talked to them and got the role! I also met Don Barry

The same cast populated all six of Julie's quickie Lippert westerns. Julie is here with (left to right) Fuzzy Knight, Carl Mathews, Jimmy Ellison, George Chesebro, Raymond Hatton, in *Colorado Ranger* (1950).

Julie, Charles Drake and Tommy Ivo in *The Treasure of Lost Canyon* (1952).

who was the leading man. We shot it partly at the Iverson Ranch. It only took six days to do it! That picture resulted in my landing the lead in six different pictures at Lippert with James Ellison and Russell Hayden. We had six different scripts — but we shot all the scenes of the stagecoach together, then all of the ranch scenes, whatever — all at the same time. The six movies were done in five weeks. It was economical to do it that way but I never could remember who I was. I had three or four wardrobe changes — a farmhouse dress, a stagecoach dress. I had a difficult time remembering who I was supposed to be. 'Am I the farm girl this time — or the cowgirl?' [*laughs*] Not that it made any real difference."

"These films were the reason I learned to ride. Before I started, I practiced riding for about three weeks in Griffith Park. The horses there were slow and you really had to kick

them to get them going. Shooting the actual movie, the director [Tommy Carr] said, 'Action.' When I let into this old horse, he shot away with me and kept on going. We were supposed to ride, see where the badmen were, wheel around and come back. This horse and I would *still* be flying through the woods had a mountain not broken his stride. [*laughs*] Raymond Hatton was in those — such a nice man. He showed me how a horse takes to a scene. He said to take the pony through it — let the horse know how to do it. Rehearse the horse — hit the marks. It was terrific advice! James Ellison — a charming guy; we had a good time. He was so handsome, a very sweet man, as was Russell Hayden."

In the summer of 1950, "Betty" Adams signed a term contract with Universal. "They didn't like Betty so they renamed me 'Julia.' After a few years I changed it myself— to

Larry Thor and Tyrone Power console Julie following the suicide of her brother in *Mississippi Gambler* (1953).

Julie, because that's what most people called me anyway." Julie costarred in 21 Universal films over the next few years. She also had to put up with Universal's various publicity stunts, including having her legs, "the most perfectly symmetrical in the world," insured for $125,000.

The Treasure of Lost Canyon (1951) with William Powell and Tommy Ivo was her first western at Universal-International. "Just a supporting role. I believe I had some nice scenes that were cut, but it's so long ago I don't really remember. In the finished picture, I only have one line, but I received second billing to William Powell!"

Bend of the River (1952) was her first big-budget genre credit. "That was great experience. A wonderful picture to work on. Working with James Stewart is one of the greatest

pleasures I've ever had. Arthur Kennedy — a brilliant actor who I had worked with in *Bright Victory* [1951] a year before. Lori Nelson and Rock Hudson — two pals from Universal. We had a beautiful location at Timberline Lodge at Mt. Hood. It was built during the Depression and had fantastic architecture."

"Later, when they were casting the wife in *The Jimmy Stewart Show* (1971–1972), I went to see him. We sat and talked one day about what lousy caterers they had up there. The food was not good — one time, we skipped over the main food and went for the Baby Ruths — but they were wormy! [*laughs*]. Jimmy and I were talking and laughing about wormy Baby Ruths! We had a nice chat; he was lovely. Of course I didn't think I'd get the part because I was too young to play the mother of a 28-year-old son. At one time, they thought about saying my character was the second wife. They also wanted to 'age' me — give me gray hair and all, but I refused. All the others considered for the series were older women, so it was a surprise — and a delight — when I landed it."

Horizons West (1952) was the first of Julie's bad-girl roles in westerns. "That was the first time I worked with Budd Boetticher, a lifetime friend. I enjoyed Robert Ryan who was one of the great gentlemen, a loving, bright man. It was so ironic he played mean people so often and so well — he was lovely. He was one of the founders of Oakwood School where my kids went. It originally was just an elementary school but has since expanded."

About *Wings of the Hawk* (1953) in 3-D: "The 3-D camera didn't affect the actors at all. The camera looked different, but the main thing I remember about that picture was a wrangler named Jack Shannon. We went riding every day for three weeks around the Universal backlot before starting the film. I played a Mexican in the movie. I had a Mexican saddle — he gave me a riding crop and talked about riding and dismounting."

The Lawless Breed (1952): "Rock Hudson and I were real pals. A lovely young man, Rock was lots of fun. It was very fulfilling, as we both got to age in the film. Our working together was very joyful. The last thing we did together was a *McMillan and Wife* [1971–1977]."

Man from the Alamo (1952): "Oh, it was so very *hot!* We shot it out in Agoura, in 106 degree temperature. It was dry — and those covered wagons! Hugh O'Brian and Jeanne Cooper were in it. Glenn Ford is a charmer — and I became good friends with Neville Brand. He was a real friend."

On the less-than-terrific *Stand at Apache River* (1953): "I almost drowned on that one! There's a scene where I fall into the water. They forgot to put something down for my feet and when I went in, I went down like a piece of stone with that heavy western dress on!"

Slim Carter (1957): "I autographed my name onto the credits at the beginning. Jock Mahoney was such a charming, amiable guy. We later did his TV show, *Yancy Derringer* together."

Gunfight at Dodge City (1959): "Joel McCrea was charming; such a delight. I've been very fortunate with my life and experiences. They have been very pleasant, for the most part."

In recent years, Julie appeared in the semi-regular role of the Cabot Cove man-hungry realtor on *Murder, She Wrote* (1984–1994): "One of the shows also had Hugh O'Brian on it! I haven't gotten a call in a couple of years now, but that was a fun show to do, and Angela Lansbury is just the greatest." Future plans — "Finishing my book!"

Julie Adams *Western Filmography*

Movies: *The Dalton Gang* (1949 Lippert) — Don Barry; *Colorado Ranger* (1950 Lippert) — Jimmy Ellison/Russell Hayden; *Crooked River* (1950 Lippert) — Jimmy Ellison/Russell Hayden; *Fast on the Draw* (1950 Lippert) — Jimmy Ellison/Russell Hayden; *Hostile Country* (1950 Lippert) — Jimmy Ellison/Russell Hayden; *Marshal Of Heldorado* (1950 Lippert) — Jimmy Ellison/Russell Hayden; *West of the Brazos* (1950 Lippert) — Jimmy Ellison/Russell Hayden; *The Treasure of Lost Canyon* (1952 Universal-International) — William Powell, Tommy Ivo; *Bend of the River* (1952 Universal-International) — James Stewart; *Horizons West* (1952 Universal-International) — Rock Hudson; *The Lawless Breed* (1952 Universal-International) — Rock Hudson; *Man from the Alamo* (1952 Universal-International) — Glenn Ford; *Mississippi Gambler* (1953 Universal-International) — Tyrone Power; *Stand at Apache River* (1953 Universal-International) — Stephen McNally; *Wings of the Hawk* (1953 Universal-International) — Van Heflin; *One Desire* (1955 Universal-International) — Rock Hudson; *Slim Carter* (1957 Universal-International) — Jock Mahoney; *Gunfight at Dodge City* (1959 United Artists) — Joel McCrea; *Tickle Me* (1965

Allied Artists)—Elvis Presley; *Last Movie* (1971 Universal)—Dennis Hopper; *The Trackers* (1971)—Ernest Borgnine (TV movie).

Television: *Zane Grey Theatre:* "Man of Fear" (1958); *Zane Grey Theatre:* "Tall Shadow" (1958); *Yancy Derringer:* "Return to New Orleans" (1958); *Maverick:* "Brasada Spur" (1959); *Maverick:* "White Widow" (1960); *Alaskans:* "Doc Booker" (1959); *Cheyenne:* "Gold, Glory and Custer—Requiem" (1960); *Rifleman:* "Nora" (1960); *Wrangler:* "An Affair with Browning's Woman" (1960); *Tate:* "Mary Hardin Story" (1960); *Bonanza:* "The Courtship" (1961); *Outlaws:* "Return to New March" (1961); *The Virginian:* "No Drums, No Trumpets" (1966); *Big Valley:* "Target" (1966); *Big Valley:* "Emperor of Rice" (1968).

MERRY ANDERS

Opening Up

Merry Anders came from a family that loved films. "My grandmother used to get up out of a sickbed to go down to the local movie house to see Laurel and Hardy, 'cause if she felt lousy, it made her feel better." Born Merry Helen Anderson May 22, 1934, in Chicago, her early favorites on screen were Van Johnson and Alan Ladd, but "I thought Clark Gable and Tyrone Power were simply gorgeous." Merry later had the opportunity to meet Ladd, who held up to her ideals under close scrutiny. "He was fun, gracious ... fantastic voice."

Merry and her mother came to California in 1949 for a family wedding, liked it and decided to stay. "My dad was in the flooring business. He said he might come out, scout around and find a possibility of doing a branch in California. Over the years, he'd come out several times and then he started coming out less and less. It ended with a separation and divorce."

With a friend, Merry began to study drama and attended the noteworthy Ben Bard Theatre on La Brea Avenue. "After I got there, I met an actor by the name of Mason Alan Dinehart III [who later played Bat Masterson on *Wyatt Earp* (1955–1961)], who was one of the kids taking the classes. We were to play a scene from *Little Women* on a Friday night. I had taken enough lessons that I could play the piano in this scene." A secretary to the head of talent at 20th Century–Fox saw the performance and left a note on the bulletin board in the greenroom urging Merry to call. "I didn't even know there was a greenroom! I really was that naive ... that uninformed."

"So, of course, after the play that weekend, I went back to school, got home from school the following week and got a call from Benna Bard [Ben's wife]. She said, 'Fox is wondering why you haven't called.' I said, 'What?' She said, 'Didn't you check the board in the greenroom?' I said, 'What greenroom?' She said, 'There's a message for you to call 20th Century–Fox.' So, we made arrangements for me to meet Ivan Kahn at Fox [head

Merry menaced, as usual, by three bad men (Keith Richards, Robert Anderson, John Craig) in *The Gambler Wore a Gun* **(1961).**

of new talent] who said he felt I should take a screen test. They had me study for six months with one of the studio drama coaches at Fox and I did my first screen test. They said call back in ten days. Of course, it was so thrilling, the makeup was beautiful, and I had a black velvet dress that had beautiful white lace trim on it. I just felt like Cinderella."

"At that point the screen test was supposed to be 75 percent for a guy named Fred … can't recall his last name … and 25 percent mine. I went home and ten days later they called and said, 'They're running your screen test, if you'd like to see it, at the studio this afternoon at 4:30. That is *if* you're interested.' And I said, 'Of course, I'm interested!' I was a minor in those days. You didn't go anywhere

without your guardian, or a parent. We went out to the lot and mother said, 'Irma [Mr. Kahn's secretary] seems very upset. You'd better ask her if you've done something wrong.' So I caught up, 'cause she was walking about ten feet ahead of me. The casting director for Fox and his associate were walking over to see the test as well. I said, 'Irma, did I do something wrong?' She said, 'Well, I've just never seen anybody show more disinterest.' I said, 'I don't understand. How could I have shown disinterest?' And she said, 'Well, you didn't call during those ten days to find out who was seeing the test and who approved and who didn't.' And I said, 'What?' I hadn't realized *all* the producers and directors on the lot were looking at the screen test. At any rate, we went over to the projection room — and they ran the test. Of course, when Irma realized I really didn't have any concept of what was happening. You know, I felt like it was, 'don't call us, we'll call you.'"

"After the screen test, they said the studio wanted to sign me to a seven year contract. Well, mother was very apprehensive. [*laughs*] I just thought to get paid to go to school on the lot, take drama lessons and maybe work in a movie someday would be very exciting. I was overwhelmed. Some people had studied for so many years and wanted dreams like this to come true and they were so much more talented than I, because I didn't sing, I didn't dance and I don't even think I had good comedy timing in those days. Couldn't ride a horse. At any rate, mother signed the contract as my guardian and they agreed to pay me $100 a week. Out of that $100, we had to see a judge to set aside a certain amount for a trust fund until I was 18. Well, after that, and income tax and social security, for six months, I took home $33.10 a week. Of course, I went on a six-week layoff. That was the studio's rule — put them under contract, give them a six-week layoff and then, if they get a job in a movie, we'll take them off of layoff — but they only paid you for 40 out of 52 weeks.

So I went to the studio school. They had 31 people under contract and I was one of the 31. I went to school with Debra Paget, and Billy Gray from *Father Knows Best* (1954–1963) and another young girl that was put under contract about the same time, Charlotte Austin — Gene Austin's daughter [who now owns an antique shop in Pasadena]. We'd go to school from 9 till 12. Couldn't be on the studio lot before 8 or 8:30 when we were working. But we had to be in the schoolroom at 9. Then at noon, we'd go to lunch. At one or 1:30, we'd have a drama lesson, then go home, we had to be off the lot by 4:30. If we went to work, we had to get our schooling in a trailer or a tent. We'd do 15 minutes of history, go running in on the set and practice our scene, then go back out while they lit it and finish the half an hour of history. Then we'd do the scene, rehearse the next one and

then run back in and have 20 minutes of geography, or 20 minutes of algebra."

1952
Wait Till the Sun Shines Nellie (~~1932~~) was Merry's first film. "I had about five scenes in it. David Wayne played my father. Henry King directed. And he had a temper. The crew had a running gag. They made up a purple velvet heart and anybody that was insulted by Mr. King's wrath, if they'd done something wrong on the set, got to wear the purple heart. It went from person to person to person. [*laughs*] I think King knew and secretly admired that. A couple of young children were playing us as babies, and while we were on the set, King walked up to the little boy that was lying in the bed, I don't think he was over three or four, and said, 'Son, do you go to bed with your shoes on at home?' The boy looked up at him with great big woeful eyes … 'Well, then take them off!' He had a barking way about him! He was just awful! He made one comment when I got married in the film — I was so terrified of him — that I wasn't looking very happy. I felt overweight and was unhappy over that as well, and he walked up to me and said, 'Let's do another take. Good grief, girl, you look like a pig going to slaughter, you look so unhappy! Smile, for Pete's sake!' he just bellowed it and I just shuddered."

Titanic was most certainly the biggest hit film (and Academy Award–winner) of 1998. Merry was one of the "college girls" in the 1953 Fox version starring Clifton Webb and Barbara Stanwyck. "I worked 41 days on the original. They put us in lifeboats, 60 feet in the air over three feet of water, and they forgot to ask if you could swim, because those things were held on one end each with pulley ropes, but if anybody got into it, it rocked and could have turned over so easily. It was enough to put the fear of God in you."

"One story about Barbara Stanwyck shows a piece of polish of an incredibly great actress. They were doing this scene and the director asked for a rehearsal, Barbara went from dry-eyed to sobbing hysterically with tears streaming down her face, but the director wanted another rehearsal. Barbara dried her eyes, she did another rehearsal, then another, and every one of them was just as perfect and just as emotionally draining. She did seven rehearsals; dry-eyed to sobbing tears … each one was flawless. You couldn't be on the set and not be moved by this. Everybody on the set applauded."

Merry remained at Fox until March of 1954. "At the end of the first six months they raised my salary to $125. I did seven movies out there. I probably worked on more than that, but most of them were cut out. At the end of three years I went to Mr. Shriver, the assistant head of the studio. I just gritted my teeth. I heard that some of the other kids under contract were getting their raises and I wasn't getting mine. I said, 'Mr. Shriver, if I don't get my raise this time, I would like my release.' He looked at me and said, 'Do you think you're worth more?' I said, 'If I am, I'd better get out and start earning it, and if I'm not, I'd better get out of the movie business.' They called me three days later and said they'd decided not to exercise my option. I cried for three nights and three days — you know, you bite the hand that's feeding you. They gave me all these breaks — put me through graduation from high school and got me my diploma — and you ungrateful wretch, you decided you think you're — on the other hand, maybe you won't amount to anything, so bye, bye, we've wasted enough investment on you."

Now freelancing, with a new agency behind her, Merry got some excellent breaks, including an interview at the Hal Roach Studios for the daughter Joyce on the *Stu Erwin Show* (1950–1955) (a very popular sitcom at the time also known as *Trouble with Father*). "Stu and June were married and their own daughter, Joyce, had wanted the part, which was a little difficult for me. Ann Todd who had been playing the role [1950–1954] left the series and I was hired to play the daughter [for the 1954-1955 season]. The young man who played my boyfriend was Martin Milner. The programs were shot in about three days. But for me to get a series and start at $250 a week was pretty exciting because Fox hadn't wanted to pay me over $125. But it was very

difficult because Stu and June had approval over everything I wore; I had to supply my own wardrobe. I'd bring in three changes and they'd disapprove of it. June would look at Stu and Stu would look at the director, who would go to the cinematographer, and the assistant director would come up to me a couple of minutes later and say, let's try a second change — and then a third. Someone finally told me, if they don't pick the first three things you bring in, tell them that's it. It'll have to be one of the three or they'll have to supply it. And there were a couple of times when they had to go to Gale Storm's wardrobe and borrow something from her because Gale had her clothes supplied." (Both the *Stu Erwin Show* and *My Little Margie* were shot on the Hal Roach lot.)

From 1955 to 1956 Merry was Janis Paige's roommate in her *It's Always Jan* (1955–1956) TV sitcom. "Jan was a major star on Broadway. I think they kind of frowned on TV. I admired her greatly. The only problem was, I had done the pilot in March, got married that March, separated from my husband in July and went back to work. They sold the pilot in the four months I was married. I went back to work and was starting divorce proceedings. About four months into the shooting of the series, I had been putting on weight. I called my agent, and said, you're going to have to tell them I'm pregnant. I'm going to be showing soon. But the producer said, 'We'll stick you behind chairs, you've got at least four more episodes to do. We can't write you out that fast.' Jan was just great to me. The last night, she presented me a bracelet with little heart charms that said, 'To Merry and Val,' which was the name of the character I played, 'with love from Jan.'"

Merry's daughter Tina was born in 1956 and Merry soon started work on 52 episodes of the hit sitcom *How to Marry a Millionaire* (1957–1959). (Adapted from the hit Marilyn Monroe–Lauren Bacall–Betty Grable film.) "*How to Marry a Millionaire* was interesting, because Barbara Eden and Lori Nelson, the two girls I worked the first 39 episodes with;

we all wore a size 8, we all drove Thunder-birds, and we didn't know that until the day we met. Baby Thunderbirds. We all had French poodles we had selected as pets before we met each other. It was just by accident. We got along great! Surprisingly enough, I tested for both Loco and the part of Mike [the part Merry eventually played]. I tested for Barbara's part [Loco] because I had been play-ing dumb blondes so much by that time. Then they said they wanted me for the Lauren Bacall part instead, and they cast Barbara as Loco and she was perfect for it. [Coinciden-tally, while at Fox, Merry had a minor role in the original film.] After one season, Lori Nel-son was replaced in the series by Lisa Gaye [sister of Debra Paget and Teala Loring]. Lori did an interview and, unfortunately, she quite honestly felt her character wasn't given indi-viduality because I was given all the smart 'Eve Arden' wisecracks; Barbara was given the sexy, bubbly and blind-as-a-bat thing. Lori's part was played by Betty Grable in the movie and they almost combined Betty Grable's and Marilyn Monroe's parts in the characteriza-tion when they were writing the series. So it was very difficult for Lori to have a common ground. She gave an interview to that effect and NTA, the distributor, just said, forget it. Get rid of her. It was very unfortunate because we had such chemistry. They filmed 39 episodes before they ever went on the air. Between the fourth and fifth episode, we were sent to New York on a personal appearance and we got back on a Sunday night and went to work Monday morning on the next episode. That's how much time they gave us. And we were doing late-night interviews and early-morning exercise shows and photo layouts and magazine articles and everything. We just never stopped from 8 o'clock in the morning until 2:30 the following morning and then we'd fall into bed and try to look halfway decent."

"But when Lisa came in, she was darling. I had known her sister Debra when I was under contract to Fox and met Lisa there, also. She was just great and had a terrific sense of humor. Lisa was brought up in a showbiz family and knew how to find a sense of humor if things got a little tense or somebody got a little tired or a little bit peeved. We'd end up laughing hysterically over it. She later did a lot of *Wild Wild West* [1965–1970] episodes with Bob Conrad. She was wonderful because she could look Italian or Indian. She knew how to look exotic or all–American. She could go the complete range, and carry it off. And she had the tiniest little waist of anybody I ever saw."

When the series ended, Merry appeared on an abundance of TV westerns. "I did two *Cheyenne*'s [1955–1963], *Bronco*'s [1958–1962], two of almost every show there was. I did four or five *Maverick*'s [1957–1962] 'cause I worked with Roger Moore and I worked with Jack Kelly. I never worked with Jimmy Garner. I had an absolute ball working with Kelly. He had such an outrageous sense of humor and he pulled little pranks. Tickle you from behind when he was standing behind you and you were supposedly watching your father on his deathbed, trying to look serious. We were working on Christmas Eve and they brought two young boys down on set that must have been nine or ten, dressed exactly like Maver-icks, right down to the brocade vests and string ties. Their parents had brought them down as a treat to see *Maverick* filmed. Jack and I had an 18-page scene. He'd come out of the bar, we went around the corner on the boardwalk, had this conversation, and it ended up with a kiss. We started into the final take, looked down, and, under our elbows — that close — and I don't know how they weren't on camera, were these two little boys. They just were drawn into the scene — they were mesmerized! Jack and I looked out of the corner of our eyes and we just went into hysterics! It took us seven takes to control ourselves. Every time we'd get to that point, we'd start giggling."

Merry reckons she did so many Warner Bros. shows, "Because Ruta Lee could only work so much. [*laughs*] They said Ruta and I worked more on that lot than any other actresses in a period of one year. I think Ruta did 30 shows and I did 31 that year. You'd finish one episode and they'd say go over and get fitted, you're going to do a *Sugarfoot* [1957–1961] or a *77 Sunset Strip* [1958–1964]. But they knew I'd show up with my lines learned, I'd be in wardrobe fitting on time, I'd be on the set on time and I wouldn't hold up production because I didn't know the lines or didn't like the way it was written."

Every western leading lady has to learn horseback riding at some point in her career. "The first western I ever did was for director Joe Kane. It was a *Cheyenne*. I'd been on a trail horse, but that is *not* riding a horse. Of course, I told Joe I'd do it 'cause I thought I'd get a chance to practice. The stirrups were too long, the saddle was a little large, and they brought this movie-trained horse up. The ramrod hardly got a chance to adjust the stirrups when they brought me up to a scaffolding. Joe Kane was standing there and he says, 'All right, you see where so and so is about 50 feet out there? I want you to gallop in there, meet him, and then the two of you talk for a few minutes and then gallop out.' Well, the horse took off and the only way I stayed in the saddle was to hold onto the horn! I didn't even know enough to grip with my knees. They walked the horse back and Joe Kane said, 'I thought you said you could ride a horse?' I said, 'There isn't anything I can't learn Mr. Kane.' He bellowed out, 'Slim!' at the top of his lungs and Slim Pickens rode up. Joe said, 'You've got three hours to teach this rookie how to sit a horse.' Slim started me out on the back lot at Warners with a walk, into a trot, into a canter, into a lope, into a full gallop. At the end of three hours I knew how to ride a horse, how to set the stirrups right. He was adorable. Slim said, 'You go home and on your way home, you stop and get some Epsom salts and go soak. You're going to be sore as all getout tomorrow.' I *was* sore the following day but I got back on the horse, 'cause I figured that was the only way to loosen up the muscles, besides that's what Slim told me to do."

"We had some fun times on those shows. They were shooting another series, *Colt .45* [1957–1960] with Wayde Preston. He had an outrageous sense of humor. He used to get so mad at Jack Warner that he'd buzz the back lot in his plane." Preston eventually walked away from his contract at Warners in a dispute over who should do a stunt — he or a stuntman. Preston later flew as a bush pilot in Australia and even was a pilot for the mob — although he, himself, was not a member of any mob-related organization, simply a pilot.

"Once, a crew was working on the back lot about 25 feet away from where we were filming a western and Lurene Tuttle was playing a Ma Barker–type. She had her sons and they were in the midst of a shootout. It was poor planning, two companies working that close together. When their director would yell action, we'd think it was our director. We'd start and they'd say, 'No, no, no...' So they decided it might be fun for dailies if Lurene played the part I was playing on my show and I'd play Ma Barker, just for one setup. We switched places in the companies, and did a couple of lines of each other's character and then switched back. So they're sitting there watching dailies and all of a sudden, it's not Lurene Tuttle with her boys hanging over the mountain top defending their property, it was me and she was doing some kind of a smoochy love scene with someone else. It made it fun."

Merry appeared on the first episode of Will Hutchins' *Sugarfoot:* "Brannigan's Boots." "I just loved working with Will. He was so sweet. Ty Hardin [*Bronco*] was a little bit sold on himself but one of these days he's going to try a little harder to be nice. But he was good looking. All these guys were in such good physical shape. They had to be 'cause so many times, they'd have to do their own stunts."

"Clint Walker [*Cheyenne*] was very quiet and, you know, don't get too close. He wasn't the type you could go up and pat on the back or hug. But he was very pleasant, and so big. [*laughs*] The director had one scene where there was a boardwalk and a stagecoach. I was supposed to step into the street and up on the stagecoach and Clint was going to help me up. The director decided he wanted Clint on the boardwalk and me in the street. I laughed,

'You're never going to get us in the same frame if you do it that way; we've got to switch it.' [*laughs*] Clint was very helpful. I had to say some words in Indian dialect and he helped me learn to pronounce them correctly. He was very pleasant to work with because he wasn't so impressed with himself. Just quiet and unassuming. I don't think I ever saw him lose his temper on either show I worked with him on.

But I did a movie called *FBI Code 98* [1964] with Andrew Duggan, Jack Kelly, Ray Danton, and Phil Carey was in it as well. There were about five or six of us working in a small cockpit of a plane; Ray Danton was trying to diffuse a bomb and it was so *hot*. Ray finally got to the point he just didn't like the way the scene was going and he didn't like the director [Les Martinson] and he wanted the producer down on the set. I never did well with temper flare-ups. So we waited until the producer [Stanley Niss] came down on the set and we talked Ray back into the scene."

Not to overlook Roger Moore on *Maverick*. "Oh, very magnetic and very charming. He was the one that told me I had to get a special orange marmalade if I really expected to eat it on crumpets properly. And he told me about the English honey, about pancake syrup, which one to get. We talked food and everything... it was great fun."

Working on *Bonanza* (1959–1973), some actors claim Michael Landon and Dan Blocker would clown around and weren't that serious about their work. "Oh, he and Dan Blocker ... Michael was an undisciplined young man in those days. He and Dan were always starting fights. They'd start pushing each other and shouting loudly. Dan would haul off and slap Michael, it was a fake slap, and Michael would laugh and turn around and slug him, and you know, they'd just play it to the hilt. They had everybody on the set going, thinking they were really having a fight and they weren't doing anything except letting off a little steam. Lorne Greene was so charming. I had worked with Lorne on a half-hour episode of something and he was just *wonderful* to work with. It was fun to work

with him again. Don Dubbins was in one and he was also great fun to work with and very kind."

A *The Virginian* (1962–1971) episode ("A Man Called Kane") was the only time Merry ever sang on her own. "I recorded the song and they didn't know if I could sing or not. They wanted a saloon-type voice. We made a recording and the day after that, I had to take the playback record home and learn how to lip-sync to it, kind of plan out what I was going to do. It was the only time I ever sang on my own. Well, I sang 'My Bonnie Lies Over the Ocean' in a movie called *Hear Me Good* [1957], but I was *supposed* to sing off-key. Bill Witney, who directed that *The Virginian*, was very helpful. He pretty much said, I want you to start right out here by the piano and just kind of go around to maybe that table and then over here, end up circling around and go back to the bar and kind of give a little extra attention to one of the characters that was one of the fellows that worked on the ranch. By the way, I got along quite well with James Drury. I didn't have problem one with him. I don't know why people thought they did. He seemed very helpful and kind. And their schedule was grueling. I don't know how they did it."

"I loved doing westerns from the standpoint you were out in the fresh air all day long, most of the time. And you were working around horses, getting good exercise. I learned how to drive buggies, buckboards and I even drove a four-up on a soundstage once, with four horses. I was scared to death. The show was recast the following morning and they forgot to tell me I no longer had the part. I spent the day under a stagecoach with axle grease up to my neck. I was supposed to be playing a boy. They took one look at the dailies and said, 'There is no way this girl is ever going to mistaken for a boy.' So they cast me in a *77 Sunset Strip*, but I came to work the following day not knowing I didn't have the part anymore. Somebody else was doing the part—Joanne Gilbert. Of course, she was slimmer than I and could more easily portray a boy."

Willard Parker points toward Merry as he introduces her to *Young Jesse James* **(1960)—Ray Stricklyn.**

Merry's first western movie was in 1957, *The Dalton Girls*. "Johnny Western was so cute in that … such a good-looking young kid. He was very helpful because I had just leaned how to ride on the Warner Bros. lot, thanks to Slim Pickens, and the next thing I turn around to do is *The Dalton Girls*. I did all my own riding in that but I didn't do the jump off the roof onto that horse. Mae Boss usually doubled me, but this was a young stuntwoman I had never worked with before. She was really good, 'cause I thought she had just destroyed herself when she went into that saddle and went riding off. I mean, it scared the living daylights out of me."

The film also starred Penny Edwards, Lisa Davis and Sue George. "We had a pretty good relationship. We got along. We each had our own cottage up at Kanab, Utah, 'cause it

was all filmed on location. John Russell, I had worked with before; he had an outrageous sense of humor. But we had a director by the name of Reginald LeBorg. He could be a little tough and would yell at us! He had one of us in tears during the lunch hour every day. He was *very* difficult. We drove him nuts because Penny rode English and I think Lisa Davis did as well. Sue and I rode western because Sue had worked on some Warner Bros. westerns. There was one scene where LeBorg had the camera all set up and we're supposed to start out and gallop into the scene and gallop out. LeBorg said fan out a little bit. Well, we had the type of land that had sod holes, I mean it was just terribly irregular. So, two horses went to the left and two went to the right. He screamed like a ruptured panther over that one and we had to go back and do it again. No matter what we did, it was some kind of problem; we weren't doing it right. But I must say, producers Aubrey Schenek and Howard Koch were just *fabulous*. They treated us so royally. I remember coming back to the room the last night and there was a beautifully wrapped gift on each bed for each girl, from them, thanking us for the job that we did. We worked through rain and sleet and even hail once."

Three years later, Merry calls her *Five Bold Women* quite an experience. "It was produced by Jim Ross, a man that had a late-night movie talk show. He wanted to be an actor so badly. His father-in-law was the director, Jorge Lopez-Portillo; he had a temperament like Reggie LeBorg. We had a crew that was partly from Hollywood and partly from Kansas and partly from Texas. [*laughs*] Jim Ross' wife, who was Lopez-Portillo's daughter, was doing the production management. I palled around with Irish McCalla who had a great sense of humor. [Irish had just come back from two years in Mexico as *Sheena, Queen of the Jungle* (1955–1956).] She was writing little transcripts of each day, trying to find a sense of humor to keep the sanity. She decided we should do a song called 'The Saga of Five Bold Women' to the tune of 'Davy Crockett' and it was 'Five Bold Women, Queens of the Wild Frontier.' Actress Dee Carroll was killed in the movie and her stanza was, 'If she was in such pain and strife the while, how come when she died her face wore a smile. Women, Five Bold Women.' [*laughs*] Our producer, Dirty Jim, with his long and curly locks, had a talent for skipping stones on the river rocks ... just everything had a little comical touch to it. Irish wrote about the stagecoach ... they didn't tell us the wheel was going to come off in the middle of the stream. [*laughs*] So that was fun."

"We worked on C. C. Veltman's ranch down in Brackettville, Texas, for the majority of the film; we filmed four or five weeks. The producers used their nephew, who was really a terrific rider; he could ride like he and the horse were one. Just a joy to watch him,

he was so excellent. He was doubling Jim Ross, because Jim was supposed to gallop from the stream up to the shore, reach down and grab me and do a pickup and ride out with the two of us on horseback. I was supposed to be fighting him. Now you try this with someone that knows how to ride! He said, 'I'm going to reach down and grab ahold of the bustle skirt, but when you get your forearms on my shoulders and act like you're beating me, put enough pressure down so you won't slide off.' I ended up doing the pickup on the horse. It was scary! The star, Jeff Morrow was a godsend to me. Jeff and I had the same agent. When we got back to civilization, Jeff sent me a dozen red roses for what we'd had to put up with.

They had a scene where we were supposed to be bathing in a stream and the water was rolling downstream about 35 knots. We were supposed to be in nude-colored leotards, which we'd been fitted for at Western Costume. The producers had tried to get each of us to sign a release to do the scene in the skin and I said, 'I don't think so!' I asked why did you have us fitted with nude leotards if you were thinking of doing this? Irish said she had a suspicion this was going to happen so she brought a bikini ... you can put a branch across the bra part and a branch across the hip part and nobody will ever know you've got a bathing suit on. Since we were all going to wear the nude-colored leotards and go into the water, they had tennis shoes for us and they had terry cloth robes, thank God, because it was like 50 degrees. It was so cold, the water was just freezing! And we were in and out of the water for seven hours. The crew built a fire for us, bought brandy and mixed that with a little fresh water and heated that up. I'd get that, and then blankets thrown over us every time I'd get out of the water from shooting another scene. But one of the crew members came up to me and said, 'They're going to try and cut in two body doubles. They brought five exotic dancers in from San Antonio and they're going to be shooting upstream. As long as you girls stay in the water up to your shoulders they can't cut to the doubles, but the minute you start out of the water, they will have a lead-in to cut to this other film. Your only protection is to stay under the water.' They had one scene where we started to get up out of the water. The director yelled 'Okay'; he was across the stream with the cameraman. He yelled okay and we thought that was his way of saying cut, so we started out of the water. Lindsley Parsons was the assistant director. He started in with the robes and the director screamed, 'Damnit, get out of the scene, I'm still filming.' Well, by the time Lindsley got out of the scene, we were back in the water. Then, either the camera operator or the cinematographer, I don't know which, stepped squarely in front of the lens of the camera. So, when they sent the film to be developed, by golly, not one frame came out anything but black. Would you believe it? Their plan was foiled.

The crew was always very upset because Ross didn't know how to set up a scene, as a director. Instead of shooting a whole close-up of Jeff Morrow through, let's say, a full four pages and then reversing the camera angle and shooting the close-up of whoever else was in the scene, he'd move the camera every two lines. By the end of three days, we were 18 days behind schedule, and he was trying to make it for $60,000 in color. There was no way! By the time we got back to Houston, some state senator or congressman bailed them out, got more backing.

Big Boy Williams and Irish were our saving grace. Big was just like a great big teddy bear. We were in Texas over Thanksgiving. Big went out and shot a wild turkey. Toddy, his wife, fixed it, invited us all over for Thanksgiving dinner and I nearly broke a tooth on the buckshot. But it was the best turkey I think I've ever tasted."

Another of Merry's westerns was *Young Jesse James* (1960) with Ray Stricklyn, Willard Parker and Robert Dix, Richard Dix's son. Richard Dix had been a major star in the late 1920s and early 1930s. "Bob was fun to work with. He followed the Baha'i faith. He had a wonderful serenity about him. And Willard was a riot to work with. He was as cute as he

could be. We did two pictures together. I remember one scene [in *Air Patrol* (1962)] where I was supposed to open the door and be accepting a delivery from the pizza man. Instead, I found Willard with his tie askew, staggering against the door jam, and he just absolutely broke me up! They had that outtake on some film clip. It was such an uproar and it just surprised everybody."

Merry costarred with Jim Davis in *The Gambler Wore a Gun* (1961). "Jim had a great, crusty sense of humor — just as comfortable as an old shoe. Just wonderfully helpful. 'Hell, we'll git through this somehow ... been long day for me too.' [*laughs*] He had done so many of these films, it was just like the back of his hand and that helped me be more relaxed and not quite so emotional. I ended up underplaying quite a bit, which I tried to do on most of mine 'cause I was scared to death to get too emotional in case I might look stupid on screen. Underplaying often works when somebody else is a little over the top and you're underplaying it, it makes you stand out."

That "underplaying" was never more evident in Merry than on Audie Murphy's *Quick Gun* (1964). "I think it was probably because I was supposed to be playing a school teacher, a relatively intelligent, wise person and I thought that would make me appear more intelligent." Meanwhile, heavies like Ted DeCorsia are chewing up the scenery all around Merry. "He was great though. Just perfect as his character. It helped me in a way because I was supposedly so terrified of him I was speechless ... in the character." [*laughs*]

Everyone who has ever worked with Audie Murphy comes away with a distinct impression, often varied, but always distinct. "How can I be kind ... he had mood swings. I treaded very quietly. He'd look at you like he could just kill you, and I never knew why. I talked to Jimmy Best, who had worked with Audie many times. He said, 'He'll forget it tomorrow. Don't lie awake nights over it. The picture's going to be over in another three days.' We did have rough

COLUMBIA PICTURES presents
AUDIE MURPHY
THE QUICK GUN
FILMED IN **TECHNISCOPE** · COLOR BY **TECHNICOLOR** · Co-Starring MERRY ANDERS · Screenplay by ROBERT E. KENT
...sed on a story by STEVE FISHER · Directed by SIDNEY SALKOW · Produced by GRANT WHYTOCK · AN ADMIRAL PICTURES PRODUCTION

Merry is in the middle of a *Quick Gun* (1964) conflict between Audie Murphy and Ted DeCorsia.

filming on that, we went out to location about four o'clock in the afternoon and filmed night for night, until 2:30 and 3:00 in the morning."

The last western Merry did was *Young Fury* (1965) with Rory Calhoun and Virginia Mayo, produced at Paramount by A. C. Lyles. "He was so great to work with. They gave me a dressing room in star row for that. I had one there also for the Elvis Presley movie [*Tickle Me*, 1965]. A dressing room that had a bathroom, a little refrigerator, a couch to stretch out on and a dressing table ... very pleasurable. Of course, it was a thrill for me to meet Lon Chaney Jr. We had a movie theater in Crystal Lake, Illinois, where I lived when I was ten years old. They showed the scariest movie I had ever seen called *The Mummy's*

Curse [1945]. I never dreamed I would someday meet the star, much less get to work in a movie with him. I value the 'personally autographed' photo he was kind enough to give me. Virginia Mayo was the kindest, most wonderful person to work with. Never a bit of temperament. She gave makeup tips. If you had a problem, you could go to her. I don't think she felt any threat from anybody that worked on that show. If she did, she didn't show it."

Merry decided to leave the business when "quite frankly, I had a couple of years where I only grossed about three thousand dollars and I couldn't make a living. Dad wrote me a letter and said get out of that movie business, get yourself a decent job, girl. I was divorced and it's hard to raise a child, have a nice home, put up the appearance of success, drive a car that's in perfect running shape and everything, when you're on unemployment. It doesn't work. It was 1969, I was 35 and it got to the point I was getting too old and they were going into a lot of R-rated movies I didn't want to do anyway. I went down to the department of employment and I said, 'I've been down here on and off these past years and is there a possibility you could train me to be one of the people that works at the window and questions the applicants, 'cause I know all the questions as well as the answers?'"

The department put Merry through a battery of tests for several weeks. Meanwhile, she picked up five weeks work on Ross Hunter's big budget *Airport* (1970). "When I came home one day from working on that there was a letter from Litton Industries. It was from a man whom I had met at my oral interview at the department of employment. He was personnel manager of Litton Data Systems and a job opening had come up they thought I could handle beautifully. I finished *Airport* on a Wednesday and went to work the following Monday, which was June 1, 1969. I just fell in the right place. I was Customer Relations coordinator and I sat in the executive lobby. They wanted a face that was security trained and still could handle any kind of a difficult personality. They were thrilled to get a 'movie star' and I was thrilled to get the steady employment. I was with them twenty-five years." Merry did take a two week leave of absence in 1971 to work in a two-part *Gunsmoke* (1955–1975) ("Waste") in Kanab, Utah, where she'd starred in *The Dalton Girls* earlier. "The bonus at Litton was I met my husband, who was a systems engineer and a senior scientist. I never would have met him if it hadn't been for Litton."

Some people, that strive long and hard for a career in film like Merry had, have won-

dered how she could just walk away from it. "I don't miss it, I was never really that comfortable. I never really felt I could open up enough to be a really fine actress. You have to dare to really expose all your raw edges … all your imperfections. I never felt assured enough to do that. I think a lot of people in the industry have that problem. Unless you get a director that really understands how much *you* are sacrificing or trusting him with, you really can't open up enough. I really feel like my friend in high places, the one that doesn't come any higher … is watching over me. I was very fortunate."

Merry Anders Western Filmography

Movies: *The Dalton Girls* (1957 United Artists)—John Russell; *Five Bold Women* (1960 Citation)—Jeff Morrow; *Young Jesse James* (1960 20th Century–Fox)—Ray Stricklyn; *The Gambler Wore a Gun* (1961 United Artists)—Jim Davis; *Quick Gun* (1964 Columbia)—Audie Murphy; *Tickle Me* (1965 Allied Artists)—Elvis Presley; *Young Fury* (1965 Paramount)—Rory Calhoun.

TV: *Cheyenne:* "Big Ghost Basin" (1957); *Sugarfoot:* "Brannigan's Boots" (1957); *Broken Arrow:* "Smoke Signal" (1957); *Sugarfoot:* "Outlaw Island" (1959); *Tales of Wells Fargo:* "Tall Texan" (1959); *State Trooper:* "Barefoot Girl" (1959); *The Hawk:* unsold pilot (1960); *Cheyenne:* "Long Rope" (1960); *Maverick:* "People's Friend" (1960); *Maverick:* "Town That Wasn't There" (1960); *Maverick:* "Destination Devil's Flat" (1960); *Bonanza:* "Bitter Water" (1960); *Bronco:* "Winter Kill" (1960); *Bronco:* "Ordeal at Dead Tree" (1961); *Maverick:* "Three Queens Full" (1961); *Death Valley Days:* "Way Station" (1962); *Death Valley Days:* "Vintage Years" (1963); *The Virginian:* "A Man Called Kane" (1964); *Gunsmoke:* "Waste" (Part 1 and 2) (1971).

VIVIAN AUSTIN

A Rose by Many Names

One of the 1940s greatest beauties, this talented Hollywood born actress-singer-dancer won many contests, including Miss Hollywood, before landing a stock contract at Warner Bros. in the 1930s. Under her maiden name, Vivian Coe, she appeared as a dancer, dress extra, stunt double (for Rosemary Lane in *Hollywood Hotel* [1937]), and bit player (*The Goldwyn Follies* [1931], *Yankee Doodle Dandy* [1938]). Born in 1919, her big break came when she was selected to appear as the feminine lead in Don Barry's 1940 Republic chapterplay, *Adventures of Red Ryder*, (directed by the legendary serial team of William Witney

Vivian clings to Rod Cameron in *Boss of Boomtown* (1944).

For Universal publicity, Vivian strikes a western pose every cowboy can appreciate.

and John English.) "Frankly, fifty years ago, women in westerns didn't do much. Although I had the female lead, it seems like only a bit part, when compared to the men's roles."

At age 17, Vivian married playboy-

millionaire auto dealer, Glenn Austin, but hadn't as yet changed her name professionally. "Glenn was a polo player and he had to exercise the polo ponies. I helped him do it. I could sit a horse, this led to doing my own stunts in *Red Ryder*. I could shoot to the back

Johnny Downs seems quite surprised as he crawls from a dunking in the horse trough, while Leon Errol and Vivian remain calm in *Twilight on the Prairie* (1944).

of me while horseback riding. I did a lot of stunt work, even before the *Ryder* serial. Republic used me to great advantage as a result."

Queried about the star of the *Ryder* serial, Don Barry, Vivian hesitates as she replies, "He had such a temper! He would walk off the set — often! Stopping production just because he disagreed with Bill Witney, or somebody, about some minor thing. I don't like saying negative things about the departed, but he wasn't a very nice fellow when we worked together."

In 1943, Universal signed Vivian to a stock contract, after giving her a screen test in the Technicolor *Cobra Woman* with Maria Montez. "They were too cheap to give me a regular screen test. I didn't tell them about the

serial — I was now using the name Vivian Austin. So, my few lines and a couple of close-ups in *Cobra Woman* were my screen test. From that, I went on to sing and dance in a Gloria Jean musical, *Moonlight in Vermont* [1943] and then to a variety of roles."

About her Rod Cameron pictures (*Trigger Trail*, *Boss of Boomtown*, both 1944)—"Rod was the exact opposite of Don Barry. Rod never lost his temper. He was very serious; very quiet. I liked him a lot. I got to ride a horse in one of them, but for the most part, I didn't do any stunt work — not like I did in the serial. I guess Universal thought I was too important at this time. Of course, I had much more to do in those pictures — I enjoyed the experience very much. Fuzzy Knight, who I worked with several times, was also nice, but not very talkative, a loner. Marie Austin was so very, very small! A comedienne, she was not related to my husband Glenn Austin, *or* to the singer Gene Austin either."

Twilight on the Prairie (1944) is one of her favorites, "I got to dance and sing in that one — I sang with Johnny Downs, who was very nice. I liked him a lot; everybody liked him. He was always laughing and never got mad."

After leaving Universal, Vivian signed a term contract with Eagle Lion Films. "The studio head didn't like the name Vivian, so he changed it to Terry. I don't like the name Terry Austin. So, when I left, Jan Ford asked me if she could use my name and I agreed. Jan became Terry Moore." Vivian did five films at Eagle Lion (PRC) as Terry Austin, including two Philo Vance mysteries.

Health problems forced her early retirement from pictures. Tragically, she went blind, and like the woman in *Magnificent Obsession* (1954), traveled the world over, searching for a cure — none was to be had. One day, Dr. Ken Grow, a doctor working in Palm Springs, told her he thought he could cure her. "Thinking I had nothing to lose, I agreed, but was skeptical. But you know something? He *did* restore my sight, and we were eventually married. I lost him in 1993, and I miss him so very much. He was a truly wonderful, wonderful man."

Vivian Austin
Western Filmography

Movies: *Boss of Boomtown* (1944 Universal) — Rod Cameron; *Trigger Trail* (1944 Universal) — Rod Cameron; *Twilight on the Prairie* (1944 Universal) — Johnny Downs.

Serials: *Adventures of Red Ryder* (1940 Republic) — Don Barry.

JOAN BARCLAY

A Leading Lady Among Leading Ladies

When lists are compiled of the most prolific and most popular B-western heroines, Joan Barclay is on all the lists. From 1936–1943 Joan rode the range with no less than 16 cowboy heroes in 25 films and costarred in two 15 chapter cliffhangers. Only Jennifer Holt, Peggy Stewart, Iris Meredith and Dale Evans made more westerns than Joan. She was perfect for Saturday matinees — cute, feisty and a way above average actress for B-westerns. The camera loved her red hair and stunning hazel eyes. At 84, the years have been good to Joan. Still very recognizable — with her winning smile and gorgeous eyes — she is most content on the desert of Palm Springs. "I love the heat. I seldom run the air conditioner."

Born in 1914, Minneapolis, Minnesota, Joan was well established as a model by the time she was 16 (no matter how much younger studio publicity tried to make her). "I was on the cover of *Cosmopolitan* and many other magazines. I also did a big 24 sheet Budweiser beer billboard."

Joan and John King give a hug to Ruthie Reece in Joan's only color film, *The Gentleman from Arizona* **(1939).**

As to how she got into movies, Joan recalls, "When I was a child, before I came to California—I think I came out here when I was 10—my mother took me to see Douglas Fairbanks in *The Thief of Baghdad* [1924]. My mother had a lady friend who was a script girl, and she said, 'I think if you come out here,'—my real name is Mary Elizabeth, but I've changed it so many different times, now I've stuck to Joan and most of my friends call me Joan—So she said, 'If you bring Mary out to Hollywood, I think I can get her in pictures.' When I was 12, the biggest part I had was in a Douglas Fairbanks picture! I got to meet Fairbanks and it was quite a thrill. He wanted to make he his leading lady, at the age of 12!—I played the leading lady as a child in *The Gaucho* [1927]—but the publicity man said,

[*laughs*] 'Doug, she'll make you look like an old man.'"

As Joan says, her name changed often while growing up. "When I was a child, my mother said to my father, 'Mary Elizabeth is so common around here, I think we should name her something else.' And he said, 'Oh, I don't think so.' Mother said, 'Well, I tell you what, the next little girl you see, ask her what her name is.' So he did. He saw a little girl on a bicycle and he asked, 'What's your name?' And she answered, Mary Elizabeth! At first, on screen I had another name, Geraine Greear which was used on *The Gaucho*. My last name was really Greear, so I said, how about Geraine Greear? My mother said, 'I like that,' so that's what it became. Many, many agents came up with names. I've had lots of names.

I picked Joan Barclay. I knew somebody by the name of Barclay. I liked that, so I said, how about Joan Barclay? I couldn't tell you all the names I've had. Every time you'd get an agent, they wanted to change your name, but Joan Barclay stuck."

Growing up, Joan remembers, "My mother didn't want me to go to public school, she was afraid I would catch diseases from the other children, so she had a tutor. Then when we came to California, she wanted to put me in the Vine Street School. I was excited, I wanted to go to public school but the board of education didn't want any actresses or any professional children. So, I didn't get to go to public school. I had my tutor and my mother was delighted, but I wasn't. I graduated when I was about 14, from high school. I went right through, but it also went right through my mind and out the door because I was too young to assimilate all that. I went to school on the sets, with the other children I worked with in pictures."

Joan smiled, reminded she was once under contract to Warner Bros., "Yeah. I had five years there. I might have been there yet but my cousin came out from Minnesota and she happened to talk to Hal Wallis. She was a little derogatory on Jewish people. I didn't realize what she did. When my option was not picked up, somebody said, 'Don't you know why?' and I said, 'No. Why?' She said, 'Your cousin talked to Julie Wallis.' I think that was her name; she was a great big Jewish woman. My cousin was just blabbing around, not thinking; she was from Minnesota and hadn't been to California before and didn't know anything about the motion picture industry. I had better sense than to do it, but I didn't know she was doing it. So that was the end of my Warner Bros. contract. Then I was under contract to RKO. I did westerns there with Tim Holt."

Joan's contract at RKO from 1942 to 1944 came at the end of her career, after toiling for nearly six years at Colony, Victory, Ambassador, Monogram and PRC. "I didn't do much at RKO. I remember. I played gin rummy with the head of RKO, Charles Kerner. There were some other people there and he said, 'I want you all to listen to this man sing, he's going to go places.' It was Frank Sinatra. And he was right!"

In one picture at RKO, they even changed Joan's name to Mary Douglas. "I had forgotten all about that, but it was just one picture. Then it went back to Joan Barclay. I always thought it was rather odd."

Although Joan made more non-westerns than she did shoot 'em ups, it's her B-westerns that are remembered today. Her popularity then—and her popularity today—is mystifying to her and she doesn't really understand why she receives so many requests for autographs. "Years ago, I remember I was doing some photography poses. And the photographer's little boy came in and said, 'Bob Steele is on the phone for you!' He was all excited. He was at the age that went to westerns. Then he came back and said, 'Now Tim Holt is on the phone! Now Rex Bell is on the phone!' I had three phone calls. I don't think I ever had that many in one day anywhere. He was just so excited."

Who was Joan's favorite leading man? She smiled, "They were all nice. I liked Rex Bell, just a wonderful man. I played bridge with his wife, Clara Bow. He used to come over and drop her off at my house. Then I went up to their house. They rented up at the end of Fairfax. I think he was in Nevada at the time. Apparently, he came out here when he made his pictures. Oh, he was the dreamboat, and a wonderful man. Just a wonderful man. I went to Rex's funeral. Clara came out and she said, thank you all for coming. She was very sober at that time, but when she was over at my house, she poured a drink and stood in front of me and said, 'Now when Rex comes in, that's your drink' [*laughs*] so he wouldn't know she was drinking. You know, she had quite a bad habit, but she was a nice person. Very beautiful and very nice."

Unfortunately, over 60 years have passed and Tom Tyler, Kermit Maynard, Jack Luden and some of Joan's other leading cowboy co-stars don't hold a memory niche for her. "My memories are kind of vague."

John Elliott and his "daughter," Joan, meet Tim Holt and his sidekick Cliff Edwards in *Sagebrush Law* (1943).

She does recall Hoot Gibson. "Hoot was a great one. He took me out and put me on one of his polo ponies, and you know, they stop on a dime — nearly went off that! [*laughs*] They may be racing along and turn on a dime. He just put me on at the polo field at Will Rogers' place, but he didn't tell me anything about stopping on a dime. Scared the heck out of me. Hoot was a real nice guy. He really was."

As for Bob Steele, "He wasn't very handsome. Rambunctious, but I gather from letters I've had that women say he's been a paramour of so many. He didn't [*laughs*] get to me. His father directed some things I was in [*Kid Ranger* (1936), *Prison Shadows* (1936), *Trusted Outlaw* (1937)]. Somebody wrote me and said — I think it was Lois January — said he was a great lover. I missed that. I had him over to the house but my mother kept an eye on him. She wouldn't let any monkey business.... [*laughs*]"

Tim McCoy Joan recalls, "was a colonel in the cavalry. The last time that I saw him was on Hollywood Boulevard. He was all dressed up in his military outfit, walking down the Boulevard. He had terrific posture."

Joan says she "never got involved with any" of her leading men. "Errol Flynn tried to date me. I didn't date him because he took a girl out and the next day she had a mink coat. So I said, I don't think I better go out with him. [*laughs*] Another one that called me is John Garfield. I hardly knew him, but he wanted to date me and I turned him down. And John Barrymore — I had a girlfriend, Linda Parker, Cecilia Parker's sister — Linda and I were pals. John Barrymore called me and said, 'Come over to RKO and come to my dressing room, six o'clock this evening.' I

Joan looks lovingly at Tim McCoy in *Two Gun Justice* (1938).

got to thinking about it, so I called him back and I said, 'Mr. Barrymore, I find I would have only about 15 minutes because I have something else I have to do!' So he said, 'All right.' Then he called me back and said, 'Miss Barclay, I find I have to change the date, you'd best make it so and so, and *don't* make any appointments after!' Hesitatingly I said, 'Okay.' [*laughs*] I called Linda, I said, 'Help!' [*laughs*] 'You've got to go with me.' You could go in studios, nobody ever stopped you. I had a little Ford convertible, we drove into the studio and went up to his dressing room. He was looking out and said, 'I *thought* so!' He knew Linda too! We went in and he would kiss one of us and then he'd kiss the other, but that was all there was to it and he was drinking and we were drinking and having a great time. He wanted me for a leading lady part but [*laughs*] I didn't get it. Because that was all

we did, was kiss. Marian Marsh got it. She did *Svengali* [1931] with him. So apparently, she went up to his dressing room.

Any casting couch problems? Joan laughed, "Sam Goldwyn chased me around a desk one day. Nothing came of it. I seemed to elude people. Maybe if I'd gotten into the picture business deeper and gotten to be a big star, I would have had more problems."

Like most leading ladies, Joan didn't know how to ride when she started making westerns. "They put me on a horse and I was holding the reins up about here [indicating very loosely], giving the horse his head. A cowboy told me, if the horse ever stumbles, you're going to go flying! He said, hold it up close and let your arm go out. The very next day the horse stumbled and I pulled him up. Otherwise, that would have been the end of me! I didn't know which end of the horse to get on or anything."

Joan often worked in poverty row westerns for Sam and Sigmund Neufeld. Sam often directed under the pseudonyms of Sam Newfield, Peter Stewart and Sherman Scott. She laughed, "Two little Jewish men that were on Gower Gulch. They had a little *tiny* office and they'd stand in the doorway, looking out." [*laughs*]

Joan had a long relationship with Sam Katzman's Victory Pictures (1935–1940) and worked with Sam again on East Side Kids films at Monogram. "He was a very nice man. He had a wife that — somebody called her a bitch on wheels — she had red hair and an awful temper, but she was nice to me. I did a lot of little pictures with Sam, including a couple of serials, *Blake of Scotland Yard* [1937] and *Shadow of Chinatown* [1937]. I went on a couple of trips with the Katzmans; down to Caliente with them. Somebody got kind of fresh with me, so I told the little bitch on wheels. She said, 'Well, you should expect that.' So I got out, got on a bus and went home."

Shadow of Chinatown gave another B-western heroine, Luana Walters, a chance to be evil, portraying Eurasian Sonya Rokoff. Joan remembers Luana as, "quite attractive, but aggressive."

Shadow of Chinatown and Joan's later *Black Dragons* (1942) and *Corpse Vanishes* (1942) starred Bela Lugosi. Joan laughed, "Very nice man, but I met his wife and son and they both looked like they belonged in horror pictures. Big, tall, skinny...."

Of Bruce Bennett (aka Herman Brix), her costar in *Shadow of Chinatown*, Joan says, "Bruce, the shot-put champion... He was teaching me to play golf. I don't remember doing the picture but I remember still ... teaching me golf. Very nice looking man. His wife went right along with him, wherever he went, kept an eye on him."

After nearly 20 years in the business, Joan quit. "I got married to my second husband. His family was quite well-to-do and I just quit in 1945. My first husband, that didn't last too long, only a year or so, because he didn't want to work. He just let me work and everything was just fine with him. He'd just put his feet up on the desk and that was it. My second husband owned California Rent-A-Car, he and his partner. He was quite an alcoholic. Very bad for him and for my children and for me and for everybody. He was very smart, but the alcohol kind of soddened his brain and he died when he was 53 years old. His partner went on, and it was kind of funny, kind of a reverse situation. His partner was on the garbage boat at Catalina and my husband was on his father's 50-foot yacht, and he came around and got friendly with my husband and then they went into business together. When the partner died, he left a million dollars. Meanwhile, my husband remarried his first wife — and then he wanted to come back to me. When he remarried her, I said, 'go ahead, but just remember, if it didn't work the first time, it won't work the second.' She just got everything she could get out of him — diamond rings and homes and everything else, then she dumped him. He came back to me and he wanted to marry me and I said, 'Don't you remember I told you, if it didn't work the first time, it won't the second. I had two children by my second husband and I think that was 22 years. Then, the third husband, George Sullivan, was 18 years. He also had a drinking habit, but he handled it much better than my second husband, he didn't get so out of control. He died. That was the last one, and the last one I ever want — plenty. I love being alone. I really do. Some people are so unhappy and lonesome and I'm not a bit lonesome. I just enjoy my own company. My son was killed when he was 19 in an automobile accident and my daughter is in Texas, near Dallas."

We asked Joan why she thinks her career never really progressed beyond B-films. "At Warner Bros., both Jimmy Cagney and Pat O'Brien would talk like Dutch uncles to me. 'Now you've got so much opportunity here, there isn't any reason in the world why you're not a star. Go out and get some experience, take dramatic lessons, do this and that.' And

I'd say, 'Yes, yes, yes Jimmy' Never did anything about it. That's just me. I procrastinate. At that time, I was more interested in going out with boys, but I wish I had listened to them. Gee whiz, I regret I didn't try to do something about it, listen to them."

Joan Barclay
Western Filmography

Movies: *The Gaucho* (1927 United Artists)—Douglas Fairbanks Jr.; *Ridin' On* (1936 Reliable)—Tom Tyler; *Feud of the West* (1936 Diversion)—Hoot Gibson; *Kid Ranger* (1936 Supreme)—Bob Steele; *Phantom Patrol* (1936 Ambassador)—Kermit Maynard; *West of Nevada* (1936 Colony)—Rex Bell; *Glory Trail* (1936 Crescent)—Tom Keene; *Men of the Plains* (1936 Colony)—Rex Bell; *Trusted Outlaw* (1937 Republic)—Bob Steele; *Singing Outlaw* (1938 Universal)—Bob Baker; *Purple Vigilantes* (1938 Republic)—3 Mesquiteers; *Whirlwind Horseman* (1938 Grand National)—Ken Maynard; *Two Gun Justice* (1938 Monogram)—Tim McCoy; *Pioneer Trail* (1938 Columbia)—Jack Luden; *Lightning Carson Rides Again* (1938 Victory)—Tim McCoy; *Six Gun Rhythm* (1939 Grand National)—Tex Fletcher; *Texas Wildcats* (1939 Victory)—Tim McCoy; *Outlaw's Paradise* (1939 Victory)—Tim McCoy; *The Gentlemen from Arizona* (1939 Monogram)—John King; *Billy the Kid's Range War* (1941 PRC)—Bob Steele; *Billy the Kid's Roundup* (1941 PRC)—Buster Crabbe; *Billy the Kid's Smoking Guns* (1942 PRC)—Buster Crabbe; *Riding the Wind* (1942 RKO)—Tim Holt; *Bandit Ranger* (1942 RKO)—Tim Holt; *Sagebrush Law* (1943 RKO)—Tim Holt.

PATRICIA BLAIR

Irish Texan

The feisty, redhead beauty and talent of Patricia Blair left a lasting impression on 1960s TV viewers. As Lou Mallory on Chuck Connors' *The Rifleman* (1958–1963) and especially as Rebecca Boone, Fess Parker's wife on *Daniel Boone* (1964–1970), Pat left an arresting legacy for western TV viewers.

Born in Fort Worth (circa 1938) and raised in Dallas, it was debating and public speaking that first brought her to the forefront. "I was very shy, but it brought me out of it. I was on the debating team." She made no conscious effort to become an actress. "Things just happened. I went into modeling when I was, like, 13 in Dallas. I found pictures where I look like a pencil. Oh, my God, I don't ever remember being that thin. So, modeling, and then I started little theater."

"I don't remember the first thing [on film] I did. I know I did a whole series with Bob Cummings and he taught me comedy—and vitamins—comedy and vitamins, which I still take. Bob was the most generous, wonderful man. If he liked you, he would teach you. He kept me working; he thought I had talent and he taught me comedy, double takes, all that stuff. Some of the people are so generous in show business, they really are. Bob

Pat as Lou Mallory on TV's *The Rifleman* (1962-1963).

didn't hog the camera. He would give you the camera. You didn't have to fight for it. He really was a fantastic man. I was also Ricky Nelson's girlfriend on *Ozzie and Harriet* [1952–1966]."

The Rifleman began on ABC in 1958. Producers didn't give widower Lucas McCain (Chuck Connors) a love interest until 1960 when Millie Scott (Joan Taylor) became the general store owner. Patricia Blair came to North Fork for the 1962-1963 season as Lou Mallory, the feisty, willful, determined owner of the Mallory Hotel. "I tested for [the role]. I think [Joan Taylor's] husband moved — they moved to Hawaii for *Hawaii Five-O* [1968–1980]. I know he was a producer of *Hawaii Five-O*." (Taylor was married for 20 years to Leonard Freeman, producer of *Hawaii Five-O* and other series, until his death in 1974.) With the change, Pat Blair brought new life to staid North Fork in the form of fiery Irish lass, Lou Mallory. "It was an absolute Maureen O'Hara steal." Pat said the role was the writer's idea but she brought a lot of herself to the part. "Most Texans are Irish-Scots. [*laughs*] Chuck was so full of life and volatile, a wild Irishman, so when we started doing it, of course Maureen's *The Quiet Man* [1952] came out."

"Chuck was a wonderful man but fun loving, pranksterish with a wicked sense of humor. Something was always happening on the set. Once, we went to the art department and made up a strip of plastic with three little lemons on it and put them on producer Jules Levy's speedometer, because he was being so mean and nasty about our salaries and dealing with it. They said he almost went off the road when he looked down and saw those three little lemons."

Pat was set for another season of *The Rifleman*, to be one hour, in color. "We had our contracts all set up—next year—hour, color. But Chuck walked away. He didn't want to be a cowboy anymore. He went into *Arrest and Trial* [1963–1964], which was not greatly successful. He married Kamala Devi, an actress from India, and she somehow didn't want him to be a cowboy anymore. I think, somewhere, it came from that. But I've got to tell you, in those tight blue jeans, that tight shirt, with the muscles bulging, there was no one sexier, anywhere. But when he got into the suit on *Arrest and Trial*, a lot of it got lost in a suit. He *was* the Rifleman, he just was. He was the part. He just didn't want to do it anymore. We had our contracts all signed. Paul Fix, Johnny, me—It was a dreadful blow. You're looking at the house payments and you think you've got it made. Actually, if he'd stayed with it, it would have been like *Bonanza*."

As for Mark McCain, played by Johnny Crawford, "Oh, he was a great boy. We used to go horseback riding every morning before the show at Riverside Park which had a stable. He would ask me all these questions, because kid actors don't get to go to public schools, they have their own tutors right there on the lot. He was asking me about the senior prom, bonfires after the football games on Friday night. When they have a private teacher, they miss a lot of things the rest of us had great times doing."

And Marshal Micah Torrance (Paul Fix): "He was such a comforting man. When you were with him, you were relaxed—sweet, dear man. He goes all the way back to the 1930s. He just took Chuck's boisterous attitude in stride. All of us did. When Chuck would let go, he had a colorful language. I would be back in a corner studying my script and he wouldn't realize I was there. Once he did, he would come over and apologize. He could get pretty flamboyant."

Pat recalls there were talks a few years ago about a *Rifleman* TV reunion movie of the week. "They were talking about redoing *The Rifleman* but moving it up to 1908, 1910, so we could have early cars. It would have been a whole, wonderful new adventure. But then Chuck got sick; it wasn't viable."

Patricia's career barely skipped a beat as she became Becky Boone from 1964 to 1970. "I finished *Rifleman* and writer Gordon Chase recommended me for this part in *The Virginian*. I went in and did an episode with Robert Redford. I was surrounded by good looking men—Jim Drury and Doug McClure—Redford was darling. I saw him not long ago and he said that was one of the first things he did on TV. He said it paid his mortgage. We were all young and starving at one point, even the big ones. He was a great actor and wonderful to work with. Lee J. Cobb was, too, on *The Virginian*. That was a thrill, working with him. I was just in awe of him. Gordon Chase wrote that, then he did *Daniel Boone* and I was recommended for the part on *Boone*."

"In fact, I didn't want the part. I'd already

Chuck (*The Rifleman*) Connors and Pat strike a romantic pose.

made my plans; I was moving to New York. I guess he'd interviewed a lot of actresses, but I heard it was Becky Boone who had eight kids; I wasn't much interested in this, and I wanted to go to New York. One morning I was out horseback riding, I rode every morning, and one of the guys from the stable came out looking for me and said, 'They're trying to get you at 20th Century-Fox. You have to go immediately to an interview.' I didn't have any makeup on, my hair was pulled back in a ponytail and I had on

The *Daniel Boone* (1964–1970) family—Veronica Cartwright as Jemima Boone, Fess Parker as Daniel, Darby Hinton as Israel Boone and Pat as Rebecca Boone.

a shaggy Irish sweater, but I went to the interview. I'd known Aaron Rosenberg, the producer, and George Marshall, my beloved old
pirate, for years and years and years when I
was under contract at MGM. I just walked
in, didn't read for it or anything, and they
said, 'It's yours.' So, it was my part."

We asked Pat to compare Connors to
Fess Parker. "Oh, my goodness, day and
night. Fess is substantial. Just a big, quiet,
gentle man. Nothing ever gets him upset. He
is probably one of the most genuinely nice
human beings I've ever met; next to his wife,
who is mother earth, Marcy, she's wonderful.
Fess was a great horseman. He used to play
polo up at Will Rogers' old ranch."

The supporting cast on *Boone* changed
quite a bit through the years. "Well, I'll start
crying again. Albert Salmi [Yadkin, 1964-
1965] decided he didn't want to do it anymore.
I stayed real close friends with Albert and his
wife, Roberta. He walked away first. He was
making really good money. It was a crazy deci-
sion. Then, Ed Ames [Mingo, 1964–1968],
after his records took off, decided he didn't
want to do it anymore. So it wasn't the producers. These guys walked away. But
Albert—the first day I showed up on the set
for Boone—I was so excited, because the first
thing I ever saw on Broadway was Albert
Salmi and Kim Stanley in *Bus Stop*. When I
found out he was doing our show, I was just
thrilled. I'm like a puppy dog. Here's this
big, blond Viking, and he was a Viking. He
had blond hair that women would kill for!
He wore it long. We were in a Christmas
store, one day, my husband and I and he and
his wife, shopping, and one little kid came up
and tugged at his mommy's skirt and said,
'Look Mommy, that lady's got a mustache.'"
[*laughs*]

"Later, Albert said walking away from
Boone was one of the big mistakes of his life.
His first big mistake was while he was in New
York acting. At that time, they frowned upon
you if you went to Hollywood, so he didn't go.
He turned down the lead role in the movie
version of *Bus Stop*. Which is insanity. He
admitted it though, tremendous mistake. He

said the second one was walking away from
Boone. You don't walk away from the bird in
the hand, 'cause you don't know what's out
there. I would have stayed with that show
till I was Granny Boone! It's sad. Ed [Ames]
didn't do anything after he left. I assume
Albert thought he had become established
and would become a good character man and
get a lot of parts, but he didn't do that much
after. He finally ended up on *Petrocelli* [Pete
Ritter, 1974 1976], but he admits it was two
of his worst mistakes.

Then the *third* worst mistake. Roberta
was hanging out on our set, hiding out there.
She was married to Mark Taper, who *owns*
California. He lets us live in it, but he owns
it. [*laughs*] Taper Theatre, this and that. He
was probably three times her age, he had kids
older than she was. Roberta was a little, I
mean tiny, feisty thing, and she was on the set
all the time with Albert. One day, she went
home to Mark, held up a little pair of booties
and said, 'Look, honey, congratulations.' And
he replied, 'Congratulations to you honey, my
cords are tied!' So there was a divorce, and
she'd signed a prenuptial agreement. Now
when the baby came out, you could have
picked that baby out of a million and known
it was Albert Salmi's baby. And their life went
on like that. Then, she talked Albert into
moving to Spokane. Now this is a New York
boy, a New York actor, and he was just so far
out of his environment. They'd been better off
if she'd moved him to New Jersey, somewhere
close where he could go into New York. But
for some reason she wanted to move to
Spokane. They moved up there and bought a
big house on the water. He did love to fish and
do those things. As I understand it, he went
back to drinking. He'd quit for a long time.
Talk about drinking, this guy could drink. He
wasn't getting work. And this is devastating.
I don't care how great the landscape is or
fishing or any of this stuff, working was his
life, and it just wasn't coming through. And I
think the money was going very fast. They
sold their house in Westwood for a great deal
of money, which I assume was what they were
living on. Then she got a separation. She got

him kicked out of the house and, as long as the money lasted, she had security guards. But somehow, the money just went. Then he got into the house and shot her, went upstairs to the den and shot himself [April 22, 1990]. I adored him. Just loved him dearly. It's the invisible charisma — you can't sell it, you can't bottle it — he had it. He just seemed like he was his own worst enemy."

As for Darby Hinton, who played Pat's son Israel Boone on the series, Pat says, "He's six foot two now. Sadly, Darby's mother was a stage mother of all times. She could drive anyone crazy." (Darby's father was actor Ed Hinton who died in a tragic plane crash off Catalina in 1958.)

Pat stays in touch with her "husband," Fess Parker, who became a millionaire land developer, hotel owner (Red Lion Hotel) and owns his own winery. "He adores his winery in Santa Barbara, just adores it. I try to get him out to do dinner theaters. He won't do it. This is a very shy, bashful man. Acting wasn't his happiest moment. He's not a dedicated actor. Never was. He loves business and they adore what they're doing now. He has nine grandchildren."

Blair had earlier guested on a *Bonanza* episode and knew Lorne Greene, Dan Blocker and Pernell Roberts quite well. "I think Pernell Roberts' argument with David Dortort [producer of *Bonanza*] was that he didn't want to wear his 'rug' anymore. He wanted to be *au naturel* and they weren't too interested in that. [*laughs*] I can understand it. They couldn't have him all of a sudden lose his hair one season. And Pernell also wanted to do theatre. Oh, Lorne was funny. We're old friends. Lorne was desperately talking to Pernell. Lorne said, 'You can build your own damn theatre with the money you're making.' But Pernell wanted to leave, and they were making big bucks." And Dan Blocker, "Oh God, I'd go to barbecues at his house, there'd

be a mountain of beer cans there. I mean this man could eat and drink — he was a wonderful man."

Prior to *Rifleman*, Pat did an unsold pilot in 1961, *Tramp Ship*, with Neville Brand as a steamer captain looking for adventure on the high seas. "It was a Mexican tramp ship. This was the dirtiest, filthiest thing you ever saw in your life. They kept offering me coffee and I didn't want to touch the cup. [*laughs*] Neville was the nicest human being you would ever meet in your life. Well-read, constantly reading books. Just a wonderful man, when he was sober! The other side came out when he got a little hooch."

When *Daniel Boone* ended its highly successful six season run (1964–1970), the western cycle on TV had about run its course and the business was changing. Pat recalls, "I got some phone calls after but I was in no way going to do those [low budget] movies. I did some of the after school specials and *Ironside* [1967–1975] and a movie, *Left Side of Gemini* [1972] with Richard Egan." As for these days, Pat smiles, "I do trade shows. Produce them. I do a big bakery show for the New Jersey and New York State Bakers Associations. This is the moment I'm living right now, you can't live in the past. Let it go. It was wonderful, magic; but I live in this moment."

Patricia Blair
Western Filmography

Television: *Yancy Derringer:* "Fair Freebooter" (1959); *Yancy Derringer:* "Night the Russians Landed" (1959); *Yancy Derringer:* "Panic in Town" (1959); *Yancy Derringer:* "Two of a Kind" (1959); *The Rifleman* (regular) (1962-1963); *The Virginian:* "Evil That Men Do" (1963); *Bonanza:* "Lila Conrad Story" (1964); *Temple Houston:* "Thy Name Is Woman" (1964); *Daniel Boone* (regular) (1964–1970).

PAMELA BLAKE

Little Bitty Pretty One

First as Adele Pearce (her real name) and then as Pamela Blake, the name for which she is best remembered, this lady proved good things really do come in small packages. Although appearing in nearly 50 films, including *This Gun for Hire* (1942), a star-maker for Alan Ladd, Pam is best remembered for her western and serial roles. Born in Oakland, California, and calling the year "superfluous," Pam told us, "My dad was with Pacific Gas and Electric in San Francisco. My mother passed away when I was three. I moved from there and lived with an aunt and uncle, relatives of my dad's. There was a contest when I was in high school. I read in the paper Paramount was looking for girls from different cities. The audition was being held on a cruise ship. I went down and there were hundreds of girls. This fellow happened to come by and said, 'Follow me.' We were having a hard time getting through the crowd, so I was holding onto his belt and dragging along behind him. He said, 'Honey, come to the Warfield Theater in San Francisco tomorrow,' and he gave me a card. I left the ship, went down there and there were only about 60 girls picked out of the bunch. We paraded around, talked, and after that I got a wire from Paramount. They had three girls picked and would grant an interview. Anyway, I won the contest and went to Paramount. I was on a picture for a couple of months and did nothing, just background, *Eight Girls in a Boat* [1934]. I went back to San Francisco to the Paramount Hotel where they had a little theater and studied there for a while."

She'd rather forget her introduction to westerns, *Utah Trail* (1938) with Tex Ritter. "Don't mention it. It was terrible! I never saw it and never wanted to. But then I did one with John Wayne [*Wyoming Outlaw* (1939)— The 3 Mesquiteers]. He'd done *Stagecoach*, so I knew he was the biggest thing, but he had a contract with Republic and had to do three pictures there. When I went on the John Wayne picture, I lied that I was a good rider. So when I go to ride, they had a double, another girl. She did the riding in that, but I did the riding in all the rest. Those wranglers were really great, showing me what to do, or helping me a lot and I got to be a pretty good rider."

Director John Farrow figured prominently in Pam's career. "He was absolutely wonderful to me. I was called in for an interview. He had picked me for this picture with Anne Shirley. I worked on that and then another picture, *Full Confession* [1939], which Victor McLaglen did. John Farrow directed it. He could be nice but he could also be [rough] if he didn't like you. The only time he got mad at me was, he didn't like one girl who was in the picture [*Sorority House*]. She was a girlfriend of a producer or somebody. He was so nasty to her, and she was very nice. So she was crying. Everything she'd do, he'd pick on. I went over and put my arm around her and said, 'Oh, honey, don't pay any attention to that. You're great.' Then he called *me* over for a scene and everything I did was wrong! He saw me talking to her and, oh, he... 'You're turning the wrong way, you're doing this, you're doing that.' And I started crying over in a corner and they can't shoot the scene

Pam heads off down *The Omaha Trail* **(1942).**

because I'm just not with it, and I *had* to be in it. I just waited until I got straightened up and wiped the tears away. When I went back, he was real nice. He told me he was being that way because I had a scene where I don't get accepted in a sorority and I'm supposed to try and kill myself, taking poison. It's a real dra-

matic thing and he said the reason he had been that way was because he wanted to work me up for that scene. I had a very nice letter from him, after the picture."

Although Farrow was good to Pam, she singles out Frank Tuttle as the best director when it came to helping her. "He put me in

Rare candid of Pam and Ray "Crash" Corrigan (one of The 3 Mesquiteers) taken between scenes of *Wyoming Outlaw* **(1939).**

This Gun for Hire. I was fortunate with most directors I worked with. I was under contract for about six months. That was before *Gun for Hire*. When I wasn't under contract, they used to call me quite a bit to come in and do bits and stuff at RKO. But Frank [Tuttle] sent for me for *Gun for Hire*. He had me tested actually for Veronica Lake's part and not mine. I asked him if he would test me for the part I finally got." Pam's part was originally bigger but she says, "It was cut. Alan [Ladd] buys me a dress. He had slapped me and torn my dress and it's the scene afterwards where I'm really telling him off and I didn't want the dress."

It was "Paramount's idea" Pam says to change her name from Adele Pearce to Pamela Blake. "We had read for a couple of days when Alan got the part in *Gun for Hire*. I was anx-

ious to get the part of Annie, which I finally got. They thought if I changed my name maybe my luck would change, which it did. My Dad was very happy about it — although he didn't say anything. At the time it seemed like a good idea. I was sorry I did it afterwards. I liked the name Pearce, I didn't like Adele very much."

There has been much speculation on how many actors were tested for the role of the cold blooded killer Ladd eventually got, but Pam claims, "Tuttle only tested two people. I had met Frank before and I knew his wife. I had read for Frank before, so he called and was going to do *This Gun for Hire*. He asked if I would read with the people. He was having them come up to the house. Sue Carol brought Alan up, and before that, it was another actor I can't think of — He read and

Behind the *Ghost of Zorro* (1948) mask, that's Clayton (*The Lone Ranger*) Moore protecting Pam.

was pretty good. It was only between he and Alan at the time. They picked Alan right away. We retested for two days. He had terrific tests, in several scenes. So they picked him. After they tested me for the part, I didn't hear anything for quite a little while, then the producer called and said, 'Go over to wardrobe. You've got it.'"

The film was a major turning point for Pam. "I went to MGM from there and did a picture with Red Skelton and Ann Sothern. When I did the picture [*Maisie Gets Her Man* (1942)], Red was outstanding. He was funnier off the set than in the picture. He helped me; he kept turning me into the camera. He spoke highly of me around MGM. I was under contract for a year and they took it up for another year. But I wasn't doing anything.

I was on hiatus. I didn't know it, because Louis B. didn't confide in me that you weren't supposed to leave town. At that time Mike Stokey, you may have seen some of his things, and I had gotten married. [Stokey, famous for *Pantomime Quiz* (1950–1963), and Pam were married in 1943 and divorced in 1948.] I wanted to be with him because he was going overseas. I was with him for a month. When I came back, I called my agent and he said, 'I hate to tell you this, but they canceled your contract.' I said, 'They can't do that. What do you mean they canceled my contract?' And he said, 'Well, you weren't supposed to leave town.' That was one of Louis B. Mayer's rules. MGM had a drama coach everybody went to. Once you became established, which, unfortunately, I was not there long enough to be in that group, they did everything, they were wonderful. The training they got, I mean, everything they wanted. But there were rules and regulations."

We wondered if, when Pam made *The Omaha Trail* (1942) with James Craig, he was aware MGM was possibly grooming him in case Clark Gable got a little too uppity. Pam thought it "possible. But I don't think they were worried about Clark Gable getting too uppity — he was bringing in an awful lot of money."

Pam's marriage to Mike Stokey followed after an earlier marriage to B-western stalwart Bud McTaggart. Pam explained, "When I was working the RKO pictures, Bud and I were married at that time. Bud died in a swimming accident in 1949. It was terrible. We had been divorced; in fact, he was remarried. I had talked to him a couple of weeks before. The pool was built out, there was cement on both sides of the diving board. Jack Beutel was there at the time. In fact, he went down to rescue Bud. I wasn't there, but apparently Bud had said, 'Watch this dive.' He was always kidding around. As he dove, he hit the side of the pool." (Malcolm "Bud" McTaggart, aka James Taggart, born in 1911, was only 38 when he died. He was in *Wyoming Outlaw* [1939] with Pam as well as many other B-westerns with Tim Holt, Tim McCoy, Buster Crabbe, Don Barry and the Rough Riders.)

Pam seems genuinely surprised to learn she is often referred to as a "serial queen," having appeared in four cliffhangers. "That makes you a queen? Gee, nobody notified me." [*laughs*] Pam costarred in *Mysterious Mr. M*, Universal's last serial gasp. "I knew Dennis Moore. He lived down the street. I can't characterize Denny. He could be real nice but he could be real nasty if he wanted to. I worked with Dennis several times, and to me, he was very nice." She was in *The Sea Hound* (1947) with Buster Crabbe. "That was great. We had lots of fun. Unfortunately, I don't think the producers were very happy because it rained most of the time we were on location at Catalina. So we just had fun playing cards and dancing. The thing I remember most, we had

a lot of people from Hawaii on the set and they were doing a lot of stunts. They used to go fishing a lot and diving for lobster and abalone, and Buster invited me to go out with them. It was real early in the morning, freezing cold. He and a couple of the other guys would dive in the water and it was just ice cold. They'd come up scratched and bloody but they'd always have a couple of [abalone] in their hands. The first thing Buster would say... give me a drink. [No doubt to warm him up.] I didn't drink at that time, but he was great to work with, everybody was fun. We were only supposed to be there about a week and we were there a couple of months."

As for Republic's *Ghost of Zorro* (1949), Pam recalls, "The studio was great. I love Republic. And everybody out there was wonderful. Seemed like a small town."

Since Pam had worked with so many of the greats of Hollywood, I decided to just throw out some names and ask her to tell me what she thought of them, in one word or so.

Leon Erroll? "A great comedian."

Robert Lowery? "Good. Better actor than he ever got credit for."

Carole Lombard and Alfred Hitchcock, whom she worked with in *Mr. and Mrs. Smith* in 1941. "Boy, you really have delved into this, haven't you? My gosh. She was great, but I didn't get to know her. She was with Hitchcock all the time. In fact, Hitchcock never said a word to me — but I was so thrilled, the idea of working with Hitchcock. I didn't have that much to do in it. During the scene, I think he was talking to Carole most of the time. He may have said, 'Come in the door' or something, and 'say this,' but as for learning a lot, No."

Don Barry? "Don had problems, but I wasn't really aware of it until it happened." (Barry committed suicide in 1980.)

Hugh Beaumont? "Hugh was very, very nice. He was a minister at a church out in the Valley."

Joe Kirkwood Jr. (Joe Palooka in the Monogram series)? "He was a big kid — good golfer — perfect for the part. Even looked like Joe Palooka."

When television came along, Pam did *The Cisco Kid* (1950–1956), a couple of *Range Rider* episodes with Jock Mahoney and a *Front Page Detective* with Edmund Lowe, but no more. Pam explained why. "I wasn't seeing the children enough. Actually, when I divorced Mike, I came out to Las Vegas. I had to stay for six weeks, so I met quite a few people. I liked it and just wanted to be with the kids. I only intended to stay a couple of months or so, but I found a house here and brought the children up.

Pam's son, Mike, is in the business now, actually getting into the movies by being in Vietnam. "Did three tours there. He was injured. Thank God, he came back. He'd been in the service with a guy in the business who does a lot of demolition work. He got Mike started into demolition work in films... what he's doing now. He's done about four pretty big pictures with Oliver Stone and others."

As to her over 20 year career in show business, Pam is most proud of her role in *Unknown Guest* at Monogram in 1943. "I loved working with Victor Jory. That was fun. *Omaha Trail* was a pretty good western, as westerns go. And in *Gun for Hire*, that was a good scene. I even got a good notice in New York for that."

As far as we are concerned, Pam gets great notices for all her screen work — but especially for being a great, down to earth, lady.

Pamela Blake
Western Filmography

Movies: *Utah Trail* (1938 Grand National) — Tex Ritter; *Wyoming Outlaw* (1939 Republic) — 3 Mesquiteers; *The Omaha Trail* (1942 MGM) — James Craig; *Son of God's Country* (1948 Republic) — Monte Hale; *Dalton's Women* (1950 Western Adventure) — Lash LaRue; *Gunfire* (1950 Lippert) — Don Barry; *Border Rangers* (1950 Lippert) — Don Barry; *Waco* (1952 Monogram) — Bill Elliott; *Adventures of the Texas Kid* (1954 Franklin) — Hugh Hooker.

Serials: *Ghost of Zorro* (1948 Republic) — Clayton Moore.

Television: *The Cisco Kid:* "Big Switch" (1951); *The Cisco Kid:* "Railroad Land Rush" (1951); *The Cisco Kid:* "Renegade Son" (1951); *Range Rider:* "Secret of Superstition Peak" (1952); *Range Rider:* "Holy Terror" (1952); *Range Rider:* "West of Cheyenne" (1953).

ADRIAN BOOTH

Aka *Lorna Gray*

Call her Lorna Gray. Call her Adrian Booth. The gorgeous star entertained a legion of fans under both names in six serials and a host of Republic and Columbia B- and A-westerns. Born Virginia May Pound in Grand Rapids, Michigan, in 1921, her family split up after her father's millinery business failed during the Great Depression. She and one brother went to live with an aunt. "I was very unhappy because I'd be doing her washing while the other kids went to the football games on Friday night. I ran away but came back home to finish school."

In Republic's series B-westerns, Adrian was the only leading lady other than Dale Evans to receive above the title costar billing. Adrian costarred in seven westerns with Texas-born Monte Hale.

Her spirits soared when she became, first, Miss Grand Rapids, then Miss Michigan. She went to Chicago as a singer, then New York to perform with Ben Yost's Varsity Coeds in Vaudeville when she was about 17. They were playing the Palace in Cleveland when a Universal talent scout sent her to Hollywood. "They made a screen and singing test and I was so scared, I was awful."

Through a girlfriend with a connection to Paramount, a casting director there viewed the 'awful' test and nevertheless signed her to a three month contract. "About the only thing I did was *Big Broadcast of 1938*. I was supposed to have one line with W. C. Fields. He was a man that never paid any attention to scripts. He just put his hand on my knee and I got tickled and then the director got tickled with me… they kept adding lines."

An agent decided she should have a prettier name — Lorna Gray was chosen. "I'd already had several names. Bette Mae Wagner was one, because I liked Bette Davis and because I adored Wagner's music. Although under contract to Columbia for nearly two years, she never met the infamous studio head, Harry Cohn. "Never. Thank the Lord. I was never happy at that studio; it's not a nice studio. I was scared to death most of the time. I kept pretty much to myself. I made a picture there with Boris Karloff, *The Man They Could Not Hang* [1939]. We were supposed to shoot just outside the studio, in the New York street. All of a sudden it started to rain and we had to come inside. They decided to do a scene in the courtroom with Karloff on the witness stand. He had at least two pages of dialogue. He looked at it and did it. He was one of those wonderful instant studies, a remarkable man. We had English tea every afternoon with the monster."

In 1938 she costarred in John Wayne's and The 3 Mesquiteers' *Red River Range*. "John Wayne was as big a man on the inside as he was on the outside. He was a tall man in every way. We had a scene just outside in the back lot of the studio. He and I walk down this little old porch to the steps at the side of the house and the camera was going to cut. It was the end of the day and he whispered to me, 'Don't be surprised, I'm going to stumble on a nail. If I do, the extras will get an extra quarter overtime.' Which was very dear of him because the extras were certainly not making very much money in those days. That was typically John Wayne. He never changed that. That's why everybody in the business loved that man. We're lucky to have had him in this country."

"Another thing, when I went to get the part for *Red River Range*, they asked if I could ride a horse and I said, of course, although I'd never been on a horse in my life. I bought myself an English riding habit and rode around Griffith Park until I couldn't ride anymore. When I went to the studio the next day, John Wayne saw right away I didn't know anything about riding. He helped me get on and off horses and at least sit so I would look all right and I got away with it."

Comparing Wayne to her leading man at Columbia, Charles Starrett, Lorna found them "sort of similar. Charlie Starrett was a gentleman, very quiet and very nice, but he was gentle."

She costarred on-screen with Roy Rogers, but got to know him and Dale off-screen. "Roy was quiet. I didn't see a lot of him. However, Dale Evans and my husband, David [Brian], and I were friends throughout the years because Dale was president of the Hollywood Christian Group, and at a different time David was president. It was started by Jane Russell, Colleen Townsend and Rhonda Fleming. So we remained friends throughout the years. But with Roy—we went up to Lone Pine and my hairdresser, my wardrobe lady and myself were the only ladies

up there. One night I played poker with everybody. The only time I've ever played poker in my life. There was *nothing* to do up there."

"I had made several pictures for Republic. Someone who was making an independent picture there said, 'They like you very much. If you ask for a contract, I think they would give you one.' So, with my tummy in my throat, I got an interview with Mr. Yates. He said, 'Well young lady, what would you like?' And I said, 'I think you should give me a contract because half your producers hire me as a leading lady and the others hire me as a heavy and I can do anything.' He said, 'I think you're right, how much money do you want?' He called in his money man and gave me a contract [1944]. Being under contract gave you more of a sense of security. Republic was so nice after I'd had the dreadful experience of being at Columbia. Mr. Yates would send me a gorgeous bouquet of flowers before I ever started. Everybody was on time. It was a marvelous, marvelous studio. I was happy there the entire time. I never had a bad day."

Although she prefers to discuss the story of the name change from Lorna Gray to Adrian Booth her own way in her forthcoming book, she did tell us, "I came up with the Booth and they gave me my choice of some names. I chose Adrian."

Republic seemed to want to create another Roy and Dale with Adrian and Monte Hale. Adrian was the only lady, besides Dale, who received that kind of costar billing at Republic. "Monte and I made a pact; he was new in acting and I was still trying to learn to ride a horse. I said, 'I will help you with your acting if you will help me ride a horse.' And he did help me a lot. On tour, Monte was fabulous in front of a live audience."

As for Bill Elliott, "He was a professional. He really loved his work. He was very good, very easy to work with, but he was a bit wooden. *The Gallant Legion* [1948] was the first high-budgeted picture I made for Republic. To think I got billing over Joseph Schildkraut is unbelievable. He's this wonderful Shakespearean actor and they gave me billing

Adrian was first known as Lorna Gray at Columbia—where she was not happy. Lorna was Charles Starrett's leading lady in *The Stranger from Texas* (1939).

above him. Scared me to death. And a gentleman that was lovely to work with, Jack Holt. After *The Gallant Legion* I invited the cast and key members of the crew to a party at the Tail of the Cock restaurant. Everybody came. I ordered hors d'oeuvres and everybody had several rounds of drinks. When everybody left I asked for the bill and the waiter said, 'It'll be ten dollars, Miss Booth.' Bill Elliott and the producer, and I don't know who else, they'd all paid for everything as it went along. They wouldn't let me pay for the party and everybody was thanking *me* for six months afterwards."

Helen Thurston usually doubled Adrian. "She was marvelous. She was married at one time to Jimmie Thurston, who had a tragic

accident on his motorcycle. He was a madman."

Lorna/Adrian was in six serials, including *Deadwood Dick* (1940) at Columbia. "Director James Horne was a bundle of energy. It was crazy because I did my own hair, long curls. We had a scene on location that was a cattle stampede [Chapter 5]. Just before the stampede, the mayor and a whole lot of people were on a stand. They had red, white and blue gauze all around the side. On one side of the stand were funny little rickety steps. Now it's getting ready for the stampede. They shot off pistols and the cattle have already started to stampede. The camera's rolling—and Don Douglas [who played Deadwood Dick] and I have to walk down these rickety steps. I'm in long skirts under skirts under skirts — and we have to tear open the gauze, run underneath the stand, tear open the gauze on the other side and run about 15 yards to a barn door, get in the barn door and all the time, these cattle are stampeding. The assistant director, the only assistant director I've ever worked with that was not nice, had a fit with me because one of the curls came off! Little did I know you should never do things like that. You should always have a double. Another time, I think it was that same serial, we were on location and I had to be rescued off a rock. Cliff Lyons came to me afterward and said, 'Honey, you're new in this business, aren't you? You don't have to do these things. This is what they pay doubles for.' That's when I learned a few things. Another time in *Deadwood Dick* there's this little, bitty house, burning on three sides, the camera is facing the side that is not burning [Chapter 10]. I'm in long skirts and have to climb up on a chair, climb up on this funny old wooden kitchen table, climb up on a box, then pull myself up through the roof while this thing is burning. And I did it!"

As to her *Flying G-Men* serial, she recalls, "Those three men were all very, very nice [Robert Paige, Richard Fiske, James Craig]. I was riding my bicycle and I stopped at a telephone booth to call my agent because I was really broke and I got the part. That meant at least five weeks salary which could carry you for almost a year. The boys had a lot of fun with each other and we enjoyed making the serial."

Perils of Nyoka is probably Adrian's most famous serial as the evil Vultura. "One day I could pretend I was Bette Davis and the next Katharine Hepburn and the next Carole Lombard. I adored them. I would think about them and play somebody different every day and nobody would know the difference. Bill Witney was, without a doubt, one of the nicest, most wonderful directors I ever met. He was very young, very new, but knew exactly what he wanted. When Bill wanted to go into the service during the war, he wanted to lose some weight. I said eat steak and toma-

toes. He did and lost the weight and went into the Marines. I had the great honor a couple of years ago of being a part of the memorial to Kay Aldridge, who played Nyoka. She was a crazy girl to work with. We had such fun on location. The most fun was riding across the field in that chariot with the gorilla. I *did* drive the chariot."

John English directed another of Adrian's serials, *Captain America*. "John was more of an intellectual than a lot of other people I worked with. I always felt he would go a long way as a director. He knew exactly what he wanted. He was very quiet about it and very efficient. It was wonderful to be able to play with such a good actor as Lionel Atwill in that serial. He had instructed his cohorts to put me inside of this glass case to asphyxiate me [Chapter 15]. It was a large case on brass legs, high up off the ground with three brass straps across the top you screwed down. They put some stuff that looked like gas inside of it. Atwill got so mad, so excited, because they couldn't get the screws unscrewed and I was losing oxygen. They just barely got me out in time, I was almost fainting. He was a dear, and George J. Lewis was in it, he was my friend. We were at Columbia. We made a lot of pictures together. George was in *Federal Operator 99*." (Yet another of Adrian's serials.)

Adrian has stated *Daughter of Don Q* was her favorite serial. "Outside of Vultura. I enjoyed the bow and arrow work and jujitsu, and all the tricks. There was nothing I couldn't do. [*laughs*] One day they said I had to shoot a bow and arrow. They brought me the bow and arrow and said, 'You put the bow here, then you let go and you're supposed to hit that target over there.' So the camera says roll and I put the arrow in the bow, pulled it back and shot it right into the target! One of the crew members came up to me afterward and said, 'Adrian, I didn't know you were interested in archery.' I said, 'I'm not.'" And he said, 'You just couldn't do it that well if you weren't interested in archery.' So we tried it several more times. I had a black and blue mark on my elbow for a week. Could not do it again! When you're before a camera you can do things you can't ordinarily do, you just do it."

Joe Kane directed many of her A-westerns. "Joe was my darling. When Yates cast me in *The Gallant Legion*, Joe didn't want me. I never found out why, but I was told he did not want me in the picture. Afterward, for the last four years of my career, he was my producer the entire time, he wanted me in everything. Joe and I became very good friends. He kind of cut the picture in his mind as he was shooting it. He was excellent at that, and because of it, he was very exacting. I remember [*laughs*] we were almost through a complicated scene and everybody behind the camera was terrified because they had forgotten to take the hair net off my hair. Finally, he saw it and he cut. He said, 'Well, it looks kind of cute, but you'd better take it off.'"

"Joe also directed *The Plunderers* [1948] with Ilona Massey, Rod Cameron, Forrest Tucker and I. The four of us had to ride together in several scenes. Joe was always terrified because I would try so hard to ride a horse and would usually wind up with my face in the sand and hold up production. I wanted to ride but I had very long legs and it was hard for me to get a purchase on a horse. Joe told everybody we had to match the shots of a lot of hard riding they did on location. This horse's name was Blaze, a beautiful big stallion with a gorgeous white stripe down his nose. The thing that really had everybody worried was, I had to ride sidesaddle. We went out to Vasquez Rocks and when I got on the horse in the morning, I got a purchase on that horse and wouldn't get off all day. I just was born 100 years too late. I loved to ride sidesaddle."

"Another man I was closer to than anybody was Forrest Tucker. I think he was a good actor and a wonderful character. We never dated, except once. I had never seen a boxing match, so he insisted on taking me. It was terrible. But Forrest was a good, good friend of mine. I went to Chicago and saw his performance in *Music Man*, then we had dinner afterwards."

"I liked working with Rod Cameron. You could play with Rod Cameron, you could play back and forth with him. We had some pretty good scenes. I dated Rod Cameron a little bit. We would go out to do skeet shooting, or watch it. Andy Devine loved skeet shooting and so did Rod."

Adrian met her favorite leading man, husband David Brian, just as Republic had taken up her option again. "That's a very happy time because you are under contract to them but they are not under contract to you. Option time is jitter time. I was always very lucky because Mr. Yates' girlfriend, Vera Ralston, who subsequently became his wife, was wonderful to me. She would always whisper to me, 'Adrian, they're going to take up your contract.'" Good friend Dale Robertson introduced her to Brian at a restaurant. "Dale invited him to come over to the table and I never let him go. We met November 5, 1948, and we were married July 19, 1949. He was a very unusual man, unusually quiet for an actor. He would go to his lovely den downstairs to do his studying and reading. He could study and listen to music. He loved flamenco music. He played the flamenco guitar. He made a picture with Gary Cooper, *Springfield Rifle* [1952]. André de Toth directed and he was sort of a madman. He had the cast up really high in the mountains in the snow somewhere in the Sierras. They were crazily riding down a mountain slope in the snow when David's horse hit a rock and shied, it reared and threw David and he hurt his back. He didn't do much about it at the time but it became consistently worse and finally he had to be pretty well confined to home. The doctor refused to do surgery on him. And David didn't want it. When he was doing *Mr. District Attorney* [1951–1952] on TV he would just come home, read his script, go to sleep, get up and go back to work again. It was a very hardworking time. If there was any time in between, they had him going all over the country, as Mr. District Attorney. He got several kinds of awards. He took that part of it very seriously. He was an actor's actor, he loved the profession, he loved people. There's

Both Forrest Tucker and Bill Elliott were favorites of Adrian's. She costarred with both—and Minna Gombell (right) in *The Last Bandit* (1949).

no phase in show business he hasn't been in. He studied opera. He danced with a partner and went all through South America and Europe. He did a lot of *Lux Radio*."

Adrian only worked for a couple more years. "Republic did not take up my option and they broke my heart. I did not know the studio was going out of business. I was drinking after that. Hard. Then Jane Russell found me and took me down to her chapel and her darling sister-in-law, who's my best friend to this minute, Pam Russell, prayed for me and the Lord changed my life instantly. Then I became involved with WAIF and stayed for 16 years. I went all over the U.S. putting on WAIF church suppers, raising money for homeless children."

How would Adrian Booth like to be remembered two hundred years from now… "As an actress who loved the Lord."

Adrian Booth
Western Filmography

Movies: *Red River Range* (1938 Republic)—3 Mesquiteers; *Pest from the West* (1939 Columbia)—Buster Keaton short; *The Stranger from Texas* (1939 Columbia)—Charles Starrett; *Bullets for Rustlers* (1940 Columbia)—Charles Starrett; *Rockin' Through the Rockies* (1940 Columbia)—3 Stooges short; *Tuxedo Junction* (1941 Republic)—Weaver Brothers and Elviry; *Ridin' Down the Canyon* (1942 Republic)—Roy Rogers; *O' My Darling Clementine* (1943 Republic)—Roy Acuff; *Dakota* (1945 Republic)—John Wayne; *Home on the Range* (1946 Republic)—Monte Hale; *Man from Rainbow Valley* (1946 Republic)—Monte Hale; *Out California Way* (1946 Republic)—Monte Hale; *Last Frontier Uprising* (1947 Republic)—Monte Hale; *Along the Oregon*

Trail (1947 Republic)—Monte Hale; *Under Colorado Skies* (1947 Republic)—Monte Hale; *California Firebrand* (1948 Republic)—Monte Hale; *The Gallant Legion* (1948 Republic)—Bill Elliott; *The Plunderers* (1948 Republic)—Rod Cameron; *The Last Bandit* (1949 Republic)—Bill Elliott; *Brimstone* (1949 Republic)—Rod Cameron; *Rock Island Trail* (1950 Republic)—Forrest Tucker; *Savage Horde* (1950 Republic)—Bill Elliott; *Oh! Susanna* (1951 Republic)—Rod Cameron.

Serials: *Deadwood Dick* (1940 Columbia)—Don Douglas.

GENÉE BOUTELL

Mrs. Buffalo Bill Jr.

Forget what most of the reference books have written about Jay Wilsey—Buffalo Bill Jr. During our recent interview with Genée Boutell, his widow (and wife of 28 years), we learned more about the handsome cowboy star than has ever been accurately reported. Genée (pronounced Ja-nay) was also Jay's leading lady on screen in 1933-1934. Even then, Jay's early life prior to their meeting is sketchy.

Jay Wilsey was born February 6, 1896, in Missouri. His father, a doctor there, died shortly after Jay and Genée were married in 1933. Jay's mother, Cora, divorced Jay's father and was married to a man named Wilson. They lived in a trailer in Detroit until Jay lost track of her. Jay's sister, Jean, died soon after or just before Jay and Genée were married. Apparently, after following the rodeo circuit, Jay performed with a wild west show that toured in the early 1920s. This brought him to the attention of silent western filmmakers.

As Buffalo Bill Jr., Jay starred in at least 14 titles at Artclass from 1924 to 1926 (*Bringin' Home the Bacon, Desert Demon, Deuce High, On the Go, Saddle Cyclone*). A couple for Associated Exhibitors followed before Jay hit the big time at Pathé where he starred in westerns and a couple of serials during the waning days of silents from 1927 to 1928 (*Ballyhoo Buster, Galloping Gobs, Pals in Peril, Ridin' Rowdy*). Jay made the switch from silent to sound but found himself back in the independent market working for low budget producers Denver Dixon and Robert J. Horner. From 1930 to 1935 Jay starred in about 15 pictures. He found character roles and stunt-work more lucrative until 1939 when he retired at 43. Some of his better parts were opposite John Wayne ('*Neath Arizona Skies* [1934], *Lawless Frontier* [1934]), Bob Allen [four of his Columbia Ranger titles], Buster Crabbe [*Forlorn River* (1934)], Tom Tyler [*Deadwood Pass* (1933)], Tom Mix [*Terror Trail* (1933)] and Ken Maynard (*Wheels of Destiny* [1934], *Heroes of the Range* [1936]).

Genée's short career in westerns started and ended with her husband—"I've had so many names—I was married twice. I was born Genevive Nellie Clark in Los Angeles, California, October 5, 1913. Then came Genée Boutell because of my stepfather whose name was Boutell. Then Genée Boutell

Genée married her leading man, cowboy star Buffalo Bill Jr. (Jay Wilsey).

Publicity pose of Genée Boutell.

Wilsey, followed by Genée Boutell Anthony. A friend used to call me Jeanne."

"When I first met Jay, I didn't even know who he was. In fact, I wasn't even home when they brought the script to me, my mother was there. I lived at home. My mother told me about it and said, 'You're going to have a really good looking, wonderful leading man.' It was him. We fell in love almost instantly. After the first day's work, my mother took me home. She was driving me then. We'd been out on the desert up around Lancaster. There were no houses there in those days. The next day I had my name, address and telephone number on a slip of paper to hand it to Jay in case he wanted it. [*laughs*] He asked me for it and I said, 'Here!' [*laughs*] From then on it was really love at first sight. I was 19. He was 18 years older than I. We dated about six months before we got married in 1933. I was living in Burbank near Warner Bros., 'cause I used to work there. Jay used to come from Hollywood to pick me up. On the way from the house to wherever we were going, he'd always say, 'How deep is the ocean? How high is the sky? That's how much I love you.' Jay didn't like my name, Genée, so he always called me Jean or Babe. We got married by a judge in municipal court — secretly. We were married two weeks before my mother knew. My mother was against him because he was older. She said, 'You'll be left alone.' She was really against my even seeing him. After all, I did have other boyfriends in pictures that were older.

"When my Mother found out we were married… Well! Jay came to pick me up and she was gonna lock me in my bedroom. 'Course he came in the house and told her, 'You can't do that, we're married!' She hollered, 'Oh my God, I'll have it annulled!' She couldn't, of course, I was 19. But she got to be crazy about him after she figured it was all right. Nobody gave us over a year to be married, nobody, all his friends, they figured we were both too spoiled to be able to get along. But, we were married 28 years. He was terrific in *every* way! He was a great, great, great lover! He was a very, very caring man, very handsome."

Being in pictures is not something Genée sought out. "My mother moved around all the time. She divorced my father when I was five or six years old. Seemed like we constantly moved around. I went to one school, then another. I think I was in four high schools. I never even graduated. I went into pictures at 15. The first thing I ever did was extra work. It was just a lark for me. This friend was sent up from San Diego to my mother to go into pictures. She was 21 and I was 15. She was bashful. I, being 15, didn't know any better, so I said, 'I'll go around to the studios with

you.' They took me and wouldn't take her. [*laughs*] That's the way I started. So my mother sent her back to San Diego."

"As far as Jay's westerns, I was doing some extra work as a cigarette girl or some darn thing, and a director [Denver Dixon] saw me and thought I'd be good as a leading lady for Jay. Another director had no legs [Robert J. Horner]. He got around on one of those platforms that has wheels. He would sit on that, with his stubs covered, and wheel himself around with his hands. He wore gloves on his hands so he could go on pavement or whatever. He had a heart attack quite a while after the film and I went to the hospital to see him." (From the early 1920s till the start of the talkies, producer/director Robert J. Horner, responsible for Genée's *Whirlwind Rider* in 1935, was a prolific producer of no-budget gallopers starring Jack Perrin, Pawnee Bill Jr., Fred Church and even Art Acord in 1928-1929. In the early sound era, Horner used the talents of Perrin, Bill Cody, Buffalo Bill Jr. and Ted Wells. Denver Dixon, who directed her other westerns, was a New Zealander who came to Hollywood in his teens and quickly became a one man studio — writing, producing, directing.)

Genée smiles, "Of course I didn't get paid anything like they get paid now. I have no idea what Jay was making [when he was a star in silents]. I know, later, when we were married, if he had to appear at the studio he'd get $50 whether he did anything or not. Then, of course, different stunts were different prices. Sometimes he was under contract. He was under contract at Columbia at one time. If they didn't need him and another job came along [at another studio] he could do that as long as it didn't interfere with when they wanted him."

Genée was only in westerns for a short time, then she went into other things. "I was a dancer, I worked for Bus Berkeley as one of the Goldwyn Girls and that kind of stuff. I went into a different type of life that I liked better than westerns. After our boat was built I quit."

Genée appeared in *Roman Scandals*

(United Artists [1933]) with Eddie Cantor. "I don't recall the title. I have a still with Cantor peeking over my shoulder. Busby Berkeley choreographed one scene in this film where the Goldwyn Girls are totally nude except for long blonde wigs. It was shot on a closed set late at night. "They just added long blonde curls. They made everybody get down off the rafters and stuff... the lighting men. I never cared to be in movies. That's why I don't even remember the names of anything. I really didn't care for it. In fact, I thought I was such a lousy actress that it was ridiculous for me to go on acting. The things I like most are boats and outdoor life."

"We didn't have too many friends in the business. We did at first but, after the boat was built, we were going too much. We were over at Catalina or day sailing. You know, a lotta people don't like boats and they're afraid of the water. So we had mostly boat friends. We lived in Hollywood, but I got tired of going back and fourth [sailing]. Finally, we moved to the boat and lived there the rest of the time. After Jay quit westerns, he went into the stunt line. In *Gone with the Wind* [1939] he did the running of the wagon through the fire. He used to double John Wayne a lot. He knew him very well. We saw him in Acapulco when we sailed there. The Sons of the Pioneers used to come around our place, especially the guy who wrote 'Tumbling Tumbleweeds,' Bob Nolan. After we got the boat, everyone else seemed to disappear. You're a boat bum then." [*laughs*]

Did Jay enjoy stardom as Buffalo Bill Jr.? Genée replies, "He liked it. I believe he'd had a wild west show before they picked him up at Universal. I don't know his whole life. I only knew from when I married him. I was his fourth wife. When he went back to stunts and character work, he used his own name, Jay Wilsey. But it was time to quit—especially doing stunts. 'Course they thought he was younger than he was. If you give your true age, you're too old, but you're not always old bodily."

"I met two of Jay's previous wives. I met his last wife, Laura, and the other one that was in the wild west show with him. Frances was his first wife in Wyoming and mother of his daughter. Eldene came out to live with us. At fifteen she was told her stepfather was not her real father, so she came and lived with us. She was only about 2 to 4 years younger than I. We used to go out together—sometimes with her dates. [*laughs*] We'd leave Jay's chaps, boots and things with her when we'd go on the boat, because you couldn't carry all that on the boat. I went to her wedding; that was before I married my other husband, Bob [Anthony]. She married a Polish man, Aborski. After I was married to Bob, I tried to look her up in Fresno, where they lived, but couldn't locate her. Bob and I were married 27 years."

Jay Wilsey—Buffalo Bill Jr.—left films around 1939. "Jay had a 42-foot schooner after he left pictures. We traveled around in that. We launched the boat in 1939. It was called *Ruana*. I was at the wheel most of time. Jay didn't like to stay at the wheel. My mother used to go day sailing with us. Jay and I lived in Honolulu, Hawaii, for quite some time after we sailed our boat there. We made a lot of trips—all down the coast of Mexico and Panama. We went over to the Galápagos Islands, then we went to the Marquesas Islands, over to the Tuamotu Arch[ipelago] into Tahiti, from Tahiti to Mururoa [atoll], up to Bora Bora and then into Honolulu, where we stayed. We went in a good time— they didn't allow planes to come in—there were no big hotels. We left in 1950 and came back to the states in 1957. Jay took very ill, is why we came back. He was a cigarette smoker and died of lung cancer [October 25, 1961]. He was 65. His ashes were scattered at sea by the Neptune Society. Some rich woman bought the boat for her son."

Jay and Genée encountered some interesting adventures with the schooner. "It's a rugged life but I loved it. I can't imagine anything better to do than go out sailing. The last time Jay and I went sailing was when we brought the boat back from Honolulu. Once we encountered 47-foot waves—some really rugged weather. When we were starting into Panama, you get to Cocos Island first; we

Genée at the wheel of their 42-foot schooner, the *Ruana*, circa 1939.

were all down below. We had the wheel locked down, of course, and four of us were below when I happened to look out. The water was clean up to the forecastle. We went up top. It was so black I had to have them keep talking to me to be sure they were still on board. I was at the wheel. Then when we were coming into Panama, out past Cocos Island, you could see this red glow, looked like the whole island was on fire. When we finally arrived in Balboa, we learned they were having a revolution. We couldn't get into Panama— we weren't allowed. I think three presidents, one right after the other, were shot! Then on another trip... we'd stayed in Acapulco for about a year. Soon after we left Acapulco, Mexico, we heard they'd had a big uprising there and many people were hanged right after

we left. Some of those places get pretty rugged."

After Jay died, Genée went to work for awhile at IBM, then married Bob Anthony who died a few years ago. Nevertheless, her full life is far from over in Seal Beach, California, where she now lives. "I still go dancing every Saturday night. I will say I can't dance all night long anymore. [*laughs*]"

Genée Boutell
Western Filmography

Movies: *Fighting Cowboy* (1933 Superior)—Buffalo Bill Jr.; *Lightning Range* (1934 Superior)—Buddy Roosevelt; *Rawhide Romance* (1934 Superior)—Buffalo Bill Jr.; *Whirlwind Rider* (1935 American)—Buffalo Bill Jr.

LOIS COLLIER

The Fourth Mesquiteer

Beautiful, petite with a dynamite figure, Lois Collier arrived in Hollywood from Salley, South Carolina, through a contest won while still in school. "My grandmother came out with me because I was too young to be by myself." Lois was given a part in Monogram's *Women Must Dress* (1935), but billed as Madelyn Earle—real name Madelyn Earle Jones (born in 1919). After several more small roles, Madelyn played a character called Lois Collier on a radio show. She liked the name and kept it for the remainder of her career.

Receiving her first real break, Lois was referred to as the Fourth Mesquiteer as she played the lead in seven of Republic's 3 Mes-

quiteers B-westerns, more than any other actress. "I enjoyed them. I was just starting and it was good experience. Of course, I wanted something bigger! The people at Republic were all nice. Tom Tyler later did some *Boston Blackie* [1951–1953] episodes with me and we'd talk about those old days, making the Mesquiteers. Tom was a real quiet, nice man. Bob Steele was a real westerner. Both were good actors. Horses scared me, they still do. I hated 'em. When we'd be on location, I'd look around and Bob Steele would have made his horse stand directly over my head, as if it were going to kick me. He thought that was so funny. I didn't, as those

Lois as she appeared in the Republic serial *Flying Disc Man from Mars* (1950).

Lois was featured in seven of Republic's 3 Mesquiteers westerns in the early 1940s, becoming kiddingly known as the fourth Mesquiteer, alongside Bob Steele, Rufe Davis and Tom Tyler.

creatures frighten me. The director yelled they could have a big lawsuit here, but that didn't stop Bob and his practical jokes. Horses are beautiful animals, but if they all disappeared off the face of the earth tomorrow, it would be just fine with me. I'd rather have a dog!"

Regarding a larger-budgeted western, Universal's *Wild Beauty* (1946) with Buzz Henry, "There were lots of stunt people involved. I met some very sweet people on that picture — lots of real Indians for extras. I wore long dresses and was on the back lot a lot — and it was *hot!* The film did well as I got a lot of mail because of it. It was a pleasant experience."

About guesting on TV's *Broken Arrow* (1956–1960), "It was a clean show, like all of them back then. Michael Ansara and John Lupton played around on the set. Then they would get serious when they were on camera.

They were really different people when that camera was running, but they had a lot of fun."

Lois starred in two popular serials, *Jungle Queen* (1945) at Universal and *Flying Disc Man from Mars* (1950) at Republic. "*Jungle Queen* I liked because it was set in Africa and I always wanted to go to Africa. I got to wear an African safari hat. However, on the first day, among the rafts and trees, came a three-inch spider! I was petrified — it must have come out of the sets — all that greenery. It was climbing up the leather on my boots! I couldn't stand it! One of the crew said, 'Let's put it on her hand so she can pet it!' I don't recall doing much on *Flying Disc Man from Mars*. It just seems I was always sitting at a desk. Walter Reed is a very, very nice man. A real gentleman."

Despite dozens of features, two serials

Lois smiles at Mesquiteer Bob Steele, as the other two, Tom Tyler and Jimmy Dodd look on in *Santa Fe Scouts* (1943).

and many guest shots on television, Lois' greatest fame came from her portrayal of Mary Wesley on the TV series *Boston Blackie* with Kent Taylor. "They made 58 of them. My husband at the time, Bob Oakley, was an agent. He told me I had to go to ZIV for an interview. When I got there, I found 60 girls competing for the part. Mr. Ziv, John Sinn and Babe Unger were all there — it was at the old United Artists studio. I had on a black beret and a Scotch plaid skirt. I didn't even have to read for the part. They just told the other girls they could leave. They'd seen my work and liked the way I looked. 'That's our Mary,' they proclaimed! They didn't as yet have a last name for Mary. I suggested Jones, which was my real name. That they didn't care for, but when Wesley was suggested, they jumped at it! They had been going wild try-

ing to pick my last name! Whitey the dog was wonderful. We got along fine — I'd hide treats for him in my coats and he always looked around the sets to see if I was there. However, one day he bit Kent Taylor on his lip. A bad gash! The scene we were playing looked as if Kent was doing something to harm me and the dog came to my rescue. When he bit Kent it was awful. Kent hit the dog and I thought Whitey'd never come up again. Poor Kent wouldn't have anything to do with him after that. Otherwise, he was a doll. We all got along fine — it's the most pleasant experience of my career."

"Recently, I was in Saks and a very nice southern lady came up to me and said, 'Aren't you Lois Collier, who played Mary on *Boston Blackie*?' She was a very sweet lady, and it is very nice — being remembered!"

Lois Collier
Western Filmography

Movies: *Outlaws of the Cherokee Trail* (1941 Republic)—3 Mesquiteers; *Gauchos Of El Dorado* (1941 Republic)—3 Mesquiteers; *West of Cimarron* (1941 Republic)—3 Mesquiteers; *Raiders of the Range* (1942 Republic)—3 Mesquiteers; *Westward Ho* (1942 Republic)—3 Mesquiteers; *Phantom Plainsmen* (1942 Republic)—3 Mesquiteers; *Santa Fe Scouts* (1943 Republic)—3 Mesquiteers; *Wild Beauty* (1946 Universal)—Don Porter

Television: *Cheyenne:* "West of the River" (1956); *Broken Arrow:* "Johnny Flagstaff" (1957).

MARA CORDAY

Scream Queen—Western Queen

Western publicity pose of Mara during her tenure at Universal-International.

Exotic and sexy describes Mara Corday. A talented actress from the 1950s, she is known for her numerous appearances in westerns as well as her many battles with tarantulas, black scorpions and giant claws in sci-fi classics. Born Marilyn Watts in Santa Monica, California, she began as an Earl Carroll showgirl doing skits with comedian Pinky Lee at the famed showman's theater/restaurant in Hollywood. That's when she became Mara Corday. "I thought Marilyn Watts didn't suit an Earl Carroll showgirl. Too plain—I wanted something exotic! I'd been an usher at a theater called the Mayan and used to deliver backstage messages where the bongo player called me Marita. So I shortened it to Mara. Corday came from a perfume I liked. From Earl Carroll, I did some modeling and then got into a play. From one of my magazine photos I was seen by producer Hal Wallis who signed me to a contract. I was only with him six months [she appeared in *Money from Home*, 1953, with Dean Martin and Jerry Lewis] when Wallis dissolved the company."

The Martin-Lewis picture led to an offer from Universal in the early 1950s.

"Mamie Van Doren and I received the most fan mail at the time. It was because of our frequent pin-up sessions, I'm sure. Actually, Julie Adams had a great figure but it was often hidden in period costumes and ankle-length 1950s dresses!"

In Mara's first western, *Drums Across the River* at Universal-International in 1954, the leading man was Audie Murphy. "Audie was psychotic — insane! After killing all those people during the war, you'd have to be a little nuts! We were shooting on the back lot — it got to be suppertime and Audie asked me out for a little dinner. We got in his car, anxious to get that prime rib! It was turning dark and we were at a stoplight. There were kids in back of us and when the light changed, they honked because Audie didn't start right away. The teenagers gave him the finger — and took off up the street. And right behind were Audie and me. He reached in his glove compartment — while rolling down his window. He got a gun and said, 'I'm gonna get them!' We followed along Ventura Boulevard — I said, 'My God, I just signed a contract. I can't die now!' Audie then said to me, 'Oh, I scared you, didn't I?' I told Tony Curtis, 'I'm terrified of him!' Tony told me a story about Audie shooting up one of his sets one day! Audie was very quiet, soft-spoken and boyish — yet a flirt with the girls. But he had a short fuse, so you walked around on eggshells whenever he was near."

Mara especially adored *Drums* costar, Walter Brennan. "A sweet, professional man. One time, Lyle Bettger asked, 'What is my motivation?' Walter said, 'Just say the God damn line!' Hugh O'Brian was very intense — didn't kid around. He was about as serious as Jeff Morrow!"

"In *Man Without a Star* [1955], my option had just been picked up. Kirk Douglas has mellowed extremely since then. Early on in the film I played a whore — there were two scenes at a dance hall. All the guys were leaning on the bar. All of us girls took a poll as to which butt was best. We picked Richard

Boone's. We told him, 'We pick you' and Kirk heard. It made him so angry at me! Publicity wanted a photo of Kirk grabbing me by the necklace — he grabbed it and almost choked me! When I said something he stated, 'I'm not acting! You should take this business more seriously. I don't like your attitude and your kidding around.' I said, 'Go screw yourself, I just got renewed!' How dare he tell me I can't kid around! Kirk also treated little King Vidor, the director, badly. Whatever King said, he had to defer to Kirk. In the 1970s, 13 or 14 years later, I met Kirk and now he's the sweetest man in the world!

"Steve McQueen pulled the same antics on his TV series *Wanted Dead or Alive* [1958–1961]. He was an egomaniac at the time, the most unprofessional actor I've ever worked with. He'd go off and ride his motorcycle. We'd all sit around waiting. Director George Blair was a recovering alcoholic. We were getting way behind schedule because of McQueen's delays. Steve proclaimed, 'Hey, I'm enjoying my bike better than a little TV show.' I noticed George's breath had alcohol — and at the last of the show, Steve McQueen was directing it! I had a line, 'Are you bounty hunters?' I naturally spoke to co-star Wright King as well, because it was plural. McQueen didn't want Wright King acknowledged. 'You keep looking at me!' I told him, 'Then you must change the line — to bounty hunter.' That muffled him up. Another scene, he wanted me to go crazy. I said I shouldn't go that high. I asked George Blair, 'Do you think I'm doing alright?' He said, 'Yes,' but McQueen said, 'I don't!' He had a huge ego!

"In *Raw Edge* [1956] I enjoyed working with Yvonne De Carlo, but she worried about our coloring. She made me wear a dark fall, over my real hair, which had to be dyed black. I knew I'd have dark makeup as well. But Yvonne and I became very close friends. She confided in me she was going to marry Bob Morgan, the stuntman. She asked if she was doing the right thing. I said, 'Do you love this man? Then you are doing the right thing.' Yvonne is adorable, very professional. Bob's

Veda Ann Borg, Willard Parker and Mara costarred in *Naked Gun* (1956). This western was directed by former minor Republic and Universal star Eddie Dew and penned by prolific Jack Lewis, who also wrote the screenplay for Lash LaRue's *King of the Bullwhip*.

accident, losing a leg while filming *How the West Was Won* [1962], was a big tragedy. It affected both of them — it was just a matter of time before they split up."

A Day of Fury (1956) was a Technicolor CinemaScope western. "I didn't like it. The director, Harmon Jones, a nice man, had been an editor. He told you line readings — in other words, how to say the lines. He'd put emphasis on certain words that I wouldn't have. It made everyone stilted. Jock Mahoney was like a wooden stick. I was horridly rigid. Dale Robertson overacted. However, Jan Merlin, a good actor, did a very fine job in the show! He was the villain who shoots the preacher! Dale Robertson is my old buddy. I'd known him since my Earl Carroll showgirl days, 1947 to 1949. Dale dated a cute blonde girl in the show."

Naked Gun (1956) was made during Mara Corday's freelance days. "I shot it in five days. It started off as *Sarazin Curse*. Two days later, they changed it to *The Hanging Judge*, and decided to have the story revolve around that character. Then, the next day it was called *Naked Gun*— all this while we are shooting it! It was the first thing I did after Universal. I knew I was in trouble when they asked what I wanted to play, the heavy or the ingenue." One of the *Naked Gun* costars was Veda Ann Borg. "Veda was sad, she was getting a divorce around this time." And Jody McCrea, the son of Joel McCrea and Frances Dee, was a costar. "Jody had a big crush on me, but he was a little nuts. He'd turn into a werewolf; I later heard he caused a lot of trouble on one of those A. C. Lyles Paramount westerns."

Mara was "the other woman" in Universal's *Foxfire*.

In *The Quiet Gun* with Forrest Tucker, Mara played an Indian, "Probably because of my sharp features, but actually I'm Welsh."

Describing Jeff Chandler (*Foxfire*) Mara says, "The word shy takes on a new meaning when applied to Jeff. He never looked you in the eye. He always looked down. But the women were all after him."

When she first came to Hollywood, Mara appeared on episodic TV, "I did four *Kit Carson* [1951–1955] TV episodes with Bill Williams. We'd shoot two shows together at the same time. I'd sit in front of the house then later walk out of the house as somebody else! We did our own makeup, and it was filmed on the back lot of Republic. I met Barbara Hale, Bill's wife. We were working late one night — she dropped by — saw we were exhausted and blowing our lines. She left and came back with a can of mixed nuts. She saved us and I told her that."

Another matinee idol was John Payne, (Vint Bonner on TV's *Restless Gun* [1957–1959]), "He had one expression — a raised eyebrow! He had a good sense of humor, laughed at himself. I'd do my impression of John by raising my eyebrow."

About Ben Johnson, "A darling, a precious person. We did a *Laramie* [1959–1963] together. I was so saddened to hear of his death."

Another Universal-International contractee was Clint Eastwood. "My buddy! One of my closest, dearest friends — a godsend! When my insurance ran out, he put me in *The Gauntlet* [1977]. Then my insurance was okay. When it ran out again, he put me in *Sudden Impact* [1983]. I was the hostage — and it's here that Clint said the famous line, 'Make my day!' I think Clint is one of the most loyal people in this business. As a director he's so comfortable. It's not like working."

Mara's late husband, Richard Long, played Jarrod Barkley on *Big Valley* (1965–1969). Asked why she never did a *Big Valley* with her spouse, "I thought when we married we would make a great show biz team but Richard didn't want me in the business. He'd keep me up at night before I was to work. I'd have to go to my mother's house because he'd get very, very drunk. The day before *Giant Claw* [1957], I was up all night. Sam Katzman, the producer, saw me and said, 'My God, didn't you go to bed last night?' I was supposed to play the lead opposite Fred MacMurray in *The Oregon Trail* [1945] but Richard turned it down — without my knowledge or consent! I was to do another Audie Murphy picture [*Night Passage*] and I overheard Richard telling my agent I would not do it. [Elaine Stewart got the part.] We had

a big fight. 'How dare you turn down my work!' Jules Levy, a producer of *Big Valley*, told me, 'We'll use you on the next show. It's about a woman who runs a brothel on the waterfront and shanghais men. They titled it "Barbary Red" and Jill St. John eventually did it. I asked why and Jules said, 'Richard told us he couldn't work with you.' Richard Long was an enigma. I divorced him ten times the first year of our marriage, getting a lawyer and everything, and thirteen times the second year. He'd plead — literally on his hands and knees, 'Please forgive me, I don't know why I did it, give me another chance.' I loved him and I am still in love with him, 22 years after his death."

One of Mara's favorite pictures is *Man from Bitter Ridge* (1955) with Lex Barker. "Lex was the other love of my life. He took me out to learn to ride horses. He said just sit in the saddle and pretend your mother is rocking you to sleep. He taught me to ride in 20 minutes! We had lunch and dinner together, and a romance. I truly loved him very much. When Lana Turner came back from Hawaii, where she was doing *The Sea Chase* [1955] with John Wayne, Lex took back up with her. In 1973 he came back into my life. But Richard was dying. Lex wanted to get back together. I told him I couldn't. Had he not died suddenly we probably would have gotten together after Richard passed away. Lex died in 1973, Richard in 1974. When he was dying, Richard chose to be in bars with strangers instead of with me and the kids."

Although Mara Corday did not read about the man who revealed after Lana Turner's death that Lana granted permission to say Lex never molested her daughter, Cheryl Crane, and that Lana, not Cheryl, had killed gangster Johnny Stompanato, Mara stated, "I knew it all along. Lex was doing the movie with me at the time of the so-called molesting. It was in August and he didn't go back to his house! I asked Lex if maybe he had a weak moment. 'No, not only did I not molest her, I felt sorry for her. I told Lana to fix Cheryl up — she could be a pretty girl.'

After Long's death, Mara consulted a

psychic to talk to him. "She was a Mexican woman; she could barely speak English. A friend said she wasn't a phony, she was legitimate. She also didn't charge me any money! I asked her to ask Richard if he and Suzan Ball, his first wife who died of cancer when they were married, were together and happy. The psychic told me Richard expected me to say something dumb like that. 'He also wants you to forgive him for all the bad times in the marriage.' That was just like Richard — how could this woman know? I've lost touch with this medium. She went back to South America. But I would love to contact her again."

Mara Corday
Western Filmography

Movies: *Drums Across the River* (1954 Universal-International) — Audie Murphy; *Dawn at Socorro* (1954 Universal-International) — Rory Calhoun; *Man from Bitter Ridge* (1955 Universal-International) — Lex Barker; *Man Without a Star* (1955 Universal-International) — Kirk Douglas; *A Day of Fury* (1956 Universal-International) — Jock Mahoney; *Naked Gun* (1956 Associated Releasing) — Willard Parker; *Raw Edge* (1956 Universal-International) — Rory Calhoun; *The Quiet Gun* (1957 Regal) — Forrest Tucker.

Television: *Kit Carson:* "Fury at Red Gulch" (1951); *Kit Carson:* "Feud in San Felipe" (1951); *Kit Carson:* "Border Corsairs" (1952); *Kit Carson:* "Ventura Feud" (1953); *Restless Gun:* "Shadow of a Gunfighter" (1959); *Tales of Wells Fargo:* "Train Robbery" (1959); *Man from Blackhawk:* "Contraband Cargo" (1959); *Wanted Dead or Alive:* "Death, Divided by Three" (1960); *Laramie:* "A Sound of Bells" (1960).

GAIL DAVIS

I Was *Annie Oakley*

Television's first female heroine was Gail Davis. From December 11, 1953, through March 1, 1957, Gene Autry's Flying-A Productions produced 81 black-and-white half-hour episodes of *Annie Oakley* (1954–1956), with reruns to 1960. Oddly, after costarring with Gene in 14 features, Gail wasn't considered at first for the sharpshooting gal when Flying-A proposed the series. Eventually persuading executive producer Armand Schaefer to give her the role she was born for, Gail, from age 27 on, never stopped being "Annie Oakley."

Set in the mythical town of Diablo, Arizona, Annie kept law and order with the aid of deputy sheriff Lofty Craig (Brad Johnson), who handled all the fisticuffs, and Annie's kid brother Tagg (Jimmy Hawkins). Oddly, Tagg was played in the original pilot by Billy Gray. In the pilot, Annie's uncle was Sheriff Luke McTavish (Kenneth MacDonald), thereafter seldom referred to. Annie, in a conversation with Tagg, refers to their mother's death. Annie's horse, Target, was played by at least three similarly colored Palominos. Tagg's horse was Pixie. Gail was usually doubled by Donna Hall but sometimes by Alice Van (who

It is well known that Gail and frequent costar Gene Autry maintained an "off-screen relationship" for several years. Scene is from *Silver Canyon* (1951).

later married director R. G. "Buddy" Springsteen). Gail's best friend, actress Nan Leslie, doubled Gail once (in *Alias Annie Oakley*) when she broke her ankle.

In 1955 Annie Oakley–licensed merchandise topped $10,000,000 in sales. The series was guided by veteran western directors such as George Archainbaud, Frank McDonald, Earl Bellamy, the disliked Ray Nazarro and D. Ross Lederman. Many of the scripts came from the prolific western pens of Norman S. Hall, Robert Schaefer (Oakley producer Mandy Schaefer's nephew) and Eric Freiwald, Maurice Tombragel and Paul Gangelin. Brad Johnson was only 56 when he died in 1981. Hawkins, now in his fifties, went on to produce TV movies and has sat on the board of the Donna Reed Foundation, which awards scholarships in performing arts. "I'm real proud of my little guy," Gail beamed.

The 5'2" Gail Davis, newly married, came to Hollywood from McGehee, Arizona (near Little Rock), at 20, hoping for stardom. "Really and truly I wanted to be a musical comedy star. I thought, jeepers, they were super. That's the thing I wanna do. Unfortunately, I didn't have the voice or the feet." Gail did record a few discs for Columbia and RCA but they were not hits.

"I started out at MGM for about three months, then they sold my contract to RKO. I was there for a year before I started freelancing and made *The Far Frontier* [1949] with Roy Rogers when Dale was pregnant and then Dale came back. I freelanced in shows with Monte Hale, Rocky Lane, Jimmy Wakely, the Cisco Kid, the Lone Ranger — many others."

Gail fondly remembers her sole film with Tim Holt, *Overland Telegraph* (1951). "It was

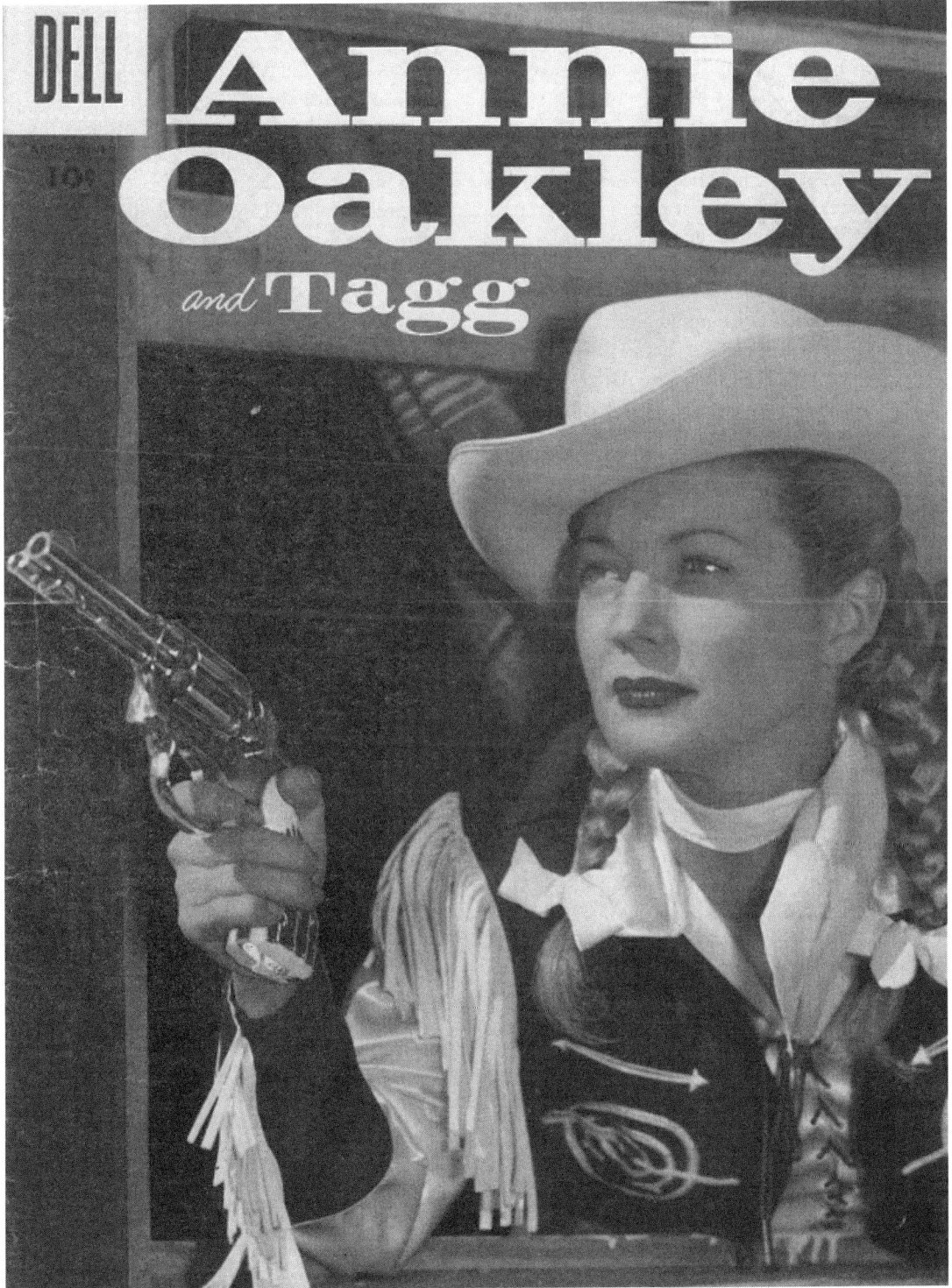

Gail starred as Annie Oakley on TV for 81 episodes from 1954 to 1957. Dell Comics produced 16 issues of a comic book featuring Gail on the cover between 1954 and 1959. The first two issues in 1953 did not feature Gail.

a good part for the girl, not just one of those smile into the sunset pictures. Tim was really cute, he had a friendly personality but was a bit of a kidder. So was [his sidekick, Chito] Dick Martin, but both were very conscientious about their pictures."

As for Johnny Mack Brown, "He was a gentleman. The sweetest man. He loved people, he loved animals, and the crew just adored him. I'm sorry I only got to make two films with him."

In 1949 Gail hooked up with Gene Autry, appearing in a string of 14 features at Columbia and 15 of the singing cowboy's TV shows before Gene's Flying-A production company started *Annie Oakley*. Many of these features costarred the irascible Smiley Burnette. "I loved Smiley. He's a legend. It's wonderful, the laughs he brought all the people where he toured. Not only that, he did so many kind things for people when he went on the road. And cook? Good heavens could that man cook. He used to have his trailer and we'd be doing one-night stands and Smiley'd say, 'Come on in Gail. Let's get some flapjacks and molasses,' or he'd fix fried chicken for dinner. He was really down home."

After appearing in 25 B-westerns and as many TV episodes from 1949 through 1953, Gail learned Gene's Flying-A Productions was going to do an *Annie Oakley* series. She was not even considered for the role at first. "They came up with the idea of a western series for a girl. It had never been done before. So they ran a contest throughout the United States, trying to find someone who could ride and shoot *and* act. I got very upset because this was right down my alley, really a part I wanted. I felt it was me. I went to talk to the producer, Mandy Schaefer [Armand Schaefer] and he said, 'No.' So, I went home and put on my bluejeans, a gingham shirt, put freckles on my nose and put my hair in pigtails and I walked back in to Mandy's office and said, 'I think I should play the part.' He said, 'You got enough courage to do this, let's give you a test.' We did the test, and I guess I passed. [*laughs*] I've been Annie ever since."

As far as being able to handle a gun, Gail laughed, "My father was a doctor back in Little Rock. He liked to go hunting with a .22 rifle, so I learned early how to shoot."

During the *Annie* run, Gail put together a shooting act and toured extensively, even after the series left the air. She played Empress Hall in London, Madison Square Garden in New York, the Fat Stock Show in Chicago and literally hundreds of rodeos and fairs in nearly every state. But, as to her abilities as a "real" marksman, "Let's just say I'd hate to get into competition with those police boys." On her personal appearance tours, Gail, from the back of a galloping horse, lit a series of six matches with well-placed shots from her .22 revolver. "The faster [the horse] goes, the smoother the ride—and at 8 to 10 feet head on, how can you miss? I average about four out of six. Once I lighted only one, but let's not talk about that."

Shooting an action TV western was not easy work, but Gail loved it. "I was up at four o'clock every morning braiding my pigtails, have breakfast and head for the ranch. We worked from sunup to sundown. We worked in Pioneertown [a western town location near Palm Springs] and there was a big tall mountain out there called Panic Peak, and we could get the last shot of the day on the top of that mountain at about 8:30 at night. By the time we took the bus back into town it was 9:30, get a bite to eat, go to bed and get back up at four o'clock the next morning. When we first started, we were doing three shows a week; working seven days a week when we were on location."

"I had a wonderful gal that did my stunts. Her name's Donna Hall and she could do anything with a horse, anything with stunts as far as that's concerned. She used to take that horse and go underneath his neck, his belly and ride standing up and sideways and everything else. Donna's the one that did all the long shots. This gal was terrific!"

Hundreds of terrific character actors populated the series, but one stood out in Gail's memory, Stanley Andrews. "I loved him almost as much as my father. My Dad passed

Johnny Mack Brown and Gail in a tense scene from *Six Gun Mesa* (1950).

away quite sometime before I met Stanley. He was so wonderful to me all the time we worked together. He wasn't my real father, but it felt like that."

Only once did Gail invoke her star status, "I went in to talk to the producer. I said, 'I do think we deserve a honeywagon up in the mountains.' Everytime anybody wanted to go potty, they had to go behind a rock or they had to go all the way back to town, which was 40 miles. He finally said okay."

The hardest part of playing Annie was being separated from her young daughter, but the best part was the closeness she enjoyed with the tireless crew and costars, Brad Johnson (Lofty Craig) and Jimmy Hawkins (little brother Tagg). "We worked together for seven years, in the mountains, in the desert, in the snow, sleet, rain, dust storms—everything

under the sun. These people were family." The series finally came to a halt in 1957. "Tagg grew to be six feet tall. I couldn't pat him on the head as my 'little' brother anymore. It broke my heart to have to give the show up."

Gail was so typecast as Annie Oakley, producers just wouldn't hire the sharpshooting "shemale." "Some of 'em said why don't you cut your pigtails off, dye your hair black, change your personality—well, that wouldn't work. I was Gail Davis, but I *was* Annie Oakley." Gail was always proud of the character and what she stood for. "I felt like Annie was me, and she *was*. Oh wow—she really and truly was."

Gail Davis—"Annie Oakley"—left a large void in the western field when she died at age 71 on March 15, 1997, of brain cancer.

Gail Davis
Western Filmography

Movies: *The Far Frontier* (1948 Republic)—Roy Rogers; *Brand of Fear* (1949 Monogram)—Jimmy Wakely; *Death Valley Gunfighter* (1949 Republic)—Allan "Rocky" Lane; *Frontier Investigator* (1949 Republic)—Allan "Rocky" Lane; *Law of the Golden West* (1949 Republic)—Monte Hale; *Sons of New Mexico* (1949 Columbia)—Gene Autry; *South of Death Valley* (1949 Columbia)—Charles Starrett; *Cow Town* (1950 Columbia)—Gene Autry; *Indian Territory* (1950 Columbia)—Gene Autry; *Six Gun Mesa* (1950 Monogram)—Johnny Mack Brown; *Trail of the Rustlers* (1950 Columbia)—Charles Starrett; *West of Wyoming* (1950 Monogram)—Johnny Mack Brown; *Overland Telegraph* (1951 RKO)—Tim Holt; *Silver Canyon* (1951 Columbia)—Gene Autry; *Texans Never Cry* (1951 Columbia)—Gene Autry; *Valley of Fire* (1951 Columbia)—Gene Autry; *Whirlwind* (1951 Columbia)—Gene Autry; *Yukon Manhunt* (1951 Monogram)—Kirby Grant; *Blue Canadian Rockies* (1952 Columbia)—Gene Autry; *Old West* (1952 Columbia)—Gene Autry; *Wagon Team* (1952 Columbia)—Gene Autry; *Goldtown Ghost Riders* (1953 Columbia)—Gene Autry; *On Top of Old Smoky* (1953 Columbia)—Gene Autry; *Pack Train* (1953 Columbia)—Gene Autry; *Winning of the West* (1953 Columbia)—Gene Autry; *Alias Jesse James* (1959 United Artists)—Bob Hope.

Television: *The Lone Ranger:* "Buried Treasure" (1950); *The Lone Ranger:* "Spanish Gold" (1950); *The Cisco Kid:* "Convict Story" (1950); *The Cisco Kid:* "The Will" (1950); *The Cisco Kid:* "False Marriage" (1950); *Gene Autry:* "Blackwater Valley Feud" (1950); *Gene Autry:* "Doublecross Valley" (1950); *Gene Autry:* "Devil's Brand" (1950); *Gene Autry:* "Gun Powder Range" (1950); *Gene Autry:* "Fight At Peaceful Mesa" (1950); *Gene Autry:* "Frame For Trouble" (1951); *Gene Autry:* "Revenge Trail" (1951); *Gene Autry:* "Outlaw Escape" (1951); *Gene Autry:* "Galloping Hoofs" (1951); *Gene Autry:* "Heir To the Lazy L" (1951); *Lone Ranger:* "Friend In Need" (1951); *Range Rider:* "Outlaw's Double" (1951); *Range Rider:* "Greed Rides the Range" (1952); *Gene Autry:* "Melody Mesa" (1952); *Gene Autry:* "Horse Sense" (1952); *Lone Ranger:* "Trial by Fire" (1952); *The Cisco Kid:* "Talking Dog" (1952); *The Cisco Kid:* "Big Steal" (1952); *Kit Carson:* "Golden Trap" (1952); *Kit Carson:* "Trouble in Tuscarora" (1952); *Death Valley Days:* "Land of the Free" (1953); *Gene Autry:* "Ransom Cross" (1953); *Gene Autry:* "Steel Ribbon" (1953); *Gene Autry:* "Civil War at Deadwood" (1954); *Annie Oakley:* series (1954–1957).

MYRNA DELL

The Other Woman

One of the screen's greatest beauties, attractive blonde Myrna Dell, appeared in numerous comedies, crime dramas and westerns in her long career. "I was born March 5, 1924, in Los Angeles, so I am that rarity—a native Californian!" An Earl Carroll showgirl,

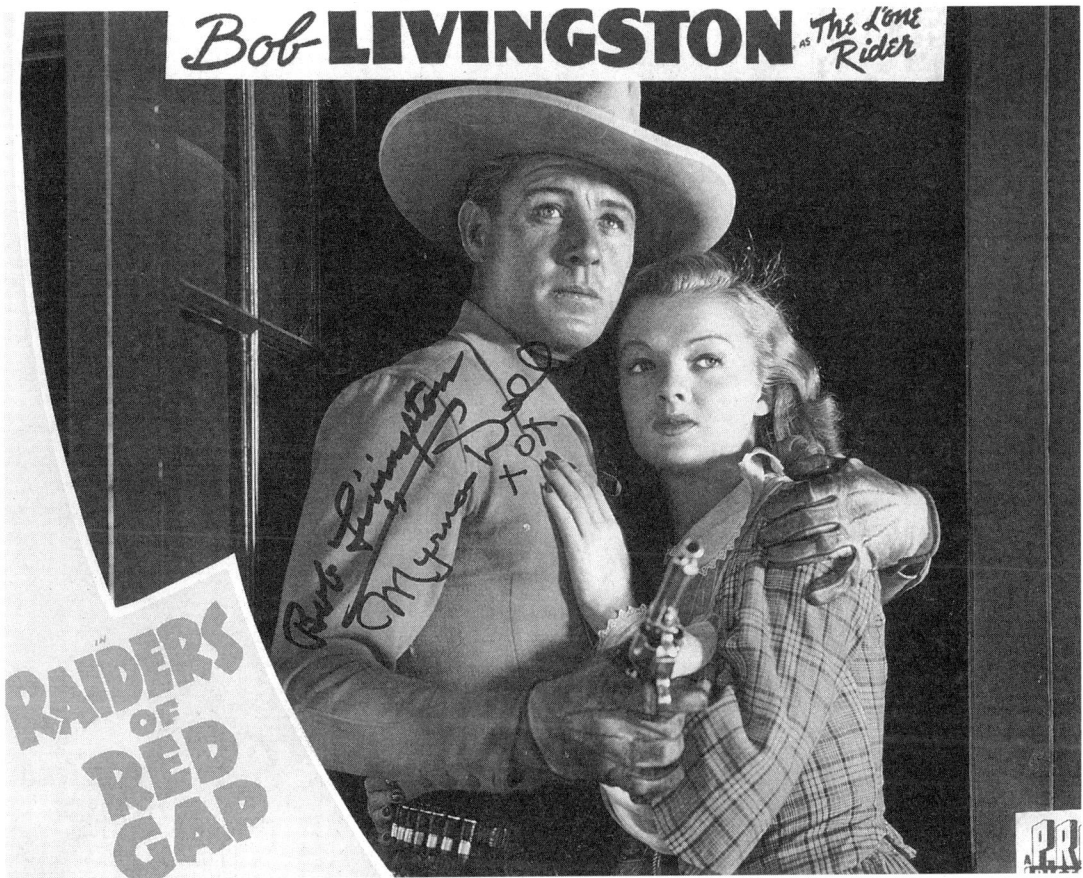

Costar Bob Livingston helped Myrna learn to ride in *Raiders of Red Gap* (1943).

she made her film debut in *A Night at Earl Carroll's* (Paramount [1940]), followed shortly by *Ziegfeld Girl* (1941) at MGM.

Her first important part was in a PRC western, *Raiders of Red Gap*. "On the first day of the picture, I was supposed to get on a horse. I went over to Bob Livingston and whispered, 'Which side of the horse am I supposed to get up on?' I knew enough to know there was a right and wrong side but not which was which. Bob helped me and didn't snitch on me. I've always been grateful about that. In those days, you'd get a lead in a B-western and that'd be your training. They'd pay you a hundred dollars and it would take about a week to do it. Ken Maynard and Hoot Gibson were my leading men in Monogram's Trail Blazers entry *Arizona Whirlwind* [1943], and Gawd, they were old enough to be my

grandfather! I adored Bob Steele, he wasn't as old as Ken and Hoot."

Queried about how she landed that first plum role, Myrna retorted, "I was going with an actor whose agent [Bob Brandeis] liked me. He signed me and got me tests. Then Walter Kane, who was Howard Hughes' right-hand man and a top agent, bought my contract from Bob. I made several tests, most not very good. When Walter arranged for a test at Fox, it occurred when Darryl F. Zanuck was out of town. They always wanted to test me in Joan Crawfordish–roles, but this time I was asked to do the Stanwyck part from *Double Indemnity* [1944]. I told Walter, 'I can't do that — I'm a nice girl.' How naive I was in those days. [*laughs*] Lee Strasberg directed the test. There was a 45-day limit, which meant Fox had the option to sign me in those 45

Bob Steele, seen with Myrna in *Arizona Whirlwind* (1943), was her favorite cowboy costar.

days. Zanuck hadn't returned, so I called Walter and said I'd like to be at either RKO or Columbia because there were too many people at 20th. I felt I could do better at a smaller studio. RKO saw the test and I was signed! When Zanuck finally got back he ran it and told them to sign me—but it was too late. The 45 days had already lapsed!"

Asked about any roles she missed out on, one particular film comes to mind. "I tested for *Body and Soul* [1947] with John Garfield, but RKO asked too much for me to be loaned out, so Hazel Brooks got the part." The effervescent Miss Dell is always "up," and often cracking a joke. "I'm gregarious, I still feel like I'm 16."

Asked about Richard Martin, Tim Holt's sidekick and her leading man in RKO's *Guns of Hate* (1948), she laments, "It's a damn shame, his passing. I still miss him so. I saw Dick and his wife, Elaine Riley, at the Gene Autry Museum the year before Dick died, and he looked great. We all had a good time. I phoned Elaine after I heard the news. *Guns of Hate* was a good movie, one of the better B-westerns. I thought Tim was a marvelous actor. In my estimation he should have been a much bigger star. He did fine work in films other than his westerns. I found him a bit of a quiet guy, basically a loner."

About westerns in general, Myrna laughingly blasts, "I can't stand them! At the Cecil B. DeMille barn there was a function and I was asked how many westerns I did. I told them I made 14, and hated each one." [*laughs*] Even *Guns of Hate* conjures up bad memories for the veteran. "For a western, it was good.

Myrna is "the other woman" again in Yvonne De Carlo's *The Gal Who Took the West* (1949). Their leading man was John Russell, later to become TV's *Lawman*.

But, that 100 degrees in the valley, those hot clothes, horses dropping shit all around—there was dust, it was so dirty. I'm sorry, I just don't like westerns."

About *Roughshod* (1949), an "A" picture, "I guess I like that. It's not bad for a western. But *Bushwhackers* [1952] is my favorite. She was a strong character who rode and shot people. I just liked that part. Do you remember the scene where I run upstairs and shoot that guy, Samuel S. Hinds, or some other old gray-haired man? But then, they're all old, gray-haired men, aren't they?"

Lon Chaney Jr. costarred with her in the low-budget *Bushwhackers*, "In the movie, he taught me to ride and shoot; personally, he was horrible. That son of a bitch wouldn't read

off camera for my close-ups. He was an alcoholic, or a recovering one. He had a mean manner, like alky's often have. On the close-up shots, I read my lines offstage for him. When it was my turn, the dialogue director started to do Chaney's part. I told him to tell Lon to get his ass over here or I wouldn't do any more readings for him. He was not very likable, a lush, hung over."

"Although *Bushwhackers* is my favorite western, many people tell me how much they enjoy *Roughshod* with Bob Sterling. Originally, the picture was to star Robert Mitchum and *me!* In the meantime, RKO underwent some changes and Dore Schary—that phony—took over the lot. Bob Mitchum was on another project and I was told that

Dore's pet, Gloria Grahame, would now play the lead, while I had to take one of the other roles. I naturally resented it and went to Santa Barbara on vacation. I received word I had to return to the studio immediately or I'd be sued. That's how I wound up with that part. It was filmed near Sonora. Because of my numerous 'other women' roles, all the male cast members were warned by their wives, or girlfriends, to 'Stay away from Myrna!' Ann Sothern told Robert Sterling, who replaced Mitchum, to keep away from me. Because Gloria had taken my part, everybody thought we'd get into a clash, but we didn't. I liked Gloria and we got along just fine. Her mother, however, was a real witch. A stage mother to out-stage all the others. Everybody, except me, seemed to be having an affair. Every weekend, all the guys would disappear. I couldn't figure out where they were going. That left Claude Jarman Jr. and me — so we had a lot of fun together, playing cards. He was such a talent — I like him a lot. We still speak on the phone. He now has five children and no-telling how many grandchildren, because he's around 60 now. Finally, I did discover where all the guys were going; sneaking over the border to Reno and inhabiting the local chicken ranches! The next year I

worked with Gloria Grahame's then-husband, Stanley Clements, in another picture. But it was a murder mystery, and I was back to the 'other woman' role."

Myrna Dell
Western Filmography

Movies: *Raiders of Red Gap* (1943 PRC)— Bob Livingston; *Arizona Whirlwind* (1943 Monogram)— Trail Blazers; *War of the Wildcats* (1943 Republic)— John Wayne; *Ding Dong Williams* (1946 RKO)— James Warren; *Guns of Hate* (1948 RKO)— Tim Holt; *Roughshod* (1949 RKO)— Robert Sterling; *Lust for Gold* (1949 Columbia)— Glenn Ford; *Gal Who Took the West* (1949 Universal-International)— Yvonne De Carlo; *The Furies* (1950 Paramount)— Barbara Stanwyck; *Ticket to Tomahawk* (1950 20th Century–Fox)— Dan Dailey; *Bushwhackers* (1952 Broder/Realart)— John Ireland; *Last of the Desperadoes* (1955 Associated)— James Craig; *Naked Hills* (1956 Allied Artists)— David Wayne.

Television: *State Trooper:* "No Fancy Cowboys" (1957); *Jim Bowie:* "The Lottery" (1957); *Maverick:* "Seventh Hand" (1958); *Texan:* "Rough Track to Payday" (1959); *US Marshal:* "One of the Ten Most Wanted" (1959).

FAITH DOMERGUE

Cult Queen

The beautiful star of such 1950s science fiction cult classics as *This Island Earth* (1955) and *It Came from Beneath the Sea* (1955), Faith Domergue, counts as her favorite films two

westerns — the 1955 Republic Trucolor *Santa Fe Passage* and a *Bonanza* episode, "The Lonely House" (1961).

Born in New Orleans in 1924, Faith's

Gerald Mohr meets Stephen McNally and Faith before the *Duel at Silver Creek* (1952).

family moved to California when she was barely two years of age. "My father taught me to ride horses when I was very young. I always loved the westerns because I got to be outside and, of course, ride, which I could do side-saddle as well."

Signed to a studio contract at Warner Bros. when only 15, Faith soon switched to Howard Hughes (thus RKO) who bought her Warner's contract. Debuting in a small role in 1946's *Young Widow*, it was *Vendetta* (eventually released in 1950) that brought her public notice. Marrying and baring two children, she was left to sit out her RKO contract until finally allowed to do a loan-out picture at Universal, *Duel at Silver Creek* (1952), with Audie Murphy. "There were no far-away locations on that one, nothing except Vasquez Rocks! There was one scene, where the posse is chasing us—my horse slipped, almost went down, but luckily it got back up, or else I would have

been run over by all those people following us! As a result, the studio said I could no longer do my own stunts! They complained about all the costs, time, trouble there would be if they had to reshoot—they didn't seem to care about me at all!"

Although many people state Audie Murphy wasn't that warm a person, Domergue has to disagree. "He was terrific. One day he asked my advice about a kitchen appliance he was going to purchase for his new wife. Although I am not domestic, I gave him my opinion, and he was very pleased. Susan Cabot was his girlfriend in the picture, but when we were making it, she was on the 'outside,' as Audie and I became great chums."

Finally obtaining her release from RKO, Faith almost immediately signed a two-picture-per-year pact with Universal-International. "My first film was *The Great Sioux Uprising* [1953] with Jeff Chandler. We were

Faith as she appeared in Columbia's non-western *Spin a Dark Web* (1956).

on location in Pendelton, Oregon, where they had the Yumatilla Indians, not the Sioux tribe. These people were into harvesting winter wheat, and they knew nothing of horses, like the Sioux did. In fact [*laughs*], they kept falling off! There was an ambulance standing by because these poor Indians who wanted to be in the movie simply couldn't ride a horse!"

Queried about *Santa Fe Passage*, "Oh yes, that was lots of fun to do. John Payne was a great big guy, so handsome. His wife Sandy and I had known each other since the late 40s when my husband and I were in Buenos Aires. The location work was done at St. George, Utah. Sandy came up and we had a great time. We were there so long, in fact, we turned golden red from all the dust! I saw the film again recently, and I still consider it my favorite feature. There was a little hassle when we returned to do the interiors. I owed Universal some pictures, and they put me into *Cult of the Cobra* [1955], which was already in production. I went over to Universal on my lunch hours to prepare for *Cobra*, while com-

pleting *Santa Fe* at Republic the rest of the time. The interracial theme — I was a half-breed who falls in love with Indian-hating John Payne — couldn't be used today, but it worked very well then, and there were no problems with the public due to its theme."

Her penultimate western feature, *Escort West* (1959), starred Victor Mature. "He is a big, clumsy man with the most enormous hands I ever saw. We shot it mostly at a studio — even the campfire scenes were done inside, but there was an occasional location somewhere in the upper part of Malibu."

"You know, many of my leading men were tall, because I'm tall. Rod Cameron [also in *Santa Fe Passage*] and Jocko Mahoney [*California* (1963)] were probably the tallest. However, there are exceptions like Kenneth Tobey. I wore flats when Kenneth and I worked together [*It Came from Beneath the Sea*] and I don't think he was very pleased about it, but I am fairly tall!"

Although not satisfied with her career as a whole —"I took what came along. I had two children, no support from my ex-husband, and there were bills to pay."— Faith Domergue does have many fabulous memories, several from westerns. "I did about every western TV series that WB produced. When I did a *Bronco*, directed by Reginald LeBorg, I found him crabby — and he was still a grouch 15 years later when we did *Psycho Sisters* [1972]."

"But the worst experience of all was on a *Sugarfoot* with Will Hutchins ["The Vultures"]. There was this mean Polish director — I cannot recall his name [Josef Leytes]. He was so dramatic. He got us way behind schedule — always fussing at me. I wonder if Will remembers the incident? I don't think that director ever worked again — at least not in America. The pleasant part of it was I got to ride Will's copper-colored horse, Penny. I rode her on every TV western after that! The wranglers were so nice, they'd say, 'Give her anything — she can ride!' I would always pick Penny, if she wasn't shooting."

In regard to an episode of *The Tall Man* (1960–1962), "Rovin' Gambler," in which

Noted character actress Irene Tedrow brushes Faith's hair in *Santa Fe Passage* (1955), Faith's favorite western.

Faith played Kate Elder, Faith smiled, "Robert Lansing, who played Doc Holliday, was very charming and helpful. A good actor. He was quiet but excellent. Amazingly, I was not injured during the filming of this one. Originally, I had a wonderful song to sing, 'Down a Lonely Road.' It was the only time I was ever allowed to sing on film. I wore a beautiful dress that had been designed for me almost ten years earlier, when I did *Duel at Silver Creek* at Universal. Apparently, the big budget clothes are recycled for the small budget TV programs." Faith was required to act drunk in several scenes, "The role was exceedingly difficult. I never drink anything but wine, so hard liquor and its effects are foreign to me. Director Bill Witney and I worked out the scene where I got on my knees — begging Robert Lansing to take me with him and not shoot it out with Barry Sullivan. This was difficult, hard for me, contrary to my own personality. I didn't like the performance overall, but Barry Sullivan came up after the scene and said 'That's pretty good.' Then, in a lower voice, he proclaimed, 'If you like that kind of acting.' He had a wicked, mean Irish humor."

Two *Bonanza* episodes are especially memorable to Faith. "The second one I did ["Companeros," broadcast April 19, 1964] was filming when President Kennedy was assassinated. Naturally, the whole set was hovered with sadness. We laid off several days until after the funeral. But my most favorite show of all time was that other *Bonanza*, "The Lonely House" [October 15, 1961] with poor Little Joe [Michael Landon] who's now gone.

It was directed by William Witney, who directed *Santa Fe Passage*, and I consider it the best acting I've ever done."

Previously married and divorced from restaurateur Ted Stauffer and director Hugo Fregonese (with whom she had two children), she was then married to agent Paul Cossa (recently deceased). After a long stay in Switzerland, Faith returned to the U.S. and lived in Santa Barbara, California, until her death at age 73 on April 4, 1999.

Faith Domergue
Western Filmography

Movies: *Duel at Silver Creek* (1952 Universal-International) — Audie Murphy; *Great Sioux Uprising* (1953 Universal-International) — Jeff Chandler; *Santa Fe Passage* (1955 Republic) — John Payne; *Escort West* (1959 United Artists) — Victor Mature; *California* (1963 American International) — Jock Mahoney.

Television: *The Rifleman:* "The Marshal" (1958); *Sugarfoot:* "The Vultures" (1959); *Cheyenne:* "Rebellion" (1959); *State Trooper:* "Pistols for Two" (1959); *State Trooper:* "So Early in the Morning" (1959); *Colt .45:* "Breakthrough" (1960); *Bronco:* "La Rubia" (1960); *Rifleman:* "Death Trap" (1961); *The Tall Man:* "Rovin' Gambler" (1961); *Tales of Wells Fargo:* "Jealous Man" (1961); *Bonanza:* "The Lonely House" (1961); *Have Gun Will Travel:* "Beau Beste" (1962); *Have Gun Will Travel:* "Black Bull" (1963); *Bonanza:* "Companeros" (1964).

ANN DORAN

Character Star

She's that rarity — a character actress who is also a star. "I was a working actress. Not a personality and not a star!" Regardless of the term, the fact remains Ann Doran is a gifted actress, well-known to the public ("If so, it's just because I was around so long!"), who could play virtually any role — glamour girl or old hag, mother or farm lady, scientist or flighty ingenue. She's done them all.

Born in Amarillo, Texas, July 28, 1911, Ann told me, "I wanted to be a different person in every film I did. I never played the same type of part twice, unless you count the 'Rusty the dog' pictures, which had several sequels. Studios had a part that needed filling. My job was to make the part a human being, regard-less of how it was written. Someone counted and told me I've done more than 500 movies and over 1,000 TV shows. That must be some sort of record!"

Ann started as a child of about four. "When I was a child, I did a lot of work in silent pictures. There were many westerns being shot in the late teens and early 1920s. My mother wouldn't use my real name when it came to casting. My father's people didn't approve of 'actors' and now I don't recall what names were used — I think Mother thought of them the day of shooting. As a result, I'm unable to find any of the pictures, that is, if they even exist anymore. If you looked the part, you got the part. The director told you

Ann's only lead in a B-western, before she became one of the screen's best character actresses, was with Charles Starrett in Columbia's *Rio Grande* (1938).

what to do or say [mouth]. You'd get $3, sometimes $5, a day. I don't know if I'd recognize myself, if I did get a chance to see them again."

Making the transition to "talkies" quite well, Ann sighs, "I was lucky. Those were the days when people knew how to make a picture, knew how to tell a story. Today, they act as confused as they did in the early silent days. It's ridiculous."

Asked about *Rio Grande* (1938), her starring lead opposite Charles Starrett, Ann matter-of-factly states, "It was just another job. Nothing unpleasant happened on it — but then nothing pleasant did, either. Charles Starrett was very tall and good looking, we got along just fine. My life was going to work; getting up at an ungodly hour, working my tail off, being with crazy people, getting to

bed to catch a few hours sleep, only to repeat everything the next day. It was just part of your work day. I don't dwell on the past. However, I do enjoy seeing them."

Whether a Frank Capra "A," a Three Stooges or Charlie Chase short, Ann was there ready to fill the part. "I was under contract to Columbia for three years in the 1930s and four years at Paramount in the 1940s. On TV, I only had a year-to-year contract. On the *National Velvet* [1960–1962] series, I signed for one year. When it was renewed, my contract was picked up for another year." Ann played the mother on the NBC series based on the Elizabeth Taylor film.

The actress worked with the legendary John Wayne several times, "but we didn't talk politics. We didn't have time to sit around and

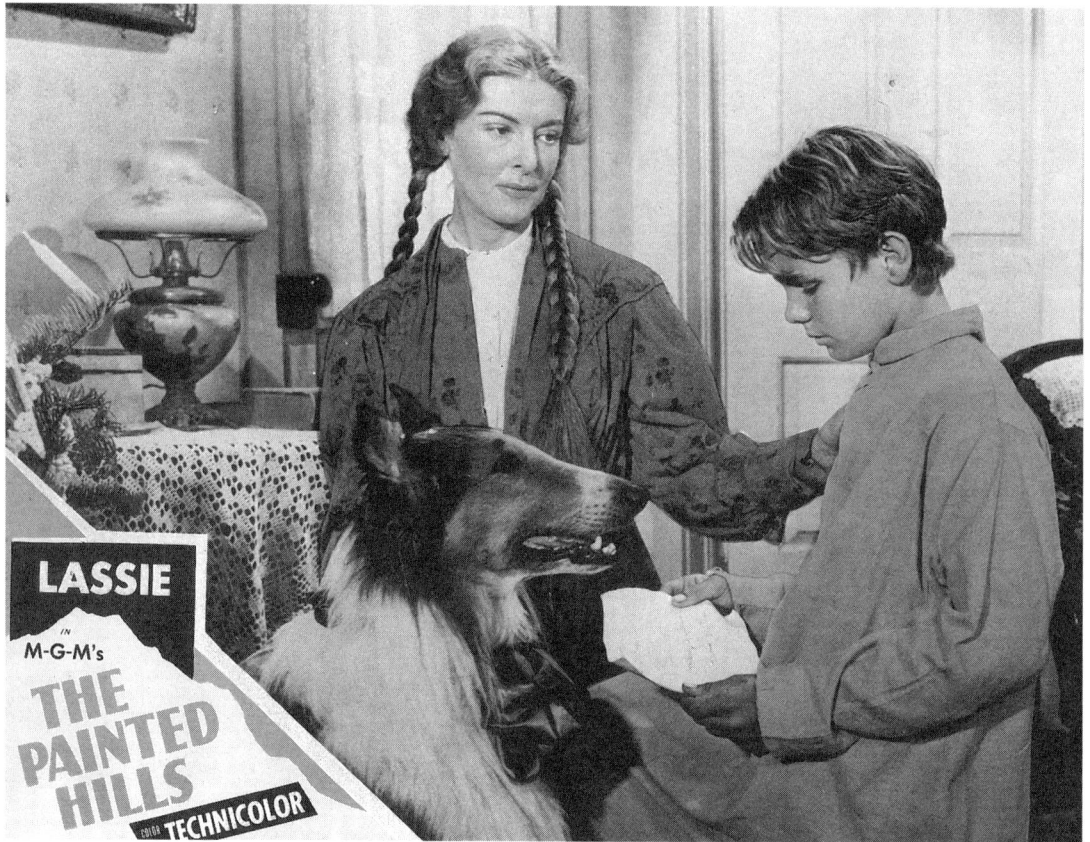

Ann and Lassie console Gary Gray in MGM's *The Painted Hills* (1951).

talk. We were either doing the scene, rehearsing the scene, changing makeup or clothes. There was no time for talk. I don't know how they do it these days, but the films today have no continuity. It's a business I don't understand anymore. Films today are a disgrace to the human race — so preposterous. People rolling around in bed; that isn't entertainment, it's voyeurism. And the kids today, they don't think. In the old days, child actors like Gary Gray and Ted Donaldson, they *thought!* I get so tired of hearing these new kids saying, after only making a couple of films, they don't like the script, they don't like this or that. It drives me nuts! It's baloney! Now Frank Capra, a wonderful, wonderful person, knew how to make a movie with a story about people you cared about. I came along in an era when pictures were good, they really knew how to do it.

Regarding her work on such TV series as *Roy Rogers* (1951–1957), *Gene Autry* (1950–1956) and *The Lone Ranger* (1949–1957), Ann states emphatically, "I can't recall anything about doing them. It makes me mad when I can't remember the good ones. It doesn't matter when I forget the bad ones. [*laughs*] My agent did the selling for me and got me the parts. I don't know what lies he told to land me those roles." [*laughs*]

Regarding some of the "A" western stars Ann appeared with, Fred MacMurray — "Just an actor. Easy to work with." Audie Murphy — "A nice boy. Very shy, but very eager to do a good job." Randolph Scott — "His own man. A damn good actor."

Talking about children she's worked with, Ann recalls fondly, "Joey Scott who played my son in *National Velvet* is a producer now." Reminded of Gary Gray, her son in *The Painted Hills* (1951) and her brother in *Rodeo*

FRED MacMURRAY · JOAN WELDON · JOHN ERICSON *DAY OF THE BADMAN*

CO-STARRING
ROBERT MIDDLETON
MARIE WINDSOR
with
EDGAR BUCHANAN
EDUARD FRANZ
SKIP HOMEIER

Directed by HARRY KELLER
Screenplay by LAWRENCE ROMAN
Produced by GORDON KAY

CINEMASCOPE
in Eastman COLOR

A UNIVERSAL-INTERNATIONAL Picture

Shopkeeper Ann is terrified—as you would be if menaced by two of the screen's best heavies, Lee Van Cleef and Skip Homeier in *Day of the Bad Man* (1958).

(1951), "What a sweet little boy. Gary, Paul Kelly and Bruce Cowling went on location near Sonora, California, on *Painted Hills* but I did all my scenes at the MGM studio. For *Rodeo* I only recall sitting around the dining room table for the most part."

"I've done just about everything you can imagine, but I get a lot of mail about Boris Karloff. We did *The Man They Could Not Hang* (1939) together. Boris was such a gentleman. A gentle man, a great person. He told me they always had him playing weird characters, 'I guess because I'm weird-looking!'" [*laughs*]

Now retired, Ann resides in Carmichael, California, so far from Los Angeles she doesn't see many of her old friends. "I keep in touch by phone or mail. Ellen Corby, who can't talk, will say yuh, yuh when I ask her a question—if the answer is 'yes.' If the answer is no, she mutters, 'oh boy, oh boy.'" [*laughs*] (Corby died April 14, 1999).

Ann Doran
Western Filmography

Movies: *Rio Grande* (1938 Columbia)—Charles Starrett; *Romance of the Redwoods* (1939 Columbia)—Charles Bickford; *Calamity Jane and Sam Bass* (1949 Universal-International)—Howard Duff; *Tomahawk* (1951 Universal-International)—Van Heflin; *Rodeo* (1951 Monogram)—John Archer; *Shootout at Medicine Bend* (1957 Warner Bros.)—Randolph Scott; *Badlanders* (1958 MGM)—Alan Ladd; *Day of the Bad Man* (1958 Universal-International)—Fred MacMurray; *Rawhide Trail* (1958 Allied Artists)—Rex Reason; *Cast* *a Long Shadow* (1959 Universal-International)—Audie Murphy; *Warlock* (1959 Fox)—Richard Widmark; *There Was a Crooked Man* (1970 Warner Bros.)—Kirk Douglas; *Hired Hand* (1971 MGM)—Peter Fonda; *Macahans* (1976)—James Arness (TV Movie); *Peter Lundy and the Medicine Hat Stallion* (1977)—Leif Garrett (TV Movie).

Television: *Roy Rogers:* "Peril from the Past" (1952); *The Lone Ranger:* "Treason at Dry Creek" (1952); *The Lone Ranger:* "Hidden Fortune" (1953); *Gene Autry:* "Johnny Jackaroo" (1954); *Gene Autry:* "Carnival Comes West" (1954); *My Friend Flicka:* "Old Danny" (1956); *Adventures of Champion:* "Brand of the Lawless" (1956)); *Gray Ghost:* "Charity" (1957); *Broken Arrow:* "Legacy of a Hero" (1957); *Frontier Doctor:* "Drifting Sands" (1957); *Sheriff of Cochise:* "I Am an American" (1957); *Sheriff of Cochise:* "Sheriff Finds a Heart" (1957); *State Trooper:* "Live Shell Game" (1957); *U.S. Marshal:* "The Promise" (1958); *Colt .45:* "Saga of Sam Bass" (1959); *Colt .45:* "Impasse" (1959); *Texas John Slaughter:* "Showdown at Sandoval" (1959); *Wagon Train:* "Ricky and Laura Bell Story" (1960); *Rawhide:* "Incident of the Challenge" (1960); *The Virginian:* "Run Away Home" (1963); *The Virginian:* "Fortunes of J. Jimerson Jones" (1964); *The Virginian:* "Portrait of a Widow" (1964); *Legend of Jesse James:* series regular (1965–1966); *Bonanza:* "Ballad of the Ponderosa" (1966); *The Virginian:* "Lady from Wichita" (1967); *Bonanza:* "Real People of Muddy Creek" (1968); *Guns of Will Sonnett:* "And He Shall Lead the Children" (1968); *Alias Smith and Jones:* "Witness to a Lynching" (1972); *Little House on the Prairie:* "Founder's Day" (1975); *Father Murphy:* "Laddie" (1982).

DALE EVANS

Faith

Dale Evans was born loving cowboys. She wanted to marry Tom Mix, she laughs, whom she grew up watching at Saturday matinees in Arkansas (although she was born in Uvalde, Texas). She also admired silent serial heroine Ruth Roland. "She was very brave. I thought I'd like to be like her." Dale matured from a nightclub singer and WBBM (Chicago) radio singer to Dale Evans, Queen of the West — costar to the King of the Cowboys, Roy Rogers, beginning with *The Cowboy and the Señorita* in 1944. "When I first met Roy he was quite shy, until I got to know him." Booked at a rodeo in Chicago, waiting to be introduced to thousands in the crowd, Roy proposed to Dale on horseback, "What are you doing New Year's Eve? Why don't we get married?" Dale, as we know, said yes — but the rest was not all happy trails. Everyone knows their story of tragedy and triumph. But it is most certainly the triumphs Dale reflects on today.

To try and chronicle Dale Evans' entire career in a single interview, one chapter of this book, would be foolish, and nigh impossible. Certainly Roy Rogers and Dale Evans' extensive entertainment careers and inspirational personal lives have been chronicled in several

The King of the Cowboys, Roy Rogers, and the Queen of the West, Dale Evans.

books and scores of magazine articles. Since reams of books and articles have been written about Roy and Dale over a span of 55 years, we tried, in this interview, to touch on subjects that had not been broached before or not fully explained. We found it difficult to do. Having given thousands of interviews in her lifetime, Dale tends to fall back on tried and true answers. Nevertheless, I believe we covered a few areas which had not been fully explored in the past.

Oddly, after making a succession of music-filled B-westerns, when their TV show began in 1951, there were virtually no songs except the closing "Happy Trails" theme. "Actually, I got so identified with the song because I did write it. And I wrote it shortly after our little daughter Robin was born, our Down's syndrome little girl. And I wrote it

for Roy as a theme song because he always signed his fan pictures, 'Many happy trails, Roy Rogers and Trigger,' or something that featured his philosophy on life. I wrote it in three hours time. I had not been home too long from the hospital after Robin was born. We were doing a show for the ABC radio network and Roy had had a little theme song, something about 'Don't Forget Smiles Were Made Out of Sunshine.' That was his theme song at the time. And I thought, that's a darling song, it's a very cute song, but it does not sound like a cowboy. He should have a song that when he sings it, you can see the ponies roaming the range. That's the way I wrote the song." Even after some prodding, Dale just couldn't recall *why* there were no songs integrated into the plot lines of the TV episodes.

Much has been written about their horses,

Roy discovers Dale masquerading as a boy in *Rainbow Over Texas* (1946).

Trigger and Buttermilk, but less is known about their German Shepherd, Bullet. Dale smiled, "Roy has always had lots of dogs. He had 33 when we married. Hunting dogs. He loved shepherd dogs and Republic wanted a dog for him to feature with Trigger in the last few films Roy did at the studio. Then, we were doing the series for NBC. Bullet was a wonderful dog and we kept him until he was, I think, 13 years old, when he died. He's in our museum." Bullet Von Berge was born November 9, 1949, when Dale and Roy lived on Amestoy Avenue in Encino. Bullet's sire was Champion York of San Miguel and his dame was Pogie Bait. The breeder was Earl W. Johnson, a member of the American Kennel Club.

It was not common for a husband and wife to do a long-running TV series together and we wondered who was really in charge on the set. And, if there was ever a conflict about how a scene should be done, how it was resolved. "Actually, Roy was the spokesman pretty much for that. We would just simply say to the director, don't you think we would say this or do that? We were like a family on our show and everybody had their say."

Roy and Dale kept a hectic schedule throughout the 1940s and 1950s, obviously finding it difficult to be together and have personal time. "We were together nearly all day, every day, shooting. Once in a while, we would take a few days off and have a little mini-vacation, and of course we had children at home, so we were divided in our time. We took our children with us when we did State Fairs in the summertime. They worked in our show and we just remained a family unit. We had a cardinal rule when we married — never go to sleep in anger."

Since Dale wanted to be a musical star

in the beginning ("I wanted to go to Broadway"), I asked how she came to a personal resolve to be the "Queen of the West, Dale Evans." "After we did *The Cowboy and the Señorita*, we got lots of encouragement from different theaters from across the country that they liked the team. Republic promised me they would give me a big musical if I would do a complete movie series with Roy. But they never took me out of westerns, so I left the studio for two months and went on suspension because I wanted to do a musical. Actually, what I wanted to do was to go to Broadway. Then Herbert J. Yates, president of Republic, called and said, 'Why don't you come back to the studio where you belong?' He reinstituted my salary, added a little bit, and I went back because I was off salary. I waited for a picture with Eddie Cantor and Joan Davis, which never materialized. So then I just got on a horse and I stayed."

Dale once did a *Dale Evans* TV series pilot, but for some reason, despite her great popularity, it never sold. "And I don't know why. I think I was too identified with Roy. My agent, Danny Winkler, who was one-time casting director for RKO, is the one that got that together. But I was really too identified with Roy. Besides, the people and the theater owners, they liked the team. It was action oriented, very much like *our* TV series." The pilot film still exists, and we have encouraged Roy Jr. (Dusty), who is now in charge of Roy and Dale's business affairs, to release it on video.

The popular song "I Wish I'd Never Met Sunshine" lists Gene Autry (Roy's competition) as cowriter. "Gene Autry said he would publish it through Golden West Publications if he could have his name on it. That's the true story. A publicist with the publishing firm, a friend of mine from Chicago, when I was on CBS radio in Chicago, he and I decided we would sit down, and try to write a crazy country song. We just tried to make it as crazy as we could. We took it to Golden West Publishing and Gene said he would publish it with his firm if he could be one of the writers. That's a true story."

Stuntlady Alice Van (who later married director R. G. Springsteen) often doubled Dale in hazardous situations in films and on television. "She did most of it, but when I could, I did it. When it was feasible for me to do it. For instance, when we did *My Pal Trigger*, which was my favorite of all the pictures I did with Roy, because in that story, Gabby Hayes played my father and we owned Trigger. We were going to do a scene where we were clocking Trigger for a race; this horse was part thoroughbred and was a beautiful horse. He was a palomino. I had to ride, or my double had to ride, this clocking scene, and I said, 'Nobody's riding this but me, I'm going to ride it myself.' I simply hopped up on this horse and I did it, wide open, following the camera car, on an English saddle which I had never tried, with those incredibly short stirrups. I did it and I stayed, and I was wide open behind the camera car. But there had been rain and there were clods hitting my face and everything else. So after, I really got chewed out by the producers. Oh, they were furious. They came down on the set, somebody called them and told them I did my own stunt, that racing thing. They came down and said, 'Dale, the next time you do a stunt like that, I am going to personally spank you. You could have hurt yourself and cost this studio thousands of dollars.' The payoff of this is, I went to see it on the screen when it was released, and you couldn't even tell it was me riding because of all the dirt flying in my face."

A lot of women I've spoken to often comment on how nice Dale always looked. Dale was pleased, "I tried to be authentically western, but yet with as much style as we could get out of that. I tried to wear things that would compliment me and compliment the horse. I tried not to appear anything but what my characterization was." And normally, just going out to dinner? "I try to dress with a hint of western, but not overdone. I try to dress with some identification to the west."

Obviously, raising a large family and maintaining as busy a schedule as the Rogerses did require some help. "I took over quite a bit of the work myself, with the children

The quartet movie fans grew to love in the 1940s—Roy and Dale along with George "Gabby" Hayes and Bob Nolan (of the Sons of the Pioneers).

particularly. In the summertime, when we took them with us to state fairs, they worked with us in the shows. I had a lady that helped me; helped me with their clothes and stayed with them when we had to do publicity. Roy Jr., Dusty—Dusty would pull up the target and Roy would shoot at those things that, when he hit them, sprayed stuff all over Dusty's face. All the children knew 'Happy Trails,' of course, and worked with us in the closing."

As to preparation of meals, Dale was quick to say, "I love to cook. Roy loves corn on the cob and we have a way of cooking it. We leave the shucks on the corn, in cold water, and we bring it to a boil and the minute it starts to boil, it's ready to eat. We never boil it for several minutes, never, because you destroy the corn flavor. Then, when it starts to boil, you take it off the heat and when it

cools a little bit, you put cold water on it, then you shuck it and it's ready to eat. For me, it's chili. Chili. I'm a Texan and I love it."

Dale calls herself "fairly" organized at home. "I made lots of notes. Particularly when we went on tour with the children. I would make these notes for each child, what they had to pack in their suitcase. They would take their stuff and the lady that helped me with the children would count them all to see that everything was there."

With the notoriety of the type Roy and Dale achieved, fame had to affect the lives of all their children, and perhaps even grandchildren. Dale sighed, "We tried to the best of our ability not to let the children be overshadowed by what we did. Identification was okay but we tried to raise our children like the kids next door. They got a small allowance, and I insisted Roy pay them to participate in the state fairs across the country so they could buy their first car. We wanted our children to be like the kids next door." The most difficult thing about living in the spotlight constantly for 40 or 50 years according to Dale is, "To have time for myself and my writing about my faith, particularly in times of stress and sorrow when we lost some of our children. This has been the focus of my life."

Her honesty is the one thing Dale likes most about herself. "To try to be honest with myself and my God. People might think I am completely fulfilled, that we lived differently from other people. Well, we didn't. We lived like the people next door. And I don't like phoniness. And I don't like people to think that I'm some kind of a saint because I've written a few books, either. But my faith is my life."

When asked about the direction Roy and Dale took with their monetary investments, Dale said, "We wanted it for our children. We bought a ranch in Chatsworth, subdivided, people bought our ranch and built on it. The man who was head of this real estate outfit, his little girl was killed along with our Deborah Lee (at age 12) in the bus accident. That was very, very, very difficult. Very hard. We moved up here to the high desert because Roy just could not look at any of the places where Debbie used to play."

Over the years, through triumph and tragedy, Dale has gained much insight into life. A friend of Dale's, Janey Miller, has found in Dale's many books, "American family life embellished with love, harmony and values. Quotations on how to live your life jumped out of the pages and helped carry me through tough times." One of Dale's latest is *Our Values*. Dale writes her books based "on what I see is going on around me, what I see on TV and what I see is happening to children. Values come from the Bible. The Bible says if you 'train up a child,' the child will not depart from those values. The child will come back, eventually. That was true in my own life. This issue of values was very important to me. I write as the Spirit moves me. It just comes to me. I write in long hand and have

someone type it for me. I thoroughly enjoy writing. My new book will be a sort of journal of my day by day overcoming of my disabilities with God's help. It is about a constancy with God that keeps me going. I want to title my book *Stroke of Hope*. (The book was released as *Rainbow on a Hard Trail*.) I believe God is bigger than all of your problems."

Several of Dale's books are used in school classrooms as lessons or homework. *Angel Unaware* has been used for years in family and consumer science child development classes. "Recently, I was sent letters from children in a sixth grade classroom telling me how my book, *Angel Unaware*, affected them. Any way my 'storms' can help someone else, I am so happy. It is my hope the books can give a spark of hope to a person with a disability of any kind." However, her favorite book is *In the Hands of the Potter*.

Obviously, Dale's faith is all-consuming. The one particular point in her life when she personally found God was shortly after she and Roy were married on December 31, 1947. "My son by my first marriage, whose father is deceased, he was the one who brought me to a lively faith in God through Christ. And my life was changed, it was upended immediately and it's been that way ever since."

In recent years, both Roy and Dale's health has been tenuous. Ever positive, Dale believes, "While there's life, there is hope. If you can laugh, if you have a sense of humor and you can take one day at a time, with faith in the Lord, who is greater than all of our problems... I can do all things through Christ, who strengthens me, and that's my philosophy and my belief."

Roy and Dale's place in history is undoubtedly assured after 60 years of fabulous entertainment. Their inspirational memories are being perpetuated by magazines, books — and more importantly, their own Roy Rogers–Dale Evans Museum in Victorville, California, and a planned western-themed RogersDale entertainment-sports complex in Murrieta, California. Dale's personal assessment as to why she and Roy were so phenomenally popular for so long is because they were "people who tried to show that right makes might. Not the other way around. That's what we tried to show. We get some wonderful mail from people that grew up with us and that's what they say, that we were role models for them. What we prayed was that the young people that watched, would try, by God's grace, to ride a good trail. Roy and I have been able to do what we do and to enjoy life so well because the people have been so kind to us. The public have been true, loyal friends. They have given us so much and have been so kind and loyal. I thank them for being so kind to Roy and me and our family. It is my wish that whatever we do will reflect to the glory of God."

This interview was conducted about six months before Roy's death on July 6, 1998.

Dale Evans
Western Filmography

Movies: *In Old Oklahoma* (1943 Republic)—John Wayne; *The Cowboy and the Señorita* (1944 Republic)—Roy Rogers; *Lights of Old Santa Fe* (1944 Republic)—Roy Rogers; *San Fernando Valley* (1944 Republic)—Roy Rogers; *Song of Nevada* (1944 Republic)—Roy Rogers; *Yellow Rose of Texas* (1944 Republic)—Roy Rogers; *Along the Navajo Trail* (1945 Republic)—Roy Rogers; *Bells of Rosarita* (1945 Republic)—Roy Rogers; *Don't Fence Me In* (1945 Republic)—Roy Rogers; *Man from Oklahoma* (1945 Republic)—Roy Rogers; *Sunset in El Dorado* (1945 Republic)—Roy Rogers; *Utah* (1945 Republic)—Roy Rogers; *Heldorado* (1946 Republic)—Roy Rogers; *Home in Oklahoma* (1946 Republic)—Roy Rogers; *My Pal Trigger* (1946 Republic)—Roy Rogers; *Out California Way* (1946 Republic)—Monte Hale; *Rainbow Over Texas* (1946 Republic)—Roy Rogers; *Roll On, Texas Moon* (1946 Republic)—Roy Rogers; *Song of Arizona* (1946 Republic)—Roy Rogers; *Under Nevada Skies* (1946 Republic)—Roy Rogers; *Bells of San Angelo* (1947 Republic)—Roy Rogers; *Apache Rose* (1947 Republic)—Roy Rogers; *Down Dakota Way* (1949 Republic)—Roy Rogers; *Golden Stallion* (1949 Republic)—Roy Rogers; *Susanna Pass* (1949 Republic)—Roy Rogers; *Bells of Coronado* (1950 Republic)—Roy Rogers; *Trigger Jr.* (1950 Republic)—Roy Rogers; *Twilight In the Sierras* (1950 Republic)—Roy Rogers; *Pals of the Golden West* (1951 Republic)—Roy Rogers; *South of Caliente* (1951 Republic)—Roy Rogers.

Television: *Roy Rogers Show:* series regular (1951–1957).

BEATRICE GRAY

Still at It

Beatrice Gray, the glamorous leading lady to Bob Steele, Hoot Gibson and Johnny Mack Brown, is still working! In addition to six highly visible TV commercials in recent years (Pantene, Reebok, T. J. Maxx, Mrs. Smith's Pies, American Flowers, Sears) she has appeared on *Unsolved Mysteries* ("Where's Loretta") and in a cotton commercial, "Which ran for three years. Can you imagine!? In the old days, big, fat, old men with cigars ran things. Today, it's bright young people and things run smoother and are more organized."

The actress recently turned 87 (born Bertrice Kimbrough March 3, 1911, on a farm six miles from Carthage, Illinois). "For me, these are the good old days. I'm working all the time. This is the only business where you take money under false pretenses. I should pay them, I'm having so much fun!"

Getting her start as a showgirl in nightclubs and Broadway shows, bubbly Beatrice recalled, "I had a backwoods accent! A vice president of a corporation took me out. I'd say something that wasn't funny, but he'd laugh, because of my accent! I did *New Faces of 1935* in New York — Gus Edwards was the producer. I came to California and was in *New Faces of 1937* at RKO. It was filmed during the first days of my son's conception. I was dancing high in the air on a platform and I was pregnant with Billy! [Her son is Billy Gray, who gained TV fame as Bud Anderson on *Father Knows Best*.] We both auditioned for *Father Knows Best*, but they didn't want two members of the same family on the show. Jane Wyatt, of course, got the part."

During her early film days, Beatrice was a dancer. "I worked for Busby Berkeley, Hermes Pan and Nick Castle. I'd be so busy I would be doing a picture at Fox, then use my lunch hour to go to another studio to interview. I cannot recall the names of the pictures I did, but I played a nurse in a war film made at Hal Roach!"

Beatrice Gray's westerns were done at Monogram. "They were so much fun to make. The cowboys were so courteous. Lots of times, I was the only woman. I did my own stunts, which was good because they were low-budget. If they got behind, they'd tear out some pages of the script! [*laughs*] We called Lindsley Parsons, the producer, 'Petty Cash' Parsons because he always had money. The cowboys gambled, and ran out of money. They'd have to get more money from 'Petty Cash!' Johnny Mack Brown [*Stranger from Santa Fe* (1945)] was a perfect gentleman."

Beatrice Gray, still hard at work in her eighties, has maintained a screen longevity few actresses achieve.

Beatrice was in three of the post–Trail Blazer Bob Steele–Hoot Gibson costarrers, *Utah Kid* (1944), *Marked Trails* (1944) and *Trigger Law* (1944). "Hoot Gibson was very polite, very nice, but a mite old! Bob Steele — a delight. He asked for me because I was about his size and he wouldn't have to stand on anything! [*laughs*] Actors are usually pretty egotistical. I did not know about two-shots, so Bob would take my shoulder and he'd position me, saying, 'Get your pretty face in here.' He would let *me* upstage him! He said he'd been in the business a long time and wanted me to have the good camera angles! This was particularly nice coming from an actor. He never played tricks when I was around."

"Equally egotistical are the horses! A wrangler gave me a horse that kept his head down. I objected but the wrangler said, 'You couldn't get a better horse that that.' There was a chase scene with the boys — riding hard.

Jimmie Martin, Beatrice, Johnny Mack Brown and sidekick Raymond Hatton at the windup of *Stranger from Santa Fe* **(1945).**

As soon as the director yelled 'Action,' this horse whinnied, shook all over, lifted his head up, raised his tail and started to run! I was adjusting my hat and not prepared like the horse was. He came up to the camera and turned so I'd be right for the cameras! I never complained about a horse again. They are bigger hams than actors.

"As far as Kirby Grant and Fuzzy Knight, even after recently viewing *Trail to Vengeance* [1945], I recall nothing about them or the picture, and the same thing can be said for that Gene Autry TV episode, 'Breakup.' I couldn't believe it was me!

"Thanks to Boyd Magers, I recently saw some of those westerns. I was almost shuddering to think what they'd look like, but the pictures were better than I thought they'd be. The camera work was excellent. Of course, those were low, low budgeted. They used a lot of stock shots — especially at the rodeo in *Utah Kid*. The camera was tight when I'm sitting. I am seen close up but the long shots were all stock footage. We had no wardrobe and I had to do my own hair and makeup. The one film I'd like to see again is *Trigger Law* [1944]. [A lost film at this time.] I had more to do in that. I fight with somebody and pull a little gun from my purse. I rode with the cowboys, doing lots of stuff leading ladies didn't get to do! I almost choked on the words, 'Thank you for everything.' It seems as if I said it over and over as the hero rode off into the sunset."

Beatrice liked *Trigger Law* (1944) because she had a better part than usually assigned to B-western leading ladies. Seen here with Ralph Lewis, Jack Ingram, Bob Steele, and Hoot Gibson.

Many of Beatrice's credits were at Universal. "Casting director Bill Benjamin liked my work. He had pull and whenever I got a call to go to Universal, I knew it wasn't for an audition. It was for the part." A later western was *Wild Heritage*. "I only have a small role in that — playing Johnny Carpenter's wife. We say good-bye to a family heading west. Two of the kids were Gary Gray and Gigi Perreau. Some 12 years earlier, Gary and Gigi played Billy's siblings in *To Each His Own* and now I was the one working with them!"

"I played Johnny Carpenter's wife a couple of times. He talked me into investing $10,000 upfront to finance a western script he wrote, *Johnny Ringo* — Carpenter would also direct it. Billy and Fred [Antonacci, her youngest son] were also to be in it. Everyone would get paid when it sold. It was shot in Jacksboro, a small town in Texas. The people were wonderful, built sets for us and volunteered as extras. Then one day, the leading lady's (Elaine Walker) husband misunderstandably told them that she (meaning me) had money to pay their salaries. He organized a work stoppage only halfway into the film. So, it had to be shut down. I returned to Los Angeles — minus my 10 grand. Johnny kept the film. I'd sure like to see it! What there is of it." Unfortunately, Beatrice's upfront money was never intended to pay salaries, as she explained, people were to be paid when the picture sold to a distributor.

Asked how her famous son got his start, the actress recalls, "Billy was a ragamuffin, running around, about six years old. My older children, Frank and Gloria, were in a play. Billy and I were in the audience. An agent spotted Billy—not the two on stage—asked if he was mine. She said, 'I'd like to work with him in the movies.' So his fidgeting paid off!"

Beatrice is quite a professional. "And I taught Billy to be the same way. I told him to never stop a scene, no matter what—let the director yell 'Cut.' One time, we were on location for a B-western. A horse stepped on his foot but he went on and finished the scene. They put his foot in ice water—shot the next scene—and then we went to the hospital. His foot was broken!"

Working for many directors, some were favorites. Beatrice smiled, "I do remember Frank McDonald fondly. In films, the regular directors would say, 'Whenever you're ready, Miss Gray.' On the stage, they'd yell, 'Gray, get your ass in here'." Now married to Richard Lindgren, her fourth husband ("My

third husband was murdered—the robbers beat me up and killed him!"), she lives in Canoga Park. As a parting thought to her B-western career, Beatrice laughs, "At the time, I took Billy to see *Trigger Law*. In the film the heavies were giving me a hard time. Although I was sitting next to him, Billy—then about six—stood up and yelled, 'You let my mom alone!' So, we must have been convincing."

Beatrice Gray
Western Filmography

Movies: *Utah Kid* (1944 Monogram)—Hoot Gibson/Bob Steele; *Marked Trails* (1944 Monogram)—Hoot Gibson/Bob Steele; *Trigger Law* (1944 Monogram)—Hoot Gibson/Bob Steele; *Stranger from Santa Fe* (1945 Monogram)—Johnny Mack Brown; *Trail to Vengeance* (1945 Universal)—Kirby Grant; *Wild Heritage* (1958 Universal-International)—Will Rogers Jr.

Television: *Gene Autry:* "Star Toter" (1950); *Gene Autry:* "Breakup" (1950).

COLEEN GRAY

Redheaded Fox

Beautiful Coleen Gray (born Doris Jensen October 23, 1922, in Staplehurst, Nebraska) started her career under contract to 20th Century–Fox in 1924 where she was later cast in several classic pictures, among them *Kiss of Death* and *Nightmare Alley*.

It was at Fox that Coleen did *Fury at Furnace Creek* (1948) with Victor Mature. "I always was concerned about doing my best in the part. I wanted to do justice to the character, whatever it was. I went to the director,

Bruce 'Lucky' Humberstone, to ask about the interpretation of the character. I wanted to know what the character was like before the point where the script began. Mr. Humberstone barked, 'Just be like Betty Grable when it comes to lines—learn 'em, do 'em.' Victor later ended up throwing him through a set, but it was on another picture, so I didn't get to see it!"

Coleen's first western was a small but showy role in *Red River* (1948) with John

Kent Taylor, Coleen and John Bromfield in *Frontier Gambler* (1956)—liked by Coleen because of all the hair and wardrobe changes. Taylor later starred on TV's *Rough Riders* while Bromfield starred on *Sheriff of Cochise*, later renamed *U.S. Marshal*.

Wayne. Coleen, as Wayne's sweetheart, Fen, tries to persuade Wayne at the beginning of the epic western to take her along as he leaves a wagon train and strikes out on his own. Wayne promises he'll send for her. Only hours later, Wayne turns to see smoke in the far distance and knows Indians have attacked the wagon train and that Fen is dead. "My agent took me to see Howard Hawks for the part of Fen and Mr. Hawks chose me from among hundreds of girls. I was very lucky. Unfortunately, my agent did not ask permission of the 20th Century–Fox hierarchy to take me to Hawks. So the casting people decided no, I couldn't do this role because my agent had not done this properly. The agent was barred from the lot and Fox refused me permission to work

with John Wayne in *Red River*. In desperation, I decided there was only one thing to do — go to the top! Because we were both born in Nebraska, I figured Darryl F. Zanuck couldn't be too terrible. I met him in his office and he was very nice. I told him my problem, and he said, 'Well, if Howard will call me and ask for you, I'll see what we can do.' So Howard called Darryl. I was given permission and I made the picture. But I incurred the wrath of the head of the Fox casting department as a result."

"We shot the short scene in Elgin, Arizona. In preparation for my scene, I wrote five sheets of what I thought the character of Fen might have been, up until the time she said goodbye to John Wayne. I went to Howard

Coleen (left) enjoyed her fight with Randy Stuart (right) in *Star in the Dust* (1956).

Hawks' tent and asked him to read this to see if I was on the right track. He very politely took it. The next day I asked if I was on the right track and he said yes I was. I'm sure he got a kick out of it. He was a perfectionist. I remember one day an actor named Ray Hyke was not giving the performance Hawks wanted. So everybody sat in the desert, in the sun, while Mr. Hawks took Ray and they walked off into the desert. Everybody waited a good half-hour or so. Then they came back and shot the scene. And it was all fine. But he took the time to explain to that young man whatever he felt was necessary, and he didn't care that the salaries of everyone else were going on and on and on, because he wanted perfection.

"John Wayne was so tall they put me on an apple box in the studio where they shot the close-ups. But, because of the picture, I got the part in *Kiss of Death*."

In 1956, Coleen had another small but showy role in Universal-International's Technicolor *Star in the Dust*. "I met my good friend Randy Stuart when we did the film. We have that great fight scene. Our husbands stood on the sidelines and watched us fight. We got up, dusted ourselves off, but our husbands were pale and clammy and weak! [*laughs*] Randy and I became great friends. I did the eulogy at her funeral." When asked about her smallish part, Coleen surprisingly reveals, "I always thought I'd never work again, so I usually took what I was offered." When asked about the leading lady of *Star in the Dust*, Mamie Van Doren, Coleen groans, "Oh goodness. She was from the blonde wig and tits era of Marilyn Monroe–types. The pro-

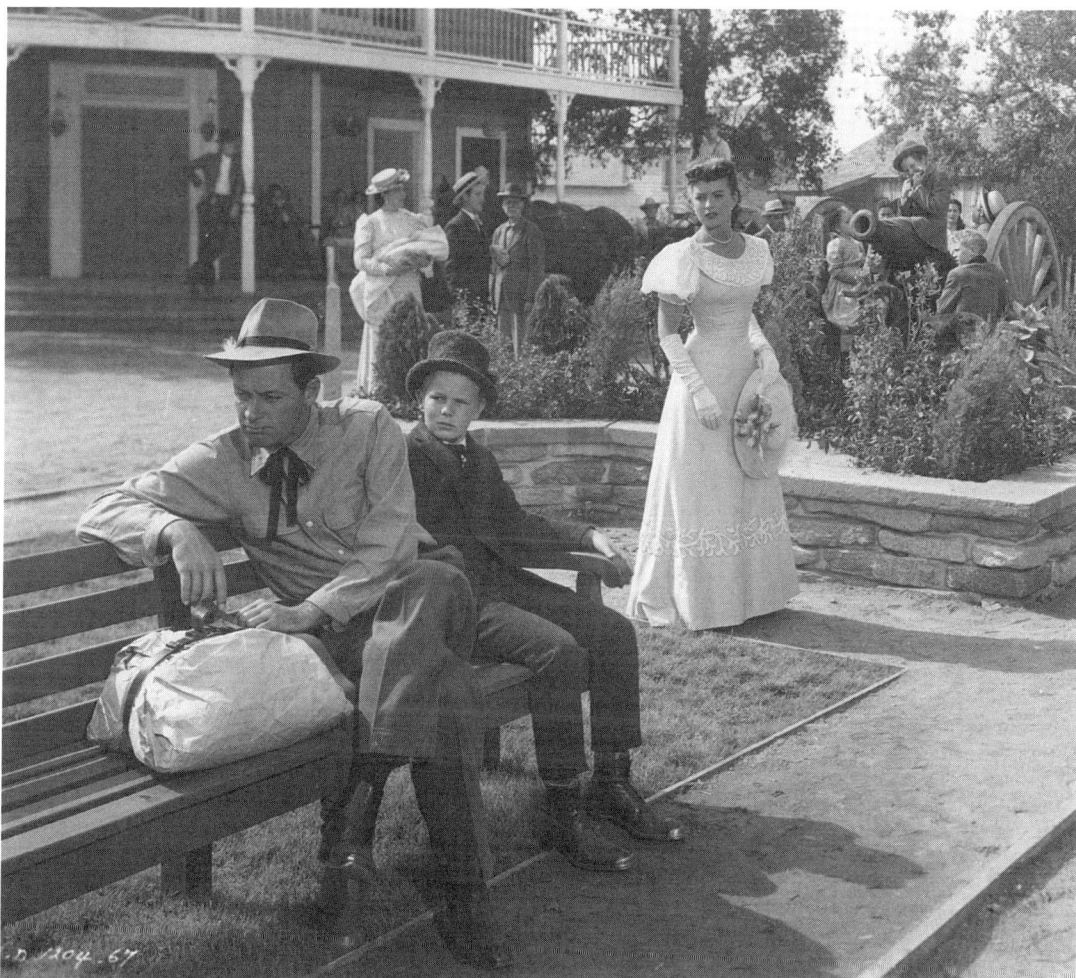

William Holden, Gary Gray and Coleen in the turn of the century drama *Father Is a Bachelor*.

ducer of the film was Al Zugsmith. When she met him, she said, 'Glad to meet you, Mr. Smith.'" [*laughs*]

About *Sand*, a horse story made in 1949, Coleen frowns, "I was not impressed with the picture or the part."

Apache Drums, although made at Universal, was done after Coleen began freelancing in 1950. "A very good western picture. Val Lewton was a fine producer and responsible for a lot of excellent mystery pictures. He was a very poetic, creative man, very sensitive person. Hugo Fregonese directed it, an Argentine, who was married to Faith Domergue, a beautiful woman."

Tennessee's Partner (1955) starred John Payne, Ronald Reagan and Rhonda Fleming. "Working with the future president was a great experience. I loved the picture because I got to be a bad girl again."

Father Is a Bachelor (released in 1950) sounds like a modern-day romantic comedy. "But it isn't. It's a western drama, with accent on the drama! It was another loan-out from Fox. Bill Holden was fun. We were the romantic leads. But later in the picture, I have this other fellow who I tricked into proposing. This actor [William Tannen] was afraid of horses! There was a birthday party scene and he was to drive me in a surrey while I held onto the birthday cake. But he couldn't do it, so I told them to let *me* drive the surrey and let *him* hold the cake! [*laughs*] This isn't so surprising because I was raised on a farm in Minnesota. My father had 40 acres and I knew how to ride a horse sidesaddle, bareback, whatever. I could drive a covered wagon. When we would gather a load of hay, I would drive a team of horses. A sad part of *Father Is a Bachelor* revolved around the music. It wasn't a musical, but there were songs in it. They used everybody's voice—mine, Gary Gray's, the others—all except for William Holden. He was dubbed by Buddy Clark, who sounded just like you would imagine Bill would sound. At the party scene, there is the song 'A Very Merry Birthday' because 'Happy Birthday to You' was copyrighted and they couldn't get the rights. We were all in tears during the filming because Buddy Clark had been killed in a plane crash several months before. He was a great singer."

One of Coleen's best westerns was *The Vanquished* (1953) with John Payne and Jan Sterling for Paramount. "Jan was fun to work with and John Payne was a fine man, deeper in person than some of his roles would have you believe. He was into philosophy, religion, history."

Coleen recalls *Frontier Gambler* (1956) as "another 5-day picture, but I liked that one. I saw it again and it was remarkable—all those changes. Handling all the hair and clothes—that was truly genius, how it was done at such a fast pace."

Black Whip (1956): "Charles Marquis Warren was the director. Angie Dickinson was the most talented thing in the picture. We enjoyed each other. She is a great conversationalist."

Copper Sky (1957): "It was another Charles Marquis Warren picture—sort of a western remake of *African Queen* [1951]. We had high hopes for it; unfortunately, things didn't turn out that way. Jeff Morrow played the Humphrey Bogart character and I was Katharine. He was a drunk, a slob and I was a Miss Priss. I acted all over the place. You have to know with me, most directors who have any sense at all will say, 'Coleen, on a scale of 10, will you take it down to 3.' Then I behave. But if nobody does that, then it's

[indicates all over the place]. I went to see it at Westwood Village. The college kids were laughing at everything, so I put my scarf around my head so nobody would identify me. I never wanted to hear the name *Copper Sky* again. It was fun doing it, and I did see it later and thought it good, but I have this feeling that is hard to erase."

Town Tamer (1965) with Dana Andrews: "I saw it recently. I like it but I had such a small part. I wish I'd had more to do in it. Lyle Bettger [who now lives in Hawaii], the villain in *The Vanquished*, was again the villain. He's good!"

Memories of her TV shows are rather dim: *Have Gun—Will Travel*—"Ben Jalisco": "Charles Bronson really impressed me, he was so good. It was a good little half-hour show, shot up in Lone Pine, where you can see Mount Whitney." Warner Bros.' *The Lawman*: "I knew John Russell at Fox during the early days."

As for today, Coleen says, "We travel and I enjoy painting scenery, landscapes. I had a showing in Los Angeles. I do oils, acrylics, watercolors, pastels, pen and ink. Of her career in general—"I've been conditioned through the years to be grateful to get anything." But her legions of fans are grateful for all the terrific pictures and performances Coleen has given.

Coleen Gray
Western Filmography

Movies: *Red River* (1948 United Artists)—John Wayne; *Fury at Furnace Creek* (1948 Fox)—Victor Mature; *Sand* (1949 Fox)—Rory Calhoun; *Father Is a Bachelor* (1950 Columbia)—William Holden; *Apache Drums* (1951 Universal-International)—Stephen McNally; *The Vanquished* (1953 Paramount)—John Payne; *Arrow in the Dust* (1954 Allied Artists)—Sterling Hayden; *Tennessee's Partner* (1955 RKO)—John Payne; *The Twinkle in God's Eye* (1955 Republic)—Mickey Rooney; *Black Whip* (1956 Regal/Fox)—Hugh Marlowe; *Frontier Gambler* (1956 Associated)—John Bromfield; *Star in the Dust* (1956 Universal-International)—

John Agar; *Wild Dakotas* (1956 Associated)—Bill Williams; *Copper Sky* (1957 Regal/Fox)—Jeff Morrow; *Town Tamer* (1965 Paramount)—Dana Andrews.

Television: *Frontier:* "The Texicans" (1956); *Tales of Wells Fargo:* "The Journey" (1960); *Elfego Baca:* "Gus Tomlin Is Dead" (1960); *Deputy:* "A Time to Sow" (1960); *Shotgun Slade:* "Marriage Circle" (1960); *The Lawman:* "Mark of Cain" (1961); *Maverick:* "Substitute Gun" (1961); *Tall Man:* "The Woman" (1961); *Have Gun—Will Travel:* "Ben Jalisco" (1961); *Rawhide:* "The Devil and the Deep Blue" (1962); *Wide Country:* "A Devil in the Chute" (1962); *Dakotas:* "Terror at Heart River" (1963); *Branded:* "Seward's Folly" (1965); *The Virginian:* "Men with Guns" (1966); *The Virginian:* "Requiem for a Country Doctor" (1967); *Bonanza:* "The Crime of Johnny Mule" (1968).

ANNE GWYNNE

Queen of Universal

Beautiful, blonde Anne Gwynne was born December 10, 1918, in San Antonio, Texas. She moved with her parents in 1936 to Missouri, attending Stevens College. In 1939, her father was transferred to Los Angeles. Immediately obtaining modeling jobs, Anne did little theater work, and was approached by two studios as a possible candidate. Universal interviewed her first and signed her to a contract after only 30 minutes—with no screen test (then something almost unprecedented). She went immediately into a Baby Sandy comedy, *Unexpected Father* (1939), released a month after she first arrived on the North Hollywood lot. "I had a small role in the picture, but I got my name on the poster! Frankly, I spoke too high-pitched and much too fast, so I needed a bit of training."

Anne was given the female lead in *Oklahoma Frontier* (1939). "One of the Johnny Mack Brown westerns. I always enjoyed the westerns and I have many pleasant memories of them. Johnny Mack was, truly, a Southern gentleman! I liked him a lot! The shooting schedule was quick and since we did another one together, *Bad Man from Red Butte* [1940], my memories tend to blur. I do remember having fun and being thrilled to meet one of my childhood idols."

"Bob Baker, who was a star in B-westerns at Universal before I got there, was doing secondary roles with Johnny Mack. When I did the Abbott and Costello western-comedy, *Ride 'Em Cowboy* [1942], he only had a bit! I don't know why, but it was certainly a shame."

Beginning in 1940, Anne was appearing in as many as 13 pictures a year. *Man from Montreal* was one of those Richard Arlen–Andy Devine action oriented flicks. "We shot in Big Bear. It was beautiful and I enjoyed the experience of being away from the studio. Sometimes, you'd have to get to the studio very early, because they wanted you on location by 8 A.M., and if it were two hours away that could really become a problem."

Shooting was completed in August 1941

Dick Foran approves as Anne really roped that little dogie, no doubles needed in *Ride 'Em Cowboy* (1942).

on *Ride 'Em Cowboy*, but the release date was held up until 1942 so that more service oriented comedies could be completed by the studio's comedy duo smash, Bud Abbott and Lou Costello. "What a thrill it was to be in that picture. It's one of my all-time favorites, along with *Men from Texas* [1942]. The drawback was the director, Arthur Lubin. I was told he wanted Shirley Ross for the part. I never felt he cared much for me and was perhaps angry that I got the role instead of Shirley. There is a scene where I have to rope a bull. Lubin was going to shoot it fairly close up where you could see if they were using a double of not. I volunteered to do it, and

amazingly, it went quite well. Arthur kept asking for take after take, and that old Brahma bull started to get a little angry. Now, I'm not all that smart about animals, but I knew enough to know when the bull kept snorting and scratching at the ground with his paw it was time to stop messing with him. I told Lubin and fortunately he let it be a wrap, or else I wouldn't be here today to tell you about it. It comes across very well when you see it and I wasn't injured in the least! Dick Foran was another of my favorites. I was so thrilled to be playing opposite him. The song 'I'll Remember April' was a big, big hit. It's still a standard today and if it had come from a

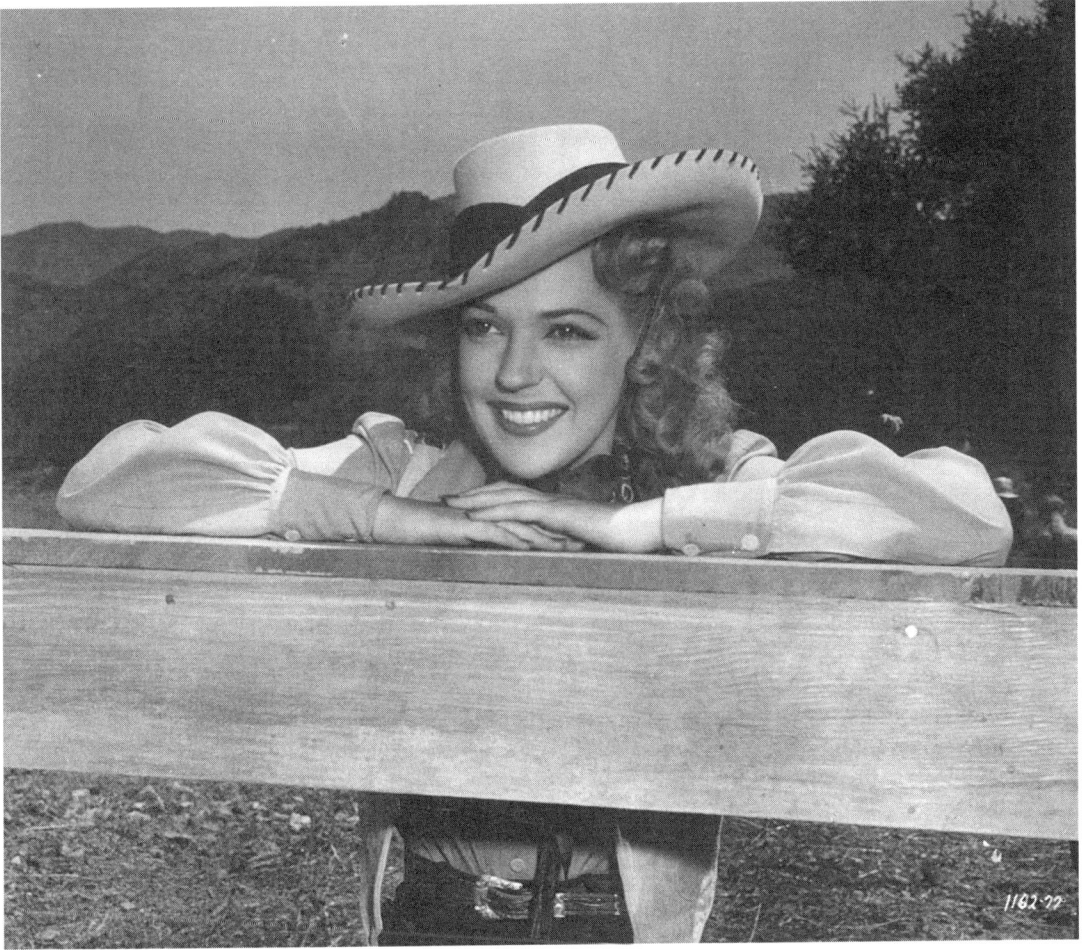

Gorgeous Anne in the Abbott and Costello western comedy, *Ride 'Em Cowboy* (1942).

larger studio's film, it would have gone even further than it did. Universal was like a family — very nice but small when compared to Warners or MGM. We got lots of publicity but not the buildup we could have gotten elsewhere."

Men from Texas was one of Anne's first lead roles in an "A" feature. "The cast was terrific — Bob Stack, still boyishly handsome; Brod Crawford, my favorite leading man; Jackie Cooper, almost grown up. The director, Ray Enright, was another of the good ole boys. He had just finished *The Spoilers* [1942] with John Wayne and Marlene Dietrich and we hoped this one would do as well. Although it didn't, I thought it was a very good film and certainly one of my best."

Sin Town (1942) was set in the oil boom days. "Marlene Dietrich was supposed to be in it, but when she read the script she turned it down. She and Brod Crawford were having a fling at this time. She wanted to work with him but the character she played lost Brod to me until the final reel when he goes back to her and I land Patric Knowles. So, unfortunately, she didn't appear in it. Then Mae West was offered the role and she turned it down for the same reason. Constance Bennett, who was getting a little long in the tooth, didn't have any qualms and played it to the hilt. There was a scene where I have to drive this old-time automobile. I asked the director, 'Where's the starter?' and he had to explain to me about having to crank the engine. It was a fast paced picture and Patric was so hand-some, so charming, but of course married. In those days a wedding ring meant hands off."

Frontier Badmen (1943) was Anne's last western at Universal and she has more fond memories. "Bob Paige, bless him, was always a dear friend of mine. We remained friends for the rest of his life. He was masculine, handsome, but *funny*-looking in that big ten gallon hat they gave him to wear! What's more, he was *afraid* of horses! Unfortunately for Bob, Lon Chaney Jr. (one of my *least* favorite leading men) found out about it and the practical jokes really started. Lon could be quite cruel when it came to joking around. If he had real ammunition, he used it! Lon and Bob almost came to blows over Lon's picking. Bob would get angry, even recently, when thinking about Chaney. But, Robert Paige *did* look funny in that hat and sitting on that horse, especially because we knew he was so uncomfortable." *Frontier Badmen* was Anne's last teaming with Noah Beery Jr. "Pidge, as his friends call him, is such a nice guy. The studio had originally planned for us to be a screen team. We'd already done two other films but this turned out to be our last one together. I did get him at the end of the film, while Bob Paige rode off into the sunset with Diana Barrymore, who in real life he couldn't stand. Diana was always drunk through this picture and the other one we did together, *Ladies Courageous* [1944]."

Leaving Universal in late 1944, after starring in the all-monster smash *House of Frankenstein*, Anne freelanced and later admitted it had been a mistake to leave Universal. "James Craig told me I should obtain my release because his agent would see that I went places like they did for him. Unfortunately, I went places all right—down to Poverty Row! If I'd just waited a year or so, Universal became Universal-International, and only released big budget pictures! I have no regrets, I enjoyed several of the films I made at this time, especially *Panhandle* [1948] with Rod Cameron, who like me, had obtained his release from Universal. Blake Edwards and his partner, John Champion,

wrote it, produced it, and Blake had a sup-porting role in it. It was an action packed picture, filmed in Sepia Tone and perhaps the last really good film I made. I did other pictures, including one of the Kirby Grant Mountie movies, *Call of the Klondike* [1950] and that was good, but *The Blazing Sun* [1950] with Gene Autry was a disappointment to me. It was far from his best, that's for sure."

About *King of the Bullwhip* (1951) with Lash LaRue, Anne can only report, "I did it for the money. Most of it was stock footage. There were quite a few old-timers in it, good people like Jack Holt, Michael Whalen, Den-nis Moore, but it wasn't much of a picture; certainly far below the quality I had experi-enced earlier."

By the 1950's, Anne was down to mak-ing a picture every year or two. She turned to television around this time, including the *Death Valley Days* (1952–1975) series. "I did a couple of those. One was called "Train of Events," costarring Craig Hill, who had been under contract at Fox just before. I later did a *Northwest Passage* [1958–1959] in color [with Keith Larsen], but my family and social life had taken precedence over my career. After I was widowed, I tried to get back into the busi-ness. I did a Head and Shoulders commer-cial, and played Michael Douglas' mother in *Adam at 6 A.M.* The film was way too long. They cut and cut. Most of my part, and *all* of my close-ups were removed."

Long retired and living in the San Fer-nando Valley, Anne was scheduled to attend the 1992 Memphis Film Festival when tragedy struck. She suffered a stroke affecting her right side. "I was paralyzed, couldn't walk, and at first couldn't talk. I have taken a great deal of therapy and now walk and talk. I occa-sionally talk too fast, making my speech sound funny. I have to slow down, because some-times I'm not sure if I can be understood. Strokes are very strange things. I haven't gotten back the use of my right hand, and that, unfortunately, prevents me from sign-ing autographs. I get letters quite often and my daughter has to return them explaining my predicament. I refuse to deface their stills

Lash LaRue's 1951 western, *King of the Bullwhip* (written by Jack Lewis), starred Lash, Anne, Jack Holt, and Tex Cooper as Buffalo Bill.

by signing with my left hand. After all, that's not Anne Gwynne's signature. It just wouldn't be fair." Hopefully, in the not too distant future, Anne will completely recover from her stroke.

Anne Gwynne
Western Filmography

Movies: *Oklahoma Frontier* (1939 Universal)—Johnny Mack Brown; *Bad Man from Red Butte* (1940 Universal)—Johnny Mack Brown; *Man from Montreal* (1940 Universal)—Richard Arlen; *Road Agent* (1941 Universal)—Dick Foran; *Men from Texas* (1942 Universal)—Robert Stack; *Ride 'Em Cowboy* (1942 Universal)—Abbott and Costello, Dick Foran, Johnny Mack Brown; *Sin Town* (1942 Universal)—Broderick Crawford; *Frontier Badmen* (1943 Universal)—Robert Paige; *Panhandle* (1948 Allied Artists)—Rod Cameron; *The Blazing Sun* (1950 Columbia)—Gene Autry; *Call of the Klondike* (1950 Monogram)—Kirby Grant; *King of the Bullwhip* (1951 Western Adventure)—Lash LaRue; *Teenage Monster* (aka *Meteor Monster*) (1958 Howco)—Gil Perkins.

Television: *Death Valley Days:* "Train of Events" (1957); *Northwest Passage:* "Ambush" (1959); *U. S. Marshal:* "Boomerang" (1959).

LOIS HALL

B-Western Beauty

"Speak of the past and look to the future," Lois Hall smiles. Her past? Lois was born August 22, 1926, in Grand Rapids, Michigan, but was brought up in Pengilly, Minnesota. "The population was 300 in the winter and 500 in the summer. It had a one-room schoolhouse, which was the church on Sundays. There was one little store in town; then my dad built a combination store, gas station and post office and we lived upstairs. He was an inventor, an entrepreneur. He was

Lois was undoubtedly one of the classiest ladies to star in B-westerns in the 1940s and 1950s.

in real estate and invented different kinds of plasters, sponge mops, fishing lures and God knows what. As a point of interest, I'm a second cousin of Charles Lindbergh. Mom babysat for him."

What brought the family to California in the 1930s? "The Depression for one thing, my mother's arthritis for another. We didn't know where we were going. We just kind of sold everything and left."

Lois grew up in California and after graduation attended Pasadena Playhouse. "In high school I got into the stage crew. The teacher there, Ruth Burdick, was quite wonderful. She apprenticed under Norman Bel Geddes, actress Barbara Bel Geddes' father, an incredible man. It was through her I got a scholarship to the Playhouse, under set designing. Scholarships there mean you work for them for a year. I worked backstage in the prop department. For that year we got a stipend of $14 a month and were given your tuition. You do a little bit of everything, including acting. The first thing I remember about acting was not knowing upstage from downstage. While I was doing a scene, I heard people laughing and I thought, ohhh. All of a sudden, when the scene was over, I found out they were crying, and I thought — hey, this is good stuff. There was also Gilmore Brown's Play Box which was a theater in the round. I'd worked there and nothing ever happened, but I was sitting in the audience one time — I had naturally blonde hair — a light was skewed and it hit me in the back of the head and was reflected. An agent, Gus Dembling, was in the audience. It just drew his attention to me. I guess he had seen me in some things and he signed me. I was with him for seven years until he died and we never had a contract. As I didn't have a car, I'd go on the bus to interviews and he'd meet me at the bus line and take me onto the set."

Lois' first film was *Every Girl Should Be Married* in 1948 with Cary Grant. As for her initial reaction to being in the movies: "Pure insanity. That was a walk-on for Dore Schary. The band played fanfare as we walked in and Cary Grant clowned around like a waiter. It was just total unreality."

Lois told me at what point she thought she could make a career out of acting. "When it started paying the rent. [*laughs*] I did a few more bits and then for some unknown reason, I got the lead in the infamous *Daughter of the Jungle* [1949] at Republic. I remember George Blair, the director. He was so sweet and so dear ... absolute darling, and very patient.

In her first serial, *Adventures of Sir Galahad* at Columbia in 1949, Lois was the Lady of the Lake. George (later to be Superman) Reeves was Sir Galahad. "On *Galahad*, I remember particularly, there was an accident with the horses and people got hurt. Previously, I'd done a screen test at Paramount, Georgie Reeves did it with me. Georgie, whom I'd known at the Playhouse very well, was sweet and dear and lovely. I'd gone to parties at his little house many times after plays and things. The George I knew wouldn't have committed suicide. But he had some things happen in between and I don't know what that did to his psyche. When I was around him, he was happy-go-lucky, a great cook, just a wonderful guy and he never would have thought about suicide."

Lois started doing westerns about 1949, including three with Johnny Mack Brown. "I feel the same thing everybody else says about him — a true gentleman. And a little distant. He wasn't one to sit around the set. He went back to his dressing room between things. But a very pleasant person."

As for her two-time costar at Monogram, Whip Wilson: "At first I thought he was a little arrogant. It might have been just me, but he seemed to have that thing about him a little bit, more than other people. Because western people, for the most part, are just great. But in retrospect, I am reminded what a dumb thing it is to judge people. Impressions can be misleading. Whip's friend, actor Bill Kennedy, later told me Whip was in awe of actors ... felt like an outsider. Bill knew him better than I."

"Comedian Tommy Farrell was around in the Wilson film where the red ants got me. I had on a whole bunch of skirts and petticoats and apparently was standing on a red ant hill, unbeknownst to me, until they climbed up the petticoat and hit the place where the waist was very tight. There were hooks and eyes all the way up the back of the dress. I let out a yell because they were biting fiercely. The prop men were the first to get there and just sort of ripped the dress apart — hooks and eyes went flying. [*laughs*] It was very embarrassing to have my dress whipped off." [*laughs*]

At Columbia, Lois supported Charles Starrett (The Durango Kid). "He was kind of like Johnny Mack, very gentlemanly when I was around, but a little aloof. Probably because he'd had such a succession of leading ladies and the shoots were so fast. Of the Charlie Starrett films, the thing I remember most is Fred Sears, the director, and his sweetness. A dear, dear man. Just a darling. A pure gentleman. I remember too the combination of Al Wyatt and Jocko Mahoney and the other stuntmen. I have always been fascinated with stuntmen."

In 1952 Lois had the opportunity to work more directly with Jock Mahoney on his *Range Rider* series, filmed by Gene Autry's Flying-A Productions. "They were shooting three at a time. It was one of those situations where you'd look down at your wardrobe to find out who you were. We were going outside to do exteriors. I had a recurrence of childhood rheumatic fever. My knees and ankles started swelling and that was exceedingly painful. I couldn't walk. Eventually I couldn't get into my costume. Red Morgan,

A rare candid shot of Lois and costar Whip Wilson.

the stunt man, would kind of lug me around and prop me up. They'd have a double do the walking and the long shots. I went directly after the last day of filming to the hospital and was there for seven weeks. I remember very distinctly the director saying he would never use me again because I had back trouble. [*laughs*] But Jocko and Dickie were as much fun off the set as they were on — it was a blast. They were fun and funny. Joking and playing tricks and hanging out with the wranglers, the crew and the cast. It was just a tight, fun family. I had a wonderful time doing those. Loved them."

Every western lady seems to have a horse story and Lois is no exception. "When I'd go into a western, instead of going to the wrangler and saying, 'Oh, I know how to ride.' I'd say, 'I don't know how to ride very well, could you give me a really smart horse, who knows what he's doing?' They'd give me great horses. Always. Really helped. I did work out with a guy who had taught circus riders. Polly Burson doubled me in some films."

Lois was never injured on a film, actually the opposite is true. "I was supposed to shoot John Dehner in the hand and I kept pulling the gun down, up, sideways, to avoid hurting him. The director really got mad! He said, 'No. Just shoot at his hand. You won't hurt him, there's just blanks in there.' I still pulled a few times and he *really* got mad.

Then John said, 'Oh go ahead, shoot at my hand.' I did and it filled his hand full of powder and off to the hospital he went. I felt horrible! Later, I think I was feeling so bad, that *he* was being comforting to *me*."

Pirates of the High Seas, Columbia's 15 chapter 1950 unofficial serial sequel to their 1947 *Sea Hound*, both with Buster Crabbe, gave Lois a chance to work with a childhood hero. "I was really quite thrilled because when I was a kid in Minnesota they had a theater in the next town. We used to go to matinees. Buster Crabbe was one of the Tarzans at the time. So for me to be playing opposite him, when he had been the thrill of my childhood... Of course, I had to say the obvious thing, 'You were so wonderful as Tarzan. I used to see you when I was a kid.' Which didn't set too well. He just smiled and moved on. He was still a great looking man and a good swimmer, which I was not. Even though my press releases all say champion swimmer, I was never a swimmer because I sunburned too badly."

Lois worked in several B-westerns with Myron Healey, including *Colorado Ambush* (1951) which Healey also scripted. Lois remembers Myron as "just a love, apparently a little bit smitten. So he was hinting around for a date and asked me if I'd go to lunch with him. I was completely putting him on. I said, 'Yeah, let's go to the Derby because they have hummingbird sandwiches there.' [*laughs*]. He said, 'Oh no, that's out of my league.' We became very good friends. As a matter of fact, there were rumors around there was something going on between us, because when he wrote scripts, for a while he would say 'the Lois Hall type,' for the leading ladies. He's a real dear."

At last, moving away from six-day westerns, Lois costarred in RKO's bigger budgeted *Slaughter Trail* (1951). "The star, Gig Young, was also a cousin of mine. My aunt had been a babysitter for him. He was fascinated when I said we were related. We started figuring out how, spent a lot of time talking about Minnesota. As sweet as anything. One of the other people I remember from that shoot was

Terry Gilkyson who did the hit calypso song, 'Marianne.' He had done the songs for this film and was in it. All my life I had wanted to sing. It was always an 'everybody sing but Lois' kind of thing. [*laughs*] So to sing in *Slaughter Trail* was just great."

Originally Howard DaSilva played the lead in *Slaughter Trail*, but after he was accused of Communist Party affiliations during the McCarthy hearings, RKO studio head Howard Hughes had all his scenes reshot with Brian Donlevy. "I came into it after they rejuggled. There really wasn't much buzz left on the set. Apparently they'd done a lot of long shots and outdoor stuff first. I think they used some of the DaSilva long shots. They just had to be careful he wasn't recognizable."

Early 1950s live television was a learning ground for most actors. There were often incidents when actors would forget or blow their dialogue. Lois recalled, "On the soap opera, *One Man's Family*, somebody else went up. I turned to them and said, 'Well, I should think you could think of something better than that to say. And it brought them right back." [*laughs*]

In the 1950s color TV *The Cisco Kid* series, Lois finally broke her leading lady mold and got to play a villainess. "I really enjoyed playing heavies. Leo Carrillo [who was Cisco's sidekick Pancho] was a sweetie pie and just old shoe. Really a neat guy. In some westerns when we went on location, working hard and fast, there wasn't time to get shampooed properly. They used to dry clean my hair, which means they just poured dry cleaning fluid over your head. That was a fascinating thing! [*laughs*] We do suffer for our art!"

At one point our B-western beauty did a western pilot with Richard Arlen, *Rawhide Riley*, which never sold. "We did six of them in Arizona. Dick was a very much go out with the boys kind of person. Hang out with the fellows."

About this time Lois met her husband, Maury, and entered into the Baha'i one-world faith. "I met Maury in 1948. I had a crush on him. Eventually, at the very end of 1952, he proposed and I was glad he did because if

The Durango Kid (Charles Starrett) protects Lois Hall and Tommy Ivo in *Horsemen of the Sierras* (1949).

he hadn't, I would have. We were married on January 31, 1953. I was still working quite a lot. It wasn't until 1957 that I got out of the film industry. *One Man's Family* went off the air, my agent died, and I was pregnant; convergence of those three things. We lived in Arizona, then Hawaii and came back to the mainland in 1967. I almost immediately got pregnant. Later I decided to see what film work was available. I found there was not a lot out there. Too many really good people stayed in and kept in contact. The first thing I did when I got back was *Deadly Intrigue* with Keenan Wynn."

Since widowed, Lois continues to work when she can, primarily in commercials. A loving, caring, interested lady, Lois asserts her values in life are "strong work ethic, honesty and justice. Understanding every person is a noble being. It doesn't really matter what people do for a living, it they do it as a service to humanity."

Lois Hall
Western Filmography

Movies: *Roaring Westward* (1949 Monogram)—Jimmy Wakely; *Horsemen of the Sierras* (1949 Columbia)—Charles Starrett; *Texas Dynamo* (1950 Columbia)—Charles Starrett; *Cherokee Uprising* (1950 Monogram)—Whip Wilson; *Frontier Outpost* (1950 Columbia)—Charles Starrett; *Colorado Ambush* (1951 Monogram)—Johnny Mack Brown; *Slaughter Trail* (1951 RKO)—Brian Donlevy; *Blazing Bullets* (1951 Monogram)—Johnny Mack Brown; *Texas City* (1952

Monogram) — Johnny Mack Brown; *Night Raiders* (1952 Monogram) — Whip Wilson; *Seven Brides for Seven Brothers* (1954 MGM) — Howard Keel.

Television: *Wild Bill Hickok:* "Dog Collar Story" (1951); *Kit Carson:* "Danger Hill" (1952); *The Lone Ranger:* "Outlaw Underground" (1952); *The Range Rider:* "Fatal Bullet" (1952); *The Range Rider:* "Fight Town" (1952); *The Range Rider:* "Blind Trail" (1952); *The Cisco Kid:* "Vigilante Story" (1952); *The Cisco Kid:* "Sleeping Gas" (1952); *The Lone Ranger:* "Embezzler's Harvest" (1953); *The Range Rider:* "Let 'er Buck" (1953); *The Range Rider:* "Gold Fever" (1953); *The Range Rider:* "Law of the Frontier" (1953); *The Cisco Kid:* "Quicksilver Murder" (1953); *Annie Oakley:* "Hard Luck Ranch" (1955); *Rawhide Kelly:* six unsold episodes (1958); *Little House on the Prairie:* "By the Bear That Bit Me" (Part One and Two) (1981); *Little House on the Prairie:* "Look Back to Yesterday" (1983).

KAY HUGHES

Four Year Wonder

I have always believed Kay Hughes could have been one of Republic's brightest leading ladies — if she'd stuck to it. As it was, her star shone in two Republic serials (and one at Universal) and in a handful of B-westerns.

Kay was born in Los Angeles in 1914. "My father thought California was God's country, which it is, and the streets were paved with gold. He's from Ohio. My sisters were born in Ohio. When he was first married, he brought his wife out here. I was born, then we went back when I was a year old. His mother was still alive and he wanted to stay near her as long as she lived. When she died, we came back. I was nine. I always wanted to be an actress or a dancer. I couldn't dance because I got a terrible infection when I was in Ohio when I was six years old. It was during the first World War, and they were dying like flies. I did survive, but they took out a piece of my rib and drained a lot of stuff out of me. When I was 17 in Los Angeles, it came back. They had to operate again and take pieces of six ribs out. So I couldn't continue with my dancing. But, I went on an interview with a girlfriend of mine. We were friends and danced together. We went on an interview for a musical, *Broadway Melody of 1936.* I got it and she didn't. I felt badly. So, I did dance in my first movie, but it was so hard on me." That film was in 1935 with Jack Benny and Robert Taylor. "Taylor was the most beautiful man I'd ever seen. I saw him at Arrowhead several times when he was married to Barbara Stanwyck."

About the same time, the actress who became Carol Hughes was using the nom de plume 'Kay Hughes,' and their credits in the mid–1930s are often confused by film chronologists who have not seen all their films or shorts. "I never did the Stooges or Andy Clyde shorts. That was another 'Kay Hughes.'

The late Kay Hughes in the Republic serial, *Vigilantes Are Coming* (1936).

They made her change her name because it wasn't her real name. She changed it back to Carol Hughes. The first speaking role I had was *After the Dance* [1935 with Nancy Carroll]. Then, Warner Baxter, whom I just loved, was doing a picture, *Robin Hood of El Dorado* [1936]. I got the third lead in that. I went on location to Sonora, California. I was engaged to actor Eric Linden, but I met my husband up there. He was a still photographer, one of the best in Hollywood, under contract to MGM. We were married for about ten years — and then I was divorced. I was sad, didn't stick it out."

Speaking of marriage, Kay recalls, "I had a girlfriend also named Kay, who wanted to go on the set with me at Universal, so I took her. She was the same height as I and had the same coloring, so they hired her as one of my doubles. She did some of those car shots coming down Laurel Canyon and Coldwater Canyon. She met her husband there, Tom Steele, a wonderful stuntman. They've been friends of mine for a hundred years. He broke his back in one of the stunts he did in recent years. He was at it for a long time." (Steele died November 4, 1991, at age 81.)

Kay never had problems with 'male advances,' except from director Bill Wellman on *Robin Hood of El Dorado*. "Yeah, Wild Bill. He came to my cabin the night before my big scene was to be shot and scared me to death. He sat down on the bed with me. In these cabins, all there was, was the bed. [*laughs*] I kept moving over and he kept moving over and finally, he looked at me and said, 'Are you a virgin?' I said, 'Yes,' and he left me alone. He left. I saw him later several times around Hollywood and he was always so respectful to me, so nice. But I just hate to tell stories on people. The only time anybody's… Oh, and an agent, one time, made some passes at me."

Going from a major studio such as MGM to a more modest studio, Republic, did not bother Kay. She says she felt like "a big fish in a little pond. Everybody was so respectful and concerned. If the grips were talking and telling shady stories they would stop when I came in the room. It was really a pleasure to work there."

"All the agents get after you when you first start out and you're a new starlet. An agent got hold of me, signed me at Republic and I did one picture after another." Among them was the *Vigilantes Are Coming* serial in 1936 ("I got dirty all over making that!") and two 3 Mesquiteers films, all with Bob Livingston. "He was wonderful. We were very, very good friends." Kay says she never felt at the time that Livingston didn't want to be a "cowboy" actor as has been written.

Kay was Gene Autry's leading lady twice in 1936, in *Ride, Ranger, Ride* and *The Big Show*. Actually, she was scheduled to do one prior to those. "There was another I didn't even do. I don't remember the name of it, but we were up in Newhall. [Most likely *Oh, Susanna!* as Kay was only under contract from June to December of 1936.] They asked me if I could ride and I said sure. I'd been on a horse, but only in a riding stable. I think it was the first scene I did. They put me on this horse with a bunch of cowboys and we had to run into camera range and stop abruptly in a ditch. Everybody stopped but me! I went over the horse's head and hurt my arm and back. I still have a scar on my elbow. I had to go home, so I didn't do my first Gene Autry. Also, at the same time, the bus went off the road and overturned. Several members of the cast were injured. We all went back together to the studio. I remember Al Teeter was on the bus going back. He was one of the crew and wrote songs. I still have some of the songs he wrote. He never did publish them. I think he went to Disney later on."

As for Gene himself, Kay recalls, "We were coming back from location in the limo and Gene was singing to me. I thought, 'Oh, dear, do I have to listen to this?' At the time I didn't think he had a very good voice. Now, I realize he's a wonderful singer, I really do. But at the time, you know, he was just singing. He wasn't trying to make a pass, he was just singing."

Kay was Gene's fourth leading lady to

Kay and comedy sidekick Guinn "Big Boy" Williams in *Vigilantes Are Coming*. Big, as he was usually called by his friends, starred in a short-lived series of B-westerns just a year or so before this serial when he turned to sidekick and character roles.

give him an on-screen kiss. Although it was her first screen kiss, she says she was not nervous, "It was just another scene. There's so many people around, you just do it and don't think anything of it. But there was something funny about that scene. It was at the end of the picture. I was sitting on a rock. He was supposed to pull me up and we were supposed to kiss. He didn't pull me up, so I pushed myself up with my hands. I had to push myself up to kiss him! But they didn't do another, just one take and that was it."

After only six months at Republic, Kay made a change. "My agent never had helped me. I wanted to do other things besides westerns. He had Deanna Durbin over at Univer-

sal and he told me he could get *me* at Universal. Then, I wanted to go back east to see my uncle who was very sick. I was afraid he was going to die. Republic wouldn't let me go, so I broke my contract and went to Universal. But my agent didn't do anything for me at Universal. I got all the parts on my own." It was here her name changed to Catherine Hughes. "My name is really Catherine, Kay is a nickname. I shouldn't have changed it on screen." Kay agrees she'd already built a following as Kay Hughes. "I thought I was going to go on to bigger and better things, so I thought I should use Catherine instead of Kay, which was very stupid. But, you do dumb things when you're young."

Gene Autry often sang to Kay coming back from location. Here, he sings to her on film in *Ride, Ranger, Ride* (1936).

Unfortunately, Universal put "Catherine" right back where she had been! "Yeah, right back into a serial, *Radio Patrol* [1937], although I loved that serial. It was fun dressing as a boy. I remember the little boy [Mickey Rentschler] was always grabbing me and pestering me. He was a nuisance. Then, I did a couple of B-pictures including *Trouble at Midnight* [1938] with Noah Beery Jr. I liked him very much. You tend to kind of fall in love with your leading man. Not all the time, but you have a special feeling for them. I stopped and got married after Universal and had a baby in 1940."

Kay has no recollections of making *Riders of the Badlands* with Charles Starrett and Russell Hayden at Columbia, released in 1941. The film very likely was made in 1940 when

Kay was pregnant and released in 1941. There's an old adage, "A woman is never more beautiful than when she's expecting a child," and Kay is at her loveliest in *Riders*.

She made a minor comeback in 1945 at PRC with Buster Crabbe, and in Tex Ritter/ Dave O'Brien B-pictures. "They wanted me to go back. I tried but it wasn't the same. I decided to stay home and be with my daughter. Tex Ritter was charming but Dave O'Brien was my favorite. I was always crazy about him. But he was married to my girlfriend, Dorothy Short. She and I did modeling together." (Dorothy Short married O'Brien in 1936. They were wed 15 years when the marriage went sour and ended up in a bitter court custody battle. Short made a dozen westerns with Hopalong Cassidy, Tim McCoy, Ken

Maynard, Bill Elliott and others, including O'Brien's *Captain Midnight* serial.)

"I stayed home and took care of my daughter. I divorced and remarried in 1947. My husband moved me to St. Louis, Missouri, then Tulsa, Oklahoma. I was 50 when my husband died in 1964 and I remarried a year later. That husband traveled a lot. We sold the house, put the furniture in storage and I spent years traveling with him and living in motels and hotels; that was very interesting. Then we went to Reno, Nevada, and got a furnished apartment until we could get our things out of storage. In the meantime, he got sick and passed away. So there I was, stuck in Reno in a rented apartment all by myself. But the Lord took care of me. My sister, Lois, called and said she wanted me to come down here and live near her [Desert Hot Springs, California]. Now I'm 83, I still drive, I live alone and I count my blessings."

Sadly, less than a year after this interview, Kay died April 4, 1998. She was 84.

Kay Hughes
Western Filmography

Movies: *Robin Hood of El Dorado* (1936 MGM)—Warner Baxter; *The Three Mesquiteers* (1936 Republic)—3 Mesquiteers; *Ride, Ranger, Ride* (1936 Republic)—Gene Autry; *The Big Show* (1937 Republic)—Gene Autry; *Ghost Town Gold* (1937 Republic)—3 Mesquiteers; *Trouble at Midnight* (1938 Universal)—Noah Beery Jr.; *Riders of the Badlands* (1941 Columbia)—Charles Starrett/Russell Hayden; *Enemy of the Law* (1945 PRC)—Tex Ritter/Dave O'Brien; *Fighting Bill Carson* (1945 PRC)—Buster Crabbe.

Serials: *Vigilantes Are Coming* (1936 Republic)—Robert Livingston.

MARSHA HUNT

Zane Grey's Lady

Beautiful, glamorous Marsha Hunt (born October 17, 1912) has completed a new book, a coffee-table-size tome, *The Way We Wore*. "I call it a tripod, it's part fashion, part nostalgia and part Hollywood. It emphasizes the 1930s and 1940s."

It was in that earlier decade Marsha appeared in several westerns for Paramount based on writer Zane Grey's novels—all released in 1936. "That was so long ago. I was a New York kid and to be put in westerns was sort of startling to me. I sort of said to the stu-

dio, 'Why me?' They said, 'Marsha, you're a tall girl, you'll look tall in the saddle against the skyline.' [*laughs*] I do remember *Desert Gold* [1936] with Tom Keene, the first of my westerns, was shot in the valley at Chatsworth. At the time, it was a primitive area, not overgrown with buildings and condos. I can recall some of the supporting cast—Monte Blue, Syd Saylor—but the plot is a blur. Bob Cummings, who was also in my very first picture, was marvelous. It was a fun picture. Bob played a comic role—a tenderfoot English-

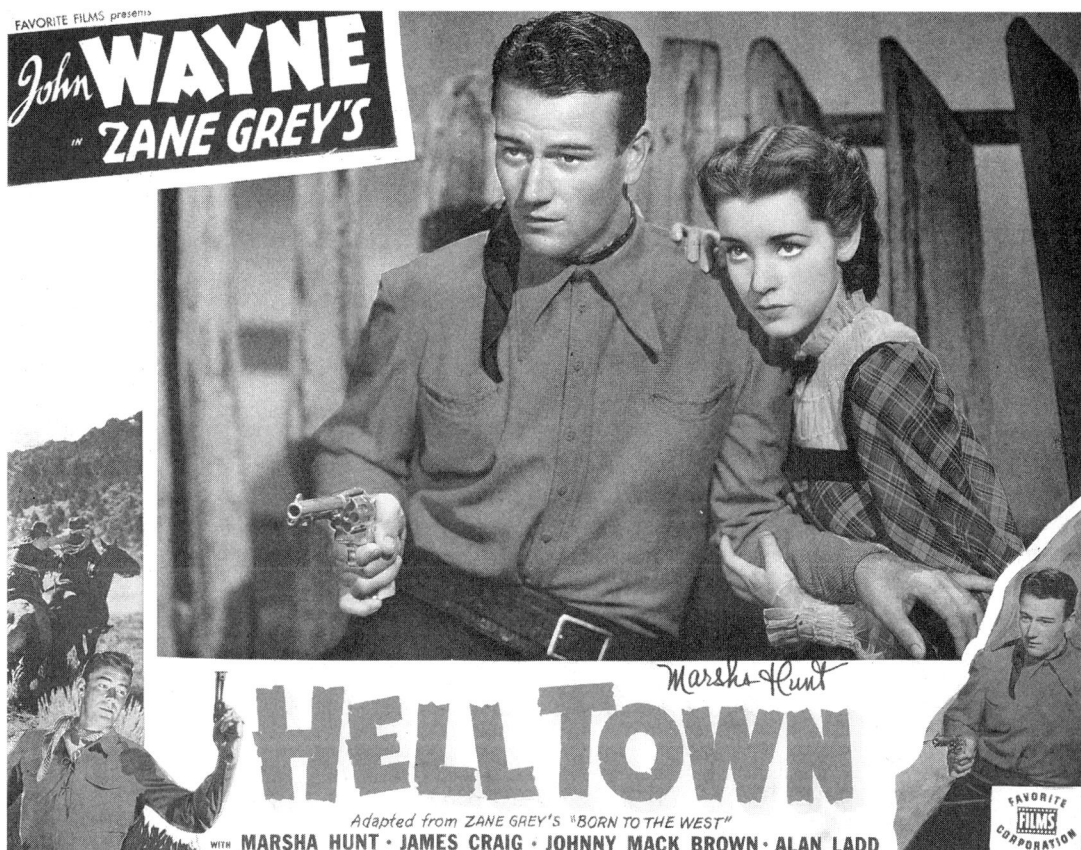

FAVORITE FILMS presents
John **WAYNE**
IN
ZANE GREY'S

Marsha Hunt

HELL TOWN

Adapted from ZANE GREY'S "BORN TO THE WEST"
WITH **MARSHA HUNT · JAMES CRAIG · JOHNNY MACK BROWN · ALAN LADD**

FAVORITE FILMS CORPORATION

"A likable big lug" is how Marsha Hunt refers to John Wayne, her costar in *Born to the West* (1937) (re-released as *Hell Town*).

man, very awkward. We remained lifelong friends. I recall his great versatility. He was a fine dramatic actor although when he got into TV, he was primarily thought of for comedy only. Buster Crabbe impressed me that a swimmer could act that well. He was a very nice fellow, but the studio couldn't decide what to call him. Larry or Buster or Larry Buster. Some of my stills have it two different ways — on the same picture!"

"They asked me if I knew how to ride and I said 'kind of.' They said, 'How do you ride?' and I said, 'Not very well.' They said, 'No, no! We mean do you ride English or western?' [*gulps*] and I didn't know there was a difference. So when we went into it, I learned I'd first ridden English — you post, you get your own body rhythm — but when you ride western you get your teeth shaken

loose. You sit the saddle. And I didn't know about the pommel, it's a whole different saddle. So they took me out from Paramount to 'the Valley,' which was wasteland in the 1930s. They took me to a little stable — I now live about a half a mile from where that stable was — and I unlearned my English posting way of riding and learned to sit the saddle and be shaken to bits."

"Tom Keene was my hero in that first western, *Desert Gold*. Tom rescued me out of an upper story window onto his horse and we galloped away. We galloped so far that in the script it had us going down a mountainside. I was riding sidesaddle in front of Tom. I had one leg between Tom and the pommel and the other leg between the pommel and the horse's neck, which would have been all right except the horse was blinded by the night

Buster Crabbe, Don Rowan, Marsha, Grant Withers in Zane Grey's *Arizona Raiders* (1936).

lights and did a lot of rearing. Every time he reared, my leg was squeezed like an accordion. It was not comfortable. We had to plunge straight down an extremely steep hill with the horse pretty well blinded by the lights. And the rocks were loose. It was maybe the scariest experience of my life. And when we got the shot, the director, Jim Hogan — wonderful hard drinking, hard bitten old Irishman — came rushing up to the horse and grabbed me to help me off, and said, 'Promise me you'll never let anyone put you through anything like that again. You realize you could have been killed?' *Then* he told me — after he'd gotten the shot!

"Tom Keene was a lovely man. George Duryea was his real name — he'd used that in silents. We hadn't seen each other in years when I noticed a play at the Carthay Circle Theatre. The stage manager's name was George Duryea.

I checked and it was him! I saw Tom just before he died at the Motion Picture Country Hospital. He had really wasted away to skin and bones, eaten up with cancer. He died only two or three weeks later. I hesitated about it, but decided to go on and bring some old stills from *Desert Gold* to show him in the hospital. Fortunately, it worked out all right. He called the nurses to come and see what he looked like when he was young and healthy and, of course, he was so good looking."

Also in the cast of *Desert Gold* was Leif Erickson: "We worked together first in *College Holiday* [1936]. We sang to each other. He had a big, burly baritone voice that was unfortunately seldom used in pictures. It was a beautiful voice. I'd forgotten how good he was until I got a video of the film recently. When we worked together he was falling in love with Frances Farmer, so there was never

In the 1930s and 1940s Marsha appeared in a score of drawing room dramas, including *Unholy Partners* in 1941 with Edward Arnold and soon-to-be Warner Bros. TV executive, William T. Orr.

any romantic thing between us. He should have been treated better by Hollywood."

Regarding *Born to the West* (1937) (re-released as *Hell Town*) with John Wayne, "I noticed Alan Ladd had a bit part when I saw it recently. As to John Wayne, he was just a likable big lug. Nothing at all extraordinary. He was the first to say he was no actor. In those days, he wasn't into politics. None of us were. I don't think we became aware, politically, until World War II. *Born to the West* I recall as being pretty nice, not extra special. But don't ever let me be the judge. I do think it was well made."

"I did six pictures a year for two years at Paramount, then sat around the third year,

finally being loaned to RKO for a picture with James Ellison, *Annapolis Salute* [1937]. We really ground them out in those days."

In 1960 Marsha returned to westerns for *The Plunderers* with Jeff Chandler. "The story setting was period but it wasn't a cowboy and Indian type of thing. I loved Dolores Hart. We became great friends and still correspond from time to time. She's a mother superior now! I was so fond of Jeff Chandler who passed away shortly thereafter. It was such a loss when he died. The two of us had previously done a remarkable play, *The Rivalry*, about the Lincoln-Douglas debates. Norman Corwin, the best writer in radio, went through old records and added details. He produced a great play.

Phillip Pine played Douglas, I was Mrs. Douglas. Jeff Chandler was Lincoln. It toured all over California, but when it went to Broadway, Richard Boone (remember him from *Have Gun—Will Travel?*) played Lincoln."

The Chicago born actress' entrance into pictures was rather unique. "I literally used child psychology to get into pictures. Two photographers I'd worked for told me to use 'child psychology.' Tell someone they can't have something, they immediately want, even demand, it. So, it was arranged that I, a New York fashion model, was on vacation in Los Angeles, but I was not, certainly *not,* available for film work. Well, it worked, and I signed with Paramount! A truly different way to get into the film business."

Marsha Hunt
Western Filmography

Movies: *Desert Gold* (1936 Paramount)— Buster Crabbe/Tom Keene; *Arizona Raiders* (1936 Paramount)— Buster Crabbe; *Born to the West* [Retitled: *Hell Town*] (1937 Paramount)—John Wayne; *Thunder Trail* (1937 Paramount)—Gilbert Roland; *The Plunderers* (1960 Allied Artists)—Jeff Chandler.

Television: *Zane Grey Theatre:* "Let the Man Die" (1958); *Zane Grey Theatre:* "Checkmate" (1959); *Laramie:* "Circle of Fire" (1959); *Zane Grey Theatre:* "Man from Yesterday" (1960); *Americans:* "Inquisitors" (1961); *Gunsmoke:* "Glory and the Mud" (1964).

EILENE JANSSEN

Rough Ridin' Kid

In the late 1940s, Republic announced a nationwide search for two youngsters to portray a "junior Roy and Dale" in their own series, *The Rough Ridin' Kids.* After two years, they signed 13-year-old Michael Chapin to play "Red," and as "Judy," 11-year-old Eilene Janssen. Born May 25, 1938, in Los Angeles, the multi-talented Eilene had already been in pictures for a decade.

"My father worked at Universal for 47 years. He was a sound mixer, but not when he started back in the silent days of the Carl Laemmle regime. In the late 1930s, Baby Sandy, who literally *was* a baby, had her own series of "B" pictures at Universal. When Baby Sandy balked at doing something, my father

stepped in and said, 'Eilene can do that!' So, I debuted in 1940s *Sandy Gets Her Man.* You can easily spot me in several scenes, particularly the one where Sandy is lowered out of a second story window in a basket to the ground."

But this was not Eilene's first public appearance. "When I was 8 months old, mother took me to the doctor for a routine checkup. A photographer saw us and said I should be entered in the Adhor Milk contest—where the prettiest baby's photo appears on the side of their milk trucks. Mother took me, and I won!"

Long before her western days, Eilene was exposed to animals. "My grandfather, a

WILD HORSE AMBUSH

Starring The Rough Ridin' Kids
MICHAEL CHAPIN AND EILENE JANSSEN
as "RED"   as "JUDY"

with JAMES BELL · RICHARD AVONDE · ROY BARCROFT
Written by WILLIAM LIVELY · Associate Producer RUDY RALSTON
Directed by FRED C. BRANNON

A REPUBLIC PRODUCTION
REPUBLIC PICTURES CORPORATION — HERBERT J. YATES, PRESIDENT

Republic tried to make a "junior Roy and Dale" out of Eilene Janssen and Michael Chapin. Unfortunately, *The Rough Ridin' Kids* series only lasted four films.

Hungarian, owned a dairy ranch and I had several animals as pets. I learned equestrian riding at an early age, 18 months! When we did the series, Republic took Michael and I out to Ace Hudkins' three or four times a week to learn to ride for the movies — which was different. We had to learn to gallop, pull up fast and get off, how to hold the reins, do chase scenes, do stunt riding. Ace had a stable and rented horses to the movies."

In many of her movies Eilene not only acted, but sang, danced and occasionally played the marimba. "I took lessons at a very early age. I often played military bases during the war, with my marimba. I was only five or six but I would go down to the harbor and greet the ships and do my little act. Of course, at the time, I had a miniature-size instrument, about a quarter the size of a real marimba."

In 1944, Eilene was crowned "Little Miss America." "As a result, I toured New York, stayed in the Waldorf Astoria Hotel, and was treated like a princess! At age 6, I won the *Los Angeles Herald-Examiner*'s Better Baby Contest. I received Army, Navy and Treasury Department citations for my USO tours. I got a lot of publicity. Bob Hope even wrote in his then newspaper column that I was the youngest child to get a Social Security card."

After numerous appearances in films such as *Where Are Your Children* (1946) and *Song of Love* (1947), at the tail-end of Republic's interviews to cast the Rough Ridin' Kids, she went in and answered some questions.

Badman William Haade has captured the Rough Ridin' Kids, Eilene Janssen and Michael Chapin, in *Buckaroo Sheriff of Texas* **(1951).**

"Rudy Ralston — Vera Hruba Ralston's brother and producer of the films, announced, 'That's our Judy!' The publicity buildup for the series was phenomenal. We were introduced to the press at a place in Encino called 'Buckaroo Town,' a small western village that was a play resort for kids. Around four in the afternoon Michael and I went there, met a group of orphans and signed autographs with many of Republic's big western stars — Monte Hale, Rex Allen and Allan Lane. Michael and I had our costumes made at Nudie's and we rode in parades, like junior versions of Roy Rogers and Dale Evans. We rode in the Pasadena rose parade, the Hollywood Christmas parade, the Shriners' parade, football games and at premieres. Roy and Dale became friends and they would have me out to their ranch in the valley. They also gave me presents from time to time. We were supposed to be 'young Roy and Dale.' Jimmie Fidler, the columnist, came up with the idea. As for school, we'd do a scene, run and get five minutes of schooling, dash behind some rocks, get 15 more minutes of school, that sort of thing. We'd arrive at the studio at six in the morning, have hot chocolate and donuts, rehearse our lines and go to school, unless it was time to shoot a scene. It was all such fun! I had fan clubs all over Hollywood — little girls' clubs — and I'd make personal appearances."

Questioned about her costars, Eilene has fond memories. Roy Barcroft: "He was always a bad guy, big and gruff, but in real life, he was a sweet, nice man with a heart of gold!" James Bell: "He was adorable. We worked together a lot after the series. He even played my dad in a couple of TV shows." Costar Michael Chapin: "A good friend. Our moth-

**Margaret Field, Danny Morton and James Bell seem to be eliciting a promise from the Rough Ridin'
Kids—Michael Chapin and Eilene Janssen—in *The Dakota Kid* (1951). Morton played reformed
outlaw, the Dakota Kid. James Bell was Sheriff Tom "Grandpa" White in all four *Rough Ridin' Kids*
films.**

ers became fast friends. I knew his sister
Lauren Chapin [of *Father Knows Best*], but
she was younger. When I did a *Father Knows
Best*, I played Betty's [Elinor Donahue]
friend."

In the kids' *Buckaroo Sheriff of Texas*
(1951), Hugh O'Brian and Alice Kelley had
the grown-up leads. "Hugh was just starting
when he did that. I didn't get to know him,
and he didn't have me on a *Wyatt Earp* either.
I ran into Alice Kelley at a mall a couple of
years ago. She looked exactly the same and I
told her so. She told me, except for the missing pigtails, I also looked the same. Another
person who looks the same is Danny Morton.
He played the Dakota Kid, a scary outlaw to
me then, but he reforms at the end. He's a
truly nice, nice guy."

Eilene Janssen continued to appear in
westerns on TV. "I did a *Rifleman* with Chuck
Connors, and a *Sugarfoot* with Will Hutchins.
Will was really a nice, tall, lanky, good-looking guy. These men were older than me, so we
never went out. There were only two actors I
dated. One was Gary Gray—a childhood
friend. We also did a short at Warners called
It Happened in Springfield and a feature at Fox,
Rendezvous 24. Ironically, Gary had won the
same Adhor Milk contest two years earlier
than me. We were both heavily photographed
children, appearing [separately] on calendars
and even the cover of *Woman's Home Com-
panion*. I saw Gary recently and he looks great!
He's still a handsome guy. The other actor was
Tab Hunter, but that was only publicity. I
recall Michael Landon at the beginning of his

career. We did a *Tales of Wells Fargo* [1957–1962]. I remember Michael put peanuts in his Coca-Cola! He had a bit on the show — it was one of the first things he ever did."

About Hopalong Cassidy (*Borrowed Trouble* [1948]): "I just remember I knew my part — everything went fine and I got called back for other work."

About her Gene Autry TVer: "He was extremely nice to me and my mother. We'd go out to Pioneertown [above Palm Springs] and shoot shows there."

Eilene's career lasted over 25 years. "I was the Weber Bread Girl [called Holsum and other names around the country]. My picture was on the side of their bread for years! Tom Kelly, a famous photographer, would take lots of pictures between movies. Magazine covers, billboards. I was on Challenge Butter's billboard. I was on Dolly Madison's cupcakes and Heinz 57 pickles. At one time I was the most photographed child in Hollywood. When I was a teenager, I landed the role of Donald O'Connor's girlfriend on the *Texaco Star Theater* [1948–1957]. I did three of the shows but was only 16 at the time. That year, at the Debutante Star Ball, I represented CBS and Donald O'Connor was my escort at the Cocoanut Grove. He is a terrific and talented

guy. While on the lots at various studios, I'd see Monte Hale or Rex Allen at Republic, or Katharine Hepburn and Clark Gable at Metro — I'd see them in makeup, wardrobe, or at the commissary for lunch. All the stars — they were like 'gods.' And they would always say 'Hello' to me! I am grateful for all the good times. I enjoyed it. It was a barrel of fun!" Today Eilene is married, mother of five daughters and a grandmother of five.

Eilene Janssen
Western Filmography

Movies: *Renegades* (1946 Columbia) — Willard Parker; *Borrowed Trouble* (1948 United Artists) — William Boyd; *Arizona Manhunt* (1951 Republic) — Rough Ridin' Kids; *Buckaroo Sheriff of Texas* (1951 Republic) — Rough Ridin' Kids; *The Dakota Kid* (1951 Republic) — Rough Ridin' Kids; *Wild Horse Ambush* (1952 Republic) — Rough Ridin' Kids; *Escape from Red Rock* (1958 Regal) — Brian Donlevy.

Television: *Gene Autry:* "T.N.T." (1950); *The Range Rider:* "Romeo Goes West" (1952); *Gene Autry:* "Ghost Mountain" (1953); *Tales of Wells Fargo:* "Shotgun Messenger" (1957); *Tales of Wells Fargo:* "The Kid" (1957); *Sugarfoot:* "Mule Team" (1958).

Anna Lee

From England with Love

Blonde, beautiful, British Anna Lee was born January 2, 1913, in the Ightham Rectory. Ightham is a little village in Kent, England. "The nearest town of any size was Seven

Oaks. In those days, you didn't go to a hospital to have your baby. My father had the rectory; I was born in my mother's bed."

"I was not a star over here — I was a star

in England, but in America, I am a working actress. My career here is due to Adolf Hitler! My husband, director Robert Stevenson, and our children were on holiday in the States in September of 1939 when Hitler invaded Poland and England jumped into it, starting World War II. I was stuck over here. [*laughs*] There was a rule, a woman with children could not return. I wanted to go back, because my other family and home were there, plus I was under contract to a studio and owed them some pictures. Naturally, this was voided as a result."

Because she was in the United States, Anna Lee decided to return to work, beginning in 1940s *Seven Sinners* with Marlene Dietrich and John Wayne. "Marlene didn't want a blonde in the picture, other than herself. So it was the first time I had to rinse my hair. John Wayne was a lovely man, what I would call a typical American — very nice, very modest. His stature as a star never came up, although we worked together many times over the years. On our first encounter, we were engaged in conversation and he asked me if I was a Republican. Since I was new to this country, I thought he was asking if I was a publican, which is a person who keeps a public house for drinking beer. I told him I was not a publican, but that I did enjoy beer. [*laughs*] That really confused him! When he made himself clear, I said I was a conservative Churchillian!" [*laughs*]

After landing a plum role opposite Ronald Colman in *My Life with Caroline* (1941) ("They billed me as 'introducing Anna Lee.' So much for all the British pictures."), she was cast in the 1941 best picture Oscar–winner, *How Green Was My Valley* (1941) directed by John Ford. "My character was called Bronwyn, and Maureen O'Hara, who has become a lifelong friend, named her daughter Bronwyn. I still see Maureen on occasion."

During the war, Lee worked consistently in such pictures as *Commandos Strike at Dawn* (1943) and *Flying Tigers* (1942). "I tried every way I could to go home — joining the USO — but they sent me to the Persian Gulf, not to England!"

English actress Anna Lee became part of director John Ford's stock company of players.

It was after the war when Anna landed her first westerns, and with the master director himself, John Ford, who was godfather to her three sons. "I was cast in *Fort Apache* [1948], again with 'the Duke.' Mr. Ford liked me from *Valley*, and I became part of his so-called stock company. Maureen was another member. When I did the westerns with Ford, he put in a stipulation I could not have my normal blonde hair — it had to be dyed. So whenever you see a picture where I have dark hair, it was being shot around the time I was doing one of the Ford westerns! This first occurred in another western I did at Columbia, while we were shooting *Fort Apache*, *The Best Man Wins* [1948], based on Mark Twain's 'The Celebrated Jumping Frog of Calaveras County.' My memories of this were negative, until recently — when I saw it again. My house burned down in the middle of the shoot! But looking at it again, it's quite a good little picture. My leading man was Edgar Buchanan [*laughs*], who had deserted

Edgar Buchanan, Anna, Gary Gray and Mantan Moreland in *The Best Man Wins* (1948), based on a Mark Twain story.

me and our little boy — Gary Gray — years before. I'm the local school marm, about to marry the town's wealthiest citizen, when Edgar shows up. There's a line in the film where Edgar asks about Gary, and any resemblance, and I tell him Gary has his blue eyes and *red* hair. [*laughs*]. Like me, Gary is a blond, so both he and I had to have our hair rinsed for the picture! Gary was such a good little actor and a very good-looking little boy. He's still a very nice man, and still very handsome. Although most of my leading men have died, at least most of my *children* are still with us!"

Returning to *Fort Apache*, "What I think about most in that picture is that I fainted — for the first and last time in my life! It was the scene where Irene Rich, Shirley Temple and I were on the roof, watching the troops ride out of the fort. It was so hot, and that corset was so tight. The next thing I knew, John Wayne was carrying me to my dressing room! Ford thought I was pregnant again. In every film we did together, he'd always ask at the start, in front of cast and crew, if I were expecting!" [*laughs*]

This leads to a question about Ford's reputation for always "picking on" at least one cast member in each picture. "That is true! Once I happened to be the unlucky one. On *Horse Soldiers* [1959], I was told to show up at a certain time, but when I arrived Ford yelled at me about being late. I was moved to tears, so when I was crying on screen it was real tears, not acting!"

Basically, the cast and crew in Ford's stock company generally got along. "That is true. Ford got top-notch actors. It was so very

Anna in John Ford's *How Green Was My Valley* (1941), a drama of the miners in turn-of-the-century South Wales.

important to me — a sort of status symbol — that I was in his stock company, because he was especially fussy about women in his films! Ford was wonderful to me. I loved him. He said one day the only three women he liked working with were Maureen O'Hara, Katharine Hepburn and Anna Lee. My part in *Horse Soldiers* was small, but that didn't keep Ford from ordering the rinse to cover my blonde hair! [*laughs*] Actually, the role was larger than in *Man Who Shot Liberty Valance* [1962], but again, when you're in a stock company, there is no telling what size part you'll be getting. I learned the lesson that you must never refuse any part you are offered by John Ford! He never lets you see a script. You might have only a few lines or you might be the star, but you never ask. Arthur Shields turned down a part and he never worked for Ford again."

Asked about her many TV appearances in the genre, Anna has less recall. "I've done so many TV shows, sometimes I don't even recall having done the program. I do recall *Gunsmoke* and the great ensemble cast they had. The one I recall quite fondly was a *Wagon Train* called 'The Colter Craven Story.' John Ford directed it, even John Wayne had a cameo appearance."

As for today, Anna Lee has been on the daytime drama *General Hospital* for some 20 years—a most impressive record. The star (working actress) also in recent years received a "star" on the Hollywood Walk of Fame. "I am now the oldest working actress, as far as

I know. I have had several minor but irritating health troubles in recent years, but I keep on hanging in there!"

Anna Lee
Western Filmography

Movies: *Fort Apache* (1948 RKO)—John Wayne; *The Best Man Wins* (1948 Columbia)—Edgar Buchanan; *Horse Soldiers* (1959 United Artists)—John Wayne; *Two Rode Together* (1961 Columbia)—James Stewart; *The Man Who Shot Liberty Valance* (1962 Paramount)—John Wayne; *Night Rider* (1979)—David Selby (TV Movie).

Television: *Wagon Train:* "The Colter Craven Story" (1960); *Maverick:* "Diamond Flush" (1961); *Daniel Boone:* "Ben Franklin Encounter" (1965); *Gunsmoke:* "Rope Fever" (1967).

JOAN LESLIE

On Republic's "A" List

Joan Leslie, the beautiful star of so many Warner Bros. classics of the 1940s, has had a most unique and diverse career. Debuting in a small part in Greta Garbo's *Camille* (1936), the child actress (born January 26, 1925) had roles in many films, including the *Nancy Drew* and *Jones Family* series, before hitting the big time in 1940 when she landed the role of the lame girl, Velma, in Humphrey Bogart's *High Sierra*. Warners gave her "Leslie" as a new last name (Joan Brodel—pronounced Bro Dell—is her real moniker), and a long-term contract which resulted in starring roles

in such classics as *Sergeant York* (1941) and the 1942 Best Picture winner, *Yankee Doodle Dandy*.

Shortly before her tenure at that studio, young Joan had her first leading part, opposite Jimmy Lydon in *Two Thoroughbreds* (1939) at RKO. "What I remember most is the lifelong friendships I developed with Jimmy and director Jack Hively. We shot it in Sherwood Forest, near where Errol Flynn had made *Adventures of Robin Hood* [1938]. I went rowboating on Lake Sherwood with Jimmy's double. That was loads of fun."

Following in the footsteps of other dissatisfied Warners stars (James Cagney, Bette Davis, Olivia De Havilland), Joan took Warners to court in 1946 because she was not getting the roles she felt she deserved. She won the battle but lost the war! "My last film there, *Two Guys from Milwaukee*, was another starring part, with Dennis Morgan and Jack Carson. I'd been given, in writing, that I was a 'star' and would always be given 'star' parts at the studio. When I sued, they changed the billing on the film. Originally, it said 'Dennis Morgan, Joan Leslie and Jack Carson in ...' They made it 'Dennis Morgan and Jack Carson in ... *with* Joan Leslie!' Very petty. I couldn't believe it. Jack Warner had me blackballed by other studios. It seemed like forever before I could work again, but it actually was only a little over a year. This happened in 1946, and in 1947, I signed a two-picture deal with Eagle Lion. The first film I made was *Repeat Performance* [1947] with Louis Hayward, a darling man. The second was *Northwest Stampede* [1948] with James Craig."

Several people have said they had trouble out of James Craig, and Joan was no exception. "He was a pill — not easy to work with. He seemed to have a chip on his shoulder and it showed in everything he did. We went on location for months to western Canada, near Calgary, where they had the famous Calgary Stampede. We were there shooting during the roundup. They had the chuckwagon ride, which was often very dangerous. All the things I had to do in the picture were doubled, of course. Then, when they went in for the close-up, the director, Al Rogell, would have me grab a calf, and rope its legs. I couldn't do that [*laughs*], but I did — in the picture. Also, I had to milk a cow — another thing I couldn't do. I had no idea how to get the milk to come out. [*laughs*] They shot and shot, and when I did manage to get a little milk, they used that piece! The stuntman who doubled me in the chuckwagon race had to wear a red wig, of course. This embarrassed him no end, and he had it announced, each time, that he was doubling Joan Leslie, so no one would think he was

Joan starred in four big-budget westerns at Republic in the 1950s.

wearing a red wig for any other reason. [*laughs*] There's a scene where I'm riding into the barn. James Craig and Jack Oakie were in the foreground inside the barn. And I was posting! There were a couple of wranglers entering with me. When I got within twenty feet of the camera, I was riding correctly! I had to watch that!"

About some of the film's costars, "Jack Oakie was so great. His wife, Victoria Horne, came up there. Jack was a little hard of hearing, and I didn't get to know him that well, but Chill Wills was a joy, such a sweet, intelligent man. He wrote the song that was in the picture. We became great pals. Some of the quite beautiful exteriors were filmed at a ranch that belonged to the Duke of Windsor, who wasn't so popular with the Canadians at that time. In my two Eagle Lion films, the pay was good and the parts were good. So much for Jack Warner!"

Joan Leslie married an obstetrician, Bill Caldwell, in 1950. In 1951 she gave birth to twin daughters and returned to work. Her first picture back was *Man in the Saddle* (1951) with Randolph Scott. "My memories of this are dim, because I was more concerned with being a wife and mother. In fact, I don't even remember doing a scene with Ellen Drew! The main thing I remember is my daughters got sick, and I called the studio to say I wasn't coming in. I thought they could shoot around me for the day, because they knew I had a cold, too. Instead, they simply cut the scene we were to shoot that day! They were really furious. Another example of the pettiness you deal with in pictures! But there were some pluses. The producer let me decide on which role I would play. We thought it more interesting if I played against type and portrayed the 'heavy,' giving Ellen the good-girl role! I thought the director, André De Toth, was very good. Randolph Scott was a joy to work with, elegant, such a gentleman, and so devastatingly good looking. A charmer with beautiful eyes. I compare him to Gary Cooper, but Cooper had more versatility. Randy was so at ease on the set. There were some locations in the picture, but I didn't have to go. I told my agent that after the marriage, I wouldn't do any role where I had to stay overnight." As for John Russell who played one of the heavies in the film, "He looks like Jimmy Smits of *NYPD Blue*. He had enormous sex appeal, yet wasn't a terribly experienced actor when I first met him. He had a female manager who really pushed him, promoting his career, but something was lacking — he really never made it big like he should have. That's similar to Alexander Knox, who played my husband. He was fabulous as *Wilson* in 1945 but didn't live up to his potential. It's strange how some people you'd think would be big, big stars, don't seem to be able to pull it off."

Signing a three-picture pact with Republic, Joan played opposite big band leader and singer Vaughn Monroe, who had a two-picture pact with the studio. "We were in *Toughest Man in Arizona* [1952]. Vaughn was just great. My husband and I like to dance, and one time we went out to dinner with Vaughn and his wife. He was the most sought-after band leader by colleges at that time — a lovely man, but it was so hard for him to adjust to pictures. He was imposing, with big shoulders. Fun to get to know. He was riding high under his MCA recording contract. He had that wonderful tonal quality; a very, very nice man. Dignified, but not completely comfortable in front of the camera; he could give a bad reading to a line. He was a little stiff and didn't blend easily to pictures. If he'd had a dramatic coach, perhaps he could have gone further in the business. He was handsome, as well as a great singer. And Harry Morgan — who we called Henry at that time — played my husband who is killed. Harry has a dry humor and is such fun to be around. I asked the director, R. G. Springsteen, if I could shoot at the Indians when they were attacking, but he wouldn't allow it." Jean Parker was also in the picture. "I especially adored Jean. I thought she was so beautiful!"

In 1953, Joan starred in *The Woman They Almost Lynched* (1953) with her good friend Audrey Totter. Ben Cooper was also in the film. "I worked with Ben three times. He's a very good actor. He was very good in *Flight Nurse*. The other picture was *Hell's Outpost* [1954]. As for *Woman They Almost Lynched*, Audrey Totter was so very good. We got a tremendous kick out of the fight. I have a still of it! In a big picture, you are on the set, watching your doubles do the fighting; but not *here*. I went on the set to do the close-ups, without any idea what had been staged by the doubles! I had a terrible time with it. I was supposed to hit Audrey, and I just couldn't. Not hit her on the face! Director Allan Dwan tried to explain, and Audrey told me to go on and do it. Somehow it did get done, but it was a very difficult thing to do. Also, the story is a little odd, although I like that I later hide Audrey upstairs in my bedroom. The movie is dramatic but silly. Actually, it's a pretty

Joan displays her ability with a six-gun to James Craig and Jack Oakie in *Northwest Stampede* (1948).

fast-moving little movie. It's odd the way Republic brings music into the story — it's a scream, it seems out of place! Not legitimate. Audrey later told me she played the whole thing for farce, while I was doing it straight. The movie was loaded with stars — Ann Savage I liked, she was a pretty girl. John Lund had been big at Paramount. Brian Donlevy was a good name, and still looked great at this time. There is one scene I found stagnant. Ben Cooper and I are in the stagecoach, where he tells me he is Jesse James. They had this two-shot that is interminable. It went on forever, it seems. They never went in for a

close-up — too cheap. It was done early on and they probably felt there wasn't time or money to do the close-ups that were so badly needed in that sequence."

About Jim Davis: "This was the second time I had worked with Jim. I knew his wife — a fashion expert at Orbach's. In this movie, Jim came up to me one day and said, 'They haven't taken any stills of me. I have billing and a pretty good little part, but they won't have any record of it.' So, I went to Allan Dwan and said, 'I want some pictures together with Jim.' Dwan was startled, but Jim got in the stills! As for the film itself, I didn't feel it was well lit, until the end. Then they lighted it better. A leading lady cannot be her prettiest unless she is properly lit!"

Joan made two other westerns, *Hellgate* (1952) with Sterling Hayden, and *Hell's Outpost* (1954), a contemporary road-building western with Rod Cameron. "*Hellgate* was produced by John Champion, written and directed by Charles Marquis Warren. Sterling Hayden was very nice, but quite stiff. Ward Bond I wished I had gotten to see again; we did *Sergeant York* together years earlier. James Arness, Peter Coe, and the others I don't recall ever meeting! But we shot fast in those days, so it is understandable."

As for *Hell's Outpost*: "Kristine Miller I still keep in touch with. We became very good friends. She and I were both married by this time, and we eventually got to calling each other 'Mrs. Schuyler' and 'Mrs. Caldwell.' She is a charming girl. She taught me to play Scrabble. I was terrible! [*laughs*] I did my imitation of Ingrid Bergman in *Gaslight* for the cast. That turned out very well. [*laughs*] James Brown was so sweet — a very nice guy. He had the look of the character he was playing; like a mechanic or an officer. Not as big an officer as Richard Simmons, but just the right look for the part. Joe Kane directed. He was a great, huge fellow. We worked together a couple of times."

Leslie's last film for Republic was *Jubilee Trail* (1954) with Forrest Tucker. "Pat O'Brien was also in this. We had known each other for years, going to so many charity benefits together. I adored Pat and his wife, Eloise. The four of us attended a premiere in New Orleans. I thought so well of him, and the feeling was mutual. On the various interviews we did, we complimented each other so much the studio told us to stop it! [*laughs*] Vera Ralston was top-billed. I thought she was awfully good in that, and it was a good part for me. We got along fine, which was unusual since hardly anybody really got along with her because she was married to the boss, Herbert Yates. Everybody seemed to take her absolutely lightly. Joe Kane thought she rehearsed in Czechoslovakian!

[*laughs*] He would get so angry with her — but not in front of her. He never let *her* know it! Rudy, her brother, was put on as assistant director. He had to do *something* you know. Forrest Tucker bragged about his importance to women. He didn't bother me, but that did get on my nerves. I was irritated by him when he came to inquire about our kiss, which would close the picture. He told me he felt the kiss should show a lot of maturity, and wanted to know if I agreed. I snapped back, 'Yes, I do. Do you think *you* can *handle* it!?' I couldn't believe I told him off; that just isn't me, but that bragging had kind of gotten to me. I did think he was so funny on *F Troop* [1965–1967], and I was pleased about his success. Tuck was, generally, a nice guy. Years later, I asked him to come to St. Anne's, where I do a lot of charity work; just make an appearance. He came with his wife and spoke to the audience. He was very gracious!"

"There was another actor we haven't mentioned, Ray Middleton — he was great. Republic had this theory that if they put every character actor around in a role, it would make it a good picture. I think their theory was correct!"

By mid–1950s, Joan had ventured into TV, including some westerns. "I did a *G.E. Theater* [1953–1962] and a *Branded* [1965–1966] with Chuck Connors. I thought he would have made a great producer and director; but he never did. He was handsome in an unusual way and he had a lot of input. I told him I thought he knew as much about the business as Cagney, and that greatly pleased him!"

In recent years, Joan has appeared in several TV pilots, "I don't know why *Shadow of Sam Penny* with Robert Lansing or *Charley Hannah* with Robert Conrad didn't sell. I do know why *The Keegans* didn't make it. The leading man [Adam Roarke] was hooked on drugs — he was not dependable — they were very upset with him. The same thing happened recently with the star of *Grace Under Fire*. They gave her time off to get her act together, but she got back on

It's Joan (left) vs. Audrey Totter in *The Woman They Almost Lynched* (1953).

drugs, and they cancelled her show. Things are certainly different than in the good ole days." Perhaps Hollywood will wise up and return to the time when scripts had a story, and stars like Joan Leslie Caldwell had morals.

Joan Leslie
Western Filmography

Movies: *Northwest Stampede* (1948 Eagle Lion)—James Craig; *Man in the Saddle* (1951 Columbia)—Randolph Scott; *Hellgate* (1952 Lippert)—Sterling Hayden; *Toughest Man in Arizona* (1952 Republic)—Vaughn Monroe; *The Woman They Almost Lynched* (1953 Republic)—John Lund; *Hell's Outpost* (1954 Republic)—Rod Cameron; *Jubilee Trail* (1954 Republic)—Forrest Tucker.

Television: *Ford Theatre:* "Old Man's Bride" (1953); *G.E. Theatre:* "Day of the Hanging" (1959); *Branded:* "Leap Upon Mountains" (1965).

NAN LESLIE

Tim and TV

Nan Leslie was Tim Holt's most frequent leading lady, costarring in six of his RKO series from 1947 to 1948. A *Liberty* magazine cover photo of Nan at the wheel of a sailboat led to her RKO contract.

Nan's first marriage in 1949 ended in divorce. In the late 1960s she remarried and had a long, happy marriage until her husband's death in 1990. It was during this second marriage Nan retired from motion pictures and TV work. While Nan enjoys reminiscing about past achievements and friends she made in the film business, she is not one to dwell on the past. When Gail Davis was alive, she

Nan and Tim were an "item" on screen (here in *Guns of Hate* [1948]) as well as off screen for several years.

Tim Holt, Nan, Richard (Chito Jose Gonzales Bustamonte Rafferty) Martin in *Western Heritage* (1948).

was Nan's primary link to her film past, but my impression is their almost daily telephone conversations dealt mostly with current matters and not so much with past filmmaking.

Nan appeared in a few bit parts such as *The Devil Thumbs a Ride* (1947) with Lawrence Tierney and *Under Western Skies* (1945) with Noah Beery, Jr., at Universal (probably on loan out from RKO). Her first western was *Sunset Pass* (1946) with James Warren. "RKO thought I was an outdoor-looking type, and after they had sorted out among the contract players they had at the time, I guess they decided that I was a pretty good bet for them. Apparently, I managed well enough in the first one, so I was continued in some of the others."

The "others" turned out to be a succession of above average Tim Holt westerns, many based on Zane Grey titles. "The fact that I could ride seemed to appeal to all of the stuntmen and wranglers. That I would take a horse and ride out onto the location between scenes, I think, appealed to them. I truly believe they [producers and directors] selected me a lot of times because I could ride. Although we always had doubles and stand-ins, it's always much more credible if the leading lady can ride, get off and get on a horse, and looks as if she knows what she's doing. I rode when I was a little girl, and I had been taking riding lessons, all English flat saddle. Of course, these were westerns, and you're not supposed to post in the western saddle. It took a lot of learning to just sit the saddle instead of posting. I took a lot of razzing for that."

"There was a kind of camaraderie about the westerns — although I didn't realize it until much later — that you don't find too many times. We went to beautiful places like Lone Pine and Apple Valley. When we were on location, there were always practical jokes being played on everybody. It was just a wonderful opportunity to have fun while you were working.

"You know, Richard Farnsworth and Ben Johnson were both stuntmen on those early pictures. I was so thrilled later on when they got their chance. Dick Farnsworth was the wildest stuntman you can ever imagine and the most fun.

"Tim was a natural for the westerns because he was a good horseman. Dick Martin was also a natural for the comedy relief, and he was such a darling man. He was genuinely funny and perfect for the part he played. Dick always gave the impression while acting that he was relaxed and at ease, and that's always reassuring to an actor playing opposite him. Dick's presence there loosened us up. I think it did for Tim too.

"They played so many practical jokes while we were making the films. They put a burro in my dressing room once. [*laughs*] It was so funny. They used to bring trailers for dressing rooms and makeup. It was a terribly hot day, and we were at Lone Pine. After about a half-a-days work — I thought, 'Oh, just to get back into the trailer is going to be so wonderful!' I opened the door of the trailer and inside there was a little burro standing, looking back at me. [*laughs*] I finally got my wits together, turned around, and said, 'Well, it isn't the first time a jackass has been in this dressing room!' [*laughs*] Everybody broke up! I think it adds to the whole show when you have that kind of fun."

Having worked with Tim Holt so often, Nan knew him quite well. "He was a very genuine person — warm, serious, not egotistical. It was hard for him to let down and be really relaxed though. Of course, Tim and I were unofficially engaged for a year and a half or so.

My dream at that time, and his too, was to have a ranch on the ocean where we could ride horses through the waves and on the sand. We had a lot of plans for a while; he was in the midst of a divorce at that time. I was just enchanted by him because to me he was the perfect cowboy. He knew what he was doing on a horse, and he was certainly always the gentleman off the horse, and he was very protective of me and, oddly enough, a little shy at times. He was a very special guy. But, I was so naive that I didn't realize Tim was going with a couple of other people at the same time he was going with me. I just thought I was the principal person and discovered I really wasn't — although I think he had a kind of special feeling for me. I just could see that I had been very naive — and it hurt. I just backed off."

Only in one film did Tim ever work with his father, *Arizona Ranger*, in which Nan was the leading lady. "When we were doing *Arizona Ranger*, I sensed almost all of the time that he was seeking approval from his dad — you know, in between takes while we were all sitting, waiting to do something or rehearsing our lines. I sensed it even in their horsemanship. Tim wanted to impress his father. Of course, Jack sat a horse incredibly well in a military way, as straight a posture as you ever saw. He was a little intimidating. I think Tim was elated to have his father on the picture. But Jack was stern, it was just his demeanor. I think there was always a struggle in Tim to try and prove himself."

After leaving RKO, Nan worked in a succession of B-westerns opposite Monte Hale, Gene Autry, Don Barry and Rex Allen. In the early 1950s, and for the next decade, Nan appeared on scores of small screen westerns, one of the best being an episode of *Wanted Dead or Alive*: "The Legend," with Steve McQueen and a terrific guest star cast of Michael Landon, Victor Jory, Warren Oates, and Roy Barcroft. "Apart from one movie that Michael Landon had done — I think it was that teenage werewolf thing — I believe this was [one of] his first parts in television. He was very young at the time and

Bill "Kit Carson" Williams shields Nan from evildoers. Nan appeared on five episodes of the popular 1950s TV western.

everybody was tickled by him. He had recently married a lady who had two or three children, and he was very enthusiastic about this. They were not his children, but he was taking them on. Sounds like the Michael of later years, doesn't it? He would always tell us about getting the kids up in the morning and giving them breakfast before coming to the set. Michael looked like such a kid himself at that time — and he was. He was so full of enthusiasm. It was a big part he had — the son of Victor Jory in the episode. Everybody was very fond of Michael and saw him as a young hopeful they hoped would make it big in show business."

"Victor Jory was a charmer. Oh, what a voice he had — and what eyes, marvelous eyes. He was such a courtly gentleman, he made just about everyone else seem a little rough around the edges. And what an actor! I enjoyed working with him so very much. When we were waiting to shoot scenes, he would reminisce about other films he had made and the people he had worked with. He was awfully good at telling stories. He impressed me tremendously.

"Steve [McQueen] [long laugh] was irrepressible. He had a vocabulary that consisted mostly of four-letter words. [laughs] Even though I had heard all of the words before, I hadn't heard them quite so frequently as I did when he blew a line. [laughs] It was very funny because he would get so mad at himself when this happened. The rest of us would stand around when he lost his temper and wait patiently until he gradually got it back. [laughs] He was tinkering with motorcycles even then. When he had a minute off the set while we were on location for a couple of days, he was always fooling around with his motorcycle. While working with him on that episode, I felt sure he had bigger things than a TV series ahead of him — and that certainly turned out to be true. I loved him later in The Sand Pebbles [1966]. He was so good in that.

"We filmed some of the episode at Vasquez Rocks. I remember very clearly it was terribly hot. We filmed it in the summer and

it was over a hundred degrees there. The makeup men used to blot our faces with chamois cloths that had been rung out in ice water. Oh, it felt so good for about two minutes. We'd say, 'Do it more.' 'No, that takes the makeup off,' they'd reply. 'We're just setting it [the makeup]; we're not doing this for you.' [laughs] It was not a humane gesture by the makeup men; it was to keep our makeup in place.

"Warren Oates was such a good actor too. Roy Barcroft, of course — such a pro. It was really quite a group that we had in that episode of Wanted Dead or Alive. It was a great experience for me as the lone girl in that excellent cast. And, sad to say, they're all gone now."

Nan says she never had a "greater pleasure working with an actor" than her experience with Jack Lemmon on a Zane Grey Theater (1957–1958) episode, "The Three Graves." "Our director was John English, a veteran director of westerns. He was excellent, as always. What impressed me about Jack was his warmness, his friendliness and the fact he was just a very genuine person. I believe he had won the Best Supporting Oscar by then for Mister Roberts [1955] and was on his way to a great career, but he was the most unassuming, kind person. He had such a great sense of humor. I think a few of the crew were somewhat in awe of him, knowing he had accomplished so much already in his career. He just put everybody at ease right away. That's still his way. I don't think you'll ever hear a bad word about Jack Lemmon."

"As for the director of the episode, John English, he was my idol; I just adored him. Jack should have gone much farther then he did — that's not to take away from westerns — but he had the sensitivity to be much more than he was. In this business you frequently get caught up in a line of work and you just don't get out of it. He had a great ability to pull feelings and characterizations out of actors that you wouldn't expect. For example, it is difficult to get actors to weep on cue when a script says in parentheses, 'Weep.' The fact the script calls for you to shed tears doesn't make it happen. The actor knows if he or she can't do it the make-up person will get the glycerin; and if they have to do that, you're disgraced! Jack had a marvelous rapport with actors and could assist them in whatever emotion was called for in the script. I was madly in love with Jack even though he was twenty years my senior — but all the women were in love with him. I was taken with him because he was so debonair and very knowledgeable. He had started out as an editor at MGM. He knew people like Greta Garbo and the other great stars of MGM at that time. That's where he got his initial experience. He was Canadian, by the way. I think everybody has an idol when they are young and he was mine. I'm sure he wouldn't mind my saying that. In fact, I think he would be pleased."

On Gail Davis' TV series, *Annie Oakley*, for the episode entitled "Alias Annie Oakley," Nan was the alias Annie and looked so much like Gail Davis. "Gail and I have been best friends ever since we were at RKO together. I think we were eighteen or nineteen when we met. Up until this episode we had never worked together. While Gail was doing one of the first episodes of *Annie*, she broke her ankle. Because of our close friendship and because we looked somewhat similar, I volunteered to double her so they could go on with production. They had me do long distance shots where we could make it appear I was Gail. She was able to do the close-ups where her broken ankle wouldn't show and where she didn't have to walk. That was really fun for me! I went along on location and had a ball and didn't have to worry about lines. All I did was Gail's walking, mounting and riding of the horse — that sort of thing. At the end of the day, I was the one who got to go out to dinner and dance with the crew while Gail was immobilized with her broken leg. She's never stopped kidding me about the fun I had while she was 'suffering.' I think that's where the idea for 'Alias Annie Oakley' came from, because they realized from the camera shots that Gail and I had a physical similarity. When that script came along, I was the obvious one to play it. It was the only time I worked on a film with Gail and I always thought of it as a paid vacation. I also enjoyed it because I seldom got to play the villain. I tried to be as menacing as possible in the show — you know, play it to the hilt while I had the chance. Harry Lauter, the great character actor, was my evil sidekick in that episode. Harry had a devilish sense of humor. He would put everybody on the set into fits of laughter with some hilarious comment and then in no time at all he could straighten up, be serious and be ready to do the scene as the worst dog heavy you could imagine. I used to get so mad at him because he would do this, leaving the rest of us in uncontrollable giggles. [*laughs*] Oh, he was something!"

Nan was present during filming of *The Cisco Kid* episode ("Battle of Red Rock Pass") in which Duncan Renaldo accidentally broke his neck. "Oh, that was so frightening! The location was Iverson's Ranch out in Chatsworth. The prop men and production people had fashioned a huge rock out of some pseudo material and it was fairly lightweight. The fake rock was to be pushed off a cliff so it would hit Duncan on the head. Then he was to feign being knocked unconscious. We went through a rehearsal of this bit several times to be sure the timing was right — the fake rock was saved for the first take because it was too difficult to roll down and then get back up to the cliff. When the camera started rolling, we went through the dialogue and the signal was given for the rock to fall. This lightweight but huge rock came thundering down and landed right on top of Duncan's sombrero-covered head. He fell to the ground in front of us but because he was supposed to be knocked out, no one realized that he was hurt. The camera kept rolling. Finally, the director called, 'Cut. All right, Duncan, you can get up.' But he didn't move. Then, of course, everybody rushed over to check on him and discovered he had been seriously injured. An ambulance was immediately sent for to take him to the hospital. He came to briefly after

they got him on a stretcher. He had no knowledge of what had happened, so people around
him were reassuring him he was all right.
Duncan was a very savvy man and I think he
realized it was a very serious situation since
he could not move all that much. I went to
visit him later in the hospital, as a lot of us
did. He was very philosophic about it. He
said, 'This is what happens in this business
and this time I am the victim.' They had to
close down production. They filled in around
that scene and reshot some sequences without him so they could finish the episode. He
was in the hospital for quite a period of time.
He had to have a weight suspended from the
back of his head — that was the manner in
which they treated his broken neck in the
early 1950s. He eventually recovered quite
well, but, of course, you never get over those
kinds of accidents entirely. Duncan was a
delightful man, beautiful manners and well-
read — very cultured and gallant. It was so sad
to see this happen to him. His sidekick Pancho, Leo Carrillo, [laughs] was a very mis-
chievous person. He was always pulling
pranks and wanted to keep everyone just a little stirred up and on edge. He was very funny
and had a great sense of humor. He seemed
to treat the show and everything about it as a
huge joke but was a lot of fun to be around.
On those kinds of shows when you're working on location for long hours, you need
humor to get you through. It helps a lot
sometimes."

Nan appeared on eight half-hour *Lone
Ranger* episodes. "Clayton was absolutely perfect for the role in every sense of the word. In
fact, he still is! I appeared in several of the
episodes but only once did I have to say the
dreaded tag line, 'He's the Lone Ranger!' I call
it 'the dreaded line' because it has to be deliv-
ered in just the right way. It can't be said too
lightly and it can't be too somber. It has to
have a little wonder in it, a little magic, but
not too much. I think most actors who worked
on the series check their script first to see if
they had escaped having to say 'the dreaded
line.' *The Lone Ranger* episode I enjoyed the
most was 'The Lady Killer.' I was the villain

in the episode and it called for me to be dis-
guised as ladies of various ages. I had a
marvelous make-up artist named Georgie
Wolff who created the different ages for me.
For the old lady part he put filaments of
tissue on me and then added spirit gum
to it. Then he crinkled my cheeks, chin, and
forehead. I knew what I was going to look
like when I became an old lady. I said,
'Georgie, I don't think I want to live that long!'
He did beautiful work and it was not easy
because of the time constraints we had with
television filming."

Nan referred to Bill Boyd as "the gentleman cowboy." "That's what I used to call him.
I had the impression he wasn't always very
fond of what he was doing. I don't know that
for a fact, it's only a feeling I had. It may be
by the time I did the work on his series, he
had played the part for many years and had
grown tired of it all. He never seemed to have
much enthusiasm. He was definitely in charge
in every way all the time. But to be fair, maybe
that's what made the character and films a
lasting success. He could be a bit formidable
to deal with at times but perhaps it is necessary if you have a reputation to uphold. On
the other hand, Autry wasn't that way at all
and he was an even bigger star."

"Gene was in charge in a very different
way on his series. He's a very affable man,
easygoing. If he was a perfectionist, and I
think he was, it was not so apparent. He was
very much a friend to people on the set. *The
Gene Autry Show* was fun to do. I remember
I was in a jail cell in one of the episodes and
he had to sing 'Mexicali Rose' to me. That
seems ordinary enough, but it suddenly struck
me as funny — this cowboy serenading me
through the bars of my jail cell with 'Mexicali
Rose,' which, as you know, is a pretty mourn-
ful tune —'Mexicali Rose keep smiling. I'll
come back to you some sunny day.' [laughs] I
suddenly found myself on the edge of breaking up completely. I tried to contain myself as
I took in the surrounding atmosphere: Gene
in his fancy cowboy outfit, I in my old-fash-
ioned dress, the crew looking on earnestly as
the camera rolled. I thought to myself, 'Gosh,

is this for real?' Then another part of me said, 'No, of course it's not real, so keep your face straight.' [*laughs*]. It's very difficult to know what to do or what to look at while a singing cowboy is serenading you. I always felt superfluous when I found myself in that situation. But you're really not or you wouldn't be there. You want to react but you don't want to react too much. It *is* a dilemma. You cannot look enthralled or too romantic because it's a western, after all, and that's forbidden after a certain point. When a love song is being sung to you and you have close-ups, it's kind of difficult to maintain your composure and look as if you deserve all the nice things he's saying in song but not look too haughty about it. [*laughs*] The bottom line is that it's just to be gotten through without breaking up!" [*laughs*]

Nan had a continuing role in *The Californians*, a series that ran on NBC from 1957 until 1959. "That was one of my favorites; I loved it. Sean McClory played my husband in it, and he is such a good actor. I don't know why the series wasn't more successful. Maybe it was before its time or lacked some kind of spark with the audience. I don't know, but it didn't continue as many years as we would have liked. We had excellent guest cast members such as Sidney Blackmer, Joseph Cotten and Patricia Medina. Paul Henreid directed several of the episodes. The third member of the cast was Adam Kennedy, who became a rather well-known author. He wrote *The Domino Principle* and I recently finished another book of his, Fires of Summer. He is an excellent writer. (Kennedy also wrote *The Killing Season*. He died at 75 on October 16, 1997.)

Nan appeared on *Daniel Boone* with Fess Parker. "Ah, the tallest man in the world! [*laughs*] At least that's the way he appeared to me. When I was working with him the height contrast between us was rather great. I'm only five-four and it seemed to me I only came up to about his belt buckle. They'd bring out the old apple box for me to stand on for my scenes with him. 'Bring on the apple box; this girl is short!' Fess was just darling. He started out

with Gail Davis you know. His first picture was an *Annie Oakley* episode. He had his guitar with him on location and in the late afternoon when we'd finished shooting for the day, he'd play for us. He had whatever it is that you need to be a star, but, I guess, he didn't want to be that kind of star for very long. I don't know why he forsook the acting business for the wine vineyard in Santa Barbara. He's got the Red Lion Inn there and he's doing very well."

"I was going over the titles and casts of shows that I worked on and I was thinking about those early years of filmmaking for television. I began to realize that I and my contemporaries were pioneers of a sort in the late 1940s and 1950s. Television was a new field and required different timing and techniques from moviemaking. We were there doing it and having a ball just reveling in the fun of being together the way the new medium required. It's always a great experience to be among the first to do something. These shows we've been talking about were among the very first filmed shows made for the new medium of television. It was fun to work on them, but eventually the producers were so eager to get the shows finished and onto that TV set where they would be quickly devoured, used up, that, finally, it got to a point where there wasn't much humor or fun on the sidelines anymore. I think, after a while, that gets communicated to the audience no matter how careful you are. But it was certainly fun for awhile!"

Nan Leslie
Western Filmography

Movies: *Sunset Pass* (1946 RKO)—James Warren; *Under the Tonto Rim* (1947 RKO)— Tim Holt; *Wild Horse Mesa* (1947 RKO)— Tim Holt; *Western Heritage* (1948 RKO)— Tim Holt; *Guns of Hate* (1948 RKO)—Tim Holt; *Arizona Ranger* (1948 RKO)—Tim Holt; *Indian Agent* (1948 RKO)—Tim Holt; *Rim of the Canyon* (1949 Columbia)—Gene Autry; *Pioneer Marshal* (1949 Republic)— Monte Hale; *Train to Tombstone* (1950 Lippert)—Don Barry; *Iron Mountain Trail* (1953

Republic)— Rex Allen; *Miracle of the Hills* (1959 20th Century–Fox)— Rex Reason.

Television: *Lone Ranger:* "Masked Rider" (1949); *Lone Ranger:* "Wrong Man" (1950); *Lone Ranger:* "The Lady Killer" (1950); *Gene Autry:* "Sheriff of Santa Rosa" (1950); *Gene Autry:* "The Raiders" (1951); *Gene Autry:* "Double Barreled Vengeance" (1951); *Roy Rogers:* "Jailbreak" (1951); *Lone Ranger:* "Special Edition" (1952); *Lone Ranger:* "Gentleman from Julesburg" (1953); *Lone Ranger:* "Durango Kid" (1953); *Range Rider:* "Ambush in Coyote Canyon" (1953); *Range Rider:* "Saga of Silvertown" (1953); *The Cisco Kid:* "The Fugitive" (1953); *The Cisco Kid:* "Battle of Red Rock Pass" (1953); *The Cisco Kid:* "Outlaw's Gallery" (1953); *Kit Carson:* "Copper Town" (1953); *Kit Carson:* "Outlaw Trail" (1953); *The Cisco Kid:* "Pot of Gold" (1954); *The Cisco Kid:* "Doorway to Nowhere" (1954); *The Cisco Kid:* "Haunted Stage Stop" (1954); *Kit Carson:* "Stampede Fury" (1954); *Kit Carson:* "Golden Ring of Cibola" (1954); *Kit Carson:* "Bullets of Mystery" (1954); *Annie Oakley:* "Alias Annie Oakley" (1954); *Hopalong Cassidy:* "Arizona Troubleshooters" (1954); *The Lone Ranger:* "A Broken Match" (1954); *The Lone Ranger:* "Adventure at Arbuckle" (1955); *Gene Autry:* "Go West, Young Lady" (1955); *Rin Tin Tin:* "Wagon Train" (1956); *Rin Tin Tin:* "Fort Adventure" (1956); *Rin Tin Tin:* "Rin Tin Tin and the Second Chance" (1956); *Zane Grey Theatre:* "The Three Graves" (1957); *Circus Boy:* "Death Defying Donzetti" (1957); *Gray Ghost:* "Conscript" (1957); *Californians:* series regular (1957–1959); *Fury:* "Turkey Day" (1959); *Wichita Town:* "Day of Battle" (1959); *Wanted Dead or Alive:* "The Legend" (1959); *Riverboat:* "Quick Noose" (1960); *Shotgun Slade:* "Treasure Trap" (1960); *Tall Man:* "Female Artillery" (1961); *Daniel Boone:* "Seminole Territory" (1966).

KAY LINAKER

Actress and Writer

Exotically beautiful Kay Linaker graced the silver screen in a wide variety of parts from the mid–1930s to the mid–1950s. In Technicolor epics like *Drums Along the Mohawk* (1939) to classics like *Kitty Foyle* (1940), this multi-talented Pine Bluff, Arkansas, actress (born July 19, 1913) was a very welcome asset. Many detective series films are among her credits, including *The Murder of Dr. Harrigan* (1936 — as nurse-detective Sally Keating), *The Last Warning* (1938 — the final in a trilogy of Bill Crane mysteries), *A Close Call for Ellery Queen* (1942), as well as four Charlie Chan classics (... *in Monte Carlo*, 1937; ... *in Reno*, 1939; ... *Murder Cruise*, 1940; ... *in Rio*, 1941). Kay was even the guilty party in one of them! But her fans best remember her for westerns — in particular Buck Jones' *Black Aces* (1936).

From her home in Ontario, Canada, where she has recently started a Performing Arts Center, the star reflected upon her genre

Kay seems to be the object of a dispute between Fred MacKaye and Buck Jones in *Black Aces* **(1936). Sheriff Charles Le Moyne looks on.**

credits: "Buck Jones' *Black Aces* was a good part as parts in westerns went. I did more than watch the hero ride off into the sunset. I actually crossed the Kern River on the old swing bridge. No one told me the weight of my body forced the boards to rise to meet my feet with each step. With the wind swinging the bridge from side to side, looking down at the Kern River forty feet below boiling over the rocks, holding my hat on my head (I had just taken it from one of the 'heavies' and it had no chin strap) and hanging onto the handhold cable — it was the longest block and a half I ever walked. Buck Jones was furious with the director, Les Selander. As a matter of fact, if I'm not mistaken, Les' credit does not appear on the crawl. (Buck is credited as director/producer.) The stunt girl, Aline Goodwin, was furious. She was done out of a fat fee and felt it absolutely cruel to put me through such trauma. I heartily agreed — but the scene is effective. Buck Jones was one of God's good gentlemen and an honor to the motion picture business."

"In the colonial day classic, *Drums Along the Mohawk*, I played Mrs. DeMooth. When the Indians weren't beleaguering Claudette Colbert, I was. My death, an arrow in the chest fired by world champion archer Howard Hill, was so grisly it had to be cut and I met my end at the hands of an Indian brave who had rape on his mind. After John Ford

Kay and Buck Jones, whom she terms "one of God's good gentlemen," in her first western, *Black Aces*.

did his final cut and went fishing off Baja, California, with Fonda, Ward Bond, Arthur Shields and several others of the Ford company, Darryl Zanuck (fondly known as the white rabbit with the glass teeth) re-cut the film and destroyed the negative. This precipitated the row between Ford and Zanuck which culminated in Ford getting a completely rewritten contract allowing him to do any number of films he chose, away from the 20th lot. Working with John Ford was an experience. Everyone connected with the film was at his or her best — personally and performance-wise.

"*Buck Benny Rides Again* [1940] was a fine experience. Mark Sandrich was a gifted director and Jack Benny a fine gentleman. Jack was terrified of horses. When we did the run-

away scenes on the mechanical horses we both got desperately seasick. In spite of my good scenes that ended on the cutting room floor, the picture was one of the most enjoyable I ever made. If ever an actor earned a halo as a human being, that person was Jack Benny.

"Making *Men of Texas* [1942] gave me a whole new respect for people who traveled by stagecoach. Two weeks in the coach itself and in the cutaway made me joyful I lived in the twentieth century. When I finally had my baby at the side of the road, Leo Carrillo said to me, 'Kate, you're the only woman in the world who ever was in labor for ten days and gave birth to nothing more than cold sweat.' Again — Robert Stack and Carrillo were a delight to work with — Carrillo particularly

Lillian Cornell, Virginia Dale, Ellen Drew, Phil Harris, Kay and Jack Benny in Universal's comedy western, *Buck Benny Rides Again* (1940).

gracious and gifted. I was very lucky. I worked consistently with fine, talented people. It was a fine way to make a living."

An interesting postscript: Kay Linaker and her late husband, Howard Phillips, scripted episodes of many television shows in the 1950s and 1960s, including *Alcoa Theater* (1957–1960). Kate Phillips (her nickname as well as her professional writing name) recalls, "I was approached by director Irwin 'Shorty' Yeaworth about doing a rewrite on a monster movie to be produced by some ministers whose film company was based at Valley Forge where they made pictures for Sunday schools and such. Shorty opened a two-pound coffee can and out popped *The Blob* [1958], which was my kind of monster. The budget for *The Blob* was $65,000, very low, especially for a color movie. Steve McQueen and I both received $150 plus 10 percent of the gross. We never got another penny but I got an impor-

tant writing credit and Steve became a star. Later, Howard conceived and sold an idea for a crossover show starting with two students of *Mr. Novak* [1963–1965] and finishing on *Dr. Kildare* [1961–1966]. We wrote it, the show was cast, but just before they began shooting, NBC cancelled it. The plot dealt with pre-marital teenage sex and venereal disease — a definite *NO* at the time. After that, Howard said to me, 'There are worse things to shovel than snow,' and we moved to New Hampshire."

Kay Linaker
Western Filmography

Movies: *Black Aces* (1936 Universal) — Buck Jones; *Drums Along the Mohawk* (1939 Fox) — Henry Fonda; *Buck Benny Rides Again* (1940 Paramount) — Jack Benny; *Men of Texas* (1942 Universal) — Robert Stack.

TEALA LORING

First of an Acting Dynasty

Teala Loring. The name conjures up memories of Saturday matinees, pictures with titles like *Return of the Ape Man* (1944), *Bowery Bombshell* (1946) and *Arizona Cowboy* (1950). The oldest of four daughters and a son, she began her career on the stage at the age of three.

"My mother, Marguerite Gibson, had an act in vaudeville and nightclubs, I joined her when I was just a tot. So I was an old pro when I landed a contract at Paramount when I was 18." Born Marcia Griffin, she's a Libra (October 6), bubbly, fun and upbeat at all times. "When I was in pictures, I was rather shy—I would often be by myself, knitting or reading. The only actress I became friends with was Brooke Evans, who is Paramount producer Buddy Da Sylva's niece. She later married and we lost touch."

Teala dances in the cantina for Gilbert Roland as the Cisco Kid in *Riding the California Trail* (1947).

Teala was in pain during all her riding scenes such as this one in *The Arizona Cowboy* with Gordon Jones and Rex Allen. The location is the Duchess' Ranch at Republic, so-named for all the use it got as just that when occupied by Alice Fleming as Red Ryder's Aunt, the Duchess, in Republic's popular long-running Red Ryder series of westerns.

While at Paramount, Teala was given the buildup treatment, with cheesecake photo sessions and all. "I did a lot of small parts there [as Judith Gibson—*Bombs Over Burma* (1942), *Double Indemnity* (1944)]. At the same time, they had a girl named Julie Gibson. We were always getting each other's calls and mail. Eventually, producer Irwin Allen stepped in and said he didn't like my name. I was doing a Technicolor short for him and he came up with a 'good old Irish name,' Teala. My mother liked it too, and she suggested Loring, which was an old family name. So I became Teala Loring, and I'm still called Teala today."

The star worked with everybody from Bela Lugosi and the Bowery Boys to Charlie Chan and Lum and Abner, but there are two good westerns to her credit. *Riding the Cali-*

fornia Trail (1947) was the first. "One of the Cisco Kid pictures with Gilbert Roland. He was a ladies man, but he got nowhere with me. There was another girl in that picture—a Spanish type named Inez Cooper, so I was off the hook, as far as Gilbert was concerned. [*laughs*] The director, Bill Nigh, was a very nice man, a good director. I worked in a lot of pictures for him. We shot on location out in the valley for three or four days at Monogram Ranch. There were no freeways, so we had to stay overnight in a big inn. It was a very nice place. Again, I rebuffed Gilbert Roland. I would have dinner and go to my room to learn my lines."

Asked if she ever dated an actor, Teala recalls, "Only one, Rudy Vallee. This was in 1942 when he was doing a picture at Paramount [*The Palm Beach Story*]. He asked me to attend his radio show and then have dinner. My mother helped me put my long hair up into a bun, very formal. It was a lot of trouble. When Rudy got there, he asked, 'Would you take your hair down?' To which I responded, 'No'. It was too hard getting it up like that. Rudy was a pleasant, nice person, but kind of an old fogie, must have been in his late forties by this time."

Asked about her other western, *The Arizona Cowboy* (1950), Teala has more to say. "It was my last picture. I never saw it until recently, when Boyd Magers sent it. I was married in June of 1950, so I was honeymooning when it was released. It was Rex Allen's first picture. He was nervous and antsy when we made it—because it was his first, thus it was so important to him, but I think he did a very good job. Gordon Jones was the comedic sidekick, and he was so much fun off the screen as well. His clowning helped put Rex at ease. It was very nice of him to do that. Minerva Urecal I remember because of her most unusual name [*laughs*] and because she was such a good character actress. Roy Barcroft—a nice man in real life, but he always seemed to play bad guys in pictures. The main thing I recall about *Arizona Cowboy* was that it was very painful to make. [*laughs*] Literally. I broke my little toe just two or three days before we started to shoot. I got up to answer the doorbell, and I hit this heavy chair. I didn't tell Republic—we had already done the wardrobe and makeup tests. I usually wore boots in the picture, but one time, I had on a party dress. For that, I wore sandals. Then, the foot swelled so much, I couldn't get the boots back on for the next shot. It hurt so much, yet, it doesn't show when you watch the movie. My pain and Rex's nervousness were not the least bit noticeable."

As Teala does some riding in *Arizona Cowboy*, I asked about the pain; she responded, "Yes, it hurt. The toe was on my right foot, but I still had trouble mounting. They didn't show me getting on the horse. I was surprised my riding looked so good, as I was very nervous—I'm scared to death of horses. I could do fairly well when the horse

went at a slow pace, but once it went into a trot, I was wiped out! My brother and sisters can all ride, and I would sometimes go riding with them, but I was always terrified. There was supposed to be a scene in *Arizona Cowboy* where I picked up a gun to shoot at someone—but it was so heavy and I was obviously having trouble, so they cut it!" [*laughs*]

Teala worked with the Bowery Boys twice. "They did quite a bit of ad-libbing. Usually it was among themselves, but occasionally it would be with me. Since my dialogue would not fit in with what they said, I sometimes had to ad-lib myself! This didn't bother me as I'd been in pictures for a few years. They would throw something in and you had to be prepared! Leo Gorcey was a nice guy, and his brother David was a good looking kid. They must have had different mothers. [*laughs*] Huntz Hall thought he was God's gift to women and the world! He apparently never looked in any mirrors. [*laughs*] He asked me for a date, and of course, I said, 'No.' He said, 'I'll ask you again,' but, fortunately, he never did."

As for the most fun in her career, Teala states she prefers the stage. "When I was at Paramount, they sent me to New York for eight months to do the play *Let's Face It*, with Danny Kaye. I enjoy having the audience with me. You lose that feeling when you're making a film."

About how her famous siblings landed in show business, Teala reveals, "My mother, who was a terrific singer and comedienne in her own right, would make friends with people who could do us some good. Queenie Smith, a famous character actress, taught acting—she had a school—and my two sisters and brother studied there. Apparently none of the studios liked our real name—Griffin. Debrahlee Griffin became Debra Paget, another old family name; Lezlie Gae Griffin became, of course, Lisa Gaye, courtesy of someone at Universal. My very youngest sister, Meg, was not yet born. My brother, Frank Griffin, later became a very successful makeup artist. He had two lines in one of Debbie's pictures, *Love Me Tender*. But for the most

Rex Allen, *The Arizona Cowboy*, is about to slug his sidekick Gordon Jones over a misunderstanding while Teala has trouble holding a six-shooter.

part, he went behind the camera. Meg moved to Texas 20 years ago — mother went there when she wrongly thought she was dying, and Meg just stayed. Debbie was already there, and later Lisa moved there. I was there for a couple of years but moved back to California a few months ago. I have six children, spread out all over the country ... and 12 grandchildren. It's hard to get everybody together at the same time. I talk to Debbie at least once a week on the phone, but as for Lisa, I don't even have her phone number. I've seen her on TV in one of those Trinity Broadcasts, but she never talks about her career. She says, 'That was my past. I don't want to talk about it.' I, myself, am having a ball, thinking about the good old days. Lisa seems to feel it's an intrusion into her religious studies. I have Bible study every Tuesday, but I don't think reminiscing about films takes away from that."

Why didn't the three sisters ever appear together? Teala laughs, "Because I was always pregnant! Debbie did the big pictures and by the time Lisa was in the business, I was having one child a year [almost every year] starting in 1951."

These days, it's family and religion that come first to Teala. You'll have to look hard and wide to find anyone as nice as Marcia Griffin/Judith Gibson/Teala Loring/Mrs. Eugene Pickler!

Teala Loring
Western Filmography

Movies: *Riding the California Trail* (1947 Monogram) — Gilbert Roland; *The Arizona Cowboy* (1950 Republic) — Rex Allen.

LUCILLE LUND

Wampus Baby Star

Born June 3, 1912, in Buckley, Washington (near Tacoma), screen beauty and Wampus Baby Star Lucille Lund differs from many of her contemporaries in that she was college-educated. Ironically, this resulted in her being cast opposite Reb Russell in two western pictures in the mid–1930s. Originally contracted to Universal, based on a *College Humor* magazine contest searching for "the most beautiful college girl in America," her parts ranged from a pushy reporter in *Saturday's Millions*

(1933) to the doomed daughter of Bela Lugosi in the classic *Black Cat* (1934).

It was while working on *Black Cat* that Lucille was notified by Universal she'd be sponsored as one of that year's (1934) Wampus Baby Stars, a recognition annually bestowed on 13 aspiring actresses by the Western Association of Motion Picture Advertisers. The 1934 group was seen in Paramount's *Kiss and Make Up* and Mascot's *Young and Beautiful*.

Lucille costarred at Columbia with funnyman Charlie Chase (center) in two shorts. Character actor John T. Murray joins them here in *Calling All Doctors* (1937).

The Three Stooges are *Healthy, Wealthy and Dumb*. From 1938—Curly, Jean Carmen, Earlene Heath, Moe, Lucille and Larry. (Jean Carmen—aka Julia Thayer—was featured in six B-westerns in the 1930s as well as *The Painted Stallion* serial.)

Next up for Lucille was *Pirate Treasure* (1934), a Universal serial starring prolific stuntman Richard Talmadge. Lucille says, "I didn't want to do that serial at the time. It was considered the end-of-the-road for an actress, but in retrospect, I now see it was very good. The stunts were performed by the four Talmadge brothers, who were acrobats in Hungary. They had appeared at circuses there and were absolutely fabulous. As serials go, it was pretty good. The stunts were absolutely fabulous, like jumping from train to train. They were so good, and all for real! Richard Talmadge was a nice looking young man. He had a slight accent; he wasn't the world's greatest actor but the serial was good. We did a lot of stuff in the backlot jungles of Universal and on a big old boat down in Wilmington Harbor called the *Lottie Carson* where we had a lot of fight scenes. I was the only girl in the serial and I was always in the middle of the fights so I got pummeled royally all the time. [*laughs*] They were always very sorry afterward, they were very kind."

Lucille left Universal and began to freelance. Her work in westerns included two with Reb Russell. "Reb attended Northwestern at the same time I did, although he was much older (seven years to be exact)—he had a wife and child. He was a great football star. Nevertheless, Northwestern never seemed to have won a game. [*laughs*] When Reb was signed for the movies, they thought it would be great to have another alumnus of Northwestern play opposite him, and that's how I was cast in those two pictures. They were terrible movies — the worst of the worst. Reb was a very nice man — he must have been divorced by this time, as we dated a few times. He was a perfect gentleman, who always wore expensive cowboy boots, even on our dates! Reb was not an actor — he couldn't act his way out of a paper bag, but he was so congenial, friendly, nice. Portly, but a nice looking man. We shot them in Chatsworth, with rocks, snakes and 110 degree weather! *Range Warfare* [1935] was really the bad one — *Fighting Through* [1934] was much better. But both were cheap, cheap, cheap shoestring budgeted." Unusual for B-westerns of that time, Lucille used her own name in *Fighting Through*. Both Reb and Lucille make numerous references to being Northwestern alumni and to Reb being a football hero there — obviously placing the film in the time frame of when it was released (1934) rather than the Old West!

Lucille remembers on *Fighting Through*, "They asked if I could ride and I said, 'Oh sure!' I really couldn't ride very well, in fact I was scared to death of horses! They got me on this huge horse that looked higher than it was because I was scared. I'm sitting on it and look over at this cowboy who took a little knife out of his pocket and was looking at me kind of menacingly and picking at his teeth with this knife! [*laughs*] Then the director says, 'The scene is — we're going to stampede a herd of cattle down in back of you, and you just ride down with them across the creek below.' I just closed my eyes, held on and the cattle and I went down." [*laughs*]

When it comes to the great stuntman, Yakima Canutt, Lucille relates the following tale: "Yak was in *Fighting Through*. He was supposed to slide a rope down a steep cliff; when he was doing this, his leather gloves caught on fire! By the time he got to the bottom they were ablaze! Luckily he got them off before he was burned too badly."

"The word 'cheapness' can also be applied to *Timber War* [1935] with Kermit Maynard," Lucille believes. "Kermit was very nice too; quite handsome, I think more handsome than

his brother, Ken. He was very athletic and did a lot of his own stunts. He was convincing in his scenes as an actor, I thought. It was a much better picture than the two with Reb. *Timber War* shot in Scotia in the redwoods of Northern California. We actually shot the picture while they were logging, with big trees falling down, causing me to go in all directions. And it was noisy! I was the only girl on location. We had to stay at the Redwood Hotel with all the lumberjacks. The food was good, but the place was very rustic. We had to get up every morning at 4 A.M. — there was no hairdresser, no makeup man. You did it all yourself. We went deep into the forest — there was no place for a bathroom! And, no other female! I remember one incident that happened off the picture. There was a dance — the lumberjacks and their girlfriends or wives were there. I came in after a long day's shooting and I looked like the dickens. No makeup on and I overheard one woman say to another after she had looked me over from top to bottom, 'Well, I don't think *she's* so hot.' Well, I don't think *that place* was so hot!"

Lucille was an outright heavy — a villainess in her second serial, the 15-chapter *Blake of Scotland Yard* in 1937 for producer Sam Katzman, well known for his tight-fistedness with a dollar. "It was shot as both a serial and a feature, but the whole thing didn't make any sense. There is a scene in the serial where I'm to go over a cliff into the water. Sam wanted me to wear my own dress, but I refused! Sam was very funny, but a bit chintzy. He'd want you to work in your own clothes to cut down on wardrobe expenses. He also brought furniture from his own house to dress a set. You'd see notes in the script, 'Mr. Katzman's own radio to be used here.' [*laughs*] The budgets were shoestring!"

It is perhaps ironic that Lucille is best remembered for two things — her small but memorable role in *The Black Cat*, and two appearances in Three Stooges comedies (*Three Dumb Clucks* [1937], *Healthy, Wealthy and Dumb* [1938]). "At the time, and for years afterwards, I was embarrassed that anyone knew I did them. But now, I see them and

Lucille attended Northwestern University and later costarred with classmate and Northwestern football star, Reb Russell, in two westerns, including *Range Warfare* (1935).

can tell how good they were. I've been invited to a Three Stooges convention, and was amazed to see the following they have."

"It's nice to be remembered — perhaps if I had been a little pushier, I would have gone further. But there were no sour grapes. I married in 1937, had two beautiful daughters and have enjoyed life to the fullest."

Lucille Lund
Western Filmography

Movies: *Fighting Through* (1934 Kent) — Reb Russell; *Range Warfare* (1935 Kent) — Reb Russell; *Timber War* (1935 Ambassador) — Kermit Maynard; *Rio Grande Romance* (1936 Victory) — Eddie Nugent.

BETH MARION

B-Western Artist

Beth was one of the busiest B-western leading ladies of the 1930s.

The B-western heroine of a dozen mid–1930s B's is true to an old Vaudeville axiom. "My blood father and my mother were both in the theatre. They were on the road at the time I was conceived, but they went back to Clinton, Iowa, for me to be born. So, I *was* born in a trunk. Mother used to take me on the road. She put me in a drawer of a big bureau instead of the bed, because she was afraid the bed might not be too clean. The first four years of my life, I was on the vaudeville road with them. Until five weeks before I was born, Mother was performing on stage. She'd cinch in as much as she could."

"My mom and dad divorced, because Mother said they always had to be just ahead of the sheriff; she got sick of that. She knew she couldn't depend on the theatre. She went to school and became a secretary. When she married my stepdad, he legally adopted me; I was about 14. That's when my name changed. My real father never went by his name of Goettche. He went by George Paul. The George Paul who is producing the news pro-

Jack Luden tries to "date up" our waitress, Beth, in *Phantom Gold* (1938).

gram *20-20* is my half brother. While I was at Northwestern I started to sing in a little trio called the Coeds. We sang with Paul Whiteman, on college nights. Then they hired us through the summer to sing in the evenings. That's what got me started. I did not complete Northwestern. I went two and a half years. When I decided I wanted to go to California I was about 22. It was really born in me. Mother was always helpful and interested in my going ahead. She decided, as long as her folks would let her go west at 18, in her day — in a repertory company, she guessed it was all right for me to go to California. Prior to that I did a lot of commercial photography

in Chicago — and modeling, a lot of print stuff — Little Theatre. After being in California for just a year or so, I went into legitimate theatre, went back with Charlotte Greenwood in *Leaning on Lettie*. We played Chicago for 49 weeks and went on the road."

When Beth was at Northwestern, one of her best friends was another B-western leading lady, Eleanor Stewart. "Oh, yeah. We didn't either one know we were going to California. When we met each other in Hollywood we started to live together and had a couple of nice years. We didn't tell each other what we were going out for 'cause there's an old superstition, they might want

Beth does her best to prevent a fight between Tom Tyler and the heavy in *Phantom of the Range* **(1936).**

to wish you well, but they were kind of envious, and maybe you wouldn't get the part. We were both doing the same type of thing. Ellie and I are still real dear friends. After I came back from *Leaning on Lettie* and a stock company in Pennsylvania, I met Jimmy Stanley who started to handle me as an agent and got me into westerns. The first ones that Jimmy got me were at Larry Darmour Studios."

Beth laughingly remembers she didn't know how to ride when she got into westerns, and still doesn't. "But I did learn to mount and dismount really good. When they had

running inserts, they had to cut them down shorter and shorter 'cause I kind of beat myself to death. One of the very first pictures I did, they put me on a little paint horse. It had been trained to be a parade pony. Every time they'd put the clapper down, the horse would rear. But I kept my seat, I didn't fall. But then to try and remember my lines as soon as we got into it again was tough."

Beth costarred with all the early B-western greats — Ken Maynard, Johnny Mack Brown, Bob Steele. "I had good fortune. Some were more friendly with me than others. I had heard some wild tales about Ken

Beth displays a self-portrait surrounded by all her leading men. Boyd Magers commissioned the painting from Beth in 1992. Her leading men (clockwise) are Jack Luden, Johnny Mack Brown, George Houston, Ken Maynard, Tom Tyler, Buck Jones, Kermit Maynard and Bob Steele.

Maynard, and was almost afraid. My goodness, I had no encounters with him. And Johnny was very friendly. I got to know Bob Steele's wife a little bit. She was a dear person. I did get close to the stunt man, Yakima Canutt, his family and wife. I just saw Audrea [Canutt] a few weeks ago. I remember meeting Buck Jones' daughter and knowing her a little bit. She was a very sweet little girl. But Buck, I didn't know at all."

"I loved Kermit Maynard's wife Edith, and Kermit. He was such an excellent rider. He had been a circus trick-rider. I don't think he felt second fiddle to his brother. They didn't associate an awful lot. They were different personalities. I don't think Kermit smoked or drank. Brother Ken made up for it. But they were friendly always. Edith liked

Ken a lot. But he lived a different lifestyle entirely."

Cowboy star Jack Luden was the nephew of William H. Luden of Luden's Cough Drops fame. "I remember one thing that was strange. Eleanor Stewart, who worked with and knew him more than I did, didn't remember this about him at all or hadn't noticed— he stammered! In one scene [*Phantom Gold*], we were in a cave. Jack was to come to the door of the cave and say 'Come on, let's get out.' Then, we were to take off. Well, he'd get to the front of the cave and say 'c-c-c-c...' and they'd say, 'cut,' because he was stammering. He'd start all over, come to the head of the cave and say 'c-c-c-c...' And we'd have to cut. Took a long time to get that." [*laughs*]

William Farnum, who had been a major

star in silents, was now doing character work in the 1930s. "He was on the first movie I ever did [*Between Men*, 1935]. That was before Screen Actors Guild. We worked 24 hours straight. There was a big fight scene at the very end. I remember how understanding he was to me 'cause we were all dog tired. I was real flattered to think I was doing something with him."

As for John Ford regular, Ward Bond. "Yeah, I knew Ward. My little stunt double, Ione Reed, doubled me in *Wild Horse Roundup* [1936] and Ward took us back to L.A. from location — Lone Pine, Bishop, somewhere."

And Tom Tyler. "He was a very handsome fellow. Very happily married. He also drove me back to town one time; we had a nice long visit. I was really shocked to hear he'd died early in life. He had surgery for, I believe, an ulcer and they cut the vagus nerve. From then on, his health went right down. I always thought, more than over-pronouncing his words, he maybe had a little accent and was trying to overcome that."

Beth's last film was in 1938 when she married stunt man Cliff Lyons and he didn't want her to work. "[*sad laughter*] He wasn't too encouraging for me to keep working. I met Cliff in Lone Pine when Ione Reed was his girlfriend. They were having a big fight then, and she was going on about him. So I knew all about him from her. We all ate together one night in the dining room at the Dow Hotel. That was *all*. I just met him. At least six months later, he called. Eleanor answered the phone. He asked for me. She said I had gone to Chicago with Charlotte Greenwood in a play. He said he had straightened up all of his affairs because he had decided to marry me. Every holiday that came along, remember — we were gone a long time, he sent flowers and things to me. He had asked me to please call when I got back to California. I called and Cliff took my mother

and me out to dinner and to the races several times and he was very nice. He pursued it, we were married and had two sons. He had been working with John Ford a lot. Cliff was very nice to, and trained, Chuck Hayward. He would be over at the house a lot. And Wally Wales, or Hal Taliaferro, I just thought Hal was wonderful. He was over at the house quite a lot. I guess he realized there was a lot of unhappiness there."

Beth's marriage struggled until 1955 and ended in divorce. Shortly thereafter she met Julian Koch. "I had moved out of our home and was in a little apartment. My folks and I found this house my present husband, Julian, had built. [*smiles*] After I bought the house, Julian kept coming over to fix this and fix that. We really have a good marriage now for over 40 years."

In recent years Beth has taken up art. "I started my art about 12 years ago. It's come along pretty late to go all the way but I've done some really fine work. I hope to do more in the art world. It's opened a whole new era."

Beth Marion
Western Filmography

Movies: *Between Men* (1935 Supreme) — Johnny Mack Brown; *Trail of Terror* (1935 Supreme) — Bob Steele; *Silver Spurs* (1936 Universal) — Buck Jones; *For the Service* (1936 Universal) — Buck Jones; *Everyman's Law* (1936 Supreme) — Johnny Mack Brown; *Avenging Waters* (1936 Columbia) — Ken Maynard; *Fugitive Sheriff* (1936 Columbia) — Ken Maynard; *Rip Roarin' Buckaroo* (1936 Victory) — Tom Tyler; *Phantom of the Range* (1936 Victory) — Tom Tyler; *Wild Horse Roundup* (1936 Ambassador) — Kermit Maynard; *Phantom Gold* (1938 Columbia) — Jack Luden; *Frontier Scout* (1938 Grand National) — George Houston.

DONNA MARTELL

Italian Dynamo

The exotic actress made her film debut, under the name Donna DeMario, in Roy Rogers' *Apache Rose* (1947). "My agent took me out to Republic, they liked me, and I was signed on the spot! I was 17 [born December 24, 1927, in L.A.], so naturally my mother had to accompany me to the studio. Like so many other girls at the time, I had looks that stopped traffic. It was all so easy for me."

Her first studio contract was with Universal-International. "I had options at Warner Bros., 20th and MGM — but I wanted Universal. They had a star system — lots of classes, publicity. I thought I would do better there.

Donna along with badman Bob Steele (after his starring days) and Barton MacLane in *Last of the Desperadoes* **(1955).**

After two years, they refused to loan me out. TV was coming in. I knew that was the way of the future, so I left and did all the major shows. I was up for the title role of *Annie Oakley*, but Gene Autry's agent wanted me under contract. I said 'No.' Stayed with *my* agent — and lost the show to Gail Davis."

While at Universal, Donna appeared in a series of 30-minute musical western shorts with Tex Williams. "Tex was a darling, wonderful man. So were Deuce Spriggens and Smokey Rogers, his sidekicks. Although I can sing, I told Universal 'No' when they wanted me to sing in the pictures. So, I was dubbed. I was also too young to go to parties at the guys' houses, unfortunately. I didn't socialize with anyone, unless it was for publicity. I did become friends with Tony Curtis and Rock Hudson. Rock was a special friend — we even

Donna got along fine with Clu Gulagher as Billy the Kid on *The Tall Man* (1961) TV series, but didn't approve of costar Barry Sullivan's (Pat Garrett) profane language.

did Christmas shopping together. He was going with Vera Ellen at this time, so there was no romance. Rock and I'd go to Moorpark, lay on the grass and just talk, talk, talk."

About Randolph Scott, with whom she appeared in *Ten Wanted Men* (1955), Donna smiles. "A darling. I wouldn't fly at the time. We shot on location in Old Tucson, so Mr. Scott gave me his compartment on the train and he flew to Old Tucson on my ticket! We were in Arizona two weeks."

Concerning her *Gray Ghost* (1957) TVer with Tod Andrews, "Tod had a very bad cold — we had to kiss in a scene. We really

didn't have to do it — you can fake those kissing scenes."

"I worked on *Tales of Wells Fargo* with Dale Robertson. Dale is a love. We were neighbors. He's a darling guy, handsome. I also did a *Cheyenne* with Clint Walker. I love Clint. We had lunch every day. One day, the table consisted of Paul Newman, Roger Moore, James Garner, Ben Johnson, Clint and me. The girls all hated me! I was a teenager; Hoppy, Randolph Scott, they were all up in age. They were older than my parents, so I never socialized with them."

"I also did six or eight of the *Gene Autry*

TV shows, in addition to the features. They kept sending scripts and I'd do them! Gene used to do his own makeup and hair, so you had to do your own as well. They were very frugal at his Flying-A Productions. You had to do *everything* for yourself. The script girl would be the only other female there, so she had to help me with some of the costumes. We'd do two shows at one time—so costume changes were frequent! Gene was very nice—and the shows were a great training ground. I worked with Dick Jones on *The Range Rider* shows, but we became friends years later through his wife."

The actress' 1953 marriage didn't slow her work schedule. "Just after my third child—five weeks after the baby was born—I was offered a really good part on *Tall Man* [1960–1962] with Barry Sullivan. I accepted—but on the set, Barry spouted profanity. I wouldn't put up with it. I walked off the set, saying I'd come back when he cleaned up his dialogue. After a few minutes, I received an apology. That's the only time in my career someone showed disrespect for me. He was talking to someone else, but he knew I could hear him. I just had to say something."

"Having children did affect my career, however. I was up for a part on *Davy Crockett* but I had to refuse the role—my third pregnancy. Mike Todd flipped over me. We had lunch one day—but I was pregnant with my first child, so Shirley MacLaine got the part in *Around the World in 80 Days* [1956]. Mike Todd was a little dynamo, I can see why Elizabeth Taylor fell for him."

About her life today: "I was widowed a couple of years ago. I had lived at home until I married, so this was my first time alone. I

Donna costarred in six 25-minute featurettes with western singer Tex Williams.

am very family oriented. My real name is Irene DeMaria, and I now run my own business, Town and Country Floor Coverings, in the Valley."

Donna Martell
Western Filmography

Movies: *Apache Rose* (1947 Republic)—Roy Rogers; *Twilight on the Rio Grande* (1947 Republic)—Gene Autry; *Coyote Canyon* (1949 Universal-International)—Tex Williams; *South of Santa Fe* (1949 Universal-International)—Tex Williams; *Girl from Gunsight* (1949 Universal-International)—Tex Williams; *Nevada Trail* (1949 Universal-

International)—Tex Williams; *Ready to Ride* (1950 Universal-International)—Tex Williams; *Western Courage* (1950 Universal-International)—Tex Williams; *Hills of Utah* (1951 Columbia)—Gene Autry; *Last of the Desperadoes* (1955 Associated)—James Craig; *Ten Wanted Men* (1955 Columbia)—Randolph Scott.

Television: *Gene Autry:* "Killer's Trail" (1951); *Gene Autry:* "Frontier Guard" (1951); *Kit Carson:* "Hero of Hermosa" (1951); *Kit Carson:* "Riders of Capistrano" (1951); *Kit Carson:* "Snake River Trapper" (1952); *Kit Carson:* "Outlaw Paradise" (1952); *Hopalong*
Cassidy: "Blind Encounter" (1952); *The Range Rider:* "Ghost of Poco Loco" (1952); *The Range Rider:* "Harsh Reckoning" (1953); *Kit Carson:* "Outlaw Army" (1953); *Kit Carson:* "Haunted Hacienda" (1953); *Frontier:* "Ferdinand Meyer's Army" (1955); *Sheriff of Cochise:* "Great Train Robbery" (1956); *Broken Arrow:* "Apache Girl" (1957); *Gray Ghost:* "Master Spy" (1958); *Bat Masterson:* "One Bullet from Broken Bow" (1959); *Cheyenne:* "Home Is the Brave" (1960); *Shotgun Slade:* "Donna Juanita" (1960); *Tales of Wells Fargo:* "John Jones" (1961); *The Tall Man:* unknown title (1961); *Bonanza:* "Toy Soldier" (1963).

KRISTINE MILLER

Sophisticated Lady

Statuesque and striking—two adjectives that describe Kristine Miller, the movie star of the 1940s and 1950s who went on to co-star in a fondly recalled Emmy award–winning western series, *Stories of the Century.* Born Jacqueline Olivia Eskeson (circa 1925) in Argentina, the youngest daughter of an American mother and Dutch father, the family left South America in 1933, after that branch of the Standard Oil Company failed, moving to Copenhagen and eventually the States in 1939—shortly before Nazis took over. Kristine had mastered several languages, which would come in handy in her acting career.

"I did a *Millionaire* [1955–1960] episode called 'The Story of Anton Bohrman.' I was his wife—it was a warm, wonderful part, with accents and all. The show was so good, there

was talk of making it into a series. I have a copy of it, and play it whenever I speak at the Rotary or some other club, about my screen career."

That career came about when she sent her photos to Warner Bros. A couple of screen tests resulted, "But I wasn't signed by Warners, although I was the Warner Bros. type—like Ann Sheridan. I really looked sophisticated but actually I wasn't. Producer Hal Wallis put me under contract, and since he was just leaving the Warner lot for Paramount, most of my early pictures were made at that studio."

Among other Hal Wallis contractees were Lizabeth Scott, Kirk Douglas and Burt Lancaster. "I enjoyed Burt very much. A good physical specimen, because of his time in the circus. He was macho and sensitive, very ath-

Kristine and John Archer in a romantic scene from her favorite western, *High Lonesome* **(1950).**

letic and loved the theatre, paintings and music." When asked why Wallis didn't use her properly, Kristine is quick to admit, "He'd planned to star me in *I Walk Alone* [1947]. He tested me with Burt; it was a wonderful test. But then Lizabeth Scott decided she wanted the role, and Lizabeth got whatever she wanted — from Hal Wallis! [*laughs*] So, I got the second part instead. Hal called me 'The Viking Girl.' He didn't know what to do with me. One time, my hair was tumbled down to look like Veronica Lake — then I was the exotic woman! Producer Mark Hellinger, who had done so well for Burt in *The Killers* [1946],

David Bruce as *Young Daniel Boone* (1950) protects Kristine, Mary Treen and others from marauding Indians.

planned to do something for me in the same vein — but then he died!"

Kristine was wasted in her first western, the seldom seen *Desert Fury* (1947) at Paramount. "And I was wasted in *Young Daniel Boone* [1950]. Mary Treen and I are sisters, tied to a tree. That's about it! [*laughs*] When asked about David Bruce, her leading man, and his drinking problem, Kristine admits, "I didn't find that at all! He was most charming — you get what you give. David Bruce was a nice man. He wasn't one of those who you wished 'if only they would step back a few miles so you won't have to smell their breath!'" [*laughs*].

Kristine is more pleased with *High Lonesome* (1950). "That was shot in Technicolor.

It was gorgeous — the sets and everything. I have a place in La Quinta, California, and John Barrymore, Jr., lives near there. He was only about 17 when we made the picture. I kept in touch with Lois Butler, who played my sister, for years. She married Hall Bartlett, who later became a producer. She later married a dentist. I loved the part. I played the older daughter — who is 23. John Archer was in it; I later worked with his wife, Marjorie Lord! We had a scene in a real barn, where real horses had been. We had to watch where we stepped, when we were dancing around that place. [*laughs*] We filmed in Texas, near where they shot *Giant* [1956]. We stayed at the Paisano Hotel, and my room was the same one Elizabeth Taylor stayed in when she made

Giant. We worked a lot on the range, but it was *cold*, not hot! Chill Wills, who I worked with again in *Hell's Outpost* [1954], was a delight, and he sang, of course. *High Lonesome* is one of my favorites!"

Before her next western, Kristine appeared in the award-winning *From Here to Eternity* (1953). "I don't even say I made that one; I'm hardly in it. I think you see my arm; that's about it. [*laughs*] I was Donna Reed's roommate, and I'm sure, in the novel, there's much more to the character. I loved Donna—I later did one of her TV shows. Frank Sinatra and Montgomery Clift were something else to watch! I was on the film for 10 days. Earl Bellamy was assistant director—and I was pleased to see him become a director later—he did many things afterwards."

In the early 1950s, Kristine made her favorite picture, *Jungle Patrol* (1948). "*West of Tomorrow* is a better title, I think. Harry Lauter was in that, as he was *Steel Fist* [1952]. Rand Brooks was on *Steel Fist*. He was married to the daughter of comedian Stan Laurel. I haven't seen him in a long, long time, but he was a nice guy—and so very handsome."

Kristine also ventured into television, including *Blades of the Musketeers*. "That was the very first TV movie ever made—and it later played in movie theatres! Robert Clarke was my handsome leading man—and Marjorie Lord, who I knew because of working with John Archer a year or so earlier, was the second lead."

Kristine's next western was *Hell's Outpost*. "A terrible name, but I met Jim Davis on that one, and I was lucky to have three tall leading men—Rod Cameron, Jim Davis and John Russell, so I got to wear high heels for a change! [*laughs*] It was filmed up in Chatsworth—and it was supposed to be very, very cold, but I actually lost seven pounds in one day because of the heavy heat! I felt my love scenes were better than any of the others, and I got to be with my good friend, Joan Leslie! We met on *Flight Nurse* [1954] a year earlier. She's a lovely girl—I enjoy our friendship. She had twin daughters—and I later had

my daughter, Linda. Our children did things together. I also later did fundraising charities for St. Anne's. Joan's still involved in that! I regret that, living in Carmel, we don't get to see each other often."

Next came *Thunder Over Arizona* (1956) at Republic with Skip Homeier. "Skip was a nice man—married and expecting his first child when we did the film. He was terrific as the Nazi youth in *Tomorrow the World* [1944]. Too good—in fact. It seemed to have hurt his career, and he never lived up to his potential. Jack Elam was also in the picture—Jack was in several of my movies. He is such a nice man—he used to be a CPA before getting into pictures! Handsome Gregory Walcott played my brother. He is a Christian fellow—we knew each other from the Hollywood Presbyterian Church. We were on common ground!"

Kristine worked with Rory Calhoun in *Domino Kid* (1957). "Very nice to work with; married to Lita Baron at the time. If he was, as Lita says, a 'playboy,' I never saw it. We later did his TV series *The Texan* [1958–1960] together."

Kristine Miller's religious western, *The Persuader* (1957), was produced by Billy Graham's company. "Always with director Dick Ross. I enjoyed that. William Talman had dual roles. Poor Bill had cancer even back then. When we were shooting the film, it rained and poured! We prayed for good weather. Every morning, the gaffers and sound men—we all started with a prayer. That's something I doubt you find on today's pictures! Georgia Lee was sweet, very talkative and lively. Darryl Hickman was my son. He was a dear! James Craig was very good looking—one of the black hats! At the end of shooting, Dick Ross gave both Georgia and me a pair of earrings. I call mine 'chandeliers' and still wear them on special occasions."

The first genre television credit for the star was a *Wild Bill Hickok* (1951–1958) episode with Guy Madison. "They were shot fast—I have little recall except [former child star] Wesley Barry directed." The same could be said for her *Wagon Train* with Forrest

The cast of *The Persuader* (1957): James Craig, Kristine, William Talman, Georgia Lee, Darryl Hickman and John Milford.

Tucker. "That was good. As for Mr. Tucker, he *was* Forrest! [*laughs*] He made himself well known!"

Back in 1954, Republic started TV production on 39 episodes of *Stories of the Century* with Jim Davis. Mary Castle (as Frankie Adams) played the female interest in the first 26; Kristine (as Margaret "Jonesy" Jones) in the final 13, after guest starring in an earlier Castle episode. "Originally, Republic wanted me to be in the show, but at the time, I was expecting my first baby. So Mary did the first ones. They decided they needed a change, so they called me, and at that time, my baby was six months old, so I did the final 13. Jim Davis was delightful, and in 1955 we won the Emmy for best western series [at the 7th annual event]. Bill Witney was the director on the first four of mine, then Franklin Adreon took

over. I was sorry to see Bill go, everyone liked him." When asked why the show was dropped, Kristine reports, "The head of Republic, Herbert Yates, decided to change to a Fu Manchu program. That was a failure, so both series disappeared—and Republic soon went away—except for leasing its soundstages to other studios! I would have done another 13 episodes very happily! Jim Davis' wife, Blanche, was every bit as tall as me. His daughter, Tara, was absolutely his idol! When she was killed in a car accident at 17 or 18, I thought he'd never get over it. Jim was a round and ready man—sweet, charming and kind. We enjoyed each other. We even had a couple of reunions in Carmel—but that was before *Dallas* [1978–1989]." Asked if she had a favorite episode, Kristine emphatically states, "'Jim Courtright.' I played a barmaid and got to wear a saloon costume dress! I had a good role in 'Kate Bender,' too, with Veda Ann Borg."

Kristine retired in the early 1960s due to family. "We had moved away, and it was just too hard, coming back to town for interviews. We went in 1964 to San Francisco; then, in 1969, down to Carmel, where my husband put in the CBS television affiliate."

Remembering her years on screen, Kristine smiles, "I did have stage fright, on the very first day of every film or TV show — but once I said the first two words, it went away; everything was okay. It was difficult to say good-bye to it; I had a good time. I loved the era — things weren't flaunted like they are now. They used to make pretty good B's to complement the A. I saw the new *Titanic*. Halfway through it I thought *I* was going to sink! Back then, people were nice, and I made a lot of good friends. When I did *Shadow on the Wall* [1946] at MGM, they had shot three days with me, when I came down with the measles. Ann Sothern was going through her divorce, and had her daughter, Tisha, on the set. She was worried I had exposed her to this childhood disease, which I probably caught from Gigi Perreau [who was also in the film]!

[laughs]. I got to do a lot of publicity with Nancy Davis — before she was Mrs. Ronald Reagan, even though we had no scenes together. I also met Lucille Ball, who wasn't the funny woman in person she was on screen. I have very fond memories of my days in pictures."

Kristine Miller
Western Filmography

Movies: *Desert Fury* (1947 Paramount) — John Hodiak; *High Lonesome* (1950 Eagle Lion) — John Barrymore, Jr.; *Young Daniel Boone* (1950 Monogram) — David Bruce; *Hell's Outpost* (1954 Republic) — Rod Cameron; *Thunder Over Arizona* (1956 Republic) — Skip Homeier; *Domino Kid* (1957 Columbia) — Rory Calhoun; *The Persuader* (1957 WorldWide/Allied Artists) — William Talman.

Television: *Wild Bill Hickok:* "Outlaw Flats" (1951); *Stories of the Century:* "Henry Plummer" (1954); *Stories of the Century:* series regular (1955); *Restless Gun:* "Torn Flag" (1958); *Wagon Train:* "Rex Montana Story" (1958); *The Texan:* "Gunfighter" (1959); *The Texan:* "Accuser" (1960); *Tales of Wells Fargo:* "Prince Jim" (1961).

PEGGY MORAN

Queen of the B's

A vivacious and beautiful brunette from Clinton, Iowa (born October 23, 1918), Peggy Moran began her career with a stock contract at Warner Bros. in the late 1930s. "My mother came out to California when I was 5 years old and I've lived here ever since."

"I was so naive in those days, I thought you got a contract and they made you a star — unless you couldn't act. I went up to them, told them I wanted to be under contract; of course they were startled — but it worked! They looked at a lousy test I'd already done at

Peggy, noted character actor Robert Homans and one of the best loved B-western heroes, Johnny Mack Brown, in *West of Carson City* (1940).

Universal and they signed me. However, after six months, I was released."

Following Peggy's release, "My agent took me around. I went to an interview for Gene Autry's *Rhythm of the Saddle* [1938]. The agent told me, 'Whatever they ask you, tell them yes—you can do it.' Naturally Republic asked if I could ride and I told them 'yes' although I really couldn't. So, I practiced for about a week. When we started the picture, I could hardly sit down. My whole fanny was sore and blistered! I have home movies showing later I did learn to ride properly. Now I can gallop and not let my fanny leave the saddle! But this was the first lead I had in a picture. I was still so pure, so innocent and so idealistic. I recently saw Gene Autry and I got him to sign a picture. He remembered me and inscribed it 'To a swell leading lady.'"

Peggy's next western was *West of Carson*

City (1940) with Johnny Mack Brown. "I don't remember doing it. I must have, because I have some of the stills. I do remember Johnny Mack Brown, because he was a star and a darn nice guy. Very friendly. I turned out pictures so fast, I called myself the Queen of the B's because they had me in another picture almost every two weeks. Horror films, westerns, action movies, song title movies—you know, I didn't sing in any pictures, but they had me singing in most of them. They took another actress, Constance Moore, and she was doing all the singing for me. I don't think she liked to do that. A critic once said, 'Did anybody ever notice how much Peggy Moran sounds like Constance Moore?' [*laughs*] Every two weeks I'd complete a film. Some years it totaled 11 pictures a year!"

Peggy remembers *Trail of the Vigilantes* (1940) with Franchot Tone, "It was a spoof

Peggy and comedienne Pat Kelton (at roulette wheel) watch as Gene Autry confronts LeRoy Mason in *Rhythm of the Saddle* **(1938).**

and of course a big picture — much bigger than the B's I usually did. A few years ago, I went to Knoxville to a film festival. The late Robert Shayne had told me about stills — getting my best shots reproduced and all. I took some from each of the westerns. The scenes with Gene Autry and Roy Rogers were big sellers. But when it came to the shots of me with Franchot Tone, the fans would ask 'Who's that!?' At first I was so taken aback, because he was a big star, much more so than Gene or Roy, at least at the time. But these fans know who they like — it's Gene and Roy, not Franchot! But in its day, *Vigilantes* did very well, especially in New York and the sophisticated areas. It was funny, with jokes. A real farce. Franchot would fall off a horse every time he tried to get on it. The dialogue was cute and the metropolitan areas ate it up.

But at the festival, I could see what the other westerns meant in that part of the country. Franchot Tone and I dated for a while, but that was before I started going with my future husband."

While still in her freelance days, Peggy recalls, "I had become disillusioned. A Hungarian friend told me to go meet Joe Pasternak, there was a nice little part for me in the new Deanna Durbin picture, *First Love* [1939]. I'd heard all those casting couch stories and was afraid if I met Joe he'd be too friendly with me, and I'd get blacklisted at Universal when I rebuffed his advances. But I finally went and got the part. My fears were groundless — Joe was a true gentleman. The second day, I went by his office to speak to his secretary — and she talked me into saying 'Hello' to Pasternak. I did it hesitantly, but

Bob Baker (left), Johnny Mack Brown (right) were Peggy's leading men in *West of Carson City*—with sidekick Fuzzy Knight (bottom left).

inside his office was director Henry Koster — and that's how I met my husband! This led to a Universal contract, and all those movies. Each of those films were just two weeks out of my life. I don't remember them when I see them — although sometimes the dialogue will rattle my memory. The horror films I remember best as they played on television so often, particularly *The Mummy's Hand* [1940] but also *Horror Island* [1941]. I like to tell people my horror films come back to haunt me!" [*laughs*]

After her marriage to director Koster, Peggy retired from films. "I have no regrets. I wanted a man who had control over me. He said that before we wed, I must give up my career. I was offered *King of the Cowboys* [1943] and he said 'If you feel like doing one more movie, go on and do it.' A few weeks later, I discovered I was pregnant — this was a long time after we were married, inciden-

tally. I'm not the type of actress you hear about these days! This caused me some concern over the riding sequences, but everything went well. They had to loosen some of the clothing, otherwise it all went fine. Roy wasn't married at the time. He is a very sweet guy."

"As I said, Bobby — that's what I called Henry Koster — told me I had to give up my career if we were to stay married, but, he would put me in every one of his pictures. He had a bust made of my head, and that bust is in every single Henry Koster directed motion picture from then on. [*laughs*] It's on Gladys Cooper's desk in *The Bishop's Wife* [1947] and on Jimmy Stewart's messy desk in *No Highway in the Sky* [1951]. Bobby and I were very close. Faith Domergue recently told me, 'I never thought of you and Henry as two people, only as one.' That about sums it up. I was with him constantly, went on the set practically every day. He'd ask my advice about the script. I was a great influence in his life. Movies are like shipboard romances. You can become entangled with someone you have to play a romantic scene with. Those theatre marriages often become a mixed up thing. Your life can become a mess later, like Lana Turner and Susan Hayward. But Bobby and I had the same sense of values and there was never any jealousy. Only a few years before he died, he told me he was 'always afraid I'd lose you.' I was taken aback, but he thought some younger, handsome man would win me away. That, I couldn't believe, because love is nicer as it grows. After the initial sex thing is over, people today realize they don't even like one another. That wasn't the way with me. We were great friends, partners, lovers. I only regret he was so much older than I, because I would have had him with me for a much longer period of time."

Peggy Moran
Western Filmography

Movies: *Rhythm of the Saddle* (1938 Republic)—Gene Autry; *Trail of the Vigilantes* (1940 Universal)—Franchot Tone; *West of Carson City* (1940 Universal)—Johnny Mack Brown; *King of the Cowboys* (1943 Republic)—Roy Rogers.

MAUREEN O'HARA

Irresistible Redhead

Confident, determined, spunky—Maureen O'Hara (born Maureen Fitzsimmons in Ireland, August 17, 1920) grew up in Dublin. After appearing with the Abbey Players, she made her screen debut in 1938. It was six years later before the fiery redhead made her first western, *Buffalo Bill* (1944).

In her swashbuckler and western films Maureen engaged in the action much like the typical male lead. "Fencing, horseback riding and judo—It was all me. When you do stunts where you fall and in fight scenes, you use a lot of judo. The things you learn in judo give you the agility to make it look believable. I worked at judo when I was a teenager in Ireland. I loved sports."

Even with that background, Maureen shied away from the horseback riding. "Most of that was done for me by Lucille House, whose family were the great horse people (other than Ben Johnson's horses) to the picture business—her father. Because I had fallen so many times, I gave up. But the stunts, the running, the jumping, the falling, the jumping out of two-story windows, everything else, that was all done by me."

"But there were certain things women were not permitted to do under any circumstances. The jump through the plate glass window, for example. In *McLintock* [1963] that was done by the great Olympic runner Dean Smith in my clothes. The beginning of the jump and the landing, or falling on the ground, tumbled upside down, was me. The studios and the insurance companies would not permit a woman; they wouldn't even

Athletic Maureen starred in swashbucklers such as *Spanish Main*, *Sinbad the Sailor* **and** *At Sword's Point*, **as well as nearly a dozen westerns.**

permit a stuntwoman to do it, it had to be a man."

The famous sequence in *McLintock* where everybody's sliding down into the mud pit, Maureen did herself. "That was me. One take. Because it was so perfect. They never thought I would do it, they didn't think it would work out so wonderfully. If you look at the film, I'm shouting at Duke all the way down. I'm on my back and I'm yelling at him the whole way. That was me. Being a tomboy I enjoyed hanging around the stunt people

Ian MacDonald, I. Stanford Jolley, John Cason, Maureen, Stanley Blystone and Macdonald Carey in a dramatic scene from *Comanche Territory* (1950).

and the wranglers. Always. My Dad owned 25 percent of the top soccer team in Ireland. So boys were all nice to me because if they were nice to me, they got into the soccer game free. I went on all the locations. Don't forget, I was born and raised in Ireland, so to be able to see all those different parts of the United States of America—I loved it. I loved the old cowboys and I loved being around them. I enjoyed their company and working with them."

Nevertheless, all the amenities stars may have been used to in Hollywood weren't available on out-of-the-way locations. Maureen explained, "In *Rio Grande* [1950], with John Wayne and Victor McLaglen, we worked in what was supposed to be the Rio Grande. They used to say it was too thin to plow and too thick to drink. The heat was unbearable. It was so bad they dug a huge pit in the

ground and cut steps in the side of the pit down, then put some metal camp beds down there and a tarpaulin over the top. Victor McLaglen and all of us, when we'd have an hour or so off where we weren't needed, we'd go down in that pit just to stay cool and not die in the deadly heat. It was Monument Valley, near Moab, Utah."

One of the first American films done in Australia was Maureen's *Kangaroo* (1952), directed by Lewis Milestone. "Peter Lawford and Richard Boone and of course, that wonderful man, who to me is the star of the film and the star of everybody's life, Finlay Currie. A sweetheart and a wonderful, wonderful man. He had a gorgeous wife who was American. She used to be Maude Courtney, the girl who sang the sweet songs in the great, early days in the United States music halls. I'm

INDIAN TOMAHAWK AND CAVALRY SABRE FIGHTING SIDE-BY-SIDE FOR THE GLORY OF THE WEST!

Universal International presents

MAUREEN O'HARA
JEFF CHANDLER

COLOR BY

TECHNICOLOR

WAR ARROW

co-starring SUZAN BALL with JOHN McINTIRE · CHARLES DRAKE · DENNIS WEAVER · NOAH BEERY

DIRECTED BY GEORGE SHERMAN · WRITTEN BY JOHN MICHAEL HAYES · PRODUCED BY JOHN W. ROGERS

Maureen says Jeff Chandler was "a nice man, but a bad actor."

amazed nobody has ever tried to do their love story, because it is wonderful. Even as old people, they were still romantically in love with each other. It was wonderful just to be around them. I had to use a whip in that film. I had used an American bullwhip before in *Comanche Territory* [1950]. I was taught to use it by the wonderful man whose name I don't remember who taught everybody that used bullwhips in movies in Hollywood. But the Australian bullwhip they used to herd cattle on horseback is different. The American whip is hard handled but slowly and slowly gets softer, it's all one piece. The Australian bullwhip has a hard handle. It has a knot and then the rest of the whip hangs limply. It feels different and you have to use it a little differently. I took lessons from Ben Johnson, the wonderful old cowboy, the stunt man. He

taught us. The day I went for my first lesson was the first day Dick Boone took his first lesson on how to ride a horse. When I was there he didn't even know what side of the horse to get up on. He took his first lesson from Ben Johnson and told me at the time he was a hoofer from New York, danced in stage shows and didn't know anything about horses or the West at all. I will say for him, he did learn because he handled a horse beautifully afterwards. Of course he had a fabulous teacher in Ben Johnson."

Deadly Companions (1961) with Brian Keith, directed by Sam Peckinpah is not Maureen's favorite film. She sternly asserts, "I didn't enjoy Sam at all. I have to be honest. I didn't think he was a very good director. I think he was lucky that whatever happened in his career happened. I think it was luck, not talent. I'm sorry. You have to forgive me. He was not a good director and if his films turned out successful, that was luck — and people protecting him, like the cameramen and the producers. Different people protecting him made him look good."

Maureen worked with John Wayne in three westerns, *Rio Grande*, *McLintock* and *Big Jake* (1971). Everyone knows how much she admired Wayne, she's said it many times. She even testified before Congress in an effort to get him a medal. She proudly says, "That medal has 'John Wayne, American' on it because I asked for it. I understand people are using it without giving me any credit which kind of hurts my feelings. 'John Wayne, American' would not have been on the medal if I had not thought of it and had not asked Congress to do it."

Of her other western men, "I enjoyed Jimmy Stewart, I enjoyed Brian Keith and I enjoyed Henry Fonda. Jeff Chandler was a nice man but a bad actor. But John Wayne, yes, was number one because we respected and liked each other and I could stand toe to toe with Duke and fight it out. We enjoyed matching each other's wits. One time he was talking about different people and somebody asked him, 'What about O'Hara?' He said, 'The greatest guy I ever knew.'" [*laughs*]

But Maureen never tried to match him on his drinking. "Oh, God, no. You know, people get reputations they don't deserve. It constantly gets me angry these things are not corrected. I read a story about the making of *The Quiet Man*. Somebody gave an interview saying John Wayne and John Ford drank all the time. That is not true. On the entire shooting of *The Quiet Man* John Wayne had a couple of drinks one night, and one night only, during the picture. John Ford never drank during the entire picture. The article went on to say we were bedeviled with terrible weather and it never stopped raining. On the entire shooting of *The Quiet Man* we had one single rainy day, which was exactly what John Ford wanted. It was when I ran out of the cottage, having been caught by Wayne, sweeping and cleaning the cottage. I ran out through the rain and slipped and fell in this terrible wind and rain. We used to tease and say that John Ford got the weather he wanted. That particular day he wanted wind and rain, and by gosh, he got it. The rest of the time we had magnificent sunshine, heat and warmth. So where these people get this information, I don't know. Suddenly, it's printed two or three times and it becomes fact, and it is not fact. It is absolute lies."

There's a long-running story that Forrest Tucker, who had a drinking reputation himself, along with John Wayne, Ward Bond, Victor McLaglen and a few others, belonged to something called the slap club. Sitting around a table there would be a few bottles. One person would start off by tossing down a drink and then turning to the man on his right and slugging him in the jaw, trying to knock him out of his chair. Then it would go to the next person and the next, so on around the circle, drinking and slugging, drinking and slugging, until someone was left. Maureen doubts it. "Makes a great story but I don't believe that. How in God's name could they work the next day? I've known Duke since about 1941 and all of the other guys and stuntmen and I've never heard of anything like that, and I *would* have heard about it. There are so many people who tell so many stories and I sit there with my mouth open and think, good God, who made that up?"

Maureen O'Hara Western Filmography

Movies: *Buffalo Bill* (1944 Fox) — Joel McCrea; *Comanche Territory* (1950 Universal-International) — Macdonald Carey; *Rio Grande* (1950 Republic) — John Wayne; *Kangaroo* (1952 Fox) — Peter Lawford; *Redhead from Wyoming* (1953 Universal-International) — Alex Nicol; *War Arrow* (1953 Universal-International) — Jeff Chandler; *Deadly Companions* (1961 Pathe-American) — Brian Keith; *McLintock* (1963 United Artists) — John Wayne; *Rare Breed* (1966 Universal) — James Stewart; *Big Jake* (1971 National-General) — John Wayne; *Red Pony* (1973) — Henry Fonda (TV Movie).

DEBRA PAGET

Sonseeahray

The star of one of the most influential westerns ever filmed, *Broken Arrow* (1950), was the second of a trio of beautiful siblings to enter the movies.

Alongside her sisters, Debra feels "like an ugly duckling! [*laughs*] I think Teala [Loring] is the prettiest, then Lisa [Gaye], then myself! Lisa has a quick, sharp wit about her, and a good sense of humor. Her husband is

dead — he died when he was in his early 40s of a heart attack, and she has one daughter. Teala, however, has six kids, many grandkids and great-grandchildren!"

Religion plays an important part in all three sisters' lives today. "I used to have a show on Trinity Broadcasting; recently I did a seminar with Jacqueline White that was fun. We talked about the picture days. I do things for

Debra was only 16 when she married James Stewart—on screen—in the classic *Broken Arrow* (1950).

the Lord Jesus Christ — I give speeches, I write gospel songs and poems that are used when I speak."

Debra was married three times, all ended in divorce, including a brief marriage to flamboyant western director Budd Boetticher. She has no plans to return to films. "Things were decent then. In 1982, I decided to go back to work. A newspaper reporter did a long story on me. Then I prayed about it, and decided not to do it. I did do a play, that was lots of fun, but I will never have a full-time acting career again. I was pleased to learn a contemporary actress, Debra Winger, was named after me."

Debrahlee Griffin obtained a contract with 20th Century–Fox at a very tender age. "I had gone into the theatre at about 9 to 10 years old and worked professionally from 11 on. I signed a contract at 20th Century–Fox at 14. My mother was my agent. She had a lot of contacts and through her connections I was signed. It kind of took your breath away at first. I was awestruck. It took a while to come down off that cloud. I had to have a parent and a schoolteacher with me at all times. I was at Fox for two weeks when I did *Cry of the City* [1948] with Richard Conte and Victor Mature. They had shot the small part of a young 18-year-old, who had an innocent look about her, with two different actresses. They didn't like the results and decided to test three more. When I did the part, they liked what they saw, and I was kept after the six-month option period! I worked with Victor Mature in that when I was about 14 years old. I was so shy, terrified and insecure. He would 'put me on' all the time. I didn't know it was a put on. I thought he was really mad at me. I'd run to my dressing room and cry. He really wasn't being bad. I worked with him later in *Fury at Furnace Creek* and then I understood it was just a put on. But he knew how to get to you!"

Cry of the City led to other parts. "I tested for *Broken Arrow* about seven months later. Jimmy Stewart took the time to test with us, which was not usually done at that time by major stars, they'd have a contract player work

with you. But he took all that time to work with Jeff Chandler and I which made a great deal of difference in our getting the parts. In a scene, if Jimmy thought Jeff, who was a gentle, quiet man, or I could do better, *he* would blow it and they'd have to cut. And he'd whisper to us, you can do this better — focus in. He was just a beautiful human being. I want to cry, thinking about his recent passing. I loved that man, and I love that film. It was my first starring billing."

As to the contact lenses she was forced to wear to make her look the part of Indian maiden Sonseeahray in *Broken Arrow*, Debra reveals, "The contact lenses were a problem. They weren't like they are today — not plastic — but GLASS! They covered the entire eye! They dyed the color in them. The light would heat them up and they dried the eyeball. You would sometimes be shot in profile, so only one contact had to be in your eye. The heat would turn that eye to hamburger. They were supposed to stay in 15 minutes — but it would turn into four hours! I'd see rainbows for half an hour after taking them out. Once, when I put the contacts on a table by the shore, they fell into the river! The entire crew was on their knees feeling, trying to find the contact lenses. Finally, my mother had to send off for spares. I still have the originals — they are humdingers."

Regarding other incidents making *Broken Arrow*, Debra laughingly says, "The White Mountain Apaches — 400 of them — were hired, and sent to Sedona, Arizona. The women had long black hair, but by the time they arrived, they had cut their hair off and given themselves Toni Home Permanents because they were 'going to be in the movies.' The studio sent to Hollywood for wigs, and that delayed us. They put mops on some of the Indian women. It was so cute! Sedona Lodge was where we stayed, and at the time it was wilderness. To go to a store you had to drive to Flagstaff. It was fabulous, but I could not find it anymore when I went there later. It had grown so. *Broken Arrow* is now the name of a residential area. They named the streets after the characters, like Tom Jeffords

Boulevard, Cochise Avenue, Sonseeahray Street. It's kind of cute, but also sad to see all that beautiful territory disappear."

Perhaps the most memorable story deals with the film's star, James Stewart. "I was so young that I was told, 'Don't ever tell him your age. Lie and say you're 17.' Well, I had a birthday on the set, and when Jimmy saw the number of candles, he screamed, 'Oh my God, I'm a dirty old man!' [*laughs*] We had a lot of bad weather — it would wash away the set! We got way behind schedule, and Jimmy's fiancée, Gloria, came up there. A week after we finished, they were married."

White Feather (1955) five years later was a remake of *Broken Arrow*. "But, they changed it a lot. I didn't know it was to have been a remake until later. Jeffrey Hunter and I were in that version."

Asked if *Seven Angry Men* (1955, released by Allied Artists and produced by Vincent M. Fennelly) was a loan-out, Debra says, "I thought it came out of Fox. We filmed *Seven Angry Men* at Fox. A lot of fine young men, like Dennis Weaver and John Smith, who later became stars, were in it. None were well-known at the time except for Jeff Hunter. It was done at the Fox Ranch."

Regarding one of her most famous co-stars, Elvis Presley, "Elvis and I did the *Milton Berle* show three months before we did *Love Me Tender* [1956]. I didn't notice Elvis because I had a tough dance number; my mother was there when we did it. Elvis did have a scene with Milton that had something to do about me, and I may have come on at the end, I don't recall. I was more concerned with that crazy dance — I kept throwing my hip out — they had a woman on the set who pushed it back in! I just did the job and tried to stay out of pain! [*laughs*] Three months later we did *Love Me Tender*. My brother Frank Griffin used the name Ruell Shayne in that. He had a bit, but he did have a lead in *Teenage Crime Wave* [1955]. He's done a couple of Charles Starrett westerns, a western with Guy Madison, and a cult science-fiction film, *The Giant Claw*. He's now a top makeup man. He wants to retire, but he's Steve Mar-

tin's personal makeup man, so whenever Steve Martin works, so does Frank. [*laughs*] Originally *Love Me Tender* had no songs. Elvis didn't want to sing, but they wanted to cash in, so he did sing in the movie. I didn't know Elvis was to do the picture until it was time to do the film. I was very shy, very quiet and very immature for my age. I was in my very early twenties but I was emotionally more like a 16 year old. Elvis and I just sort of came together like a couple of children really. Following the film, he did ask me to marry him [*smiles*] but my parents objected to my getting married. I cared about Elvis, but being one not to disobey my parents, that did not take place. [*laughs*] He was a precious, humble, lovely person. Elvis had a lot of talent; there was a lot of depth they never used. He could have been a fine actor."

As to school and child stars: "I attended the Fox school which still had Shirley Temple's old schoolteacher. Merry Anders and Billy Gray were in school with me. I recently heard from Merry — we've been writing back-and-forth! I actually graduated from Hollywood Professional School, but by that time I didn't know anybody so I skipped the prom. Since you are at a studio school, every year you have to go downtown to take a test — to make sure the studio wasn't cheating, and you really were getting an education. One year, Elizabeth Taylor wanted to go visit her fiancé, and she needed to get ready — do her hair and all. She blinked those long black lashes at the *male* teacher — and he let her go! [*laughs*] Since I played older parts, my day might consist of doing love scenes — then doing math — then back to the love scenes. You had to have good concentration. They gave you four hours of schooling and four hours of working — and they didn't let you go one minute over! I missed a lot of magazine covers because of it!"

As for Dale Robertson, her co-star in *The Gambler from Natchez* (1954), "Dear Dale. Dale and I go back to when I was 15 years old at Fox. He was a great friend of my mother's — everybody liked my mom. Dale is a great guy — we had good times together, so

Elvis and Debra "came together like a couple of children" she says, in his first feature, *Love Me Tender*.

I knew him long before we did *Gambler from Natchez*. It was the first time I did anything spiffy. Usually, I was very sedate, very ladylike, very shy. I sort of turned loose in that one. I broke my finger in a fight scene with Lisa Daniels. I stoved into her and broke it in about three places. For about four nights I couldn't sleep I was in so much pain. Finally,

I went in to see the studio nurse. They put my finger in a little nude colored cast so I could continue working. I met Dale's wife at the Golden Boot Awards a few years ago and got to spend some time with him at the Memphis Film Festival in 1997. That was fun. Dale Robertson is one of the few I've kept up with."

Debra appeared on one episode of TV's

Dale Robertson is *The Gambler from Natchez* with Woody Strode, Debra and Thomas Gomez.

Cimarron City (1958–1960) starring George Montgomery. "It was fun working with George — I had a good part, and it was one of the first things George Hamilton did."

When asked about her most influential director, it had to be Delmer Daves. "He directed me at 16, 18 and 21 in *Broken Arrow*, *Bird of Paradise* [1951] and *Demetrius and the Gladiators* [1954]. Of course, Cecil B. DeMille was a great director — I worked with him for a whole year on my personal favorite film, *The Ten Commandments* [1956]. That picture took two years to complete. Unfortunately, all my scenes were shot in Hollywood — only Charlton Heston and Yul Brynner had to go to Egypt. But it was an ordeal, just the same. I was wearing the same costume for three or four months! They wouldn't clean it, because it was supposed to look dirty! I like animals, but goats, camels, cows and dogs in the dust — blah! The goats would be chewing on my costume. DeMille personally chose me for the part. He told me he felt the hand of God was always on my career! I did *Omar Khayyam* [1957] later — but it was nothing like this."

Reminiscing of other wonderful times making movies, Debra recalls, "I went to Hawaii for *Bird of Paradise*. I went to Acapulco, Mexico; all these places I saw in their virgin states — no hotels and people. I learned to swim in Delmer Daves' swimming pool. I had always had a dream I would drown. When we did *Broken Arrow*, we went to Oak Creek Canyon Creek, which was bottomless. My mother and I went with another cast lady, Argentina Brunetti. Some Indian boys pushed the raft away, and I went under three times! Argentina Brunetti tried to help; finally a young man pulled me out, and got me breathing. Delmer Daves said, 'Stay away from water — until we finish the picture.' Six months later, when we did *Bird of Paradise*, he asked me, 'Do you swim?' He apparently forgot I almost drowned on the last picture. I had to swim three hours a day for a month, before we started that movie. The first couple of days, the chaperone tried to teach me. I was afraid of even touching the water. They made me a vest and tied it to a bamboo pole— I swam like a fish eventually, and I never had that dream again!"

On *Bird of Paradise*, there were 50 island girls hired to jump off a boat. "They were not well endowed—so the studio wanted to put pads or falsies in the sarongs. But the girls balked. They wouldn't let them be put in. Finally they put them in themselves—and when the director called 'Action,' they jumped off the boat and the falsies came off! From island to island, the story preceded us! They later called it 'Falsie Bay.'"

A most common question asked western ladies is "Can you ride?" Many fib that they can, but Debra Paget could tell them the truth. "I love to ride—when my brother was 16, he wanted a car. My parents thought that too dangerous, so they got him a horse! I was 12, so we went to Griffith Park where they boarded the horses. I loved riding—loved being on a horse. I only stopped riding when

I moved to Houston—it was too humid! I would pass out from the heat, but now I am adjusted to it."

Today Debra maintains a hectic schedule with her religious activities. She strongly feels the morals in today's films need to return to better values.

Debra Paget
Western Filmography

Movies: *Broken Arrow* (1950 20th Century–Fox)—James Stewart; *The Gambler from Natchez* (1954 20th Century–Fox)—Dale Robertson; *Seven Angry Men* (1955 Allied Artists)—Raymond Massey; *White Feather* (1955 20th Century–Fox)—Robert Wagner; *Last Hunt* (1956 MGM)—Robert Taylor; *Love Me Tender* (1956 20th Century–Fox)—Elvis Presley.

Television: *20th Century–Fox Hour:* "Gun in His Hand" (1956); *Wagon Train:* "Marie Dupree Story" (1958); *Wagon Train:* "Stagecoach Story" (1959); *Cimarron City:* "Beauty and the Sorrow" (1959); *Riverboat:* "The Unwilling" (1959); *Johnny Ringo:* "East Is East" (1960); *Rawhide:* "Incident in the Garden of Eden" (1960); *Tales of Wells Fargo:* "Man of Another Breed" (1961); *Rawhide:* "Hostage Child" (1962).

JEAN PORTER

Graduate Child Star

Vivacious Jean Porter had a multifaceted career—ranging from small roles as a child (*Adventures of Tom Sawyer* [1938]) to supporting parts, eventually landing a contract with MGM.

One of the earliest pictures for the Cisco, Texas, born (December 8, 1923) actress was *One Million B.C.* (1940).

"I loved it! I was Carole Landis' little sister. She was wonderful and Victor Mature

Gloria Marlen (standing) interrupts a party which Jimmy Lydon is throwing for Jean and Ralph Hodges in *Sweet Genevieve* (1947).

delightful. D. W. Griffith was already a legend, and this was his last film. I don't know if he was supposed to direct it or not, but Hal Roach, Jr., did the actual directing. Griffith received producer credit but all he did was sit by the door. He was on the set every day, with an overcoat and a hat, sitting by the truck door — where they bring in the backdrops and large props. He always kept the door open a foot."

Jean's first important role in a western was Gene Autry's *Heart of the Rio Grande* (1942). "I was in all the way through but I really didn't do much. Fay McKenzie was the leading lady. A friend of mine, Edith Fellows (who had earlier co-starred with Tom Mix in *Rider of Death Valley*), had much more to do than I." When told Autry often played tricks

on Edith, Jean was rather surprised, "Gene was good to work with. As far as I know, he didn't pull any tricks, at least not on me."

In 1944, Dale Evans and Roy Rogers were teamed for the third time in *San Fernando Valley* (1944). "Now that was good! We enjoyed ourselves so much we didn't mind getting up early to go on those locations. It was shot way out in Hidden Valley — at the end of San Fernando Valley. They'd bring us breakfast and later sandwiches for lunch. At first, I had to have my makeup done at the studio then be driven way out to the location. Then, I was allowed to bring my own car so I could wait until I got to the location to have the makeup put on. That was a real thrill, it happened about halfway into the filming. I got to ride Trigger — and that was the highlight

Dale Evans, Roy Rogers and Jean in *San Fernando Valley* (1944).

of the movie for me. That horse was human! He was truly a very smart animal. I had the second lead to Dale Evans. She was, and still is, one of the sweetest people; and Roy Rogers is one of the nicest guys you could possibly meet. I think they were kind of going together when we did this — at least I remember them getting chummy. Roy had a sad life until this time, and when he met Dale, they hit it off. She was the perfect partner for him. I remember the great chemistry we all had! There was a scene in the film set in the kitchen where I come onto Roy. We even kissed, but they cut it out. The Sons of the Pioneers were fun. We'd all be singing songs even when it wasn't for the picture — just for the fun of it. It was truly a wonderful, wonderful time."

The following year Jean was starred in *Abbott and Costello in Hollywood* (1945). "I was only the manicurist girlfriend to Lou, running in and out of the picture. The only thing I hated was that Lou, Frances Rafferty, Bob Haymes (billed in the film Bob Stanton) and I had a lavish musical number, "Coca Bola Tree," which was to end the film. We shot it on the Esther Williams set which was built into an amusement park setting. There was a singing group and a big band. It was the best part I had in the picture — and they cut it out! They thought the picture ran too long. It was heartbreaking! I later did a lot of TV shows with Bud and Lou. They liked me from this picture, and they used me over and over again."

Jean was finally beginning to have good grown-up roles when MGM loaned her to RKO to replace Shirley Temple in *Till the End of Time* (1946). "It was a good job but I felt I was going backwards, being cast as a teenager again. But I did meet my future husband,

Edward Dmytryk—it was around October 1945."

Dmytryk, one of the decade's greatest directors (*Murder My Sweet* [1944], *The Caine Mutiny* [1954], *The Carpetbaggers* [1964]), recently wrote a book. "It's called *Odd Man Out* and deals with the Communists and blacklisting. [Dmytryk died 7/1/99. He was 90.] I've written a book, *The Cost of Living*. It tells Eddie's story—but relates what happens to the family members of people who were blacklisted. I had been going with singer Mel Torme before Eddie. Another Eddie— Edward Buzzell, the director at MGM, whispered to me to 'Drop Dmytryk. You'll never work at MGM again.' I didn't listen—couldn't believe it, but he was right! Although I was under contract, they kept loaning me out to other studios. Finally, in mid–

Jean in 20th Century–Fox's racetrack story, *Racing Blood* (1954).

1947, they were passing out pink slips left and right. They told me I could stay, for the same salary. My agent told me how much they were making on loan-outs so I decided to freelance. I did sign to do three musicals at Columbia but a small part in an MGM had much more stature than the lead in the B's. But, they were fun to do."

Jean co-starred with former Hopalong Cassidy sidekick Jimmy Ellison in *Kentucky Jubilee* (1951). "My husband was in jail (during the McCarthy Era) when I did that. Dick Powell, who was wonderful, gave me a part in *Cry Danger* [1951]. Very little, but at least I was working. These pictures don't count for much." Jean's fans would heartily disagree. The pictures are well remembered. The public does not know what transpired during the making of the films, they only know they like the end results!

Jean Porter
Western Filmography

Movies: *Heart of the Rio Grande* (1942 Republic)—Gene Autry; *Home in Wyomin'* (1942 Republic)—Gene Autry; *Calaboose* (1943 United Artists)—Jimmy Rogers/Noah Beery, Jr.; *San Fernando Valley* (1944 Republic)—Roy Rogers.

PAULA RAYMOND

Misadventures in Hollywood

As the original choice for the role of Miss Kitty on *Gunsmoke*, three adjectives describe our star: beautiful, talented, great sense of humor. San Francisco–born Paula Raymond (November 23, 1923) debuted as a child actress in 1938's *Keep Smiling* opposite Jane Withers. Paula played a bratty Shirley Temple–type, complete with her brunette hair curled and dyed blonde.

Paula made her grown-up debut in a 1948 western short, *Powder River Gunfire*, opposite Kenne Duncan. "It's strange, I remember absolutely nothing about that, I hardly remember Kenne at all."

Paula's first leading role in a western feature was *Challenge of the Range* (1949) with Charles Starrett at Columbia. "When I was a little girl, I used to go most every Saturday to a theatre on Hollywood Boulevard, the Hitching Post; I loved westerns. However, when I saw *Challenge* again recently, I thought to myself, 'What trash barrel did I get my wardrobe out of!' [*laughs*] It's a pretty cute little B-picture; but they used to be good — the people were good. Nobody makes B-pictures with a story anymore. Now it's special effects and four-letter words; people swapping saliva, taking big bites out of each other. [*laughs*] That looks awful! I enjoyed every show I ever did, but I wanted to *act*, not just be a body, so I ate my way out of my Columbia contract. The films I did at Columbia featured horses, dogs and children; forget the adults. I was just filling space. I was not given many *acting* roles. I didn't want to work, but I had a daughter to support. I became an actress because it was the only way I knew to earn a living. I wasn't trying to be a glamour movie star."

About Columbia studio-head Harry Cohn, "I never met the man, thank goodness! I only met MGM's Louis B. Mayer once. I had to go to his office, and he said, 'Your teeth are too straight.' He also said Eleanor Powell was bow-legged — which she wasn't. All I could think about was, 'He's going to make my teeth crooked!' Luckily, I only saw him at parties after that."

At MGM Paula was given the big buildup, the 'star' treatment. "My first western there was *Devil's Doorway* [1950], opposite Robert Taylor. When I was off screen, I would hide. The director was Anthony Mann. I had not-too-impressive credits from Columbia, yet I was co-starring with a big star. Anthony Mann didn't want me because I was not a star, not an equal to Taylor. Mann made me do a screen test. He was always trying to put me down. During the test, he'd say, 'Cut. No, do it this way.' Then, 'No, that way.' I finally said, 'Tony, when you make up your mind, I'll do it that way.' On location, I'd hide so no one would know 'this nobody' was Robert Taylor's lead. But, publicity was trying to build me up at this time — and now, Anthony Mann was trying to get me in bed! Jim Campbell, the publicity agent, was with us. When Tony asked me out, I'd say something to Jim and he would come along. The crew started making bets on who would win — Tony or me. I escaped from his cabin once — I never got near his door again. I was a priggish prude in those days." About Taylor, Paula recalls, "He felt inferior to his wife, Barbara Stanwyck. When he went to war, her career really took off. Once, Tony showed me a note Bob had sent. He signed it 'Mr. Barbara Stanwyck.'"

Paula, during her years at MGM, was married to Cary Grant in *Crisis* (1950).

The Tall Target (1951) was the story of an attempted assassination of President Lincoln. Nothing exceptional happened during the filming. "Dick Powell was a doll, and this time, Anthony Mann left me alone!" [*laughs*]

"In 1951, there was another western, *Inside Straight*, with David Brian and Lon Chaney, Jr. "You hear all these stories about Lon, yet I saw no notice of his drinking when I was working with him. He was always there and never held up production."

Miss Raymond's last western for Columbia was *The Gun That Won the West* (1955). "That was my favorite role there, but I did look a little plumpish. [*laughs*] Dennis Morgan was the leading man."

Paula had mainly working relationships with her co-stars, except "George Sanders I dated. He was a delight until he said, 'I won't

marry a woman I didn't go to bed with.' To which I replied, 'So, you're not going to marry me.'"

In the mid–1950s, Paula was freelancing when her agent told her CBS wanted her — badly — for the role of Miss Kitty in a new series, *Gunsmoke*. "I didn't want to play a woman who worked in a saloon, week after week. I have a freckle on my face, and I sometimes put a beauty mark over it. They even put it on Amanda Blake, who finally got the part — although it was put on the opposite side from mine. I wanted them to soften the character but didn't think they'd do it. As it turned out, the character wasn't a trashy woman at all. She was just the type I would have liked to have played."

On TV, Paula was frequently seen guesting on shows such as *Bat Masterson* (1959–1961). "I got bruised on that one. They had done an over-the-shoulder close-up of Gene Barry, and when I was doing mine he kept pulling at me, trying to get his face in profile. I had a black-and-blue arm as a result!"

Paula was also on *Have Gun — Will Travel* with Richard Boone. "What a delight to work with. I was doing a documentary for American Friends Service Committee — the Quakers — on the Southwest American Indians. I asked Richard if he'd narrate it. 'Of course I will.' What a sweetheart of a guy! I went to Arizona. When I was in Globe I didn't sleep because of the word 'Apache,' but they were very lovely people. On *Have Gun*, Ida Lupino was a good director, but she didn't know her camera. I became a cinematographer, got a USC degree, studied with Salzko Zorkapich, who did those wonderful montages in the 1936 *San Francisco*. He taught me how to use the camera. Well, Ida was trying to wrap up a scene — it was near lunch and she kept shooting around and around. She should have shot the spurs under the wagon to make the point. It was obvious

Wheelchair bound Roy Gordon in *Hand of Death* is one of the few costars who didn't try to seduce Paula.

to me. During lunch someone must have told her. The first shot she did after lunch was shooting the spurs under the wagon."

Before doing TV's *Shotgun Slade* (1959–1961) which starred Scott Brady, Paula says, "I had dated Scott. Once he had me backed up to the kitchen sink, trying to get a little sex — my mother was upstairs. I got away and never went with him again. Then we did *Shotgun Slade*. Scott liked to embarrass ladies. There's a scene where he's lying in bed — wounded. Next to him was this hurricane lamp. He took the spoke off the lamp and put it under the cover — just to embarrass me. I ignored it. He chuckled to himself. The crew knew me from other things — they knew I was ladylike. Another time, Scott was late. Finally he arrived, after holding up shooting. He put

his hand down his pants, pretending to fix his shirt. I said, 'Don't worry fellows, he's just trying to see if *it's* still there.' Well, they started howling, and this delayed production even more! It seemed all the more funny, coming from the mouth of a lady."

Paula remembers, "Before I was to do *Maverick* with James Garner, I was up for a part in a movie where I would play twins. My double was so excited because the back of her head would be used in the picture when I would be talking to my 'twin.' I was in the shower, stark naked and the phone rang. I stubbed my toe answering it. It turned out to be the casting director, reminding me to go for my cast insurance. The toe swelled so much I lost the film! It was still bothering me when I did *Maverick*. I had the podiatrist make me

Paula helps Henry Hall (as her father), Smiley Burnette and Charles Starrett fight off marauders in
Challenge of the Range **(1949).**

open-toe tennis shoes so I could walk without a limp. I had a 6 A.M. call for makeup — I was there all day long, doing nothing. It was 4 [P.M.] before they got to me. We rehearsed and everything was going wrong. They knew I had a painful injury, and to get even, I pulled a faint. [*laughs*] I never did that before or since!"

Paula also worked on *Wyatt Earp* with Hugh O'Brian. "Bill O'Connor, my fiancée, died on the last day of shooting. I could not finish that day. Hugh gave a party on Saturday night to get my mind off of it, or so I thought. I attended the party and it did take my mind off of it. When he took me home, Hugh wanted me to play with his ding-ding. I called my mother, who was living with me at the time, and I never worked on a second *Wyatt Earp*." [*laughs*]

Regarding *Cheyenne*, "They should have saved the outtakes. Clint Walker is a good horseman, but not me. The director wanted us to ride into the camera, up a hill. They got me up on a horse. The director said it was just a little way. When Clint's horse started off — mine did, too. I was screaming 'Help!' at the top of my lungs. I was bouncing up and down on the saddle in a gallop!"

Paula's last western-to-date was in 1970, *Five Bloody Graves* starring her old 'friend' Scott Brady. "I played a madame — I don't look like one, so I wanted some red spray for the hair. Something that could be washed out. Well, they brought henna!! I had to wait forever for that damn hair to grow out!"

Perhaps the most amusing experience

Miss Raymond had was on a Jeffrey Hunter episode of *Temple Houston* (1963–1964). "I played a joke on Jack Elam. The producer, Jimmy Lydon, and the cast and crew were all in on it. It started when Jack turned around and said to me, 'Happy Holiday Motel, Room Number 7.' I asked what he was talking about and was told he says that to all the leading ladies. I then asked, 'Has anyone ever given him his come-uppance?' Jack taught me to play liar's poker between takes, and I lost $10. On the last day of shooting, I was walking to the set and he said, 'Four flusher.' I hadn't paid up, yet. I got a prop department female dummy and the wardrobe department gave me a chiffon tiger-patterned scarf. I put the dummy on the floor in his dressing room, with her hand positioned where I could stuff the $10 in the first two fingers. I was hiding in the closet with the lights off. I said, in a sexy voice, 'Come on in, Jack.' I jumped out of the closet with the Polaroid flash! [*laughs*] He later said, 'If she hadn't come out of the closet, I'd have been on top of her — or rather the dummy — and hurt myself.' But, there's more to the story. I was in a dubbing room doing a *77 Sunset Strip*. Jack Elam was there — instead of standing, he was sitting down, with his feet in the area where you would sit to do the dubbing. Jack had a bottle of Scotch which he tied to the drapes. Later, when I was doing *Temple Houston*, I went up to the dubbing room and asked, 'Does Jack still have his stash?' I then took an empty bottle, filled it with water and tied it to the ropes just like he'd done. I told Jimmy Lydon to let me know what happened, which was this. Jack took out the bottle, took a sip, then another sip, and another. He was then told, 'Paula Raymond was just here.' Jack came in from the stage door, took off his hat — and flailing it at me hollered, 'You! You! You!' I got even for 'Happy Holiday Motel, Room Number 7.'"

Paula's career came to a halt August 20, 1962. "I was *killed* in an automobile accident. I was DOA, but a neurologist who said there was no pulse didn't think I was quite dead. My face was gone, my nose was gone — my face looked like hamburger. They worked on me for five and a half hours to put a nose on my face. I no longer have a sense of smell. It took away the bridge of my nose — and they couldn't put one back because it would make me look like a monster!"

"I am working on a book — *I Was Born Right, Where Did I Go Wrong, or The Misadventures of a Dumb Dame*. My real name is Paula Rae Wright — the name I used in the Jane Withers picture. My life has been rather different, but now I'm ready to return to work. I will be contacting my agent in the near future." Her legions of fans wish Paula Raymond all the luck, and thank her for all the terrific performances she has given us throughout the years.

Paula Raymond
Western Filmography

Movies: *Powder River Gunfire* (1948 Universal-International) — Kenne Duncan; *Challenge of the Range* (1949 Columbia) — Charles Starrett; *Devil's Doorway* (1950 MGM) — Robert Taylor; *The Tall Target* (1951 MGM) — Dick Powell; *Inside Straight* (1951 MGM) — David Brian; *The Gun That Won the West* (1955 Columbia) — Dennis Morgan; *Five Bloody Graves* (1970 Independent-International) — Robert Dix.

Television: *Fireside Theatre:* "Three Missions West" (1954); *Cavalcade of America:* "Petticoat Doctor" (1955); *Californians:* "Shanghai Queen" (1958); *Yancy Derringer:* "Gallatin Street" (1958); *State Trooper:* "Hardrock Man" (1958); *The Rough Riders:* "Double Dealers" (1959); *The Lawman:* "Hoax" (1959); *Shotgun Slade:* "Safecrackers" (1959); *Bat Masterson:* "A Matter of Honor" (1959); *Wyatt Earp:* "Paymaster" (1959); *Bat Masterson:* "Mr. Four Paws" (1960); *Bat Masterson:* "Last of the Night Raiders" (1960); *The Deputy:* "Backfire" (1960); *Cheyenne:* "Home Is the Brave" (1960); *Have Gun — Will Travel:* "Lady with a Gun" (1960); *The Texan:* unknown title (1960); *Maverick:* "Golden Fleecing" (1961); *Rawhide:* "House of the Hunter" (1962); *Death Valley Days:* "Wooing of Perilous Pauline" (1964); *Temple Houston:* "Miss Katherine" (1964).

JAN SHEPARD

Shepard of TV's Western Hills

Jan Shepard, the beautiful, talented and prolific guest star of nearly every TV western that aired from 1954 to 1973, was born Josephine Angela Sorbello in 1928 in Quakertown, Pennsylvania, north of Philadelphia. "I'm a first generation American. My mother and father came from Sicily. My father, when we lived in Rochester, was with an Italian company that put on plays, so maybe I got a little bit of the gene from him."

In the first grade, Jan was Miss Cleanliness in a play. "I just loved playing a part. I went out for, and got, the lead in all the class plays in my junior and senior year. From there, we had a nice little stock company in Pennsylvania. I used to read every movie magazine that came out. We didn't have movies on Sunday because it was the Quakers and they didn't have them in our little town, so we would go to Allentown and see five movies a day. My sister and I would go to New York — to see the latest plays when I was at a certain age — and we'd just spend the whole day and night in movie theatres. We just loved the movies. The thing that did it was when I saw *Love Letters* [1945] with Jennifer Jones and Joseph Cotten. I sat in the theatre and said, 'I can do that.' And that kept pushing at me."

"In 1949, I came to California with my sister's sister-in-law and, because I had some relatives living in California, I stayed. I joined a little theatre group, the Ben Bard Players. I also held jobs at the same time, working as a secretary — I worked at I. Magnin's for about a year and a half — waitressing jobs, I did office work for a photographer. I was living with Amanda Blake at the time. She was my roommate. We were living on Hollywood Boulevard in a really nice apartment. I was sunning myself one Sunday and one of the guys — older than myself — came over and sat and talked with me. I mentioned I wanted to be an actress and he said he was an agent. 'Would you like me to handle you?' I was thrilled to death. They were doing one of the very first television things, *Fireside Theater* [1949–1963]. I went over there after work, and it was for a lead in one of the programs. They put me in a room, like in a semicircle. There were about eight guys sitting there, scared me to death. Even though I'd done plays, this was very nerve-wracking. I had to read and I was crying, because I was so nervous. But I got the part! They thought, oh boy, she just cries. I was so nervous because it was the very first thing I had done. I didn't even know how to wait, you know, before you said your lines, to give the film editor a place to cut. I didn't know anything. Didn't know the microphone from the camera, honestly. I was playing a very rich girl. In those days you wore your own clothes, so I had to borrow clothes. It was nerve-wracking, but it was great because it was my start."

Jan began appearing on many TV shows in the 1950s: *Captain Midnight* (1954–1956), *Inner Sanctum* (1954–1960), *Death Valley Days* (1952–1975), *Science Fiction Theater* (1955–1957). "It was wonderful. Every show was like — oh, gosh, we can get carpeting now — and oh, we can buy a refrigerator. The '50s were fantastic. I got to work with so many *wonderful* people. But studios should not allow anyone to be a receptionist that doesn't know the great stars. Happened with Jane Darwell. I worked with her in *Circus Boy*

[1956–1958]. She is the darling of the character women, she was an angel. And the receptionist treated her like she was an extra. It just hurt me. She was so sweet; she played my grandma. I was a trapeze artist and she was teaching me how to do the trapeze. She was a doll."

About this time Jan met her husband, actor Dirk London, who went on to do many roles, including that of Morgan Earp on Hugh O'Brian's *Wyatt Earp*. "I met him at the Ben Bard Playhouse in 1951. He was there about a year before I came. He was doing *Detective Story*. I got a small role in the play and he had the lead. The magnetism was just flowing. He was so good looking, he still is, but at the time he was just unbelievably good looking, but never knew it. He never acted like he was, and that's what fascinated me. He was also very sweet and nice and it was wonderful. We weren't married though till 1954. We took our time because we were both so broke, and he was married before and we couldn't afford to get a lawyer to get a divorce. We had to wait until *she* fell in love again with someone, and that was in 1953. We had to go through the church procedure — go to Rome and have his first marriage annulled because he wasn't married in the church. We're both Catholic, it was that sort of thing. But I didn't take him away from his wife. I didn't do that. [*laughs*] The minute I found out he was married, I dropped him like a hot potato. But he came running. I said you're not going to have your cake and eat it too."

By the mid–1950s with the proliferation of TV westerns, Jan was appearing on one right after another — and has great memories of nearly every one. "For a *Death Valley Days*, it was so funny! They took us by bus to Death Valley. When you get there, you go to the front desk, they give you the keys to your room and everything, and you had to buddy

Jan "just loved playing a part," and did so in scores of TV shows.

up with someone. They had me down as *John* Shepard with Dirk London, and I said, 'No,' my name is *Jan* Shepard. It was very, very funny."

When Jan did a *Wyatt Earp*, Hugh O'Brian was dating her girlfriend. "We all went out to dinner. We were at parties and occasions together. He was really sweet. When Dirk had a bleeding ulcer and was in the hospital, Hugh was the first person to send flowers and everything. He was very sweet. Our son recently worked with him; he's a prop man and was with *Murder, She Wrote* for nine years and worked with Hugh."

As for *Rawhide* cast members, "I first worked with Paul Brinegar at that little playhouse on Melrose Avenue, Call Board Theatre. I did a play called *Jenny, Kiss Me*, when I first came to Hollywood. Paul was just adorable, and also the one who played his partner Mushy, James Murdock. He was married to Julie Harris and Julie's a dear friend of ours. James died very, very young. [Age 50, 1981; aka David Baker, he was in *Godfather II*.] I think they were married; I know they lived together. What he did with that role, it was really a thankless part. When I did *Rawhide* with Clint [Eastwood] and Eric [Fleming], Eric would be up a tree or out fishing. Everyone would say, 'Where's Eric? It's time to shoot.' We'd be out on location, he'd be up a tree, looking at birds, or he'd be out fishing, or riding his motorcycle somewhere. He was a darling man and so was Clint. Clint was a doll. Clint was so good looking. In those days, they went more for looks than they did in the 1970s and 1980s. To be honest, I didn't think he was going to be a big star. He's a wonderful director. But it took him going to Italy and putting a cigar in his mouth and the poncho, for him to hit."

"The producer of *Rawhide* was one of my dearest loves, Charles Marquis Warren was an angel. We were really great friends. He called me one day and said, 'Jan, Eric's giving us a little trouble and we're going to test five new guys. Would you test with them?' I said, 'Sure, I'll do that.' I tested with all five guys, went home and forgot about it. I thought they're either trying to scare Eric and he's going to find out about this, or Eric's not going to care. One day the phone rang and Warren said, 'We found our trail boss.' And I went, 'Great, who?' And he said, 'You. You've got more balls than any of them.' [*laughs*] He was so cute. I just roared when I heard that. I loved doing *Rawhide*.

"Oh, I was three months pregnant when I did the *Rawhide* with Dan Duryea, "Incident with an Executioner." Another dear love of mine, Dan Duryea. We did three things together. I was crazy about Dan. I was pregnant and I was in an overturned stagecoach with a runaway horse on *Rawhide*. I didn't think I was pregnant because I wanted a child so badly and it just didn't seem to happen. I was with Dan when we heard President Kennedy was killed. I was doing a show with him and Gloria Swanson. I used to tease him

a lot about the fact the two biggest events in my life were my son — I said, 'I was with you and I was pregnant.' He said, 'You have to be very careful how you say that!' [*laughs*] Dan always teased me. He was always a great favorite of the wranglers and the crew. He's nothing like he plays, that sneery kind of guy, he's just a darling person. We all ate together at these long tables at lunch time. The wranglers came to me and said, 'You've got to do this for us. Put Dan in a jam. His wife's not home this coming weekend. Make a pass at him at lunch time.' So I said to Dan, 'What are you doing this weekend?' He said, 'Oh, not much. My wife's gone up to Lake Arrowhead,' and I said, 'Oh, really? Well, my husband's not home Friday night. You want to get together?' And what he did was, bent me over and kissed me, turned me on my back and just was all over me! The wranglers were hysterical because he set me up! He set *me* up! He told the wranglers to get me to do it! On one show we weren't going to start until after lunch, but we had to appear before lunch to have our makeup and our hair done and stuff. When I was in the makeup room, Dan came in and says, 'Oh, not you. I have to work with you again?' [*laughs*] You know, we all kidded. He said, 'Let's have lunch.' I said, 'Okay, but I have to get my hair done first.' He says, 'Okay, I'm going to my dressing room, when you're ready, let me know.' So I was sitting there getting my hair done and this guy came up to me and said, 'I was just over to see Dan and he said I should come to you and tell you he's tired of waiting and will you hurry up.' I said, 'Now just run along and tell Mr. Duryea I'll be there when I get there. Just run along.' Well, he had sent the producer of the show! I was telling the producer to run along! Dan set me up! I went over there with a hatchet. I was ready to cut Dan's head off!

"Now, another story. I'm doing *Highway Patrol* [1955–1959] with Brod Crawford, who was another big teddy bear, drunk half the time, but still a big teddy bear. We're up on Franklin Canyon, near Mulholland Drive, and we're doing a scene there. We were ready to

Jan is married to Dirk London who played brother Morgan Earp in the long running *Wyatt Earp* TV series starring Hugh O'Brian. This photo was taken when Jan was crowned "Miss Union Pacific" (circa 1953).

start the scene and there was this gardener starting up his lawnmower. The first AD's going, 'Sir, could you just hold it for five minutes?' The guy hollers and says, 'Okay.' We start up the scene again, and *again* he starts the lawnmower. He did this three times. Finally, the AD walks up and he brings the lawnmower man down, and it's Dan Duryea! Dan Duryea in front of his house, mowing the lawn! Of course, he knew Brod was there and knew it was a motion picture company and that he could break everybody up. We got hysterical. That was Dan Duryea, just great for pranks.

"Speaking of Brod Crawford, he was awfully kind. Very gifted. If he was working with a young boy and the boy would forget his lines, Brod would stumble over his lines and make him feel it was Brod's fault. But the vodka—I mean, the bottles they'd throw out of that poor man's dressing room, just tons of vodka! There was a deal in the contract that if he didn't get through the show, at the time it was like $10,000 a half-hour show, he had to pay the $10,000. He was loaded a lot of the time, but still kept going. He was good."

Jan was still pregnant when she guested on *Trackdown* (1957–1959). "When I went on the interview I wore an A-line dress. I got the job, but when I went to wardrobe, the girl looked at me and said, 'Are you kidding?' I said, 'Honey, I want this job.' So she let out the belt of all the dresses, 'cause I was just out there. I was five months I guess at that time. I said, 'I'll just wrap a shawl around me and hide it.' About a year or so later, I walked on the *Virginian* set and Don McDougall, the director I had worked with on *Trackdown*, said, 'Is that you? I thought you were fat!' I said, 'I was pregnant!' 'Why didn't you tell me?' I said, 'I was afraid I wouldn't get the job.'"

"Then I did a show with Ann Sothern. I was pregnant when I was doing that also. We shot at night and I missed my own baby shower. I didn't realize they were shooting at night! I did 10 television shows in those nine months and *Attack of the Giant Leeches* [1959].

[*laughs*] I worked all the time. It was unbelievable. First of all, we were supposed to do *Leeches* two or three months before we actually did it. So I thought I could get away with it. That was another one where I had to wear some kind of loose clothes. That was awful. I mean, the leeches, they had tire patches on them! It was so cheap. But it was a Roger Corman film—*those* days, and it was fun."

As we mentioned, early in her career Jan roomed with Amanda Blake. "In fact, she lived with me when she originally got *Gunsmoke*. [*laughs*] But she never got me a job. Except once. She talked to the producer for me on *Sabre Jet* [1953], a movie. I always got jobs through reading for the parts. I think only one of the shows I worked, did I ever have a scene with her. *Gunsmoke* was an easy set, except for one night. This shot was on the street and it was supposed to be a night shot. I was sitting kind of off-camera, I wasn't in this particular shot, and it was kind of dark. All of a sudden, someone dropped what I thought was a real snake in my lap, and I swear to God, I would have had a heart attack if they hadn't removed it. I just turned my head and said, 'Please take that off of me.' I hate snakes! My heart was beating so fast, I was paralyzed. I couldn't even get up to shake it off. Then they felt really bad. They were just playing a joke. It wasn't real, but ooohhh—it scared me because I couldn't see it. But Jim Arness, just easy, easy to work with. Milburn Stone, you fall in love with him. I got to be great friends with Milburn, who played Doc. He almost died while he was on that operating table—I know he's dead now—but before that, when he had a heart attack, I asked him, 'Milburn, what happened?' He said, 'I didn't want to come back. I'll never be afraid to die. You wouldn't believe how beautiful it was. It was just the most gorgeous... it was like a forest and there were all these beautiful people walking through the forest and I just wanted to be with them. But I kept hearing Milburn, Milburn, come back...' It was very, very close to him dying then. He patterned Doc from his grandfather—he talked like he did—patterned his

Dan Duryea was one of Jan's favorites. They appeared together several times, including an episode of *Long Hot Summer*: "Return of the Quicks" in 1965.

whole persona of Doc about his grandfather. Sweet man, very nice man. And Dennis. Dennis Weaver is the most difficult human being to work with. Not because he's not a nice man, but he makes you laugh. It's the way he twists a word around or the way he looks at you, it's so tough to keep a straight face when you work with Dennis. In one part, I'd just come off the stagecoach into the restaurant and he's flirting with me. He was hilarious."

Jan also worked on *Wanted Dead or Alive*. "Steve McQueen — I'll tell you one thing. I have called the shot on three people. Robert Redford, I saw him in *Barefoot in the Park* in 1962 or 1963 in New York, and I said, 'This guy is going to be a major star.' Steve McQueen is the second one, and John Travolta. My son said, 'Mom, you were right about Travolta but it took 15 years to come true.' Steve was just very simple and very nice with me. I found him very attractive, as far as an actor."

Jan worked on three *Laramie* episodes. "John Smith wanted to date me. [*laughs*] Bob Fuller — had lunch with Bob when I was working with him. Very nice man. Really two nice guys to work with. At one time, producer John Champion was partners with Blake Edwards. John Champion was terrific. I remember I went in dressed in kind of a regular dress, but it looked very western and he complimented me on the dress. He just thought that was terrific. From that point on, I worked with him quite a bit."

Asked what she recalled about *Stagecoach West* (1960–1961), Jan replied, "William Demarest. I was talking with him one time, talking about makeup, and he said, 'Oh, this stuff is so hard to get off. I sit in the tub and I try to scrub it off.' I said, 'How's the water in the tub?' He said, 'Hot.' And I said, 'No, no, no, cold water.' And he says, 'At my age, you're telling me how to take makeup off?' I said, 'Try it. You'll see it works a lot better.' 'Cause they'd make us up down to our belly button. And our arms and legs. You just had to get into the tub to get all this stuff off every night."

The lull in Jan's guest shots from 1961 to 1965 was due to her involvement in soap operas, *Clear Horizon* and *Day in Court*. "When you do a soap opera, it's like live. They actually tape, but they don't want you to stop. No matter what happens, just keep going. It costs too much to cut the tape and all that stuff. When you do those kinds of shows, you're so nervous, you're trying to remember your lines, because we had a lot of them. Richard Coogan was on *Clear Horizon*. He was always pretty serious about doing scenes. One day, we were rehearsing and I had to make an entrance into his office. I took two of those big light bulbs they have on stage, like the palm of your hand width, I put two of those under my sweater and walked in. The people in the control room saw me doing it, so they were ready for it, but Richard wasn't. I had this real tight sweater on and these big lights on each side of me. He just could have killed me! But, we needed a little levity at that time."

Jan was nearly a semi-regular at the start of *The Virginian*. "Jim Drury's an old shoe. We'd done a *Rawhide* and a movie, *Third of a Man*, together. He got *The Virginian* and I was supposed to do the girl. Norman McDonald was producing *The Virginian*, he wanted me desperately for the girl in it, who was a newspaper editor or someone like that. He called me and said, 'Jan, Ingrid Bergman couldn't get this part!' I asked why. He said, 'Pippa Scott!' She was married to a big shot at Universal at the time. Norm said, 'There's no way you're going to get this.' So I resigned myself to that, but then he hired me every chance he could."

Jan worked with Elvis Presley twice, in *King Creole* (1958) and *Paradise Hawaiian Style*. "The first time I found him to be just the cutest kid around, a big teddy bear, just a lot of fun. He put earrings in my dressing room. We had a five and ten set, like Woolworth's, in our picture. He went over there early one morning and took these earrings and put them on my dressing table, saying, 'Hey, I got you a present.' He was darling. He was very offended if you didn't talk to him, he'd think he'd done something wrong. He told me if he had a sister, he wished she would be me. We never went to parties, but Dolores Hart threw a surprise birthday party for me and Elvis came with a big tiger on his shoulder 'cause he knew I loved cats. And he gave me a motion picture camera. No one was allowed to take pictures of him, that was in his contract. That's why he never went to parties or things of that nature. But he said, 'Go ahead and take all the pictures you want,' and I have movies of the party with Elvis! I worked with him again about eight years later. He'd come back from the service and had changed. He had a lot of bodyguards around him. He asked a lot about Dolores Hart because I'm her godmother. He wanted to know how she was doing in the monastery, as she'd become a nun by that time."

I asked Jan if Dolores was troubled by the persistent rumors she was the mother of Elvis' child. "Dolores never went to bed with anyone — never! So she has no problems with it at all. That's so ridiculous! She had no interest in Elvis at all. She's now at the Abbey of Regina Laudis in Bethlehem, Connecticut. They raise all their own food, do all their own cooking and everything. And raising animals. They're real busy. Dolores built a theatre on the property. They have about 350 acres and live right in the middle of a gorgeous woods. They have the theatre there and people from New York come out. Directors come out. Pat Neal does shows there, one-woman readings."

Jan went down to Tucson for a *High Chaparral* (1967–1971) episode. "It was so funny — the director had hired another girl. I had just gotten back from Hawaii with my family when they called me and said, 'She can't say her name! She can't say two lines together, can you come right away?' When I got there, I knew what happened when I went to wardrobe. They had to take the blouse in about five inches and had to let the waist out. [*laughs*] This was a girl who was just so bosomy, with this tiny waist and huge bust. I thought, 'Oh, now I know what happened.' They got some little girl in there, it was her first show and she was scared to death.

She had to say a line and hold a gun. She couldn't do it. I blame her agent because that was a cruel thing to do to her. You know, you do other things before you do that big a part. They wanted me because I was blonde and had the long hair. They used the long shots of her so they didn't have to do them over again, but they had to do all the closeups over."

Of all her westerns, *Bonanza* is *not* Jan's favorite. "I wasn't too happy with that show. The one who played the father, Lorne Greene, was a fine gentleman. But I found, when you're doing a very touching scene — where I was supposed to be in love with this guy and I'm seeing him after 20 years and he's going to get into a gunfight and I'm sitting, talking and it should be very quiet — Dan Blocker and Michael Landon are just hooting and hollering on the set, being obnoxious and, well..."

Jan ceased to be as interested when the business began to change and they asked her to do a nude shot. "I wouldn't do it... I couldn't do it. I have a lot of primness about myself. I would do a part where you throw your body around clothed, but I would never do a nude. No. I don't care what the part is. They also wanted me for a lesbian part with Cher, who I've known since she was a child, her mother's a dear friend of mine. There's no way I was going to do that. Somewhere, you've got to draw the line. It's so unnecessary. The sexiest scene I have ever seen in my life was Clark Gable carrying Vivien Leigh up those stairs. To me, that spoke thousands of film clips. I just go, 'Oh, get over this and let's continue with the story; it's so gratuitous."

The list of stars Jan worked with is endless: Alan Mowbray (on *Colonel Flack*), Van Johnson, Macdonald Carey (she was a regular on *Dr. Christian*—1956), Donald O'Connor, Raymond Burr, Burt Reynolds. "I worked with Charlie too, Charlie Bronson, he was the most gentle man I've ever worked with. I did a *Waterfront* with him where he was supposed to grab me and pull me toward him. It looked like he was doing it, but he was so gentle. One of the most gentle people I've ever worked with. Very fine actor." The list also includes Joan Davis, Kathleen Crowley, Ray Bolger, Joan Crawford, William Bendix. "I didn't miss a lot of them. I'm very happy with my life. I worked the way I wanted to work. They were terrific people."

Jan Shepard
Western Filmography

Television: *Death Valley Days:* "Yaller" (1954); *Kit Carson:* "Outlaw Justice" (1954); *Kit Carson:* "Trouble in Sundown" (1954); *Tales of the Texas Rangers:* "Ransom Flight" (1955); *Lone Ranger:* "Framed for Murder" (1955); *TV Readers Digest:* "Around the Horn To Matrimony" (1955); *Wyatt Earp:* "Marshal Earp Plays Cupid" (1956); *Sergeant Preston of the Yukon:* "Eye of Evil" (1956); *Circus Boy:* "Big Top Angel" (1957); *The Californians:* "Dishonor for Matt Wayne" (1958); *U.S. Marshal:* "Murder My Darling" (1958); *Gray Ghost:* "The Escape" (1958); *Tombstone Territory:* unknown title (1958 or 1959); *Rawhide:* "Incident with an Executioner" (1959); *Trackdown:* "Terror" (1959); *Rin Tin Tin:* "Apache Stampede" (1959); *Wichita Town:* "Man On the Hill" (1959); *Rawhide:* "Incident at Sulphur Creek" (1960); *Wanted Dead or Alive:* "Mental Lapse" (1960); *Rawhide:* "Incident at the Top of the World" (1961); *Gunsmoke:* "Tall Trapper" (1961); *Gunsmoke:* "Old Faces" (1961); *Bat Masterson:* "Bull Whacker's Bounty" (1961); *The Gunslinger:* "Rampage" (1961); *Stagecoach West:* "The Raider" (1961); *Laramie:* "Badge of the Outsider" (1961); *Laramie:* "Jailbreakers" (1961); *Laramie:* "Bad Blood" (1962); *The Lawman:* "Change of Venue" (1962); *Gunsmoke:* "Friend" (1964); *The Virginian:* "The Brothers" (1965); *The Virginian:* "Harvest of Strangers" (1966); *Bonanza:* "The Code" (1966); *Man Called Shenandoah:* "Plunder" (1966); *The Virginian:* "Long Journey Home" (1966); *High Chaparral:* "Sudden Country" (1967); *Gunsmoke:* "Noose of Gold" (1967); *Road West:* "No Sanctuary" (1967); *High Chaparral:* "Our Lady of Guadalupe" (1968); *The Virginian:* "Stopover" (1969); *The Virginian:* "Runaway Boy" (1969).

MARION SHILLING

Grace of the West

Graceful, charming, beautiful, intelligent — all describe Marion Shilling, co-star to ten 1930s B-western heroes. Born Marion Helen Schilling, December 3, 1910, in Denver, Colorado, her original aspirations were not theatrical. "I love words, and if I had had the opportunity to attend college, I'd have majored in journalism."

Marion's father and his partner obtained West Coast rights to the play *Dracula* and brought the original London–New York production starring Bela Lugosi to California, Oregon and Washington. "I had a small part in *Dracula* and met many film people who came to see the play at the old Biltmore Theater in L.A. Talking pictures were just bursting forth; the studios were looking for young people with stage experience. I had played many child parts in my father's plays. MGM signed me to a contract and gave me the leading feminine role in *Wise Girls* [1929], actually, a photographed play. I understand it was MGM's very first film shown only in theatres wired for sound."

Although *Wise Girls* was successful, her next two outings were not. "MGM released *everyone* connected with either film [*Lord Byron of Broadway* and *Road Show*]."

Next, under contract to Paramount, Marion costarred with William Powell in *Shadow of the Law* (1930). Released by Paramount after six months, she was signed by Pathé for a year. "I played opposite Lew Cody in *Beyond Victory* [1931] and Tom Keene in *Sundown Trail* [1931]. Derr and Sullivan, who were in charge of Pathé, told me they'd probably team me with Joel McCrea. But, alas, the studio changed hands several times and was finally absorbed by RKO. Just at that critical time, my agent, who had been my guide and counselor from the very beginning of my career in films, had a heart attack and died. I was rudderless, adrift. I was so young, dependent. That strong, sure, guiding hand was gone. I wish, at that crucial time, I could have had my present maturity, confidence and resolve. I was so green and scared. I then made films for Allied Artists, Monogram and other independent studios, but the momentum was lost. Then came the westerns, which afforded me the most enjoyable years of all."

We asked Marion to describe the temperament of each of her ten leading cowboys. Tom Keene: "Pleasant, affable, a great tease. He and Nick Stuart spent all the time between scenes trying to make me blush and giggle."

Hoot Gibson: "A really 'nice guy.' A true professional, always on time, always knew his lines. I understand in earlier days he'd been a stunt man. When I worked with him he'd be photographed mounting a horse, eventually dismounting; all riding was done by doubles. I guess at that point the studio didn't want to take any chance of his being injured."

Reb Russell: "A sweet guy. A reserved 'Southern Gentleman.'"

Big Boy Williams: "Easy going."

Tim McCoy: "By far, the most polished of the cowboys. Well aware of being an intellectual, he never missed an opportunity to mention his close friendship with Ronnie [Colman] and Bill [Powell]. Tim and I dated for some time. He was very gallant, such excellent manners! Up to that time I had never had a drink. With my mother's okay, he introduced me to sloe gin fizzes. When he suggested introducing me to a more sophisticated activity, a weekend at Palm Springs where he'd 'teach me all about life,' I realized I was well over my depth and decided to stay home. Anyone who knew my mother would be certain I never made it to Palm Springs."

Buck Jones: "Ah! There was one great person! His fan clubs are ever growing in popularity and strength. No wonder. Buck was a *star*. He was so kind to everyone. Twinkling with good humor, he loved telling sometimes racy jokes between scenes but his wit always exceeded the vulgarity. Then when we were called before the cameras, he was all business. He loved to assign people nicknames. Of all the actors I ever worked with, he was my favorite."

Buck Coburn: "A sweet, gentle guy. He was thrilled to have been made a western star. I was the lead in his first [and only] starring film."

Tom Tyler: "A handsome big mass of muscle. Always prompt and knew his lines, but very quiet. He was in the midst of a torrid romance with Marlene Dietrich and during the day was probably 'in recovery.'"

Rex Bell: "A warm, lovable human being. It's no wonder the people of Nevada made him their lieutenant governor. He was devoted and caring of his Clara [Bow] when I knew him. Everyone on the set liked him."

Fred Scott: "An outstanding human being. One of the finest persons I ever worked with in the movies. An accomplished actor, singer and artist. Sensitively appreciative of nature; one day as we were awaiting a camera setup, he pointed to a nearby clump of trees and bushes. 'Look over there,' he said, 'you'll see at least 50 shades of green.' I've been more aware ever since! On location he was

COLONY PICTURES, INC. presents

REX BELL

IN "IDAHO KID"

with MARION SHILLING and outstanding cast

Marion costarred with the later-to-be lieutenant governor of Nevada, Rex Bell, in *Idaho Kid* (1936).

involved in a slight accident. His horse brushed against a fence and his arm was injured, not serious but very painful. He refused to make anything over the incident. Fred and his lovely Mary had just become engaged and she was frequently a visitor on the set. Their romance gave a glow to every day of filming."

Marion also shared recollections of her non-western leading men and many of the stalwarts who populated B-westerns. Richard Dix: (*Young Donovan's Kid*—1931) "Very sweet to me. He was at the height of his fame when I knew him. When he made his entrance on the sound stage each morning it was an event. Following him was a parade: stand-in, valet, secretary and several musicians, along with a big *ego*. A contrast to Bill Powell's modesty. Bill didn't even have a car, let alone a

chauffeured one such as Dix's. I'd worked with Bill just a few months before. He was a darling."

Walter Miller: "During my teen days I'd been a fan of Walter's. I followed several of his serials faithfully with suspense and anticipation, never dreaming one day I'd be working with him. Walter was such a nice person, clean-cut, intelligent, reliable."

Lafe McKee: "Genial, dependable, reserved."

Grant Withers: "We worked together during the six weeks of making Buck Jones' *Red Rider* serial. Grant was lots of fun and completely enamored of his bride, Alice, from Chicago. She was on the set nearly every day."

Charles Starrett: (*A Shot in the Dark*—1935) "A refined, reserved person."

And her three *Clutching Hand* serial

cohorts. Jack Mulhall: "What a dear person! Every moment with him was a delight. We also worked together on many commercials. My mother often accompanied me on the set and she was wild about Jack."

Rex Lease: "Handsome, personable, his good humor brightened the set. His witty comments kept us all laughing. He had the makings of a big star, but, as he confessed to me during lengthy between-scene chats, he had a weak character. He regretted the hard time he had given his wife. Soon after we had completed *The Clutching Hand*, he came by my house one day and asked to borrow my package of stills from that serial. He said they'd help him get a good part, that he'd see I got them back soon. Despite numerous reminders from me, they were never returned and I was unable to replace them."

Ruth Mix: "Ruth and I became very good friends during *The Clutching Hand* serial. She was sincere, unaffected, honest. A natural beauty, but unaware of it. She had flawless, creamy skin, long dark hair and her eyes sparkled. Liked by everyone. After we had finished shooting one evening, Ruth took me to meet her dad [Tom Mix], whose circus was in town. I also met his wife, who was performing with him."

Marion and Big Boy Williams starred in *Thunder Over Texas* (1934) directed by Edgar Ulmer (under the pseudonym of John Warner to prevent Universal, where he was under contract, from finding out he was moonlighting). Ulmer's wife Shirley, wrote the script under the nom de plume Sherle Castle. "The name brings memories of an unexploited genius. From the first shot his talent was evident. Imaginative, inventive camera set-ups, a clever, unobtrusive way of getting just what he wanted from the actors. It's a pity he was never afforded worthy opportunities. It was produced by the Alexander brothers [Max and Arthur], nephews of Carl Laemmle. Max had just returned from the East and surprised everyone by bringing a bride with him, Shirley Mendelssohn. Shirley was on the set every day. It was soon apparent she was shifting her affections from Max to Edgar. Shirley and

Max divorced, and I understand she and Edgar had a long and happy marriage."

"As to directors, besides Edgar Ulmer, I liked Harry Fraser and Bart Carre. Bob Hill was a dear, dear friend but he was flamboyant and made me overact."

Marion's riding experience prior to her westerns was limited. "My only riding experience had been on burros during my childhood days in Colorado. At first, during the filming of *Sundown Trail*, I was terrified of horses. But I like animals and with subsequent experience and some riding lessons in Griffith Park, I learned to enjoy riding very much. While on location with *Red Rider*, I got on my horse and went to an isolated place to practice riding. I soon became aware of someone following me. I looked around and there was Buck Jones. When he knew I was aware of him, he burst out laughing. 'That,' he said, 'is the best example I've ever seen of a horse riding a girl!' He then gave me some coaching and eventually I even learned to do a flying mount."

"If I ever had a double in a western, I don't recall it. I shudder now remembering how dangerous it was for a person as unathletic as I to gallop over long stretches of rough terrain. Actually, I enjoyed the thrill, not giving a thought to the chances I was taking.

"On *Thunder Over Texas* the horses were very fractious and there were yellow jackets around our location. During the filming of a scene my horse was stung. He reared and threw me. I got up, brushed myself off and said, 'I'm all right, let's get on with the scene.' I then remounted and the scene was completed. I must have been in a state of shock, but I can attest to the accuracy of this account as the next day I saw the entire episode in the rushes. I had a sore back for several weeks and the studio arranged for chiropractic treatments.

"*Thunder* was produced by the Alexander brothers, both fine, clean-cut fellows. Arthur was a special friend of mine. Throughout the years he'd often stop by my house and take me to the latest movie. He was a favorite escort of mine to film functions and parties."

Buck Jones was Marion's "favorite" leading man. This is a romantic scene from chapter two of their *Red Rider* **serial (1934).**

We asked Marion if she'd had any 'casting couch' problems. "Many actors, directors and producers 'made advances.' It was not uncommon for us even actually to be chased around the director or producer's desk. But any girl with spunk can say 'No.'"

As to her close friends in the business, Marion recalls, "It was during the movie days I met Maryan Mann, with whom I've kept in close touch. Under the name, Maryan [or Marion] Dowling she was the lead in several independent westerns [*Desert Justice* with Jack

Colonel Tim McCoy volunteered to teach Marion "all about life." She was his leading lady in *The Westerner* (1934).

Perrin, *Melody Trail* with Gene Autry]. Married to Gene Mann, a prominent movie agent, she retired early to rear four sons. Maryan later was married to David Eisner, the financier. She lives in Palm Springs but we're still dear friends. Ellen Corby was another kindred spirit. As was Lois Wilson, Fay McKenzie and her sister, Ella [Mrs. Billy Gilbert]."

Asked about being 'typed' in westerns, Marion smiles, "Weren't all the heroines in those low budget westerns sweet and pretty? And virgins? I would liked to have played more spirited parts."

Marion's worst and best days were back to back. "My worst day in films, one of the most miserable experiences of my life, occurred during the filming of *Shop Angel* [1932]. Early in January, the weather was gray

and cold. I spent all day shooting scenes in an outdoor, unheated swimming pool. Scene after scene I'd have to get back into that frigid water. By evening I thought I was about to die. Then I had to return to the studio, put on fresh makeup and work well into the night. Need I tell you the movie was a quickie? My scenes were with Walter Byron and called for us to embrace and kiss a number of times. And Walter had a heavy cold! I was chilled to the bone from that awful day in the pool and, of course, caught the heavy cold. Six days of shooting remained and I was in almost every scene. Ironically, my best day, by far, was the one preceding. That was the happy day I met Edward Cook, my Prince Charming, my future husband. *Shop Angel* producer, Morris Schlank, and his wife, Bess (she was modiste to many top stars), were intentionally playing cupid. They invited Edward and his parents to visit the set and planned the introduction. Edward lived in Philadelphia but spent his winters in California. It took me six years to make up my mind to leave my folks and California. Edward and I married in 1937 and moved near Philadelphia. Edward's folks and mine by then had become dear friends and the Cooks persuaded my mother and dad to move East. My dad managed a movie theatre. In 1945, after the war, all of us returned to California so Edward could realize a longtime dream of attending Cal Tech's graduate school of physics."

"Our son grew up to become a lawyer, a public defender for Los Angeles County. He also does pro bono work, visiting the black high schools of L.A. talking to the young people on career planning. Our daughter, Frances, graduated from UCLA, then earned two master's degrees at Stanford. She taught school for several years then married. Fran became one of the leading volunteer workers in the Palo Alto area. In October 1995, Fran died at the age of 54 of lung cancer. She didn't smoke and was not exposed to smoking."

"I regret not having made a more significant contribution to films. With my present self-awareness and maturity I could do so much better. But I know someone up there likes me and, with wisdom far superior to mine, has guided my life and affairs to everyone's best interests. If I had been working in a major studio on that fateful day in January 1932, instead of on the set of *Shop Angel*, I'd never have met Edward. For nearly over sixty years I've been married to this wonderful, tall, handsome, highly successful man. He still tells me, many times every day, how much he loves me. Who could ask for anything more!!!"

Marion Shilling
Western Filmography

Movies: *Sundown Trail* (1931 RKO)— Tom Keene; *A Man's Land* (1932 Allied)— Hoot Gibson; *Fighting to Live* (1934 Principal)— Reb Russell; *Thunder Over Texas* (1934 Beacon)— Big Boy Williams; *The Westerner* (1934 Columbia)— Tim McCoy; *Stone of Silver Creek* (1935 Universal)— Buck Jones; *Gunsmoke on the Guadalupe* (1935 Kent)— Buck Coburn; *Rio Rattler* (1935 Reliable)— Tom Tyler; *Gun Play* (1935 Beacon)— Big Boy Williams; *Blazing Guns* (1935 Kent)— Reb Russell; *Idaho Kid* (1936 Colony)— Rex Bell; *Romance Rides the Range* (1936 Spectrum)— Fred Scott; *Cavalcade of the West* (1936 Diversion)— Hoot Gibson.

Serial: *Red Rider* (1934 Universal)— Buck Jones.

ROBERTA SHORE

Betsy

One or two questions is all I needed to ask the engaging Roberta Shore to get her upbeat personality into high gear for the success story of how she became the charming Betsy Garth, daughter to Lee J. Cobb's Judge Henry Garth for the first three seasons

Roberta hated the ponytail that was part of her persona as Betsy Garth for three seasons of *The Virginian*.

Hugh O'Brian (formerly TV's *Wyatt Earp*) was the guest in the first episode of *The Virginian* ("The Executioner") with Roberta and James Drury.

of the groundbreaking *The Virginian* TV series.

"I was born in Monterey Park, California, in 1943, was raised in San Gabriel, California, lived there until I was 21, got married, moved to Utah; been there ever since. Salt Lake City. I came from kind of a musical fam-

ily. My dad used to play the violin in a country-western band that my uncle had. So — at my grandparents' fiftieth wedding anniversary, I sang. I was eight and a half and, of course, everybody in my family told my parents how talented I was." [*laughs*]

"At that time, they were having all these

great big supermarket openings and they used to have country-western singers at all these openings. I used to follow Tex Williams around and, after singing with him several times, was lucky enough to be put on his weekly television shows that he had from Knott's Berry Farm. I mean, it was just a farm then. Of course now, they have rides, it's all commercialized. I was ten and a half when I was on *The Tex Williams Show...* about 1954. I just loved him. He was just a kind, kind man. He was married, had no children. He had a limp. I think he had polio when he was younger. I remember when he used to play at the Palladium in California. I used to go out there occasionally. I was too young to perform, but I used to go out.

"After Tex's show went off the air, I went on *The Pinky Lee Show* [1950], which was the number one nationally rated children's television show at that time. I didn't have a lot of respect for him. He was a dirty old man, not necessarily towards me, but to other people. The interesting thing is, his wife and two kids were always there. I was on the show for, I can't remember how many months it was, and they fired me at one time and brought another girl in. She was so bad, they took her off and brought me back, 'cause she was a much older girl. They said the reason they had fired me was because Pinky wanted a more well-endowed person. I was 12 years old! [*laughs*] But this lady, she was just awful, so they brought me back on the show. I was on that for about a year and a half. After that went off the air, I signed with an agent and started working with a gentleman that was a vocal coach for me.

"Singing was my first love, but one thing just kind of led to another. I started doing guest appearances. One of the first ones I ever did was a *Zane Grey Theatre*, also *Jane Wyman Fireside Theatre*. Ronald Reagan was on it with Nancy Davis, before they got married. I had a scene where I'm supposed to slap Ronald Reagan across the face. I guess I hit him too hard and knocked his denture loose. [*embarrassed laugh*] I didn't know it until a couple of years later.

"I was too tall to be a Mouseketeer, but I did a lot of Mouseketeer things. I did a lot of their 'Fun with Music' things, did voices for a few of their cartoons. Did screams for Annette, Annette couldn't scream, so I did screams for Annette. I was going by Jymme Shore at that time. I changed it when I did *Shaggy Dog* because my maiden name was Schourup; it didn't look like it sounded, so we cut it in half to Shore. When I did *Shaggy Dog*, Walt Disney suggested I change my name because when they would send out press releases, and it said Jymme Shore, unless there was a picture with it, they would refer to me as a *he*! [*laughs*] Roberta Jymme is my given name, so we just went to Roberta Shore. But if anybody calls me that to this day, I don't even acknowledge them because I'm so used to being called Jymme.

"I was put under contract to Universal when I was about 18 years old. At that time, they were putting all these actors and actresses under contract, like, stock, if you want to call it that. The first thing I did when I was put under contract was a really short-lived Robert Cummings series [1961–1962]. After that, I did a *Tall Man* and some of the other westerns."

Roberta was also Billy Gray's girlfriend for a while on *Father Knows Best*. "Yeah, I did a bunch of *Ozzie and Harriet*'s [1952–1966), a lot of *Lawrence Welk* shows [1955–1971]. I was even on the *Lawrence Welk Show* after I was on *The Virginian*. I did records with Lawrence Welk. Did a lot of records with Disney, toured with the Mouseketeers, did a *Virginian* album with Randy Boone.

When *The Virginian* came about, I tested with Tony Young, he tested for Trampas. They asked me if I knew how to ride horses and, in those days, you told them yes to everything. Well, I had one lesson, and I just — God, I'm not very good on horses. In fact, Lee J. Cobb and I were the jokes of the cutting room floor, because if we would just go down the road, there was like this much space between the saddle and our buns." [*laughs*]

Roberta and Gary Clarke, who was excised from *The Virginian* for his demanding ways.

The Virginian was the first 90-minute western, which boils down to making a full-length movie every week. This was the primary reason for the large rotating cast, to give cast members a week's rest here and there. Roberta recalls, "There were times when we'd get behind schedule and we'd do two a week. It's funny, you'd run to one set and scene, then run to the next and do another one. 'Course my character was always the same so I didn't have to change clothes. The producers generally tried to pick someone in the show every week and spotlight them. The Robert Redford episode ["Evil That Men Do"] was my show! There were times when they would feature Lee J. Cobb a little bit more, or something…"

Everybody thought of Roberta as bubbly, bouncy—and she actually is, even today. The pony tail she wore on *The Virginian* added to that image. "Oh, I hated the ponytail. I wore that ponytail for so long. I guess that was just my personality. I always played the girl next door. One of the shows we did, and I don't remember who the director was, I walked in the scene and I was my usual self—and the director pulled me aside and said, 'Roberta, we know this isn't your true personality. Just tone it down.' It really hurt me, because I was just being myself. I remember Lee J. Cobb pulling me aside saying, 'Don't let him hurt you.' I loved Lee J. Cobb. Just loved him. He was a wonderful human being. Coming from the theatre background that Lee did—all these people like Bette Davis we had on our show—television at that time was a real comedown to them. I didn't realize that until several years later after I'd left the show. I was having lunch with our producer, Frank Price, and he was telling me how hard Lee J. Cobb was to work with, because the scripts were never good enough for him. And I thought, I never saw that side of him. I just saw the true gentleman; he was a real family man. They say one of the reasons he even took the series was for security for his family. He was not a well man, because of his heart condition. And he was witty, oh my gosh, he was witty. He could make me laugh by just looking at me. 'Course anybody could make me laugh!" [*laughs*]

"I used to get so mad at Jim and Doug. Sometimes, I'd have these real serious close-ups, and they'd be out behind the camera making faces at me. They were stinkers sometimes. I loved Doug. Doug was an overgrown kid. I first met him when I was 17 and we did *Because They're Young* [1960] together, with Dick Clark. I got my first and only screen kiss from Doug McClure in that film. As for Jim [James Drury], I had a hard time getting to know him 'cause Jim was kind of in his wilder days. Jim, I didn't have as much to do with as I did with Doug. I knew Doug and was more comfortable with him. Jim, I kind of always kept at arms length and I don't know why—no particular reason, other than I wasn't quite as comfortable around him. He was so intense; his role was intense. We got along fine, I just didn't know him as well as I did the other guys. Randy Boone, I loved. He was right off the farm. The cutest guy."

Gary Clarke, who portrayed ranch hand Steve, was dropped after the first two seasons of *The Virginian*. We asked Roberta why. "Gary is a very talented actor. The problem with Gary Clarke was, I think he had done very little before *The Virginian*. The series was such a success it went to his head just a little bit. I think he'd have stayed on the show longer than he did, had he not become very demanding. He became so demanding, the producers just said—'Hey…' Stardom just came a little too fast for him."

I asked who her friends in the business were. "I didn't have any buddies in show business. My parents kept a pretty strong hold on me. I was engaged to my makeup man, Mike Westmore, and what a mistake I made. He must make a million a year! [*laughs*] His mother was my hairdresser and Mike was an apprentice makeup man at that time. I was engaged to Mike for two years. In fact, it was about two weeks after I broke off my engagement that I met my first husband, which was kind of a rebound thing. I was married to him ten years and had two daughters. I was divorced almost nine before I met Terry. We hadn't been married, not quite five years, when he passed away. It was a great marriage. He died very young; he would have been 45. He died of a brain tumor. But luckily, he didn't have to go through a lot of suffering. But it's something that just doesn't go away, just gets a little easier as the years go by. It was a great marriage."

Is Roberta looking for husband number three? "No! Listen, I could write a book about my dates. It is horrible. [*laughs*] I've only dated men I have been fixed up with by friends. I don't go out looking for men. I don't know where to go. I don't go to bars, and the people I meet are people that were in my husband's industry and most of them knew him. If it happens, it happens, but I'm not out there looking. I'm serious! My kids have labeled all my dates. I had my date from hell... [*laughs*] And I went out with a Russian once that told me his country likes fat women, that's why he took me out! [*laughs*] I just dropped my fork when he said that. I don't think I ate for a month! Oh, I could just go on and on." (Since this interview, Roberta found 'Mr. Right' and married a college drama teacher.)

Roberta left *The Virginian* and show business when she first got married and never looked back. "I was raised a very strict Mormon. I was raised that when I meet the right person, you become a wife and a mother. When I met my first husband, he was on a mission for the Mormon Church. He was in California and I met him just about five weeks before he was to leave to go back home to Utah. Had I not married him, I might have stayed in the business for a while. It was mostly because of him that I quit, because he just wouldn't tolerate it. It was kind of like, either you're my wife or you're not my wife. I was very young and naive and stupid — all these things that go with youth — so I gave up everything. When I got divorced, I really thought about [going back]. I came down and spent a little while with my parents in California, but the thought of raising two kids there just panicked me. And you really do lose your confidence, because there's such a difference in the industry. The only thing I really regretted giving up was my music. I wasn't even allowed to sing in church, that's how strict he was. When I married Terry, he was the opposite, even though he was also Mormon. Gosh, I mean, he had all my pictures on the wall! [*laughs*] He was the manufacturer's rep for furniture, so, after we got married, he traveled five states. Then I started traveling with him and started picking up some things on my own. When he passed away, I just kept on doing what he was doing. It's a wonderful job. I have my own hours; there are certain thing I have to go do. I have to go to markets four times a year. I *was* traveling five states. I was traveling Utah, Idaho, Montana, Colorado and Wyoming. But the last time I went to Montana, I hit a deer — and Montana was history, I never went back! It scared me, 'cause here I am all by myself! In Montana, everything is spread out. You go to one town and see one dealer and you drive three hours to the next town for another dealer, and I just thought this is not for a woman traveling by herself."

As for the rest of her life: "Oh, I just want to have a hundred grandkids. [*laughs*] And I would love to, somehow, become involved in music again. I would love to do theatre. They have the neatest little theatres in Salt Lake, and they're very well done. The problem is with my schedule right now, I can't do it. Every three months I go to market, and in between the three months I'm traveling. But I would love to be able to do those later on."

Roberta Shore
Western Filmography

Television: *Maverick:* "Royal Four-Flush" (1959); *Wagon Train:* "Sam Elder Story" (1961); *Zane Grey Theatre:* "Long Shadow" (1961); *The Lawman:* "Owny O'Reilly, Esq." (1961); *Laramie:* "The Replacement" (1962); *The Tall Man:* "Runaway Groom" (1962); *The Virginian* (regular) (1962–1965).

ELEANOR STEWART

Hoppy's Lady

The gorgeous leading lady of sixteen 1930s through 1940s B-westerns, including three with Hopalong Cassidy, Eleanor Stewart, attended Northwestern University with another B-heroine, Beth Marion. "We roomed together for several years in Hollywood. We'd known each other at Northwestern. I went to a girl's school in Evanston [Illinois] and then Northwestern. We made westerns with many of the same stars."

During the difficult Depression years, Eleanor became a well-known model before winning a *Chicago Times* MGM screen test. Although she landed a two year contract with MGM, someone missed the boat in not utilizing her talents more. "I was in one short subject on ping pong [Pete Smith's "Sports Parade: Table Tennis" (1936)] and [had] just a line or two in *Small Town Girl* [1936] with Janet Gaynor. That's where I met Les Peterson, to whom I was married for 30 years. He was in MGM's publicity department. MGM was very good to me."

Two of Eleanor's first westerns were opposite Tex Ritter. "Tex had just done *Green Grow the Lilacs* on Broadway; later filmed as *Oklahoma* with music added. You'd shoot with the rising sun and quit with the setting sun. But there was time for fun. We were on location with Tex at Idyllwild. I had been warned about practical jokes. Thinking I was gullible, one group of actors decided to take me on a 'snipe hunt.' On a cold night, they took me out in the woods and left me with a little burlap tent and candle to wait for the pretty snipe to get caught in the tent trap. Well, I'd been on canoe trips and learned to hunt with

my family. I pretended to play along with them but decided to add my own twist. I waited until they were out of earshot, then got out a gun loaded with blanks and a bottle of ox blood which the property man had given me. I fired, screamed, smeared the blood on my face, lay down and waited. As they came back, they weren't sure about this. I lay still as they poked me with their toes. Then they picked me up and carried me back toward the lodge. Finally, I began to laugh — and they dropped me on the ground! [*laughs*] I passed out candy suckers I'd hidden in my coat. There were no more tricks after that!" This incident later appeared in Feg Murray's popular *Seein' Stars* panel in Sunday newspapers.

Eleanor remembers a close call on Tex Ritter's *Headin' for the Rio Grande* (1936). "At Idyllwild, we witnessed the most shocking thing I ever saw, and I've seen some very perilous stunts performed by stuntmen. This was no stunt. With the mountains on the far side, the company trucks lined up in a slant so the mountains on the other side of a field made a V, wide at one end and narrow at the other. A herd of cattle would be stampeded through the V from the far field. The cowboys fired, causing the herd to mill, then they were driven into the V. I believe it was Lindsley Parsons who stood in the path, with his own camera, as the cattle came toward him. Though we screamed at him, it was useless with the noise of the stampede. The whole company watched, horrified, as the running cattle thundered by him. Unbelievably, he was standing, unmoving, exactly where he had

CLARENCE E. MULFORD'S
PIRATES ON HORSEBACK

WILLIAM BOYD
RUSSELL HAYDEN · ANDY CLYDE
ELEANOR STEWART · MORRIS ANKRUM
WILLIAM HAADE
A PARAMOUNT PICTURE

Eleanor co-starred in three Hopalong Cassidy films including *Pirates on Horseback* (1941) with Andy Clyde, William Boyd and Russell Hayden.

been when it was all over. Everything was absolutely silent for a minute. Then he came slowly toward us, got into his car and drove off without a word, to his home in Newport Beach. Several years later, he became a councilman there. Later on, the prop man told us he put dummies in front of stampedes many times and they were very rarely stepped on because cattle are afraid of breaking their slender, fragile legs."

It was one western right after another for Eleanor and many blur in her memory of 60 years ago. But she recalls Bob Steele, her *Gun Ranger* (1937) leading man was "like a father to me. He made sure I had a comfortable cabin at Idyllwild, where we filmed. Robert Bradbury was the director—he was Bob's father. He drove me to the location."

Although not a western, *Trapped by*

G-Men (1937) gave Eleanor an opportunity to work with Jack Holt. "I remember Jack Holt, who was balding, holler out when he was starting a scene, 'Bring the skull doily.'"

The nephew of William H. Luden of Luden's Cough Drops fame and son of a jeweler, Jacob Luden, Jack Luden struck out in a different career entirely by entering the film business in 1925. In 1938 Eleanor was not only Jack Luden's co-star, she nearly became his off-screen leading lady. "Jack rode a horse like he and the horse were one. It was beautiful to watch. He was very nice. He wanted me to marry him. He and his mother were buying a house in Hollywood. He wanted me to come and meet his mother. I really wasn't much interested in him, maybe I was just curious. He went to a military school. He had a good education. He said he descended from a

Eleanor's first two westerns were opposite Tex Ritter, including *Headin' for the Rio Grande* **(1936).**

European family named Ludendorf. His uncle was the owner of Luden Cough Drops. In those days that was the only cough drop people used. It was a very wealthy company. For some reason, Jack never went into that. His mother, Anna, was a very domineering woman — the most domineering person I've ever met. I just knew anything between Jack and I wouldn't work out."

Eleanor starred with Bruce Bennett and Lee Powell in director Bill Witney's classic cliffhanger, *Fighting Devil Dogs* (1938). "It was fun. I got to watch how they make cobwebs. They spray them around. Also how they make windows out of candy that stuntmen jump through. It was fascinating."

Eleanor has many fascinating and varied memories of making westerns, "Making westerns was a wonderful experience. Of course, there were times we had to get up at 4:30 in the morning, times we shot when it was over 100 degrees and sometimes when you had to crack ice off puddles. In one picture at Lone Pine it snowed during the night so they had to write that into the script."

"*Mexicali Kid* [1938, Jack Randall] was one of the worst movies I ever made. Even for a tearjerker it was terrible." Eleanor also worked with Jack's brother, Bob Livingston. "Bob was just a delight. Always sweet, thoughtful and kind. I was very touched because he called his wife every night after he got through work."

"I worked with so many people that stood out. Victor Jory, J. Farrell MacDonald and silent screen actress Anna Q. Nilsson in *Riders of the Timberline* [1941]. She was thrown off a horse into a big cactus. Her body was just filled with cactus barbs. Some of them were very badly infected so she went back to her native Sweden into the hospital."

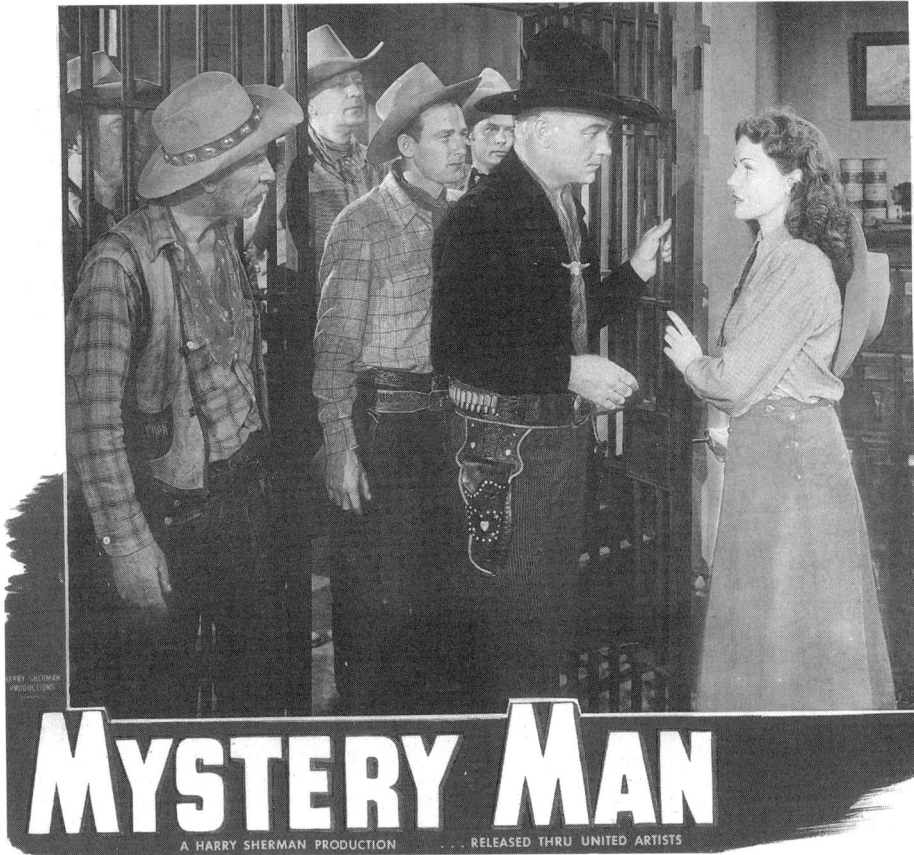

featuring
WILLIAM
BOYD
with
ANDY CLYDE
JIMMY ROGERS
DON COSTELLO
ELEANOR STEWART
FRANCIS McDONALD
DIRECTED BY GEORGE ARCHAINBAUD

MYSTERY MAN

A HARRY SHERMAN PRODUCTION   . . . RELEASED THRU UNITED ARTISTS

The last western for Hoppy's lady was *Mystery Man* 1944) with Andy Clyde, Jimmy Rogers (son of humorist Will Rogers), Bob Baker (former Universal western star), William Boyd and Eleanor.

While under contract to Paramount, Ellie made three westerns with William Boyd. "Bill was so wonderful. The delight of his life was Grace. Bill told me, 'I hit the jackpot when I married Grace.' She never came out on the set, but when we were through shooting the two of them would take off and go somewhere for dinner. When Hoppy and I had a close-up face to face, he'd call out, 'Bring the box for Eleanor!' to tease me and to save me from standing on tiptoe. When he saw me without a seat, waiting around for the next scene, he had a folding chair with my name on it made for me. It was typical of his kindness to everybody. In one picture the script called for me to lead a posse of fourteen or fifteen men on horseback across a long meadow and up a hill, where I would tell the posse to go on to the

right. I'd ridden in and out of scenes many times but always had a double for dangerous chases like this. Bill and Les Selander teased me into it. The horse they gave me was the biggest and tallest one I'd ever seen. He fidgeted a little bit but when he heard the faraway click of the sticks that start the scene, he took off! To my surprise, it was like sitting in a rocking chair. It was the most beautiful horse I've ever ridden. He raced across the field, up the hill, and right in front of the camera he danced and raised his front hooves a bit as the other horses passed by. I swear that horse was a ham. Everyone started clapping and I fully expected the horse to take the bow he deserved."

"I had ridden from the time I was young. My mother and dad didn't own horses but we rented them and rode in the forest preserve.

But we rode English. So when I came to California and got to ride in western saddles I felt like I was sitting in a chair, they're so much easier to ride on. The only problem I ever had with a horse was Bill Boyd's Topper. Whenever they tried to take still pictures, Topper was terrible. He'd come up and nibble your shoulder. It was an honor to be in several Hopalong Cassidy pictures, including some of the last ones Bill made for Pop—I mean Harry—Sherman. Being a leading lady in one of Sherman's westerns means a lot—because you can be human—he lets you dress smartly, and, even against an 1880 setting, you have character. You get to shoot at the villain, intelligently help the hero! Something about working out of doors that relaxes people. Cowboys are wonderful, kind, generous fellows. None of us in westerns felt tense or nervous."

Suddenly, Eleanor disappeared from the screen in the mid–1940s. "I left pictures when my daughter was born and did publicity as a volunteer for clubs, organizations and fundraising charity events, worked in church and wrote a book in 1984, *Priscilla*, telling the real story of the Pilgrims. I'm a member of the Press Club in North San Diego."

"But the best was yet to come. When I was 77 years old! A year after my husband [Eugene James] died, I received a Christmas card from a friend I had known for 50 years but hadn't seen for 15. His wife had died the year before also. I had always admired him. Maurice Greiner and I were married the following May and have had an exciting and wonderful eight years. Thanks to the dear Lord, we are energetic and healthy and plan to go into the twenty-first century with a gallop!"

Eleanor Stewart
Western Filmography

Movies: *Headin' for the Rio Grande* (1936 Grand National)—Tex Ritter; *Arizona Days* (1937 Grand National)—Tex Ritter; *Gun Ranger* (1937 Republic)—Bob Steele; *Santa Fe Rides* (1937 Reliable)—Bob Custer; *Range Defenders* (1937 Republic)—3 Mesquiteers; *Rangers Step In* (1937 Columbia)—Bob Allen; *Where Trails Divide* (1937 Monogram)—Tom Keene; *Painted Trail* (1938 Monogram)—Tom Keene; *Rolling Caravans* (1938 Columbia)—Jack Luden; *Stagecoach Days* (1938 Columbia)—Jack Luden; *Mexicali Kid* (1938 Monogram)—Jack Randall; *Flaming Lead* (1939 Colony)—Ken Maynard; *Pirates on Horseback* (1941 Paramount)—William Boyd; *Riders of the Timberline* (1941 Paramount)—William Boyd; *Silver Queen* (1942 United Artists)—George Brent; *Mystery Man* (1944 United Artists)—William Boyd.

PEGGY STEWART

Republic's Sweetheart

The premiere leading lady of Republic westerns, Peggy Stewart, may be even more popular today than she was at her height of screen popularity in the 1940s. Peggy has continually displayed an outgoing warmth and vivacious personality at western film festivals all over the country since the 1970s and is one of the leading proponents in keeping the B-western alive today. Peggy co-starred opposite Bill Elliott, Allan Lane, Sunset Carson, Lash LaRue, Charles Starrett and others from 1944 to 1953, riding the range in over 30 B-westerns and serials, most of them for the leading purveyor of western action, Republic.

Born Peggy O'Rourke, June 6, 1923, in West Palm Beach, Florida, her parents divorced and Peggy assumed the surname of her stepfather when her mother remarried attorney John Stewart. At first Peggy *knew* she would be an Olympic swimmer. But a trip to California changed that notion. "Katharine Hepburn was my whole inspiration. She did *Little Women*. I saw that when I was in elementary school at seven years old and I said, 'That's it — that's what I wanna be!' One summer we came to California to see my uncle get married. Well, my sis and I had always gone to the Y camp in the summertime in Tallulah Falls, Georgia. I didn't want to go to California. I adored camp. But when I look back in retrospect, that summer we were out there I went to dramatic school. At the end of the summer I asked Grandmama if she would stay and let my mom and two sisters go back to Atlanta — stay with me. She arranged it with Granddaddy and stayed. With acting I was at home. I've been happy with it all my life. It's something you never really stop studying, observing and growing in. It is an observation of life and of people and I love that."

Peggy's first film in 1937 was a small role in — what else, a western, *Wells Fargo* with Joel McCrea. But it was seven years before she made another — under contract to Republic in 1944. During that seven year period Peggy made ten other films and endured a three year marriage to cowboy star Donald Barry. She and Don were wed in 1939, it ended five years later when she, with Barry's help, secured a contract at Republic. She was 21. "Don was a fine B-western star and later became a great character actor. He helped me get my contract with Republic. I regret we

never made a picture together. Shortly before he died, he obtained the rights to *Tobacco Road* and called me about a part. Don never had an agent, he got his own parts, and he was very successful because he was such a good actor. They called him the 'Cagney of the plains.'"

During her three year tenure at Republic (it seems like more because she made so many films), Peggy populated 25 features and two serials. "Republic made the finest westerns and serials in the world. The quality was there. Their B stuff looked like A stuff." To Peggy making westerns was nothing but fun. "It was like getting paid to play. You got to be near those handsome cowboys and to ride horses every day."

Outspoken, Peggy has definite opinions of all her cowboy leads. She first starred opposite Bill Elliott in the inaugural Red Ryder outing, *Tucson Raiders* (1944), and subsequently appeared in six other *Ryder*s. "Bill was one of my pets, I just adored him. He was sharp. He had a very dry sense of humor. There was a lot of playing going on at Republic. [*laughs*] We all teased and played and had a wonderful time. Bill had this wonderful wry sense of humor, but he couldn't laugh. He had this high pitched little — hee, hee, hee — and that meant he was hysterical. Bill was so kind and courteous to everybody on the set. One thing about him I loved — he had a charisma about him. At the Christmas parties they'd open up one of the big stages. Come in, have a drink, they'd have a band and everything. You could be further away than the doors back there, with your back to the door, and you knew when Elliott came into the room. It's nothing he said or anything else. He was just tall, quiet — tall in the saddle. But very alive — you could just sense it with Bill. Businessmen always gravitated toward Bill like they wanted to pick his brain. He was a man's man. He liked kids but really didn't know how to deal with them. He would shake hands with a kiddie and greet the youngster very formally, like he would an adult. Bill liked his womenfolk. [*smiles*] He made his place — God love him, but nobody knew. There's times that some-

Peggy "adored" Sunset Carson. He was her leading man in *Alias Billy the Kid* **(1946) and seven other Republic westerns.**

body on the lot might say, 'He's not gonna get anyplace with her!' But nobody would ever say that about Bill because nobody ever knew he even made a move! He was just a very private sort of person. Bill was intelligent, suave and a good friend."

"When I left Republic I had three months left on my contract. My checks were prorated. We were there twelve months and off three. Rather than not be paid those three months, I had my checks prorated. The studio wrote me a letter when I left before my contract was up. They said I owed Republic about $128, which at that time was like *millions*! I cried, I didn't have it and I told Bill about it. He said, 'Where's your timecard?' Bill had a handwritten timecard he kept all

the time for overtime and so forth. This is before the Screen Actors Guild came out with it themselves. He used to be on me all the time about not keeping a timecard. I said, 'Who wants to keep hours on how long you played? I'm playing—having fun.' Anyway, I told him I didn't have a timecard. So he went back over his timecard, the shows I'd been doing. And at that one period I'd done nine westerns in eleven weeks, even fitting wardrobe on my lunch hour. Bill said, 'I'll fix it.' He drafted a letter to Republic showing where the studio *owed me* $400 in overtime! I got a *lovely* note back, saying the studio had made a mathematical mistake. Bill was a good friend. The lot, although a great big family, was split. Crew over here, executives over here. And Bill had the respect of both sides."

Young Bobby Blake, between his *Our Gang* years and his dramatic big screen comeback with *In Cold Blood* (1967), was Little Beaver, Red Ryder's young Indian pal. Today, Peggy remains one of the often troublesome actor's best friends. "Bobby was such a practical joker. He would put gravel in your boots and do other little pranks. It was never dull with Bobby around. He hated to wear that feather, oh, how he hated that darned feather. He would hide from the hairdresser until the very last minute. A few years ago I visited Bobby on the set of his TV show. I slipped onto the set and placed a Red Ryder lobby card where he could easily spot it. Shortly afterwards, I heard him give a big war whoop and he came running to find me. We had a wonderful reunion. Bobby, I guess I should call him Robert, got me a part in both of his TV series, *Helltown* [1986] and *Baretta* [1975–1978]."

Peggy was Sunset Carson's leading lady eight times. "I absolutely adored him. He's just like a brother. We had a rapport as soon as we met. The thing I liked most about him is, he never did really lose his innocence. From his toes to his ears he had a great innocence. He *wasn't* an innocent, but he had childlike innocence that was very lovable. He was like a big bull in a china shop. For a man that rodeoed, I never knew anybody so accident prone in all my whole put together. He was so tall, he was awkward. He had a singsong — ever hear that in his pictures? [*laughs*] He was pretty green as an actor when he first started. Director Tommy Carr asked Tom London and myself, 'Can you help him out a little bit?' So we had Sunset count the dots between his lines [*laughs*] and then it took him awhile to not move his lips while he was doing it. [*laughs*] What a wonderful guy! I don't know if he ever knew my name was spelled 'Peggy.' He always pronounced it like it was P-A... 'Paggy.' Once we were out on location, stagecoach coming down the hill — Sunset stops it. He's looking at the stage for — whatever. He throws a rock at the lead horse and

says, 'Wind them wheels' ['wind' being pronounced by Carson like air in motion]. Tommy [Carr] says, 'Cut. Sunset, it's "wind" them wheels' ['wind'—correctly pronounced, meaning to tighten]. Sunset says, 'Well damn, it's "wind" in my script.' [laughs] [This scene is in *Bandits of the Badlands*, 1945.] Another one — in *Code of the Prairie* [1944], Tom Chatterton was playing Bat Matson. We kept telling Sunset before the scene it's 'Matt Bastardson.' Sunset would parrot whatever he had to say. We did about six takes on this — Sunset goes in and says, 'Matt Bastardson.' Director Spencer Bennett was really impatient, because, jeepers, to do six takes on a western was absolutely — you don't do that! Get it in two or forget it and move to the next scene. So I told Sunset, 'Really, it's Bat Matson.' This time Sunset got it right — you could see Spence go 'Whew — we got past that.' Sunset says, 'Yeah, he's up in the hills chasing them "smurfugglers."' [laughter] Gotta love him! But, you know, I never knew his personal life. I knew him at the studio. We teased the tar out of each other. But later, through the film festivals, I got to know him and saw the man. I'm sure it was always potentially there, but I never observed, being so young myself. But I found and saw a lot of dignity, a lot of pride — tremendous dedication to whatever he had taken on as a responsibility to do, particularly to further the westerns. The one beauty about him, with all that dignity and all that pride and all that maturity, is that you could still make him blush. There was still that little area there that was innocent. I just loved him to death."

One of Peggy's favorite films was with Sunset. "I wore chaps, that's why I liked it [*Days of Buffalo Bill*, 1946]. Ella Raines had done *Tall in the Saddle* and I just loved that picture. I loved her character, the kinda gal she played. Mine was an imitation of that kind of character. Gun shootin', wearing chaps, running her own ranch and all of that. It's incidents I remember better than the whole picture."

Peggy's memories of Allan Lane are as vivid as those of Elliott, Blake and Carson,

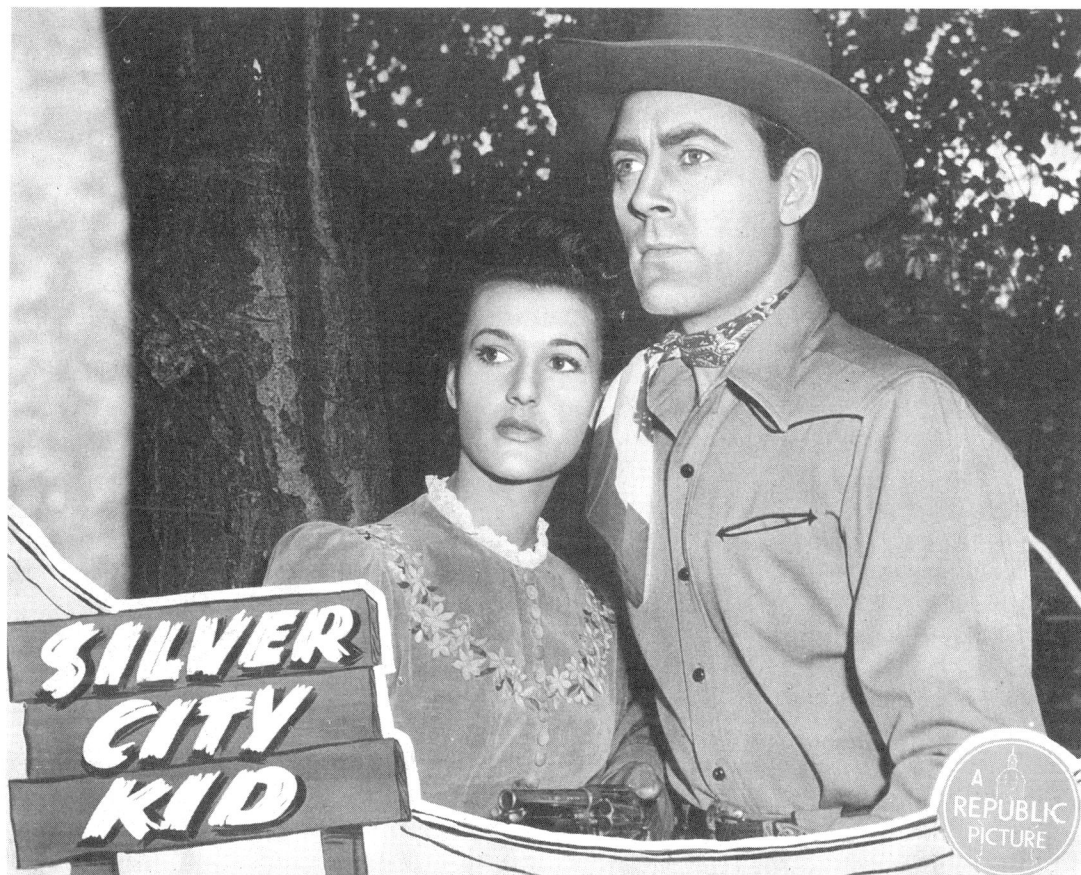

Peggy found herself in trouble when she nicknamed *Silver City Kid* (1944) costar Allan Lane "Bubblebutt."

but not as pleasant. She calls Lane, "Boring. That was the most boring man I have ever in my life worked with. Allan was nice but even after you got to know him he was boring. The ego of the man was just fantastic. I think what made you so mad is that he'd snooker you into wasting a half hour on trying to help him solve his wardrobe problems, or his toupee problem or some other problem. And you swear you're not gonna get trapped into his problem again — but, son of a gun, here we'd all be — the cameraman would talk, then somebody else would give another opinion. Allan holding forth, all on Allan again. Should he wear the dark shirt and light pants or the light shirt and dark pants. What happened was — before I went to Republic, we belonged to Lakeside Golf Club, my Mom, my sister, myself.

Mom comes home one night and she has a date. The gentleman comes to pick her up and it was Allan. I didn't know him at the time, didn't even know who he was. He was very nice but he had absolutely no sense of humor. People with no sense of humor just invite practical jokers. Allan, like myself, had a little excess on his rear. Several years later, I'm now at Republic. One morning Allan was on the lot walking toward the western street. I was coming in through the gate and I happened to yell to him, which we all did in the morning to each other; and most of us had nicknames. I yelled, 'Hi Bubblebutt!' [*laughs*] He reprimanded me very heavily — but nicely. He said, 'I don't appreciate that at all and I wish you wouldn't call me that.' Well, Joe Rubella, the prop man, and some of the rest of the crew heard about it and had a director's chair made up with Allan's name on it, but on the back it said 'Bubblebutt.' I thought I better make up for this somehow, but I made another mistake. I said, 'You know what? A couple of years ago you dated my Mom.' Needless to say, there was a certain coolness playing with Allan. [*laughs*] Allan was so serious, he never let up on it. I think the humor, the fun and the playing that we did do — we worked hard, yeah, but that levity helped to ease things and made the whole thing a lot of fun to do, made us a close family and let us know each other and help each other so much. I find today in working, the biggest thing that's missing is that humor. Everybody's working for his check, you've got no time to play, no time to really know each other. It's too bad."

Roy Barcroft was the only heavy ever under long-term contract to Republic, and they used him with literally every series western star. "He was a dirty old man! [*laughs*] Oh boy — what a wonderful guy he was. Ladies' wardrobe was across from a couple of dressing rooms where the men like Roy, LeRoy Mason, Bob Wilke, Kenne Duncan had their dressing room. One day at lunch time, Roy said something that made me think, something about a skirt I was gonna be wearing on this particular picture. I said, 'How'd you know that? I only fitted the damn thing today.' He said, 'Yeah, I know.' Well, across [from the ladies' dressing room] in a board, he's got a little peephole." [*laughs*]

"We all lived close, Roy and Tom London and I, and Linda [Stirling] too, actually. We were all in the neighborhood there. If something happened to the car — we may not all be on the same show but we'd have generally the same time call — so we'd say, 'Hey, gimme a lift.' Roy came by one morning on his motorbike. That was my lift to the studio — and it was raining. I thought — Oh boy, there goes the hair. But I was gonna wear a fall anyhow, so it didn't make any difference. Another time — Roy took me down to Emerald Bay, near Laguna. We went snorkeling. It was the first time I'd ever tried it. Saw some

lobster traps and what have you. At his house, Vera, his wife, offered me some wine one evening. I said, 'I'd love some.' So Roy went out to what he called 'the serial room' — kind of out onto the patio. He raises up this huge hunk of cement. He had a wine basement down there. He called it his serial room. [*laughs*] I loved him."

Peggy's outgoing personality and playful nature encouraged coworkers to pull pranks. "Once when I was working on Mr. Autry's picture — they had a dressing room on the set. My God — that's unheard of! I don't think any of us ever had a dressing room on the set. Anyhow, I went into the dressing room and laid down to take a quick nap while the rest of 'em were working. I just left the door open. When I wake up there's this frog sittin' on my chest. Not a live one, one of those rubber jobs. I jumped 40 feet! I looked out to see if anybody had seen me. Of course, they had but they all looked the other way, not letting on, to wait and see what my reaction would be when I came out on the set. But I played it so cool, I wouldn't give them the satisfaction of knowing one darn thing. [*laughs*] The other thing — [Bud] Thackery, the cameraman, was guilty of this — if you had a closeup out on location, just before you got ready to roll, Buddy would have something he wanted to whisper to you, 'Be sure now you hit that reflector. Chambers is on you with that reflector.' And the whole time he's talking to you he's pouring water in your boots — or putting gravel in your boots. [*laughs*] Before we had honey wagons, they used to put the toilet paper on the back of the prop truck. If you had to go you'd find a good bush for yourself and grab the t.p. God, I can't count the times there'd be no t.p. — or they'd t.p. the prop truck. [*laughs*] Usually, being the only female on the set — Tooney — he didn't dislike women but women were not allowed in his wardrobe truck. Well, that meant no place for us to change. I thought I had won the Academy Award one day when Tooney said to me, 'You can change your skirt in the truck.' He said go over to the rear. I went to the rear of the truck and could hardly stand up. I'm

Sheriff of Redwood Valley (1946) starred Bill Elliott as comic strip cowboy Red Ryder. With him are his aunt, The Duchess (Alice Fleming), Peggy and Bob Steele.

standing on steel 'one steps' that belonged to the stuntmen, amongst all the trick saddles of the stuntmen. [*laughs*] I'm all in a cockeyed position trying to get into this skirt, but Tooney, of all people, said *I* could go into his wardrobe truck!"

Yet another prank Peg recalls, "In the *Son of Zorro* serial I was put in a well by some of the bad guys who threatened to drown me if I didn't tell them what they wanted to know. The rope holding me was to come off letting me fall into the water. The kiddies were to come back the next week to see what happened to me. The director wanted to do it in one take, so I wouldn't have to keep drying my hair. He told me to stay under the water until

he kicked on the tub — that was a signal for me to come up. I held my breath and waited and waited and waited; finally, signal or no signal, I had to come up for air. Everyone and all the equipment had gone to the other side of the street. They pretended they had forgotten about me — they all got a big laugh out of that trick."

And who performed Peg's dangerous stunts? "Polly Burson did most of mine. She was a wonderful gal. Helen Griffith filled in on a couple of things when Polly was busy. Three times — Yrigoyen doubled me. We even made him a pair of bust pads." [*laughs*]

Peggy left Republic in 1947. "I didn't want to do another serial. They were either gonna suspend me or — I asked for my contract. I must have been in Herbert J. Yates' office easily an hour, maybe an hour and 15 minutes and he was as kind and sweet as he could be, telling me how cold the world was out there and that I was making a very big mistake."

Perhaps she did. Peggy soon found she was typecast. Her first work, after leaving Republic in a dispute over doing a serial, was a 15-chapter serial (*Tex Granger* [1948]) at Columbia. "Whew — they were cheap. Producer Sam Katzman — he'd skinny down all he could on the budget. You'd fight for a fall for your hair, fight for wardrobe, you'd fight for a dressing room to change in — the stuntmen, he'd even cheat on the stuntmen. They'd say, 'I'm not gonna give him a $500 job for 50 bucks.' And it all showed in the films. That's the big difference between Republic and Columbia."

As Lash LaRue was emerging as a popular western star in the late 1940s, Peggy made three oaters with the whip-wielding man in black. "I liked working with Lash. I thought he was a good actor and underrated. He could have gone further if he'd gotten the chance. Lash would have made a fine character actor."

In 1950, Peggy submitted to another serial for the penny-pinching Sam Katzman, *Cody of the Pony Express*, starring stuntman/actor Jock Mahoney (later to gain fame as *The Range Rider* and *Yancy Derringer* on TV.) "Jocko and I dated for about a year, year and a half. His mom, Ruthie, and Jocko and I used to have what we called 'meetings' at the kitchen table. Jocko had a wonderful appetite. But he was a toast and jam guy. So we'd get the toaster out and a whole loaf of bread and we'd start in. Beverly Garland was in on that little round table too. At that time Ruth was teaching us about some 'Eastern Philosophy.' Jocko would learn just enough to do the 'spook' thing each time he'd see you. He'd say, 'I'm your guru. Watch your karma.' [*laughs*] I adored to watch Jocko work — he and Davy Sharpe — they were almost totally weightless, never gave in to gravity. [*laughs*] You knew they were gonna be right on the X they

marked. Jocko was sweet, gentle, loved to have fun — he teased all the time, both male and female."

As the B-westerns and early TV westerns slowly came to an end, Peggy made a change. Trying to shake her western typecasting image, she went to work in the casting department at NBC, where she met and married actor (and avid golfer) Buck Young. Young appeared on many TV episodes of *Gunsmoke, Bat Masterson, The Rebel* (1959–1962) and was a regular on John Bromfield's *U. S. Marshal* (1956–1960).

Meanwhile, Peggy's sister married actor (and latter-day western star at Monogram) Wayne Morris. "It's scary to watch Nick Nolte — he looks so much like Wayne. Wayne was a ball. What a wonderful guy. He belonged to what I called the big guys. There was a group of guys — Big Boy Williams, Grant Withers — all the big guys that palled around a lot together. Wayne was under contract to WB. His two good pals over there were William Holden and Arthur Kennedy. They left Warners together and split up into the three branches of service in WWII. Wayne went to the Navy. He was in Hutchinson, Kansas, training for bombers, I believe it was. He stood about 6'4" ... big-boned man. My uncle had been out on the *Wasp*, but it was sunk. He came in, he'd never met Wayne. My sister had married while he was overseas. So he was going through Hutchinson to meet him. He asked Wayne if he wanted to be a fighter pilot with him. Wayne said yeah and my Uncle Dave said, 'Lose twenty-five pounds.' He lost twenty-five pounds — and I tell you, to see that hunk of a man fold himself up and get inside that little ol' cockpit of an F-4F! [*laughs*] So my uncle and Wayne went out to sea together during the war. When Wayne came back his career was just sorta so-so. He did some stuff in England, a series of some kind. David became Captain of the *Bonhomme Richard* aircraft carrier. When they would come into San Francisco, they'd ask if Wayne would come up and see his wing-man and some of the old gang aboard ship. But he never would do that. Finally, he decided he would go this one year. They all went to dinner and had a wonderful time the night before. Dave took the ship out beyond the line and was doing some maneuvers for Wayne. Dave is up on the bridge, looks down and sees Wayne grab the railing and start slowly sinking. They called surgeons right away, and opened him much faster than ever could have been done if he'd been home, but he just didn't make it." (Morris was 45 when he died in 1959.)

In recent years, Peggy has revived her acting career, appearing in many TV shows, features, commercials and theatre presentations. With over 60 years of experience before lights and cameras, Peggy's 'acting' advice is very basic. "I think you play from what you call 'your own truth core.' I use adjectives when I work. I like quality. I like anger, fear, hate, joy, laughter. And we all know those qualities. So, to the depth that you know them and to the depth that you have experienced them in your own life, is what you're going to play."

Peggy Stewart
Western Filmography

Movies: *Wells Fargo* (1937 Paramount)— Joel McCrea; *Tucson Raiders* (1944 Republic)— Bill Elliott; *Sheriff of Las Vegas* (1944 Republic)— Bill Elliott; *Silver City Kid* (1944 Republic)— Allan Lane; *Stagecoach to Monterey* (1944 Republic)— Allan Lane; *Cheyenne Wildcat* (1944 Republic)— Bill Elliott; *Code of the Prairie* (1944 Republic)— Sunset Carson; *Firebrands of Arizona* (1944 Republic)— Sunset Carson; *Utah* (1945 Republic)— Roy Rogers; *Oregon Trail* (1945 Republic)— Sunset Carson; *Bandits of the Badlands* (1945 Republic)— Sunset Carson; *Rough Riders of Cheyenne* (1945 Republic)— Sunset Carson; *Marshal of Laredo* (1945 Republic)— Bill Elliott; *California Gold Rush* (1946 Republic)— Bill Elliott; *Days of Buffalo Bill* (1946 Republic)— Sunset Carson; *Sheriff of Redwood Valley* (1946 Republic)— Bill Elliott; *Alias Billy the Kid* (1946 Republic)— Sunset Carson; *Conquest of Cheyenne* (1946 Republic)— Bill Elliott; *Red River Renegades* (1946 Republic)— Sunset Carson; *Stagecoach to Denver* (1946 Republic)— Allan Lane; *Vigilantes of Boomtown* (1947 Republic)— Allan Lane; *Trail to San Antone* (1947 Republic)— Gene Autry; *Rustlers of Devil's Canyon* (1947 Republic)— Allan Lane; *Dead Man's Gold* (1948 Screen Guild)— Lash LaRue; *Frontier Revenge* (1948 Screen Guild)— Lash LaRue; *Ride, Ryder, Ride* (1949 Eagle Lion)— Jim Bannon; *Desert Vigilante* (1949 Columbia)— Charles Starrett; *Fighting Redhead* (1949 Eagle Lion)— Jim Bannon; *Black Lash* (1952 Western Adventure)— Lash LaRue; *Kansas Territory* (1952 Monogram)— Bill Elliott; *Montana Incident* (1952 Monogram)— Whip Wilson; *Gun Street* (1961 U.A.)— James Brown; *Way West* (1967 U.A.)— Kirk Douglas; *The Animals* (1971 Levitt-Pickman)— Keenan Wynn; *Donner Pass: Road to Survival* (1978 TV movie)— Robert Fuller; *The Adventures of Nellie Bly* (1981 TV movie)— Linda Purl; *The Capture of Grizzly Adams* (1982 TV movie)— Dan Haggerty.

Serials: *Phantom Rider* (1946 Republic)— Robert Kent; *Son of Zorro* (1947 Republic)— George Turner; *Tex Granger* (1948 Columbia)— Robert Kellard; *Cody of the Pony Express* (1950 Columbia)— Jock Mahoney.

Television: *Gene Autry:* "Peacemaker" (1950); *The Cisco Kid:* "Cattle Quarantine" (1951); *The Cisco Kid:* "Counterfeit Money" (1951); *The Cisco Kid:* "Oil Land" (1951); *Wild Bill Hickok:* "Pony Express vs. Telegraph" (1951); *Cisco Kid:* "Lodestone" (1952); *Roy Rogers:* "Ghost Gulch" (1952); *Roy Rogers:* "Doc Stevens' Traveling Store" (1954); *Have Gun Will Travel:* "The Outlaw" (1957); *Wyatt Earp:* "The Underdog" (1958); *Wyatt Earp:* "How to Be a Sheriff" (1959); *Yancy Derringer:* "Panic in Town" (1959); *Gunsmoke:* "Fawn" (1959); *Gunsmoke:* "Old Flame" (1960); *Hotel de Paree:* "Hard Luck For Sundance" (1960); *The Rebel:* "Burying of Sammy Hart" (1961); *Gunsmoke:* "Long, Long Trail" (1961); *Have Gun Will Travel:* "The Brothers" (1961); *Gunsmoke:* "The Promoter" (1964); *Gunsmoke:* "Help Me, Kitty" (1964); *Daniel Boone:* "A Rope for Mingo" (1965); *Hondo:* "Hondo and the Comancheros" (1967); *Paradise:* "The Bounty" (1991).

LINDA STIRLING

The Tiger Woman and Other Tales

"I made my living getting beat up, tied up and gagged and thrown off a horse." Linda Stirling is considered the last of the great "Serial Queens," appearing in six of Republic's best cliffhangers between 1944 and 1946. The native-born Californian (October 11, 1921) started dramatic lessons at 12, graduated from high school at 16 and studied at Ben Bard's Academy of Dramatic Arts for two years.

Modeling led to Republic and the title role in *The Tiger Woman* (1944) serial. "I was the last person in the world for that part. I'm not an outdoor girl, I couldn't ride. My idea of fun was to go to nightclubs and dance. I had done a lot of modeling, print ads and some magazine covers. One of them was a very outdoorsy picture. I was in shorts with a dog on the beach. I looked sort of like an outdoor girl and Republic needed someone right away for *The Tiger Woman*. The part had been given to Kay Aldridge who had been under contract to Republic, but just before it was time for the film to start, she eloped, got married and didn't want to come back. So they were desperate and I got the part. Yates and the upper echelon saw the photo and had me come out for an interview. There were about ten people at the interview — turned out half of them were stuntmen because they wanted to know if I could do it. They asked if I could do a running dismount — I didn't even know what it was! [*laughs*] Earlier, when my agent told me what it was, I said, 'I don't ride. I don't think I should do this.' She said, 'Don't worry, they always use doubles. You won't have to do any riding. Just lie and say you can ride.' Now this was on a Wednesday. So, very dutifully,

being a good actress, I lied and said, 'Oh yes, I can do that.' And I couldn't do any of the things they were asking if I could do. They asked me to wait outside for a few minutes. Then the director, Spence Bennett, came out and said, 'We'd like to see you next Monday. Wear some old jeans (which I didn't even own) and we wanna see you riding a horse — do the running mounts.' I went, 'Uh-oh. I just got myself into a real bad situation.' I smiled, nodded and left and called my agent and started screaming over the phone, 'What have you done to me? You've made a liar out of me, I can't do this.' She said, 'Why don't you just try?' Well, one fellow I'd met had a horse at Ace Hudkins Stable. I called him and said, 'What am I gonna do?' He said, 'I'll call Ace. He has a lot of movie horses, maybe he can give you some pointers.' He called Ace and called me back and said, 'Go out at six in the morning.' Well, I hadn't been up at six in the morning in many years — if ever! [*laughs*] I staggered out there and told them, 'I have to do a running mount, running dismount — but I have to tell you I've only been on a horse two times in my life. Both times I fell off.' Well, we practiced in the ring Thursday and Friday — by Saturday my legs were going in two different directions, I couldn't walk very well. I had a big hole in the back of my spine where the saddle had rubbed because I didn't know how to ride properly. But, Monday I went out to Republic. I thought, 'I haven't studied all these years and wanted to be an actress for so long — to just muff this because I haven't got the courage to give it a try.' They promised they'd send me the horse I'd been practicing on for four days and the wrangler who knew my problems. When I got there they had me go way down to the end of the western street. I was to come galloping around — full gallop — come to the Duchess' Ranch, which was a standing set with a little picket fence. I was to come to a running dismount and then jump over the picket fence, go to the door, come back, get back on the horse and gallop off. Well, I got back there — it wasn't the horse or wrangler I'd been practicing with! The A.D. gave me the signal and the wrangler hit the horse so hard that when he came whirling around the corner, my feet fell out of the stirrups. I came galloping down the street, bumping up and down and the horse was headed right for this huge mob of people including 'Papa' Yates. I thought, 'I'm gonna kill 'em all off.' I just closed my eyes and thought, 'Oh, this is horrible.' Well, the horse knew better, he just swirled around in front of the Duchess' Ranch. I didn't do a running dismount. I was sort of hanging around the horse's neck, upside down! I started to laugh because the whole thing was so *totally* ridiculous. I thought, 'I've made a fool of myself. I might as well hang my head and leave.' I got down and was laughing because it was such a completely unlikely situation for me to be in. I started to leave but they stopped me and said, 'You wanna try it again?' I said, 'That would be foolish.' But they said, 'Try it one more time.' So I did. This time I stayed in the stirrups, I got around, got off and to the picket fence, but at that point I was finished. I couldn't even jump over that foot high fence. [*laughs*] I said, 'I surrender.' And I left. But by the time I got home my phone was ringing and my agent said, 'You got the part. They liked your humor and attitude.' They felt I had a lot of guts to try it, so they were gonna take a chance. *Later* I found out they were in a terrible bind. I came closest to matching the doubles of anyone they'd seen. They had costumes all ready and I was the closest to the actress who was originally supposed to play the part. So that's the series of events that led to me standing out there [filming] in that skimpy costume in the coldest winter they'd

had in California in many, many years. There was ice on the ground and it was supposed to be the jungle. I was freezing. Our teeth were chattering. When you watch *Tiger Woman*, notice the funny smile on my face. The only way I could keep my lips from trembling was to paste this little smile on — it got stuck." [*laughs*]

Obviously, making serials was hard work. "We generally did the serials in a month. There was always pressure because all the shooting had to be done before dark. It wasn't glamorous, believe me! Working hours were long. I was often up at 4 A.M. and at the studio by 4:30 for make-up. My hair had to be set and dried each morning so it would exactly match the film already shot. We had to be ready for the first take at 8 A.M. sharp, and it generally took about an hour to get to location. We seldom got back to the studio before 8 A.M. I never seemed to get to bed before 11 or midnight. Then up at 4. I was so tired during a fight sequence aboard a spaceship in *Purple Monster Strikes* [1945], that when I was supposed to be knocked out while a fight went on, I fell asleep. But Republic was like a big family. Since we worked on a serial for a month or more, westerns seemed like vacations."

Linda experienced at least one dangerous 'close call' in her career. "We were on the process stage making *Manhunt of Mystery Island* [1945, another of her classic Republic serials]. In those days, they'd have the process screen behind us moving and we were standing still. It was supposed to be over this huge gorge, miles down. The cameras were set, it was the take-out for the chapter ending. The evil guy was cutting the ropes. The leading man, Richard Bailey, was beside me. But, as I turned around, it was Tom Steele standing next to me. All of a sudden they said, 'Action,' and Tommy said, 'Stay with me, let me get under you,' all this is being whispered while we are falling about ten feet to the ground. I'm sure I would have hurt myself if he hadn't protected me. Tommy got up and started to charge the director — Spence Bennett — I thought Tom was gonna get him. He was so

A great lineup of Republic regulars. Earle Hodgins, Alice Fleming as the Duchess, Linda, Bill Elliott as Red Ryder, LeRoy Mason, Bobby Blake as Little Beaver in *San Antonio Kid* **(1944).**

mad ... he was livid. He said, 'You coulda killed her. She doesn't know how to do this kinda thing.' He was *really* angry. It was a kind of silly thing for them to do, but we got late, hurried. Spence Bennett was busy jumping up and down, which he loved to do when he was upset, and wasn't paying any attention. They just forgot to send the double up."

"Once director Spence Bennett asked if I could do a running insert. I said sure, although I had no idea what it was. [The camera car travels ahead of a galloping horse, filming horse and rider.] My horse took it as a personal challenge to outrun the camera truck. I was just along for the ride being bounced around on this galloping horse."

Stuntlady Babe De Freest doubled Linda in practically everything. "In *Zorro's Black Whip* [1944] there was one stunt they didn't want Babe to do, a jump from the top of the barn onto a horse as it was galloping by. They thought it was too difficult. So they told Joe [Yrigoyen] to do it; which he did, and fell off the horse and broke his leg. They put his brother Bill [Yrigoyen] there, he missed and ended up in the tree. Babe said, 'Why don't you let me do it?' They weren't sure, but she did it perfectly. It was a very successful stunt. She was much shorter than I, stockier, but she's incredible as a double. There were times when we saw the rushes, we would argue about which one of us it was. Most of the time we couldn't tell. She was amazing."

Duncan Renaldo (later the Cisco Kid on TV) worked with Linda on two of her serials, *The Tiger Woman* and *Zorro's Black Whip*. "Duncan was a sweetheart and one of the funniest guys I've ever met. Stories all the time. Sometimes he'd be finishing the tag line as we were walking up to shoot the scene.

[*laughs*] He was irrepressible. He was already part of movie history and knew practically everybody in the business. I really was an eager little actress dying to do it right. Duncan and George J. Lewis were very helpful. They were showing me where the camera was because I had no idea. 'Don't look there, look over here. They won't see your face, they'll see your profile.'"

Much has been said and written about western star Allan "Rocky" Lane's demeanor over the years. Some say he could be difficult. Linda co-starred with him in *Tiger Woman* and chuckles, "Difficult isn't exactly a fair word. He was very tense, very up tight, very eager and very professional. I think one of his problems was, he wanted to be perfect. But under the conditions we were working, you can't really be perfect. You can always do it better. The only thing you had to watch out for was his moves. Because once the camera started rolling, he wanted to be in front of the camera. And if you were too close to him, you just got bumped, so that he could get the whole face — and I'd wind up with only my shoulder or part of my head showing. Time and time again, the director would say, 'Cut! Allan, move over, give her some room.' But he'd keep edging over. My hips would be black and blue. [*laughs*] Once, at Iverson's, he was supposed to come down a steep cliff on his horse. It was high so they called the doubles. But Allan said, 'No, I want it. I'm a good rider. I can do it.' So he went up. There was dirt and it was slipping, and he fell off. The director was ready to send the double in. But Allan said, 'No, I'm going to do it.' He did it four times and fell off four times and he still wouldn't let the double do it. He was determined he was going to do it, and the fifth time, he *did* do it. But it wasn't necessary, they weren't that close. Who would have known? But that's the kind of person he was. He'd made up his mind, it was a challenge for him. He wasn't gonna back down, and didn't!"

Bill Elliott was entirely different. "I was very fond of Bill. He was so courteous and gentle. Here's this tall, very good looking hunk, but he was sweet and very caring about everybody else, making sure we were all comfortable in a scene. I don't remember him ever raising his voice."

Linda's other leading man in westerns was Sunset Carson. "Sunset never took anything too seriously. You were very comfortable around him. He was just a good old country boy. My favorite western has gotta be *Santa Fe Saddlemates* [1945] with Sunset. I got to play a real part instead of just be the girl at the door waving the guy off into the sunset, no pun intended. [*laughs*] In this one I got to wear a very sexy dress in the saloon while I was pretending to be a saloon singer. I loved it."

Two other regulars in Republic's Red Ryder series, with either Bill Elliott or Allan Lane, were Alice Fleming, the Duchess, and Bobby Blake as Little Beaver. "Alice had an enormous background in theatre and film. I was always sitting around asking questions and listening to her stories about the theatre and Broadway. Bobby was a very quiet little boy. He was pretty much hustled off and looked after and watched over so he'd behave. He *was* terribly well behaved, almost as though he knew he had to be. That was my impression."

Linda did two serials with Clayton Moore (later the Lone Ranger), *Crimson Ghost* (1946) and *Jesse James Rides Again* (1946). "Clayton was very professional, very serious when he was working, very relaxed and cool when he wasn't. A very likable guy and a good actor. He didn't clown around a lot when he was getting ready to do a scene. Afterwards OK, and earlier. But when he was working he gave his all, lots of energy, lots of vitality."

Perennial heavy, Roy Barcroft was a constant for everyone who worked at Republic. "He loved to act. He really enjoyed it. He probably spent more time at the studio than he did at home. I never could tell if he was serious or if he wasn't. He had this twinkle in his eye and would say things that sounded all right to me, but I had a feeling he meant more than he was saying. But I never could figure out what! He was fun."

As far as a favorite director, Linda says, "I got to know Bill Witney and his wife,

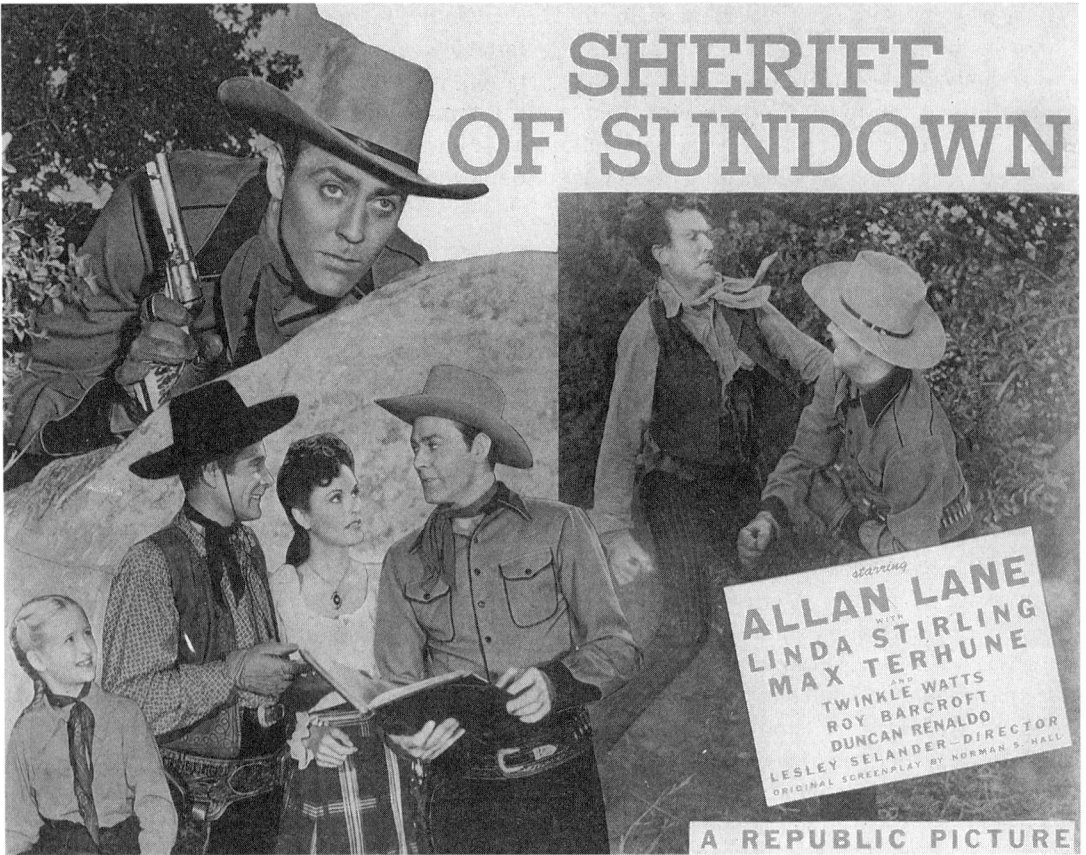

Linda remembers child star Twinkle Watts, Duncan Renaldo before he was the Cisco Kid, and Allan Lane who "wanted to be perfect." All were in *Sheriff of Sundown* **(1944).**

[former actress] Maxine Doyle, socially. Bill was temperamental in a way but very nice to actors. I can remember him getting mad from time to time, but that was because he really wanted things done his way because he *was* usually right. He created new ways of shooting quickly and under pressure and really came up with some awfully good stuff."

Linda was married to screenwriter Sloan Nibley until his death in 1990. Nibley wrote most of the great Roy Rogers Republic westerns in the late 1940s before turning to episodic TV in the early 1950s. "He was going to be a musician, then decided he'd be a doctor, neither of which he was able to do very well. There wasn't much choice left, so he decided to be a writer. This was during the Depression, before I knew him. He drove a beer truck, delivering beer to all the big

restaurants while he wrote at night. Eventually, he managed to get a junior writer contract at MGM. It was a learning process. I met him at Republic. He wrote a lot of the Roy Rogers. He'd just come back from the service and one day a friend of mine said, 'There's this guy that wants to meet you.' I said, 'Sure, that's all right.' Later, Sloan told me what he'd said to this friend, whom I'd gone out with a lot, who was really just a good friend but a fun fellow. What Sloan had said to him was, 'Are you serious about Linda?' And he said, 'We're just really very good friends.' Sloan told him, 'OK—I just want you to stay away once you introduce me to her because she's mine.' [*laughs*] He'd made up his mind. I hadn't made mine up, but he made his up and that more or less took care of it. [*laughs*] Sloan was the wittiest. It's hard to

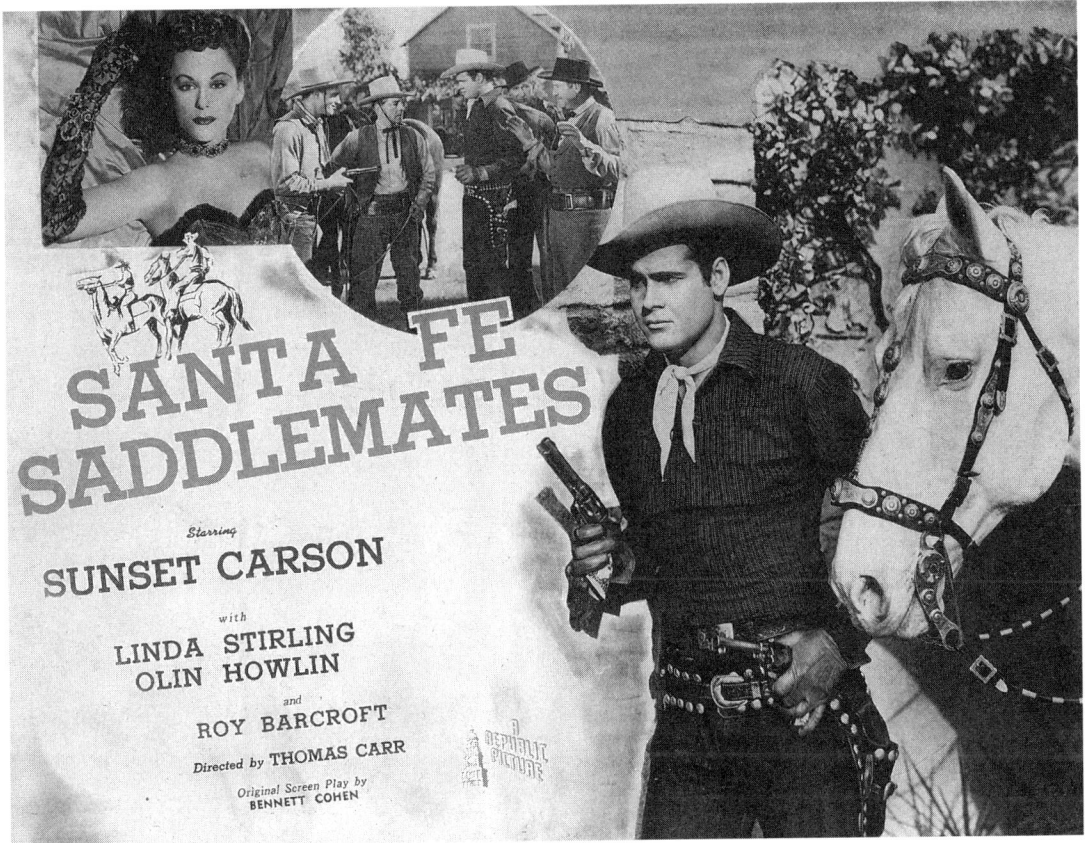

Linda's favorite western is *Santa Fe Saddlemates* (1945) with Sunset Carson.

describe — people just absolutely would smile when they were around him. He was one very, very amusing man. As for writing westerns, he was always interested in the period and did a lot of research. He kept saying they wouldn't let him write an authentic western because no one would believe it. After our first three weeks of marriage, I was considering leaving. We were sitting in our living room talking. All of a sudden I realized he wasn't hearing a thing I was saying. I was chatting away but he just wasn't there. I thought this was the most insulting thing that's ever happened to me, people are supposed to hang on my every word. I was spoiled. [*laughs*] Finally, I went over to him and said, 'What's going on?' And he said, 'Oh, I just figured out how to get Roy out of this trap.' And I thought, 'Oh please, do I have to live with this the rest of my life?' He could write in his head no matter where

he was. After a while I got used to being not listened to." [*laughs*]

Sloan was the primary reason Linda left the screen. "I married Sloan in 1946, left Republic in 1948 and had a couple of kids. Once my sons were a little older I felt I had to go back to acting, that's all I'd ever done. I started with half hour TV shows — even did some 15 minute shows. 1952 was the first one. It was fun. I'd been acting since I was 14 and it seemed something was missing. By the late 1950s I wasn't working as often, so I thought I'd go to college just for my own enrichment. I got more and more involved and was fascinated to find out how much I didn't know. After that, I began turning down parts, got more involved and finished up at UCLA. I didn't intend to be a teacher, that was the last thing in my mind. It just sort of evolved by itself." Linda subsequently taught English literature, Irish history and Shakespeare at Glendale College for 27 years, retiring in 1992.

And how would Linda Stirling like to be remembered 100 years from now? [*laughs*] "I'll probably have 'The Tiger Woman' etched on my tombstone." A prophetic statement. Linda died of cancer shortly after our interview, July 20, 1997.

Linda Stirling
Western Filmography

Movies: *San Antonio Kid* (1944 Republic)—Bill Elliott; *Sheriff of Sundown* (1944 Republic)—Allan Lane; *Vigilantes of Dodge City* (1944 Republic)—Bill Elliott; *Dakota* (1945 Republic)—John Wayne; *Cherokee Flash* (1945 Republic)—Sunset Carson; *Santa Fe Saddlemates* (1945 Republic)—Sunset Carson; *Sheriff of Cimarron* (1945 Republic)—Sunset Carson; *Topeka Terror* (1945 Republic)—Allan Lane; *Wagon Wheels Westward* (1945 Republic)—Bill Elliott; *Rio Grande Raiders* (1946 Republic)—Sunset Carson.

Serials: *Zorro's Black Whip* (1944 Republic)—George J. Lewis; *Jesse James Rides Again* (1946 Republic)—Clayton Moore.

Television: *Kit Carson:* "No Man's Law" (1954); *Kit Carson:* "Missing Hacienda" (1954); *Kit Carson:* "Incident at Wagontire" (1955); *Wyatt Earp:* "Suffragette" (1956).

GALE STORM

Our Little Margie

Singer, B-western actress, comedienne—vivacious Gale Storm is all of these. But all her acclaim didn't come easy.

She was born Josephine Cottle in Bloomington, Texas, April 5, 1922. "We left there when I was a few months old and I never went back. I never knew my dad. He died when I was less than a year old. I did my growing up in Houston, I was in high school in Houston when Jesse Lasky toured the United States, selecting talent in each state to bring to Hollywood for the CBS radio finals of the contest, Gateway to Hollywood. Whoever won the contest, won the screen names. Gale Storm was the girl and Terry Belmont was the boy. I never dreamed I could possibly have a career as an actress, even though I loved dramatics all through high school and I did well.

I had two school teachers I've always adored. They both said, Jo, you've got to enter that contest. I felt like I just kind of squeaked through each time they'd have eliminations. I was 17, still in high school. I was the only contestant that came out with her mother. The name 'Gale Storm' really didn't hit me at first. It was such a tremendous thing I didn't even see the humor to it. The humor of it hit me a couple of years after."

Linda Johnson (sometimes billed Melinda Leighton) was one of the contestants as well. She later costarred in B-westerns with Don Barry, Bob Livingston, Johnny Mack Brown, Rocky Lane and others. Gale recalls, "Linda Johnson [Leighton] and her husband are the ones that introduced my late husband, Paul, and I."

Gale costarred with Rod Cameron in the action-packed *Stampede* (1949) written and produced by John Champion and Blake Edwards. Champion went on to produce *Laramie* for television. Edwards directed *Breakfast at Tiffany's* and *Days of Wine and Roses* and was the triple-threat writer/director/producer of *The Pink Panther* movie series.

The contest led to an RKO contract. "This contest was beautifully put together. The Wrigley Company sponsored it on CBS. Those names were publicized—who will be the next Gale Storm? The winners of the contest won contracts with RKO. It was written they could not drop your option at the end of six months unless they had used you in a good part in a picture, which was very fair. But it's exactly what they did! Actually, the head of talent at RKO, years later after I was established, called me back and said that was the biggest mistake he ever made."

Her foot in the door, Gale began to freelance. "That way you can work a whole lot more than if you're with a studio. I started doing independent pictures. I made three pictures in a row with Roy Rogers at Republic. I'm really such a coward with horses. [*laughs*] They'd give me the gentlest horse you could possibly get that still looked *alive*. I had one scene with Roy where he's singing with his guitar on Trigger. I'm on my horse, the camera's on a truck in front of us and we're following the truck. Roy's singing and I'm reacting. Trigger was such a spirited beast. The camera would be on close-ups where you didn't see the horses' heads. Trigger would nip at my horse and cause it to shy and cause me to be scared. It was one of the hardest scenes I've ever experienced. Gabby was a dear. Joe Kane, the director, I really liked because he gave me pretty good parts."

Gale was under contract to Lindsley

Parsons for pictures he released through Monogram. Gale laughs, "My agent took me over to be interviewed for a part Lindsley Parsons had. I had hay fever so bad that day. When I went in to see Parsons, I was sitting there with a man's handkerchief, sneezing, eyes watering, I felt awful. I was shocked when he selected me. A couple of years later I said to him, 'Why in the world did you pick me when I was in awful shape?' He said, 'You were the only one who looked like you couldn't care less whether you got it or not.' And that wasn't true at all. I just had hay fever real bad. Monogram is where I started doing musicals. I asked Lindsley Parsons if he would allow me to see the rushes on the lunch break. He said, 'No, we never let actors see the rushes. If they saw the rushes, they'd complain about how this wasn't done right.' I promised him I would never open my mouth about anything I saw. I would just try to learn from what I saw myself do. Finally, he said I could. That was the most valuable training you could possibly get. To look at yourself in the rushes and see mannerisms or things you think you shouldn't have done or that were pretty good. I got so I could look at myself objectively and really learn things. I could have been a little fish in a big puddle at MGM. But at Monogram, I was the only fish they had. I was a big fish in a little puddle, I was their star and they groomed me as best they could."

Gale knows by working at Monogram and Republic, where they worked fast, it was a good training ground for television that came later. "Couldn't have been better. It was so fast you had to know all the technical things, how to match shots automatically."

Gale starred in *Curtain Call at Cactus Creek* (1950) with Donald O'Connor and remembers, "I loved the dancing and I loved the singing. It was a cute picture and it had Eve Arden and Walter Brennan. They both got their own TV series, as I did."

Of all her films, *The Dude Goes West* (1948) remains her favorite. "That's one of my pets. Eddie Albert was such a good actor. That was one of the few really well-written scripts I'd ever had."

In *Kid from Texas* (1950) Gale costarred with an often distant Audie Murphy. "He was never difficult to work with, but rather impersonal. You never felt like you got to know him. Normally you come in in the morning and you say 'hi' or 'good morning.' One day he'd say 'hi' right back at you, another day, he wouldn't even see you, like looking through you. I'm sure he had problems."

Gale worked twice with Rod Cameron and knew Rod and his wife off camera as well. "Rod was a wonderful fellow. He and his wife were friends of ours for a while. We noticed her mother was always with them. One day Rod left his wife to marry his mother-in-law."

Dan Duryea stands out in Gale's memory of *Al Jennings of Oklahoma* (1951). "He was neat. A very likable person, very professional. That's what you remember about people, whether they are really good at their job or not."

Working with George Montgomery on *The Texas Rangers* (1951), Gale isn't sure if he paid attention to "himself or women. [*laughs*] Actually I didn't think of him as being vain. He was very good looking."

Gale is best remembered for her hit sitcom, *My Little Margie*, produced on the Hal Roach lot from 1952 through 1955. Oddly, she turned it down the first time it was offered to her. "Hal Roach, Jr., called me. I never did know why he even thought of me. They gave me the script to take home to read. I was really in no position at that time to be choosy, but I didn't feel like the relationship between the father and daughter was that likable. I told them what I felt and never expected to hear from them again. A couple of weeks later they called. 'We've changed the script. Come see how you feel about it.' I did and I loved it. The creator of *My Little Margie*, Frank Fox, as I understood later, had really written it for Marjorie Reynolds."

Gale insists wonderful comic timing, which she has, can be learned. "I think a director can teach a person to count. Take a beat or two before you say this. I learned so much on *Margie*, from the director, Hal Yates. He dated back to the Keystone Kops.

Gale and Eddie Albert in her favorite western, *The Dude Goes West* **(1948).**

The tempo of a comedy is very important too. Yates really kept it zipping along."

Even more than *Margie*; *Oh, Susanna!* *(The Gale Storm Show)* (1956–1960) is Gale's personal favorite. "It's just that I love the music in it. Lee Carson had written quite a few *Margie*s, so I knew him. He called and said, 'I've got an idea for a series.' All he had was the back cover of a *Time* magazine with a beautiful luxury liner ad. It spoke of all the wonderful places and how your social director would see to it you had a grand time. A marvelous idea for a series because you could go anywhere. Then he told me every third one would be a musical. And I was hooked. Roy Roberts played the captain in *Oh, Susanna!* He was so funny and could do so many characterizations. I just loved working with him. I just bounced off of him. We had a chemistry together."

Complimenting her TV series, in the mid–1950s, Gale became one of the hottest selling record artists on the Dot label with such hits as "I Hear Ya Knockin," "Dark Moon," "Ivory Tower," "A Teenage Prayer" and others. Gale explains how this facet of her career came about. "I was between *Margie* and *Susanna*, that's when I did all the guest spots, where I sang on everybody's show — Perry Como, Patti Page, Dinah Shore. It was the one where I was appearing with Gordon MacRae. Randy Wood was president of Dot Records. His little girl said, 'Daddy, come look, Margie's singing.' He went, looked and then called us and asked if I'd like to make records. 'I Hear Ya Knockin' became a million seller, but I had others that people remember better, especially 'Dark Moon.'"

Gale started to drink too much while making big money at the top of her career.

On television, Gale was in and out of sitcom jams in *My Little Margie* and then *Oh, Susanna!*

She never got drunk before a performance or while working. Never blew her lines or caused trouble for others. Gale was a closet alcoholic who kept bottles stashed around her home. As related in her brutally honest autobiography, *I Ain't Down Yet*, Gale bounced from one hospital to another. Her saving came through grim aversion therapy. Gale also credits her spiritual beliefs with giving her strength to fight her addiction through to full recovery. Since then, she's done commercials for Raleigh Hills in California where these problems are addressed. The one thing Gale wants others with her problem to do is, "To get help. That's the way I first came out. I was about the first actress who publicly said, 'I'm an alcoholic.' I asked to do the commercials. I knew there were so many people hurting just the way I had hurt and I thought they ought to know there are places you can go and really get help. That's what I would say to a person now, go and get help. Never think you can quit yourself. With the Raleigh Hills commercials, people come up to me and say, 'Oh, you saved my husband's life.' You can't get any more gratifying response from people than that. That's one of the most meaningful things I could possible experience."

Among her loyal supporters and fans, Gale is undoubtedly very loved. "I appreciate the fact people remember fondly and are very loving, open, friendly and feel they know me, because on the little screen you're like a friend rather than somebody that's unapproachable. I love it when people tell me they appreciate and enjoy what I did."

Gale Storm
Western Filmography

Movies: *Jesse James at Bay* (1941 Republic)—Roy Rogers; *Red River Valley* (1941 Republic)—Roy Rogers; *Saddlemates* (1941 Republic)—3 Mesquiteers; *Man from Cheyenne* (1942 Republic)—Roy Rogers; *The Dude Goes West* (1948 Allied Artists)—Eddie Albert; *Stampede* (1949 Allied Artists)—Rod Cameron; *Curtain Call at Cactus Creek* (1950 Universal-International)—Donald O'Connor; *Kid from Texas* (1950 Universal-International)—Audie Murphy; *Al Jennings of Oklahoma* (1951 Columbia)—Dan Duryea; *The Texas Rangers* (1951 Columbia)—George Montgomery; *Woman of the North Country* (1952 Republic)—Rod Cameron.

HELEN TALBOT

Western Darling

Although redheaded beauty Helen Talbot only co-starred in six B-westerns and two serials, and had minor supporting roles in four Roy Rogers/Dale Evans titles, it seems like far more because of the lasting impression she left on Saturday matinee moviegoers from 1943 to 1946.

"I was born in Concordia, Kansas [1924], and moved to Westwood, California, after my mother died when I was 13 or 14. Believe it or not, my real name is Helen Darling! I was a movie buff as a child. I remember serials like *The Adventures of Rin Tin Tin* [1947]. *Flash Gordon* [1936] was my favorite. I loved Ginger Rogers and Fred Astaire and things like that. I admired actresses. I used to play dress-up, so I thought it would be a wonderful thing to do."

Around 1938, Helen began modeling. "I used to model for Don Loper. He called me his baby model. I saw this one slender girl who had Kleenex she was stuffing in her [bra] and she offered me some. I said no. She said, 'Don't you use it?' And I said, 'If I have a cold or something.'" [*laughs*]

Helen had a brief but bright three year career at Republic.

something out.' As I remember, he got [a note] from a doctor claiming [*laughs*] appendicitis or something. I was so shocked he did that. He said, 'Well, you want out of this don't you? You can't dance with a bad appendix.' And I'm so glad I worked at Republic — it was a great experience."

Signing in 1943 with Republic, Helen met president Herbert J. Yates, "I was in his office when he asked my name and I said 'Helen Darling.' He said, 'What's your real name?' And I said, 'That's it. It's Helen Darling.' But he didn't seem to believe me. I wish I'd stuck by my guns and used that, because it *was* my real name. On the lot, I was friends with Linda Stirling and Pat Starling. So they kind of called us 'Stirling, Starling and Darling.'"

Helen's first western was opposite Don Barry, *Canyon City* (1943), shot on location at Iverson's movie ranch. "The first western I was ever on, the first day of shooting — we're out on location and they brought me a horse called Tucson. They said we think you probably better get on and kinda get used to him because we'll be shooting soon. Meantime, the company went off at a distance to shoot a chase scene. I got on Tucson, at a trot, then a gallop. I loved his gallop, it was really smooth. Now, it was a cool morning, there was a breeze, I had on gloves and on the saddlehorn they had a lariat rope. We were going along faster and faster and I thought, 'Gee, what a nice smooth gallop. This is gonna be a good horse to ride.' We were going around a big rock. On the front of this rock was a small tree or bush. The wind caught the bush as I started to go around this rock, and Tucson shied. He just stopped. I felt myself going forward and I reached for the horn on the saddle but the lariat was in the way and I went down and off. I could see the horse's hoof coming down at

While modeling Helen remembers, "I was called to the attention of an agent who took me out to Republic to make a test. At the same time I had a call at Samuel Goldwyn Studios and was hired as a Goldwyn Girl. So I was at Samuel Goldwyn first. I'd been signed there to a contract for *Up in Arms* with Danny Kaye. I was one of 30 Goldwyn Girls. Then I got a wire that Mr. Yates wanted to sign me for westerns and serials at Republic. But I already had the contract for the picture at Goldwyn, so it got kinda confusing there for a while. The chance to do westerns and serials sounded much more exciting than just being background for Danny Kaye. So I went to the dance director and told him my plight. 'I'd love to do this with you — I've always wanted to dance in a movie, but they want to sign me to a long-term contract at Republic.' He could sense my enthusiasm and said, 'We'll work

Helen and Don Barry (right) had a relationship off screen as well as on. Also in *California Joe* (1943) are sidekick Wally Vernon and Terry Frost.

me, so I rolled. His hoof just missed me, but I had on a divided skirt and he cut the back of my skirt, just ripped the whole back end of it out. My hair had these large rolls in front with bobby pins in them. Well, I hit the ground so hard, the rolls were bouncing up and down. I had dust in my makeup, tears in my eyes, my mascara was running — and no breath. My breath was all gone. All of a sudden the whole company was around me. I don't know how they got there so fast. They were saying things like, 'Were you hurt? Would you like a cup of coffee? Get that horse back here, she's gotta get right back on it.' [*laughs*] I'm trying to grab the back end of my skirt, which was all torn out, and somebody said, 'Oh my God, look at that face. She's covered with dust … her mascara … she has to have a new wardrobe.' I'm thinking, 'Oh dear, my first western. I haven't

even been in one shot and I'm a mess. My first and I ruined it. Oh me — they'll send me home.' But they decided to put me in the double's outfit, get the makeup person over and the hairdresser and fix me up and get that horse back here. Bill Yrigoyen, a darling stuntman, said, 'Honey, you just gotta get right back on that horse. If you don't, you're gonna be frightened. You gotta let that horse know you're not afraid of him.' That taught me a lesson, just take command. I finally got back on and Tucson and I became buddies after that."

"Tucson did trick me one more time. I learned you should never relax on a horse. The action was on the main western street. I was back on a side street with some cowboys and one was telling a joke. The director said they'd silently wave us to come on. I was supposed to come in riding Tucson with a couple of

Like most others, Helen found Allan Lane "very serious." Also in _Corpus Christi Bandits_ (1945) was character actor Jack Kirk, who at one time had done the off-screen singing for John Wayne in an early 1930s B-western.

cowboys. I was laughing at this joke and watching for the man to wave me on. They said, 'Camera, Action!' Well, Tucson was a western horse and when he heard 'Action,' he was off! I didn't fall that time, thank goodness, I would really have been embarrassed. After that, I realized when anyone said, 'Action,' I really had to hold Tucson back, because those horses are ahead of you. He was a wonderful horse and I always rode him after that."

Not only did Helen become Don Barry's three-time leading lady on screen, they were romantically linked off screen as well, although never married as has been erroneously reported. "Don was like a little peacock, but he worked with gusto and enthusiasm. He had a reputation of having a fiery temper, and yes, he did have that. It took a little to provoke it. Don wasn't as tall as some of the other cowboys. Some people thought he had a bit of a complex about that. He also had a very nice

side, a childlike side. He loved to have a good time, he loved to have people around him and he loved to play poker. We used to play penny-ante poker. It grew and grew so we finally had to have several tables. Robert Young used to come over and play with us; Shelley Winters joined us. Shelley was not a card player but she liked to be part of the gang. She always lost but was a good sport about it. [_laughs_] Don loved to have people come up to his apartment, play poker and share spaghetti and salad and have a good time. I saw him happiest when he had friends of long-standing around him that he liked to sit around and talk with about things that happened in films once. He had some friends called the Straub Twins from vaudeville. My goodness, they'd tell stories and I'd have to leave the room to keep from laughing. That was a side not everybody saw when he was working. He was not a drinker. We traveled a lot together during the war for the Hollywood Victory Committee, putting on shows and selling war bonds. We went to Texas for publicity for some films we did — New Orleans, Las Vegas for a big war bond show there which was covered by *Life* magazine. I was made the honorary sheriff of Las Vegas and rode with Leo Carrillo in the parade. But at the last minute they decided not to print it. They thought it was in bad taste to show us at the Bond show having such a good time in Vegas while our servicemen were at war. And I guess they had a point. Don was fun to travel with. He was very popular in Texas 'cause that's where he was from. Don loved music. Once, we were in a cantina in Laredo, singing and clapping. When we got up to leave, the musicians followed us right out the door. All down the block was this trail of guitar players escorting us down the street."

Not letting her stand idly by, when not co-starring with Barry, Republic utilized Helen in supporting roles in four Roy Rogers/Dale Evans musical westerns. Helen remembers, "The most fun making those were the rides back from locations in the studio limo — the jokes and singing with Roy and Dale and the Pioneers."

Helen reminded us, "Each of the gentlemen I worked with had their own personalities and characteristics but they were all good people." Especially Bill Elliott. "I liked Bill. He was smart about his money. And he had a great gentleness about him. He was very serious about his craft. He fashioned himself after William S. Hart. He idolized him."

"When I left Republic I married a Navy pilot. He decided, for him to get his education, he needed to go to South Bend, Indiana, and go to Notre Dame. He'd been there one semester and did well. Then he came home to California, went to UCLA and joined a fraternity and almost flunked out. So he said, 'If I'm going to get my college education it has to be at Notre Dame.' We were in love, wanted to get married and were trying to decide whether to wait till he got through college, but we decided no, let's get married and go together. That's what we did."

"Many years later, when I was back [in California] and had a daughter about six or seven years old, we were shopping just before Christmas. I hadn't seen Bill Elliott for years! My daughter and I, in a giggly mood, were trying on hats in the hat department of a store. And who should walk up but Bill Elliott. Just as if I'd seen him Friday and this was Monday, he said, 'Hi Helen.' And I introduced him to my daughter. He didn't say how are you, what have you been doing — he said very seriously, typical of Bill, 'I'd like to ask you a favor. I'm shopping for my wife and you look like you're just the same size she is. Could you help me out?' I said, 'I'd be happy to.' He said, 'C'mon over here I've looked at several outfits and I can't make up my mind.' I said, 'Listen, if we're the same size, I'll try them on for you. I'll model and maybe you can tell better what you like.' He ended up buying three outfits. The saleslady loved me. [*laughs*] And that was it, he said, 'Merry Christmas' and off he went."

Allan Lane, as usual with most of his co-workers, restores less pleasant memories. "I worked with him and seemed to get along okay with him, probably 'cause I didn't nickname him [referring to her friend Peggy Stewart's "Bubblebutt" appellation for Lane]. I think he *was* a very proud person, very serious, very exacting, very conscientious about everything, but I can't find fault in that because he was the star of the picture. He wanted it right and he wanted to be good in it. Barbra Streisand's one of those people. [*chuckles*] Lots of people are perfectionists. Someone told me later he was upstaging me a lot. [*laughs*] How was I to know — young and naive. I was too busy trying to hit my marks and remember my lines to notice it."

"I think Allan Lane must have had a bigger budget on his films, because I noticed I had maybe four or five different changes of costume and as many changes of hairdos, which is pretty wonderful when you're a female lead in a B-western. It's usually the guy, the horse, the sidekick and you're next!" [*laughs*]

In the mid–1940s, Republic was promoting precocious young ice skating star Twinkle Watts. (Republic president Herbert J. Yates, obviously envisioning his own low-budget Shirley Temple, unwisely placed the child in ten of the Barry and Lane westerns.) "I thought Twinkle was a very sweet little girl but I was astounded by the name. It still bothered me they wouldn't let me use *my* real name, Darling, and I thought, 'Twinkle Watts—what kind of name is that?' I found out Watts was the family name but how could they name her Twinkle—when she grows up is she gonna like that? I was absolutely floored to find out her older sister's name was Kilo Watts." [*laughs*]

Roy Barcroft was Republic's resident badman and Helen remembers him as "a fine actor. He did everything with such gusto, especially playing a heavy, which he could really put his teeth into. As with so many of the gentlemen I worked with at Republic, they were good to us. I was treated like their sister or the girl next door. When I first started I was very naive and not very experienced, they were very kind, considerate and helpful, especially Roy."

Helen laughingly reminisced about one incident where she inadvertently brought shooting to a halt. "I had a barroom scene. I think it was my 'father' who was shot. I was standing over this person who had been shot and the director yelled, 'Cut!' The director called his assistant aside, the assistant said something to somebody else and everybody's looking at me. I said my line right—what did I do? Then the wardrobe lady came to me and sheepishly asked, 'Helen, are you wearing falsies?' And I replied, 'Good Heavens, No!' I think I had a modest amount of cleavage. So they went back and told the director, 'She's *not* wearing falsies.' This went on, they stopped production for a good half an hour. Finally, they said, 'Okay' and they went on and shot it. Here today, they do just the opposite!" At this point, Helen smiled and laughed heartily as she made several broad uplifting motions under her breasts with her hands. "We were very modest in those days—or at least—Republic was."

Keeping Helen busy, Republic wisely placed her (and her usual stunt double, Nellie Walker) in two of its best mid–1940s

cliffhangers, *Federal Operator 99* and *King of the Forest Rangers* (1946). "I was impressed with *Federal Operator 99* because that was my first serial. I hopefully learned a lot from that. Adrian [Booth] was on it, and George [J. Lewis] was such a gentleman, so nice. The fellas that played the heavies were sweethearts. We had the Lydecker brothers doing the special effects. They were so good to us. If a gunshot was supposed to be a ricochet or something, so you wouldn't be frightened to death, they would tell you it was going to happen. I had to fall into a supposed gas chamber one time. You actually do drop below camera level, so they put a mattress below. I was told if you threw yourself in the air during the fall, you pull your head this way [indicating forward] so you don't hit the back of your head; you might knock yourself out or at the least have a terrible headache. The effects boys were so dear. You felt like a child, they took such good care of you. The stuntmen were helpful too, telling you tricks or something to do or not to do. It was a learning process and I appreciate their help."

"I really liked Adrian. She was fun and knew what she was doing. I felt kinda like a novice. I think I really learned a lot from her. She's an excellent actress. The first day of shooting she said come on back to the dressing room. Well, we weren't big stars, so we had very plain little dressing rooms assigned to each of us. We were in there and she took off her hairpiece, and her eyelashes and removed a little cap on her teeth which she wore, and some padding in her bra—and looked at herself [in the mirror] and laughed—'The rest is me!' [*laughs*] I swear, I loved her right then. A fun girl!"

A wardrobe lady once informed Helen that the crew wouldn't play pranks on you if they didn't like you. Bearing that in mind, Helen must have been well respected. "We were at Big Bear shooting *King of the Forest Rangers*. A bunch of us went out to dinner and had a nice time. I had to go to bed at a respectable hour because you get up so early. They assigned us small cabins. I went into my cabin; thought I'd just jump in the shower real fast, get into something warm and get into bed. So I went right in, took my shower and came out to get into bed and here's what looked like a big body in my bed! I thought, Oh my heavens! I said, 'Ahem — 'scuse me. I think you're in the wrong cabin.' I really thought someone was in the bed; 'course as it turned out, they had put a dummy in there. [*laughs*] When I went to breakfast the next morning, I walked in and kinda looked around — people were kinda snickering. [*laughs*] They played tricks all the time. It was fun though."

"At Republic they worked as a unit. They made so many westerns and serials. The people were so good at what they did and they did it with loving care; they really cared about what they did. The stuntmen in the fight scenes choreographed it like a dance. They'd go through it in slow motion — this one hits, and I hit you, and you knock me back here, and I fall over the table. You see them doing it in slow motion, then when the camera goes and they start, it's bing-bing-bing-bing bang! Crash! One take! They were that good."

Helen left Republic to marry her ex–Navy pilot and accompany him to Indiana to attend Notre Dame. "Then I came back to California. I became pregnant and had a wonderful daughter and I just never got back into the business."

In three short years, the redheaded darling conquered every possible peril in westerns and serials. "It was fun to go to work every morning, everyone was so wonderful to you. I liked the westerns. Children that watched Republic westerns had someone to look up to. The good would always come out over the evil, and I think that's nice."

Helen Talbot
Western Filmography

Movies: *Canyon City* (1943 Republic) — Don Barry; *California Joe* (1943 Republic) — Don Barry; *Pistol Packin' Mama* (1943 Republic) — Ruth Terry; *Outlaws of Santa Fe* (1944 Republic) — Don Barry; *San Fernando Valley* (1944 Republic) — Roy Rogers; *Song of Nevada* (1944 Republic) — Roy Rogers; *Bells of Rosarita* (1945 Republic) — Roy Rogers; *Corpus Christi Bandits* (1945 Republic) — Allan Lane; *Don't Fence Me In* (1945 Republic) — Roy Rogers; *Lone Texas Ranger* (1945 Republic) — Bill Elliott; *Trail of Kit Carson* (1945 Republic) — Allan Lane.

Serials: *King of the Forest Rangers* (1946 Republic) — Larry Thompson.

AUDREY TOTTER

Femme Fatale

On the screen in the 1940s Audrey Totter was the epitome of the tough, hard-boiled blonde, cold as ice to the eye. *Lady in the Lake* (1947), *The Postman Always Rings Twice* (1946), *Set Up* (1949), all helped establish her femme fatale, film noir reputation. Her screen persona couldn't be farther from the real lady. We found Audrey to be a warm, caring, thoughtful individual.

Born on a cold Joliet, Illinois, day in 1917,

Audrey's hard-boiled screen persona couldn't be farther from her real personality.

witnessed the lights going out all the time. Tremendous blackouts. But they kept the theatre going. Then the play went to New York. I had a lot of contacts in New York because of Chicago radio and I started a career within in a week there. I wanted to be on Broadway. But, within one week, a man from 20th Century–Fox saw me on the street and asked if I was an actress. That same week a man from MGM heard me on the radio. They both offered me contracts. Twentieth offered more money but all my friends said go with Metro, it's the Tiffany. I did. And I'm glad."

In radio, Audrey was known as the girl with a thousand voices. "My mother was American born with Swedish descent. So I first learned Swedish and picked up the accent. There was an Italian family next door. This was the early days when European immigrants were coming into America. I used to do voices for fun and it led into my radio career."

Many of her early movie roles were voice parts. "Phyllis Thaxter in *Bewitched*. I did her crazy voice. She said, 'I don't know why I can't do it!' And I said, 'You didn't come from radio, that's why.' In *Ziegfeld Follies* there was a very funny sketch where Keenan Wynn tries to call the girl next door and he can't get her. I'm the operator and I keep screwing it up. Funny sketch, I was the voice on that."

Audrey's *Lady in the Lake* (directed by Robert Montgomery) was a unique picture because of the camera being "Subjective. Again, this is where radio came in handy. They tested several people and most actresses said, 'I don't want to do this,' or they just couldn't. They'd want to look at Bob. But you had to play right to the camera. Bob Montgomery saw a scene of mine and said, 'I want to test her.' I never thought I'd get this

she was acting "from the time I was a little girl. I didn't quite know what I was doing. I came from a conservative family who took a dim view of that. My father, who was born in Austria and spent his life in Vienna, loved the opera and loved ballet; took me to the theatre too. I wanted to be a stage actress. I started in Chicago radio and had a very successful career there for a short while. Then the play *My Sister Eileen* came to town and I learned the lead was going to Broadway to do *Banjo Eyes* with Eddie Cantor. The girl playing one of the parts and understudying was going to take over. They needed somebody to take her part, I auditioned and got it. We toured the country during the beginning of the war. We were in San Francisco during Pearl Harbor,

HERBERT J. YATES presents

WOMAN THEY ALMOST LYNCHED

STARRING

JOHN LUND BRIAN DONLEVY AUDREY TOTTER JOAN LESLIE

Screen Play by STEVE FISHER
Based on the SATURDAY EVENING POST story by MICHAEL FESSIER

WITH

BEN COOPER · NINA VARELA · JIM DAVIS · REED HADLEY Directed by ALLAN DWAN A REPUBLIC PICTURE

Left to right: Unknown player, Audrey, John Lund, Reed Hadley in *Woman They Almost Lynched* (1953).

enormous part. I went to thank Bob for letting me at least test. He finished the test, turned to me and said, 'You've got the part.' Wasn't that a nice way to do it? It was wonderful working with him."

"I remained at Metro for six years. Then there was a change. The parts they were giving me I didn't think were very good. Columbia offered me a contract and a lot of good parts. The month I signed with Columbia I met my husband. I went to Mr. Cohn [head of Columbia] and tried to get out of my contract. He said, 'I can't let you out of the contract, but it won't hurt you to work for a while when you're married.' My husband took a dim view of my working. He thought I should be home raising children. He was a physician, and they've got crazy hours, too. Leo felt very strong about having children. I came from a solid family where my mother didn't work

and raised us. We all turned out very well and I feel it was from the home. I was so crazy about my husband, that less work was all right with me."

Audrey did the radio show *Meet Millie* in 1951, but her husband didn't let her do it for television. "I'd married in 1952 when they were going to make the TV series. He said, 'I'll never see you, you'll be a nervous wreck.' I decided not to do it but I was very unhappy. Then, I got pregnant. I don't know what they would have done with Millie being pregnant." [*laughs*]

In films Audrey was cast as a femme fatale, always a tough lady. Strong female roles. She was really, in many ways, ahead of her time. "Absolutely. That's why some of them still hold up. *FBI Girl* [1951] I thought held up pretty good and *Bullet for Joey* [1955]. But I thought some of those scenes from

Woman They Almost Lynched [1953] were pretty corny. The funny thing is Steve Fisher wrote that and he wrote *Lady in the Lake* which is excellent. Very smart dialogue. But I guess that's his forte — not writing westerns. Some of it was just so corny."

Although a wonderful actress, the scene in *Woman They Almost Lynched* when Brian Donlevy slaps Audrey — "I know. It just doesn't work. My costar, Joan Leslie, was also married to a doctor, so we became friends. I met her on the picture. We used to be just hysterical, some of that dialogue. She thought some of hers was pretty corny too. The fight scene was faked, they always are. But we did some of the stuff. The close-ups we did. But my gosh, I've always been thrilled with those wranglers who ride and I rode in the picture, except the last scene, that wild ride, they wouldn't let me do that. I wouldn't want to do it. I'm not that good a rider. Even riding in groups, Brian Donlevy, Jim Davis and myself, there would always be wranglers around us. So we never had to worry our horses would rear and go because the wranglers were right there."

Admittedly, Audrey doesn't sing, but the voice in *Woman They Almost Lynched* matched her quite well. "It was very good. But I did one at MGM which didn't match very well. Remember Bob Montgomery in *Saxon Charm*? In the scene, dancing around with me, remember how he was guiding me in that? We had to have me sing but someone else dubbed it later. Normally, *you* never have to *really* sing. But for this, I had to sing and then it was dubbed. Of course, I cannot sing. Susan Hayward is sitting there with John Payne and all the extras. The scene is over and Bob Montgomery said, 'I want to tell you something. You are the most astounding actors and actresses I've ever seen. You didn't laugh once when Audrey was singing.' [*laughs*] I used to date Jim Davis, but that was long before *Woman They Almost Lynched*. I always liked Jim, wonderful guy. I was so thrilled when he got that wonderful break in *Dallas*. Then he died one year afterwards. Now *that* made me feel bad. My God, he was

still a fairly young man. Ben Cooper was the cutest little thing in the world. Real young, sweet guy. I never saw anybody drink so much milk. He drank quarts of milk. Brian Donlevy I had also dated earlier. I met him on *The Beginning of the End* [1959]. Went out with him a couple of times, so it was fun working with him. A good actor and a great guy. He was born in Ireland."

In 1958, TV's *Cimarron City* starring George Montgomery came along. Audrey played the no-nonsense boardinghouse owner. "I said to my husband, 'Do I really want to do a series?' In those days we only worked Monday through Friday. Leo said, 'Try it. Ask them, if you sign, you don't have to stay too late.' The producers said fine, but it didn't turn out to be a big success. I don't know why because it was a pretty good series. I enjoyed working with George Montgomery. George is a good actor, but I think his talent lies in sculpting. He makes gorgeous furniture, but he just didn't look like the kind of man that would do that. He's very western, very macho. 'Course he was then married to one of my absolute favorite people, Dinah Shore. We used to go out socially when they were married. I did *Our Man Higgins* a little later on [1962–1963]. It wasn't successful because it was opposite Mary Tyler Moore with *Dick Van Dyke*. [*laughs*] What can you do?"

"When my daughter was a teenager I really stayed home because I thought it was important. When she went off to college I did *Medical Center* [1969–1976], produced by a very close friend of mine, Frank Glicksman. Jayne Meadows was doing the nurse but she decided she didn't want to do it anymore. Frank asked me if I would do it. He wanted somebody that would travel and advertise the show at nurses' conventions and things like that. So I was Nurse Willcox for four years [1972–1976]. Then I did one picture in Spain. After that I just wanted to settle down as a housewife. I was very happy. I was mad about my husband, I lost him in March [1995]. Sad."

Before *Bonanza*, Dan Blocker got his

Audrey costarred in the television series *Cimarron City* (1958–1959) with George Montgomery.

start on *Cimarron City*. "Yeah, but he never admitted he was in it. Never mentioned *Cimarron City*. I didn't think that was very nice. [*laughs*] He was great. A funny guy."

The nice thing about *Cimarron City* is they gave Audrey—as the leading lady—story lines. Usually a western leading lady would just come in and smile. "One of the things that went with the deal. I said, 'I don't want to work that much. I don't mind wandering in and out now and then, but for my sake, once in a while, give me something to do.'"

John Smith, who later gained stardom on the *Laramie* series, started on *Cimarron City*. "I used to talk to him. One time I said, 'John, you're good looking, talented, you can have a career.' But he got in with a bunch of people, among them the director. I said, 'It's great fun to sit there and drink all night but you can't do this forever.' I guess he thought somebody who doesn't drink is an old reformer; he just went downhill. Recently John lived near a friend of mine who used to see him once in a while. He said he didn't even know John anymore. Too bad." (Smith died from cirrhosis of the liver January 25, 1995. He was only 63.)

Macdonald Carey was Audrey's co-star in *Man or Gun* (1958). Audrey smiled, "I knew Mac for a thousand years. I knew him from New York so it was kind of fun to work with him, finally. Then he wrote his book, which surprised me. I didn't know about the alcoholism in his life—but he beat it. The thing that interested me about Macdonald Carey... Mac was very Catholic and had all these children. All of a sudden, the book tells about all the affairs he had, the divorce—I wouldn't have guessed. Mac was like a priest [*laughs*] and here he was having this double life. There was a book signing and I went purposely to see him. We *shrieked* at each other, I said, 'I didn't know this was you' and he said, 'Yeahaaaa.' [*laughs*] He passed away too, recently."

James Craig was also in *Man or Gun*. "He played the heavy, didn't he? I worked with Jim Craig in one of my very first movies and then one of my last movies, just a quickie [*Ghost Diver*]—I call it making some Christmas

money—my husband supported me completely. Whatever money I earned, I usually gave to him to invest. We were underwater a lot. It was a terrible piece of junk. We were hysterical doing it."

Another western Audrey did was *Massacre Canyon* (1954) with Phil Carey, Douglas Kennedy and Big Boy Williams. "Big Boy told marvelous stories about Lupe Velez; they were a thing for many years. He was great fun."

Audrey thinks *Vanishing American* (1955) was a good remake of the silent. "The only thing I found wrong was Scott Brady didn't really look Indian. He was very cute. We were in St. George, Utah. Scott took out a Mormon girl and kept her out very, very late. The father had a shrieking fit. Scott was going to marry her, by God! They went to court and Scott said, 'I swear to you on a Bible, I didn't touch that girl.' She said the same. Scott said, 'I will do anything to apologize but I don't think it's fair to her or to me for us to marry. She's a virgin.' And they believed him. He said it was true, he just kept her out late."

Audrey did a small part, probably more Christmas money, in a *Virginian* episode, where she was a floozy saloon girl. "If they had to have somebody that could do this—they paid you a lot of money. Really a ridiculous amount for working one day. Another TV western I did was with Clint Eastwood, *Rawhide*. They cast me at the last minute and sent me a script that night; I had to work the next morning, which is rare, they don't usually do that. I read it and to my horror, I had to play poker and I didn't play cards—didn't even play Bridge. I said to my husband, 'What am I going to do?' We sat down about seven o'clock and played until around eleven. He taught me enough to fake it. I love westerns. Great fun."

How does Audrey Totter want to be remembered? "As a happy wife and mother. I was lucky to have a career, I never had to struggle. I was always treated beautifully—at MGM, we were all queens. Mr. Mayer said, you better not touch his stars! I had great protection and I had one good, happy, joyous marriage, 42 years, had a daughter who turned out extremely well, lovely grandchildren. I've just been lucky."

Audrey Totter
Western Filmography

Movies: *Woman They Almost Lynched* (1953 Republic)—John Lund; *Massacre Canyon* (1954 Columbia)—Phil Carey; *Vanishing American* (1955 Republic)—Scott Brady; *Man or Gun* (1958 Republic)—Macdonald Carey; *Apple Dumpling Gang Rides Again* (1979 Buena Vista)—Tim Conway.

Television: *Zane Grey Theatre:* "Return to Nowhere" (1956); *The Californians:* "Strange Quarantine" (1957); *Cheyenne:* "Empty Gun" (1958); *Wagon Train:* "Tent City Story" (1958); *Cimarron City:* series regular (1958–1959); *Man from Blackhawk:* "Winthrop Woman" (1959); *Rawhide:* "Abilene" (1962); *Bonanza:* "A Time to Step Down" (1966); *The Virginian:* "Yesterday's Timepiece" (1967); *The Virginian:* "Home to Methuselah" (1969).

VIRGINIA VALE

The Pride of RKO

She's one of the most popular B-western heroines of the 1940s and a frequent guest at western film festivals due to a great co-starring series of six with George O'Brien at RKO, as well as a handful of shorts with Ray Whitley. By her own words, she wasn't "aggressive" enough. But she has "no regrets." Life has been very good to Virginia Vale and in her current world of ice skating, traveling and trail riding, she's one of the most active leading ladies "in retirement."

She was born Dorothy Howe in Dallas, Texas, circa 1921. "My parents were certainly not theatrical. My mother was an office manager. My father was a furniture salesman, but for some reason or other, ever since I was a little bitty tike, in Sunday school or the little private school I went to, if there was a little song to be sung, a little poem to be read, or anything appearing in front of people, I did it. Show business was sort of in my blood from the very beginning. There was a department

store in Dallas that put on plays every Saturday. I was in several of those. Then I was in the Dallas Little Theatre and did Ayn Rand's *Night of January 16th.* I took some formal singing lessons. In fact, in *Three Sons* (1939), the part I won as a result of winning Jesse Lasky's Gateway To Hollywood contest on radio, in the opening scene showing me in the movie, I'm singing."

She also sang in her 'blues' voice a few times at Paramount (1937–1939). Virginia sings in her last film with George O'Brien at RKO, *Triple Justice* (1940), a song written especially for her. "I was in the commissary one day having lunch with the director of *Triple Justice* [David Howard]. I said, 'I have to get going. I've got to take a voice coaching lesson.' 'Oh, you sing?' All of a sudden, they told me I was going to sing in the picture. 'Ray Whitley's going to write it for you.' I went to Ray's house and he was writing the song that day, rather a nice song. Of course,

Virginia Vale costarred in six RKO B-westerns with George O'Brien. Her favorite is *Stage to Chino* (1940) because she designed all her clothes for the film.

I had to fake playing the guitar. Ray Whitley wrote 'Lonely Rio' and they used that as the background music under the title. We did it in one take. It was outside the house in the moonlight, with George sitting there watching me sing. Showed the two horses sort of entwining their necks — it was fun."

While appearing in the play, *Night of January 16th* in Dallas, a Paramount talent scout spotted Virginia. "Next thing I heard, I got a letter from Paramount asking if I would like to come to Hollywood for a test, and if the test was successful, to sign a contract. I was only 16 at the time. I was thrilled to death! Mother and I both said, we've always wanted to go to California and this is our opportunity. Of course, when they signed me, I was in seventh heaven. My mother and father had divorced six or seven years earlier, so when I

came out here, she quit her job and I had a little 10-dollar a week office job. I got out of high school when I was 15. I guess somebody thought I was a brain of some kind, got double promoted. You can't imagine the thrill when you realize you're going to be signed by a major studio and you're going to be in the movies. It's seventh heaven for anybody who has any sort of aspirations in the theatre world."

"Oliver Hinsdale, who was the Paramount scout, was also the dramatic coach. We were forever doing scenes with stock players. I had voice coaching, doing the popular songs. I went for a while to the Max Rinehart School of Dramatic Art in Hollywood — I took fencing, and I know about the second or third class — I did a real dramatic lunge and got a charley-horse in my leg and could hardly get up off the floor. [*laughs*] We had pretty thorough training. I was at Paramount a year and a half."

There, Virginia was always billed under her real name, Dorothy Howe. "Of course, it's very, very disappointing when your option isn't picked up. I had some second leads and some much smaller parts, but I didn't know what I should do, whether I should go ask somebody what their plans were for me, if there was something more I could do to further my career — there you are. So I was dropped."

Of the many stars Dorothy/Virginia worked with at Paramount, she has some lasting memories. Her first film, *Night Club Scandal* (1937) was with the great John Barrymore. "I just had one scene in a nightclub booth with Barrymore, but I do remember he had idiot cards."

Dorothy Lamour starred in *Her Jungle Love* (1938). "She seemed very nice. However, I was a rather reticent young lady and didn't socialize or talk to anybody much on the set, so I didn't know her very well."

Virginia had "just a line or two in a nightclub in which I sang a song" with Buck Jones in *Unmarried* (1939). "He was very good in it. *Unmarried* was a wonderful story."

When her option wasn't picked up at Paramount, Virginia's agent called to ask if she'd like to enter Lasky's Gateway to Hollywood radio contest. Usually, the contest was reserved for talent that hadn't been in films already, not people like Virginia who'd already made eight films at a major studio. "I thought so too, but I was asked if I wanted to enter, so I said, 'Certainly.' I'm sort of surprised they would have somebody who had experience in the movies. I won the first month of it. Then they had the finals the thirteenth week and I won it. The finals were back in Des Moines." Kirby Grant won the men's division and Virginia won out over Rhonda Fleming.

Virginia smiles, "I've seen articles Rhonda has written in magazines and she's made some rather slurring remarks about 'the girl that won the competition,' but she did beautifully. She was here in *Kismet* about fifteen years or so ago. I had read an interview with her in the *L.A. Times* before the production opened, and in this interview, she said she was doing a tour of some of the defense plants and saw me with a rivet gun in a factory and that I had glanced at her and glanced away. I wouldn't know one end of a rivet gun from the other!" [*laughs*] Virginia worked at Lockheed for 35 years and became private secretary to one of the chief executives. "Fleming made some comment to the effect that I played up to the producers of the radio show, this big buxom blonde. So I wrote a letter to the *Times* about all of this with replies to her various comments. This appeared in the same newspaper, same section, two or three weeks later, and it said Virginia Vale is alive and well. They printed most of my response to her comments. Then, I saw something again, about eight or nine years later, where she had made some of these same type comments. I thought, 'I'm going to write the editor of the magazine,' but then I thought, 'Oh, let it drop. That's in the past.' Oh, and in my response that was printed in the *Times*, I said, 'I'm going to see Miss Fleming in *Kismet* and if she's good, I will be the first to stand and give her a big round of applause.' She was very good. I had no grudge with her, but she obviously had one. Well, that's all water under the bridge."

With the winning of the contest came the name Virginia Vale. Gale Storm was another Jesse Lasky contest winner. "I got pretty well acquainted with Josephine Cottle [Gale Storm] and her husband Lee Bonnell. In fact, when I was with RKO he was signed too. He won the same time Gale won. He and I were in a play together at one of the theatres in Los Angeles, *Two on an Island*. We had the leads in that play. Gale is a fun gal. Very talented."

After her RKO debut in *Three Sons* (1939) with J. Edward Bromberg, Virginia was cast as George O'Brien's B-western leading lady. "They were so much fun to make. I enjoyed every minute of them. Most took six or seven days to shoot. Of course, if there was a big barroom brawl or something, that would take a whole day. George was just a gem of a

Slim Whitaker (who usually played heavies) was George O'Brien's saddle partner and Virginia, as usual, was George's leading lady in *Prairie Law* (1940).

fellow. I thought he was just wonderful. Long after the pictures, after I'd been at Lockheed quite a few years, a fellow in the office who was a member of the Navy Club, which George was a member of, said, 'I'm going to see George at lunch. I'll tell him I saw you.' This fellow and his wife were into Amway sales, and he came to me one day and said, 'George is coming to my house tomorrow night, we're having an Amway meeting. I thought maybe you might like to come see him again.' It really was quite exciting to see him again. This would have been fifteen years later, or more, maybe twenty. We had quite a conversation, reminisced and everything. I really put my foot in it. I said, 'You know, George, I really had a crush on you.' He said, 'I knew it.' And I said, 'Oh, you didn't. Am I embarrassed!' He said, 'No, I knew it.' George was really a very, very good actor. In most of

his films, unless the scene is really serious, he played it lightly with a twinkle in his eye. Did you ever notice he hardly ever just walked out of a scene? He usually finished it with a gesture, a look, or a throw-away line, all of which were probably his idea and not in the script or suggested by the director."

This was George's last series. Virginia believes, "I have no real information, but I think RKO knew maybe halfway through this series of six they were going to drop George. After all, he was 40 or 41 years old. He still had a wonderful physique, but he was no longer really slim and young, the way most of the cowboy stars were at that time. That might be one reason why, at the end of the six pictures, George and I got married in *Triple Justice*. You know, closing it out."

Director David Howard, for Virginia's first western, *Marshal of Mesa City* (1939), used the actual sound track when Virginia and George were riding, so it would sound more natural, rather than looping it in later as was usually done. "When George and I were riding alongside each other, those were the actual lines we spoke. If you'll remember, they weren't long shots. They were fairly close shots, so we were actually speaking the lines and they used it. I didn't really know how to ride western at that time. I knew how to ride English very well, but here I was in this big skirt, astride the horse, so the bouncing didn't show. I started posting, as you do in English, on the saddle to keep me from bouncing so much. After that picture RKO sent me out to Fat Jones' barn to learn how to ride western. In *Legion of the Lawless* [1940] my horse had to do a little bucking and they used a double. I think I could have held on."

David Howard directed five of the six O'Brien westerns Virginia costarred in. "He was a very kind man. Very patient. Of course, his main concern was George, the star. He was a very soft-spoken man. In fact, I don't remember anybody connected with any of the westerns who was not soft-spoken. Everybody was just polite. I swear once in a while myself, but I don't ever recall anybody connected with those films even saying 'damn.'"

Virginia and I then talked about some of the actors in her westerns. Slim Whitaker? "Another very fine man. I think he was in nearly every picture. Anything but slim, but he always played his character very well." Henry Brandon? "He was such a good actor. Another soft-spoken man." Harry Woods? "What a meanie he would be. Always after the girl or after the mine or after something. Very good." Spade Cooley? "I don't remember him as a person but I remember his group being in one of the Whitley shorts. He played down at the Santa Monica Ballroom."

Virginia co-starred in eight western shorts with Ray Whitley. "He was the nicest guy, just a charmer. Perfect gentleman."

Virginia only made one B-western with Tim Holt, who replaced O'Brien in RKO's series westerns. "We probably only worked together no more than five or six hours, so I didn't know Tim at all. I don't think we really 'clicked' together. The girl's part in *Robbers of the Range* [1941] was not very important."

"All the pictures were fun. I grew to like horses and always liked to do a little riding. My favorite of all the westerns was *Stage to Chino* [1940]. It had a pretty good script. I was sort of important to the story. It gave me a little more to do and had a little more acting ability required. Another thing about it, I had always worn clothes from wardrobe. I don't think anything new had ever been made for me, but I thought I'd like some new western clothes. So I asked the producer, 'Can I design some clothes, get the fabric for them, get something new?' They let me and I went out to the department stores, bought the fabric and took my sketches and the fabric to the wardrobe department and they made them. I designed all my clothes for *Stage to Chino*. They were reused, I've seen them time and time again, in westerns."

Speaking of *Stage to Chino*, Virginia says although she didn't actually drive the stage in the excellently filmed stagecoach race at the end of the film, "There was a driver down below." She asserts George (then 40 years old), not a stuntman, *did* do the daring stage-to-stage transfer. "I never saw him use a double. He was a superb athlete and very strong. He picked me up like I was a feather."

As to some non-western films, Virginia recalls, "When I was at RKO, they loaned me out for two pictures at PRC. The first one was *Blonde Comet* [1941], where I played a race car driver, with Ralph Byrd and Barney Oldfield. Oh, he didn't know how to read a line at all, but they used him for name value. You felt sort of important since you were the lead and the title character. Another one I did was *South of Panama* [1941]. I sang in that. That was with Roger (Ann Sothern's husband) Pryor." *South of Panama* is one of Virginia's favorite films, "'Cause I was an important part in the film, a dual role and I got to sing. It makes a difference if you have more to do." *Crime, Inc.*, also at PRC, didn't come along till 1945. "I went to work at Lockheed

George O'Brien takes badman Monte Montague down a peg as nasty Norman Willis and Virginia look on in *Legion of the Lawless* (1940).

in 1942. I honestly don't remember how I happened to do [that film] 'cause I don't think I still had an agent in 1945. I sang again though."

In most viewer's estimation, Virginia should have had a longer, fuller and richer career. She reflected on that for us. "I never played the Hollywood 'game.' I'd always led a very sheltered life. I was young, if you consider 17, 18, 19, 20 young. And I do. As far as big parties, celebrations and things like that, I only went to maybe four or five when I was in the industry. It was my own fault because, as the career went on, I was never aggressive. I never asked the studio if they had any plans for me. I never made any effort to get something. When I first started in the business, I was always told, let your agent do the whole thing. So, that's what I did. I didn't really

strive for things 'cause I thought, 'My agent knows what's going on and if there's anything for me, he'll get it.' But, I've decided that's the main reason why I didn't go any further than I did. The last year I remained in the business, I only worked three weeks. I don't even remember now what they were. I just decided, well, you're broke, you're going to refresh your shorthand and typing and you're going to get a job. So I did. I just wasn't going to sit around and wait. I didn't know how to approach the studio, I didn't know how to approach anybody about work. I just figured, 'This is not for me, so I'll say good-bye to the industry.' I didn't want the struggle. I knew I could make a living doing something else. I'm a practical person. I wasn't going to be another Bette Davis, another Betty Grable or another Joan Crawford. I just faced the facts of life and went about my business, but oh, I did love it! But I was very independent. I've made my own way since I got out of high school. When I quit the industry, it was a clean cut. I didn't think anything more about it and I went on about other things. When I was still in pictures, I became involved in figure skating and I still do an awful lot of figure skating judging. I have a very pleasant life. I keep as busy as I want to be. As I say, a lot of figure skating judging—I go all over the country. Then two days a week, I do something for somebody else, I drive Meals On Wheels. I play bridge and I go on livestock moves. We take about a hundred head in the spring from the Owens Valley in California, ninety-some miles up into the High Sierra for their summer trail rides. Then, in September, we bring all the head down. Sometimes they have a full list of guests, 25 people. It's quite a thing. So, I'm still on horses. My life is fine. I have no regrets at all. I'm pleased with the way things are going and I hope they go on for another fifteen or twenty years."

Virginia Vale
Western Filmography

Movies: *Marshal of Mesa City* (1939 RKO)—George O'Brien; *Bullet Code* (1940 RKO)—George O'Brien; *Corralling a School Marm* (1940 RKO)—Ray Whitley; *Legion of the Lawless* (1940 RKO)—George O'Brien; *Prairie Law* (1940 RKO)—George O'Brien; *Stage to Chino* (1940 RKO)—George O'Brien; *Triple Justice* (1940 RKO)—George O'Brien; *California or Bust* (1941 RKO)—Ray Whitley; *Musical Bandit* (1941 RKO)—Ray Whitley; *Prairie Spooners* (1941 RKO)—Ray Whitley; *Redskins and Redheads* (1941 RKO)—Ray Whitley; *Robbers of the Range* (1941 RKO)—Tim Holt; *Cactus Capers* (1942 RKO)—Ray Whitley; *Keep Shooting* (1942 RKO)—Ray Whitley; *Range Rhythm* (1942 RKO)—Ray Whitley.

ELENA VERDUGO

South of the Border

Beautiful, blonde, bubbly Beaumont, Texas, born Elena Verdugo is often cast—in Spanish roles! "I don't look Spanish—it's my name that gets me the parts. When they see me, it's always the 'Get the black wig for her' routine."

Born April 26, 1925, the versatile actress was actually trained as a dancer. "I was in dancing school; about five or six years old when I made my first picture in 1931, *Cavalier of the West* with Harry Carey, *Senior*. I almost said Junior! [*laughs*]. I was at the age

where I wouldn't smile. The director bribed me with a dollar bill, but I still wouldn't smile for the camera! [*laughs*] My career just sort of happened. I did a small role in *There's Magic in Music* with Dolly Loehr—we went to school together when I was later under contract to Paramount and did recitals together. She played the piano and I danced. You know her better as Diana Lynn!"

Elena's first western as an adult was *El Dorado Pass* (1949) with Charles Starrett (*The Durango Kid*). "I didn't know who he was

Elena strikes a sultry pose for Paramount publicity.

great deal of publicity! [In actuality, neither Ann nor Elena were the first to buss Gene. Barbara Pepper was the first to kiss the singing cowboy for *Sagebrush Troubadour* in 1935, a full 14 years before the Columbia publicity machine dreamed up this stunt.] I remember the final scene, where I am on the veranda waving goodbye to Gene and Champion. Gene and the horse turn around to ride off into the sunset, when Champion starts farting! All the way out. He kept on letting off wind, and we had all these important visitors on the set. Everybody was in hysterics. Gene was laughing as he was trotting off. That is typical when you work with horses. They are always relieving themselves during the love scenes!" [*laughs*]

About westerns in general, the star recalls, "Never trust a wrangler! They will tell you, 'Just get up there, little lady, we'll be here to catch you.' And they never are! I was doing a scene at Vasquez Rocks; I had a dress on and the horse ran away with me, going 200 miles an hour. They had to chase me to catch us. That happened when I did *The Marksman* [1953] with Wayne Morris. Wayne was a nice fellow, but a big drinker, which I didn't know at the time."

Another of Elena's credits is *Snow Dog* (1950), a Northwest Mountie film, with Kirby Grant. "Such a terrible thing, what happened to him — getting killed in a car wreck on his way to see the astronauts take off — they had requested he be there. I had been friends with Kirby for years. In fact, when I married Charles Marion in 1946, Kirby was Charles' best man. He was so sweet!"

when I did that picture. It was just one of those little films you did in a hurry. I wasn't a western fan at the time — I became one after I started doing them. I wish now I had known more, because frankly, I remember very little about Mr. Starrett or the picture."

Within the year, Elena landed the lead in a big-budget Cinecolor western with Gene Autry at Columbia, *The Big Sombrero* (1940). "I found him to be an interesting man. Right from the beginning, I noticed he was a great businessman. And, regardless of what Ann Miller says, I gave Gene Autry his first screen kiss! And I have the papers to prove it! I have a *Life* magazine article that covered the event, and also the local newspapers. It received a

Elena, Gene Autry, Gregg Barton and Herbert Rawlinson in *Gene Autry and the Mounties* (1951).

Being a character actress herself, Elena recalls the cowboy sidekicks fondly. "Those western characters are the best improvisational actors around. They could make up the roles as we went along. They were all just great!"

James Fenimore Cooper's *The Pathfinder* with George Montgomery was another genre credit. "I played an Indian in that—I take a knife out of my boot. It was a fun part. One day, years later, my son was in the living room with the TV on. I came in, looked at myself, and said 'By God, that's me!' They were running *The Pathfinder*."

Turning to television, the actress guested on *Rawhide*: "Incident at Spanish Rock." "I thought I did a good job of acting in that. I noticed Clint Eastwood, the way he'd work. His eyes would start shining, the face would

start to project ever so lightly. He was great. I thought, boy is he preparing. He is very low-key, really worked at his craft. The actual star, Eric Fleming, wasn't in the same ballpark. He didn't leave much impression. The crew didn't like him, either, but I didn't know why."

When the modern western series *Empire* reduced its cast, running time and changed its title to *Redigo* in 1963, Elena Verdugo joined the cast. "Richard Egan was charming, easygoing. A good performer. He and Dale Robertson were two really nice guys. Dale and I did an *Iron Horse* [1966–1968]. I thought I did a good job on that one, also. Someone was trying to murder me."

One of Elena's favorite guest spots was on a *Daniel Boone* guest-starring Vincent Price. "I have a still of Vincent and me winking at the camera. They had to put me

Elena and Gene Autry costarred in two great westerns at Columbia.

on a box, he was so much taller than me. In fact, the children were taller than me! [*laughs*] Vincent was wonderful—I loved him. I saw Fess Parker again recently, in Malibu at a party given by my old friend Sharon Gless. We talked about the wine business, which I thought was fascinating. Neither one of us brought up the show!"

Reflecting on her multifaceted career in general, Elena states, "I had a son and the most important thing for me was to be with him, not being away on location or something. I couldn't live with myself if I had put the career first." Regardless of her feelings, Elena Verdugo has had quite a career—with classic feature films (horror, western, drama) and many classic TV series (*Meet Millie* [1952–1956] to *Marcus Welby* [1969–1976]).

Elena Verdugo
Western Filmography

Movies: *Cavalier of the West* (1931 Art-class)—Harry Carey; *El Dorado Pass* (1949 Columbia)—Charles Starrett; *The Big Sombrero* (1949 Columbia)—Gene Autry; *Snow Dog* (1950 Monogram)—Kirby Grant; *Gene Autry and the Mounties* (1951 Columbia)—Gene Autry; *The Pathfinder* (1952 Columbia)—George Montgomery; *The Marksman* (1953 Allied Artists)—Wayne Morris.

Television: *Law of the Plainsman:* "The Innocent" (1959); *Rawhide:* "Incident at Spanish Rock" (1959); *Redigo:* series regular (1963); *The Iron Horse:* "Bridge at Forty Mile" (1967); *Daniel Boone:* "Copperhead Izzy" (1969).

JACQUELINE WHITE

Classy Lady

Jacqueline White's decade-long career spanned only two studios—MGM (1942–1946) and RKO-Radio (1947–1952). It was at the latter where she made her three westerns, *Return of the Badmen* (1948) with Randolph Scott, *Riders of the Range* (1950) with Tim Holt and *The Capture* (1950) with Lew Ayres.

"I started at MGM in May of 1942; I was only 17 [born in Los Angeles, November 26, 1924], and of course I was given training in their series pictures, like *Dr. Gillespie's New Assistant* [1942] and *Swing Shift Maisie* [1943]." Her first lead was in *Air Raid Wardens* (1943) with Laurel and Hardy. "They were very nice men—we chatted between takes but there was no joking around off camera. They were at the end of their careers at this time. When I was a little girl, a friend of mine managed to get us passes—and we saw Laurel and Hardy shoot one of their famous

Gary Gray and Jacqueline greet Gabby Hayes in *Return of the Badmen* (1948).

Who's got the drop on whom? Jacqueline and Tim Holt in *Riders of the Range* (1950).

scenes. Then, years later, here I was actually making a movie with them! What a thrill that was! They were charming and a delight."

Jacqueline White's first western came shortly after she arrived at RKO — the big-budgeted *Return of the Badmen*. "Randolph Scott was my leading man, such a gentleman, so nice to be around. I was excited to be cast in it. We had a lot of good conversations on the set but when it was time to go home, he went to his house and I went to mine. We never socialized together." Also landing his first major part at RKO was ten-year-old Gary Gray. "A nice little boy! I like Gary, and I *did* get to know him! He was so sharp and bright. A very charming, good looking youngster. We spoke on the phone recently and he's still the same! Really a thrill to hear from him. It's strange to think he is now grown and has more

grandchildren than I do! I thought I was doing great with eight — but Gary has 19! However, I beat him when it comes to children. I have five and Gary only has four!"

About Gabby Hayes, "Oh, he played my father! Another delightful person to work with. The main thing I remember about Gabby, in addition to the fact that everything was real [*laughs*] — his beard, not his teeth — is that he was constantly talking about camping out. It was something he enjoyed doing." Jacqueline's nemesis in *Badmen* was Anne Jeffreys. "Anne's sister was my stand-in at MGM."

Jacqueline reveals of *Return of the Badmen*, "I never knew from day-to-day if what I studied last night would be used the next day. They kept changing the script as we went along. Director Ray Enright was very good,

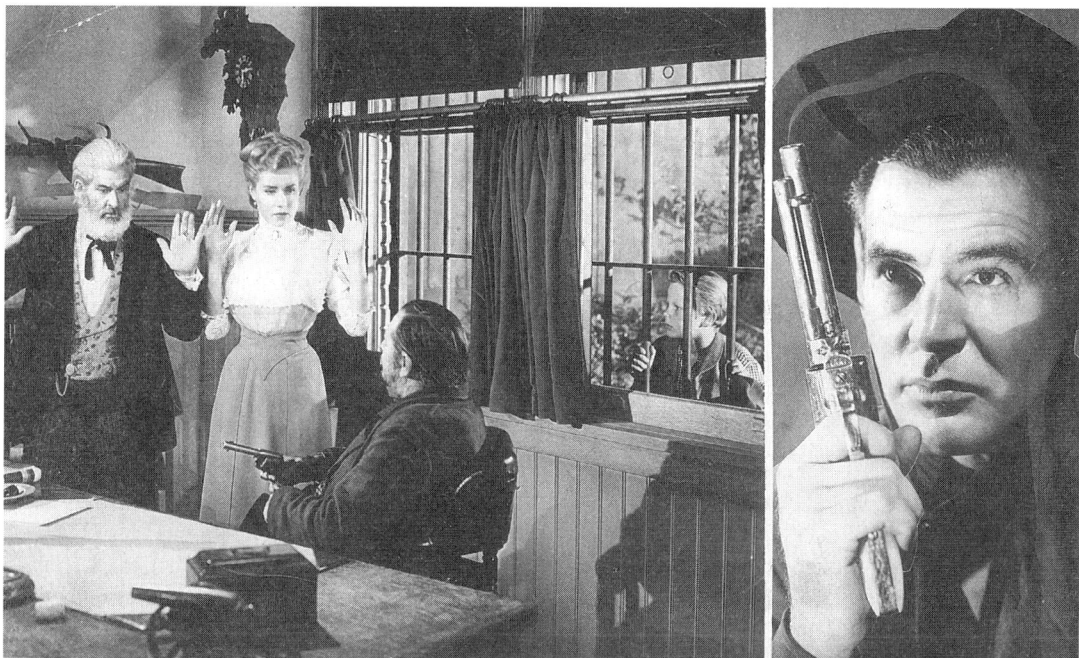

Gabby Hayes and Jacqueline are held at bay by badman Warren Jackson while Gary Gray peers in the window in *Return of the Badmen*.

especially great with the fistfights. Ray was a delightful, jolly chap." Of all the *Badmen* in the film, Jacqueline states, "I only saw the ones in the scene with Gabby and me at the bank. I do remember one guy — a young, good looking man who could only grow one hair on his chin! Yet they needed a full beard!" (Walter Reed tells me this was no doubt his good friend Robert Bray who had trouble growing a beard.)

In fact, one of the 'Badmen' was Walter Reed. "I loved Walter, but I didn't get to know him in this picture. We later did several films together — I played his sister in *Mystery in Mexico* [1948], which we actually shot on location in Mexico! He later played my husband as well. Walter kept us in stitches all the time!

Such a funny guy, with hilarious stories to tell. It's a shame the studio didn't use those talents. He'd make a great comedian! I would compare him to Red Skelton, who I worked with at MGM in *The Show-Off* [1946]. I remember one time, Red went up to the eccentric Marjorie Main, who was taking rather large pills. Red said to Marjorie, who was a real character, 'Lordy, Marjorie, the last time I saw someone take a pill that big he won the Kentucky Derby.'"

About *The Capture* (1950), Jacqueline recalls very little. "I was only on it at the beginning and didn't do much, but Lew Ayres and I became friends."

As to Tim Holt's *Riders of the Range*, the star has a humorous anecdote. "My high school friend was Ann Connolly, the daughter of Walter Connolly and Nedda Harrigan. She used to date Tim Holt and we'd go down and watch him play in polo matches. I met Jack Holt, Tim's father, at Ann's house. Then, years later, I am making a picture with Tim! So, I talked to Tim quite a bit. We shot the picture up at Jack Garner's ranch [in a valley across the San Jacinto Mountains from Palm Springs], who rented out the place for lots of movies. Tim's wife was with him and also along was his wife's dog, a Doberman pinscher! Well, this dog *hated* Tim! He would have killed Tim, had he not been controlled. The dog growled whenever Tim came into the room. It was terrible. The dog was jealous and it made it very difficult doing the picture with that dog on location. Whenever I'd go to the motel room in the evening to talk to Tim and his wife, that old dog would be there. It had to be locked up if she wasn't in the room; it was that dangerous. I don't think that marriage lasted very long after that! [*laughs*] Richard Martin, who played Tim's sidekick Chito, was a charming guy — real nice and tall! A good looking fellow. Robert Clarke

played my brother and, like me, we were both no longer under contract to RKO. We were both hired back as freelancers!"

Jacqueline's career slowed down after her 1948 marriage to oilman Bruce Anderson. "Bruce didn't want me to work, but I did do a few pictures — even after the birth of our first child. I did retakes on *The Narrow Margin* [1952], my last, when I was pregnant with our second. Then we moved from California and I never worked again. In recent times, my children have gotten interested in my career. One son even found a place that sells movie posters and bought quite a few. They are now hanging on display. Occasionally, there will be a 'Jacqueline White Night' around here. My life today is so different. The picture days I consider a wonderful experience I had. I thoroughly enjoyed it, but it was 'my other life.'"

Jacqueline White
Western Filmography

Movies: *Return of the Badmen* (1948 RKO) — Randolph Scott; *The Capture* (1950 RKO) — Lew Ayres; *Riders of the Range* (1950 RKO) — Tim Holt.

GLORIA WINTERS

Sky King's Penny

To millions of young boys growing up in the 1950s (as well as their older counterparts), their big crush was Gloria Winters, the bubbly blonde Penny on television's *Sky King* (1953–1954).

"The first part I ever had was as a baby to Carole Lombard in a picture I do not recall. You hear a lot of former child stars complain about

being a child actress. It must be fashionable to say negative things, but it had the opposite effect on me! A set was a wonderful place to play. You had a winding staircase — it was the best place to play house. It was all fun for me."

Gloria's big break came when she was selected to play "Babs" in the less well-known, but original TV version of the hit radio show

Gloria touches up the Songbird airplane for Uncle Sky King—Kirby Grant.

and motion picture, *Life of Riley*, with Jackie Gleason (1949–1950). "That was great. I interviewed for the part, read, and Irving Brecher said, 'We want you for Babs.' Since it was very early TV, there was a lot of experimenting. We rehearsed all week, then shot in one day. Sometimes things we'd try wouldn't work and we'd have to reshoot it. It was the light of my life, meeting Rosemary De Camp. It is good fortune to any actor or actress to be with her. Some people you always remember and you miss them when the show is over. Rosemary is one of those great ladies. Jackie Gleason, at least the Jackie I knew, was a lot of fun—a straight arrow, a great guy, searching for religion. He was on the wagon then, he didn't drink at all and always knew his lines. He rehearsed with us too, although I've heard that later on he didn't. One time, when I was written out for a week, so I could

Gloria's only B-western was *Stagecoach Driver* (1951) with Whip Wilson and badman Marshall Reed.

shoot my scenes in *The Lawless* (1950 Paramount with Macdonald Carey), I heard from Rosemary that 'it was good you weren't there — he fell off.' In other words, he *did* get drunk that one time. We'd go to Lucy's for lunch, across from Paramount. Rosemary didn't go — she needed that hour for peace and quiet. Jackie'd always order a horse's neck — there's no alcohol in it; it was funny-looking. Jackie never carried any money. He'd always say, 'Gloria, will you loan me money for lunch?' At the end of the season, he owed me way over $100 and I didn't think I'd get it back. 'Bullets' Durgom, his agent [a former band boy for Tommy Dorsey] came around and Jackie said, 'Bullets, got any money? I owe Gloria for lunch.' So I did get the money and I needed it at the time! You just don't see a person like him every day."

Gloria started *Sky King* when she was 19 and has many fond memories, "Like it was yesterday. Kirby was just the ultimate; it was a pleasure to work with him. He was serious about seeing things were done right but he also had a sense of humor. The relationship lasted all our lives. He *was* Uncle Sky. I'm close to the family — still in touch with the children. His wife died several years ago. Kirby would sing around you. He was such a fine singer. We did personal appearances together, even after the series ended. We would play state fairs, anywhere there could be a large crowd. We had a professional act put together — we'd sing a solo and of course do a number together. I'd get people from the audience to come on stage or to the center of the arena. They'd dance and we'd pick the 'best' dancer of them all. We had horses in the act and of course nice orchestrations. People were so friendly, they'd often say, 'Come ona my house,' just like we were old friends. Who could ask for more!"

"One of the thrills of both our lives came in Houston. After the show we were signing

Turkey anyone? Gloria was niece Penny to Kirby Grant's Uncle Sky King, one of the most popular early television series.

autographs. There were long lines around the block. One hour into it, here came two astronauts with their kids for an autograph! We stood at attention! They didn't pull rank — they stood in line like everybody else — Alan Shepard, Scott Carpenter. We later had a coke and cookie party at the base with those special NASA children."

"I tested for the part of Penny with Ron Hagerthy as Clipper and another actor as Sky — I cannot recall the guy's name. The chemistry was right with Ron, but unfortunately he went into the service after one season. The show ended by the time he was discharged. Ewing Mitchell, who played the sheriff, had a ranch near our home in Rancho Santa Fe. He'd ride in the parades every New Year's Day. We always kept in touch."

"Everybody on the show was a huge tease! They'd pull all kinds of tricks. I was the victim—and I loved it! Whenever a scene where I had to be tied up was in the show, they'd film it right before lunch, then leave me when they went to eat! For real! They'd finally come back, though. Another time, the director said he needed to make sure I was in the right spot for critical lighting. He put a 'stop' by my foot. He nailed the edge of my boot to the floor! If they didn't tease you, they didn't like you. I was a good egg. I fell for a lot of that teasing."

Regarding the production of *Sky King*, "It was filmed at Las Palmas below Santa Monica Boulevard. Funny, I can't recall the studio's name. The ranch was at Apple Valley. We flew up there and also did some stock shots for later episodes. The McGowan brothers had a studio on La Brea and one at La Brea and Sunset. We also filmed at the old Chaplin studios near Goldwyn. The interiors were done at different places over the years."

Among *Sky King* guest stars she worked with, Gloria recalls, "Rhodes Reason [brother of Rex] and I were in drama classes that I'd go to for the experience."

Gloria has fond memories of some of the other stars she has worked with. "I still see Roy and Dale several times a year. They are just great, one of the highlights for anyone to work with. Roy is a great human being."

Gene Autry: "There was a scene on a TV episode where I was talking to Gene—he sings a song. When he found out I could sing, he called the scriptwriters. They came to the set and handed me handwritten music to the tune of 'Swing Low, Sweet Chariot.' I sang a warning as I walked down the ghost town street. I gave the handwritten sheet music, along with the script, to the Autry museum. Gene built his museum with one wing of it dedicated to western films and TV. I saved

90 percent of my scripts—lots of photos, a cowgirl hat, boots—the whole outfit, and I donated them. Also, the jacket Kirby wore is there. I still see Gene and Jackie. They are very thoughtful, kind people. They gave a great memorial for Gene's sidekick Pat Buttram—a tribute at the Sportsman's Lodge. They said, 'We lost Pat' and not 'Pat passed away.' 'We lost him' is a much more affectionate term."

Rex Allen "was another neighbor. He was next door to my husband's mother's ranch." Of *The Range Rider* series, in which she guested, "I see Dickie Jones at the Golden Boot." *Judge Roy Bean*: "Edgar Buchanan was excellent." *The Lone Ranger*: "Clayton Moore is a credit to the industry. Very, very nice gentleman." Russell Hayden: "A great sense of humor. I did so many, many western TV shows, like *Wild Bill Hickok*, *Sheriff of Cochise*, *Wyatt Earp*, *Stories of the Century* and *Death Valley Days*—Rosemary De Camp did the commercials for *Death Valley* but not at the same time as we shot the episode. She was such a positive influence on me."

Gloria Winters proclaims, "Life is great! I have lots of things to be grateful for. I always say, be on the positive side."

Gloria Winters
Western Filmography

Movies: *Stagecoach Driver* (1951 Monogram)—Whip Wilson.

Television: *The Lone Ranger*: "Damsels In Distress" (1950); *Gene Autry*: "Warning! Danger!" (1951); *Roy Rogers*: "Hermit's Secret" (1952); *Wild Bill Hickok*: "Chain Of Events" (1952); *The Range Rider*: "Pack Rat" (1952); *The Range Rider*: "Ghost of Poco Loco" (1952); *The Range Rider*: "Blind Canyon" (1953); *The Range Rider*: "Bandit Stallion" (1953); *Sky King*: series regular (1953–1954); *Stories of the Century*: "Little Britches" (1955); *Brave Eagle*: "The Flight" (1955); *Judge Roy Bean*: "Four Ladies from Laredo" (1956); *Sheriff of Cochise*: "Kidnappers" (1957); *Frontier Doctor*: "Flaming Gold" (1959); *Wyatt Earp*: "Winning Streak" (1960); *Death Valley Days*: unknown episode.

INDEX

263

Espionage Into Corruption in African Nations

by
Osodi Em Echezonam

DORRANCE PUBLISHING CO., INC.
PITTSBURGH, PENNSYLVANIA 15222

For information or to order additional books, please write:
Dorrance Publishing Co., Inc.
643 Smithfield Street
Pittsburgh, Pennsylvania 15222
U.S.A.
1-800-788-7654
Or visit our web site and on-line catalog at www.dorrancepublishing.com

Dedication

I dedicate this book to Africans wherever they are. Since the world arche-ologists and anthropologists confirm that Africa is man's place of birth, I therefore dedicate this book to men of all the three major human races and invite them to read this book with concern with the hope that their concern for Africa and Africans may help draw the world's attention to European and US economic exploitations in Africa which has developed espionage into corruption within African countries.

Let me hope this book will help generate enough concern to show the world how the Europeans and the US are destroying Africa and killing Africans with their democracy and capitalism.

Contents